ein Ullstein Buch

Sir Arthur Conan Doyle

SHERLOCK HOLMES
und seine brillantesten Fälle

ein Ullstein Buch

ein Ullstein Buch
Nr. 20469
im Verlag Ullstein GmbH,
Frankfurt/M – Berlin
Übersetzt von
Beatrice Schott und Tanja Terek

Neu eingerichtete Ausgabe
aufgrund von:
Gesammelte Werke in
Einzelausgaben,
herausgegeben von
Nino Erné

Umschlagentwurf:
B. O. & R., Frankfurt
Umschlagfoto:
Deutsches Institut für Filmkunde,
Frankfurt

Printed in Germany 1989
Gesamtherstellung:
Ebner Ulm
ISBN 3 548 20469 4

Oktober 1989

Vom selben Autor
in der Reihe der
Ullstein Bücher:

Der Hund von Baskerville (2602)
Sherlock Holmes' Abenteuer (2630)
Studie in Scharlachrot (2655)
Das Tal der Furcht (2719)
Die brasilianische Katze (2779)
Sherlock Holmes
und sein erster Fall (20004)
Sherlock Holmes und
der verschwundene Bräutigam (20012)
Sherlock Holmes und
der bleiche Soldat (20020)
Sherlock Holmes und
die gefährliche Erbschaft (20028)
Sherlock Holmes und
der Einbrecher im Frack (20037)
Sherlock Holmes und
die Spuren im Moor (20048)
Sherlock Holmes und
der Teufelsfuß (20057)
Die Sherlock-Holmes-Romane (20725)
Das Duett (22052)

CIP-Titelaufnahme
der Deutschen Bibliothek

Doyle, Arthur Conan:
Sherlock Holmes und seine brillantesten
Fälle / Sir Arthur Conan Doyle. – Neu
eingerichtete Ausg. aufgrund Gesammelte
Werke in Einzelausgaben. – Frankfurt/M;
Berlin: Ullstein, 1989
(Ullstein-Buch; Nr. 20469)
ISBN 3-548-20469-4
NE: GT

INHALT

DER ERSTE FALL

Als wir eines Abends im Winter am Kaminfeuer saßen, meinte Sherlock Holmes:

»Wirklich, Watson, ich halte es der Mühe wert, daß du dir diese Akten einmal durchsiehst. Sie behandeln den Untergang der ›Gloria Scott‹. Ein höchst ungewöhnlicher Fall! Und hier haben wir die Botschaft, die damals den Friedensrichter Trevor zu Tode erschreckte.«

Bei diesen Worten entfernte mein Freund den um ein abgegriffenes Röllchen gewundenen Bindfaden und reichte mir eine auf schiefergraues Papier gekritzelte Notiz:

»Die Fasane verschwinden, wenn man sie nicht ab sofort gesetzlich schützt, aus dem nördlichen England«, entzifferte ich. »Wie Oberförster Hudson uns mitteilt, hat sich nämlich nicht ein einziges dichtbewachsenes Naturschutzgebiet gehalten. Mehr erfuhren wir nicht. Sonst sind alle Aufträge erledigt.«

Holmes kicherte, als ich von der Lektüre dieser rätselhaften Nachricht verdutzt aufschaute.

»Du machst einen etwas betretenen Eindruck«, meinte er.

»Mir ist ganz unerfindlich, wie eine solche Nachricht jemandem Grauen eingeflößt haben soll. Sie mutet eher grotesk an.«

»So scheint es. Dennoch bleibt die Tatsache bestehen, daß der Empfänger, ein kräftig gebauter, rüstiger alter Mann, davon umgeworfen wurde, als habe ihn der Schlag eines Revolverkolbens getroffen.«

»Du machst mich neugierig«, erwiderte ich. »Übrigens, warum sagtest du vorhin, es sei dir besonders daran gelegen, daß ich mir gerade die Aufzeichnungen über diesen Fall vornehme?«

»Weil er der erste war, mit dem ich zu tun hatte.«

Oft schon war ich bemüht gewesen, aus meinem Gefährten herauszubekommen, was ihm den Anstoß zu seinen kriminalistischen Untersuchungen gegeben hatte. Bis zu diesem Augenblick jedoch war es mir nie gelungen, ihn in mitteilsamer Stimmung anzutreffen. Jetzt war es offenbar soweit. Er lehnte sich in seinem Großvaterstuhl vor und breitete die Dokumente auf den Knien aus. Dann zündete er sich eine Pfeife an und saß eine Weile still da, rauchend und in den Papieren blätternd.

»Von Victor Trevor habe ich dir wohl nie erzählt?« begann er unvermittelt. »Er war der einzige, mit dem ich mich während meiner zwei Universitätsjahre befreundete. Sehr gesellig war ich nie, Watson, denn ich verkroch mich nur zu gerne zwischen meinen vier Wänden, um dort meinen eigenen kleinen Gedankengängen nachzuhängen und sie methodisch auszuwerten. So ergab sich, daß ich wenig mit Altersgenossen zusammentraf. Außer fürs Fechten und Boxen zeigte ich keinerlei sportliche Neigung, und zudem wich die Art, wie ich mein Studium betrieb, gänzlich von der meiner Kollegen ab, so daß wir keine Berührungspunkte miteinander hatten. Einzig Trevor lernte ich näher kennen, und das auch nur deshalb, weil sich eines Morgens, als ich zum Gottesdienst ging, seine Bulldogge in meinem Fußknöchel verbiß.

Eine prosaische Art, Freundschaft zu schließen, gewiß – aber nicht unwirksam. Ich saß für zehn Tage im Zimmer fest, und Trevor gewöhnte es sich an, bei mir hereinzuschauen. Das erste Mal blieb er nur auf einen kurzen Schwatz; bald wurden seine Besuche länger, und als eine gute Woche verstrichen war, konnte man uns schon als beinahe unzertrennlich bezeichnen . . .

Er war ein herzlicher, vollblütiger Bursche, geistsprühend und energiegeladen – also in vieler Hinsicht das reine Gegenteil von mir. Aber wir entdeckten auch ein paar Gemeinsamkeiten. Und als ich hörte, daß auch er bisher keinen Freund hatte, schloß ich mich ihm noch enger an. Schließlich lud er mich auf seines Vaters Landsitz nach Donnithorpe in Norfolk ein, wo ich dann während der großen Semesterferien einen Monat lang seine Gastfreundschaft genoß.

Der alte Trevor war von Beruf Friedensrichter und sehr wohlhabend. Er verfügte über einen stattlichen Besitz und stand in hohem Ansehen bei der Gemeinde. Donnithorpe ist ein kleiner Weiler im Norden von Langmere. Das weiträumige Haus war ein altmodischer Fachwerkbau mit Eichenbalken zwischen den Backsteinmauern. Eine schöne Ulmenallee führte darauf zu. Es gab dort herrliche Gelegenheiten zu Fischfang und Wildentenjagd, eine kleine, aber erlesene Bibliothek, die man, wenn ich recht verstand, beim Kauf von dem vorigen Besitzer mit übernommen hatte – und ein leidlicher Koch war auch da. Kurzum, nur ein ausgesprochener Miesmacher und Nörgler hätte einem solchen Urlaub nichts abgewinnen können.

Trevors Vater war Witwer und mein Freund der einzige Sohn. Wie ich erfuhr, hatte er eine Schwester gehabt, die jedoch während eines Aufenthaltes in Birmingham an Diphtherie erkrankt und gestorben war.

Ganz besonders fesselte mich die Persönlichkeit des Alten. Zwar besaß dieser nur wenig Bildung, verfügte indessen, körperlich sowohl als auch geistig, über ein erstaunliches Maß an Vitalität. Bücher kannte er kaum, war aber weit gereist. Er hatte eine Menge von der Welt gesehen und seine Erlebnisse im Gedächtnis behalten. Seine Gestalt war stämmig und untersetzt. Ein dichter grauer Haarschopf lag über dem gebräunten, wetterharten Gesicht. Und der durchdringende Blick seiner blauen Augen strahlte mitunter etwas nahezu Unheimliches aus. Gleichwohl stand der Richter im Ruf eines wohlwollenden, ja gütigen Mannes, der auch in seinem Urteilsspruch stets Milde übte.

Seit meiner Ankunft waren erst wenige Tage verstrichen, als wir eines Abends nach dem Essen noch bei einem Glas Portwein saßen. Da fing der junge Trevor an, etwas von meinen Beobachtungsspielen und Kombinationsübungen zu erzählen, die ich schon damals zu einem System ausgebaut hatte – ohne freilich zu ahnen, welchen Wert dies für meine künftige Laufbahn gewinnen sollte. Es handelte sich übrigens um zwei ganz alltägliche Kunststückchen. Trotzdem schien der Vater die Schilderung für reichlich übertrieben zu halten.

›Na, dann schießen Sie mal los, Mr. Holmes‹, forderte er mich belustigt auf. ›Ich bin doch ein hervorragend geeignetes Objekt. Wollen Sie Ihre Folgerungstaktik nicht an mir ausprobieren?‹

›Ach, es lassen sich da nicht allzu viele Rückschlüsse ziehen‹, erwiderte ich. ›Ich möchte allenfalls annehmen, daß Sie während der letzten zwölf Monate von irgendwoher einen Angriff auf Ihre Person befürchtet haben.‹

Das Lachen erstarb ihm auf den Lippen; höchst überrascht starrte er mich an.

›Stimmt genau‹, bestätigte er. ›Du weißt ja selbst, Victor‹, wandte er sich an seinen Sohn, ›wie uns diese Kerle blutige Rache schworen, als wir ihre Wildererbande auffliegen ließen. Sir Edward Hoby haben sie wahrhaftig schon tätlich angegriffen. Seitdem bin ich immer auf der Hut. Nur, woher *Sie* das wissen können, ist mir schleierhaft.‹

›Sie haben einen recht hübschen Stock‹, fuhr ich fort. ›An der

Gravierung stellte ich fest, daß er noch nicht länger als ein Jahr in Ihrem Besitz sein kann. Doch müssen Sie einige Mühe darangewendet haben, ihn am einen Ende auszuhöhlen und geschmolzenes Blei in das Loch zu gießen, wodurch Sie ihn in eine furchtbare Waffe verwandelten. Nun‹, so schloß ich, ›solche Vorsichtsmaßnahmen würden Sie nicht treffen, ohne sich von einer ernsten Gefahr bedroht zu fühlen.‹

›Sonst noch etwas?‹ erkundigte er sich lächelnd.

›In Ihrer Jugend müssen Sie viel geboxt haben.‹

›Wieder richtig. Und wie haben Sie das herausgebracht? Ist meine Nase ein bißchen krumm gehauen?‹

›Das nicht‹, sagte ich. ›An Ihren Ohren sieht man es. Diese Verdikkungen sind für den Boxer charakteristisch.‹

›Und außerdem?‹

›– haben Sie viel gegraben, wie aus den Schwielen an Ihren Händen hervorgeht.‹

›Ja; in den Goldfeldern habe ich mein ganzes Vermögen gemacht.‹

›Sie waren in Neuseeland.‹

›Ganz recht.‹

›Und in Japan.‹

›Auch das.‹

›Und Sie standen in naher Beziehung zu jemandem, dessen Namensinitialen J. A. waren, den Sie später allerdings nur zu gern wieder aus Ihrem Gedächtnis gestrichen hätten.‹

Herr Trevor richtete sich langsam auf und heftete seine großen blauen Augen mit seltsam wildem Ausdruck auf mich. Dann, plötzlich, stürzte er vornüber auf sein Gesicht. Ohnmächtig lag er mit dem Oberkörper zwischen den auf dem Tischtuch verstreuten Nußschalen.

Du kannst dir vorstellen, Watson, wie wir beide, sein Sohn und ich, erschraken. Der Schwächeanfall dauerte jedoch nicht lange. Wir knöpften ihm den Kragen auf und träufelten aus den Fingerschalen etwas Wasser über sein Gesicht, so daß er wieder zu sich kam. Ein-, zweimal holte er tief keuchend Luft, dann setzte er sich wieder gerade hin.

›Schon gut, Kinder!‹ sagte er mit erzwungenem Lächeln. ›Hab' ich euch erschreckt? Sehe wohl stark wie ein Bulle aus. Aber an meinem Herzen ist eine schwache Stelle, da kann mich ein Windhauch umblasen ... Es ist mir unbegreiflich, Herr Holmes, *wie* Sie es anstellen. Mir scheint, daß alle lebenden und alle erdichteten Detektive

Waisenkinder neben Ihnen sind. Darin liegt Ihre Zukunft, junger Mann. Lassen Sie es sich von einem alten Weltenwanderer gesagt sein!‹

Und siehst du, Watson, diese Empfehlung – mochte sie meinen damaligen Fertigkeiten auch zu große Bedeutung beimessen – legte in mir den ersten Grundstein zu der Erwägung, es ließe sich vielleicht ein Beruf aus dem machen, was bislang lediglich ein Hobby gewesen war. In jenem Augenblick jedoch richteten sich meine Gedanken noch ganz auf meinen Gastgeber und dessen plötzliches Unwohlsein.

›Ich habe doch hoffentlich nichts gesagt, was Sie verletzen konnte?‹ erkundigte ich mich.

›Nun, immerhin, Sie haben an einen recht empfindlichen Punkt gerührt. Darf ich fragen, woher Sie das wissen? Und wieviel Sie wissen?‹ Er sprach jetzt in halb scherzendem Ton, aber in seinen Augen lauerte immer noch das Grauen.

›Nichts einfacher als dies‹, erwiderte ich. ›Als Sie neulich Ihren Arm entblößten, um den gefangenen Fisch ins Boot zu ziehen, sah ich die Tätowierung J. A. in Ihrer Ellenbogenbeuge. Die Buchstaben konnte man noch entziffern. Andrerseits waren sie sehr verwischt, und auch die verfärbte Haut ringsum wies darauf hin, daß der angestrengte Versuch unternommen worden war, die Inschrift auszulöschen. Daraus wiederum ging klar hervor: Diese Buchstaben waren Ihnen einmal sehr vertraut, und später wollten Sie sie aus Ihrem Gedächtnis streichen.‹

›Sie haben ja Argusaugen!‹ rief er mit einem Seufzer der Erleichterung aus. ›Es ist genau, wie Sie sagen. Aber wir wollen diese Geschichten nicht aufrühren. Kein Gespenst ist so schrecklich wie das einer alten Liebe. Kommen Sie doch auf eine Zigarre mit ins Billardzimmer!‹

Bei aller gleichbleibenden Herzlichkeit blieb von jenem Tage an in Herrn Trevors Verhalten mir gegenüber eine leise Spur von Argwohn. Sogar seinem Sohn fiel das auf. ›Du hast mit deinen Künsten meinem alten Herrn einen solchen Streich gespielt, daß er nun nie mehr weiß, woran er mit dir ist – und wieweit du ihn durchschaut hast.‹

Mein Gastgeber wollte gewiß nicht zeigen, daß er sich beobachtet fühlte, doch hatte sich diese Vorstellung so in seinem Kopf festgesetzt, daß sie dauernd zutage trat. Endlich war ich so überzeugt, meine Anwesenheit verursache ihm Unbehagen, daß ich meinen Besuch abzubrechen beschloß. Und am Tage vor meiner Abreise ereignete sich dann noch ein Zwischenfall, der sich später als bedeutsam erwiesen hat.

Zu dritt saßen wir draußen in Liegestühlen auf dem Rasen, ließen uns von der Sonne bescheinen und freuten uns an dem herrlichen Ausblick, als das Mädchen herbeieilte und meldete, ein Fremder sei an der Tür, der unbedingt Mr. Trevor zu sprechen wünsche.

›Wie ist sein Name?‹ fragte der Hausherr.

›Den wollte er nicht sagen.‹

›Und was wünscht er?‹

›Er behauptet, Sie von früher her zu kennen und nur einen Augenblick mit Ihnen sprechen zu wollen.‹

›Gut. Führen Sie ihn her.‹

Schlingernden Ganges und mit kriecherischem Gebaren erschien gleich darauf ein kleiner, runzliger Mann. Seine Jacke stand offen und hatte einen Teerflecken am Ärmel. Darunter trug er ein rot-schwarz kariertes Hemd. Seine Beine steckten in schmierigen Hosen und klobigen, abgetragenen Stiefeln. Und auf dem ausgemergelten braunen Gesicht lag fortwährend ein verschlagenes Lächeln, das eine unregelmäßige Reihe gelber Zähne entblößte. Seine Hände hatte er nach Art der Matrosen beinahe zu Fäusten geballt. Als der Besucher so über den Rasenplatz heranschlurfte, stieß Trevor einen halberstickten Laut hervor, sprang von seinem Stuhl auf und rannte ins Haus, kam jedoch nach einer knappen Minute wieder zurück. Als er an mir vorbeiging, merkte ich, daß er stark nach Schnaps roch.

›Na, guter Mann, was kann ich für Sie tun?‹ fragte er.

Der Seemann stand mit zusammengekniffenen Augen vor ihm, und sein schlaff geöffneter Mund zeigte noch immer das hämische Grinsen.

›Kennen Sie mich denn nicht?‹ versetzte er.

›Du meine Güte, seh' ich recht, ist das nicht der alte Hudson?‹ rief Trevor mit nicht ganz echtem Erstaunen.

›Erraten, Sir‹, gab der Matrose zurück. ›Es mag seine dreißig Jahre her sein, seit wir uns zuletzt gesehen haben. Nun, Sie sitzen mittlerweile in Ihrem eigenen Haus. Ich hingegen fingere mir immer noch meinen gesalzenen Hering aus der Tonne.‹

›Ach was! Die alten Zeiten hab' ich deshalb nicht vergessen‹, rief Mr. Trevor. Dann schritt er auf den Seemann zu, sagte leise etwas zu ihm und fuhr dann in gewöhnlicher Lautstärke fort: ›Gehen Sie in die Küche! Lassen Sie sich zu essen und zu trinken geben! Auch eine Stellung werde ich sicher für Sie finden.‹

›Besten Dank, Sir‹, erwiderte der Matrose und tippte mit zwei Fingern an den Mützenrand. ›Ich war jetzt zwei Jahre lang mit einem Frachtkahn unterwegs. Bin total heruntergewirtschaftet. Muß mal eine Zeitlang verschnaufen und hab' mir gedacht, bei Mr. Beddoes oder bei Ihnen finde ich am ehesten ein bißchen Ruhe.‹

›Ach!‹ rief Mr. Trevor aus, ›Sie wissen, wo Mr. Beddoes sich aufhält?‹

›Da können Sie Gift drauf nehmen, Mister. Ich weiß von allen meinen Freunden, wo sie stecken!‹ versetzte der Schiffer mit tückischem Grinsen und schlurfte hinter dem Mädchen zur Küche. Mr. Trevor murmelte, der Kerl und er seien Kameraden zur See gewesen, bevor er in den Goldminen gearbeitet habe. Dann ließ er uns allein und begab sich ins Haus. Eine Stunde später fanden wir ihn auf dem Sofa. Er lag da, stockbetrunken. Der ganze Vorfall hinterließ einen höchst unerquicklichen Eindruck in mir. Und ich war beinahe froh, als ich Donnithorpe am nächsten Tag den Rücken kehrte, denn ich fühlte, daß eine längere Anwesenheit meinen Freund von einer Verlegenheit in die andere gebracht hätte.

Der erste Ferienmonat war noch nicht zu Ende, als ich in meine Londoner Wohnung zurückkehrte. Ich brachte sieben weitere Wochen damit zu, einige Experimente in der organischen Chemie auszuarbeiten.

Eines Tages – der Herbst war mittlerweile längst ins Land gezogen – erhielt ich ein Telegramm von Victor. Er bat mich flehentlich, nach Donnithorpe zurückzukehren, da er meines Rates und Beistandes dringend bedürfe. Natürlich unterbrach ich sofort meine Studien und fuhr gen Norden.

Er holte mich mit dem Einspänner vom Bahnhof ab. Wie aufreibend die letzten zwei Monate für ihn gewesen sein mußten, sah ich auf den ersten Blick. Ganz dünn war er geworden. Und seine laute, fröhliche Art, die ich so gut an ihm kannte, schien völlig von ihm gewichen.

›Mit meinem alten Herrn geht's zu Ende‹, waren seine ersten Worte.

›Nicht möglich!‹ rief ich erschrocken. ›Was ist denn geschehen?‹

›Schlaganfall. Ein Nervenschock. Er ist schon seit Stunden bewußtlos. Ich bezweifle, ob wir ihn noch lebend antreffen werden.‹

Du kannst dir denken, Watson, wie mich diese Nachricht entsetzte.

›Und was war der Anlaß?‹ fragte ich.

›Ah, der ist ja gerade so unfaßlich . . . Aber steig ein! Wir können während der Fahrt weiter darüber reden . . . Du erinnerst dich doch an den Kerl, der am Abend vor deiner Abreise bei uns aufgekreuzt ist?‹

›Genau.‹

›Weißt du, *wen* wir da in unser Haus gelassen haben?‹

›Keine Ahnung.‹

›Den Teufel selber, Holmes!‹ rief Trevor verzweifelt aus.

Ich starrte ihn verblüfft an.

›Den Teufel, jawohl! Wir hatten seitdem keine friedliche Stunde mehr. Nicht eine einzige. Beständig war mein alter Herr in gedrückter, düsterer Stimmung. Man hat ihm schier das Leben aus dem Leib gepreßt, das Herz gebrochen. Schuld an allem ist dieser verfluchte Hudson.‹

›Woher nimmt er denn diese Macht über deinen Vater?‹

›Wenn ich das nur wüßte! Ich gäbe was darum. Mein guter, braver, menschenfreundlicher Alter Herr! Wie konnte er in die Klauen eines solchen Widerlings geraten? Ich bin so froh, daß du gekommen bist, Holmes. Ich vertraue ganz auf dein Urteil und deine Diskretion. Und ich weiß, *dein* Rat wird der beste sein.‹

In Windeseile rollten wir auf der hellen, glatten Landstraße dahin. Das weite Ackerland vor uns glühte rot in der untergehenden Sonne. Hinter einem Wäldchen zu unserer Linken sah ich bereits die hohen Schornsteine und die Fahnenstange auf dem Dach des Trevorschen Gutshofes.

›Der Kerl wurde Gärtner bei uns‹, erzählte mein Gefährte. ›Als ihm das nicht paßte, beförderte mein Vater ihn zum Butler. Der Eindringling tyrannisierte das ganze Haus. Er ging darin umher, als sei es sein Eigentum, und tat, was immer ihm beliebte. Fast immer war er besoffen, und so beklagten sich die Dienstmädchen über seine Zudringlichkeit und seine unflätigen Reden. Die Mädchen waren natürlich verärgert, und Papa mußte ihre Löhne erhöhen, um sie zu beschwichtigen. Hudson nahm sich meines Vaters Boot und sein bestes Gewehr. Damit veranstaltete er seine eigenen kleinen Jagdpartien. Und all das tat er mit einem höhnisch lauernden und unverschämten Gesichtsausdruck, so daß ich ihm wohl zwanzigmal schon in die Fresse gehauen und ihn zusammengeboxt hätte, wäre er in meinem Alter gewesen. Ich kann dir sagen, ich mußte schwer an mich halten, Holmes, all die Zeit über. Jetzt frage ich mich, ob es nicht gescheiter gewesen wäre, ich hätte mich mehr gehenlassen.

Wie dem auch sei, es wurde immer schlimmer bei uns daheim. Und immer mehr nahm sich dieser Schweinehund heraus, bis ich ihn eines Tages, als er Papa in meiner Gegenwart eine unverschämte Antwort gegeben hatte, beim Kragen packte und zum Zimmer hinauswarf.

Bleich vor Wut schlich er davon, und in seinen giftigen Augen stand eine unheimliche Drohung. Was sich danach zwischen ihm und meinem Alten Herrn abspielte, weiß ich nicht. Jedenfalls kam Papa am nächsten Tag zu mir und legte mir nahe, mich bei Hudson zu entschuldigen. Natürlich habe ich mich geweigert und meinerseits gefragt, wieso sich dieser erbärmliche Wicht überhaupt all diese Freiheiten herausnehmen könnte. ›Ach, mein Junge‹, seufzte Papa. ›Du hast gut reden. Denn du ahnst nicht, in welch übler Lage ich mich befinde. Aber bald sollst du es wissen, Victor, was auch geschehen mag. Du würdest deinem Vater nichts Schlechtes zutrauen, nicht wahr, mein Junge?‹

Er war sehr bewegt und schloß sich den ganzen Tag in seinem Arbeitszimmer ein. Durchs Fenster sah ich ihn, wie er emsig schrieb.

Am selben Abend noch ereignete sich etwas, wovon wir uns große Entlastung versprachen. Hudson erklärte nämlich, er werde uns verlassen. Er kam nach dem Mittagessen in den Speisesaal und kündigte sein Vorhaben an.

An seiner Stimme hörten wir, daß er wieder betrunken war. ›Ich hab' genug von Norfolk‹, sagte er. ›Jetzt fahr' ich zu Beddoes nach Hampshire. Der wird sicher genauso entzückt sein, mich wiederzusehen, wie Sie's gewesen sind.‹

›Sie scheiden doch hoffentlich nicht im Bösen von uns?‹ fragte mein Vater so zahm, daß mir das Blut in den Adern zu kochen begann.

›Man hat sich noch nicht bei mir entschuldigt‹, gab der Kerl verdrossen zurück und sandte einen scheelen Blick in meine Richtung.

›Victor, gibst du zu, mit diesem braven Mann recht grob umgegangen zu sein?‹

›Im Gegenteil‹, empörte ich mich. ›Ich finde sogar, daß wir beide ganz ungewöhnlich viel Geduld mit ihm gehabt haben.‹

›So, das finden Sie?‹ zischte er böse. ›Schon gut, mein Jüngelchen, wir werden ja sehen.‹

Er schlurfte zum Zimmer hinaus und verließ eine halbe Stunde später das Haus.

Meinen Vater ließ er in einem erbarmungswürdigen Zustand der Angst und Unruhe zurück. Nacht für Nacht hörte ich ihn in seinem Zimmer hin und her gehen. Und gerade in dem Augenblick, als er sein seelisches Gleichgewicht wiederzufinden schien, fiel dann der Schlag.‹

›Wie das?‹ fragte ich betroffen.

›Es war sehr seltsam. Gestern abend erhielt mein alter Herr einen Brief, der einen Poststempel aus Fordingbridge trug. Als Papa ihn gelesen hatte, faßte er sich mit beiden Händen an den Kopf und begann in kleinen Kreisen, als sei er plötzlich von Sinnen, im Zimmer herumzulaufen. Als ich ihn schließlich aufs Sofa niederdrückte, hatte sich die eine Gesichtshälfte ganz verzerrt. Kein Zweifel, ein Schlaganfall. Dr. Fordham kam sofort herüber, und wir brachten den Kranken zu Bett. Aber die Lähmung hatte bereits auf die anderen Körperteile übergegriffen. Er erlangte das Bewußtsein nicht wieder.‹

›Das ist ja grauenhaft, Trevor!‹ rief ich. ›Was konnte dieser Brief nur enthalten, daß er eine so gräßliche Wirkung erzielte?‹

›Gar nichts Besonderes. Das ist ja bei der ganzen Geschichte so unbegreiflich. Es ist eine alltägliche, nichtssagende Nachricht ... O mein Gott, wir kommen schon zu spät!‹

Als wir um die Straßenecke bogen, lag das Haus unmittelbar vor uns, und alle Läden waren heruntergelassen. Wir stießen die Tür auf. Ein schwarzgekleideter Herr kam uns entgegen. Meines Freundes Gesicht zuckte schmerzlich zusammen.

›Wann ist es eingetreten, Doktor?‹ erkundigte er sich leise.

›Gleich, nachdem Sie aufgebrochen waren.‹

›Kam er denn noch einmal zu Bewußtsein?‹

›Einen kurzen Augenblick nur, dann war es zu Ende.‹

›Hat er keine Botschaft für mich hinterlassen?‹

›Er deutete lediglich an, daß sich die Papiere in der hinteren Schublade des japanischen Schrankes befänden.‹

Mein Freund und der Doktor stiegen hinauf zu dem Toten, während ich im Herrenzimmer zurückblieb. Die ganze makabre Angelegenheit ging mir im Kopf herum, und mir war so traurig und düster zumute wie kaum je zuvor in meinem Leben. Was für eine Vergangenheit hatte dieser Faustkämpfer, Goldgräber und Weltumsegler? Und wie war er diesem sauertöpfischen Matrosen in die Fänge geraten? Warum wurde er ohnmächtig, wenn man die halbverwischte Tätowierung auf seinem Unterarm erwähnte, und starb vor Grauen, als er einen Brief aus Fordingbridge erhielt? Da fiel mir ein, daß Fordingbridge in Hampshire liegt und daß jener Mr. Beddoes, den der Seemann aufsuchen wollte – sicher, um ihn zu erpressen –, dort ansässig sein sollte. Der Brief kam also vermutlich entweder von Hudson, dem Matrosen selbst, der darin schlicht erklärte, er habe das Geheimnis einer offenbar nicht beglichenen Schuld ausgeplaudert, oder er stammte von Beddoes' Hand und warnte den ehemaligen Verbündeten vor eben diesem drohenden Verrat. Soweit war mir alles klar. Nur: Wie konnte dann die Nachricht alltäglich, mit dem Anstrich des Grotesken sein, so, wie der Sohn sie geschildert hatte? Er mußte sich verlesen, sie mißdeutet haben, weil es sich aller Wahrscheinlichkeit nach um einen jener einfallsreichen Schlüsseltexte handelte, hinter deren augenfälliger Deutung sich eine zweite versteckt. Ich mußte diesen Brief zu Gesicht bekommen. Und welche verschlüsselte Botschaft er auch enthalten mochte, ich würde sie herausfinden, darauf baute ich zuversichtlich. Eine Stunde lang grübelte ich in der einfallenden Dunkelheit darüber nach und saß im Stockfinstern, als das Stubenmädchen eine Lampe hereinbrachte. Ihr auf den Fersen folgte, blaß, aber gefaßt, Freund Trevor – und dieselben Papiere, die jetzt auf meinen Knien liegen, hielt er in der Hand. Er setzte sich mir gegenüber, zog die Lampe an den Rand des Tisches und reichte mir diesen grauen Zettel hier, auf dem steht:

Die Fasane verschwinden, wenn man sie nicht ab sofort gesetzlich schützt, aus dem nördlichen England. Wie Oberförster Hudson uns mitteilt, hat sich nämlich nicht ein einziges dicht bewachsenes Naturschutzgebiet gehalten. Mehr erfuhren wir nicht. Sonst sind alle Aufträge erledigt.

Ich gestehe, daß ich genauso verdutzt dreinschaute wie du vorhin, als ich diesen scheinbar hanebüchenen Unsinn zum erstenmal vor Augen hatte. Doch gleich darauf fielen mir meine Vermutungen wieder ein, und ich begann den Text unter die Lupe zu nehmen. Steckte hinter der seltsamen Kombination aus Wörtern wie ›Fasane‹, ›Oberförster‹, ›Naturschutzgebiet‹ noch ein anderer Sinn? In solchem Falle ließen sich für den Nichteingeweihten schwerlich Rückschlüsse ziehen. Andererseits neigte ich kaum zu der Ansicht, daß es sich so verhielt. Auch wurde ›Hudson‹ in der Botschaft erwähnt, was mit ziemlicher Sicherheit darauf hinwies, daß nicht *er*, sondern Beddoes diese verfaßt hatte. Ich versuchte nun die Reihenfolge der Wörter umzustellen, ohne daß dadurch der Text einleuchtender oder gar bedrohlicher geworden wäre. Da, plötzlich fiel es mir wie Schuppen von den Augen, und des Rätsels Lösung stand klar vor mir. Wenn ich nämlich immer wieder in regelmäßiger Reihenfolge zwei Wörter aus dem Text strich und nur das dritte stehen ließ, dann ergab die reduzierte Notiz durchaus einen Sinn, der den alten Trevor in Verzweiflung stürzen konnte. Kurz und bündig lautete, was ich meinem Freund nun vorlas:

Verschwinden Sie sofort aus England. Hudson hat nicht dichtgehalten. Wir sind erledigt.

Victor Trevor vergrub das Gesicht in den heftig zitternden Händen. ›Ja, so muß es wohl heißen‹, seufzte er. ›Und hinter dieser Warnung steht die Schande, was noch schlimmer ist als der Tod. Nur – was haben die Fasane und der Oberförster dabei zu bedeuten?‹

›Innerhalb unserer Hiobsbotschaft nicht das geringste. Allerdings könnten diese Füllwörter uns vielleicht einigen Aufschluß über den Absender geben. Ihn suchen wir ja noch. Zunächst wird er sich die Nachricht so hingeschrieben haben: -- *Verschwinden* -- *Sie* -- *sofort* -- *aus* -- *England*. Hierauf mußte er gemäß der früher vereinbarten Chiffreformel jeweils zwei Wörter in die Zwischenräume setzen. Höchstwahrscheinlich hat er dafür die nächstbesten Ausdrücke aus einem ihm geläufigen Gebiet benutzt. Und da so viel von der Jagd die Rede ist, können wir ziemlich sicher annehmen, der Schreiber ist selbst Jäger oder zumindest sehr am Naturschutz und der Fortpflanzung des Wildes interessiert. Ist dir irgend etwas dergleichen über diesen Beddoes bekannt?‹

›Freilich, jetzt, wo du es erwähnst, erinnere ich mich, daß mein Vater jeden Herbst eine Einladung zur Jagd in Beddoes' Revieren erhielt.‹

›Dann kommt die Botschaft sicherlich von ihm!‹ rief ich. ›Wir müssen jetzt nur noch jenes Geheimnis herausknobeln, das der Matrose Hudson offenbar wie ein Damoklesschwert über den Häuptern zweier so angesehener und wohlhabender Männer gehalten hat.‹

›Ach, Freund Holmes, ich fürchte, es ist etwas Beschämendes!‹ stöhnte mein Freund. ›Trotzdem – ich will dir nichts verheimlichen. Hier sind die Aufzeichnungen meines Vaters aus jener Nacht, in der er erfuhr, daß ihm von Hudson Gefahr drohte. Ich fand sie in dem japanischen Schrank, wie er es dem Doktor erklärt hat. Nimm sie und lies sie mir vor, denn ich habe weder den Mut noch die Kraft, das zu tun.‹

Mit diesen Worten gab er mir seines Vaters Aufzeichnungen, Watson. Und wenn du willst, kannst du sie dir jetzt anhören, wie er es damals in seinem Arbeitszimmer tat. Sie tragen, wie du siehst, die lange Überschrift: *Einige Besonderheiten von der Reise des Schiffes ›Gloria Scott‹, das am 8. Oktober 1855 bei Falmouth in See stach und am 6. November in Nähe der Kapverdischen Inseln zerstört wurde.*

Das Ganze ist in Briefform gehalten:

›Mein lieber, lieber Sohn! Jetzt, da die Schande naht und meine späten Jahre zu verdunkeln droht, kann ich es in aller Wahrhaftigkeit und Ehrlichkeit hinschreiben. Weder die Schreckensmacht des Gesetzes noch der Verlust von Stellung und Ansehen ist es, was mir ins Herz schneidet, sondern einzig der Gedanke, daß Du, der Du mich liebst und dem ich – wie ich hoffen darf – kaum je Grund gegeben habe, mir anders als mit Achtung zu begegnen, nun um meinetwillen erröten mußt. Doch wenn in diesen Tagen wirklich das Schwert fällt, das seit langem über meinem Haupte hing, so möchte ich, daß du diese Zeilen liest und von mir selbst erfährst, wie schwer ich zu tadeln bin. Wenn anders jedoch mein Geschick noch eine gute Wendung nimmt (was Gott der Allmächtige gewähren möge) und dieser Brief trotzdem eines Tages in Deine Hände gerät, dann, ich beschwöre dich bei allem, was Dir heilig ist, beim Andenken Deiner Mutter und unserer großen Liebe, wirf das Schanddokument ins Feuer und verschwende nie einen Gedanken mehr an diese vergangenen Dinge.

Im Augenblick, da Dein Auge über dieses Papier gleiten wird, bin ich also schon von Haus und Hof vertrieben; oder, was wahrscheinlicher ist – denn ich habe, wie Du weißt, ein schwaches Herz –, der Tod hat meine Lippen für immer versiegelt. Drum ist jedes Wort, das ich jetzt hier noch an Dich richte, die nackte Wahrheit, das schwöre ich, wie ich auf die göttliche Gnade hoffe.

Mein Name, lieber Junge, ist nicht Trevor. In meinen früheren Tagen war ich James Armitage. Du wirst nun begreifen, welche Schreckwirkung es in mir auslöste, als Dein Studienfreund mir Dinge sagte, die anzudeuten schienen, daß er meinem Geheimnis auf der Spur sei. Armitage hieß ich noch als Angestellter einer Londoner Bank, und ebenfalls unter diesem Namen wurde ich einer gesetzeswidrigen Handlung überführt. Das Urteil lautete auf Verbannung. Richte mich nicht unerbittlich, mein Kind! Ich hatte eine sogenannte Ehrenschuld abzutragen, und die Summe, mit der ich sie beglich, entstammte nicht meinem eigenen Budget. Immerhin war ich fest davon überzeugt, sie ersetzen zu können, ehe eine Entdeckung der Differenz überhaupt möglich sei. Doch verhängnisvolles Mißgeschick verfolgte mich. Das Geld, mit dem ich bestimmt gerechnet hatte, traf nicht ein, und eine vorzeitige Überprüfung der Konten enthüllte mein Defizit. Heute erführe ein ähnlicher Fall verhältnismäßig milde Beurteilung. Vor dreißig Jahren indessen waren die Gesetze viel strenger. An meinem dreiundzwanzigsten Geburtstag wurde ich wie ein Verbrecher in Ketten gelegt und mit siebenunddreißig anderen Sträflingen auf das Zwischendeck des Barkschiffes *Gloria Scott* verfrachtet, das uns nach Australien bringen sollte.

So trug es sich zu im Jahr 1855. Der Krimkrieg hatte seinen Höhepunkt erreicht, und die alten Sträflingsboote wurden in großem Umfange für Truppentransporte zum Schwarzen Meer eingesetzt. Die Regierung war deshalb genötigt, kleinere und weniger geeignete Schiffe für ihre Gefangenen zur Verfügung zu stellen. Die *Gloria Scott* hatte man bisher im Teehandel benutzt. Sie war ein altertümliches Fahrzeug von schwerem Bau und erst von ihren neuen Herren einigermaßen für deren Zwecke hergerichtet worden. Mit einer Tragkraft von 500 Tonnen beförderte sie neben ihren achtunddreißig Galgenvögeln eine sechsundzwanzigköpfige Schiffsmannschaft, einen Leutnant, achtzehn Soldaten, einen Kapitän, drei Maate, einen Arzt, einen Kaplan und vier Wärter. Es befanden sich annähernd hundert Menschen an Bord, als wir den Hafen verließen.

Die Wände zwischen den einzelnen Zellen waren nicht aus dickem Eichenholz, wie das gewöhnlich bei Sträflingsfregatten der Fall ist, sondern dünn und zerbrechlich. Mein Nachbar an der Luvseite war mir schon besonders aufgefallen, als wir über den Landungsplatz geführt wurden. Er war jung, mit klargeschnittenem, bartlosem Gesicht, hatte eine lange schmale Nase und die reinsten Nußknacker-Kinnbacken. Den Kopf reckte er ziemlich keck in die Luft, er hatte einen federnden, selbstbewußten Gang und war überdies auch noch außerordentlich hochgewachsen. Ich glaube, nicht ein einziger von uns anderen reichte ihm auch nur bis an die Schultern; er muß fast zwei Meter groß gewesen sein. Auch war es seltsam, zwischen den vielen traurigen und zerknitterten Gesichtern eines zu erblicken, das soviel Energie und Entschlossenheit zeigte. Sein Anblick wirkte auf mich wie ein Feuer im Schneesturm. Daher freute ich mich, als er mein Nachbar wurde, und noch mehr, als ich mitten aus der Totenstille der Nacht ein Flüstern an meinem Ohr vernahm. Ich stellte fest, daß es ihm gelungen war, eine Öffnung in jene Bretterwand, die uns trennte, zu schneiden.

›Hallo, Kumpel! Wie heißt du, und warum bist du hier?‹

Ich antwortete den Tatsachen entsprechend und wollte meinerseits wissen, mit wem ich die Ehre hätte.

›Ich bin Jack Prendergast!‹ erwiderte er stolz. ›Und bei Gott, du wirst meinen Namen preisen, noch bevor du mich richtig kennengelernt hast.‹

Ich entsann mich, von ihm schon gehört zu haben, denn sein Fall war kurz vor meiner Festnahme *die* Sensation im ganzen Distrikt gewesen. Der Mann kam aus guter Familie und war zweifellos begabt, aber unheilbar seinen lasterhaften Neigungen verfallen. Durch ein erfinderisches Betrugssystem hatte er sich von den führenden Londoner Großkaufleuten riesige Geldsummen ergattert.

›So, so, du kennst meinen Fall!‹ brüstete er sich.

›Gewiß, sehr gut.‹

›Dann erinnerst du dich vielleicht auch, daß etwas an der Geschichte höchst sonderbar war?‹

›Und was war das?‹

›Na, ich hatte doch fast eine Viertelmillion, nicht wahr?‹

›So hieß es.‹

›Gefunden hat man aber gar nichts.‹

›Nichts?‹

›Nee –, was glaubst du, wohin ist da die Bilanz geraten?‹

›Keine Ahnung.‹

›Genau zwischen meinen Daumen und meinen Zeigefinger!‹ prahlte er. ›Meine Güte, in meinem Besitz sind mehr Pfunde als Haare auf deinem Kopf. Wenn man Geld hat, mein Lieber, und etwas damit anzufangen weiß, dann kann man sich alles holen, was man will. Nun wirst du es ja auch nicht für wahrscheinlich halten, daß ein Mann, der alles haben kann, in schmuddligen, abgetragenen Kniehosen herumläuft und in einem stinkenden Rattenloch, irgendwo im chinesischen Hafenviertel, wo's von Ungeziefer wimmelt, haust? Nein, Herrschaften, der hält schon ein bißchen auf sich. Und um seine Kameraden kümmert er sich auch, verlaß dich drauf! Wenn der ein Ding dreht, kannst du getrost mitmachen, es lohnt sich.‹

Das war so seine Redeweise. Und erst dachte ich, es sei nichts dahinter. Aber nach einer Weile, als er mich nach allen Regeln getestet und feierlich vereidigt hatte, gab er mir zu verstehen, daß tatsächlich eine Meuterei im Gange war. Er und ein Dutzend anderer Gefangener hatten vor, sich des Schiffes zu bemächtigen, und diesen Plan bereits ausgeheckt, ehe sie an Bord gingen. Prendergast war ihr Anführer und sein Kapital die treibende Kraft.

›Ich hatte da einen ganz prima Kerl, der mein Partner wurde‹, erzählte er. ›Und zuverlässig war er wie der Spundpfropfen an einem Faß. Der hat's ganz schlau angestellt. Weißt du, wo er jetzt, in diesem Augenblick, sich befindet?‹ Ich verneinte. ›Nun, er ist unser Kaplan hier an Bord. Kein Geringerer als der Kaplan! Seine Papiere waren durchaus in Ordnung, als er in seiner Soutane hier auftauchte, und in seiner Kiste schleppt er eine solche Unmenge Zaster mit sich, daß er den ganzen Kahn vom Kiel bis zum Heck, mit allem, was drauf ist, kaufen kann. Die Mannschaft hat sich ihm mit Leib und Seele verschrieben. Die sind alle seinen dicken Wechseln verfallen, schon bevor sie unterzeichneten. Zwei der Wärter hat er auch auf seiner Seite und Mercer, den zweiten Maat, ebenfalls. Wenn es ihm der Mühe wert wäre, würde er auch den Kapitän für sich kapern.‹

›Was sollen wir also tun?‹ fragte ich.

›Warte nur! Wir werden die Mäntel von ein paar Soldaten röter machen, als es je ein Schneider fertiggebracht hat.‹

›Sie sind aber bewaffnet‹, wandte ich ein.

›Na, wenn schon. Das werden wir auch sein, mein Junge. Für jeden von uns sind zwei Pistolen da. Und wenn wir es damit und der gesamten Mannschaft als Rückendeckung nicht schaffen, das Schiff in unsere Gewalt zu bekommen, dann sollten wir lieber noch einmal als Abc-Schützen bei einer jungen Lehrerin in die Schule gehen. Rede heute nacht einmal mit deinem Nachbar zur Rechten und schau, ob man ihm trauen kann!‹

Das tat ich und erfuhr, daß dieser junge Mann ganz ähnlich dran war wie ich selbst. Er hatte eine Fälschung auf dem Gewissen und hieß Evans. Genau wie ich änderte er späterhin seinen Namen. Als ein reicher, mit Hab und Gut gesegneter Mann lebt er jetzt im Süden Englands. Bereitwillig beteiligte er sich an dem Putsch. Wir sahen darin ja das einzige Mittel, uns zu retten. Und ehe wir die Bucht hinter uns hatten, blieben nur noch zwei Gefangene übrig, die nichts von der Sache wußten. Einer von ihnen war schwachsinnig, und wir wagten ihm deshalb nicht zu trauen, der andere litt an Gelbsucht und war uns zu nichts nütze.

Anfänglich gab es in der Tat nichts, was nach einem ernstlichen Hindernis ausgesehen hätte. Die Mannschaft setzte sich aus Raufbolden und Lumpen zusammen, die nur gerade für diesen Job angeheuert waren. Der falsche Kaplan erschien bei jedem von uns in der Zelle, unter dem Vorwand, uns zu mahnen und zu erbauen. Unterm Arm hielt er einen schwarzen Sack, der angeblich lauter fromme Traktätchen enthielt. Und so oft kam der geistliche Herr, daß am dritten Tag bereits jeder Sträfling am Fußende seines Bettes eine Feile, ein Paar Pistolen, ein Pfund Schießpulver und zwanzig Patronen verstaut hatte. Zwei der Wärter entpuppten sich als Prendergasts Agenten, und der zweite Maat war sein Adjutant. Gegen uns hatten wir nur noch den Kapitän, die beiden anderen Maate, zwei Wärter, Leutnant Martin und achtzehn Soldaten sowie den Arzt. Wir konnten also unserer Sache ziemlich sicher sein. Trotzdem ließen wir keine Vorsichtsmaßregel außer acht und bereiteten unseren Angriff, der mitten in der Nacht stattfinden sollte, sehr sorgfältig vor. Indessen kam dann alles auf einmal sehr schnell und anders, als wir gedacht hatten.

Eines Abends nämlich – wir mögen gut zwei Wochen unterwegs gewesen sein – stieg der Doktor zu uns herunter, um nach einem erkrankten Gefangenen zu sehen. Als er bei der Gelegenheit seine Hand auf das Fußende der Koje legte, stieß er an etwas Hartes und schien durch die Decke die Form der Pistolen zu fühlen. Hätte der Arzt sich still verhalten und seine Entdeckung unauffällig überspielt, vielleicht wäre die ganze Meuterei noch aufgeflogen. Aber er war ein nervöser kleiner Bursche und stieß einen Schrei der Überraschung aus. Auch wurde er so blaß, daß unser Spießgeselle sofort wußte, was los war. Er stürzte sich auf den Doktor, knebelte ihn und band ihn am Bett fest, ehe dieser um Hilfe rufen konnte. Der Arzt hatte die Tür zum Deck nicht hinter sich zugesperrt, und in Sekundenschnelle waren wir durch sie entwischt. Die zwei Wachtposten und ein Korporal, die angelaufen kamen, wurden niedergeschossen. Zwei weitere Soldaten standen müßig vor der Luxuskabine. Ihre Musketen schienen nicht geladen, denn sie gaben keinen einzigen Schuß auf uns ab. Auch sie wurden, während sie versuchten, ihre Bajonette auf uns zu richten, durch unsere Kugeln getötet. Dann stürmten wir weiter zur Kabine des Kapitäns. Aber noch ehe wir sie erreicht hatten, krachte dort ein Schuß. Wir stießen die Tür auf, und vor uns saß in sich zusammengesunken der Befehlshaber des Schiffes. Sein Kopf lag auf der Seekarte, die mit Reißzwecken an die Tischplatte geheftet war. Daneben stand mit rauchender Waffe in der Hand der Kaplan. Die beiden Maate waren inzwischen von der Mannschaft selbst ergriffen worden, und die ganze Angelegenheit schien bereits geregelt.

Wir rannten in die Luxuskabine nebenan und warfen uns dort auf Sessel und Sofas. Schier verrückt vor Freude über unsere wiedergewonnene Freiheit redeten wir alle durcheinander. Wilson, der falsche Kaplan, brach einen der Wandschränke auf und holte ein Dutzend Flaschen braunen Sherrys heraus. Wir schlugen den Buddeln die Hälse ab und gossen uns das Zeug in große Becher. Eben wollten wir anstoßen, als wir plötzlich ganz unvermutet Gewehrschüsse knallen hörten. Gleich darauf war der Raum, in dem wir uns befanden, so voller Rauch, daß wir nicht mehr bis über den Tisch sehen konnten. Und als der Qualm sich wieder einigermaßen verflüchtigt hatte, glich die Kajüte einem Schlachthaus. Im Gedanken an das Gemisch von Blut und Sherry allenthalben wird mir noch heute übel. Wilson und acht andere Männer wälzten sich in wüstem Handgemenge auf dem Fußboden. Wir waren von dem grausigen Schauspiel so erschreckt und angeekelt, daß wir, wäre Prendergast nicht gewesen, bestimmt aufgegeben hätten. Er jedoch stürzte nunmehr, wie ein Stier brüllend, auf die Tür los und alles, was noch am Leben war, hinter ihm drein. Draußen auf dem Achterschiff stand der Leutnant. Zehn seiner Männer umringten ihn. Die Oberlichte über dem Casino-Tisch waren einen Spalt weit offen. Durch diese Schlitze hatten die Soldaten auf uns geschossen. Noch ehe sie frisch laden konnten, fielen wir über sie her. Zwar wehrten sie sich tapfer, doch gewannen wir rasch die Oberhand. In fünf Minuten war alles vorüber. Mein Gott! Hat es je ein schlimmeres Massaker gegeben als auf diesem Schiff? Prendergast war wie der rasende Satan selbst. Er ergriff einen Soldaten um den andern – ganz gleich, ob lebend oder tot – und schmiß ihn über Bord. Ein junger, schwerverwundeter Sergeant hielt sich noch eine erstaunliche Zeit schwimmend über Wasser, bis ihm ein Gnadenschuß das Ende brachte. Am Schluß dieses furchtbaren Kampfes war von unseren Feinden außer den Wärtern, den Maaten und dem Arzt keiner mehr übrig.

Um ihretwillen entspann sich nun der große Streit. Vielen von uns genügte die zurückeroberte Freiheit vollkommen. Und wir hegten keinerlei Gelüste, noch einen Mord auf unser Gewissen zu laden. Es war etwas anderes, ob man im Zweikampf einen bewaffneten Soldaten überwältigte, oder ob man einfach wahllos und kaltblütig Menschenleben auslöschte. Zu acht, fünf Sträflinge und drei Matrosen, erklärten wir, dabei nicht mehr mittun, ja, es nicht dulden zu wollen. Wir konnten den wahnwitzigen Prendergast und seine Anhänger jedoch nicht bewegen, aufzuhören. Unsere einzige Gewähr für eine unbeschadete Zukunft, meinte er, sei ja eben, daß wir reinen Tisch machten, damit kein Augenzeuge mehr die Möglichkeit habe, eines Tages gegen uns auszusagen. Beinahe wäre es dahin gekommen, daß wir das Los der übrigen Gefangenen hätten teilen müssen. Da besann sich der Wüterich schließlich anders und schlug uns vor, wir sollten doch ein Boot nehmen und uns auf eigene Faust weiter durchschlagen, wenn wir uns unbedingt absondern wollten. Nur zu gern gingen wir auf dieses Angebot ein, da wir des blutigen Tuns längst überdrüssig waren und ahnten, es stünde uns hier nur noch Schlimmeres bevor. Jeder von uns wurde mit einem Matrosenanzug, einem Faß Wasser, einer Kiste voll Pökelfleisch und einer voll Schiffszwieback, dazu einem Kompaß ausgerüstet. An Hand der Seekarte gab uns Prendergast einige Richtlinien und schärfte uns ein, wir sollten uns als schiffbrüchige Seeleute ausgeben. Dann schnitt er die Fangleine ab und überließ uns unserem Schicksal.

Und nun, mein lieber Sohn, bin ich an der Stelle in meiner Geschichte angelangt, wo sie einen höchst unerwarteten Verlauf nahm.

Während unseres Aufbruchs hatten die Matrosen die Rahe gefiert, und als wir im Boot saßen, heißten sie sie auf. Eine leichte Brise wehte aus Nordosten und trieb das alte Schiff langsam von uns fort. Unser Boot schaukelte auf den großen glatten Wogen auf und nieder. Evans und ich, als die Gebildeteren in unserer Gesellschaft, saßen zwischen den Schoten; wir rechneten unsere Position aus und überlegten, welche Küsten wir am besten anpeilen sollten, was keine leichte Aufgabe war. Denn das Kap Verde lag etwa 500 Meilen nördlich, die afrikanische Küste 700 Meilen östlich von uns. Da der Wind aus Norden blies, hielten wir es für das beste, uns in der Richtung der Sierra Leone weiterzubewegen. Vom Steuerbord aus hatten wir unmittelbare Sicht auf unser verlassenes Segelschiff. Plötzlich sahen wir von dort eine schwarze Rauchwolke in die Höhe schießen. Wie ein riesiger Pilz stand sie überm Horizont. Einige Sekunden später dröhnte es wie Donnergetöse – und als der dunkle Schwaden sich verteilt hatte, war die *Gloria Scott* in nichts zerstoben. Sofort drehten wir bei und ruderten mit aller Kraft auf die Stelle zu, wo der Dunst noch überm Wasser lag und den Bereich der Katastrophe anzeigte.

Es dauerte eine gute Stunde, bis wir dort anlangten. Und zunächst mußten wir befürchten, zu spät gekommen zu sein, um noch irgend jemandem Rettung zu bringen. Ein geborstenes Boot sowie mehrere schwimmende Latten und Spierenteile wiesen auf das zerschellte Schiff hin. Aber kein Lebenszeichen regte sich weit und breit, und verzweifelt wollten wir wieder umkehren. Da vernahmen wir einen Hilfeschrei und erblickten in einiger Entfernung ein Stück Wrack, auf dem ein Mann ausgestreckt lag. Als wir ihn zu uns in den Kahn zogen, stellte sich heraus, daß es ein junger Matrose namens Hudson war. Er hatte starke Verbrennungen und brachte bis zum nächsten Morgen vor Erschöpfung kein Wort über das vorangegangene Ereignis heraus.

Allem Anschein nach fuhren Prendergast und seine Bande mit ihrem Gemetzel fort und wollten auch die übrigen fünf Gefangenen systematisch umbringen. Die zwei Wärter wurden einfach erschossen und über Bord geworfen. Das gleiche Geschick traf den dritten Maat. Dann stieg Prendergast zum Zwischendeck hinunter und schnitt dem unglückseligen Wundarzt eigenhändig die Kehle durch. Nun war nur noch der erste Maat, offenbar ein energischer und tollkühner Bursche, unversehrt. Als er den Riesen mit gezücktem Messer auf sich zukommen sah, schüttelte er seine Fesseln ab, die zu lösen er auf irgendeine Art fertiggebracht hatte. Er raste das Deck entlang und sprang in den Achterraum hinunter. Ein Dutzend Sträflinge verfolgten ihn und kletterten mit ihren Pistolen hinterher, ihn zu suchen. Sie fanden ihn, wie er mit einer Streichholzschachtel in der Hand neben einem offenen Pulverfaß saß. (Das war eines von den hundert, die an Bord mitbefördert wurden.) Und er schwor, er werde alles, was sich in seine Nähe wage, in die Luft sprengen. Im nächsten Augenblick folgte die Explosion. Hudson war allerdings der festen Ansicht, daß diese eher von der schlechtgezielten Kugel eines Sträflings herrührte als von der Zündholzschachtel des Maats. Was auch immer die Ursache gewesen sein mag, es bedeutete das Ende der *Gloria Scott* und des Pöbelhaufens, der die Macht über das Schiff an sich gerissen hatte.

Dies, mein lieber Junge, ist die Geschichte jenes schrecklichen Abenteuers, in das ich verwickelt war. Am nächsten Tag wurden wir von der Brigg *Heißsporn*, die Kurs auf Australien hatte, mitgenommen. Der Kapitän glaubte ohne weiteres, wir seien die Überlebenden eines untergegangenen Passagierschiffes. Bei der Marine wurde in den Akten lediglich der Verlust eines Deportationsschiffes *Gloria Scott* verzeichnet. Und nie verlautete ein Wort über ihr wirkliches Schicksal. Nach schneller und ausgezeichneter Fahrt setzte uns die *Heißsporn* in Sidney ab, wo Evans und ich unsere Namen änderten. Wir schlugen uns zu den Goldgräbern, und unter den zahllosen Anwärtern aus sämtlichen Nationen hatten wir keinerlei Schwierigkeit, unsere frühere Identität zu verleugnen.

Sonst bleibt nicht mehr viel zu berichten. Wir kamen vorwärts, wir reisten viel. Als reiche Kolonisten kehrten wir nach England zurück. Wir erwarben Grund und Boden. Länger als zwanzig Jahre führten wir ein friedliches, nutzbringendes Leben. Und wir hofften, unsere Vergangenheit sei für immer begraben. Stell Dir nun meine Empfindungen vor, als ich in dem Matrosen, der uns unlängst aufsuchte, sofort jenen Schiffbrüchigen, den wir vom schwimmenden Wrack weggeholt hatten, wiedererkannte. Weiß der Himmel, wie er unsere Spur ausfindig machen konnte! Er mußte sich vorgenommen haben, uns zu erpressen und sich auf Kosten unserer Befürchtungen ein bequemes Leben zu schaffen. Natürlich tat ich alles, um den Frieden mit ihm zu wahren, das wirst Du nun begreifen und mir erst recht meine Angst nachfühlen können, jetzt, da er mit Drohungen von hier fortgegangen ist, um das zweite Opfer zu bedrängen.‹

Darunter hatte eine zitternde Hand noch kaum leserlich geschrieben: ›Beddoes läßt mich durch die verschlüsselte Mitteilung wissen, daß Hudson alles verraten hat. O mein Herr Jesus, erbarme dich unserer armen Seele!‹

So lautet die Geschichte, wie ich sie in jener Nacht dem jungen Trevor vorlas. Unter den obwaltenden Umständen war sie gewiß dramatisch genug. Dem guten Jungen hat sie schier das Herz gebrochen. Er wanderte nach Tarai aus und gründete eine Teeplantage. Es soll ihm jetzt dort ganz gut gehen. Was Beddoes und den Matrosen anbelangt, so hat man seit jenem Tag, an dem der Warnbrief geschrieben wurde, weder vom einen noch vom andern mehr etwas gehört. Beide sind spurlos verschwunden. Bei der Polizei wurde keine Klage eingereicht, so daß Beddoes offensichtlich eine Drohung schon für die vollendete Tatsache nahm. Hudson hatte man lauernd umherstreichen sehen. Von polizeilicher Seite wurde angenommen, daß er Beddoes beiseite geschafft habe und getürmt sei. Ich für mein Teil dagegen glaube, in Wirklichkeit war es genau umgekehrt. Mir scheint viel einleuchtender, daß Beddoes sich in seiner Verzweiflung und in der Annahme, er sei bereits verraten, an Hudson gerächt hat und dann mit soviel Geld wie möglich geflohen ist.

Jetzt weißt du also alle Einzelheiten über diesen aufregenden Fall, Doktor. Kannst du sie für deine Sammlung gebrauchen, so seien sie dir zu treuen Händen überantwortet.«

DAS FAMILIENRITUAL

Was mich im Charakter meines Freundes Sherlock Holmes oft seltsam berührte, war seine beispiellose Unordnung in manchen Dingen. Er, der in seinen Gedankengängen präzise und systematisch wie kein anderer, in seiner Kleidung der korrekteste Mensch war, neigte andererseits in seinen persönlichen Angewohnheiten derart zur Schlamperei, daß es einen Mitbewohner zur Raserei treiben konnte. Nicht daß ich selbst in dieser Hinsicht im mindesten am Althergebrachten festhielte. Das rauhe Kriegsleben und der ganze Wirrwarr in Afghanistan hatten einen ziemlichen Bohemien aus mir gemacht, und ich war vielleicht nachlässiger, als es einem Mediziner von Rechts wegen erlaubt ist. Aber alles hat schließlich seine Grenzen, auch bei mir. Und wenn ich feststellen muß, daß ein Mensch meiner nächsten Umgebung seine Zigarren im Kohlenkübel, seinen Tabak in der Spitze eines persischen Pantoffels aufbewahrt, ja, daß er seine unbeantwortete Korrespondenz mit einem Taschenmesser genau in der Mitte auf dem hölzernen Kaminsims festheftet, dann geht mir das gegen den Strich, und ich fange an, mich tugendhaft zu gebärden. Auch stehe ich von jeher auf dem Standpunkt, daß Schießübungen ein Freiluftsport sind. Holmes indessen wandelte zuzeiten die seltsame Lust an, mit geladener Pistole in seinem Lehnstuhl zu sitzen und auf die gegenüberliegende Wand zu feuern, um sie mit patriotischen Insignien zu verzieren. In solchen Augenblicken hatte ich doch immer stark das Gefühl, durch derlei Späße werde weder die Atmosphäre noch das Aussehen unseres Zimmers verbessert. Meine liebe Not aber hatte ich mit seinen Papieren. Mein Freund verabscheute es, Dokumente zu vernichten, besonders wenn sie sich auf Fälle aus den Anfängen seiner Laufbahn bezogen. Trotzdem brachte er es nur ein-, höchstens zweimal im Jahr fertig, die Zeugnisse seiner Wirksamkeit in Akten einzuordnen. Ich habe in meinen Gedenkblättern ja bereits einmal erwähnt, wie bei ihm auf Ausbrüche leidenschaftlicher Energieentfaltung (in denen er jene beachtlichen Taten vollbrachte, durch die sein Name berühmt geworden ist) regelmäßig ein Absinken in vollkommene Lethargie erfolgte, währenddessen er wochenlang mit seiner Violine und seinen Büchern auf dem Diwan lag, ohne sich von der Stelle zu rühren. So häuften sich Monat für Monat die Papiere bei ihm, bis jede Ecke im Zimmer mit Schriftstücken vollgepfropft war. Verbrennen durfte man sie unter gar keinen Umständen, und auch das Wegräumen war niemand anderem gestattet als ausschließlich ihrem Eigentümer.

Als wir eines Abends im Winter zusammen am Feuer saßen und Holmes eben damit fertig war, Zeitungsausschnitte einzukleben, wagte ich den schüchternen Versuch, ihm nahezulegen, er möchte doch die nächsten zwei Stunden darauf verwenden, unser Zimmer etwas wohnlicher zu gestalten. Er konnte nicht leugnen, daß meine Bitte gerechtfertigt war. So verschwand er mit ziemlich zerknirschtem Gesicht für wenige Minuten in seiner Schlafkammer. Als er wieder heraustrat, zog er eine riesige Blechkiste hinter sich her. Er stellte sie mitten ins Zimmer, hockte sich auf einen Schemel davor und schlug den Deckel zurück. Ich sah, daß sie schon zu einem Drittel mit gebündelten, rotverschnürten Dokumenten angefüllt war.

»Da haben wir eine ganze Menge Kriminalfälle, Watson!« erklärte er mit boshaftem Augenzwinkern. »Wenn du wüßtest, was für Kostbarkeiten ich hier verstaut habe, würdest du bestimmt eher darauf bestehen, daß ich einiges aus dieser Kiste heraushole, anstatt es mit anderem zuzudecken!«

»Dann sind das wohl Aufzeichnungen über deine früheren Untersuchungen?« fragte ich neugierig. »Die hätte ich mir doch längst schon gern einmal angesehen.«

»Ja, alter Junge. Das sind alles frühreife Leistungen, ehe mein Biograph auftauchte, mich zu verherrlichen.« Mit zärtlich liebkosender Gebärde hob er ein Päckchen ums andere in die Höhe. »Tja, lauter Erfolge waren es nicht, Watson, aber ganz fabelhafte Probleme sind darunter. Da haben wir z. B. den Bericht über die Tarleton-Morde; dann den Fall Vamberry – das war der Weinpanscher – und hier, das Abenteuer einer alten Russin! Einzigartig auch diese Affäre um eine Aluminiumkrücke; und hier findest du sämtliche Stückchen, die der Klumpfuß Ricoletti und sein gräßliches Weib sich geleistet haben ... Ah, aber jetzt kommt ja nun wirklich etwas ganz Besonderes!« Er tauchte seinen Arm bis auf den Grund der Blechkiste und brachte ein zierliches Holzkästchen mit Schiebedeckel, das an eine Kinderspielzeugschachtel erinnerte, zum Vorschein. Und was holte er aus diesem seltsamen Behältnis heraus? Einen zerknüllten Zettel, einen altmodischen Messingschlüssel, einen Holzpflock, um den eine Bindfadenrolle gewickelt war – und drei rostige Metallplättchen.

»Na, Freund, was für einen Reim machst du dir auf diese hübschen Kleinigkeiten?« fragte er grinsend, als ich offenbar ein recht dämliches Gesicht machte.

»Eine merkwürdige Sammlung«, war alles, was ich herausbrachte.

»In der Tat. Noch merkwürdiger werden dir die Geschehnisse vorkommen, die damit zusammenhängen.«

»Dann haben diese Überbleibsel also eine regelrechte Geschichte?«

»Sie *sind* Geschichte. Und das so sehr, daß man sie geradezu als historische Funde bezeichnen kann.«

»Was meinst du damit?«

Sherlock Holmes legte sorgfältig Stück für Stück auf die Tischkante. Dann setzte er sich in seinem Sessel zurecht und betrachtete das Zeug aufmerksam, wobei ich den Schimmer der Genugtuung in seinen Augen wahrnahm.

»Die paar Sachen, das ist alles, was mir zur Erinnerung an die Musgrave-Episode geblieben ist«, sagte er.

Obwohl er mir gegenüber schon öfter diesen Fall erwähnt hatte, war es mir nie geglückt, Einzelheiten darüber von ihm zu erfahren. So packte ich die Gelegenheit beim Schopf: »Ich wäre dir sehr dankbar, wenn du mich über die Zusammenhänge aufklären wolltest«, bat ich.

»Und das Durcheinander lassen, wie es ist?« rief er spöttisch. »Wie wird dein Säuberungsbedürfnis diesen Aufschub ertragen, Watson? Immerhin, wenn du den Fall in deine Annalen aufnehmen möchtest, sollte es mich freuen. Denn er enthält so manches, was ihn zu einem der außergewöhnlichsten in ganz England, ja Europa macht. Und die Kinkerlitzchen, die ich mir davon aufbewahrt habe, werden ohne schriftlichen Kommentar der Nachwelt schwerlich einen vollständigen Begriff von der Angelegenheit vermitteln.

Ich habe dir ja von dem verhängnisvollen Untergang der *Gloria Scott* erzählt. Und du weißt auch, wie meine Unterhaltung mit jenem unglücklichen Manne, dessen Schicksal daran geknüpft war, den Anstoß gegeben hat, daß ich mich einem Wirkungsbereich zuwandte, der inzwischen zu meiner Lebensaufgabe geworden ist. Du kennst mich jetzt, wo man meinem Namen überall mit Achtung begegnet und wo ich sowohl beim breiten Publikum wie vor der erlauchten Gerichtsbarkeit selbst als eine Art letzte Beratungsinstanz in schwierigen Kriminalfragen gelte. Auch schon zur Zeit, als wir beide uns befreundeten und mich jene Mordaffäre von Lauriston Gardens, die du als *Studie in Scharlachrot* verewigt hast, in ihren Bann zog, hatte ich bereits einen beachtlichen, wenn auch nicht eben einträglichen Einfluß bei Scotland Yard. Du wirst dir heute kaum vorstellen können, wie schwer ich es anfangs hatte und *wie* lange ich warten mußte, bis ich zu meinem ersten wirklichen Erfolg kam.

Als ich zum erstenmal nach London kam, wohnte ich in der Montague Street, ganz in der Nähe des Britischen Museums. Dort wartete ich – und nutzte meine allzu vielen Mußestunden wenigstens dahingehend, daß ich mich in die Zweige der Wissenschaften vertiefte, mit deren Hilfe ich vielleicht besser zum Ziel gelangen würde. Hin und wieder wurde ich – und dies meist durch Vermittlung früherer Studienkollegen – zu Untersuchungen ungeklärter Verbrechen herangezogen. Während der letzten Universitätsjahre hatte sich nämlich viel von meiner Beobachtungs- und Kombinationsthese herumgesprochen. Der dritte dieser Fälle behandelte besagte Musgrave-Affäre. Und der Verkettung höchst eigenartiger Begebenheiten, deren Enträtselung mir anheimgestellt wurde, danke ich meinen ersten Schritt auf eine Stellung zu, wie ich sie heute habe.

Reginald Musgrave hatte seinerseits die gleichen Vorlesungen besucht wie ich, und wir kannten einander flüchtig. Bei den Studenten erfreute er sich im allgemeinen keiner großen Beliebtheit; man hielt ihn für hochmütig. Meines Erachtens war seine distanzierte Haltung indessen nichts anders als ein Deckmantel für angeborene Schüchternheit. Er wirkte ausgesprochen aristokratisch, hatte eine schlanke, hochgewachsene Gestalt und große helle Augen in einem schmalen Gesicht. Er benahm sich lässig, jedoch höflich. Tatsächlich war er der Sproß einer der ältesten Familien im Königreich England; allerdings entstammte er einem jüngeren Zweig der Musgraves, der sich im sechzehnten Jahrhundert abgespalten und im westlichen Sussex niedergelassen hatte. Der Herrensitz von Hurlstone ist vielleicht das älteste noch bewohnte Schloß in der ganzen Grafschaft. Etwas von seiner Geburtsstätte schien dem jungen Reginald immer anzuhaften. Wenn ich in dieses blasse, kühne Antlitz, auf den stolz emporgereckten Kopf blickte, projizierte mein geistiges Auge unwillkürlich dahinter graue Gewölbe und ehrfurchtgebietende Ruinen. Ab und an führten wir ein kleines Gespräch miteinander. Und ich erinnere mich noch, welch reges Interesse er immer wieder für meine detektivischen Fähigkeiten und Theorien bekundete.

Vier Jahre lang hatte ich nichts mehr von ihm gehört, als er mich eines Morgens in meiner Wohnung aufsuchte. Er hatte sich wenig verändert, war sehr elegant und modisch gekleidet, ein klein wenig dandyhaft, wie schon immer. Und er hatte auch seine ruhig sanfte, liebenswürdige Art des Umgangs bewahrt.

›Wie ist es Ihnen all die Zeit über gegangen, Musgrave?‹ erkundigte ich mich dann nach unserer sehr herzlichen Begrüßung.

›Wahrscheinlich haben Sie vom Tod meines armen Vaters gehört‹, erwiderte er. ›Vor zwei Jahren wurde er dahingerafft. Damit fielen mir natürlich die Besitzungen von Hurlstone zu, denen ich seither vorstehe. Da ich auch noch Mitglied des Gemeinderats bin, gab es immer eine Menge zu tun ... Aber zu Ihnen, Holmes. Es ist mir zu Ohren gekommen, daß Sie mittlerweile Ihre außergewöhnliche Begabung, durch die Sie uns immer in Erstaunen setzten, zur praktischen Anwendung gebracht haben.‹

›Ganz richtig‹, bestätigte ich. ›Ich will sozusagen meinen Broterwerb daraus machen.‹

›Das freut mich riesig, denn ich brauche im Augenblick dringend Ihren Rat. In Hurlstone haben sich in letzter Zeit höchst sonderbare Dinge ereignet, und die Polizei zeigte sich außerstande, dem Rätsel auf die Spur zu kommen. Es handelt sich da wirklich um eine ganz ungewöhnlich verzwickte und merkwürdige Begebenheit.‹

Du kannst dir ausmalen, Watson, mit welch brennender Wißbegier ich ihm zuhörte. Schien sich mir doch plötzlich eine Aufgabe zu bieten, wie ich sie in langen tatenlosen Monaten immerzu fieberhaft herbeigesehnt hatte. Denn ich war zuinnerst fest überzeugt, es würde mir glücken, einen Fall zu lösen, an dem andere gescheitert waren. Und nun war die Gelegenheit da, meine Fähigkeiten unter Beweis zu stellen.

›Bitte, erzählen Sie mir alle Einzelheiten!‹ bat ich ihn.

Reginald Musgrave setzte sich mir gegenüber und entzündete die Zigarette, die ich ihm angeboten hatte.

›Sie müssen wissen‹, begann er, ›daß ich, obwohl ich Junggeselle bin, einen beträchtlichen Stab Bediensteter auf Hurlstone unterhalten muß, denn es ist ein weitläufiges Besitztum und sehr altertümlich, so daß es vieler Arbeit bedarf, es in Ordnung zu halten. Zur Zeit der Fasanenjagden habe ich gewöhnlich eine größere Gesellschaft zu Besuch und käme ohne Personal schon gar nicht aus. Alles zusammengerechnet, besteht es aus acht Mädchen, einem Koch, einem Butler, zwei Lakaien und einem Laufburschen. Für Garten und Ställe sind selbstverständlich auch noch Angestellte da.

Von besagten dienstbaren Geistern war Brunton, der Butler, am längsten im Hause. Er suchte ursprünglich als junger Lehrer eine Stelle, als ihn Vater bei sich aufnahm. Brunton erwies sich als charaktervoll und fleißig und wurde bald eine unschätzbare Stütze für den gesamten Haushalt. Der junge Mensch war wohlgebildet und hatte ein angenehmes Gesicht mit einer klaren, klugen Stirn. Obgleich er zwanzig Jahre bei uns zubrachte, kann er jetzt noch nicht älter als vierzig sein. Bei seinem gewinnenden Wesen und seinen Begabungen – er spricht mehrere Sprachen und spielt beinahe jedes Musikinstrument – erscheint es merkwürdig, daß er sich so lange mit dieser Stellung zufriedengab. Aber ich vermute, er ist ein bißchen bequem, und es fehlte ihm von Jahr zu Jahr mehr an Energie, eine Veränderung herbeizuführen. Dieser Butler Brunton gehört für alle unsere Gäste schon fest zu Hurlstone.

Immerhin, *einen* Fehler hat der Musterknabe. Er zeigt einige Veranlagung zum Don Juan. Und Sie können sich denken, daß es für einen Mann wie ihn in unserer abgeschiedenen ländlichen Gegend nicht schwer ist, diese Rolle zu spielen.

Als er noch verheiratet war, ging ja alles gut. Aber seit er Witwer ist, gibt es in dieser Beziehung ständig Ärger. Vor einigen Monaten hofften wir schon, er werde eine zweite Ehe schließen, denn er verlobte sich mit Rachel Howells, unserem zweiten Stubenmädchen. Doch die Beziehung hielt nicht lange. Er will längst nichts mehr von ihr wissen und hat sich inzwischen mit Janet Tregellis, der Tochter des Jagdaufsehers, eingelassen. Rachel ist ein sehr gutes Mädchen, aber von reizbarem, walisischem Temperament. Die Ärmste bekam eine Gehirnentzündung und schleicht jetzt im Hause umher – wenigstens tat sie das bis gestern –, hohläugig und nur noch ein Schatten ihrer selbst. Das war auf Hurlstone unser erstes Drama, welches jedoch bald durch ein zweites, schlimmeres, in den Hintergrund gedrängt wurde. Ihm ging die Entlassung des Butlers Brunton voraus, der von einem Tag auf den anderen in Ungnade gefallen ist. Und zwar kam es dazu folgendermaßen:

Ich erwähnte ja schon, der Mann sei sehr intelligent – und gerade diese Intelligenz hat seltsamerweise seinen Untergang heraufbeschworen. Denn anscheinend verleitete sie ihn zu einer unersättlichen Neugier in bezug auf Dinge, die ihn aber auch nicht im geringsten etwas angehen. Ich hatte keine Ahnung von der Tragweite dieser Eigenschaft, bis ein eigentümlicher Zufall mir die Augen öffnete.

Wie ich Ihnen sagte, ist das Haus sehr weitläufig. Eines Nachts – genau gesagt, es war der Dienstag voriger Woche – konnte ich nicht einschlafen, weil ich dummerweise eine Tasse starken Kaffees nach dem Abendbrot getrunken hatte. Jeder Versuch, mich zu entspannen, mißlang, und ich lag gegen zwei Uhr früh noch immer wach. Daher stand ich auf und machte Licht, ich wollte einen angefangenen Roman weiterlesen. Als ich merkte, daß ich das Buch im Billardzimmer hatte liegenlassen, zog ich meinen Morgenmantel über und ging, es zu holen.

Um besagten Raum zu erreichen, mußte ich über eine Treppe in den ersten Stock hinabsteigen und einen Gang überqueren, der zur Bibliothek und zum Arsenal führt. Stellen Sie sich meine Überraschung vor, als ich dabei aus der Bibliothek einen Lichtschimmer dringen sah, denn ich entsann mich genau, die Lampe gelöscht und die Tür geschlossen zu haben, ehe ich zu Bett ging. Einbrecher! Das war natürlich mein erster Gedanke. Die Flurwände auf Hurlstone sind allenthalben mit Trophäen alter Waffen geschmückt. Kurz entschlossen nahm ich eine Streitaxt herunter. Den Leuchter ließ ich stehen und schlich mich auf Zehenspitzen den Gang entlang bis zu der halboffenen Tür. Vorsichtig lugte ich hinein, und wen erblickte ich? Brunton. Er saß vollständig angekleidet auf einem leichten Stuhl und hatte etwas auf den Knien liegen, das wie eine Landkarte aussah. Und er stützte die Stirn in die Hand, als sei er tief in Gedanken versunken.

Sprachlos vor Erstaunen stand ich im Dunkeln und beobachtete die von der Flamme eines kleinen Wachsstockes schwachbeleuchtete Szene.

Plötzlich erhob sich der Mann und ging zum Schreibtisch hinüber. Er schloß eine der Schubladen auf, zog sie heraus und entnahm ihr eine Papierrolle. Mit dieser kehrte er zu seinem Ausgangspunkt zurück, breitete das Blatt neben dem Wachsstock aus und betrachtete es mit minuziöser Sorgfalt. Die stille Selbstverständlichkeit, mit der hier ein Außenstehender eines unserer Familiendokumente überprüfte, empörte mich derart, daß ich einen Schritt nach vorn machte und in der Tür stand.

Brunton bemerkte mich sofort. Er sprang auf, und sein Antlitz war vor Schrecken leichenblaß. Rasch ließ er die kleine Landkarte in seine Brusttasche gleiten.

›Auf *diese* Weise also vergelten Sie uns das Vertrauen, das wir in

Sie gesetzt haben!‹ fuhr ich ihn wütend an. ›Ab morgen sind Sie fristlos entlassen!‹

Er verbeugte sich mit der Miene eines Menschen, der zutiefst getroffen ist, und schlich wortlos davon. Da die brennende Kerze noch auf dem Tisch stand, konnte ich mir gleich das Dokument, welches der Butler aus der Schublade gezogen hatte, näher anschauen. Zu meiner Verwunderung enthielt es durchaus nichts Besonderes, sondern lediglich eine Abschrift der Fragen und Antworten nach der eigentümlichen alten Formel, die das *Musgrave Ritual* benannt ist. Es handelt sich da um eine ganz bestimmte Zeremonie, der sich seit Jahrhunderten jeder Sproß unseres Stammes, wenn er mündig wurde, unterziehen mußte. Wie Sie sehen, ein ganz privater Brauch, der höchstens für Historiker einiges Interesse besitzt, wie etwa auch unsere heraldische Sammlung. Irgendwelchen praktischen Nutzen vermag wohl niemand daraus zu ziehen.‹

›Wir werden auf dieses Papier noch zurückkommen‹, bemerkte ich.

›Gewiß – wenn Sie meinen‹, sagte der junge Adlige zögernd. Dann fuhr er in seiner Erzählung fort:

›Ich verschloß den Sekretär wieder mit dem Schlüssel, den Brunton zurückgelassen hatte. Als ich mich zum Gehen wandte, stand zu meinem Erstaunen der ertappte Sünder neuerdings vor mir.

›Gnädiger Herr!‹ rief er mit vor Erregung heiserer Stimme. ›Ich ertrage die Schande nicht. Immer war ich so stolz auf meine Stellung – und der Verlust meiner Ehre würde mich töten. Laden Sie nicht mein Leben auf Ihr Gewissen, indem Sie mich in Verzweiflung stürzen. Können Sie mich nach dem, was geschehen ist, nicht länger hierbehalten, dann erlauben Sie mir, meine Kündigung einzureichen und innerhalb von vier Wochen Ihr Haus zu verlassen, als wäre es mein eigener Wille. Unter diesen Voraussetzungen wäre es mir möglich, mein Leben neu zu beginnen. Nicht aber, wenn Sie mich hinauswerfen und alle Leute hier, die mich so gut kennen, davon wissen.‹

›Viel Achtung verdienen Sie nicht mehr, Brunton‹, antwortete ich. ›Ihre Handlungsweise war niederträchtig. Da Sie indessen so lange in unserer Familie tätig waren, möchte ich Sie nicht öffentlich bloßstellen. Ein weiterer Monat in unserer Umgebung ist freilich zu lang. Gehen Sie binnen einer Woche, und geben Sie, welchen Grund immer Sie wollen, dafür an.‹

›Eine Woche nur, Sir?‹ rief er unglücklich. ›Vierzehn Tage wenigstens, ich flehe Sie an –‹

›Eine Woche‹, schnitt ich ihm das Wort ab. ›Und Sie werden zugeben, daß man Sie mit großer Nachsicht behandelt.‹ Das Gesicht sank ihm auf die Brust; als gebrochener Mann wankte er davon. Ich aber blies die Kerze aus und ging auf mein Zimmer zurück.

Zwei Tage lang wandte sich Brunton wieder – aufmerksamer denn je – seinen Pflichten zu. Ich spielte auf den Vorfall nicht mehr an und wartete, nicht ganz ohne Neugier, ab, wie er seine Schmach verbergen werde. Am dritten Morgen jedoch erschien er nicht wie sonst nach dem Frühstück bei mir, um meine Anweisungen für den Tag entgegenzunehmen. Als ich aus dem Speisezimmer trat, lief mir Rachel Howells über den Weg. Wie ich Ihnen bereits sagte, war sie erst vor kurzem von schwerer Krankheit genesen. Sie sah so abgezehrt und elend aus, daß ich sie zur Rede stellte, weshalb sie schon wieder arbeite.

›Sie gehören noch ins Bett‹, sagte ich. ›Ehe Sie Ihren Dienst antreten können, müssen Sie sich schon noch etwas erholen.‹

›Ich bin für meinen Dienst kräftig genug, Mr. Musgrave‹, erklärte sie.

›Wir wollen sehen, was der Doktor für richtig hält‹, entgegnete ich. ›Machen Sie vorläufig nicht weiter, sondern legen Sie sich hin. Und wenn Sie unten Brunton treffen, so sagen Sie ihm, daß ich ihn zu sprechen wünsche.‹

›Der Butler ist fort‹, versetzte sie.

›Fort? Wohin fort?‹

›Auf und davon. Niemand hat ihn gehen sehen. In seinem Zimmer ist er nicht. Jawohl, fort ist er!‹ schrie sie und fiel gegen die Wand zurück, wobei sie in schrilles Gelächter ausbrach. Dieser hysterische Anfall erschreckte mich so, daß ich die Alarmglocke in Bewegung setzte. Das Mädchen wurde in seine Kammer gebracht, während es immer noch weiter laut weinte und schluchzte. Ich versuchte mittlerweile etwas über Brunton zu erfahren. Verschwunden war er zweifellos. Sein Bett hatte er in der vergangenen Nacht nicht berührt. Zuletzt hatte man ihn am Abend vorher gesehen, als er sich in sein Zimmer zurückzog. Trotzdem war es unerfindlich, auf welche Weise er das Haus verlassen haben konnte, da man in der Frühe sowohl Fenster als auch Türen verschlossen fand. Seine Kleider, seine Uhr, ja, sogar sein Geld und die Stiefel hatte er zurückgelassen. Nur der schwarze Anzug, den er gewöhnlich trug, fehlte. Auch seine Pantoffeln standen nicht an ihrem Platz. Wohin also war Brunton gegangen, und was mochte aus ihm geworden sein? Natürlich durchsuchten wir das ganze Haus vom Keller bis zum Speicher. Doch nirgends stießen wir auf eine Spur.

Hurlstone ist, wie ich bereits erwähnte, das reinste Labyrinth, besonders was den alten Flügel anbelangt, der übrigens auch gar nicht mehr bewohnt ist. Das hinderte uns nicht, auch dort in jeden Winkel hineinzuleuchten, Dielen und Rumpelkammern durchzustöbern, ohne das geringste Lebenszeichen von dem Vermißten zu entdecken. Es schien mir fast unglaublich, daß er so sang- und klanglos weggelaufen sein sollte, da doch all seine Habe zurückgeblieben war. Aber wo, wo hielt er sich verborgen? Ich fragte beim nächstgelegenen Polizeirevier nach; ohne Erfolg. Es hatte während der Nacht geregnet. Wir suchten Rasen und Gartenwege rund ums Haus ab, um unverrichteterdinge zum Ausgangspunkt zurückzukehren. Da wurde unsere Aufmerksamkeit plötzlich durch neue Ereignisse in eine andere Richtung gedrängt.

Zwei Tage lang lag Rachel Howells im Delirium, das nur von gelegentlichen Schreikrämpfen unterbrochen wurde. Man hatte eine Pflegerin herangezogen, die nachts bei der Fiebernden wachte. In der dritten Nacht nach Bruntons Verschwinden war die Wärterin im beruhigenden Gefühl, die Patientin liege in tiefem Schlummer, in ihrem Lehnsessel eingenickt. Als sie beim Morgengrauen erwachte, fand sie das Bett leer, ein offenes Fenster und keine Spur von der Kranken. Man benachrichtigte mich sogleich, und ich machte mich mit den beiden Dienern auf die Suche nach der Vermißten. Die Richtung zu ermitteln, die sie eingeschlagen haben mußte, war wenigstens nicht schwierig. Wir folgten einfach von ihrem Fenster aus hinterm Haus den Fußabdrücken über den Rasen bis zum Weiher hin, der an dieser Stelle zweieinhalb Meter tief ist. Sie können sich unsere Gefühle vorstellen, als wir sahen, daß die Spur hier aufhörte. Selbstverständlich holten wir sofort die Schleppnetze und machten uns ans Werk, nach ihr zu fahnden. Jedoch das Mädchen blieb unauffindbar. Andrerseits förderten wir bei unserem seltsamen Fischzug etwas zutage, woran wir im Traum nie gedacht hatten, nämlich einen Leinensack, der ein Sammelsurium von uralten, verrosteten Metallplättchen sowie mehrere glanzlose Steine und entfärbte Glasstückchen enthielt. Dieser sonderbare Fund war alles, was wir dem See entreißen konnten. Und obgleich wir auch gestern noch unseren Erkundungszug fortsetzten und hinter jeder Möglichkeit herjagten, sind wir keinen Schritt weitergekommen. Sowohl der Butler als auch das Mädchen blieben verschollen. Unsere Bezirkspolizei ist am Ende ihrer Weisheit. Und darum sitze ich nun hier bei Ihnen, weil mir das als letzter Rettungsanker erschien.‹ –

Nun, Watson, mit welcher Spannung ich der Schilderung all jener ungewöhnlichen Vorkommnisse gelauscht habe, brauche ich dir wohl nicht zu beschreiben. Ich bemühte mich sehr, sie richtig aneinanderzufügen und auch den roten Faden zu erkennen, an dem sich die ganze Kette aufhängen ließ ... Der Butler war fort, das Stubenmädchen ebenfalls. Die kleine Waliserin hatte diesen Butler geliebt, später dann eher Grund gehabt, ihn zu hassen, feurig und leidenschaftlich, wie sie war. Nach seinem Verschwinden geriet sie in beängstigende Erregung. Sie warf einen Sack voller – scheinbar – wertloser Altertümer in den Teich. All diese Tatsachen zog ich in Betracht und wußte auch, daß nur eine davon die eigentliche Angelegenheit ins Herz traf. Wo also war der springende Punkt, das Ende jenes Knäuelgewirrs?

›Ich muß das Dokument sehen, Musgrave‹, wandte ich mich an meinen Mandanten, ›das Ihrem Butler so wichtig war, daß er dafür seine Stellung aufs Spiel setzte.‹

›Ach, dieses Ritual hat eigentlich gar keine Bedeutung. Es ist eben nur eine altehrwürdige Überlieferung, an der wir aus reiner Pietät festhalten. Ich habe eine Abschrift der Fragen und Antworten bei mir. Wenn Ihnen daran gelegen ist, sich mit diesem seltsamen Katechismus zu befassen, bitte sehr!‹

Und damit, Watson, reichte er mir dieses Papier hier. Ich will dir das zeremoniöse Frage- und Antwortspiel, dem sich jeder mannbar gewordene Musgrave unterziehen mußte, vorlesen:

›Wem gehörte es?‹

›Ihm, der gegangen ist.‹

›Wer soll es haben?‹

›Er, der kommen wird!‹

›In welchem Monat war es?‹

›Im sechsten.‹

›Wo stand die Sonne?‹

›Über der Eiche.‹

›Und wo lag der Schatten?‹

›Unter der Ulme.‹

›Wie wurde er begrenzt?‹

›Zehn und zehn nach Norden, fünf und fünf nach Osten, zwei und zwei nach Süden, einen und einen nach Westen und darunter.‹

›Was sollen wir dafür geben?‹

›Alles, was unser ist.‹

›Warum sollen wir es geben?‹

›Um des Vertrauens willen.‹

›Das Original trägt kein Datum, aber es ist in der Sprache des siebzehnten Jahrhunderts abgefaßt‹, bemerkte Musgrave dazu. ›Ich fürchte nur, für die Lösung des Geheimnisses wird es Ihnen kaum weiterhelfen.‹

›Zumindest enthält dieser Text ein zweites Geheimnis, das vielleicht noch fesselnder ist als das erste‹, war meine Antwort. ›Mag sein, daß sich mit der Lösung des einen zugleich auch die des andern ergibt. Entschuldigen Sie, Musgrave, wenn ich mir die Feststellung gestatte, daß Ihr Butler ein äußerst schlauer Bursche sein muß. Ganz sicher gewann er klareren Einblick in diese Zusammenhänge als zehn Generationen seiner Herrschaft zusammengenommen.‹

›Wie? Ich verstehe Sie nicht ganz‹, sagte Musgrave. ›Ich maß diesem ererbten Brauch nie irgendwelche praktische Bedeutung bei.‹

›Und ich halte ihn gerade in praktischer Hinsicht für ungeheuer bedeutsam. Vermutlich war Brunton mit mir gleicher Meinung. Und Klarheit über das Skriptum hat er sich nicht erst verschafft, als Sie ihn bei seiner Lektüre erwischten.‹

›Das ist gut möglich. Wir legten keinerlei Wert darauf, es zu verstekken.‹

›Meines Erachtens wollte er einfach zum letztenmal nachprüfen, ob er das Ganze genau im Gedächtnis behalten hatte. Wenn ich Sie recht verstanden habe, brachte er ja eine Art Landkarte mit sich, die er mit dem Manuskript verglich und die er in die Tasche schob, als Sie eintraten. Ist es nicht so?‹

›Das stimmt schon. Nur, was konnte ihm unser alter Familienbrauch bedeuten – und was soll überhaupt der ganze Aufwand?‹

›Dies herauszubekommen wird uns keine allzu großen Schwierigkeiten bereiten‹, sagte ich. ›Mit Ihrer Erlaubnis nehmen wir den ersten Zug nach Sussex, um an Ort und Stelle der Sache auf den Grund zu gehen.‹

Noch am selben Nachmittag langten wir beide auf Hurlstone an. Du hast sicher schon Bilder von dem berühmten alten Herrensitz gesehen oder Beschreibungen von ihm gelesen – so werde ich meine auf die Hauptmerkmale beschränken. Der Gesamtbau hat die Form eines lateinischen L, dessen langer Arm den modernen Teil darstellt, während der kurze den massiven alten Kern bildet, aus dem der Anbau später herauswuchs. Über dem niedrigen, schwereingelassenen Tor in der Mitte des ursprünglichen Schlosses ist die Jahreszahl 1607 eingemeißelt. In Fachkreisen ist man sich jedoch darüber einig, daß Gebälk und Mauerwerk noch weit früheren Ursprungs sind. Zwischen den ungeheuer dicken Wänden und winzigen Fenstern wurde es der Familie im Laufe des vorigen Jahrhunderts zu unwohnlich, so daß man einen neuen, luftiger und weiträumiger angelegten Flügel errichtete. Im Altbau befanden sich nun nur noch die Keller- und Lagerräume, soweit er nicht überhaupt leer stand. Ein herrlicher Park mit schönen uralten Bäumen umgab den Herrensitz. Und der See, auf den mein Klient zu sprechen kam, grenzte diesen nach der Straße hin ab. Er liegt etwa hundert Meter von dem Gebäude entfernt.

Ich war im vorhinein fest überzeugt, Watson, daß es hier nicht um drei voneinander unabhängige Geheimnisse ging, sondern um ein einziges. Und ich wußte auch, daß, sobald ich das Musgrave-Ritual richtig zu lesen und zu deuten verstand, ich den Schlüssel zur Wahrheit und zu dem Verschwinden des Butlers Brunton wie auch dieses Fräuleins Howells in der Hand haben würde. Deshalb wandte ich alle meine Energie an das Schriftstück. Warum war dieser Diener so begierig, die alte Formel fehlerlos zu beherrschen? Ganz sicher las er einen Sinn heraus, der all diesen Landjunkern seit Generationen nicht aufgegangen war. Und obendrein schien er sich einen persönlichen Vorteil davon zu versprechen. Wovon also und auf welche Weise war sein Schicksal ausschlaggebend beeinflußt worden?

Als ich mich nochmals in die Abschrift vertiefte, wurde mir vollkommen klar, daß die Maßangaben einen Ort umgrenzten. Auch der Inhalt des übrigen Dokuments bezog sich auf diese geographische Bestimmung. Wir mußten also die betreffende Stelle ausfindig machen, um den richtigen Weg zur Lösung des Rätsels zu finden. Zwei Anhaltspunkte waren uns gegeben: eine Eiche und eine Ulme. Was die Eiche anging, so war nichts leichter zu ermitteln als gerade diese. Zur Linken der Auffahrtsallee nämlich stand genau vor dem Anwesen ein Patriarch ihrer Gattung, einer der schönsten Bäume, die ich in meinem ganzen Leben gesehen habe.

›*Die* hat es sicher schon gegeben, als Ihr Ritual aufgezeichnet wurde?‹ fragte ich, als wir an der Eiche vorbeifuhren.

›Sie stand aller Wahrscheinlichkeit nach schon zur Zeit der normannischen Eroberung an diesem Fleck‹, bestätigte Musgrave. ›Sie hat einen Umfag von nahezu sieben Metern‹, fügte er hinzu.

Eine meiner Voraussetzungen stimmte also schon.

›Gibt es hier auch Ulmen?‹ forschte ich weiter.

›Dort drüben hatten wir einmal eine uralte Ulme. Doch sie wurde vom Blitz getroffen, und wir mußten sie fällen.‹

›Könnten Sie noch den Fleck bezeichnen, wo der Baum stand?‹

›Oh, gewiß doch!‹

›Und sonst wachsen hier keine Ulmen?‹

›Keine. Nur sehr viele Buchen.‹

›Ich möchte gern sehen, wo sich die alte Ulme befand.‹

Wir fuhren in dem Dogcart näher an das Schloß heran. Plötzlich hielt mein Mandant an. Wir stiegen aus; er führte mich etwas zur Seite und deutete auf einen vernarbten, zugewachsenen Fleck im Rasen. ›Hier war es.‹ Genau in der Mitte zwischen dem Haus und der Eiche hatte die Ulme gestanden. Meine Untersuchung ging mit Riesenschritten voran.

›Ob es möglich wäre, nachträglich die Höhe des Baumes festzustellen?‹ fragte ich.

›Ich erinnere mich noch genau, daß sie gut neunzehn Meter hoch war‹, lautete die überraschende Antwort – und gleich darauf kam die Erklärung. ›Wenn mein alter Hauslehrer mich in Trigonometrie unterrichtete, lief es immer darauf hinaus, daß wir irgendwelche Höhenmessungen vornahmen. So habe ich als Bub ungefähr jeden Baum und Strauch auf dem Gelände ausgemessen.‹

Ich hatte wirklich Glück bei meinen Nachforschungen. Die Gegebenheiten reihten sich schnell aneinander.

›Hat Ihnen Ihr Butler nie ähnliche Fragen gestellt, wie ich es jetzt tue?‹ wollte ich noch wissen.

Erstaunt schaute Reginald Musgrave mich an. ›Jetzt, wo Sie davon sprechen, fällt es mir wieder ein. Brunton fragte mich vor einigen Monaten tatsächlich nach der Höhe jener Ulme. Er nahm irgendeinen lächerlichen kleinen Streit mit dem Stallburschen über dasselbe Thema zum Vorwand.‹

Diese überraschende Eröffnung, Watson, bewies mir, daß ich mich auf der richtigen Fährte befand. Ich blickte zur Sonne hinauf. Sie stand ziemlich tief am Himmel, und ich rechnete mir aus, daß sie binnen einer Stunde spätestens genau über dem Wipfel der alten Eiche angelangt sein müsse. *Eine* Bedingung des Rituals wäre damit erfüllt. Und der ›Schatten‹ der Ulme bedeutete höchstwahrscheinlich dessen oberen Rand. Es sei denn, man war vom Stamm als Orientierung ausgegangen. Es galt nun herauszufinden, wohin diese äußerste Kante des Schattens fiel, wenn die Sonne genau über der Eiche stand.«

»Das muß aber schwierig gewesen sein, Holmes. Die Ulme ist doch überhaupt nicht mehr dagewesen«, wagte ich einzuwenden.

»Nun, wenn Brunton es fertigbrachte, mußte es mir auch gelingen. Übrigens war die Schwierigkeit wirklich nicht allzu groß. Ich folgte zunächst dem Schloßherrn in sein Arbeitszimmer und schnitzte mir diesen Pflock hier. Daran befestigte ich einen langen Bindfaden, in den ich nach jedem Meter einen Knoten knüpfte. Dann nahm ich eine große Angelrute von ein Meter achtzig Länge. Bald darauf ging ich mit meinem Gefährten wieder an die Stelle zurück, wo man die Ulme gefällt hatte. Die Sonne schien jetzt gerade den obersten Rand der Eiche zu berühren. Ich steckte die Angelrute in die Mitte des kleinen Erdhügels, zeichnete die Richtung ihres Schattens an und maß dessen Länge. Sie betrug zwei Meter siebzig. Meine Rechnung war nun ganz einfach. Wenn ein Stab von 1,80 m Länge einen Schatten von 2,70 m Länge warf, dann mußte ein 19,20 m hoher Baum einen Schatten von achtundzwanzig Metern und achtzig Zentimetern – in der gleichen Richtung natürlich – werfen. Ich maß in Verlängerung der angezeichneten Linie diese Entfernung ab und befand mich nun unmittelbar vor der Hauswand. Hier rammte ich einen Pflock in die Erde. Stell dir mein Frohlocken vor, Freund, als ich dicht daneben eine konische Vertiefung bemerkte. Denn nun wußte ich, das war die Stelle, die Brunton bei seinen Messungen gekennzeichnet hatte. Ich befand mich also noch auf der richtigen Spur.

Von diesem Ausgangspunkt ging ich nun weiter, nachdem ich mir mit Hilfe meines Taschenkompasses noch genau die vier Himmelsrichtungen eingeprägt hatte. Zehn Doppelschritte machte ich an der Hauswand entlang, und wieder kennzeichnete ich den erreichten Punkt durch einen Pflock. Dann tat ich behutsam zweimal fünf Schritte nach Osten und hierauf zweimal zwei nach Süden. Und siehe da, ich stand genau an der Schwelle des alten Tores. Zwei Schritte nach Westen bedeuteten, daß ich ein Stückchen den fliesenbelegten Gang hinab zurücklegen mußte, um den im Ritual angezeigten Ort zu erreichen.

Einen Augenblick lang jagte mir die Enttäuschung einen kalten Schauer über den Rücken, da ich befürchtete, es sei mir in meiner Kalkulation ein entscheidender Fehler unterlaufen. Der Schein der untergehenden Sonne lag voll auf dem gepflasterten Boden, und man sah deutlich genug, daß die altersgrauen, ausgetretenen Steine bestimmt seit vielen, vielen Jahren nicht vom Fleck bewegt worden, sondern so fest mit Zement aneinandergefügt waren wie eh und je. Hier konnte Brunton nicht am Werk gewesen sein. Ich klopfte den Boden ab; er hatte überall den gleichen Ton, klang nirgends hohl. Ein Sprung, eine Unterhöhlung waren ausgeschlossen. Doch Musgrave, der mittlerweile mein Vorgehen zu schätzen und ihm Bedeutung abzugewinnen begann, so daß er nahezu so aufgeregt wie ich selber war, hatte glücklicherweise das Manuskript aus der Tasche gezogen, um meine bisherigen Berechnungen zu vergleichen.

›Und *darunter*!‹ rief er, ›das *Darunter* haben Sie vergessen.‹ Ich hatte es nicht vergessen, sondern nur so ausgelegt, daß wir graben müßten. Aber bei seiner Bemerkung fiel es mir wie Schuppen von den Augen. ›Ist hier drunten denn ein Keller?‹ fragte ich.

›Ja, freilich, und der ist so alt wie die Burg selbst. Hier hinab, bitte, durch diese Tür!‹

Wir stiegen eine Wendeltreppe hinunter, und mein Gefährte zündete eine große Laterne an, die auf einem Faß in der Ecke stand. Im Nu erkannte ich, daß wir uns am richtigen Ort befanden, wie auch, daß kurz vor uns schon jemand anders dagewesen sein mußte.

Man lagerte Holz in dem Keller. Doch die Scheite, welche ursprünglich überall auf dem Boden verstreut gelegen hatten, waren nunmehr zu beiden Seiten aufgeschichtet, ganz offenkundig in der Absicht, in der Mitte einen sauberen Platz frei zu lassen. Auf diesem leeren Fleck lag eine schwere Steinplatte mit einem verrosteten Eisenring in der Mitte, an den ein dickes, buntkariertes Tuch geknotet war.

›Mein Gott!‹ schrie Musgrave. ›Das ist ja Bruntons Halstuch! Ich könnte darauf schwören, daß ich es an ihm gesehen habe. Was hatte der Schurke hier bloß zu suchen?‹

Auf meinen Vorschlag wurden ein paar Leute der Bezirkspolizei herbeigerufen, und in ihrer Gegenwart mühte ich mich dann – vergebens –, den Stein an dem Schal hochzuziehen. Als einer der Polizisten mit anfaßte, gelang es uns endlich, den Koloß zur Seite zu schieben. Ein schwarzes Loch gähnte uns entgegen. Musgrave kniete dicht daneben nieder und leuchtete mit seiner Laterne in den Schlund, während wir alle angestrengt hinabstarrten. Etwa zwei Meter tief unter uns lag eine kleine quadratische Kammer von ungefähr eineinhalb Metern Durchmesser. Darin befand sich eine plumpe, messingbeschlagene Holztruhe, deren Deckel offenstand. Und dieser komische altertümliche Schlüssel hier in meiner Hand ragte aus dem Schloß. Eine dicke Staubschicht hüllte die Kiste ein. Feuchtigkeit und Würmer hatten das Holz weitgehend zerfressen und auf der Innenseite kropfartige Pilzkulturen gebildet. Mehrere Metallplättchen – offenbar alte Münzen –, wie ich sie hier aufgehoben habe, lagen auf dem Boden der Truhe verstreut. Sonst enthielt sie nichts.

Im Augenblick jedoch beachteten wir diese Einzelheiten kaum. Denn unser Blick haftete wie gebannt an der Gestalt, die daneben kauerte. Es war ein Mann im schwarzen Anzug, der, mit der Stirn auf den Kistenrand gepreßt, gleichsam auf seinen eigenen Schenkeln hockte und die Arme rechts und links herabhängen ließ. Die zusammengekrümmte Haltung hatte ihm all das gestaute Blut ins Gesicht getrieben. Und niemand wäre wohl imstande gewesen, in dieser unheimlich verzerrten, lederfarbenen Fratze den vermißten Butler wiederzuerkennen. Nur Körpergröße, Kleidung und Haarwuchs verrieten dem Hausherrn, als er die leblose Erscheinung aufrichtete, wen er vor sich hatte. Der Unglückliche mußte schon seit einigen Tagen tot sein. Doch keine Wunde noch Verletzung wies darauf hin, auf welche Weise er sein schreckliches Ende gefunden hatte. Als die Leiche aus dem Keller getragen wurde, sahen wir uns also einem neuen Problem gegenüber, das fast ebenso furchtbar war wie jenes, von dem wir ausgegangen.

Offen gestanden, Watson, ich sah mich – an diesem Punkt meiner Nachforschungen – in meiner Hoffnung ziemlich enttäuscht. Lief doch meine Rechnung zunächst darauf hinaus, daß der Knoten sich ganz von selbst lösen würde, wenn ich erst einmal den im Ritual festgelegten Ort gefunden hätte. Und nun war ich zwar dort, indessen noch genauso ahnungslos wie zuvor, was die Kernfrage anbetraf: Welches Geheimnis verbarg sich hinter jenen ausgetüftelt undurchsichtigen Vorkehrungen der alten Musgrave-Familie? Gewiß, meine Fahndungen hatten uns schonungslos über Bruntons Verbleib aufgeklärt. Warum aber ihn gerade dieses grausige Schicksal ereilte und welche Rolle die verschwundene Frau dabei spielte, das galt es jetzt herauszufinden. Ich ließ mich auf einem Fäßchen in der Ecke nieder und überdachte sorgsam die ganze Angelegenheit.

Du kennst ja meine Methode in solchen Fällen. Ich versetze mich im Geiste in die Lage der handelnden Person und versuche, den Grad ihrer Intelligenz einzuschätzen. Im Falle Bruntons fiel es mir nicht schwer, er war gescheit und gebildet, und ich brauchte mir nur vorzustellen, wie ich mich selbst unter den gleichen Umständen verhalten hätte. Der Butler wußte, daß etwas Wertvolles sich hinter dieser Erbzeremonie verbarg, deshalb spürte er ihren Ort auf. Er sah sich dem riesigen Stein gegenüber, der zu schwer war, als daß ihn ein Mensch allein von der Stelle bewegen konnte. Was würde er daher tun? Von irgendwelchen Menschen außerhalb des Schlosses durfte er keine Hilfe beanspruchen, selbst wenn es da jemanden gab, dem er vertrauen könnte. Die Gefahr, ertappt zu werden, war zu groß. Wenn irgend möglich, mußte er sich seinen Spießgesellen innerhalb des Hauses suchen. Aber wen? Rachel Howells war ihm ergeben gewesen. Ein

Mann wird immer nur sehr schwer daran glauben, daß er die Liebe einer Frau verloren haben könnte, so schlecht er sie auch behandelt haben mag. Ein Don Juan wie dieser Butler würde versuchen, sich die kleine Howells durch einige Aufmerksamkeiten wieder geneigt und sie dann zu seiner Komplizin zu machen. Sie kamen miteinander nachts in den Keller, um mit vereinten Kräften den Stein von der Stelle zu bringen. Soweit konnte ich das Handeln der beiden verfolgen, als hätte ich es mit eigenen Augen gesehen.

Immerhin bedeutete es für zwei Menschen, noch dazu, wenn einer von ihnen eine Frau war, sehr schwere Arbeit, den Stein anzuheben. Mir hatte ein stämmiger Polizist dabei geholfen, und es war keine Kleinigkeit für uns gewesen. Was würde das ungleiche Paar zur Unterstützung seiner Kräfte herbeiholen? Ich stand auf und unterwarf die umherliegenden, verschieden großen Scheite eingehender Prüfung. Da fiel mein Blick auf das, was ich erwartet hatte. Ein etwa neunzig Zentimeter langer Klotz wies am einen Ende eine Kerbe auf, während etliche andere Hölzer an den Rändern abgeflacht waren, als habe sie ein beträchtliches Gewicht zusammengequetscht. Anscheinend hatten die beiden, als sie den Steinklumpen wegzogen, Scheite in den Spalt geklemmt, bis dieser so groß war, daß man hindurchkriechen konnte, und ihn dann durch einen quergelegten Balken offengehalten. Offensichtlich rührte daher die Vertiefung an der einen Seite des Holzes. Der Stein hatte den Balken mit seinem ganzen Gewicht auf die Kante der anderen Scheite gedrückt. Soweit befand ich mich also noch auf sicherem Grund.

Und wie ließ sich nun dieses Mitternachtsdrama rekonstruieren? Selbstverständlich konnte nur *einer* in das Loch hinuntersteigen, und das mußte Brunton gewesen sein. Das Mädchen hatte vermutlich oben gewartet, während der Butler die Truhe aufschloß und den Inhalt hinaufreichte. Und dann – was geschah dann?

Welche schwelende Glut der Rache mochte plötzlich in der Seele dieser leidenschaftlichen Keltin aufgeflammt sein, da sie den Mann, welcher ihr Unrecht und schweres Leid zugefügt hatte, in ihrer Gewalt wußte? War es Zufall, daß der Holzkeil abrutschte, und die einzige Schuld des Mädchens, daß es dieses Verhängnis verschwieg? Oder hatte ihre Hand mit jähem Griff die Stütze weggerissen, so daß der Stein an seinen ursprünglichen Platz zurückglitt und den Unglücklichen da unten lebendig begrub? – Wie dem auch sei, ich sah im Geiste immerzu die Gestalt dieser Frau, wie sie, an den gefundenen Schatz sich klammernd, in wilder Flucht die Wendeltreppe hinaufstürmte.

Vielleicht dröhnten die dumpfen Schreie des Eingesperrten noch in ihren Ohren, während seine Fäuste wie rasend gegen die steinerne Falltür trommelten, die des treulosen Liebhabers Atem ersticken sollte. Daher Rachels zerrüttete Nerven, ihr totenblasses Antlitz und hysterisches Gelächter am nächsten Morgen! Was aber war der Inhalt jener Kiste gewesen – und was hatte das Mädchen damit gemacht? Zweifellos handelte es sich um die Metallteile, Kiesel und Kristalle, die mein Mandant aus dem See gefischt hatte. All dessen hatte sie sich bei erster Gelegenheit entledigt, um damit die letzte Spur ihres Verbrechens zu tilgen.

Zwanzig Minuten lang hatte ich regungslos dagesessen und nachgedacht. Bleich stand der junge Musgrave dabei, indem er seine Laterne schwang und noch immer in die unheimliche Öffnung hinunterblickte.

›Es sind Münzen von Karl I.‹, erklärte er, als man das wenige, was sich noch in der Truhe befand, heraufgeholt hatte. ›Wie Sie sehen, haben wir die Entstehungszeit für unser Ritual richtig angesetzt.‹

›Vielleicht finden wir noch mehr von Karl I.‹, rief ich aufspringend, denn mit einem Schlag glaubte ich die beiden ersten Fragen des Schriftstückes zu begreifen. ›Wir wollen uns noch einmal all das, was Sie aus dem Teich geholt haben, genau anschauen!‹

Wir gingen hinauf in des Hausherrn Arbeitszimmer, und er breitete die Scherben und Trümmer vor mir aus. Es war mir durchaus verständlich, daß er meinem Tun keine große Beachtung schenkte, denn das Metall war fast schwarz, und die Steine hatten nicht Glanz noch Farbe mehr. Doch als ich einen an meinem Ärmel rieb, da begann er von innen her zu funkeln, als sprühte er Feuer in der dunklen Höhlung meiner Hand. Es befand sich auch eine Metallarbeit in Form eines Doppelrings darunter, der aber gänzlich verbeult und verbogen war.

›Man muß sich vor Augen halten‹, sagte ich, ›daß die Royalisten auch noch nach dem Tode des Königs in England führend waren. Und als sie schließlich doch fliehen mußten, haben sie viele von ihren Kostbarkeiten eingegraben und zurückgelassen, in der Hoffnung, daß sie, wenn wieder Friede herrschte, auf ihre Besitzungen zurückkehren würden.‹

›Mein Ahne, Sir Ralph Musgrave, war ein berühmter Kavalier und die rechte Hand Karls II. bei dessen Wanderzügen.‹

›Ach, wirklich?‹ entgegnete ich freudig. ›Nun, ich glaube, diese Tatsache schafft uns das letzte Glied, das wir noch brauchen. Ich gratuliere Ihnen, daß Sie, obschon auf tragische Weise, der Eigentümer dieser Reliquie von beachtlichem Wert geworden sind. Die noch weitaus größere Bedeutung liegt allerdings in ihrer historischen Seltenheit.‹

›Was wollen Sie damit sagen?‹ erkundigte der Erbe sich verwundert.

›Es handelt sich um nichts Geringeres als die alte Krone des ehemaligen Königs von England.‹

›Die Krone?‹

›Genau das. Wie heißt es noch in der Formel?

›Wem gehörte es?‹

›Ihm, der gegangen ist!‹

Das war nach der Hinrichtung Karls I., dann weiter:

›Wer soll es haben?‹

›Er, der kommen wird.‹

Damit ist Karl II. gemeint, dessen Regierung bereits vorausgesehen wurde. Es besteht meines Erachtens kein Zweifel darüber, daß dieses verbeulte und formlose Diadem einstmals die Stirn der königlichen Stuarts umgab.‹

›Und wie kam sie in den Teich?‹

›Ah, *die* Frage zu beantworten wird einige Zeit dauern.‹

Mit dieser Einleitung begann ich meine lange Kette von Voraussetzungen und Beweisen zu skizzieren, die ich im Geiste zusammengestellt hatte. Darüber brach die Dämmerung herein, und es wurde Abend. Als ich mit meiner Erzählung zu Ende war, stand der Mond am nächtlichen Himmel.

›Und wie kam es, daß Karl seine Krone nicht erhielt, als er aus der Verbannung zurückkehrte?‹ fragte Musgrave und steckte nachdenklich deren unscheinbare Überreste in den Leinensack zurück.

›Tja, da legen Sie den Finger auf einen Punkt, den wir wohl nie ganz klären werden. Wahrscheinlich ist, daß jener Musgrave, der von dem Geheimnis Kenntnis hatte, in der Zwischenzeit starb und diesen undurchsichtigen Führer seinen Nachkommen ohne entsprechende Erläuterung vererbte. Und von jenem Tage an bis zum heutigen wurde die bloße Formel immer vom Vater dem Sohne weitergegeben, bis sie schließlich in die Reichweite eines Mannes gelangte, der ihr das Geheimnis entriß und sein Wagnis mit dem Leben bezahlte.‹

Das also ist die Geschichte dieses Familienrituals, Watson. Drüben in Hurlstone heben sie weiter die Krone auf, obwohl ein Erbstreit darüber entstanden ist. Ein beträchtliches Sümmchen mußte entrichtet werden, ehe die Musgraves sie behalten durften. Sicher werden sie, wenn du meinen Namen erwähnst, sich glücklich schätzen, sie dir zu zeigen. Von dem Mädchen hat man nie wieder etwas gehört. Wahrscheinlich hat Rachel Howells England damals verlassen und ihre Gewissenslast zu anderen Gestaden, jenseits des Ozeans, getragen.«

SHERLOCK HOLMES AUF DEM STERBEBETT

Mrs. Hudson, die Hauswirtin meines Freundes Sherlock Holmes, war ein langmütiges Geschöpf. Sie duldete vieles. Nicht nur, daß ihr Haus zu allen Tages- und Nachtzeiten von Scharen seltsamer und oft recht verdächtiger Individuen überlaufen wurde; ihr bemerkenswerter Mieter selbst zeigte sich in seiner Lebensweise so exzentrisch, daß er ihre Geduld erheblich strapazieren mußte. Seine unglaubliche Schlamperei, seine Vorliebe, zu den merkwürdigsten Zeiten zu musizieren, seine unheimlichen und übelriechenden chemischen Experimente und die Atmosphäre von Gewalttätigkeit und Gefahr, die ihn ständig umgab, machten ihn zum unliebsamsten Mieter Londons. Anderseits freilich war sein Entgelt fürstlich. Ich bezweifle nicht, daß man für das Geld, das er während der Jahre, die ich mit ihm dort verbrachte, in das Haus steckte, dies selbst hätte kaufen können.

Die Hauswirtin lebte in tiefster Furcht vor ihm und wagte es nie, ihn zu stören, wie unerhört er sich auch aufführen mochte. Zudem hatte sie ihn wirklich gern, denn Frauen gegenüber war er ausgesprochen freundlich und entgegenkommend. Das weibliche Geschlecht lehnte er im Grunde ab, er mißtraute ihm, blieb aber stets ein ritterlicher Gegner. Da ich wußte, wie ehrlich Mrs. Hudsons Sorge um ihn war, lauschte ich aufmerksam ihren Worten, als sie im zweiten Jahr nach meiner Heirat bei mir erschien und mir von dem schlechten Zustand meines armen Freundes berichtete.

»Er liegt im Sterben, Dr. Watson«, sagte sie. »Seit drei Tagen geht es bergab mit ihm, und ich weiß nicht mal, ob er diesen Tag noch überlebt. Er würde es mir nicht erlauben, einen Arzt zu holen. Aber als ich heute früh sah, wie die Knochen aus seinem Gesicht hervortreten, und dann die Art, wie er mich mit seinen großen Augen ansah, da konnt' ich's nicht mehr ertragen. ›Mit oder ohne Ihre Erlaubnis, Mr. Holmes‹, habe ich gesagt, ›ich gehe jetzt einen Arzt holen.‹ – ›Dann holen Sie Watson‹, sagte er. An Ihrer Stelle würde ich keine Zeit verlieren, Sir, oder Sie treffen ihn nicht mehr lebend an.«

Ich war entsetzt, denn ich hatte nichts von seiner Erkrankung gehört. Ich brauche wohl nicht zu sagen, daß ich sofort Hut und Mantel ergriff; während der Fahrt fragte ich Mrs. Hudson nach Einzelheiten aus.

»Ich kann Ihnen da nur sehr wenig sagen, Sir«, erklärte sie. »Er arbeitet an einem Fall unten in Rotherhithe, in einer Allee nahe beim Fluß, und von da hat er das mitgebracht. Donnerstag nachmittag legte er sich ins Bett und hat's seitdem nicht mehr verlassen. In diesen Tagen ist weder Nahrung noch Flüssigkeit über seine Lippen gekommen.«

»Lieber Gott! Warum haben Sie denn nicht früher einen Arzt gerufen?«

»Er hätte ihn nicht empfangen, Sir! Sie wissen doch selbst, wie herrisch er ist. Ich hab's einfach nicht gewagt, gegen seinen Willen zu handeln. Aber auf dieser Welt bleibt er nicht mehr lange, das werden Sie selbst merken, wenn Sie ihn erst sehen.«

Er bot in der Tat einen erbärmlichen Anblick. In dem trüben Licht eines nebeligen Novembertages war das Krankenzimmer schon ein düstrer Ort, und dieses hagere, eingefallene Gesicht versetzte mir vollends einen Stich ins Herz. Die Augen glühten unnatürlich und vom Fieber vergrößert, auf jeder Wange ein hektischer roter Fleck, und dunkle Krusten standen um seine Lippen; die mageren Hände auf der Decke verkrampften sich unaufhörlich, und seine Stimme klang krächzend und unregelmäßig. Als ich ins Zimmer trat, lag er teilnahmslos da, aber es kam ein Schimmer des Erkennens in seine Augen, sobald er mich erblickte.

»Tja, Watson, wir scheinen in Teufels Küche geraten zu sein«, sagte er mit schwacher Stimme, aber doch mit einem Rest seiner alten Unbekümmertheit.

»Mein lieber Freund!« rief ich, indem ich auf ihn zuging.

»Bleib stehn! Bleib sofort stehn!« sagte er mit der schneidenden Schärfe, die ich bei ihm nur in Augenblicken der wichtigsten Entscheidungen kannte. »Wenn du näher kommst, muß ich dich aus dem Haus weisen.«

»Um Gottes willen, warum denn?«

»Ich wünsche es. Genügt dir das nicht?«

Ja. Mrs. Hudson hatte recht. Er gab sich herrischer denn je zuvor. Trotzdem, es war mitleiderregend, seinen Verfall mit anzusehen.

»Ich wollte ja nur helfen«, sagte ich.

»Sehr schön. Und du hilfst am besten, indem du das tust, was man dir sagt.«

»Natürlich, Holmes.«

Er milderte die Schärfe seines Tons.

»Du bist doch nicht beleidigt?« fragte er, nach Atem ringend.

Armer Teufel, wie sollte ich beleidigt sein, wenn ich ihn in solch einem Zustand vor mir liegen sah?

»Es geht mir nur um dein eigenes Wohl, Watson«, krächzte er.

»*Mein* Wohl?«

»Ich weiß, was mit mir los ist. Eine Krankheit aus Sumatra – die Holländer wissen mehr darüber, obwohl sie bis heute wenig dagegen unternommen haben. Eines steht jedenfalls fest: Sie ist unweigerlich tödlich und höchst ansteckend.«

Er sprach nun mit einer fiebrigen Eindringlichkeit, und während er mich zurückwies, bewegten sich seine langen Hände in unaufhörlichen Zuckungen.

»Lieber Himmel, Holmes! Bildest du dir vielleicht ein, daß mich das auch nur einen Augenblick abschrecken könnte? Es würde mich nicht einmal von einem Wildfremden zurückhalten!« Wieder machte ich ein paar Schritte auf ihn zu, aber er stieß mich durch einen wütenden Blick zurück.

»Wenn du dort stehenbleibst, werde ich reden, wenn nicht, mußt du den Raum verlassen.«

Ich hatte so große Achtung vor Holmes' außergewöhnlichen Fähigkeiten, daß ich mich immer seinen Wünschen gebeugt habe, sogar wenn ich seinen Beweggründen nicht folgen konnte. Jetzt aber regte sich all mein berufliches Pflichtgefühl. Sollte er meinetwegen immer und überall sonst bestimmen, hier, im Krankenzimmer, waren die Rollen vertauscht.

»Holmes«, sagte ich, »du bist nicht du selbst. Ein kranker Mensch ist nicht mehr als ein Kind, und als solches werde ich dich behandeln. Ob es dir paßt oder nicht, ich werde dich untersuchen und dementsprechend behandeln.«

Er sah mich boshaft an.

»Wenn ich schon unbedingt einen Arzt haben muß, dann laß mich bitte wenigstens einen wählen, zu dem ich Vertrauen habe«, sagte er.

»Das heißt also, zu mir hast du keines?«

»In deine Freundschaft: unbedingt. Aber Fakten sind Fakten, Watson, und schließlich bist du nur praktischer Arzt mit sehr begrenzter

Erfahrung und bescheidenen Fähigkeiten. Es ist mir schmerzlich, dies aussprechen zu müssen, aber du läßt mir ja keine andere Wahl.«

Ich war zutiefst verletzt.

»Diese Bemerkung ist deiner unwürdig, Holmes. Sie zeigt mir nur sehr deutlich den Zustand deiner Nerven. Aber wenn du kein Vertrauen zu mir hast, will ich dir meine Dienste nicht aufdrängen. Laß mich Sir Jasper Meek oder Penrose Fisher oder irgendeine andere Kapazität Londons holen. Ein Arzt muß her, das ist mein letztes Wort. Wenn du dir einbildest, ich bleibe hier ruhig stehen und sehe dir beim Sterben zu, ohne dir selbst helfen, noch einen anderen holen zu dürfen, dann hast du dir einen Falschen ausgesucht.«

»Du meinst es gut«, sagte der Kranke und stieß einen Laut aus, der sowohl ein Schluchzen wie ein Stöhnen sein konnte. »Muß ich dir denn deine eigene Unwissenheit vorführen? Bitte, was weißt du über Tapanuli-Fieber? Was weißt du über die schwarze Formosa-Fäulnis?«

»Habe von beiden nie gehört.«

»Es gibt im Fernen Osten – so viele Krankheitsprobleme, Watson – so viele unbekannte Infektionen –«, er verstummte immer wieder nach ein paar Worten, um Kräfte zu sammeln. »Ich habe kürzlich bei einigen Untersuchungen auf gerichtsmedizinischem Gebiet eine Menge darüber erfahren. Und mir dabei leider auch das hier zugezogen. Man kann nichts dagegen unternehmen.«

»Vielleicht nicht. Aber zufällig weiß ich, daß Dr. Ainstree, die größte lebende Kapazität für Tropenkrankheiten, zur Zeit in London ist. Jeder Einwand ist zwecklos, Holmes, ich gehe ihn sofort holen.« Ich wandte mich energisch der Tür zu.

Nie habe ich einen ähnlichen Schock erlebt. In derselben Sekunde nämlich sprang der sterbende Mann wie ein Tiger aus dem Bett und hatte mich auch schon eingeholt. Ich hörte das scharfe Geräusch eines sich umdrehenden Schlüssels. Im nächsten Augenblick war Holmes wieder zurück in sein Bett getaumelt, von dieser furchtbaren Anstrengung erschöpft und nach Luft ringend.

»Mit Gewalt entreißt du mir den Schlüssel nicht, Watson. Ich habe dich in der Hand. Hier bist du und hier bleibst du, mein Freund, bis ich anders entscheide. Aber ich will dir ein Zugeständnis machen. Dir liegt nur mein Wohl am Herzen. Natürlich weiß ich das sehr gut. Du sollst tun, was du für richtig hältst, aber lasse mir Zeit, ich muß wieder zu Kräften kommen. Jetzt noch nicht, Watson, jetzt noch nicht. Es ist vier Uhr, um sechs kannst du gehen.«

»Das ist nackter Wahnsinn, Holmes.«

»Doch nur zwei Stunden, Watson. Ich verspreche dir, um sechs kannst du gehen. Willst du so lange warten?«

»Es scheint mir keine andere Wahl zu bleiben.«

»Nein, nicht die geringste. Danke, ich kann mein Bett schon selbst in Ordnung bringen. Bitte, bleib in dieser Entfernung. Und jetzt, Watson, muß ich noch eine Bedingung stellen. Du wirst Hilfe herbeiholen, aber nicht von dem Mann, den du nanntest, sondern von dem, den ich wähle.«

»Einverstanden.«

»Das erste vernünftige Wort, seit du in diesem Zimmer bist, Watson. Da drüben liegen ein paar Bücher. Ich bin etwas erschöpft. Was meinst du wohl, wie einer Batterie zumute ist, die ihre Elektrizität in einen nicht leitenden Anschluß schickt – um sechs, Watson, setzen wir auf jeden Fall unsere Unterhaltung fort.«

Aber sie sollte viel früher fortgesetzt werden und unter Begleitumständen, die mir keinen geringeren Schrecken einjagten als den von vorhin. Ich hatte ein paar Minuten dagestanden und die stille Gestalt im Bett betrachtet. Holmes' Gesicht war zum größten Teil verdeckt, und er schien zu schlafen. Da ich es nicht über mich brachte, mich hinzusetzen und ruhig zu lesen, wanderte ich langsam im Zimmer umher und sah mir die Bilder der berühmten Verbrecher an, mit denen die Wände geschmückt waren. Schließlich gelangte ich bei meinem Rundgang am Kamin an. Ein Durcheinander von Pfeilen, Tabaksbeuteln, Spritzen, Federmessern, Revolverpatronen und anderem Unrat lag auf dem Sims verstreut; und mitten dazwischen eine kleine schwarz-weiße Elfenbeindose mit einem Schiebedeckel. Es war ein niedliches kleines Ding, und ich streckte schon die Hand aus, um es mir näher anzusehen, als –

– ein entsetzlicher Laut – ein gellender Schrei, den man wahrscheinlich unten auf der Straße hören konnte, kam vom Bett. Mich überlief ein kalter Schauer, und fast sträubten sich meine Haare. Als ich mich umdrehte, sah ich ein konvulsivisch zuckendes Gesicht und zwei irre Augen. Ich stand wie gelähmt, die kleine Dose immer noch in der Hand.

»Stell sie hin! Stell sie sofort hin, Watson! Sofort, sage ich!« Sein Kopf sank auf das Kissen zurück, und er stieß einen tiefen Seufzer der Erleichterung aus, als ich die Dose wieder auf den Kaminsims plazierte.

»Ich hasse es, wenn man meine Sachen anfaßt, Watson. Du weißt, ich kann es nicht leiden. Du regst mich unerträglich auf. Du – ein Arzt! – du genügst, einen Patienten fürs Irrenhaus reif zu machen. Setz dich hin, Mann, und laß mir meine Ruhe!«

Dieser Zwischenfall hinterließ einen sehr unangenehmen Eindruck bei mir. Der heftige, grundlose Ausbruch, dazu die grobe Sprache, so weit von seiner sonstigen höflichen Art entfernt, zeigte mir, in welchem Maß sein Geist zerrüttet war. Von allen Verfallserscheinungen ist der Zusammenbruch eines edlen Geistes am meisten zu beklagen. Ich saß stumm und niedergeschlagen da, bis die vereinbarte Zeit verstrichen war. Anscheinend hatte er genau wie ich die Uhr beobachtet, denn es war noch kaum sechs, als er mit derselben fiebrigen Munterkeit wie zuvor zu reden begann.

»Watson«, sagte er, »hast du Kleingeld bei dir?«

»Ja.«

»Silber?«

»Es reicht.«

»Wie viele Halfcrown*?«

»Fünf.«

»Ach, zu wenig! Zu wenig! Wie dumm, Watson. Aber egal, wieviel es auch sind, du kannst sie in deine Uhrtasche stecken. Alles übrige Geld in die linke Hosentasche. Danke dir. Das wird dir mehr Gleichgewicht geben.«

Das war doch irres Geschwätz! Er zitterte und stieß wieder so seltsame Laute aus.

»Du zündest jetzt das Gaslicht an, Watson. Aber gib acht, daß es keinen Augenblick stärker als mit halber Flamme brennt. Ich flehe dich an, sei vorsichtig, Watson. Danke. So ist es gut. Nein, die Vorhänge brauchst du nicht zuzuziehen. Sei jetzt bitte so freundlich, und leg ein paar Briefe und Papiere auf den Tisch in meiner Reichweite. Und auch noch ein paar Sachen von dem Kaminsims. Wunderbar, Watson. Da liegt eine Zuckerzange. Faß die kleine Dose damit an, und stell sie hierher zwischen die Papiere. Gut so. Jetzt kannst du gehen und Mr. Culverton Smith holen, er wohnt Lower Burke Street Nr. 13.«

Um die Wahrheit zu sagen, mein Verlangen, einen Arzt zu holen, hatte etwas abgenommen, denn der arme Holmes war in einem solchen Delirium, daß es gefährlich schien, ihn allein zu lassen. Wie auch immer, jedenfalls brannte er jetzt genauso darauf, den erwähnten

* Ein Halbkronenstück = 2½ Shilling.

Mann herbeizuholen, wie er sich vorhin strikt gegen jede Konsultation gesträubt hatte.

»Ich habe diesen Namen noch nie gehört«, sagte ich.

»Kein Wunder, mein guter Watson. Es wird dich vielleicht überraschen zu hören, daß der Mann, der sich in dieser Krankheit am besten auskennt, kein Arzt, sondern ein Plantagenbesitzer ist. Mr. Culverton Smith ist ein bekannter Bürger Sumatras; er besucht zur Zeit England. Ein Ausbruch dieser Krankheit auf einer seiner Plantagen, die von ärztlicher Hilfe weit entfernt liegen, zwang ihn, sich selbst damit zu befassen, und zwar mit einigen weitreichenden Folgen. Er ist ein Mann mit genau festgelegtem Tagesplan, und deshalb wollte ich nicht, daß du früher als um sechs zu ihm gehst; ich wußte, du würdest ihn sonst nicht antreffen. Wenn es dir gelingt, ihn zu bewegen, hierherzukommen und die Güte zu haben, uns seine einzigartige Erfahrung auf diesem Gebiet zur Verfügung zu stellen – das Studium war ja sein liebstes Hobby –, dann bin ich sicher, daß er mir helfen kann.«

Ich gebe Holmes' Worte hier im Zusammenhang wieder und will gar nicht versuchen zu zeigen, wie oft sie von Atemnot und Händeringen – was beides nur ahnen ließ, wie sehr er litt – unterbrochen wurden. In den paar Stunden hatte sich sein Aussehen verschlechtert. Die hektischen roten Flecken traten deutlicher hervor, die Augen glühten noch fiebriger aus den tiefen Höhlen, und kalter Schweiß glänzte auf seiner Stirn; seine Tapferkeit war unverändert. Bis zum letzten Augenblick würde er der Meister bleiben, der nicht nur andere, sondern vor allem sich selbst beherrscht.

»Du wirst ihm genau schildern, in welchem Zustand du mich verlassen hast«, sagte er. »Du mußt ihm deinen eigenen Eindruck vermitteln: ein sterbender, im Delirium liegender Mann. Aber wirklich, ich begreife nicht, warum nicht der ganze Meeresgrund aus einer einzigen festen Schicht von Austern besteht. Diese Wesen sollen doch so fruchtbar sein. Ah, aber ich schweife ab. Seltsam, wie das Gehirn sich selbst kontrolliert. Was sagte ich gerade, Watson?«

»Wie ich mich Mr. Culverton Smith gegenüber verhalten soll.«

»Ja, ja natürlich. Ich erinnere mich wieder. Mein Leben hängt davon ab. Versuche dein möglichstes, Watson. Wir stehen nämlich nicht gut miteinander. Sein Neffe, Watson – ich hatte den Verdacht, daß da ein falsches Spiel gespielt wurde, und erlaubte ihm, Einblick zu nehmen. Der Junge starb auf furchtbare Weise. Er hegt Groll gegen mich. Du mußt ihn besänftigen, Watson. Bitte ihn, fleh ihn an, bring ihn nur her. Er kann mich retten – nur er allein!«

»Ich werde ihn im Wagen herbringen, und sollte ich ihn hereintragen.«

»Nein, du wirst nichts dergleichen tun. Du wirst ihn nur überreden, und dann mußt du vor ihm zurückkommen. Erfinde irgendeinen Grund, warum du ihn nicht begleiten kannst. Vergiß das nicht, Watson. Du darfst mich nicht im Stich lassen. Du hast mich noch nie enttäuscht. Sicherlich, es muß da natürliche Feinde geben, die die Vermehrung der Tiere verhindern. Du und ich, Watson, wir haben unsern Teil getan. Soll die Welt denn von Austern überschwemmt werden? Nein! Nein – gräßlicher Gedanke. Du wirst ihm alles berichten, was du weißt.«

Ich verließ ihn, noch ganz unter dem Eindruck stehend, wie dieser hervorragende Geist nun wie ein blödes Kind stammelte. Den Schlüssel hatte er mir ausgehändigt, und mit einem glücklichen Gefühl nahm ich ihn mit, sicher, daß Holmes sich nicht wieder einschließen konnte. Mrs. Hudson stand zitternd und jammernd im Flur. Als ich aus der Wohnung trat, hörte ich Holmes' hohe, scharfe Stimme irgendeinen irren Gesang anstimmen. Während ich unten auf einen Wagen wartete, kam aus dem Nebel ein Mann auf mich zu.

»Wie geht es Mr. Holmes, Sir?« fragte er. Es war ein alter Bekannter, Inspektor Morton von Scotland Yard, zivil in Tweed gekleidet.

»Er ist sehr krank«, erwiderte ich ernst. Morton sah mich sonderbar an. Wäre dieser Gedanke nicht so gemein gewesen, ich hätte wetten können, daß sein Gesicht im Lichtschein des Flurfensters frohlockend aufstrahlte.

»Ich hörte so ein Gerücht«, sagte er.

Der Wagen war inzwischen gekommen, und ich trennte mich von ihm. Lower Burke Street erwies sich als eine Reihe schöner Häuser, die in der Gegend zwischen Notting Hill und Kensington standen. Das Gebäude, vor dem mein Kutscher hielt, strahlte mit seinen altmodischen Eisengeländern, der massiven Flügeltür und dem glänzenden Kupferwerk etwas von Selbstgefälligkeit und verbrämter Ehrbarkeit aus. Es fand sich auch im Einklang mit dem feierlichen Butler, der – umrahmt vom Schein eines rosafarbenen Lichtes – in der Tür erschien.

»Ja, Mr. Culverton Smith ist zu Hause, Dr. Watson! Sehr wohl, Sir, ich werde Ihre Karte hineinbringen.«

Mein bescheidener Name und Titel schienen Mr. Culverton Smith nicht sonderlich zu beeindrucken. Durch die halbgeöffnete Tür drang eine hohe, verdrießliche Stimme.

»Wer ist dieser Mensch? Was will er? Mein Gott, Staples, wie oft habe ich Ihnen eigentlich schon gesagt, daß ich nicht gestört zu werden wünsche, wenn ich bei meinen Versuchen bin!« Darauf folgte ein freundlicher Redestrom mit besänftigenden Erklärungen seitens des Butlers.

»Genug. Ich will ihn nicht sehen, Staples. Ich kann meine Arbeit auf diese Weise nicht unterbrechen. Ich bin nicht zu Hause. Sagen Sie ihm das. Sagen Sie ihm, er soll morgen früh wiederkommen, wenn er mich partout sprechen muß.«

Wieder das sanfte Gemurmel.

»Ja, ja, das sagen Sie ihm. Er soll am Morgen kommen oder wegbleiben. Meine Arbeit darf nicht gestört werden.«

Ich dachte an Holmes, wie er sich auf seinem Lager hin und her warf und vielleicht die Minuten zählte, bis ich ihm Hilfe brachte. Es war nicht der Zeitpunkt, gesellschaftliche Regeln zu beachten. Sein Leben hing von meiner Entschlossenheit ab. Noch ehe der sich entschuldigende Butler seinen Spruch hatte loswerden können, war ich an ihm vorbeigeschritten und im Zimmer.

Mit einem schrillen, ärgerlichen Schrei sprang ein Mann aus einem Liegestuhl am Feuer auf. Ich sah in ein großes, gelbes Gesicht, grobporig und fettig, mit schwerem Doppelkinn und zwei düsteren, drohenden grauen Augen, die mich unter buschigen, rotgelben Brauen hervor anstarrten. Auf dem hohen, kahlen Schädel klebte seitlich ein kokettes Samtkäppchen. Der Kopf wirkte riesig, doch als ich tiefer blickte, sah ich zu meiner Überraschung, daß der Körper klein und zerbrechlich war, in der Schulterpartie und am Rücken verkrüppelt wie bei einem Menschen, der als Kind Rachitis gehabt hat.

»Was soll das?« rief er mit hoher, kreischender Stimme. »Was bedeutet dieser Einbruch? Habe ich Ihnen nicht sagen lassen, ich würde Sie morgen früh empfangen?«

»Es tut mir leid«, sagte ich, »aber die Sache duldet keinen Aufschub. Mr. Sherlock Holmes –«

Die Erwähnung dieses Namens hatte eine außergewöhnliche Wirkung. Von einer Sekunde auf die andere verschwand der ärgerliche Ausdruck von seinem Gesicht, die Züge wurden gespannt und wach.

»Kommen Sie von Holmes?« fragte er.

»Ich habe ihn gerade erst verlassen.«

»Was ist mit ihm? Wie geht es ihm?«

»Er ist schwer krank. Das ist auch der Grund, warum ich hier bin.«

Der Mann wies auf einen Sitz und drehte sich um, seinen eigenen wieder einzunehmen. Dabei erhaschte ich im Spiegel über dem Kamin einen Blick auf sein Gesicht. Ich hätte schwören mögen, daß es von einem heimtückischen Lächeln verzerrt war. Doch dann mußte ich annehmen, daß es sich um eine nervöse Muskelzerrung gehandelt hatte, denn als er sich mir wieder zuwandte, stand ehrliche Anteilnahme auf seinem Gesicht.

»Ich bin aufrichtig betrübt, das zu hören«, sagte er. »Ich kenne Mr. Holmes zwar nur durch einige geschäftliche Angelegenheiten, aber ich bringe seinem Talent und seiner Persönlichkeit höchsten Respekt entgegen. Er ist auf dem Gebiet des Verbrechens Amateur, wie ich es auf dem der Medizin bin. Ihn interessiert der Schurke, mich die Mikrobe. Das hier sind meine Gefängniszellen«, fuhr er fort, indem er auf eine Reihe von Flaschen und Gefäßen wies, die auf einem Seitentisch aufgereiht standen. »Unter diesen tierischen Kulturen befinden sich einige der schlimmsten Feinde der Menschheit – und sitzen hier ihre Zeit ab.«

»Gerade wegen Ihrer besonderen Kenntnisse auf diesem Gebiet möchte Mr. Holmes Sie sehen. Er hat eine hohe Meinung von Ihnen und hält Sie für den einzigen Menschen in London, der ihn retten könnte.«

Der kleine Mann zuckte zusammen; das schmucke Samtkäppchen fiel zu Boden.

»Warum?« fragte er. »Warum glaubt Mr. Holmes, ausgerechnet ich könnte ihm in seiner Not helfen?«

»Ihre Erfahrungen mit asiatischen Krankheiten –«

»Aber wie kommt er denn darauf, daß die Krankheit, die ihn erwischt hat, aus dem Osten stammt?«

»Nun, er hat während einer beruflichen Untersuchung unter chinesischen Seeleuten bei den Docks gearbeitet.«

Mr. Culverton Smith lächelte liebenswürdig und hob sein Käppchen auf.

»Ach, darum geht's also – wie?« sagte er. »Ich bin sicher, alles ist gar nicht so schlimm, wie Sie denken. Wie lange ist er schon krank?«

»Ungefähr drei Tage.«

»Phantasiert er?«

»Ab und zu.«

»Ts, ts. Das klingt ernst. Es wäre unmenschlich, seiner Bitte nicht zu folgen. Ich verabscheue zwar in höchstem Maße jede Unterbrechung meiner Arbeit, Dr. Watson, aber dies scheint ein besonderer Fall zu sein. Ich werde Sie sogleich begleiten.« Ich erinnerte mich noch gerade rechtzeitig an Holmes' Anweisung.

»Oh, ich habe noch eine andere Verabredung«, sagte ich schnell.

»Schön, dann werde ich allein hingehen. Die Adresse von Mr. Holmes habe ich irgendwo notiert. Sie können sich darauf verlassen, daß ich spätestens in einer halben Stunde bei ihm bin.«

Mit zitternden Knien betrat ich zum zweitenmal Holmes' Schlafzimmer. Ich wußte, in meiner Abwesenheit konnte das Schlimmste eingetroffen sein. Zu meiner ungeheuren Erleichterung hatte sich sein Zustand jedoch wesentlich gebessert. Er sah zwar immer noch geisterhaft aus, doch alle Anzeichen von Fieber waren gewichen, und er sprach, wenngleich mit schwacher Stimme, so doch mit größerer Klarheit und Wachsamkeit als zuvor.

»Nun, hast du ihn gesprochen, Watson?«

»Ja, er will kommen.«

»Herrlich, Watson! Herrlich! Du bist der beste Sendbote, den man sich wünschen kann.«

»Er wollte mich begleiten.«

»Ausgeschlossen. Das wäre ganz und gar unmöglich gewesen. Hat er gefragt, was mir fehlt?«

»Ich erzählte ihm von den chinesischen Seeleuten.«

»Sehr gut, Watson, du hast wirklich alles getan, was ein guter Freund nur tun kann. Und jetzt wirst du von der Bildfläche verschwinden.«

»Entschuldige, Holmes, ich muß auf ihn warten und seine Meinung hören!«

»Freilich mußt du das. Aber ich habe Grund zu der Annahme, daß seine Äußerungen bedeutend offener und wertvoller ausfallen werden, wenn er glaubt, wir seien allein. Hier, hinter dem Kopfende meines Bettes, findest du gerade genug Platz, Watson.«

»Mein lieber Holmes –«

»Ich fürchte, dir bleibt keine Wahl. Das Zimmer bietet kein rechtes Versteck an, nun, um so besser, dann wird gar nicht erst Verdacht erregt. Ich glaube, Watson, so kann es klappen.« Plötzlich richtete er sich lauschend auf. »Da – hörst du die Räder? Schnell, Mann, wenn dir was an mir liegt! Und rühr dich nicht, was auch immer geschieht, verstehst du? Sprich kein Wort, beweg dich nicht. Hör nur zu – mit allen Sinnen.« Dann, einen Augenblick später, fiel seine ganze Kraft in sich zusammen, und seine befehlenden, klaren Worte gingen in leises, unbestimmtes Gemurmel über, in das Gestammel eines Menschen, der halb im Delirium liegt.

Von dem Versteck aus, in das ich so eilig gedrängt worden war, hörte ich die Schritte auf der Treppe und das Öffnen und Schließen der Schlafzimmertür. Dann folgte zu meiner Überraschung eine lange Stille, gestört nur von dem keuchenden Atmen und Stöhnen des Kranken. Ich konnte mir vorstellen, wie unser Gast neben dem Bett stand und auf den Leidenden hinunterblickte. Endlich wurde die unheimliche Ruhe unterbrochen.

»Holmes!« rief er, »Holmes!« Und das in dem drängenden Ton eines Menschen, der einen Schlafenden wecken will. »Können Sie mich verstehen, Holmes?« Es folgte ein Geräusch, als schüttelte er den Kranken heftig an den Schultern.

»Sind Sie es, Mr. Smith?« flüsterte Holmes. »Ich wagte gar nicht zu hoffen, daß Sie kommen würden.«

»Das glaube ich gern«, sagte Smith, »und doch bin ich hier, wie Sie merken. Feurige Kohlen, Holmes, feurige Kohlen!«

»Sehr freundlich von Ihnen, wirklich sehr edel. Ich schätze Ihre besonderen Fähigkeiten hoch ein.«

Der Besucher kicherte.

»Ja, das tun Sie, und glücklicherweise sind Sie auch der einzige Mensch in London, von dem man das sagen kann. Wissen Sie, was mit Ihnen los ist?«

»Dasselbe.«

»Ach, Sie erkennen also die Symptome?«

»Nur zu gut.«

»Nun, ich wäre nicht überrascht, Holmes, ich wäre wirklich nicht überrascht, wenn es dasselbe wäre. Der arme Victor, er war ein toter Mann am vierten Tag – und dabei ein so kräftiger, gesunder Bursche. Natürlich war es, wie Sie selbst sagten, höchst seltsam, daß er sich mitten im Herzen Londons eine derart seltene asiatische Krankheit geholt haben sollte, noch dazu eine, mit der ich mich speziell befaßt habe. Merkwürdiger Zufall, Holmes. War gescheit von Ihnen, das gleich zu merken. Anderseits aber auch ziemlich lieblos, wie Sie Ursache und Wirkung vermutet haben.«

»Ich weiß, daß Sie's getan haben.«

»Ach, Sie wissen das wirklich? Nun, beweisen können Sie jedenfalls nichts. Aber wie finden Sie eigentlich dies: Zuerst verbreiten Sie solche Gerüchte über mich, und dann kommen Sie angekrochen und flehen um Hilfe, weil es Sie selbst erwischt hat? Was für ein Spiel ist das – he?«

Ich hörte den rasselnden, mühsamen Atem des Kranken.

»Wasser!« stöhnte er.

»Sie sind Ihrem Ende sehr nahe, mein Freund, aber ich möchte nicht, daß Sie das Zeitliche segnen, ehe ich nicht mit Ihnen geredet habe. Das ist der einzige Grund, warum Sie jetzt Wasser bekommen. Vorsicht, verschütten Sie es nicht. Gut so. Können Sie mir folgen?«

Holmes wimmerte. »Helfen Sie mir, lassen Sie die Vergangenheit ruhen«, flüsterte er. »Ich werde alles aus meinem Gedächtnis streichen, ich schwöre Ihnen, daß ich das tun werde. Nur – retten Sie mich. Ich vergesse alles.«

»Vergessen – was?«

»Alles über Victor Savages Tod. Sie haben doch eben so gut wie zugegeben, daß Sie ihn herbeigeführt haben. Das will ich vergessen.«

»Damit können Sie's halten, wie Sie wollen. Ich sehe Sie jedenfalls noch nicht im Zeugenstand. Dafür in einem anderen, ganz bestimmten Raum, mein guter Holmes, der allerdings bedeutend enger ist, das kann ich Ihnen versichern. Es macht mir nichts aus, ob Sie wissen, wie mein Neffe starb. Uns geht es hier ja nicht um ihn, sondern um Sie.«

»Ja, ja –«

»Der Mann, der da zu mir kam – ich hab' seinen Namen vergessen –, er sagte, Sie hätten es sich unten bei den Seeleuten geholt.«

»Ich kann es mir nur so erklären.«

»Sie sind doch so stolz auf Ihren Verstand, Holmes, nicht wahr? Finden sich selbst so schlau, wie? Aber diesmal haben Sie den Weg eines andern gekreuzt, der noch schlauer ist als Sie. Versuchen Sie sich jetzt zu erinnern. Denken Sie nach. Fällt Ihnen gar keine andere Möglichkeit ein, wic Sie dazu gekommen sind?«

»Ich kann nicht denken. Mein Geist ist wie ausgelöscht. Um Himmels willen – so helfen Sie mir doch!«

»Ja, ich werde Ihnen helfen. Ich werde Ihnen helfen zu begreifen, in welcher Lage Sie sich befinden und wie Sie dorthin gelangt sind. Es würde mich befriedigen, wenn Sie das noch vor Ihrem Tod erfahren.«

»Bitte, geben Sie mir etwas, das die Schmerzen betäubt!«

»Qualvoll, nicht wahr? Ja, ja, die Kulis pflegen am Ende gewöhnlich zu brüllen. Eine Art Krampf, wie?«

»Ja, ja! Es sind Krämpfe.«

»Nun, immerhin verstehen Sie ja, was ich sage. Hören Sie mir zu. Können Sie sich an irgendein ungewöhnliches Ereignis erinnern, aus der Zeit, kurz ehe die Symptome auftraten?«

»Nein. Nein, an nichts.«

»Denken Sie nach.«

»Ich bin zu krank – kann nicht –«

»Na schön, ich will nachhelfen. Bekamen Sie irgend etwas mit der Post zugeschickt?«

»Post?«

»Ja, Post. Vielleicht eine Dose?«

»Ich – ich werde ohnmächtig. Ich sterbe!«

»Holmes, hören Sie zu!« Geräusche folgten, als würde er den Sterbenden schütteln, und alles, was ich tun konnte, war, mich in meinem Versteck ruhig zu verhalten. »Sie müssen mir zuhören. Sie *sollen* mir jetzt zuhören. Erinnern Sie sich an eine Dose – eine Elfenbeindose? Sie kam am Donnerstag an. Sie öffneten Sie – erinnern Sie sich?«

»Ja, ja – ich machte sie auf. Innen war eine scharfe Feder. So ein Scherzartikel –«

»Es war kein Scherzartikel, wie Sie zu Ihrem Bedauern feststellen werden. Sie Dummkopf, Sie wollten's ja so, und jetzt haben Sie's. Hätten Sie mich in Ruhe gelassen, ich hätte Ihnen nichts getan.«

»Ich weiß wieder«, murmelte Holmes. »Die Sprungfeder! Ich blutete. Die Dose – da auf dem Tisch.«

»Genau die ist es, bei Gott! Sie soll ruhig dies Zimmer in meiner Tasche verlassen. Damit verschwindet Ihr letztes bißchen von Beweis. Aber jetzt kennen Sie die Wahrheit, Holmes, und können mit dem Wissen sterben, daß ich Sie getötet habe. Sie haben zuviel von Victor Savage gewußt, deshalb schickte ich Ihnen das hier: Sie sollten sein Schicksal teilen. Sie sind Ihrem Ende nahe, Holmes. Ich werde mich hier neben Sie setzen und Ihnen beim Sterben zusehen.«

Holmes' Stimme war zu einem fast unverständlichen Flüstern herabgesunken.

»Was wollen Sie?« fragte Smith. »Das Gas soll höher gedreht werden? Ach, die Schatten senken sich wohl schon, wie? Ja, ich werde es aufdrehen, damit ich Sie besser beobachten kann.«

Er ging durch den Raum, und plötzlich wurde es heller.

»Kann ich Ihnen sonst noch einen Gefallen erweisen, mein Freund?«

»Ein Streichholz und eine Zigarette.«

Fast hätte ich in meiner Freude aufgeschrien. Er sprach mit seiner normalen Stimme – vielleicht etwas gedämpfter –, aber es war die Stimme, die ich kannte! Es folgte eine lange Pause, und ich ahnte, daß Culverton Smith in stummer Verwunderung dastand und auf seinen Gesprächspartner blickte.

»Was soll das heißen?« hörte ich ihn endlich fragen, in seinem trokkenen, schrillen Ton.

»Die beste Art, eine Rolle erfolgreich zu spielen«, erwiderte Holmes, »ist, sie wirklich auf sich zu nehmen. Ich gebe Ihnen mein Wort, daß ich drei Tage weder gegessen noch getrunken habe, so lange, bis Sie so gütig waren, mir dieses Glas Wasser einzuschenken. Am lästigsten war freilich der Verzicht auf Tabak. Ach, da sind ja ein paar Zigaretten!« Ich hörte das Anreißen eines Streichholzes. »So geht's schon viel besser. – Hallo! Hallo! Ist das nicht der Schritt meines Freundes?«

Draußen ertönten Geräusche, die Tür öffnete sich, und auf der Schwelle erschien Inspektor Morton.

»Alles in Ordnung, dies ist Ihr Mann«, sagte Holmes.

Der Beamte sagte darauf seinen üblichen Spruch her, nämlich, daß jede Aussage gegen den Angeklagten selbst verwendet werden kann, und schloß: »Ich verhafte Sie unter der Anklage des verübten Mordes an Victor Savage.«

»Sie dürfen hinzufügen: und des versuchten Mordes an einem gewissen Sherlock Holmes«, ergänzte mein Freund grinsend. »Um einem Schwerkranken die Mühe zu ersparen, war Mr. Smith so freundlich, die Gasflamme hochzudrehen und dadurch unser verabredetes Signal zu geben. Übrigens, der Verhaftete hat eine kleine Dose in der rechten Manteltasche. Sehr empfehlenswert, ihn von dieser Bürde zu befreien. Vielen Dank. An Ihrer Stelle würde ich behutsam damit umgehen. Stellen Sie sie hierher. Sie dürfte eine Rolle bei der Gerichtsverhandlung spielen.«

Dann entstand plötzlich ein Handgemenge oder ein Kampf, das Klirren von Eisen folgte und ein Schmerzensschrei.

»Sie tun nur sich selbst weh«, sagte der Inspektor. »Bleiben Sie jetzt stehen!« Und dann vernahm ich das vertraute Geräusch zusammenschnappender Handschellen.

»Eine reizende Falle!« krächzte die hohe Stimme. »Das wird Sie auf die Anklagebank bringen, Holmes, nicht mich. – Er bat mich herzukommen, um ihm zu helfen. Ich hatte Mitleid und kam. Und jetzt will er alles Erdenkliche erfinden und vorlügen, was zu seinen unsinnigen Verdächtigungen paßt. Lügen Sie, soviel Sie wollen, Holmes. Mein Wort ist jedenfalls so gut wie Ihres.«

»Lieber Gott!« schrie Holmes plötzlich auf. »Den habe ich ja ganz vergessen! Mein lieber Watson, ich muß mich tausendfach bei dir entschuldigen. Herrn Culverton Smith brauche ich dich ja nicht mehr vorzustellen, ich hörte, ihr habt euch etwas früher am Abend bereits kennengelernt. – Ist der Wagen noch unten? Ich werde Ihnen folgen, sobald ich mich angezogen habe, Morton. Vermutlich kann ich von einigem Nutzen sein.«

»So nötig hatte ich's noch nie«, sagte Holmes, während er sich beim Ankleiden mit einem Glas Rotwein und einigen Biskuits stärkte. »Allerdings – wer weiß das besser als du –, meine Lebensweise ist nicht gerade geregelt, und so bedeutet eine solche Hungerkur für mich längst nicht soviel wie für die meisten anderen. Die Hauptsache war, daß ich Mrs. Hudson von meiner katastrophalen Verfassung überzeugte, denn sie sollte sie dir ja schildern und du wiederum *ihm*. Bist du etwa gekränkt, Watson? Du mußt doch zugeben, daß unter all deinen hervorragenden Talenten das der Verstellungskunst keinen Platz findet. Und wenn du die Wahrheit gekannt hättest, wärest du nie imstande gewesen, Smith so eindringlich von der Notwendigkeit seines Kommens zu überzeugen. Ich kannte ja seine rachsüchtige Natur und war deshalb sicher, daß er kommen würde, um sein Werk in Augenschein zu nehmen.«

»Aber dein Aussehen, Holmes, das geisterhafte Gesicht –«

»Drei Tage absoluten Fastens steigern die Schönheit nicht, mein Lieber. Und das übrige – da ist nichts, was ein Schwamm nicht beseitigen könnte. Vaseline auf der Stirn, Belladonna in den Augen, Rouge auf den Backenknochen und Bienenwachs um die Lippen – damit läßt sich schon ein ganz schöner Effekt erzielen. Und Simulieren – das ist ein Gebiet, über das ich schon öfters eine Abhandlung zu schreiben gedachte. Ein bißchen unzusammenhängendes Geplauder über Halfcrowns, Austern oder sonst etwas dergleichen genügt, den Eindruck von Delirium nutzbringend zu verstärken.«

»Warum hast du mich nicht an dich herangelassen? Es gab doch in Wirklichkeit gar keine Ansteckungsgefahr?«

»Das fragst du mich, mein lieber Watson? Glaubst du wirklich, ich hätte keinen Respekt vor deinen medizinischen Fähigkeiten? Würde deinem messerscharfen Verstand ein Sterbenskranker nicht seltsam vorkommen, der weder erhöhte Temperatur noch gesteigerten Blutdruck hat? Aus drei Meter Entfernung konnte ich dich täuschen. Wäre mir das nicht gelungen – wer hätte dann meinen Culverton Smith an mein Sterbelager holen sollen? Übrigens, Watson, an deiner Stelle würde ich die Dose auch jetzt nicht anfassen. Wenn du sie von der Seite betrachtest, siehst du, daß beim Öffnen die scharfe Feder wie ein Schlangenzahn herausspringen würde. Ich wage zu behaupten, daß der arme Savage, der zwischen diesem Ungeheuer und einem zukünftigen Vermögen stand, auf solche Weise ums Leben kam. Wie du weißt, ist meine Korrespondenz manchmal etwas ungewöhnlich; ich passe deshalb besonders bei allen Päckchensendungen auf. Es war mir gleich klar, daß ich mit einem unverblümten Geständnis rechnen durfte, wenn ich ihm vortäuschen konnte, sein Plan habe Erfolg gehabt. Und diese Täuschung habe ich so sorgfältig vorbereitet, wie eben ein Künstler zu Werke geht. Danke, Watson, du mußt mir jetzt nur noch in den Mantel helfen. Wenn wir auf dem Polizeirevier fertig sind – ich glaube, dann bin ich etwas recht Nahrhaftem bei *Simpson's* nicht abgeneigt.«

DER ABGERISSENE ZETTEL

Am 14. April 1887 erhielt ich aus Lyon ein Telegramm mit der Nachricht, daß mein Freund Sherlock Holmes krank, mit zerrütteten Nerven, im Dulonghospital liege. Innerhalb von vierundzwanzig Stunden war ich dort und recht erleichtert, keinerlei schlimme oder bedenkliche Symptome bei ihm festzustellen. Allerdings ließ sich nicht leugnen, daß er infolge der ungeheuren vorausgegangenen Anstrengungen diesmal einen Zusammenbruch erlitten hatte. Zwei volle Monate nämlich dauerte seine Untersuchung in der großen Holland-Sumatra-Strafsache, während deren dieser erfahrene Detektiv seine Kräfte bis zur Neige verausgabte. Denn er arbeitete täglich mindestens fünfzehn Stunden; ja, streckenweise mußte er fünf Tage und Nächte hintereinander fortwährend auf dem Posten bleiben, bis zur endgültigen Entlarvung des Barons Maupertuis, jenes internationalen Schwindlers und Gauners.

Der triumphale Ausgang konnte nach solcher Überbelastung seiner Mühen den Breakdown bei Holmes nicht länger aufhalten. Zu einer Zeit, da sein Name in aller Munde war und man in seinem Zimmer durch die Glückwunschtelegramme aus aller Welt buchstäblich watete, fiel er der finstersten Depression zum Opfer. Und selbst das Bewußtsein seines persönlichen Erfolges in einem Fall, wo die Polizei dreier Länder gescheitert war, vermochte ihn nicht aus der seelischen Niedergeschlagenheit aufzurütteln.

Als ich Sherlock im Krankenhaus wiedersah, ging es ihm jedoch schon bedeutend besser; und bereits drei Tage später waren wir wieder miteinander in der Baker Street. Freilich zeigte sich dort, daß meinem Freund eine erholsame Luftveränderung dringend nottat. Auch für mich war der Gedanke an eine Woche Frühling auf dem Lande recht verlockend. Mein alter Kamerad, Oberst Hayter, den ich in Afghanistan ärztlich betreuen mußte, hatte kürzlich ein Haus bei Reigate in Surrey gepachtet und mich wiederholt aufgefordert, ihn dort zu besuchen. Und wenn mein Freund sich entschließen könne, mitzufahren, so sei der ihm gleichfalls herzlich willkommen, fügte er seiner letzten Einladung hinzu. Ein wenig Diplomatie mußte ich schon anwenden. Doch als ich Sherlock begreiflich machte, es handle sich um einen Junggesellenhaushalt, wo er völlig ungestört seine Freiheit genießen werde, stimmte er meinem Plan zu. Nach der Rückkehr aus Lyon war noch keine Woche verstrichen, da fanden wir uns bereits als Gäste bei dem Obersten ein.

Hayter war ein braver alter Soldat, der viel von der Welt gesehen hatte. Und bald stellte sich – was ich ohnehin nie bezweifelt hatte – heraus, daß Holmes und er sich blendend verstanden. Am Tag unserer Ankunft saßen wir nach dem Abendessen noch im Gewehrzimmer des Obersten. Holmes streckte sich auf dem Sofa aus, während Hayter und ich noch die kleine Waffensammlung betrachteten.

»Übrigens«, flocht er unvermittelt in unser Gespräch ein, »werde ich eine dieser Flinten mit nach oben nehmen. Für den Fall, daß es Alarm gibt.«

»Wieso denn Alarm?«

»Ja, wir hatten unlängst eine ganz schöne Geschichte hier in der Gegend. Beim alten Acton, einem unserer Magnaten, ist eingebrochen worden. Großen Schaden haben sie ja nicht angerichtet, aber sie laufen immer noch frei herum, die Burschen.«

»Hat man denn keine Spur?« ließ sich Holmes von seinem Lager her vernehmen, indem er dem Obersten aufmunternd zuzwinkerte.

»Bis jetzt nicht. Aber die Sache scheint mir weiter nicht von Bedeutung, so eine Wald- und Wiesengaunerei, wie sie hier immer mal wieder vorkommt; zu geringfügig, Mr. Holmes, um Ihr Interesse erregen zu können, nach Ihrem letzten großen Coup, der die ganze Welt anging.«

Mit einer kleinen herablassenden Geste wies Holmes das Kompliment von sich, doch der Anflug eines Lächelns zeigte, daß er sich ein bißchen geschmeichelt fühlte.

»Keine charakteristischen Merkmale?« fragte er weiter.

»Nicht daß ich wüßte. Die Diebe haben die Bibliothek durchstöbert und für ihre Mühe sehr wenig davongetragen. Der ganze Raum war um- und umgestülpt. Man fand Schubladen aufgebrochen und Truhen durchwühlt, wobei irgendeine ausgefallene Ausgabe von Popes Homerübersetzung, zwei Kerzenstümpfchen, ein elfenbeinerner Briefbeschwerer, ein kleines Barometer aus Eichenholz und eine Rolle Bindfaden abhanden gekommen waren. Sonst nichts.«

»Was für ein merkwürdiges Sammelsurium!« konnte ich mich nicht enthalten auszurufen.

»Ach, die Kerle haben offenbar einfach mitgehen lassen, was ihnen gerade so in die Hände fiel.«

Man hörte ein Grunzen vom Sofa her.

»Die Landespolizei müßte damit schon etwas anfangen können«, bemerkte Holmes. »Also, ganz sicher ist eins –« Da hob ich warnend den Zeigefinger.

»Du bist hier, um auszuruhen und dich zu erholen, mein Bester«, unterbrach ich ihn. »Laß dich um Himmels willen jetzt nicht von einer neuen Sache einfangen!«

Mit einem Blick komischer Resignation zum Obersten hin zuckte Holmes die Achseln. Und die Unterhaltung glitt in weniger gefahrvolle Bahnen.

Es schien jedoch vorausbestimmt, daß ich all meine berufliche Vorsicht vergebens anwenden sollte. Denn schon am nächsten Morgen kam diese verteufelte Einbruchsgeschichte wieder aufs Tapet und riß uns so unmittelbar in ihren Fragenbereich, daß wir sie nicht mehr außer acht lassen konnten. Und damit nahm unser ländliches Idyll eine gänzlich unvorhergesehene Wendung. Wir saßen eben beim Frühstück, als der Butler ganz außer sich zu uns hereinstürzte.

»Haben Sie das Neueste schon gehört, Sir?« stieß er schweratmend hervor. »Drüben bei den Cunninghams, Sir!«

»Wurde eingebrochen?« rief der Oberst, als er gerade seine Kaffeetasse zum Munde führen wollte.

»Mord!«

Der Oberst pfiff durch die Zähne. »Himmel! Wen haben sie denn umgebracht, den Alten oder seinen Sohn?«

»Keinen von beiden, Sir – William, den Kutscher. Herzschuß, Sir. Er war sofort stumm.«

»Und wer hat ihn erschossen?«

»Der Einbrecher, Sir. Und wie der Blitz war er wieder auf und davon. Er schlüpfte zum Speisekammerfenster rein. William überraschte ihn und fand den Tod, als er das Eigentum seines Herrn rettete.«

»Das war um welche Zeit?«

»Vergangene Nacht, ungefähr um 12 Uhr, Sir.«

»Na, wir werden nachher gleich hinübergehen«, sagte der Oberst und machte sich wieder an sein Frühstück. »So eine ärgerliche Geschichte«, fügte er hinzu, als der Butler gegangen war. »Ist der Erste von allen Squires hier, der alte Cunningham, und ein hochanständiger

Mensch obendrein. Er wird sehr niedergeschlagen sein, denn der Kutscher stand seit Jahren in seinen Diensten und war ein treuer Kerl. Anscheinend handelt es sich um dieselben Schufte, die neulich bei Acton eingebrochen haben.«

»Und die diese sonderbare Sammlung gestohlen haben?« fragte Holmes nachdenklich.

»Genau.«

»Hm! Vielleicht hat das die einfältigsten Zusammenhänge. Wie auch immer: Auf Anhieb wirkt das Ganze ein bißchen komisch, oder nicht? Von einer Einbrecherbande, hier auf dem Land, sollte man eigentlich erwarten, daß sie den Schauplatz ihrer Unternehmungen wechselt, nicht daß sie zwei Dinger in ein und demselben Bezirk dreht, und dies innerhalb weniger Tage. Als Sie gestern abend davon sprachen, man müsse auf der Hut sein, wollte es mir gar nicht recht in den Schädel, daß ein Dieb ausgerechnet dieser entlegenen Gemeinde hier ernstlich seine Aufmerksamkeit zuwenden sollte. So kann man sich täuschen! Und daraus geht wieder einmal hervor, wieviel ich noch zu lernen habe.«

»Ich schätze, es ist ein Ortsansässiger, zumindest einer, der sich hier herum gut auskennt. Verständlich, daß er Acton und Cunningham beehrt, denn das sind die weitaus größten Grundstücke in der Gegend.«

»Und ihre Besitzer auch die reichsten?«

»Das müßten sie eigentlich sein, aber sie haben seit einigen Jahren einen Prozeß laufen, der allen beiden, wie ich annehme, das Blut aus den Adern saugt. Der alte Acton hat noch irgendwelchen Anspruch auf einen Teil des Cunninghamschen Besitzes. Und die beiden Rechtsanwälte haben bei dem Streit ihren Schnitt gemacht.«

»Wenn das so ein kleiner Lokalverbrecher ist, dann dürfte es doch weiter nicht schwer sein, ihn zu erwischen«, brummte Holmes gähnend. »Schon gut, Watson, ich mische mich nicht ein.«

»Inspektor Forrester, Sir!« meldete der Butler und ließ einen eleganten, klug aussehenden jungen Mann eintreten.

»Guten Morgen, Oberst!« wandte dieser sich sofort an unseren Gastgeber. »Hoffentlich störe ich nicht. Aber wir hörten, daß Mr. Holmes aus der Baker Street in London sich bei Ihnen aufhält.«

Mit vorstellender Geste wies der Oberst auf meinen Freund, und der Inspektor verbeugte sich.

»Wir dachten, Sie würden sich das da drüben vielleicht einmal anschauen wollen, Mr. Holmes«, meinte der Inspektor, und es klang wie eine Bitte.

»Das Schicksal ist gegen dich, Watson«, entschied mein Patient. »Wir redeten gerade über die Angelegenheit, bevor Sie kamen, Herr Inspektor. Vielleicht erzählen Sie uns einmal, wieweit sie bisher gediehen ist.« Er hatte bereits in seinem Sessel die mir so vertraute Haltung eingenommen, und ich ließ all meine Hoffnung fahren.

»Als der Diebstahl bei Acton sich neulich ereignete, hatten wir keinerlei Anhaltspunkte. Diesmal gibt's jedoch eine Menge Greifbares, von dem wir ausgehen können. Vor allem besteht wohl kein Zweifel, daß es sich bei beiden Vorkommnissen um denselben Täter handelt. Der Mann wurde sogar gesehen –«

»Ach, wirklich?«

»Ja, Sir. Nach dem Schuß allerdings, den er auf den armen William Kirwan abfeuerte, ist er sofort entwischt. Mr. Cunningham hat ihn vom Schlafzimmerfenster aus erspäht, als er auf die Landstraße hinauslief. Und Mr. Alec stand gerade am rückwärtigen Ausgang, als er den Schurken türmen sah. Um Viertel vor zwölf etwa muß der böse Spuk begonnen haben. Der alte Herr war gerade zu Bett gegangen, und Mr. Alec rauchte im Schlafrock noch eine Pfeife. Beide hörten sie den Kutscher um Hilfe rufen, und der junge Cunningham lief eilends die Treppe hinunter, um nachzusehen, was dem Diener zugestoßen sei. Die Hintertür stand offen, und als er unten anlangte, erblickte er draußen zwei Männer, die miteinander rangen. Einer von ihnen gab einen Schuß ab. Der andere stürzte zu Boden. Der Mörder rannte durch den Garten und schwang sich über die Hecke. Mr. Alec blieb bei dem Verwundeten, um zu prüfen, ob er noch Hilfe bringen könne, während der zweite sich aus dem Staube machte. Abgesehen davon, daß er mittelgroß und dunkel gekleidet war, haben wir keine Kennzeichen. Aber wir sind energisch hinter ihm her. Auch wenn er ein Fremder sein sollte, kriegen wir ihn nicht weniger schnell.«

»Wie verhielt sich dieser William Kirwan? Sprach er?«

»Kein Wort; er war sofort tot . . . Er hat mit seiner Mutter zusammen im Gartenhaus gelebt. Und da er immer ein treuer Diener gewesen, nehmen wir an, er ging ins Herrschaftshaus hinüber, um nachzusehen, ob dort alles in Ordnung sei. Natürlich bewirkte diese Acton-Affäre von neulich, daß alle Welt jetzt auf der Hut ist. Die Räuber hatten sich, so scheint es, gewaltsam Eintritt verschafft, oder genauer gesagt, das Schloß aufgebrochen, als William sie auf frischer Tat ertappte.«

»Sagte William etwas zu seiner Mutter, bevor er ging?«

»Sie ist sehr alt und taub obendrein. Sie konnte uns keine Auskunft geben. Der Schrecken hat sie auch halb verrückt gemacht. Und es heißt, sie sei schon vorher nie ganz richtig im Kopf gewesen . . . Doch da ist noch ein sehr wichtiger Umstand. Wollen Sie sich das hier einmal anschauen?«

Er entnahm seinem Notizbuch einen Papierfetzen und glättete ihn über seinem Knie.

»Man hat es zwischen Daumen und Zeigefinger des Toten gefunden. Es scheint ein beschriebener Zettel zu sein, von dem der größere Teil abgerissen wurde. Sicher ist Ihnen aufgefallen, daß die darauf erwähnte Stunde genau der entspricht, in welcher den armen Kerl sein Schicksal ereilte. Daraus geht möglicherweise hervor, daß der Mörder das übrige Papier abgerissen hat, oder umgekehrt, daß der Kutscher seinem Angreifer das Blatt abnehmen wollte. Der Text läßt sogar darauf schließen, daß es sich um eine Verabredung handelte.«

Holmes nahm das Papierstückchen, dessen Faksimile hier wiedergegeben ist.

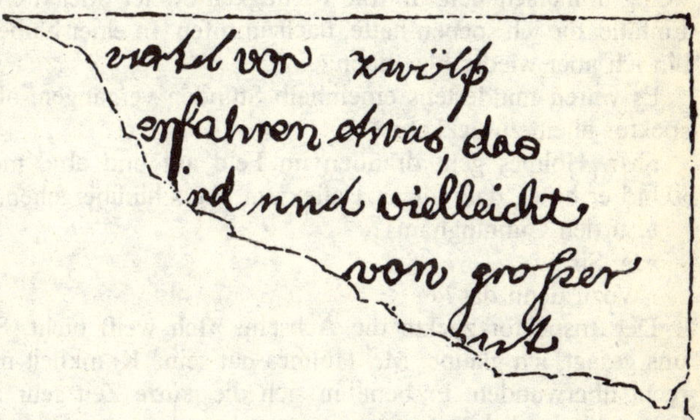

»Wenn es sich so verhält, dann wäre natürlich die Theorie einleuchtend, daß dieser William Kirwan mit dem Dieb unter einer Decke steckte – was freilich im Widerspruch zu seinem guten Ruf steht. Hat er nun aber tatsächlich seinen Spießgesellen hier getroffen, ihm vielleicht sogar geholfen, die Tür aufzubrechen – und sind sie sich dann in die Haare geraten –«

»Diese Handschrift ist außerordentlich interessant«, unterbrach Holmes die Ausführungen des Polizeibeamten und betrachtete mit äußerster Konzentration die geschriebenen Worte. »Da steckt viel mehr dahinter, als ich gedacht hätte.« Er legte den Kopf in die Hände, und der Inspektor verfolgte mit stolzem Lächeln die Wirkung, die sein Fall auf den berühmten Londoner Spezialisten ausübte.

»Ihre letzte Bemerkung«, sagte Holmes dann plötzlich, »daß Einbrecher und Diener vielleicht gemeinsame Sache machten und daß dem einen von dem anderen eine Verabredungsnachricht zugesandt wurde, ist nicht ausgeschlossen. Aber diese Handschrift weist darauf hin –« Und wieder senkte mein Freund die Stirn auf seine Hände herab. So verharrte er einige Minuten in tiefem Nachdenken. Als er das Gesicht wieder hob, entdeckte ich voller Staunen, daß seine Wangen sich gerötet hatten und seine Augen hell leuchteten wie vor seiner Krankheit. Mit alter Energie sprang er auf die Füße.

»Ich will Ihnen etwas sagen!« rief er. »Ich hätte gern mehr Einblick in diese Sache. Da ist so manches dran, was mich außerordentlich fesselt. Wenn Sie erlauben, Oberst, werde ich Sie und meinen Betreuer Watson jetzt verlassen und mit dem Inspektor ein wenig umherschauen, um die Richtigkeit zweier oder dreier kleiner Einfälle, die ich soeben hatte, nachzuprüfen. In einer halben Stunde bin ich aber wieder bei Ihnen.«

Es waren mindestens eineinhalb Stunden vergangen, als der Inspektor allein zurückkehrte.

»Mr. Holmes geht draußen im Feld auf und ab«, meldete er. »Und er bittet, daß wir jetzt alle zum Haus hinübergehen.«

»Zu den Cunninghams?«

»Ja, Sir.«

»Wozu denn das?«

Der Inspektor zuckte die Achseln. »Ich weiß nicht, Sir. Unter uns gesagt, ich glaube, Mr. Holmes hat seine Krankheit noch nicht recht überwunden. Er benahm sich die ganze Zeit sehr eigentümlich, und ziemlich aufgeregt ist er auch.«

»Ich denke nicht, daß Sie sich zu beunruhigen brauchen«, wandte ich ein. »Im allgemeinen wurde ich immer dahingehend belehrt, daß Methode in seinem Wahnsinn war.«

»Manch einer würde auch sagen, daß in seiner Methode Wahnsinn ist«, murmelte der Inspektor. »Aber er brennt darauf, daß wir gleich kommen. Darum wollen wir sofort aufbrechen, Herr Oberst, wenn Sie nichts dagegen haben.«

Wir begegneten Holmes, wie er mit gesenktem Kopf im Ackerland umherspazierte. Die Hände hatte er in den Hosentaschen vergraben.

»Die Sache nimmt Gestalt an«, begrüßte er uns. »Watson, deine Fahrt ins Grüne zeitigt unleugbaren Erfolg. Ich habe einen bezaubernden Vormittag verbracht.«

»Vermutlich waren Sie drüben, den Schauplatz des Verbrechens zu besichtigen?« erkundigte sich der Oberst.

»Ja, der Inspektor und ich haben eine ganz hübsche kleine Entdekkungsreise miteinander gemacht.«

»Mit Erfolg?«

»Oh, gewiß; zumindest haben wir einiges Aufschlußreiche gesehen. Wenn wir jetzt gemeinsam ein Stückchen spazierengehen, erzähle ich Ihnen der Reihe nach, was wir taten ... Als erstes haben wir uns die Leiche des Unglücklichen angesehen. Er starb tatsächlich an einem Revolverschuß, genau wie uns berichtet wurde.«

»Ja, zweifelten Sie denn daran?«

»Ach, es ist schon gut, wenn man alles richtig nachprüft. Unsere Nachforschungen waren bestimmt keine Zeitverschwendung. Wir hatten dann noch ein Interview mit Mr. Cunningham und seinem Sohn. Sie bezeichneten uns genau die Stelle, wo der Mörder durch die Hecke geschlüpft ist. Das war auch ein sehr wesentlicher Punkt.«

»Natürlich.«

»Dann wollten wir uns die Mutter des armen Burschen noch vorknöpfen. Es war indessen nichts aus ihr herauszuholen, weil sie sehr alt und schwach ist.«

»Und worin besteht das eigentliche Ergebnis Ihrer Untersuchungen?«

»In der Überzeugung, daß dies ein Verbrechen ganz besonderer Art ist. Vielleicht wird unser gemeinsamer Besuch das Dunkel noch etwas aufhellen. Nicht wahr, Inspektor, wir stimmten doch beide darin überein: Das abgerissene kleine beschriebene Papier in der Hand des Toten, auf dem seine genaue Sterbestunde vermerkt wurde, ist von äußerster Wichtigkeit?«

»Es könnte ein Beweisstück sein, Mr. Holmes.«

»Es ist eines. Wer auch immer diese Notiz geschrieben hat, er war es, der William Kirwan zu solch ungewöhnlicher Stunde aus dem Bett holte. Wo aber befindet sich der übrige Zettel?«

»Ich habe das Gelände sorgfältig danach abgesucht«, antwortete der Inspektor.

»Das Papier wurde dem Toten aus der Hand gerissen. Warum war der Täter so darauf versessen? Weil es Belastungsmaterial darstellt. Und was wird er damit getan haben? Höchstwahrscheinlich stopfte er es in seine Tasche, ohne zu merken, daß eine Ecke davon zwischen den Fingern der Leiche haftenblieb. Wenn wir nun das betreffende Blatt finden, so sind wir damit doch offenkundig ein erhebliches Stück weiter.«

»Das schon; nur, wie können wir an die Tasche des Verbrechers heran, ohne ihn selbst zu haben?«

»Sicher, sicher, aber das mußte überdacht werden. Da ist allerdings noch ein weiterer wichtiger Faktor. Die Nachricht wurde an William geschickt. Der Mann, der sie schrieb, wird sie ihm kaum wieder abgenommen haben, denn dann hätte er seine Mitteilung auch mündlich machen können. Wer war es, der den Zettel überbrachte? Oder ist er mit der Post gekommen?«

»Ich habe nachgeforscht«, berichtete der Inspektor. »William erhielt gestern mit der Nachmittagspost einen Brief. Den Umschlag hat er vernichtet.«

»Ausgezeichnet!« rief Holmes und schlug dem Inspektor auf die Schulter. »Sie haben den Postboten gesprochen. Es ist ein Vergnügen, mit Ihnen zu arbeiten. – So, hier sind wir bereits bei der Villa angelangt. Und wenn Sie mich dorthin begleiten wollen, Herr Oberst, dann werde ich Ihnen den Schauplatz des Verbrechens zeigen.«

Wir gingen an dem hübschen Gartenhaus, wo der Ermordete gelebt hatte, vorbei und dann durch die Eichenallee zu dem prächtigen alten Landsitz im Queen-Anne-Stil. Über dem Eingang war 1709, das Datum des Sieges von Malplaquet, eingraviert. Holmes und der Inspektor führten uns um das Haus herum, bis wir zu dem Seitentor kamen, nicht weit von jener Hecke entfernt, die eine Abgrenzung des Gartens zur Landstraße hin bildet. An der Küchentür stand ein Polizist.

»Wollen Sie bitte öffnen!« befahl ihm Holmes. »Von diesen Stufen aus also, wo wir jetzt stehen, müßte der junge Mr. Cunningham gesehen haben, wie die beiden Männer miteinander rangen. Der alte Herr befand sich an einem der Fenster über uns – dem zweiten von links, wenn ich nicht irre – und war Zeuge, wie der Bursche links an diesem Busch vorbei davonrannte. Dann lief Mr. Alec hinaus und kniete bei dem Verwundeten nieder. Der Boden ist, wie Sie sehen, sehr hart, und wir haben daher keine Fußabdrücke, nach denen wir uns richten könnten.«

Während er sprach, kamen zwei Männer um die Ecke des Hauses auf uns zu. Der eine, ein älterer Mann, hatte ein starkknochiges, zerfurchtes Gesicht und hervorquellende Augen; der andere war ein forscher Jüngling, dessen strahlend fröhlicher Ausdruck und heller auffallender Anzug in schlechtem Einklang mit dem Geschäft standen, das uns zusammenrief. »Aha, Sie sind immer noch am Werk!« rief er Holmes spöttisch zu. »Ich dachte, ihr Londoner seid immer so hurtig bei der Hand und irrt euch nie? So rasch scheint es bei Ihnen also doch nicht zu gehen!«

»Na, ein bißchen Zeit müssen Sie uns schon lassen!« gab Holmes gutgelaunt zurück.

»Die werden Sie auch brauchen«, fuhr der junge Cunningham fort. »Bist jetzt scheinen wir ja noch gar keinen Anhaltspunkt zu haben.«

»Nur einen einzigen«, widersprach der Inspektor sanft. »Wir dachten eben, wenn wir nur - ach, du meine Güte! Mr. Holmes, was ist Ihnen?«

Die Gesichtszüge meines Freundes hatten sich mit einem Schlag gräßlich verzerrt. Seine Augäpfel rollten nach oben, die Pupillen glitten unter die Lider, so daß fast nur noch Weißes sichtbar war. Und mit gepreßtem Stöhnen fiel er vornüber auf die Erde. Zutiefst erschrocken über diesen schweren Anfall aus heiterem Himmel, trugen wir ihn in die Küche, wo er sich in einem breiten, bequemen Sessel zurücklehnte und mehrere Minuten lang nur schwer atmete. Schließlich erhob er sich wieder mit einem Ruck und stammelte beschämt eine Entschuldigung.

»Watson wird Ihnen vielleicht gesagt haben, daß ich vor kurzem erst von schwerer Krankheit genesen bin«, erklärte er. »Derartige nervöse Störungen befallen mich bisweilen noch.«

»Soll ich Sie in meinem Einspänner nach Hause bringen?« erbot sich der alte Cunningham.

»Vielen Dank! Da ich nun schon einmal hier bin, möchte ich zumindest noch über einen Punkt Klarheit gewinnen. Das wird ganz einfach sein.«

»Und um was geht es?«

»Nun, mir ist, als habe dieser arme Kutscher das Haus nicht *vor*, sondern *nach* dem Einbrecher betreten, während Sie es für erwiesen halten, der Räuber sei überhaupt nicht in das Haus eingedrungen. Dabei wurde doch die Tür gewaltsam geöffnet.«

»Trotzdem glaube ich, daß es so gewesen ist«, beharrte Mr. Cunningham senior auf seinem Standpunkt. »Denn mein Sohn Alec war noch nicht zu Bett gegangen und hätte bestimmt gehört, wenn jemand dagewesen wäre.«

»Wo hat Ihr Sohn gesessen?«

»Ich rauchte in meinem Ankleidezimmer«, erklärte Mr. Alec.

»Welches Fenster ist das?«

»Das letzte links, neben dem meines Vaters.«

»Sie hatten sicher beide Lampen brennen?«

»Natürlich.«

»Da ist verschiedenes, was nicht zueinander paßt«, meinte Holmes lächelnd. »Finden Sie es nicht eigentümlich, daß unser Einbrecher – der doch schon über einige Erfahrung verfügte – in ein Haus eingebrochen sein soll, bei dem er von außen schon an den erleuchteten Fenstern sah, daß mindestens zwei der Bewohner nicht schliefen?«

»Er war eben kaltblütig«, brummte der Alte.

»Gewiß, wäre der Fall nicht höchst merkwürdig, so hätten wir Sie kaum zu seiner Aufklärung herangezogen«, argumentierte Mr. Alec. »Was indessen Ihre Mutmaßung angeht, der Mann könne das Haus ausgeräubert haben, ehe William ihn ertappte, so halte ich sie für ganz und gar abwegig. Wir müßten doch irgendwelche Unordnung vorgefunden und die Dinge vermißt haben!«

»Das hängt davon ab, was für Dinge es waren«, entgegnete Holmes. »Sie müssen bedenken, wir haben es hier mit einem Einbrecher zu tun, der nicht nur ein abgefeimter Schurke, sondern auch ein seltsamer Kauz ist, der seine höchstpersönlichen Richtlinien verfolgt. Denken Sie nur an die komische Sammlung, die er sich bei Acton geholt hat. Was war es noch? Eine Schnur, ein Briefbeschwerer und weiß der Teufel welches dumme Zeug!«

»Nun, wie Sie meinen. Wir geben uns ganz in Ihre Hände, Mr. Holmes«, sagte der alte Cunningham, »und werden alles tun, was Sie und der Inspektor vorschlagen.«

»Da möchte ich Ihnen gleich an erster Stelle nahelegen, eine Belohnung auszusetzen – aus Ihrer Tasche, versteht sich. Es dauert ja immer eine Weile, bis die dienstlichen Stellen sich über die Summe geeinigt haben. Und solche Angelegenheiten können nie früh genug erledigt werden. Ich habe das Formular schon ausgefüllt, Sie brauchen nur noch Ihren Namen darunterzusetzen, wenn es Ihnen so recht ist. Fünfzig Pfund, schätze ich, werden ausreichen.«

»Mit Vergnügen gebe ich auch fünfhundert«, sagte der Alte und nahm das Schriftstück aus Holmes' Händen entgegen. »Hier stimmt aber etwas nicht«, beanstandete er dann und starrte auf das Dokument.

»Ich war sehr in Eile, als ich es abfaßte.«

»Da, schauen Sie, es beginnt: ›In der Nacht von Montag auf Dienstag um dreiviertel ein Uhr wurde der Versuch‹ – und so weiter. In Wirklichkeit war es ja um dreiviertel zwölf!«

Es berührte mich schmerzlich, daß meinem Freund ein solcher Fehler unterlaufen war. Denn ich wußte, wie peinlich ihm derlei Schnitzer waren. Sie kamen übrigens höchst selten vor, da er sich immer jede Einzelheit haargenau merkte; ein hervorragendes Gedächtnis gehörte zu seinen Spezialitäten. Aber offenbar hatte die schwere Krankheit seinen Denkapparat erschüttert. Und dieser kleine Zwischenfall belehrte mich darüber, daß er längst noch nicht wieder er selbst war. Er schien im Augenblick auch etwas verwirrt, um so mehr, als der Inspektor die Brauen hochzog und Alec Cunningham in hämisches Gelächter ausbrach. Der alte Herr jedoch verbesserte den Fehler und gab Holmes das Papier zurück.

»Lassen Sie es so bald wie möglich drucken«, forderte er meinen Freund auf. »Ich halte diesen Einfall für ausgezeichnet.« Holmes legte das Papier sorgfältig in sein Taschenbuch und steckte dieses dann ein.

»So, und nun wäre es ratsam«, sagte er, »wenn wir durch das Haus gingen, um uns zu vergewissern, daß dieser ziemlich unberechenbare Einbrecher wirklich nichts mitgenommen hat.«

Ehe wir eintraten, untersuchte er genauestens die aufgesprengte Tür. Es trat klar zutage, daß jemand mit einem Meißel oder einem kräftigen Messer hineingestoßen und damit den Schnapper des Schlosses zurückgedrückt hatte. Man sah die tiefen Schrammen im Holz ganz deutlich.

»Riegel verwenden Sie also nicht?« erkundigte er sich sachlich.

»Nein; wir haben es nie für nötig befunden.«

»Sie halten auch keinen Hund?«

»Doch; der liegt auf der anderen Seite des Hauses an der Kette.«

»Wann geht die Dienerschaft schlafen?«

»Etwa um zehn Uhr.«

»William war also um diese Zeit meistens auch schon im Bett?«

»Ja.«

»Wie seltsam, daß er in dieser Nacht gerade noch auf war! – Es wäre jetzt sehr freundlich von Ihnen, wenn Sie uns durch das Haus führen wollten, Mr. Cunningham.«

Über den mit Steinfliesen belegten Flur, von dem die Küchenräume abzweigten, und eine hölzerne Treppe gelangten wir zur Empfangshalle im ersten Stock. Von dort führte auf der gegenüberliegenden Seite eine weitere, reichere und mit geschnitztem Geländer versehene Treppe in den zweiten Stock, wo sich ein Salon und etliche Schlafzimmer, einschließlich Mr. Cunninghams und seines Sohnes, befanden. Holmes schritt langsam weiter, indem er angelegentlich die Innenarchitektur des Gebäudes betrachtete. Seine Gesichtszüge verrieten mir, daß er eine frische Fährte witterte. Und doch konnte ich mir nicht im geringsten zusammenreimen, wohin diese ihn leitete.

»Mein Bester«, drängte Mr. Cunningham ihn einigermaßen ungeduldig. »Das alles ist doch völlig unnötig. Hier, unmittelbar an der Treppe, liegt mein Zimmer und daneben das meines Sohnes. Ich überlasse Ihrem eigenen Urteil, ob es möglich war, daß der Dieb hier heraufkam, ohne daß wir etwas davon merkten?«

»Sie müssen es anders anstellen, eine Spur zu finden«, bestärkte der Sohn mit etwas boshaftem Lächeln den Vater.

»Und ich muß Sie bitten, Ihren Spott für später aufzuheben. Jetzt möchte ich nämlich zum Beispiel gern sehen, wie viele Schlafzimmerfenster auf der Vorderseite des Hauses liegen. Dies also ist der Raum Ihres Sohnes« – Sherlock Holmes stieß die Tür auf und durchmaß mit eiligen Schritten den Raum –, »und hier, nehme ich an, befindet sich das Ankleidezimmer, in dem er saß und rauchte, als er befremdende Geräusche hörte. Wohin sieht man aus diesem Fenster?«

Mein Freund wanderte unermüdlich umher, während er sprach, riß Fenster und Türen auf und musterte alles mit kritischen Blicken.

»Na, hoffentlich sind Sie jetzt zufrieden?« fragte der Alte griesgrämig.

»Danke sehr. Ich glaube nun alles gesehen zu haben, was ich sehen wollte.«

»Dann können wir, sofern es wirklich notwendig ist, ja auch noch in meine Stube gehen.«

»Ich bitte darum, wenn es nicht zuviel Mühe macht.«

Achselzuckend schritt uns der alte Herr voran in sein Schlafzimmer, einen anspruchslosen Raum mit schlichten, wurmstichigen Möbeln. Als wir uns dem Fenster näherten, blieb Holmes zurück, bis er und ich die letzten der Gruppe waren. Am Fußende des Bettes befand sich ein viereckiges Tischchen, auf dem eine Karaffe Wasser und eine Schale mit Orangen standen. Im Vorbeigehen schob sich mein Freund zu meinem unaussprechlichen Erstaunen rasch vor mich und gab dem wackeligen Möbel einen Schubs, so daß es umfiel und alles durcheinanderpurzelte. Das Glas zerbrach in tausend Scherben, und die Früchte kollerten in sämtliche Ecken.

»Diesmal bist du der Übeltäter, Watson«, behauptete Holmes

mit kühler Gelassenheit. »Da hast du ja eine schöne Bescherung angerichtet!«

Verlegen bückte ich mich und begann das Obst aufzuklauben, denn soviel hatte ich begriffen, mein Freund wollte aus irgendeinem undurchsichtigen Grunde, daß ich die Schuld auf mich nahm. Auch die anderen machten sich daran, Scherben aufzulesen, und stellten den Tisch wieder an seinen Platz.

»Nanu!« rief der Inspektor auf einmal. »Wo steckt er denn jetzt wieder?« Holmes war verschwunden.

»Warten Sie einen Augenblick hier!« sagte der junge Alec. »Meiner Meinung nach ist dieser Mensch nicht bei Trost. Komm mit, Vater, laß uns nachsehen, was er treibt!«

Sie liefen aus dem Zimmer. Der Inspektor, der Oberst und ich starrten einander entgeistert an.

»Auf mein Wort, ich neige auch zu Mr. Alecs Ansicht«, versetzte der Polizeibeamte. »Es mag ja mit dieser Krankheit zusammenhängen, aber auch mir scheint –«

»Hilfe! Hilfe! Mörder!« unterbrachen ihn plötzlich unterdrückte Schreie. Schaudern packte mich, als ich darin die Stimme meines Freundes wiedererkannte. Wie toll raste ich auf die Diele hinaus. Der Hilferuf erstarb jetzt in einem unartikulierten Krächzen und kam aus dem Zimmer, das wir kurz zuvor besichtigt hatten. Ich stürzte hinein und weiter in den Ankleideraum. Die beiden Cunninghams beugten sich über die auf dem Boden ausgestreckte Gestalt Sherlock Holmes'. Mit beiden Händen umklammerte der Jüngere die Kehle meines Freundes, während der Ältere ihm allem Anschein nach das Handgelenk verdrehte. Im nächsten Augenblick hatten wir zu dritt die Angreifer weggerissen. Schwankend und stolpernd richtete Holmes sich auf. Er sah sehr blaß und erschöpft aus.

»Verhaften Sie diese beiden Männer, Inspektor!« keuchte er.

»Welche Anklage erheben Sie?«

»Mord an Ihrem Kutscher William Kirwan.«

Ungläubig ließ der Inspektor seinen Blick vom einen zum andern schweifen. Er war in großer Verlegenheit.

»Ach, machen Sie keine Witze, Mr. Holmes!« versuchte er abzuwehren. »Oder wollen Sie im Ernst behaupten, daß –«

»Herrgott, Menschenskind, schauen Sie doch bloß die beiden an!« schnitt dieser ihm das Wort ab.

Und wahrhaftig, ein deutlicheres Schuldbekenntnis als in den Gesichtern dieser zwei Halunken habe ich in menschlichen Zügen nie wahrgenommen. Starr und wie betäubt, als habe er einen Schlag vor den Kopf erhalten, sah der Alte drein, und die Augen traten ihm zwischen den tiefen Runzeln noch weiter aus den Höhlen. Und ebenso jäh vollzog sich der Wechsel im Ausdruck des Sohnes. Seine muntere, kecke Art hatte er ganz eingebüßt. In seinen schwarzen Augen glühte nur noch die wilde Furcht eines gefährlichen Raubtiers und entstellte die hübsche Regelmäßigkeit seiner Züge. Schweigend schritt der Inspektor zur Tür und blies in seine Trillerpfeife, bei deren Ton sogleich zwei Polizisten angelaufen kamen.

»Mir bleibt keine Wahl, Mr. Cunningham«, sagte er dann. »Hoffentlich stellt sich noch heraus, daß das Ganze auf einem blödsinnigen Irrtum beruht; aber Sie sehen ja selbst - ah, was fällt Ihnen ein? Lassen Sie den sofort fallen!« Blitzschnell griff er nach dem Arm des Jünglings, und ein Revolver, dessen Hahn dieser eben spannen wollte, fiel polternd zur Erde.

»Den müssen wir als Beweisstück für die Verhandlung aufheben«, sagte Holmes und setzte rasch seinen Fuß auf die Waffe. »Aber, was wir eigentlich haben wollten, ist dieses hier!« Triumphierend hielt er einen zerknitterten Papierfetzen in die Höhe.

»Der fehlende Zettel?« rief Forrester.

»Genau das.«

»Und wo fanden Sie ihn?«

»Da, wo ich ihn mit Sicherheit vermutete ... Ich werde Ihnen nachher alles bis ins kleinste auseinandersetzen. Herr Oberst, Sie und Watson können, glaube ich, jetzt getrost nach Hause gehen. Und ich werde binnen einer Stunde bei Ihnen sein. Der Inspektor und ich müssen uns inzwischen noch ein bißchen mit den Gefangenen unterhalten. Zum Mittagessen sehen wir uns ganz gewiß.«

Mein Freund hielt Wort. Denn um eins war er zurück und kam zu uns ins Rauchzimmer. Er war in Begleitung eines kleinen älteren Herrn, der uns als jener Mr. Acton vorgestellt wurde, in dessen Haus der erste Einbruch verübt worden war.

»Ich wollte gern, daß Mr. Acton dabei ist, wenn ich Ihnen meine kleine Beweisführung vorlege«, erklärte Holmes. »Natürlich ist er an allen Einzelheiten äußerst interessiert. Ich muß fast fürchten, Herr Oberst, daß Sie die Stunde bereuen, in der Sie einen solchen Unruhestifter wie mich in Ihr Nest aufgenommen haben.«

»Aber nicht doch«, widersprach unser Gastgeber mit Wärme. »Es war für mich eine Auszeichnung, Ihre Arbeitsmethoden mit eigenen Augen verfolgen zu dürfen. Sie übertreffen meine Erwartungen noch bei weitem. Allerdings muß ich gestehen, daß ich selbst noch gar nichts begreife und von dem wahren Sachverhalt nicht die leiseste Ahnung habe.«

»Vielleicht werden Sie enttäuscht sein, wenn Sie alles gehört haben, aber ich mache nie ein Geheimnis aus meiner Arbeitsweise. So habe ich es bei meinem Freund Watson und jedem Menschen gegenüber, der ein ehrliches und verständiges Interesse bewies, immer gehalten. Zuerst jedoch muß ich mir, glaube ich, ein Gläschen von Ihrem guten Brandy einverleiben, Herr Oberst. Ich bin ziemlich mitgenommen von der Balgerei vorhin im Ankleidezimmer, meine Kräfte wurden dabei doch etwas überfordert.«

»Ich hoffe, Sie werden nicht wieder einen nervösen Anfall bekommen?« erkundigte Oberst Hayter sich besorgt. Sherlock Holmes lachte herzlich: »Alles der Reihe nach. Darauf kommen wir noch zurück. Ich werde Ihnen jetzt einen chronologischen Bericht geben und dabei die verschiedenen Punkte aufzeigen, die mich zu meiner Beurteilung geführt haben. Bitte, unterbrechen Sie mich, wenn etwas nicht klar ist...

Für einen Detektiv ist es von größter Bedeutung, daß er bei einer Fülle vorliegender Gegebenheiten erkennt, welche nebensächlich und welche wesentlich sind. Nimmt er diese Unterscheidung nicht vor, so zerstreut er seine Aufmerksamkeit und Energie, anstatt sie zu konzentrieren. Bei diesem Fall nun stand für mich von Anfang an fest, daß der Schlüssel zu der ganzen vertrackten Angelegenheit in dem Papierstückchen zu suchen war, das der Tote in der Hand behielt.

Ehe wir uns nun diesem Hauptproblem widmen, möchte ich Ihr Augenmerk noch auf folgendes lenken: Wenn Alec Cunninghams Erzählung stimmen sollte und der Angreifer sofort, nachdem er William Kirwan erschossen hatte, geflohen war, konnte notgedrungen nicht gut er es gewesen sein, der dem Ermordeten den Zettel abnahm. Ergo, so folgerte ich, hatte das aller Wahrscheinlichkeit nach der junge Herr selbst getan. Denn im Augenblick, da sein Vater auch auf der Bildfläche erschien, waren ja bestimmt noch etliche Leute vom Hauspersonal wach geworden. Dieser Rückschluß ist einfach genug, aber der Inspektor kam deshalb nicht darauf, weil er von der Voraussetzung ausging, die Landjunker selbst hätten bestimmt nichts mit der Sache zu tun. Nun ist mein Grundsatz, weder im guten noch im schlechten Sinn je voreingenommen zu sein, sondern mich lediglich von den Geschehnissen selbst führen zu lassen. Und so fand ich mich schon im ersten Stadium meiner Untersuchung etwas skeptisch der Rolle gegenüber, die der junge Cunningham angeblich gespielt hatte.

Daraufhin besah ich mir sehr sorgfältig jenes Papiereckchen, das der Inspektor uns vorgelegt hatte. Sofort erkannte ich, daß dieses Bruchstück zu einem beachtlichen Dokument gehörte. Hier, betrachten wir es doch noch einmal! Fällt Ihnen nichts daran auf?«

»Das Schriftbild ist ungleichmäßig«, bemerkte der Oberst.

»Mein Bester!« rief Holmes entzückt, »weil nämlich ganz außer Zweifel steht: Der Text wurde von zwei Personen geschrieben, die immer abwechselnd jeweils ein Wort setzten. Das geht ja ganz deutlich schon aus der verschiedenen Schriftlage hervor! Wenn Sie in diesem Sinne die Wortgruppen ›vor‹, ›erfahren‹, ›vielleicht‹ und ›zwölf‹, ›etwas‹, ›großer‹ einander gegenüberstellen, so springt die völlig verschiedene Ausführung ins Auge.«

»Himmel! Das ist ja wirklich auffällig!« rief der Oberst. »Nur, warum um alles in der Welt verfassen zwei Männer solch einen grotesken Brief?«

»Offensichtlich führten sie Böses im Schilde. Und weil einer dem andern mißtraute, beschlossen sie, daß an allem, was in diesem Zusammenhang unternommen wurde, jeder von beiden in gleicher Weise beteiligt sein sollte. Außerdem wird deutlich, daß der Schreiber von ›erfahren‹ und ›vielleicht‹ der Anstifter war.«

»Und wie kommen Sie darauf?«

»Man könnte es allein schon aus den Schriftzügen, die die Charaktere spiegeln, ableiten. Aber wir haben noch zwingendere Gründe. Bei aufmerksamer Prüfung dieses Zettels gelangen Sie zu dem Schluß, daß der Mann mit der kräftigeren Hand als erster seine Wörter hingeschrieben hat und für den anderen die auszufüllenden Zwischenräume stehenließ. Denn man sieht, die Lücken waren nicht immer groß genug, der zweite Mann mußte sein ›zwölf‹ und ›etwas‹ hineinzwängen, und das beweist, daß der übrige Text bereits dastand. Der erste, energische Schreiber ist zweifellos der Initiator des Ganzen.«

»Großartig!« rief Mr. Acton, der seine Bewunderung nicht länger zurückhalten konnte.

»Zu diesem Ergebnis führte also schon eine ganz oberflächliche Betrachtung«, fuhr der Detektiv fort. »Jetzt stoßen wir jedoch zu einem sehr wichtigen Punkt vor. Ich weiß nicht, ob Ihnen bekannt ist, daß graphologische Experten es zu beachtlicher Genauigkeit darin brachten, das Alter eines Menschen aus einer Handschrift zu erkennen. Im Normalfall wird auch der weniger Versierte zumindest die Dekade mit einiger Zuverlässigkeit bestimmen können. Ich sage: im Normalfall. Denn schlechte Gesundheit und körperliche Schwäche rufen oft dieselben Merkmale im Schriftbild hervor wie hohes Alter, selbst wenn der Betroffene ein Jüngling ist. Wir haben hier nun einerseits eine großspurig dreiste, druckstarke Hand und die etwas fahrig zitterige Erscheinungsform der andern, die trotzdem ihre Leserlichkeit bewahrt, was darauf hinweist, daß der eine Mann jung, der andere dagegen an Jahren ziemlich fortgeschritten, wenn auch – ungeachtet des weggelassenen i-Punkts und der verkümmerten Querstriche – noch nicht ausgesprochen greisenhaft ist.«

»Gorßartig!« ließ sich Mr. Acton zum zweitenmal vernehmen.

»Es ergibt sich bei unserer kleinen Analyse dann noch etwas, das zwar mehr Scharfblick verlangt, doch letztlich von größerer Bedeutung ist. Ich spreche jetzt von dem, was diese beiden so verschieden wirkenden Handschriften gemeinsam haben und worin die Blutsverwandtschaft der beiden Ausführenden sichtbar wird. Und das tritt in den charakteristischen Endschnörkeln und Einrollungen zutage sowie in den übergroßen Unterlängen. Ich sehe überdies noch etliche Kennzeichen ähnlicher Art, in denen sich ein bestimmter Familienmanierismus durchzusetzen scheint. Aber natürlich verschone ich Sie hier mit Einzelheiten, die in unserem Fall nicht ausschlaggebend und eigentlich nur für den Graphologen von Interesse sind. Alles fügte sich jedoch so ineinander, daß mein Eindruck nur immer mehr vertieft wurde: Die Cunninghams, Vater und Sohn, mußten diesen Brief geschrieben haben.

So weit, so gut. Mein nächster Schritt war nun, die einzelnen Phasen des Verbrechens herauszufinden. Ich begab mich mit dem Inspektor an den Tatort und unterwarf alle Einzelheiten kritischer Prüfung. Die Wunde des Toten war, wie ich zuverlässig bestätigen konnte, durch einen Revolverschuß verursacht, der aus einer Entfernung von etwas mehr als vier Metern abgefeuert wurde. Ich konnte an den Kleidern keine Pulverschwärze feststellen. Demnach hatte Alec Cunningham gelogen; denn er behauptete ja, die beiden Männer hätten miteinander gekämpft, als der Schuß losging. Vater und Sohn waren sich allerdings einig in bezug auf die Stelle, wo der Dieb die Landstraße betreten haben sollte. Wie sich jedoch herausstellte, befindet sich eben da ein breiter, weichgrundiger Graben. In diesem Morast entdeckte ich keinerlei Fußspuren und durfte daraus mit unbedingter Gewißheit folgern, daß die Aussagen der Cunninghams abermals nicht der Wahrheit entsprachen, ja, daß überhaupt gar kein Unbekannter auf der Bildfläche erschienen war.

Und nun galt es, das Motiv für dieses ausgefallene Verbrechen zu ermitteln. Darauf steuerte ich zu, indem ich zuerst den Beweggrund für den ersten Einbruch, neulich bei Mr. Acton, suchte. Oberst Hayter erwähnte uns gegenüber, daß ein Rechtsstreit zwischen Ihnen, Mr. Acton, und den Cunninghams im Gange sei. Natürlich kam mir deshalb sofort der Gedanke, daß die beiden in Ihre Bibliothek eingedrungen sind, um eine Urkunde ausfindig zu machen, die in der bewußten Angelegenheit von Bedeutung ist.«

Mr. Acton nickte. »Ganz sicher verhielt es sich so. Und zweifellos war das ihre Absicht, denn ich habe eindeutig Anspruch auf die Hälfte ihres gegenwärtigen Besitzes. Freilich, wenn sie dieses ganz bestimmte Papier gefunden und entwendet hätten, so wäre damit unser Prozeß aufgeflogen. Glücklicherweise befand sich das Schriftstück jedoch im Safe meiner Anwälte.«

»Da haben wir's«, sagte Holmes lächelnd. »Es war ein gefährliches, rücksichtsloses Unternehmen, worin sich leicht der Einfluß des jungen Alec nachweisen läßt. Nachdem es schiefging, versuchten Vater und Sohn jeden Verdacht zu zerstreuen, indem sie einen gewöhnlichen Einbruch fingierten und allerlei davontrugen, was ihnen gerade in die Hände fiel. Soweit war alles sonnenklar. Indessen gab es noch manchen dunklen Punkt. Worauf es mir am meisten ankam, war das fehlende Stück der Notiz. Ich war überzeugt, daß Alec dem Toten den Zettel aus der Hand gerissen, und beinahe ebenso sicher war ich, daß er das Papier in die Tasche seines Schlafrocks gesteckt hatte. Denn wo sonst sollte er ihn in der Eile verstaut haben? Ob er sich freilich noch darin befand, das war die Frage. Um meinen Plan, wie ich das herausbringen wollte, ausführen zu können, bat ich Sie alle drei, mich in das Haus der Cunninghams zu begleiten.

Vater und Sohn trafen dort, wie Sie sich erinnern werden, mit uns an der Küchentür zusammen. Zunächst war mir natürlich daran gelegen, daß keiner von den beiden sich an das Vorhandensein des bedeutsamen Papiers erinnerte. Denn selbstverständlich hätten sie dann das Beweisstück augenblicklich vernichtet. Inspektor Forrester war gerade im Begriff, darüber zu sprechen, als ich zum Glück, von einer nervösen Störung heimgesucht, ohnmächtig wurde. Man wechselte sofort das Thema.«

»Allgütiger Gott!« rief der Oberst lachend. »Sie wollen also sagen, daß Sie diesen Anfall nur vorgetäuscht und wir alle unser Mitleid vergeudet haben?«

»Wenn ich mich als Arzt dazu äußern darf«, flocht ich ein, »ja, die Symptome wurden ganz meisterhaft gemimt.« Und ziemlich beschämt starrte ich den Menschen an, dessen behende Schläue mich stets von neuem verblüffte.

»Ach, das ist so ein Kunstgriff, der sich oft sehr nützlich auswirkt«, meinte Holmes leichthin. »Als ich wiederhergestellt war, gelang es mir durch eine Vergeßlichkeit, die vielleicht ein klein bißchen genial genannt werden darf, den alten Cunningham dazu zu bringen, das Wort ›zwölf‹ zu schreiben, wodurch ich Gelegenheit hatte, es mit dem ›zwölf‹ auf dem Zettel zu vergleichen.«

»Ich bin ja ein schöner Esel!« rief ich und schlug mir mit der flachen Hand gegen die Stirn.

»Ich hab' dir angesehen, wie du wegen meiner vermeintlichen Gedächtnisschwäche um mich littest!« gab Holmes schmunzelnd zurück. »Es tat mir leid, dir diesen Schmerz zufügen zu müssen ...

Ja, und dann sind wir allesamt ins obere Stockwerk hinaufgegangen. Beim Betreten des Ankleidezimmers sah ich den bewußten Schlafrock an der Tür hängen. Das wackelige Tischchen mit dem zerbrechlichen Zubehör im Schlafraum des alten Herrn kippte ich um, weil ich damit die allgemeine Aufmerksamkeit von mir ablenken und nach nebenan entwischen wollte, um die Taschen zu untersuchen. Kaum aber hatte ich das Papier – ich fand es, wie vermutet, in der Tasche des Morgenrocks –, da fielen die beiden Cunninghams über mich her. Und ich glaube allen Ernstes, die Kerle hätten mich umgebracht, wären Sie alle mir nicht so schnell zu Hilfe geeilt. Noch jetzt spüre ich den Klammergriff des jungen Burschen um meine Kehle. Und der Alte hat mir das Handgelenk beinahe ausgerenkt, um meiner Faust das Dokument zu entreißen. Sie verstanden sofort, daß ich alles wußte, und dieser plötzliche Umschwung von vollkommener Sicherheit zu heilloser Verzweiflung machte sie rasend.

Später hatte ich eine kleine Unterredung mit dem alten Cunningham, über das Motiv nämlich. Während der Sohn sich wie der Leibhaftige gebärdete, bereit, sich selbst oder jedem, der ihm in die Quere kam, das Lebenslicht auszublasen, hätte er nur an seinen Revolver herangekonnt, war der Vater sehr zugänglich. Als er einsehen mußte, daß die Anklage gegen ihn so schwer war, gab er es auf und legte ein offenes Geständnis ab. Seiner Aussage gemäß war William in der Nacht des Einbruchs bei Mr. Acton seinen beiden Herren heimlich gefolgt. Er bekam sie hierdurch in seine Macht und erpreßte sie mit der Drohung, er werde sie bloßstellen. Er hatte jedoch nicht bedacht, wie gefährlich ein solches Spiel mit einem Widersacher wie Mr. Alec für ihn werden konnte. Der junge Cunningham verfiel denn auch auf einen Plan von einfallsreicher Niedertracht. Er benützte jenen Einbrecherspuk, der überall in der Gegend solches Aufsehen erregt hatte, als Gelegenheit, den Menschen, von dem verraten zu werden er befürchten mußte, zu beseitigen.

Er bestellte den Kutscher an einen bestimmten Treffpunkt und schoß ihn kurzerhand nieder. Wenn nun die beiden sich ihren ganzen Brief wiedergeholt oder zumindest etwas mehr Aufmerksamkeit an ihre Tascheninhalte gewendet hätten, dann wäre möglicherweise überhaupt nie ein Verdacht auf sie gefallen.«

»Und was steht eigentlich in der Notiz?« wollte ich wissen.

Sherlock breitete das beigefügte Papier auf dem Tisch vor uns aus:

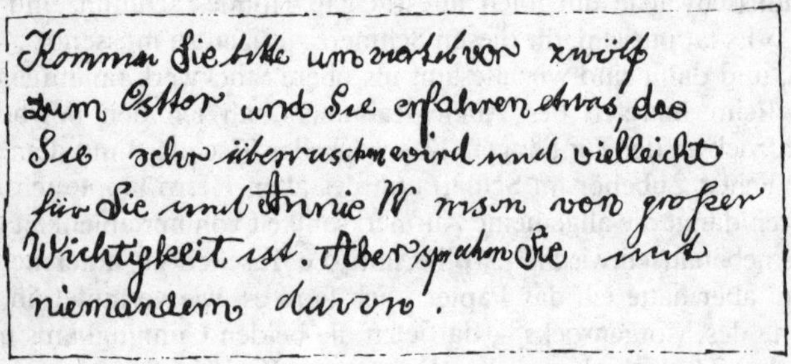
Kommen Sie bitte um viertel vor zwölf
zum Osttor und Sie erfahren etwas, das
Sie sehr überraschen wird und vielleicht
für Sie und Annie Morrison von großer
Wichtigkeit ist. Aber sprechen Sie mit
niemandem davon.

»Sie enthält ungefähr, was ich erwartet habe«, erwiderte er. »Allerdings wissen wir noch nicht, in welcher Beziehung die drei Personen, Alec Cunningham, William Kirwan und Annie Morrison, zueinander standen. Aber wir erfahren immerhin, wie geschickt die Falle gestellt wurde. Und sehen Sie, wie die Verwandtschaft der beiden Schreiber in ihrem Schriftbild deutlich wird . . .

Ich glaube, mein lieber Watson, unser ruhiger Landaufenthalt war ausgesprochen erholsam. Und bestimmt werde ich morgen sehr gekräftigt in die Baker Street zurückkehren.«

DAS GELBE GESICHT

Nicht nur, daß ich gern Sherlock Holmes' spannenden Erzählungen lauschte – manchmal konnte ich sogar bei der Aufklärung eines Falles aktiv mitwirken. Wenn ich nun in meinen Aufzeichnungen, die ich hierüber veröffentlichte, weit mehr erfolgreiche als fehlgeschlagene Fälle erwähnte, so ist das nur natürlich. Es geschah indessen weniger aus Rücksicht auf Holmes' hervorragenden Ruf – sein Scharfsinn und seine Energie waren immer bewunderungswürdig, auch wenn er einmal an einem Problem scheiterte –, sondern einfach deshalb, weil bei den Fällen, die er nicht lösen konnte, meist auch kein anderer zu einem Resultat gelangte.

Hin und wieder aber, wenn auch selten, ereignete es sich, daß die Wahrheit, obwohl mein Gefährte sich geirrt hatte, doch noch ans Licht kam. Es ist mir immerhin gelungen, ein halbes Dutzend solcher Geschichten zu sammeln. Und eine davon will ich jetzt erzählen.

Sherlock Holmes war kein Mann, der sportliche Leistungen, welche auch immer, um ihrer selbst willen vollbrachte. Ich bin nur wenigen Leuten begegnet, die über größere Muskelkraft verfügten als er. Zweifellos war er auch ein ausgezeichneter Boxer. Aber ziel- und zwecklose »Körperertüchtigung« hielt er für eine gänzlich überflüssige Anstrengung. Und wo er sich keinen beruflichen Nutzen davon versprach, rührte er kein Glied. Dann freilich, wenn es so war, zeigte er sich unermüdlich und kannte keine Erschöpfung. Wahrscheinlich hing es mit seiner mageren Diät und seinen bis zur Kasteiung anspruchslosen Lebensgewohnheiten zusammen, daß sein Körper so schlank und zäh und gleichsam immer im Training blieb. Denn außer daß er gelegentlich Kokain schnupfte, hatte er keine Laster. Und auch diese Droge wandte er nur in Auflehnung gegen die Eintönigkeit des Daseins an, wenn ihn die Zeitungsberichte gar zu sehr anödeten und die Prozesse ohne jede Würze waren.

Eines Tages im Vorfrühling langweilte er sich sicher auch gähnend, da er sich zu einem gemeinsamen Spaziergang in den Park herbeiließ. Die Ulmen setzten ihre ersten grünen Triebe an, und die klebrigen Kastanienknospen öffneten sich eben, um ihre fünf übereinandergelegten Blättchen herauszustrecken. Zwei Stunden lang schlenderten wir beide nebeneinander her und sprachen kaum ein Wort, wie eben zwei Männer, die sich so gut kennen, daß sie das nicht mehr nötig haben. Es war fast fünf Uhr, als wir in der Baker Street anlangten.

»'tschuldigung, Sir«, empfing uns der Page an der Tür. »Ein Herr war hier, er hat nach Mr. Holmes gefragt.«

Mich streifte ein vorwurfsvoller Blick meines Freundes. »Das haben wir nun von unserem Spaziergang!« seufzte er.

»Natürlich ist der Herr wieder fort?«

»Jawohl, Sir.«

»Hast du ihn nicht hereingebeten?«

»Doch, Sir. Er ist auch einige Zeit geblieben.«

»Wie lange?«

»Eine halbe Stunde, Sir. Es war ein ziemlich aufgeregter Herr. Er ist ununterbrochen im Zimmer herumgewandert. Ich stand an der Tür, Sir, und hörte, daß er sehr unruhig war. Schließlich ist er auf den Flur herausgetreten und hat geschrien: ›Dieser Mr. Holmes kommt wohl überhaupt nicht mehr nach Hause?‹ Ja, das waren seine Worte, Sir. ›Sie brauchen sich nur noch ein klein wenig zu gedulden‹, sag' ich zu ihm, worauf er meint: ›Ich werde draußen weiter warten und erst noch einmal um den Block gehen!‹ Es sei hier zum Ersticken heiß, und er wolle nachher noch einmal vorbeischau'n, hat er gesagt. Ich konnte ihn nicht zurückhalten.«

»Schon gut. Hast du richtig gemacht«, nickte Holmes, und wir gingen auf unser Zimmer.

»Wäre ärgerlich, Watson, wenn der Mann sich nun nicht mehr blikken ließe. Ich lechze doch nach einer neuen Aufgabe. Und ungeduldig wie dieser Klient ist, scheint die Sache ganz vielversprechend zu sein. Hoppla, da liegt eine Pfeife auf dem Tisch. Das ist nicht deine! Er muß sie hiergelassen haben. So was! Eine hübsche alte Weichselpfeife mit einem guten, langen Stiel aus dem Material, das die Tabakhändler als ›Bernstein‹ verkaufen. Ich möchte ja wirklich wissen, wie viele ungefälschte Bernsteinmundstücke es in London noch gibt. So viele Leute lassen sich täuschen und glauben, eine Fliege sei das untrügliche Zeichen für Echtheit. Dabei hat sich ein ganzer Handel daraus entwickelt, derartige falsche Fliegen in falschen Bernstein hineinzuschwindeln. Na, der Herr muß wohl nicht ganz bei Trost sein, daß er eine solche Pfeife liegenläßt, die er doch offenbar für sehr wertvoll hält.«

»Woher willst du wissen, daß er das tut?« fragte ich.

»Nun, ich würde die ursprünglichen Kosten für dieses Stück auf sieben Shilling sechs Pence schätzen. Es wurde jedoch, wie du siehst, zweimal ausgebessert, und zwar erst am Holzstiel und dann am Mundstück. Jede dieser Reparaturen, die mit Silberbändern ausgeführt wurden, muß mehr gekostet haben als die ganze Pfeife. Klar, daß der Mann sie für wertvoll hält, wenn er sie lieber zusammenflikken läßt, als sich für das gleiche Geld eine neue zu kaufen.«

»Was sonst noch?« drängte ich, denn Holmes drehte die Pfeife in seiner Hand hin und her und starrte sie nachdenklich an. Dann hielt er sie hoch und klopfte mit seinem langen, dünnen Zeigefinger darauf wie ein Anatomieprofessor, der in seiner Vorlesung einen Knochen befingert.

»Pfeifen sind zuweilen äußerst aufschlußreich«, behauptete er. »Nichts anderes weist so auf die Eigenschaften des Besitzers hin, außer Taschenuhren vielleicht noch oder Schnürsenkel. Diese hier verrät allerdings nichts Wesentliches oder Bemerkenswertes. Der Eigentümer ist kräftig gebaut, linkshändig und verfügt über ein ausgezeichnetes Gebiß. Da er es nicht nötig hat, zu sparen, zeigt er sich in seinen meisten Angewohnheiten ziemlich sorglos.«

Diese Auskünfte gab mir mein Freund gleichsam ganz nebenbei. Doch in seinen Augen las ich sofort die verschmitzte Frage:

»Na, wie hab' ich das wieder gemacht?«

»Du nimmst an, ein Mann müsse wohlhabend sein, nur weil er eine Siebenshillingpfeife raucht?« wandte ich ironisch ein. »Erlaube mal! Das ist die Grosvenor-Mischung, mit der er sie gestopft hat. Da bezahlt man für dreißig Gramm acht Pence«, gab Holmes zurück, nachdem er eine Prise von dem Tabak auf seine Handfläche geschüttet hatte. »Für den halben Preis erhält man schon eine sehr gute Sorte. Gewiß braucht er den Penny nicht umzudrehen, sonst hätte er sich nicht den allerteuersten Tabak gekauft.«

»Und woraus schöpfst du deine sonstigen Weisheiten?«

»Er pflegt seine Pfeife an Petroleumlampen und Gasflammen anzustecken. Sieh hier: Auf einer Seite ist sie ganz versengt. Das kann unmöglich von einem Streichholz herrühren. Beim Anzünden über einer offenen Flamme hält man den Pfeifenkopf unwillkürlich schräg. Du machst es auch so. Deshalb ist deine Pfeife links etwas angekohlt.

Natürlich, weil du Rechtshänder bist. Bei dieser hier sitzt die verkohlte Stelle rechts, woraus ich schließe, es handelt sich um einen Linkshänder. Und sieh mal, hier ist der sogenannte Bernstein nahezu durchgebissen. Der Bursche muß also schon ziemlich viel Kraft und vor allem ausgezeichnete Zähne haben, um das zu bewerkstelligen. Aber wenn ich nicht irre, höre ich ihn da schon die Stiege heraufstolpern, dann können wir ihn ja gleich aus der Nähe beäugen.«

Im nächsten Augenblick ging die Tür auf, und ein großer junger Mann trat ins Zimmer. Er war gut, aber unauffällig gekleidet, trug einen dunkelgrauen Anzug und hielt seinen braunen Filzhut in der Hand. Ich hätte ihn auf dreißig Jahre geschätzt. In Wirklichkeit war er etwas älter.

»Verzeihung, ich – ich habe nicht angeklopft«, stammelte er. »Natürlich hätte ich anklopfen müssen. Ich – bin zur Zeit nicht ganz Herr meiner selbst... Entschuldigen Sie bitte, Sir!« Er fuhr sich mit der Hand über die Stirn, als wolle er seine Benommenheit fortwischen, und fiel mehr auf den nächstbesten Sessel, als daß er sich setzte.

»Ganz offenkundig haben Sie mindestens eine schlaflose Nacht hinter sich«, sagte Holmes in seiner gewinnenden Art. »Das zerrt freilich an den Nerven, mehr als Arbeit oder Vergnügen. Darf ich fragen, wie ich Ihnen helfen kann?«

»Ich brauche Ihren Rat, denn ich weiß nicht mehr aus noch ein. Es ist, als geriete mein ganzes Leben auf einmal aus den Fugen.«

»Und Sie glauben, ein Detektiv kann Ihnen helfen?«

»Nicht nur das... Ich möchte gern die Meinung eines welterfahrenen Mannes hören – und freilich Sie auch um Ihre Unterstützung bitten... Was – soll ich nur tun? Ich hoffe zu Gott, von Ihnen eine Antwort darauf zu erhalten...«

Er stieß sein Anliegen in kurzen, schroff abgehackten Sätzen hervor, als bereite ihm das Sprechen unendliche Mühe und als müsse er all seine Willenskraft dafür aufbieten.

»Es ist eine so heikle Sache –«, setzte er abermals an. »Ach, man spricht ungern zu Fremden über seine häuslichen Angelegenheiten. Sie glauben nicht, wie schrecklich es mir ist, mich mit zwei Männern, die ich noch nie in meinem Leben gesehen habe, über das Benehmen meiner Frau zu unterhalten... Aber ich sehe mich einfach dazu gezwungen.«

»Mein lieber Mr. Grant Munro«, wandte sich Sherlock Holmes an den Besucher, und dieser sprang bei der Nennung seines Namens wie von einer Schlange gebissen von seinem Stuhl auf.

»Wie? Woher wissen Sie denn, wie ich heiße?« rief er entsetzt.

»Wenn Sie lieber inkognito bleiben wollen«, entgegnete mein Freund lächelnd, »sollten Sie vielleicht nicht Ihren vollen Namen in Ihren Hut schreiben oder zumindest dann nur dessen Außenseite Ihrem jeweiligen Gesprächspartner zukehren. – Übrigens, was ich eigentlich sagen wollte, ist, daß meinem Freund und mir zwischen diesen vier Wänden schon viele Geheimnisse anvertraut worden sind. Und wir konnten den Verzweifelten oft helfen und ihnen ihren Seelenfrieden wiedergeben. Wir wollen hoffen, daß uns bei Ihnen auch ähnliches glücken wird. Wollen Sie mir nun – da ja möglicherweise jede Minute kostbar ist – den Sachverhalt klipp und klar schildern?«

Abermals fuhr sich der junge Mann mit der Hand über die Stirn. Es fiel ihm nicht leicht, von seinen Schwierigkeiten zu sprechen. Jede seiner Gesten zeigte das. Er war eher ein zurückhaltender, stolzer Charakter, der mit viel Selbstbeherrschung seine Schmerzen lieber verbarg, als sie an die große Glocke zu hängen. Doch plötzlich, als sei er nun entschlossen, und mit einer heftigen Handbewegung, welche die letzten Bedenken fortzufegen schien, begann er mit seinem Bericht:

»Hören Sie also, Mr. Holmes, so sehen die Dinge aus: Ich bin seit drei Jahren verheiratet. All diese Zeit über waren meine Frau und ich einander in inniger Liebe zugetan. Wir lebten so glücklich zusammen wie nur je ein verheiratetes Paar. Streit hat es unter uns nie gegeben. Keinen einzigen, weder in Gedanken noch in Worten oder Taten. Und jetzt, seit vergangenem Montag, schob sich plötzlich eine Schranke zwischen uns. Ich mußte den bitteren Eindruck gewinnen, daß etwas in ihr Leben und Denken eingebrochen ist, wovon ich so wenig Ahnung habe, als wäre sie die Zugeherin, die in unserem Haus die Treppen reinigt. Es ist eine Entfremdung eingetreten, und ich kann mir nicht im mindesten erklären, wieso.

Nun liegt mir sehr daran, noch eines vorauszuschicken, Mr. Holmes, ehe ich von den Geschehnissen dieser letzten Woche erzähle: Effie liebt mich – ich möchte nicht, daß Sie da ein falsches Bild gewinnen –, sie liebt mich aus Herzensgrund – und das hat sich nicht geändert. Ich fühle es, und ich weiß es. Widersprechen Sie mir nicht! Ein Mann spürt, wenn eine Frau ihn liebt ... Nur dieses Geheimnis! Es hat sich wie ein Trennungskeil zwischen uns geschoben, und ehe sich der Schleier nicht lüftet, kann zwischen uns nichts mehr so sein wie zuvor.«

»Hätten Sie bitte jetzt doch die Güte, mir der Reihe nach zu erzählen, was Sie beunruhigt und was überhaupt vorgefallen ist, Mr. Munro!« mahnte Holmes etwas ungeduldig.

»Gewiß, gewiß. Sie sollen Effies Geschichte hören. Sie war, obwohl noch sehr jung, schon Witwe, als wir uns zum erstenmal trafen. Zu der Zeit hieß sie Mrs. Hebron. In ihren frühen Mädchenjahren war sie nach Amerika ausgewandert, wo sie in Atlanta lebte. Sie heiratete den Rechtsanwalt Hebron, der eine sehr gute Praxis hatte. Auch ein Kind stammte aus dieser Ehe. Als das gelbe Fieber in der Gegend ausbrach, fielen ihm der Mann und das kleine Wesen zum Opfer. Ich habe Hebrons Todesurkunde gesehen. Kummer und Gram trieben Effie von Amerika fort. Sie kam zurück nach England und zog zu einer unverheirateten Tante. Ich darf hier einflechten, daß ihr Mann ihr ein stattliches Vermögen hinterlassen hatte, nämlich ein Kapital von viertausendfünfhundert Pfund. Das Geld war von ihm so ausgezeichnet angelegt worden, daß es sich mit sieben Prozent verzinste. Sie lebte gerade seit sechs Monaten in Pinner, als wir uns kennenlernten. Wir verliebten uns ineinander, und wenige Wochen darauf heirateten wir.

Ich selber bin Hopfenhändler, und da ich über ein Einkommen von sieben- bis achthundert Pfund im Jahr verfüge, leben wir in sehr guten Verhältnissen und konnten uns eine hübsche Villa in Norbury für achtzig Pfund im Jahr mieten. Unser kleines Anwesen ist, obwohl es so nahe bei der Stadt liegt, sehr ländlich. Ein Gasthof befindet sich in der Nähe, und etwas höher als unsere Villa liegen noch zwei andere. Jenseits des großen Feldes, das an unser Haus grenzt, steht eine Blockhütte. Davon abgesehen treffen Sie bis auf halbem Wege zum Bahnhof keine menschliche Behausung mehr an. Meine Geschäfte rufen mich zu bestimmten Jahrszeiten in die Stadt. Zu anderen, besonders im Sommer, habe ich nicht sehr viel zu tun. Während dieser warmen Monate waren meine Frau und ich immer zusammen und genossen das Leben auf dem Lande. Ich muß nochmals betonen, daß bis zu dieser verfluchten Sache jetzt nichts unser Glück getrübt hat. Und noch eines will ich Ihnen sagen, ehe ich fortfahre: Bevor wir heirateten, überschrieb meine Frau mir ihren gesamten Besitz. Zwar sträubte ich mich dagegen in dem Gedanken, wie unangenehm das sich auswirken könnte, wenn meine Geschäfte einmal schlecht gingen. Doch Effie wollte es unbedingt haben, und so gab ich nach. Nun kam sie vor etwa sechs Wochen zu mir und sagte:

›Jack, als ich dir damals mein Geld gab, sagtest du, ich könnte es jederzeit wiederhaben, wenn ich etwas brauche.‹

›Selbstverständlich‹, erwiderte ich, ›es ist ja ohnehin deines.‹

›Gut‹, sagte sie, ›ich möchte gern hundert Pfund.‹

Ich war über die hohe Summe erstaunt, denn ich hatte erst angenommen, daß sie sich einfach ein neues Kleid oder etwas dergleichen kaufen wollte.

›Meine Güte! Wofür denn so viel?‹ fragte ich unwillkürlich.

›Oh, du hast immer beteuert, daß du bloß mein Bankier seist‹, versuchte sie zu scherzen. ›Bankiers fragen einen nie aus.‹

›Na schön, wenn es wirklich dein Ernst ist, bekommst du das Geld natürlich‹, antwortete ich.

›Ja, Jack, ich meine es im Ernst.‹

›Und du willst mir nicht sagen, wofür?‹

›Eines Tages vielleicht, aber nicht heute.‹

Das war ihr letztes Wort, und ich mußte mich eben zufriedengeben, obwohl damit zum erstenmal ein Geheimnis zwischen uns stand. Ich schrieb ihr einen Scheck aus und dachte nicht mehr an diesen Zwischenfall. Möglicherweise hatte er auch mit den nachfolgenden Geschehnissen gar nichts zu tun. Gleichwohl schien er mir erwähnenswert.

Unweit unseres Hauses steht also jene Hütte, von der ich vorhin sprach, ein Feld liegt zwischen den beiden Anwesen. Man kann aber auch ein Stück die Landstraße entlanggehen und dann in einen Seitenweg einbiegen, um dorthin zu gelangen. In unmittelbarer Nähe befindet sich ein kleiner Fichtenhain. Ich bin da immer gern umhergestreift; der würzige Duft des Nadelholzes hat etwas unsagbar Wohltuendes für mich. Acht Monate lang stand das Häuschen nun schon leer; und das fand ich eigentlich recht schade, denn es war so hübsch und wohnlich. Mit seinen zwei Stockwerken, der altmodischen Säulenhalle und rings von Geißblatt überwachsen, heimelte es mich immer besonders an.

Nun, letzten Montag unternahm ich gegen Abend einen kleinen Spaziergang dorthin, als mir aus dem Gäßchen ein leerer Planwagen entgegenkam. Und auf dem Rasen vor dem Anwesen sah ich ein paar Teppiche und allerlei Einrichtungsgegenstände. Also war die Hütte schließlich doch vermietet worden! Ich wanderte vorüber und blieb dann stehen, um zurückzuschauen, weil ich etwas neugierig war, was das wohl für Leute sein mochten, die nun unsere nächsten Nachbarn würden. Da bemerkte ich, daß mich aus dem oberen Fenster ein Gesicht beobachtete. Ich weiß nicht, was daran war, das mir einen kalten Schauer über den Rücken jagte. Ich war bereits ein Stück weit vom Haus entfernt und konnte die Züge nicht mehr genau erkennen, aber irgend etwas Unmenschliches, Unnatürliches hatte es mit diesem Gesicht auf sich. Rasch ging ich einige Schritte zurück, um die Person, die mich da so reglos betrachtete, besser sehen zu können. Aber da verschwand der Kopf plötzlich, als habe ihn jemand aus dem Hintergrund in die Dunkelheit zurückgeholt. Fünf Minuten verharrte ich und grübelte, wie das alles wohl zusammenhinge. Ob es sich um einen Mann oder eine Frau da oben handelte, hatte ich aus den Zügen nicht ablesen können. Doch die Farbe – allein die Farbe schon hinterließ in mir einen unheimlichen Eindruck. Dieses fahle, tote Gelb! Ja, und dann hatte seine seltsame Starre mich nahezu erschreckt. Ich war ziemlich verstört und beschloß, mir die Insassen des Hauses genauer anzusehen. Als ich an die Tür klopfte, öffnete eine große, hagere Frau.

›Sie wünschen?‹ fragte sie abweisend.

›Ich bin Ihr Nachbar von da drüben‹, erwiderte ich und deutete mit einer Kopfbewegung zu unserer Villa hin. ›Im Vorbeigehen sah ich, daß Sie gerade hier eingezogen sind. Deshalb wollte ich fragen, ob ich Ihnen vielleicht irgendwie behilflich –‹

›Danke, wir brauchen keine Hilfe‹, schnitt mir das Weib das Wort ab und schlug mir die Tür vor der Nase zu. Verärgert über diese grobe Abfuhr machte ich kehrt und begab mich geradenwegs nach Hause. Den ganzen Abend über versuchte ich an etwas anderes zu denken, aber jene geisterhafte Erscheinung am Fenster ging mir doch nicht aus dem Sinn. Meiner Frau, die sehr empfindsam und ängstlich ist, sagte ich jedoch nichts davon, denn ich wollte ihr jede Aufregung ersparen. Ehe ich einschlief, erwähnte ich lediglich, die Hütte am Feldrain sei nun wieder bewohnt, worauf sie nicht antwortete.

Mein Schlaf ist normalerweise gesund und tief. In meiner Familie kursierten darüber allerlei Scherze, und es hieß immer, daß nichts auf der Welt mich aus meinem seligen Schlummer zu reißen vermöchte. Nun, ich weiß nicht, was in jener Nacht Schuld daran trug – ob es noch eine Erregung vom Nachmittag war oder was sonst –, ich schlief nicht gut. Halb im Traum bemerkte ich, daß im Zimmer etwas vor sich ging. Nach und nach unterschied ich die Umrisse meiner Frau. Sie war aufgestanden, hatte sich vollständig angezogen und schlüpfte gerade in ihren Mantel. Ich stutzte, und wie von selbst bewegten sich meine Lippen, etwas zu murmeln, das mein Erstaunen über derlei mitternächtliche Vorbereitungen kundtat. Da sah ich durch beinahe geschlossene Lider ihr vom Kerzenschein angestrahltes Gesicht. Meine Verwunderung wuchs, denn einen ähnlichen Ausdruck hatte ich nie zuvor bei ihr gesehen. Sie war totenbleich, atmete rasch und schaute ängstlich verstohlen zu meinem Bett herüber, indem sie ihren Mantel zuknöpfte. Dann, da sie offenbar annahm, ich schliefe, glitt sie lautlos aus dem Zimmer. Wenige Sekunden später vernahm ich einen kreischenden Ton und wieder einen, was unweigerlich das Öffnen und Schließen des Gartentores bedeutete. Ich setzte mich im Bett auf und rieb meine Fußknöchel gegeneinander, um festzustellen, ob ich auch wirklich hellwach sei. Dann zog ich meine Taschenuhr unterm Kopfkissen hervor. Es war drei Uhr morgens. Was in aller Welt tat meine Frau zu dieser Stunde auf der Straße?

Etwa zwanzig Minuten blieb ich so sitzen und überlegte, was ihr sonderbares Verhalten bedeuten sollte. Doch je länger ich es bedachte, desto unfaßlicher erschien mir das Ganze. Da hörte ich, wie das Gittertor sich abermals in den Angeln drehte, und gleich darauf den leichtfüßigen Schritt meiner Frau auf der Treppe.

›Um Himmels willen, wo bist du gewesen, Kind?‹ fragte ich sie bei ihrem Eintreten. Sie zuckte heftig zusammen und gab einen kleinen Wehlaut von sich. Und dieser leise Aufschrei wie ihr Erschrecken trafen mich härter als alles übrige, denn ich hörte ein unbeschreibliches Schuldgefühl heraus. Das freie, offene Wesen meiner Frau war mir so vertraut und immer selbstverständlich gewesen, daß es mich eisig überlief, als ich sie jetzt angstvoll in ihr Schlafzimmer zurückschleichen sah: erschreckt von der Anrede ihres eigenen Ehemannes.

›Ach, du bist wach, Jack?‹ rief sie mit nervösem Lachen. ›Ich dachte immer, nichts kann dich aufwecken, wenn du einmal fest eingeschlafen bist.‹

›Wo warst du?‹ wiederholte ich meine Frage.

›Natürlich bist du erstaunt‹, sagte sie leichthin, aber ich sah, daß ihre Finger beim Aufknöpfen des Mantels zitterten. ›Ich kann mich auch nicht erinnern, schon einmal in meinem Leben auf eine solche Idee verfallen zu sein. Ich hatte ein so merkwürdig beklommenes Gefühl, ich glaubte ersticken zu müssen und wollte ein bißchen frische Luft schnappen. Ich glaube, sonst wäre ich ohnmächtig geworden. Da habe ich nur ein Weilchen draußen am Tor gestanden – und jetzt geht es mir wieder ganz gut.‹

Während sie mir hastig dieses Märchen auftischte, schlug sie die Augen nieder, und ihre Stimme klang unecht, denn sie log. Und so gab ich ihr gar keine Antwort, sondern kehrte mich schweigend zur Wand. Der giftige Pfeil des Argwohns saß mir im Herzen und quälte mich mit tausend bösen Ahnungen. Was verheimlichte sie mir? Wo war sie gewesen? Ich würde meine Seelenruhe nicht wiederfinden, ehe ich das nicht erführe; das wußte ich. Und doch scheute ich davor zurück, weiter in sie zu dringen, da sie auf meine erste Frage nicht die

Wahrheit gesagt hatte. Bis zum Morgengrauen wälzte ich unzählige Theorien und Vermutungen, um sie alle wieder zu verwerfen, denn eine schien mir weniger stichhaltig als die andere.

An jenem Morgen hätte ich eigentlich in die Stadt fahren sollen, aber ich war so aufgewühlt, daß ich mich unfähig fühlte, meinen Geschäften nachzugehen. Meine Frau machte übrigens einen nicht minder abgespannten und verstörten Eindruck. In ihren traurig fragenden Augen stand es geschrieben, sie wußte genau, daß ich ihren Behauptungen keinen Glauben schenkte. Und vor lauter Befangenheit wußte sie sich kaum mehr zu helfen.

Während des Frühstücks haben wir kein Wort miteinander gewechselt. Und sofort danach bin ich aufgebrochen, um die unliebsame Sache in der reinen Morgenluft zu überdenken. Ich ging bis zum Kristallpalast, brachte eine Stunde in den Anlagen zu und war um ein Uhr wieder zu Hause. Mein Rückweg führte mich an der Blockhütte vorbei. Ich machte dort ein paar Minuten halt und sah zu dem Fenster hinauf, von dem mich tags zuvor das seltsame Gesicht angestarrt hatte. Stellen Sie sich mein namenloses Erstaunen vor, Mr. Holmes, als sich im selben Augenblick die Tür öffnete und meine Frau aus dem Hause trat!

Ich erstarrte förmlich vor Schrecken. Indessen war meine eigene Erregung offenbar noch klein, verglichen mit jener, die sich auf Effies Zügen malte, als unsere Blicke sich begegneten. Im ersten Augenblick schien sie schutzsuchend in den Hausflur zurückweichen zu wollen. Dann, als sie begriff, wie sinn- und nutzlos jede Verstellung war, kam sie mit schneeweißem Gesicht und großen, angstgeweiteten Augen, die das Lächeln ihrer Lippen Lügen straften, auf mich zu.

›Du, hier, Jack?‹ redete sie mich an. ›Weißt du, ich bin hergekommen, unsere neuen Nachbarn zu begrüßen und ihnen meine Hilfe anzubieten, wenn sie irgend etwas benötigen sollten ... Warum siehst du mich so strafend an, Jack? Bist du mir böse?‹

›Aha, hier bist du also auch in der Nacht gewesen‹, sagte ich.

›Was, wie kommst du denn darauf?‹ Ihre Stimme war belegt und hatte wieder den falschen Ton.

›Natürlich warst du hier. Jetzt weiß ich es. Wer sind diese Leute, daß du sie zu solch ungewöhnlicher Zeit aufsuchst?‹

›Nein, Jack, ich war eben zum erstenmal hier.‹

›Wie bringst du es nur fertig, mich so anzulügen?‹ schrie ich sie an. ›Sogar deine Stimme verrät dich! Habe ich dir vielleicht jemals etwas verheimlicht? Ich gehe jetzt in dieses Haus und werde mich an Ort und Stelle überzeugen, was hier vorgeht.‹

›Nein, um Gottes willen, Jack, tu das nicht!‹ keuchte sie in furchtbarer Erregung. Und als ich mich der Tür näherte, packte sie mich am Ärmel, um mich mit Gewalt zurückzuhalten.

›Bitte, bitte nicht, Jack!‹ bat sie unter Tränen. ›Ich schwöre, daß ich dir eines Tages die volle Wahrheit sagen werde. Aber wenn du *jetzt* dieses Haus betrittst, geschieht ein Unglück.‹ Und als ich sie abzuschütteln suchte, klammerte sie sich wie eine Rasende an mich.

›Vertrau mir, Jack!‹ flehte sie. ›Hab nur dies eine Mal Vertrauen zu mir! Du wirst es ganz gewiß nicht bereuen. Du mußt doch wissen, daß ich nie ein Geheimnis vor dir hätte, wenn es nicht zu unser beider Bestem wäre. Wenn du dir hier Eintritt erzwingst, ist zwischen uns alles zu Ende.‹

Es lag ein solcher Ernst, eine solche Verzweiflung in ihrer Stimme, daß ich unentschlossen an der Tür stehenblieb.

›Nun gut, ich vertraue dir – aber unter einer Bedingung!‹ willigte ich schließlich ein. ›Und zwar, daß es in Zukunft keine Lügen und keine Heimlichtuerei mehr gibt. Hüte in Gottes Namen dein Geheimnis weiter, aber versprich mir, daß du deine nächtlichen Besuche einstellst und nichts mehr hinter meinem Rücken unternimmst. Dann will ich vergessen, was du getan hast.‹

›Oh, ich wußte, du wirst mir vertrauen!‹ rief sie unter Lachen und Weinen und seufzte vor Erleichterung auf. ›Du hast mein Wort, daß jetzt alles anders wird. Nur, komm von hier fort. Oh, laß uns nach Hause gehen!‹ Und mit fast unweiblicher Kraft zerrte sie mich an meinem Ärmel mit sich. Unterwegs wandte ich mich noch einmal um. Und siehe da, das fahlgelbe Gesicht beobachtete uns aus dem oberen Fenster. Von neuem quälte mich der Gedanke, in welcher Beziehung dieses unheimliche Geschöpf zu meiner Gattin stehen mochte. Und die barsche, hagere Frau, die mich so ungnädig abgewiesen, welche Rolle kam ihr dabei zu? Dieses ganze verwirrende Puzzlespiel! Ich wußte, es mußte sich erst Steinchen um Steinchen ineinanderfügen, bis ich mein seelisches Gleichgewicht wiedererlangte.

Im Anschluß an diese Ereignisse blieb ich zwei Tage daheim. Meine Frau hielt sich zunächst an unsere Abmachung und rührte sich meines Wissens nicht aus dem Hause. Der dritte Tag jedoch sollte mir beweisen, daß auch ihr feierliches Versprechen sie nicht von jenem unglückseligen Einfluß lösen konnte, der sie von ihrem Mann und ihren häuslichen Verpflichtungen fortzog. Ich war in die Stadt gefahren, kam aber schon mit dem 2-Uhr-40-Zug zurück, statt wie gewöhnlich erst um 3 Uhr 36. Erschrocken kam mir in der Halle das Dienstmädchen entgegengelaufen.

›Wo ist die gnädige Frau?‹ fragte ich.

›Ich glaube, sie ist nur ein bißchen spazierengegangen!‹ lautete die Antwort. Daß ich daraufhin neuen Argwohn schöpfte, war unausbleiblich. Ich eilte die Treppe hinauf, mich zu überzeugen, ob Effie wirklich nicht da sei. Da erblickte ich durch das Stiegenhausfenster das Mädchen, mit dem ich soeben gesprochen hatte, wie es über die Wiese auf das Landhäuschen zueilte. Ich begriff, meine Frau war also *wieder* dorthin gegangen und hatte das Mädchen gebeten, sie sofort zurückzuholen, wenn ich nach Hause käme. Zornknirschend raste ich die Treppe wieder hinunter und überquerte mit Riesenschritten das Feld, fest entschlossen, der widerwärtigen Geschichte ein für allemal ein Ende zu machen. Ich sah meine Frau und die Dienerin miteinander durch das Gäßchen auf mich zukommen. Aber ich ließ mich von ihnen nicht aufhalten. In der verflixten Hütte würde ich den Schleier schon lüften, denn dort lag verborgen, was den Schatten über mein Leben geworfen hatte. Ich klopfte nicht einmal an, sondern drehte einfach den Türknopf und trat ein. Drinnen herrschte vollkommene Stille. Nur in der Küche surrte ein Wasserkessel auf dem Herd, und eine große schwarze Katze lag zusammengerollt schlafend in ihrem Korb. Das Weib aber ließ sich nicht blicken. Ich lief nach nebenan, in die Wohnstube, auch dort traf ich keine Menschenseele an. Sogleich stürmte ich die Stiege hinauf, fand aber auch die beiden Zimmer im oberen Stockwerk verlassen. Möbel, Bilder und aller übrige Hausrat waren übrigens billig und gewöhnlich. Nur das eine Zimmer, aus dessen Fenster das sonderbare Gesicht geschaut hatte, war behaglich und geschmackvoll eingerichtet. Und mein Verdacht wurde zur brennenden Gewißheit, als ich dort auf dem Kaminsims die Fotografie meiner Frau in ganzer Gestalt erkannte. Ich blieb lange genug, um sicher zu sein, daß sämtliche Bewohner ausgeflogen waren. Dann ging ich mit einer Zentnerlast auf meiner Seele wieder fort.

Meine Frau empfing mich in der Halle, doch ich mochte nicht mit ihr sprechen. Ich fühlte mich verletzt und war derart ärgerlich, daß ich mich sofort in mein Arbeitszimmer begab. Sie kam jedoch hinter mir drein, ehe ich die Tür verschließen konnte.

›Es tut mir so leid, daß ich mein Versprechen brechen mußte, Jack‹, sagte sie. ›Aber wenn du die Umstände kenntest, würdest du mir sicher verzeihen.‹

›Dann sag mir jetzt die volle Wahrheit!‹ forderte ich sie auf.

›Das kann ich nicht, Jack. Es ist wirklich unmöglich!‹ schluchzte sie.

›Bevor du mir nicht sagst, wer in der Hütte wohnt und wer es ist, dem du dein Bild gegeben hast, kann zwischen uns nie wieder das alte Vertrauen herrschen.‹ Mit diesen Worten riß ich mich von ihr los und verließ das Haus. Das geschah gestern, Mr. Holmes. Seitdem habe ich sie nicht mehr gesehen und auch nichts über die ganze merkwürdige Geschichte in Erfahrung gebracht. Das ist der erste Schatten, der zwischen uns fällt. Und ich bin so erschüttert, daß ich mir nicht mehr zu helfen weiß.

Heute, beim Aufwachen, kam mir mit einemmal der Gedanke an Sie. Daß Sie nämlich der Mann seien, der mir einen Rat geben könnte. Daher bin ich gleich hierhergeeilt und gebe mich ohne Vorbehalt in Ihre Hände. Wenn da noch irgendein Punkt ist, über den ich mich nicht klar genug geäußert habe, dann fragen Sie bitte ohne Umschweife! Nur sagen Sie mir vor allem, wie ich handeln muß, denn diesen Zustand kann ich nicht länger ertragen.«

Holmes und ich hatten mit stets wachsendem Interesse diesem ungewöhnlichen Bericht gelauscht, den unser Besucher schweratmend und stoßweise vorbrachte. Man spürte aus jedem Satz, den er sprach, wie aufgewühlt er war. Mein Freund saß eine Weile still in Gedanken versunken und stützte das Kinn in die Hand.

»Beantworten Sie mir bitte ein paar Fragen«, wandte er sich schließlich an seinen Klienten. »Könnten Sie schwören, daß es ein Männergesicht war, das Sie an besagtem Fenster erblickten?«

»Nein; denn beide Male stand ich zu weit entfernt, um es erkennen zu können.«

»Es scheint Sie jedoch sehr unangenehm berührt zu haben?«

»Was mir auffiel und diesen unheimlichen Eindruck auf mich machte, war die unnatürliche Hautfarbe und die Starrheit der Züge. Als ich näher herantrat, verschwand das Gesicht jedoch mit einem Ruck.«

»Wie lange ist es her, daß Ihre Frau Sie um die hundert Pfund gebeten hat?«

»Nahezu zwei Monate.«

»Haben Sie je eine Fotografie von ihrem ersten Gatten gesehen?«

»Nein. Kurz nachdem er gestorben war, brach ein Großfeuer in Atlanta aus, dabei verbrannten sämtliche Papiere meiner Frau.«

»Und doch besitzt sie eine Todesurkunde . . . Sie sagten ja, daß Sie die gesehen haben?«

»Gewiß. Sie ließ nach dem Brand ein Duplikat anfertigen.«

»Ist Ihnen je ein Mensch begegnet, der sie drüben in Amerika gekannt hat?«

»Nein.«

»Und sprach sie auch nie davon, daß sie einmal wieder dorthin fahren wolle?«

»Nein.«

»Oder irgendwelche Briefe von dort, hat sie die niemals erhalten?«

»Nicht daß ich wüßte.«

»Danke. Ich möchte mir jetzt gerne alles noch einmal durch den Kopf gehen lassen. Steht die Hütte weiterhin leer – das heißt, kehren die Bewohner nicht mehr zurück –, so wird unsere Fahndung etwas schwierig werden. Wenn die Leute jedoch, was ich für viel wahrscheinlicher halte, wegliefen, weil sie vor Ihrem Eintreffen gewarnt wurden, dann werden wir das Ganze mit Leichtigkeit bereinigen. Zunächst rate ich Ihnen: Kehren Sie nach Norbury zurück und behalten Sie die Fenster des Blockhauses im Auge. Sobald Sie Ursache haben anzunehmen, es halte sich noch jemand dort auf, verschaffen Sie sich nicht gewaltsam Eintritt, sondern senden Sie ein Telegramm an meinen Freund und mich. Wir werden eine Stunde nach Empfang bei Ihnen sein und der Sache schleunigst auf den Grund gehen.«

»Und wenn das Haus leer bleibt?«

»Dann werde ich morgen bei Ihnen sein, damit wir die Lage besprechen. Auf Wiedersehen! Und vor allen Dingen schlafen Sie gut und quälen Sie sich nicht mit unnötigen Hirngespinsten!« –

»Eine üble Geschichte, fürchte ich, Watson«, wandte sich mein Gefährte an mich, nachdem er Mr. Grant Munro das Geleit gegeben hatte. »Was hältst du davon?«

»Klang alles recht unerquicklich.«

»Ja. Nach Erpressung, wenn ich nicht irre.«

»Und wer soll der Erpresser sein?«

»Nun, offensichtlich jener Mensch, der den einzigen gemütlichen Raum in dem Haus dort bewohnt und die Fotografie von Munros Frau auf seinem Kaminsims stehen hat. Glaube mir, Watson, dieses Gesicht am Fenster ist sehr wesentlich in dieser Angelegenheit, und ich bin froh, daß ich den Fall bekomme.«

»Hast du denn schon eine Theorie?«

»Ja. Sie ist zwar noch etwas vage, aber es sollte mich wundern, wenn sie sich im wesentlichen nicht als richtig herausstellt. Ich glaube nämlich, daß Effie Munros erster Gatte aus Amerika sich in dem Landhäuschen aufhält.«

»Warum denn das?«

»Wie anders erklärst du dir Mrs. Munros krankhafte Angst, als ihr Mann die Hütte betreten wollte? Ich sehe den Tatbestand etwa folgendermaßen: Diese Frau hat in Amerika geheiratet. Dann entdeckte sie an ihrem Mann irgendwelche verabscheuungswürdigen Eigenschaften, oder er zog sich vielleicht eine furchtbare Krankheit zu, Lepra oder sonst etwas – oder er wurde schwachsinnig. Schließlich floh sie vor ihm, kehrte nach England zurück, änderte ihren Namen und begann hier – so hoffte sie wenigstens – ein neues Leben. Sie ist seit drei Jahren wieder verheiratet und hielt ihre Position für gesichert, nachdem sie ihrem jetzigen Mann die Todesurkunde irgendeines Verstorbenen, dessen Namen sie angenommen, gezeigt hatte. Da machte plötzlich ihr erster Gatte – oder eine skrupellose Frau, die sich mit dem Invaliden zusammengetan hatte – Effies Verbleib ausfindig. Die beiden schreiben ihr einen Drohbrief, auf Grund dessen Effie ihre Bloßstellung befürchten muß. Sie erbittet sich hundert Pfund, um die beiden zu bestechen. Sie wird sie trotzdem nicht los, sie nisten sich in dem Blockhaus ein. Als Mr. Munro seiner Frau gegenüber erwähnt, die Hütte sei wieder bewohnt, weiß sie sofort, wer die neuen Mieter sind. Sie wartet, bis ihr Mann eingeschlafen ist. Dann eilt sie zu den Erpressern und fleht sie an, sie in Ruhe zu lassen. Da sie das gefährliche Paar nicht losgeworden ist, wiederholt sie ihren Bittgang am Vormittag und läuft dabei ihrem Gatten in die Arme, wie er es uns ja geschildert hat. Sie verspricht ihm, nicht mehr dorthin zu gehen, aber bereits am dritten Tag wird der Drang, sich von der verhängnisvollen Nachbarschaft zu befreien, so stark, daß sie einen neuen Versuch unternimmt. Wahrscheinlich hat man auch jene Fotografie von ihr gefordert, die Jack Munro in dem Blockhaus sah. Dieses abermalige Interview wird von der Hausangestellten unterbrochen; sie meldet die Rückkunft des Gatten. Effie, die ahnt, daß er sie sogleich hier suchen werde, beredet ihre Verfolger, durch die Hintertür zu verschwinden und sich – wahrscheinlich in jenem nahe gelegenen Fichtenwäldchen – zu verstecken. Daher findet Mr. Munro ein verlassenes Haus vor. Es ist aber durchaus anzunehmen, daß die Leute sich bis heute abend längst wieder in ihren vier Wänden aufhalten werden ... Was hältst du von meiner Folgerung?«

»Ich weiß nicht recht – sind das nicht alles nur vage Vermutungen?«

»Na, wenn schon! Bisher zumindest decken sie sich doch vollkommen mit den Gegebenheiten. Sollte sie in unerwartete Zusammenhänge nicht hineinpassen, so werden wir noch Zeit genug zu weiteren Erwägungen haben. Zunächst können wir ohnehin nichts anderes tun, als uns in Geduld fassen, bis unser Freund aus Norbury sich wieder meldet.«

Darauf brauchten wir allerdings nicht lange zu warten. Die Nachricht traf bereits ein, als wir beim Tee saßen. »Hütte noch bewohnt«, lautete das Telegramm. »Gesicht im Fenster wieder aufgetaucht. Hole Sie am Siebenuhrzug ab und unternehme nichts vor Ihrer Ankunft.«

Er kam uns auf dem Bahnsteig entgegen. Sein Gesicht leuchtete bleich im Schein der Gaslaterne, und er bebte vor Aufregung.

»Sie sind noch da, Mr. Holmes«, begann er sofort nach der Begrüßung und legte seine Hand meinem Freund auf den Arm. »Ich habe Licht im Blockhaus gesehen, als ich vorbeiging. Wir wollen die dumme Geschichte jetzt ein für allemal aus der Welt schaffen.«

»Und was gedenken Sie zu tun?« fragte Holmes, als wir durch die dunkle Ulmenallee gingen.

»Wenn es sein muß, werde ich gewaltsam in das Haus eindringen, um mich mit eigenen Augen davon zu überzeugen, wer die Insassen sind. Und Sie beide, seien Sie bitte meine Zeugen!«

»Haben Sie sich trotz der Warnung Ihrer Frau, Sie sollten besser nicht an ihr Geheimnis rühren, dazu entschlossen?«

»Ja, das habe ich.«

»Gut. Ich glaube auch, daß es so am besten sein wird. Jede Wahrheit erträgt sich leichter als dieser bohrende Zweifel. Machen wir uns gleich auf den Weg! Juristisch setzen wir uns zwar hoffnungslos ins Unrecht. Ich hoffe aber, der Einsatz wird sich lohnen.«

Die Nacht war sehr dunkel, und es fiel ein feiner Sprühregen, als wir von der Hauptstraße in ein schmales Gäßchen einbogen. Rastlos strebte Mr. Grant Munro voran. Wir beide, der Gegend unkundig, stolperten nolens volens hinterdrein.

»Dort drüben, wo Sie den hellen Schimmer über den Bäumen sehen, wohne ich«, murmelte er. »Und hier ist auch schon das Holzhaus. Ich werde sofort hineingehen.«

Wirklich erhob sich dicht neben uns ein Gebäude, als wir um die Ecke bogen. Ein schmaler Lichtkegel fiel auf den schwarzen Vordergrund und zeigte an, daß die Haustür einen Spalt weit offenstand. Im ersten Stock war ein Fenster hell erleuchtet, und hinter dem zugezogenen Vorhang bewegte sich ein Schatten.

»Da, das ist er!« rief Grant Munro, »folgen Sie mir! Wir werden es jetzt klären!«

Als wir uns dem Eingang näherten, tauchte plötzlich ein weibliches Wesen aus dem Dunkel in den schmalen Lichtstreifen. Die Gesichtszüge konnte ich nicht unterscheiden, aber es streckte mit flehentlicher Gebärde die Arme aus.

»Um Gottes willen, Jack!« rief die junge Frau, »ich ahnte, daß du heute abend kommen würdest. Bitte, geh zurück, ich flehe dich an!«

»Tut mir leid, Effie«, sagte Grant Munro barsch. »Ich habe dir zu lange blind vertraut. Geh mir aus dem Weg! Meine Freunde und ich werden hier jetzt reinen Tisch machen.«

Er schob sie energisch beiseite. Dann schritt er eilig weiter, und wir folgten ihm. Als er die Haustür aufriß, kam eine ältere Frau herbeigeeilt und wollte uns den Weg versperren. Grant Munro stieß sie zurück, stürmte uns voran über die Treppe in den ersten Stock und hinein in das helle Zimmer.

Es war ein trauliches, wunderhübsch eingerichtetes Gemach. Auf dem Tisch wie auf dem Kaminsims standen je zwei Kerzenleuchter. In der Ecke saß über ein Schreibpult gebeugt, mit abgewandtem Kopf, ein kleines Mädchen. Es hatte ein rotes Kleid an und trug lange weiße Handschuhe. Als das Kind uns sein Gesicht zudrehte, konnte ich mich eines leisen Schreckenslautes nicht erwehren. Denn es war vollkommen ausdruckslos und von aschfahler Blässe. Eine Sekunde später löste sich indessen das Rätsel vor unseren Augen. Holmes war lachend auf das Kind zugegangen. Er griff ihm hinters Ohr, und eine Maske aus Papiermaché fiel zur Erde. Eine kleine Negerin zeigte uns vergnügt grinsend ihre schneeweißen Zähne. Nun mußte auch ich laut auflachen. Nur Grant Munro stimmte, fassungslos vor Erstaunen, in die allgemeine Heiterkeit nicht mit ein. Seine weitaufgerissenen Augen starrten nur immer auf die kleine Gestalt, und er rief:

»Mein Gott, was hat das nun zu bedeuten?«

»Ich will dir sagen, was es zu bedeuten hat«, ließ sich da eine klare und angenehme Stimme hören, denn die Dame, die uns vorher draußen begegnet war, hatte jetzt stolz und ruhig den Raum betreten. »Da du mich gezwungen hast, mein Geheimnis preiszugeben, müssen wir uns eben damit auseinandersetzen. Mein Gatte ist in Atlanta gestorben. Mein Kind überlebte.«

»*Dein* Kind?«

Die junge Frau zog ein großes Medaillon aus ihrem Ausschnitt.

»Da, schau, diesen Anhänger hast du noch niemals offen gesehen.«

»Ich wußte nicht, daß er sich öffnen läßt.«

Sie drückte auf eine Feder, wodurch der flache Silberdeckel aufsprang und vor unseren Augen das Bildnis eines Mannes enthüllte. Das Gesicht war ausnehmend hübsch und klug, obwohl es unverkennbar die Merkmale afrikanischer Abstammung trug.

»Das ist John Hebron von Atlanta«, erklärte die Dame. »Dieser Mann besaß den vornehmsten und großzügigsten Charakter der Welt. Um ihn zu heiraten, trennte ich mich von meiner Rasse. Doch nie, solange er lebte und ich bei ihm war, hatte ich nur einen Augenblick lang Grund, das zu bereuen. Unser Mißgeschick war, daß in unserem Kind der negroide Einschlag sich so stark durchsetzte. Die kleine Lucy ist viel dunkler, als es ihr Vater war. Aber, ob schwarz oder helläugig, sie ist mein einziges, inniggeliebtes Kind und der Sonnenschein ihrer Mama.« Bei diesen letzten Worten kam das Mädchen angelaufen und kuschelte seinen Krauskopf in die weiten Rockfalten der Mutter.

»Ich ließ die Kleine«, so fuhr Mrs. Munro fort, »damals nur ihrer zarten Gesundheit wegen in Amerika zurück, die große Reise und der Klimawechsel wären ihr sicher nicht gut bekommen. Ich gab sie in Obhut und Pflege einer braven Schottin, die uns eine treue Dienerin gewesen war. Nie hätte ich auch nur im Traume daran gedacht, mein Kind verleugnen zu wollen. Da führte das Schicksal uns beide zusammen, Jack. Und als ich dich zu lieben begann, hatte ich Angst davor, dir gleich von dem Kind zu erzählen. Gott vergebe mir, daß ich den Mut dazu nicht fand; aber ich fürchtete, dich zu verlieren. Ich sah mich vor die grausame Wahl zwischen euch beiden gestellt und habe mich in meiner Schwäche von meinem Kind ab- und dir zugewandt. Drei Jahre lang hielt ich meine Tochter vor dir verborgen. Doch die Pflegerin benachrichtigte mich regelmäßig. Und so wußte ich wenigstens, daß die Kleine wohlauf war und gut gedieh. Nach und nach jedoch überwältigte mich die Sehnsucht. Vergeblich kämpfte ich dagegen an. Ich mußte Lucy endlich wiedersehen, und sei's nur für ein paar Wochen. So sandte ich hundert Pfund an die Pflegerin und gab ihr Anweisung, mit dem Kind sofort hierherzukommen und in das Nachbarhaus einzuziehen.

Dabei schärfte ich ihr noch ein, meine Beziehung zu ihnen beiden dürfe unter gar keinen Umständen deutlich werden. So weit trieb ich meine Vorsichtsmaßnahmen, daß ich ihr befahl, die Kleine tagsüber möglichst im Hause zu halten sowie ihr Gesichtchen und die Hände zu bedecken, so daß diejenigen, welche das Kind zu sehen bekämen, keinen Anlaß zum Tratsch über die neueingetroffene kleine Negerin fänden. Mag sein, daß ich in meiner übertriebenen Vorsicht nicht mehr vernünftig handelte, aber ich war ja halb von Sinnen vor Angst, man könnte dir die Wahrheit zutragen.

Nun erzähltest du selbst mir als erster, die Hütte sei wieder bewohnt. Sicher hätte ich bis zum nächsten Morgen warten sollen, doch konnte ich vor Aufregung nicht einschlafen. Und so schlich ich mich schließlich spät in der Nacht leise davon, natürlich in der Annahme, du würdest ganz bestimmt nicht aufwachen. Als ich sah, daß du mein Fortgehen bemerkt hattest, begannen meine Ängste. Am nächsten Tag war ich auch mit meinem Geheimnis deiner Gnade oder Ungnade ausgeliefert. Auf meine Bitten hin nahmst du großzügigerweise Abstand davon, meine Lage auszunützen. Doch ich stellte – zumal du mich auf einem Gang in die Hütte ertapptest – deine Geduld zu sehr auf die Probe. Als du am vierten Tag dich mit eigenen Augen von den Tatsachen überzeugen wolltest, waren Kind und Pflegemutter durch die Hintertür entwischt. Und heute abend mußtest du nun doch alles erfahren. Nun frage ich dich, Jack, was soll aus meinem Kind und mir werden?« Sie stand still, nur mit ein wenig krampfhaft gefalteten Händen, da und wartete.

Zwei Minuten lang herrschte Totenstille, bis Grant Munro das Schweigen brach. Und noch heute denke ich mit herzlicher Freude an seine Antwort.

Er hob die Kleine hoch und küßte sie. Und immer noch hielt er sie auf seinem Arm, als er den anderen um die Schulter seiner Frau legte und sich zur Tür wandte.

»Komm, Effie, wir können das daheim besser besprechen«, sagte er. »Ich bin zwar kein guter Mensch, aber ein bißchen besser doch, als du gedacht hast.«

Holmes und ich folgten den dreien bis zum Gäßchen. Dort zupfte mein Freund mich am Ärmel und raunte mir zu:

»Ich glaube, wir haben hier nichts mehr verloren.«

Dann fuhren wir nach London zurück, und bis spät in die Nacht hinein kam kein Wort mehr über seine Lippen. Erst als er mit einer Kerze in der Hand auf sein Schlafzimmer zuschritt, meinte er:

»Solltest du je den Eindruck haben, Watson, ich überschätzte meine Fähigkeiten oder wendete an einen Fall weniger Mühe, als dieser verdient, dann flüstere mir nur freundlich *Norbury* ins Ohr – und sei meiner unwandelbaren Dankbarkeit gewiß!«

DER GRIECHISCHE DOLMETSCHER

Während der langen Jahre, die ich Sherlock Holmes nun schon kannte und mit ihm befreundet war, habe ich ihn nie von seinem Elternhaus, noch über seine Kindheit sprechen hören. Diese Verschlossenheit erhöhte allerdings noch die fast unheimliche Wirkung, die er auf mich ausübte. Ich sah dann manchmal geradezu ein Phänomen in ihm, ein völlig außenseiterisches Einzelwesen, mit einem Gehirn, doch ohne Herz ausgestattet, dem kreatürliche Neigungen und Zuneigungen in dem gleichen Maße fehlten, wie es durch seine Geistesgaben hervorragte. Widerwille gegen Frauen und Vorbehalt gegen neue Freundschaften, beides war so bezeichnend für seinen nüchternen Charakter wie sein Schweigen über irgendwelche Beziehungen zu den Seinen. Ich war schon bereit anzunehmen, er sei Waise und von seinen Verwandten eben keiner mehr am Leben, als er eines Tages zu meiner Überraschung von seinem Bruder zu reden begann.

Eines Sommerabends nach dem Fünfuhrtee bewegte sich unsere Unterhaltung oberflächlich und etwas verkrampft von Golfklubs zur Ursache für den Neigungswinkel der Ekliptik, bis sie schließlich bei Atavismus und Erbanlagen landete. Dieses Thema fesselte uns mehr und mehr, denn die Diskussion drehte sich darum, wieviel ein Individuum mit seltenen Begabungen seinen Ahnen verdanke und was ein Eigenverdienst durch frühes und regelmäßiges Training sei.

»Meine Vorfahren waren zum größten Teil Landjunker, die weitgehend ein ihrem Stand entsprechendes Leben führten«, erläuterte mein Freund nachdenklich. »Dessenungeachtet tanze ich nicht ganz so sehr aus der Reihe, wie es den Anschein hat. Eine künstlerische Ader wurde mir sicher von meiner Großmutter vererbt, die eine Schwester des Franzosen Vernet war. Künstlerblut kann sich auf den seltsamsten Gebieten offenbaren.«

»Aber woher weißt du, daß es erblich ist?« fragte ich.

»Weil es bei meinem Bruder Mycroft noch viel stärker zutage tritt.«

Das war in der Tat eine Neuigkeit für mich. Wenn es noch einen anderen Menschen mit solch eigenartigen Fähigkeiten in England gab, wie kam es, daß weder Polizei noch Öffentlichkeit je etwas von ihm gehört hatten? Ich stellte meinem Gefährten diese Frage und meinte, daß er sicher nur aus Bescheidenheit seinen Bruder als den Überlegenen hinstelle. Holmes lachte:

»Mein lieber Watson, ich kann denen, die Bescheidenheit unter die guten Eigenschaften einreihen, nicht zustimmen. Der Logiker sollte alles so sehen, wie es sich wirklich verhält. Und sich selbst unterschätzen bedeutet, sich ebenso weit von der Wahrheit entfernen, wie mit seinen Fähigkeiten prahlen. Deshalb kannst du es ganz wörtlich nehmen und als uneingeschränkte Tatsache betrachten, wenn ich behaupte, Mycroft verfüge über eine noch bessere Beobachtungsgabe als ich.«

»Ist er jünger als du?«

»Sieben Jahre älter.«

»Wieso ist er dann unbekannt?«

»Oh, in seinen Kreisen kennt man ihn sehr gut.«

»Was für Kreise sind das?«

»Der Diogenesklub zum Beispiel.«

Von dieser Einrichtung hatte ich nie etwas gehört, und mein Gesicht schien das auszudrücken, denn Sherlock Holmes zog seine Taschenuhr und machte mir einen Vorschlag.

»Dieser Diogenesklub ist der komischste Verein von ganz London und Mycroft einer der komischsten Käuze. Von fünf Uhr bis zwanzig Minuten vor acht hält er sich immer dort auf. Wir haben jetzt Punkt sechs. Wenn du Lust hast, an diesem schönen Abend noch ein wenig auszugehen, wäre es mir eine Freude, dich mit den beiden Sehenswürdigkeiten bekannt zu machen.«

Fünf Minuten später waren wir unten auf der Straße und wanderten in Richtung Regent Circus.

»Du fragst dich sicher«, sagte mein Gefährte, »warum mein Bruder sich mit seinem Talent nicht als Detektiv betätigt. Aber dazu wäre er einfach nicht imstande.«

»Du hast doch eben sogar behauptet –«

»Daß er mir an Beobachtungsgabe und Weitblick überlegen sei. Wenn die Kunst des Detektivs mit diesen beiden Eigenschaften begänne und endete, dann wäre mein Bruder der größte Kriminalist aller Zeiten. Aber er besitzt weder Ehrgeiz noch Energie und würde von seinem bequemen Modus vivendi auch nicht abgehen, wenn es gälte, das, was er herausgefunden hat, festzuhalten und gewissermaßen Theorie in Praxis umzusetzen. Lieber läßt er sich ganz falsch beurteilen, ehe er sich die Mühe macht, zu beweisen, daß er recht hat. Wie oft schon bin ich mit einem Problem zu ihm gegangen, und er gab eine Erklärung, die sich später als richtig erwies. Aber er ist ganz und gar unfähig, die Zusammenhänge praktisch auszuwerten, der Entwicklung eines Falles in allen Einzelheiten nachzuspüren, um seine Meinung dann dem Gericht und den Geschworenen darzulegen.«

»Also hat er keinen Beruf daraus gemacht?«

»Bewahre! Was mir meinen Lebensunterhalt bedeutet, ist für ihn nur Hobby und reinster Dilettantismus. Er besitzt ein außerordentliches Zahlengedächtnis und revidiert die Bücher einiger Justizarchive. Mycroft wohnt in Pall Mall und geht jeden Morgen gerade bis um die nächste Ecke, nach Whitehall, und abends wieder zurück. Von einem Jahresende bis zum nächsten tut er keinen Schritt weiter; geschweige denn, daß er irgendwelchen Sport betreibt. Und außerhalb des Diogenesklubs sieht ihn kein Mensch. Der liegt ja auch seiner Wohnung genau gegenüber.«

»Ich habe seinen Namen noch nie gehört.«

»Das ist durchaus verständlich. Es gibt eine Menge Männer in London, die sich teils aus Scheu, teils aus Misanthropie nicht gern in Gesellschaft begeben. Aber in bequemen Sesseln sitzen wollen sie trotzdem und die neuesten Magazine und Wochenschriften lesen. Für ihresgleichen ist dieser Diogenesklub wie geschaffen, und er setzt sich aus den ungeselligsten Herrschaften der ganzen Stadt zusammen. Es darf sich niemand einem anderen nähern oder gar ein Gespräch beginnen. Außer im sogenannten Fremdenzimmer wird unter gar keinen Umständen geredet. Und wenn dem Ausschuß ein dreimaliger Verstoß gegen diese Regeln gemeldet wird, so muß der arme Schwätzer damit rechnen, daß ihm die Mitgliedschaft entzogen wird. Einer der Gründer war mein Bruder. Und ich selbst fand die Atmosphäre dort immer recht angenehm und beruhigend.«

Unterdessen hatten wir Pall Mall erreicht und gingen von St. James aus die Straße entlang. Nicht weit vom Carlton machte mein Freund an einem Haustor halt. Durch eine gläserne Flügeltür hatte ich von der Halle aus den flüchtigen Eindruck eines großen, luxuriös eingerichteten Raumes, darin eine Anzahl von Herren saß und Zeitung las. Jeder schien einen Winkel oder eine Nische für sich zu haben.

Holmes geleitete mich an ihnen vorbei in einen kleinen Salon, von dem man den Ausblick auf Pall Mall hatte. Hier ließ er mich einige Minuten allein und kehrte dann in Begleitung seines Bruders zurück.

Obwohl Mycroft Holmes viel breiter und schwerer war als Sherlock, fiel die Ähnlichkeit zwischen den beiden doch sofort auf. Denn das klar geschnittene Gesicht über dem dicken Körper bewahrte trotz seiner fleischigen Formen etwas von der Kühnheit und Schärfe, die meines Freundes Züge so stark kennzeichneten. Und die hellen grauen Augen behielten eigentlich ständig jenen entrückten, nach innen gerichteten Blick bei, den ich bei Sherlock nur dann kannte, wenn er all seine Kräfte anspannte und voll einsetzte.

»Ich freue mich sehr, Sie kennenzulernen, Sir«, begrüßte mich Mr. Mycroft. Er streckte mir eine Hand, die breit und flach wie eine Seehundsflosse war, entgegen. »Seit Sie der Chronist meines Bruders sind, macht er überall von sich reden ... Übrigens hoffte ich dich vorige Woche hier zu sehen, Sherlock. Du wolltest mich doch wegen der Spukgeschichte in dem alten Schloß um Rat fragen. Ich dachte, du kämest da nicht recht weiter.«

»Im Gegenteil«, erwiderte mein Freund lächelnd, »ich bin dem Problem auf den Grund gekommen.«

»Es war natürlich Adams?«

»Wer sonst?«

»Ich wußte es von Anfang an.«

Wir ließen uns am Erkerfenster nieder.

»Für jeden, der gern die Spezies Mensch unter die Lupe nimmt«, nahm Mycroft wieder das Wort, »ist dieses Plätzchen hier besonders geeignet. Schauen Sie sich nur die herrlichen Typen an! Zum Beispiel diese zwei Männer, die da gerade auf uns zukommen.«

»Ein Billardmarkeur der eine; und der andere, was für einer ist das?«

Die beiden Herren waren in der gegenüberliegenden Fensternische stehengeblieben. Einige Kreidespuren über seiner Jackentasche bildeten die einzigen Kennzeichen für seinen Beruf, die ich an dem »Billardmarkeur« wahrnehmen konnte. Der andere war sehr klein von Wuchs und dunkelhäutig. Den Hut hatte er weit nach hinten gesetzt und hielt unterm Arm etliche Päckchen.

»Ein alter Soldat, wie man sieht«, begann Holmes.

»Und erst ganz kurze Zeit außer Dienst«, sekundierte der Bruder.

»Hat anscheinend in Indien gedient; bei der königlichen Artillerie, würde ich denken«, sagte Sherlock.

»Und ist Witwer«, bemerkte Mycroft.

»Mit Kind.«

»Kindern, mein Junge, mit Kindern!«

»Nun hört aber auf!« unterbrach ich lachend. »Man soll's ja auch nicht übertreiben.«

»Wieso denn?« ereiferte sich mein Freund. »Es ist durchaus kein Kunststück, diesen Menschen näher zu bestimmen. Seine Haltung, sein ganzes Benehmen zeugt von Autorität und dem höheren Rang. Schon der dunkle Teint verrät, daß er als Soldat gedient haben muß und erst kürzlich aus Indien zurückgekommen ist.«

»Daß er seinen Dienst vor kurzem erst quittierte, verraten auch seine Kommißstiefel, die er noch immer trägt«, pflichtete Mycroft bei.

»Er hat nicht den für Reiter charakteristischen Schritt. Auch sprechen seine Statur und sein Gewicht dagegen, daß er ein Pionier ist. Ich würde ihn daher für einen Artilleristen halten.«

»Seiner traurigen, niedergeschlagenen Miene und düsteren Kleidung nach zu schließen, hat er einen Menschen verloren, der ihm sehr teuer war. Da er selbst Einkäufe macht, vermute ich, daß es seine Frau war. Es sind Kindersachen, die er da unterm Arm trägt. Da, ein Raselchen für ein Baby. Sicher ist die Mutter bei der Geburt oder im Wochenbett gestorben. Und ein Bilderbuch für ein schon größeres Kind hält er auch unterm Arm.«

Ich begann zu verstehen, was mein Freund damit gemeint hatte, als er sagte, sein Bruder verfüge über eine noch schärfere Beobachtungsgabe als er selbst. Sherlock sah grinsend zu mir herüber, während Mycroft gemächlich aus einem Schildpattschächtelchen schnupfte. Die verstreuten Tabakreste wischte er mit einem riesengroßen rotseidenen Taschentuch von seiner Jacke.

»Übrigens, Sherlock«, wechselte er dann das Thema, »man hat mir da eine Sache unterbreitet, die meines Erachtens sehr auf deiner Linie liegt. Das Problem ist recht eigenartig. Man wollte meine Meinung hören, aber ich brachte einfach die Energie nicht auf, der makabren Geschichte nachzugehen. Immerhin kam ich dabei zu einigen sehr fesselnden Überlegungen. Interessiert es dich, Einzelheiten über diesen Fall zu hören?«

»Aber brennend, mein Lieber!«

Der Bruder kritzelte ein paar Worte auf eine Seite, die er aus seinem Notizbuch trennte. Dann läutete er und übergab dem Diener das Blatt.

»Ich bat Herrn Melas, auf einen Augenblick hierherzukommen«, wandte er sich wieder an uns. »Er wohnt im Stockwerk über mir. Wir sind flüchtig miteinander bekannt, was ihn veranlaßte, mich in seiner Bestürzung aufzusuchen. Herr Melas ist Grieche, soviel ich weiß, dazu ein bemerkenswerter Linguist. Seinen Lebensunterhalt verdient er sich teils als Dolmetscher bei Gericht, teils als Reiseführer reicher Orientalen, die hin und wieder in den teuren Hotels der Northumberland Avenue absteigen. Ich glaube, am besten lasse ich ihn selbst erzählen, was ihm Seltsames zugestoßen ist.«

Wenige Minuten später gesellte sich ein kleiner untersetzter Mann zu uns, dessen olivenfarbene Haut und kohlschwarzes Haar seine südliche Abstammung verrieten, obwohl seine Sprache akzentfrei und ganz die eines gebildeten Engländers war. Erfreut schüttelte er Sherlock Holmes die Hand. Und seine dunklen Augen funkelten, als er hörte, der berühmte Kriminalspezialist wolle seine Geschichte erfahren.

»Die Polizei nähme mir so etwas nicht ab«, begann er in klagendem Tonfall. »Nein, wirklich, ich fürchte, man würde mir nicht glauben, was ich da erzähle, so unglaublich ist es. Aber ich kann mich nicht beruhigen, ehe ich nicht weiß, was aus dem armen Kerl mit dem Heftpflaster im Gesicht geworden ist.«

»Bitte, sprechen Sie weiter«, ermutigte Holmes ihn.

»Heute haben wir Donnerstag«, fuhr Herr Melas fort. »Und die unheimliche Begebenheit war am Montagabend. Es sind also seither kaum drei Tage vergangen . . . Ich bin, wie Ihnen mein Nachbar vielleicht schon erklärt hat, Dolmetscher von Beruf und beherrsche nahezu sämtliche Sprachen. Natürlich ist mir meine Heimatsprache, das Griechische, am vertrautesten. Seit vielen Jahren lebe ich nun hier in London als der meistbeschäftigte Dolmetscher für Griechisch. Und man kennt in den Hotels sehr gut meinen Namen. Nicht selten kommt es vor, daß man noch zu sehr später Stunde nach mir schickt. Fast immer sind es Ausländer, die in Schwierigkeiten gerieten, oder Reisende, die nachts eintreffen und meine Dienste benötigen. Ich war daher nicht besonders überrascht, als am Montagabend ein elegant gekleideter junger Herr mich aufsuchte, der sich als Mr. Latimer vorstellte. Er bat mich, ihn in seiner Droschke zu begleiten, die draußen vor der Haustür warte. Ein befreundeter Grieche sei Geschäfte halber zu ihm gekommen. Und da er, Latimer, nur Englisch spreche, sei ein Dolmetscher bei den Verhandlungen unerläßlich. Er gab mir zu verstehen, daß wir ein Stück weit zu fahren hätten, da sein Haus in Kensington liege. Und er schien es sehr eilig zu haben. Denn kaum auf der Straße, schubste er mich hastig in die Kutsche.

Ich sage Kutsche. Aber gar bald hatte ich den Eindruck, daß ich mich in einer Art Reisewagen befand. Er war bedeutend geräumiger als die üblichen Londoner Ratterkisten auf vier Rädern, und die Polsterung zwar abgenutzt, aber von teurer Qualität. Mr. Latimer setzte sich mir gegenüber, und wir rasten an Charing Cross vorbei, dann die Shaftesbury Avenue entlang. Als wir an der Oxford Street wieder herauskamen, wagte ich zu bemerken, daß wir einen ziemlichen Umweg gemacht hätten, wenn wir nach Kensington wollten. Doch das Wort erstarb mir auf den Lippen bei dem eigentümlichen Benehmen, das mein Begleiter an den Tag legte. Es fing damit an, daß er einen gräßlichen bleischweren Knüttel hervorholte und diesen – wie um Gewicht und Tauglichkeit zu erproben – mehrmals durch die Luft sausen ließ. Dann legte er die Waffe stillschweigend neben sich auf den Sitz. Hierauf zog er die Schiebefenster an beiden Seiten des Wagens hoch; und zu meiner grenzenlosen Verblüffung waren diese mit undurchsichtigem Papier überklebt, so daß ich nicht mehr hinaussehen konnte.

›Es tut mir leid, Ihnen jeden Ausblick nehmen zu müssen‹, kommentierte er in aller Ruhe. ›Ich habe nämlich nicht die Absicht, Sie wissen zu lassen, wohin wir fahren. Womöglich könnte es unangenehm für mich werden, wenn Sie eines Tages Ihren Weg an den gleichen Ort wiederfänden.‹

Sie können sich meine Bestürzung über solche Reden wohl vorstellen. Mein Begleiter war ein mächtiger, breitschultriger Bursche. Und selbst von dem Prügel ganz abgesehen, hätte ich bei einem Ringkampf mit ihm erheblich den kürzeren gezogen.

›Sie verhalten sich aber äußerst merkwürdig‹, stammelte ich nur noch. ›Sie sind ... sich doch darüber im klaren, daß es ... ganz und gar gesetzwidrig ist, was Sie hier tun?‹

›Zweifellos, wir gestatten uns einige Freiheiten‹, gab er zu. ›Wir müssen es aus bestimmten Gründen – und werden Sie dafür entschädigen. Wie auch immer, ich warne Sie, Mr. Melas! Sollten Sie heute nacht irgendwann etwas unternehmen, was meinen Interessen zuwiderläuft, so werden Sie in ernste Konflikte geraten. Rufen Sie sich lieber ins Gedächtnis, daß niemand eine Ahnung hat, wo Sie sind, und daß Sie sich sowohl in diesem Wagen als auch später in meinem Hause in meiner Gewalt befinden.‹

Er sprach ruhig und sachlich, und doch hatte seine Stimme etwas Drohendes. Ich saß schweigend da und rätselte vergeblich daran herum, was für Gründe meine so abenteuerliche Entführung haben mochte. Eines nur war mir vollkommen klar: die Aussichtslosigkeit jeden Widerstands. Und so blieb mir nichts anderes übrig, als eben abzuwarten, was mit mir geschehen würde. Manchmal wurden wir auf holperigem Pflaster gründlich durchgerüttelt, manchmal wieder glitten wir auf ebenem Boden fast geräuschlos dahin. Neben diesem rein akustischen Wechsel gab es nichts, auch nicht das geringste, was mir geholfen hätte zu ermitteln, durch welche Stadtteile wir fuhren. Nicht einmal lichtdurchlässig war das Papier über den Scheiben. Und nach vorn verdeckte ein blauer Vorhang jede Aussicht. Viertel nach sieben war es gewesen, als wir Pall Mall verließen, und zehn Minuten vor neun zeigte meine Uhr, als wir endlich hielten. Mein Begleiter ließ ein Wagenfenster herunter, und ich erspähte flüchtig ein niedriges, gewölbtes Haustor, von einer Lampe schwach erleuchtet. Man drängte mich eilends aus dem Wagen. Dabei hatte ich einen Augenblick den Eindruck, über einen Rasen zu gehen, der rechts und links von Bäumen umgeben war. Ob es sich jedoch um Privatbesitz oder um freies Gelände handelte, hätte ich unmöglich sagen können. Gleich darauf fand ich mich drinnen, im Haus. Bei dem trüben Licht einer tief herabhängenden Gaslampe konnte ich nur eben erkennen, daß die Flurhalle ziemlich groß war und voller Bilder hing. Die Tür geöffnet hatte uns ein vulgär aussehender, kleiner Mann mittleren Alters. Als er sich uns zuwandte, schillerten seine Brillengläser.

›Ist das Mr. Melas, Harold?‹ fragte er.

›Ja.‹

›Gut, gut. Sie nehmen es uns ja hoffentlich nicht übel, Mr. Melas, aber wir konnten ohne Sie nicht zurechtkommen. Wenn Sie ehrliches Spiel mit uns treiben, werden Sie es nicht zu bedauern haben. Aber wenn Sie versuchen, uns zu hintergehen, dann gnade Ihnen Gott!‹ Er sprach abgehackt und ruckartig, mit einem eigentümlichen Kichern zwischen den Sätzen. Irgendwie flößte er mir noch mehr Furcht ein als der Große.

›Was wollen Sie von mir?‹ stieß ich mühsam hervor.

›Sie sollen dem Griechen, der hier unser Gast ist, nur ein paar Fragen stellen und uns seine Antworten übersetzen. Aber sagen Sie kein Wort mehr, als Sie sagen sollen, oder‹ – an dieser Stelle kam wieder das nervöse Gekicher – ›Sie hätten besser nie das Licht dieser Welt erblickt.‹

Während dieser ermunternden Einleitung hatte er die Tür geöffnet und führte uns in ein Zimmer, das sehr üppig ausgestattet schien, wenn auch die einzige Beleuchtung wieder nur in einer trüben, tief herabgezogenen Lampe bestand. Ich unterschied dennoch die weitläufigen Proportionen und fühlte einen weichen, zweifellos kostbaren Teppich unter meinen Füßen. Flüchtig gewahrte ich auch samtbezogene Sessel, einen weißen Marmorkamin und eine japanische Rüstung in der Ecke. Genau unter der Lampe stand ein Stuhl. Und ich wurde von dem älteren Mann genötigt, darauf Platz zu nehmen, während der jüngere das Zimmer verließ. Wenige Sekunden später jedoch kehrte Mr. Latimer durch eine andere Tür zurück. Er führte einen Herrn herein, der in eine Art losen Schlafrock gekleidet war und sich langsam auf uns zu bewegte. Als er in den fahlen Lichtkegel trat, fuhr ich entsetzt über dieses Bild des Jammers zusammen. Denn er war totenblaß, zum Erschrecken mager und abgezehrt und hatte die vorstehenden, glänzenden Augen eines Menschen, bei dem nur noch Geist und Wille der körperlichen Entkräftung standhalten. Was mich mehr noch erschütterte als alle die Anzeichen physischer Ermattung war jedoch, daß man sein Gesicht in geradezu grotesker Weise überall verpflastert hatte – und auch ein großer rosa Streifen über seinem Munde klebte.

›Hast du den Meckerer hergebracht, Harold?‹ schrie der Brillenträger, als der arme Kerl in einen der Sessel fiel. ›Sind seine Hände frei? Dann gib ihm jetzt den Griffel! – Sie fragen ihn, Mr. Melas, und er schreibt die Antworten. Vor allem soll er uns sagen, ob er bereit ist, die Papiere zu unterzeichnen.‹

Aus des Mannes Augen schossen Blitze.

›Niemals!‹ schrieb er auf die Tafel in griechischer Sprache.

›Unter gar keiner Bedingung?‹ drang der Tyrann weiter in ihn.

›Nur, wenn sie in meiner Gegenwart und von einem griechischen Priester getraut wird‹, lautete die Antwort, worauf der Peiniger boshaft kicherte:

›Sie wissen ja, was Sie dann erwartet?‹

›Was aus mir wird, kümmert mich nicht.‹

Dies war im wesentlichen der Inhalt unseres halb gesprochenen, halb geschriebenen Frage-und-Antwort-Spiels. Immer wieder wurde der Unglückliche bedrängt, ob er nachgeben und das Dokument unterzeichnen wolle. Und stets von neuem lehnte er es flammend vor Empörung ab. Doch im Laufe dieses niederträchtigen Verhörs begann ich vorsichtig von mir aus, kleine Sätze hinzuzufügen. Und zwar zunächst belanglose, um zu erproben, ob nicht doch am Ende einer unserer Zuhörer etwas davon aufschnappte. Und erst als ich merkte, sie hatten wirklich nicht die geringste Ahnung, wurde ich waghalsiger. Unsere Unterhaltung ging nun etwa folgendermaßen weiter:

›Ihre Halsstarrigkeit wird Ihnen schlecht bekommen. *Wer sind Sie?*‹

›Das ist mir gleich. *Ich bin ein Fremder hier.*‹

›Ihr Schicksal hängt von Ihrer eigenen Entscheidung ab. *Wie lange sind Sie schon hier?*‹

›Meinetwegen. *Drei Wochen.*‹

›Der Besitz wird niemals Ihnen zufallen. *Was fehlt Ihnen?*‹

›Mit Schurken mache ich keine gemeinsame Sache. *Sie lassen mich verhungern.*‹

›Sie sind frei, wenn Sie unterzeichnen. *Was für ein Haus ist das?*‹

›Nie im Leben werde ich unterschreiben. *Ich weiß nicht.*‹

›Ihr tun Sie damit keinen Dienst. *Wie heißen Sie?*‹

›Das soll sie mir selbst sagen. *Kratides.*‹

›Wenn Sie unterschreiben, werden Sie das Mädchen wiedersehen. *Woher kommen Sie?*‹

›Dann werden meine Augen sie nicht mehr erblicken. *Aus Athen.*‹

Fünf weitere Minuten, Mr. Holmes, und ich hätte die ganze faule Geschichte in ihrem Beisein herausbekommen. Schon meine nächste Frage hätte alles aufklären können. Da öffnete sich die Tür, und herein schritt eine Frau. Bei der trüben Beleuchtung sah ich nicht mehr, als daß sie groß war, anmutige Bewegungen und schwarzes Haar hatte und ein lose fallendes, weißes Gewand trug.

›Harold!‹ sagte sie in gebrochenem Englisch. ›Ich konnte es da oben nicht mehr länger aushalten. Es ist so einsam, allein mit – o mein Gott, Paul, wie kommst du hierher?‹

Die letzten Worte formte sie unwillkürlich auf griechisch. Im selben Augenblick riß der als Paul Angeredete mit krampfhafter Anstrengung das Pflaster von seinen Lippen und schrie verzweifelt:

›Sophie, Sophie!‹ Und die beiden stürzten sich in die Arme. Sie umschlangen einander jedoch nur eine Sekunde lang, denn Latimer packte die Frau und zerrte sie aus dem Zimmer, während der Ältere mit der Brille sein ausgemergeltes Opfer leicht überwältigte und durch die gegenüberliegende Tür hinausbeförderte. Einen Augenblick lang blieb ich allein im Raum, und ich stand auf mit der flüchtigen Erwägung, ob ich wohl feststellen könnte, in welchem Käfig ich mich hier befand. Glücklicherweise jedoch hatte ich mich noch nicht von der Stelle gerührt, als der Brillenträger schon wieder auf der Schwelle erschien und den Blick auf mich heftete.

›Das wär's für heute, Mr. Melas‹, redete er mich an. ›Sie konnten feststellen, daß wir Sie da in eine sehr private Angelegenheit eingeweiht haben. Wir hätten Sie nicht mit unserem Vertrauen belästigt, wäre unser Freund, der diese Geschäfte einleitete, nicht gezwungenermaßen abgereist. So mußten wir ihn durch einen anderen Interpreten ersetzen, und wir waren sehr froh, als wir von Ihren Talenten hörten.‹

Ich verbeugte mich.

›Da haben Sie fünf Sovereigns‹, fuhr der Mann fort, als er auf mich zuschritt. ›Ich hoffe, das ist ein ausreichendes Entgelt. Aber denken Sie daran‹, meinte er abschließend, indem er mir kichernd auf die Brust tippte, ›wenn Sie nur zu einem einzigen Menschen über diesen Abend sprechen – so gnade Gott Ihrer armen Seele!‹

Ich kann Ihnen nicht beschreiben, welchen Ekel und Abscheu mir dieses so gänzlich unbedeutend wirkende Dutzendgesicht einflößte. Nun, da das Licht darauf fiel, sah ich die Züge deutlicher. Sie waren kränklich und verdrossen, welchen Eindruck der spärliche Spitzbart noch erhöhte. Beim Sprechen schob das Scheusal das Kinn vor, während seine Mundwinkel und Augenlider fortwährend zuckten, als habe er den Veitstanz. Auch sein beständig wiederkehrendes Gekicher mutete mich wie das Symptom einer Nervenkrankheit an. Aber wahrhaft schrecklich waren nur seine stahlgrauen und kaltglitzernden Augen, denn eine böse, unerbittliche Grausamkeit stand darin.

›Wir erfahren es sofort, wenn Sie etwas verraten‹, erklärte er kühl. ›Wir haben unseren eigenen Informationsdienst. Unser Wagen wartet jetzt draußen auf Sie, und mein Freund wird Ihnen den Heimweg zeigen.‹ Schleunigst wurde ich durch die Halle und gleich darauf in das Gefährt geführt. Und abermals waren es Bäume in einem Garten, die ich zu unterscheiden glaubte. Mr. Latimer heftete sich mir an die Fersen und setzte sich mir wortlos gegenüber. So fuhren wir wieder eine lange Strecke bei verdunkelten Fenstern, bis der Wagen kurz nach Mitternacht endlich stehenblieb.

›Hier werden Sie jetzt aussteigen, Mr. Melas‹, befahl mir mein Begleiter. ›Es tut mir leid, Sie so weit von Ihrem Zuhause entfernt absetzen zu müssen, aber ich habe keine andere Wahl. Jeder Versuch Ihrerseits, meiner Droschke zu folgen, wird sich lediglich für Sie selbst übel auswirken.‹

Er hatte den Wagenschlag geöffnet, und kaum blieb mir Zeit hinauszuspringen, da trieb der Kutscher bereits die Pferde wieder an, und das Gespann ratterte in wildem Galopp davon.

Einigermaßen verdutzt blickte ich um mich, denn ich stand mitten im Heideland, wo nur hier und dort ein paar Stechginsterbüsche wuchsen. Auf der einen Seite unterschied ich in ziemlich weiter Ferne eine Häuserreihe, wo hinter einigen Fenstern im oberen Stockwerk Licht brannte. In entgegengesetzter Richtung konnte ich weit und breit nichts wahrnehmen als die roten Signallichter einer Eisenbahnlinie.

Da kam mir in der Dunkelheit jemand entgegen; ein Bahnwärter, wie sich rasch herausstellte.

›Können Sie mir bitte sagen, wo ich mich hier befinde?‹ erkundigte ich mich.

›Wandsworth Common‹, versetzte er.

›Und gibt es von hier einen Zug, der mich noch in die Stadt hineinbringt?‹

›Wenn Sie ungefähr eine Meile weit laufen, bis Clapham Junction, dann erreichen Sie gerade noch den letzten nach Victoria‹, lautete der Bescheid. Nun, und das war dann das Ende meines Abenteuers, Mr. Holmes. Wohin man mich gebracht hatte, weiß ich so wenig wie mit wem ich dort gesprochen habe. Aber, daß dabei schmutzige Händel ausgetragen werden sollten, ist mir nicht entgangen. Und ich möchte diesem unglücklichen Griechen helfen, wenn ich irgend kann. Am nächsten Morgen schon habe ich Mr. Mycroft Holmes die ganze Geschichte erzählt und anschließend auch gleich der Polizei.«

Als der Dolmetscher seinen Bericht geschlossen hatte, saßen wir alle noch eine Weile still da und sannen über diese merkwürdige Begebenheit nach. Dann sah Sherlock seinen Bruder an und fragte:

»Wurde schon etwas unternommen?«

Mycroft nahm die Ausgabe der Daily News vom Tisch und deutete auf die Anzeige:

»*Wer erteilt uns über den Griechen Paul Kratides aus Athen, der kein Englisch spricht, Auskunft? Großzügige Belohnung zugesichert. Desgleichen demjenigen, der uns über eine Dame griechischer Herkunft und auf den Vornamen Sophie hörend irgendwelche Anhaltspunkte geben kann. 2473.* Die gleiche Notiz stand in allen Tageszeitungen. Antwort erfolgte bisher keine.«

»Wie steht's mit der griechischen Gesandtschaft?«

»Ich habe nachgefragt. Sie wissen nichts.«

»Man muß an das Polizeipräsidium in Athen drahten.«

»Sherlock vereinigt in sich die gesamte Tatkraft der Familie«, wandte Mycroft sich lächelnd an mich. »Also du mußt dich des Falles annehmen. Und laß mich hören, wenn du etwas herausbekommen hast!«

»Selbstverständlich«, erwiderte mein Freund und erhob sich. »Ich halte dich und Mr. Melas auf dem laufenden. Ihnen, Mr. Melas, rate ich noch dringend, auf der Hut zu sein. Denn natürlich schließen die Kerle aus dieser Anzeige, daß sie von Ihnen verraten wurden.«

Unterwegs nach Hause gab Sherlock Holmes etliche Telegramme auf.

»Siehst du, Watson«, bemerkte er zufrieden, »wir haben diesen Abend durchaus nicht verplempert. Schon einige meiner aufregendsten Untersuchungen sind mir durch Mycroft vermittelt worden. Obwohl das Problem, das uns soeben unterbreitet wurde, nur eine einzige Erklärung zuläßt, fügen sich einige Grundzüge noch nicht so recht ineinander.«

»Aber du hoffst, das Rätsel zu lösen?«

»Na, wo wir schon so viel wissen, wäre es doch eigenartig, wenn wir das, was fehlt, nicht noch herausbekämen. Du hast doch sicher auch schon eine Theorie?«

»In groben Umrissen, ja.«

»Was glaubst du also?«

»Ich würde denken, daß die junge Griechin von dem Engländer Harold entführt wurde.«

»Von wo entführt?«

»Nun, vielleicht aus Athen.«

Sherlock Holmes schüttelte den Kopf.

»Dieser junge Mann konnte ja kein Wort Griechisch. Dagegen sprach die Dame etwas Englisch. Es trifft darum meines Erachtens eher zu, daß sie sich eine Zeitlang in England aufhielt, er jedoch nie in Griechenland gewesen ist.«

»Gut. Nehmen wir dann an, sie kam zu Besuch nach London, und dieser Harold legte ihr nahe, mit ihm zu fliehen.«

»Das ist schon wahrscheinlicher.«

»Dann erscheint ihr Bruder auf der Bildfläche – denn so sind sie offensichtlich miteinander verwandt –, um Einspruch zu erheben. Unklugerweise gerät er in die Gewalt des Verführers und dessen Mithelfers. Sie nehmen ihn gefangen und hungern ihn aus, denn sie wollen ihn zur Unterschrift irgendwelcher Dokumente zwingen. Diese betreffen das Vermögen des Mädchens, und er soll ihr Treuhänder sein. Er weigert sich trotz der Folter. Um mit ihm verhandeln zu können, brauchen sie einen Dolmetscher und entscheiden sich für diesen Mr. Melas. Das Mädchen hat aber keine Ahnung, daß der Bruder hier ist. Erst durch diesen Zwischenfall erfährt sie es.«

»Bravo, Watson!« rief Holmes beifällig. »Sicher bist du ganz nahe an der Wahrheit dran. Du siehst selbst, wir haben alle Karten in der Hand. Und was wir allein zu fürchten haben, ist irgendein unvorhergesehener Gewaltakt von seiten der Gegner. Wenn wir aber nur etwas Zeit gewinnen, kriegen wir sie schon.«

»Und wie sollen wir die Lage jenes Hauses herausbekommen?«

»Nun, wenn unsere Annahme einigermaßen stimmt und der Name des Mädchens Sophie Kratides war oder ist, wird es so schwer nicht sein, sie aufzuspüren. Unsere Hoffnung muß sich im wesentlichen darauf stützen; denn der Bruder ist ja hier vollständig fremd. Klar, daß auch schon einige Zeit verstrich, seit Mr. Latimers Beziehung zu dem Mädchen begonnen hat. Einige Wochen dürfte es mindestens her sein, weil der Bruder in Griechenland mittlerweile davon hörte und die Reise hierher machte. Da sie beide, seit er da ist, in derselben Stadt, wahrscheinlich sogar im selben Haus gelebt haben, kann nun eine Antwort auf Mycrofts Annonce kaum ausbleiben.«

Wir waren inzwischen bei unserer Wohnung in der Baker Street angelangt. Holmes lief als erster die Treppe hinauf. Als er die Tür zu unserem Wohnzimmer öffnete, vernahm ich einen erstaunten Ausruf. Ich eilte hinzu und war nicht minder verblüfft; denn Bruder Mycroft saß im Lehnstuhl und rauchte.

»Komm rein, Sherlock! Kommen Sie, Sir«, rief er, und beim Anblick unserer verdutzten Miene lächelte er milde.

»Eine solche Energieentfaltung hast du mir wohl nicht zugetraut, Sherlock? Nur, weißt du, diese Geschichte übt eine unwiderstehliche Anziehungskraft auf mich aus.«

»Und wie kommst du hierher?«

»Bin im Einspänner an euch vorbeigerollt.«

»Gibt's denn schon etwas Neues?«

»Eine Antwort auf die Annonce.«

»Ach!«

»Ja; zwei Minuten nach eurem Aufbruch ist sie eingetroffen.«

»Und was steht drin?«

Mycroft zog einen zusammengefalteten Briefbogen aus der Tasche.

»Hier; auf piekfeines Bütten geschrieben, von einem Mann mittleren Alters, mit schwacher Konstitution. Und dies der Wortlaut:

›Sehr geehrter Herr,
auf Ihre Anzeige von heute morgen Bezug nehmend, erlaube ich mir, Ihnen mitzuteilen, daß ich die betreffende Dame sehr gut kenne. Wenn Sie die Freundlichkeit hätten, bei mir vorbeizukommen, so

könnte ich Ihnen Einzelheiten aus ihrem leidvollen Schicksal mitteilen. Gegenwärtig wohnt sie im The Myrtles, Beckenham.

Hochachtungsvoll

Ihr

J. Davenport.‹

Er schreibt aus Lower Brixton«, fuhr Mycroft fort. »Denkst du nicht, Sherlock, wir sollten gleich zu ihm hinfahren, um Näheres zu erfahren?«

»Mein lieber Mycroft, des Bruders Leben ist wichtiger als die Geschichte der Schwester. Ich glaube, wir sollten bei Scotland Yard um die Unterstützung Inspektor Gregsons bitten und sofort nach Beckenham eilen. Wir wissen, daß ein Mensch dort zu Tode gequält wird, und jede Stunde kann von beachtlicher Tragweite sein.«

»Nimm lieber Mr. Melas unterwegs mit!« schlug ich vor. »Möglicherweise brauchen wir einen Dolmetscher.«

»Ausgezeichnet!« stimmte Sherlock Holmes zu. »Schick den Hausburschen eine Droschke holen! Wir wollen dann gleich losfahren.«

Er hatte die Tischschublade aufgezogen, seinen Revolver herausgenommen und ihn eingesteckt. »Jawohl«, meinte er nur auf meinen fragenden Blick. »Diese Bande dürfte gefährlich werden.«

Es dunkelte bereits, als wir Pall Mall erreichten und bei der Wohnung von Mr. Melas vorfuhren. Wir trafen ihn nicht an. Ein Herr habe nach ihm gefragt, und mit diesem sei er fortgegangen, bedeutete uns seine Haushälterin.

»Wohin, können Sie uns nicht sagen?« fragte Mycroft.

»Nein, das weiß ich nicht, Sir«, erwiderte die Frau zögernd. »Mir ist nur erinnerlich, daß er mit dem Herrn in einem geschlossenen Wagen davonfuhr.«

»Nannte der Besucher keinen Namen?«

»Nein, Sir.«

»Es war nicht ein großer, hübscher junger Mann?«

»Nein, bestimmt nicht, Sir. Er war eher klein, trug Augengläser und hatte ein hageres Gesicht. Tat aber ganz freundlich soweit – und lachte immerzu.«

»Kommt! Rasch!« rief Sherlock Holmes. »Nun wird's ernst«, murmelte er vor sich hin, als wir auf Scotland Yard zusteuerten.

»Die Kerle haben Melas zum zweitenmal eingesackt. Über viel Körperkräfte verfügt er ja nicht. Das hat sie die Erfahrung von neulich schon gelehrt. Diese Schurken sind imstande und tun ihm etwas an. Zunächst brauchen sie freilich auch wieder seine beruflichen Kenntnisse. Aber wenn sie das haben, sind sie sicher gleich bei der Hand, ihn für seinen ›Verrat‹ zu bestrafen.«

Wir beschlossen, mit dem Zug nach Beckenham zu fahren, in der Hoffnung, dann womöglich noch eher als Latimers Wagen dort zu sein. Im Gerichtsgebäude dauerte es jedoch eine geschlagene Stunde, bevor wir Inspektor Gregsons habhaft wurden und all die lästigen Formalitäten erledigt hatten, die uns erst ermöglichten, notfalls mit Gewalt in das besagte Haus einzudringen. Um Viertel vor zehn glücklich erreichten wir die London Bridge, und erst um halb elf stiegen wir am Beckenhamer Bahnhof aus. Dann mußten wir abermals eine halbe Meile weit fahren bis »The Myrtles«.

Es war ein großes, dunkles Gebäude, das abseits von der Landstraße auf einem Privatgrundstück sich erhob. Wir entließen unsere Mietskutsche und gingen miteinander durch die Auffahrtsallee.

»Alle Fenster sind dunkel«, bemerkte der Inspektor. »Das Haus sieht so verlassen aus.«

Holmes nickte: »Die Vögel sind fortgeflogen; das Nest ist leer.«

»Wie kommen Sie denn darauf?«

»Ein mit Gepäck schwer beladener Wagen ist vor einer halben Stunde hinausgefahren.«

Der Inspektor konnte sich des Lachens nicht erwehren. »Die Räderspuren habe ich beim Lampenschein in der Toreinfahrt selbst gesehen. Aber wieso ›schwer beladen‹?«

»Vielleicht ist Ihnen aufgefallen, daß die nämlichen Räderfurchen auch in umgekehrter Richtung verliefen. Nur waren die, welche hinausführten, bedeutend tiefer. Daraus läßt sich schließen, daß ein erhebliches Gewicht auf das Gefährt drückte.«

»Bedaure, ich folge nicht ganz«, versetzte der Inspektor achselzukkend. »Übrigens wird diese Tür nicht leicht aufzubrechen sein, aber wir versuchen es trotzdem, wenn uns keiner aufmacht.«

Wir hämmerten ungestüm auf das Eichenholz und zogen abwechselnd an der Klingelschnur: ohne Erfolg. Holmes war uns entschlüpft, kam jedoch nach wenigen Minuten wieder.

»So, ein Fenster hab' ich offen«, verkündete er.

»Welches Glück, Mr. Holmes, daß Sie für die Macht des Gesetzes und nicht für deren Gegner eintreten!« stellte der Inspektor beinahe seufzend fest, als er entdeckte, wie geschickt mein Freund den Riegel zurückgedrückt hatte. »Na schön, unter den obwaltenden Umständen können wir, glaube ich, ohne besondere Aufforderung der Bewohner hier eintreten.«

Im Gänsemarsch spazierten wir in ein weiträumiges Zimmer. Offenkundig war es dasselbe, in dem sich auch Mr. Melas seinerzeit aufgehalten hatte. Inspektor Gregson zündete eine Laterne an, bei deren Scheinwerfer wir die zwei besagten Türen, den Vorhang, die Deckenlampe und die japanische Rüstung unterschieden, alles, wie der Dolmetscher es uns beschrieben hatte. Auf dem Tisch standen zwei Gläser, eine leere Cognacflasche und die Reste einer Mahlzeit.

»Holla, was ist das?« fragte mein Freund plötzlich. Wir standen alle still und horchten, denn über unseren Köpfen wurde ein leises Stöhnen hörbar. Holmes stürmte sofort aus dem Zimmer und die Treppe hinauf. Der Inspektor und ich folgten ihm auf dem Fuße, während Bruder Mycroft, so rasch es seine Körpermassen nur gestatteten, hinterdreinstapfte. Im zweiten Stock wurden die unheimlichen Wehlaute ganz deutlich. Sie drangen hinter einer Tür hervor. Bisweilen sanken sie in dumpfes Röcheln ab, um dann wieder zu schrillem Klageton anzuschwellen. Die Tür war zugesperrt, aber der Schlüssel steckte von außen. Holmes stieß die Tür auf und raste hinein, kehrte jedoch sofort wieder um und griff sich an die Kehle.

»Kohlengas!« keuchte er. »Na, das werden wir auch gleich haben.«

Durch den klaffenden Spalt sahen wir, daß die einzige Lichtquelle in der Stube eine stumpfe blaue Flamme war, die über einem Messingdreifuß flackerte. Sie warf einen fahlen, geisterhaften Schein auf den Fußboden, während an der Wand im Hintergrund, kaum erkennbar, zwei Gestalten kauerten. Ein gräßlicher, giftiger Gestank drang durch die halboffene Tür zu uns heraus, machte uns husten und benahm uns schier den Atem. Holmes holte im Stiegenhaus dreimal tief Luft und stürzte dann gleich wieder ins Zimmer zurück, wo er das Fenster aufriß und den schwelenden Dreifuß in den Garten hinunterwarf.

»In einer Minute können wir hinein«, meldete er keuchend, als er wieder zurückkam. »Wo ist eine Kerze? Ich bezweifle, daß sich in der dicken Luft da drinnen ein Streichholz anzünden läßt ... So, jetzt halte bitte das Licht in die Türöffnung, Mycroft! Und wir drei holen nun die Herrschaften heraus. Los!«

Mit einem Ruck packten wir die zwei Vergifteten und zogen sie bis zum Stiegengeländer. Beide waren sie bewußtlos, hatten aufgedunsene Gesichter und hervorquellende Augen. Ihre Züge starrten uns tatsächlich so entstellt an, daß wir unseren Sprachkünstler, von dem wir uns im Diogenesklub erst vor wenigen Stunden getrennt hatten, nur an seinem Spitzbart und der kurzen, stämmigen Figur wiedererkannten. Hände und Füße waren ihm fest zusammengebunden. Und eine dicke Beule über dem rechten Auge belehrte uns, daß er einen heftigen Schlag erhalten hatte. Der andere Mann, gefesselt in der gleichen Weise, war von hohem, schlankem Wuchs und vollständig ausgehungert. Kreuz und quer, über sein ganzes Gesicht verteilt, klebten Heftpflaster. Er stöhnte nicht mehr. Und mit einem Blick begriff ich, daß für ihn unsere Rettung zu spät kam.

Melas hingegen lebte noch. Binnen weniger als einer Stunde hatte ich es mit Hilfe von Salmiakgeist und Franzbranntwein geschafft, daß er die Augen öffnete. Und ich war froh, nun sicher zu sein, daß meine Hand ihn noch einmal aus dem dunklen Tal, in das all unsre Wege hinabführen, zurückgeholt hatte.

Was er nun berichtete, deckte sich durchaus mit unseren Vermutungen. Beim Betreten der Wohnung des Linguisten hatte der tückische Besucher einen Schlagring aus seinem Ärmel hervorgezogen und dem Ärmsten damit einen solch tödlichen Schrecken eingejagt, daß er, Melas, widerstandslos mit ihm ging. Eine geradezu hypnotische Macht mußte der kichernde Bösewicht auf den Unglücklichen ausgeübt haben, denn dieser zitterte in der bloßen Erinnerung noch am ganzen Leibe. Auf schnellstem Wege beförderte man ihn wieder nach Bekkenham. Dort hatte er sich abermals als Dolmetscher zu betätigen, und dies zweite Interview verlief dramatischer als das erste. Die beiden Engländer drohten ihrem Gefangenen Kratides seinen sofortigen Tod an, wenn er sich ihren Forderungen weiterhin widersetzte. Als sie schließlich einsahen, daß er aller seelischen Grausamkeit und körperlichen Marter tapfer widerstand, zerrten sie ihn in sein Gefängnis zurück. Dann warfen sie Melas seinen Verrat vor, der ja aus der Zeitungsannonce ersichtlich war, und betäubten ihn mit einem Stockschlag. Und seither konnte er sich, bis wir uns über ihn beugten, an nichts mehr erinnern.

So endete das seltsame Erlebnis des Dolmetschers aus Griechenland; die gerichtliche Ahndung der mörderischen Erpresser mußte bis auf weiteres vertagt werden. Als wir uns mit dem Herrn, welcher auf die Anzeige geantwortet hatte, in Verbindung setzten, erfuhren wir wenigstens noch einiges über die junge Dame. Daß sie aus einer wohlhabenden und angesehenen griechischen Familie stammte und bei Freunden in England zu Gast gewesen sei. Dort habe sie einen jungen

Mann namens Harold Latimer getroffen, der sie sich hörig machte und wahrscheinlich dazu überredete, mit ihm zu fliehen. Zwar hätten die Gastgeber Anstoß an der Entwicklung der Beziehung genommen, mit der Angelegenheit aber nichts zu tun haben wollen. Indem sie Sophies Bruder in Athen nahelegten, sich damit zu befassen, hätten sie sich jeder Verantwortung entzogen. Kratides habe auch wirklich die Reise sofort angetreten, sich aber unklugerweise gleich nach seiner Ankunft im fremden Land in die Gewalt seines Widersachers begeben. Latimer nämlich und sein übelbeleumdeter Spießgeselle, Wilson Kemp, hätten nur zu rasch herausgefunden, daß dieser der englischen Sprache ganz und gar unkundige Grieche ihnen auf Gedeih und Verderb ausgeliefert war. Weiterhin erfuhren wir, wie die Verbrecher ihn als Gefangenen hielten, wie sie durch grausame Methoden versuchten, ihm eine Unterschrift abzulocken und ihn damit zu zwingen, daß er auf seinen und der Schwester Besitz verzichtete. Ohne Wissen des Mädchens lebte er mit ihm im selben Haus. Und um ihn unkenntlich zu machen – wenn sich die Geschwister aus einem Versehen heraus eines Tages doch begegnen sollten –, überklebten sie sein Gesicht mit Heftpflastern. Ihre weibliche Intuition sagte ihr jedoch sofort, trotz dieser seltsamen Maskerade, daß sie den Bruder sah, als sie ihn, in Gegenwart des Dolmetschers, traf. Das arme Mädchen wurde freilich auch hinter Schloß und Riegel gehalten. Es gab sonst niemanden im Haus außer dem Kutscher und seiner Frau, die beide nur Werkzeuge in den Händen der Verschwörer waren. Als die beiden Schurken zu der Überzeugung gelangten, daß man ihrem verbrecherischen Tun auf der Spur sei, sie zudem Kratides zur Unterschrift nicht bewegen konnten, flohen sie kurzerhand innerhalb weniger Stunden aus jener Villa, die sie möbliert gemietet hatten, nicht ohne sich vorher an dem Manne, der ihnen widerstand, und dem anderen, der sie verraten hatte, zu rächen.

Einige Monate später erreichte uns ein merkwürdiger Zeitungsausschnitt aus Budapest. Er berichtete von dem tragischen Ende zweier, in Gesellschaft einer jungen Frau reisenden Engländer. Allem Anschein nach wurden beide erstochen. Die ungarische Polizei vertrat die Ansicht, sie hätten bei der Austragung eines persönlichen Zwistes sich gegenseitig tödliche Verletzungen beigebracht. Holmes jedoch war anderer Überzeugung. Und bis zum heutigen Tag hält er daran fest. Wenn man die Griechin wiederfände, so meint er, und sie zum Sprechen bewöge, so würde man die Wahrheit darüber erfahren, wie es zur Vergeltung des an ihr und ihrem Bruder begangenen Unrechts gekommen sei.

DAS GOLDENE PINCENEZ

Es war eine wilde, stürmische Nacht gegen Ende November. Holmes und ich hatten ganzen Abend schweigend beieinandergesessen, er damit beschäftigt, unter Zuhilfenahme einer Lupe, die verblichenen Buchstaben der alten Inschrift eines Palimpsests zu entziffern, ich selber in eine Abhandlung über neuzeitliche Chirurgie vertieft. Draußen heulte der Wind die Baker Street entlang, und der Regen klatschte gegen die Fensterscheiben. Seltsam, so inmitten der Stadt, von Zivilisation und menschlichem Machwerk umgeben, den gewaltsamen Zugriff der Natur zu spüren! Dabei wurde mir so recht bewußt, wie das ganze große London für diese elementaren Mächte doch auch weiter nichts ist als ein Maulwurfshügel, irgendein Tupfen in der Landschaft. Ich ging zum Fenster und spähte auf die verlassene Straße hinaus. Hier und da glomm eine Laterne, die ihren fahlen Schein auf den schmutzigen Fahrdamm und das vor Nässe glänzende Pflaster warf. Vom Ende der Oxford Street planschte eine einsame Kutsche des Wegs daher.

»So, Watson, ist ja ganz schön, daß wir heute abend nicht hinaus müssen!« sagte mein Freund, indem er sein Palimpsest zusammenrollte. »Für diesmal habe ich genug getan. Es strengt die Augen an. Soweit ich die Sache schon überblicken kann, handelt es sich um die Chronik einer Abtei aus der zweiten Hälfte des 15. Jahrhunderts. Nicht sehr aufregend. Nanu, was ist denn da los?«

Trotz dem Tosen des Sturmes hörten wir stampfende Hufe und das lang anhaltende Knirschen bremsender Räder. Die Kutsche, welche ich kurz zuvor in der Ferne gesehen, war bei uns vorgefahren.

»Was kann er nur wollen?« entfuhr es mir, als ich einen Mann aussteigen sah.

»Wollen? Zu uns natürlich, weil er uns braucht. Und wir, mein armer Watson, werden Regenmäntel, Schals, Galoschen und weiß der

Teufel was sonst von den Menschen zur Bekämpfung schlechten Wetters erfunden wurde, brauchen, um ... Oder – halt, wart' ein wenig. Ja, die Kutsche ist davongefahren. Besteht also Hoffnung, daß wir doch zu Hause bleiben dürfen. Er hätte das Gefährt warten lassen, wenn er darauf erpicht wäre, uns gleich mitzunehmen. Lauf hinunter, guter Freund, und mach ihm die Tür auf! Denn alle tugendsamen Leute sind längst im Bett.«

Ich erkannte unseren mitternächtlichen Besucher sofort, als aus dem Hausflur das Licht auf ihn fiel. Es war der junge Stanley Hopkins, ein vielversprechender Detektiv, an dessen beruflichem Werdegang Holmes schon mehrfach regen Anteil genommen hatte.

»Ist er da?« fragte der junge Mann eifrig.

»Kommen Sie nur rauf, teurer Hopkins!« erscholl meines Freundes Stimme von oben. »Sie werden ja wohl nicht vorhaben, uns heute noch in diese fürchterliche Nacht hinauszujagen.«

Der Detektiv stieg eilig die Treppe hinauf, und unsere Stehlampe goß warmes Licht über seinen feuchtglänzenden Gummimantel. Ich half ihm beim Ablegen, während Holmes die Scheite im Kamin wieder zum Auflodern brachte.

»So, mein Bester, nun machen Sie sich's gemütlich und wärmen Sie sich die Zehen! Hier, nehmen Sie eine Zigarre! Und unser Doktor weiß ein Rezept mit ausgepreßten Zitronen in heißem Wasser, das tut gut in einer Nacht wie der heutigen. Es muß ja schon etwas besonders Wichtiges sein, wenn es Sie bei diesem höllischen Sturm hinausgetrieben hat.«

»Das will ich meinen, Mr. Holmes. Ein bewegter Nachmittag liegt hinter mir. Das können Sie mir glauben. Haben Sie in der Abendzeitung etwas über die Yoxley-Affäre gelesen?«

»Weiter als bis ins fünfzehnte Jahrhundert bin ich heute nicht vorgedrungen.«

»Na, es stand auch nichts von Belang drin; nur eine Spalte und alles verkehrt, so daß Sie gewiß nichts versäumten. Ich machte mich sogleich auf die Socken. Es ist drüben in Kent, etwa sieben Meilen von Chatham und drei von der Eisenbahnlinie entfernt. Man drahtete mir um 3 Uhr 15, um 5 Uhr langte ich in Yoxley Old Place an und führte meine Untersuchungen durch. Mit dem letzten Zug war ich wieder in Charing Cross und fuhr dann mit der Droschke ohne Verzug zu Ihnen.«

»Was vermutlich zu bedeuten hat, daß in Ihrem Fall noch manches ungeklärt ist?«

»Es bedeutet, daß ich weder Kopf noch Schwanz sehe. Mir will scheinen, diese Geschichte ist die vertrackteste, mit der ich je umzugehen hatte. Dabei sah zu Beginn alles so einfach aus, und ein Irrtum schien ausgeschlossen. Was mich am meisten ärgert, Mr. Holmes, hier fehlt jedes Motiv. Ein Toter – gewiß, darüber besteht kein Zweifel. Aber weit und breit läßt sich kein Grund ermitteln, warum jemand diesem Mann übelgewollt, ihn gar umgebracht haben sollte.«

Holmes zündete seine Zigarre an und lehnte sich in seinem Sessel zurück.

»Lassen Sie uns mehr darüber hören!« forderte er den Detektiv auf.

»Der Tatbestand ist mir ziemlich klar«, begann Stanley Hopkins, »jedoch nicht, was dahintersteckt. Die Geschichte, soweit ich sie bisher durchschaute, ist etwa folgende: Der Landsitz von Yoxley Old Place wurde vor einigen Jahren von einem älteren Herrn angekauft, der sich Professor Coram nennt. Er ist krank und die Hälfte seiner Tage bettlägerig, während der andern humpelt er am Stock im Haus umher oder wird von seinem Gärtner im Fahrstuhl durch die Anlagen geschoben. Bei den wenigen Nachbarn, die ihn aufsuchten, ist er recht beliebt und gilt als ein sehr gescheiter Mann. Eine alte Wirtschafterin, Mrs. Marker, führt seinen Haushalt, dabei hilft ihr ein junges Mädchen, Susan Tarlton. Beide Frauen leben seit des Professors Ankunft bei ihm und machen einen sehr anständigen, durchaus unbescholtenen Eindruck. Vor einem Jahr wurde es für Professor Coram, der ein wissenschaftliches Buch schreibt, notwendig, einen Sekretär einzustellen. Aber erst beim dritten Versuch hatte er Glück und fand genau den Mann, den er brauchte: Mr. Willoughby Smith, einen noch sehr jungen Menschen. Der hatte eben sein Universitätsstudium hinter sich und verkörperte, wie gesagt, vollkommen das, was sein Arbeitgeber sich vorgestellt hatte. Seine Tätigkeit bestand darin, den ganzen Vormittag über nach dem Diktat des Professors zu schreiben. Und den Abend brachte er gewöhnlich damit zu, Berichte und Aufsätze zu lesen, auf die sich seine Arbeit am nächsten Tag beziehen würde. Dieser Mr. Smith hat den denkbar besten Leumund, sowohl was seine Jugend in Uppingham wie die Hochschuljahre in Cambridge angeht. Ich habe seine Zeugnisse und Unterlagen gesehen, und von vornherein mußte ich ihn für einen ruhigen, aufrechten und äußerst fleißigen Jungen halten, bei dem es keinen dunklen Fleck gab. Nun, dieser arme Kerl fand heute früh im Arbeitszimmer seines Brotherrn den Tod, und zwar unter Begleitumständen, die unweigerlich auf Mord hindeuten.«

Der Wind heulte und rüttelte an den Fensterscheiben. Holmes und ich rückten näher zum Feuer, während der Inspektor langsam, Punkt für Punkt, weitere Einzelheiten vortrug.

»Vermutlich könnte man in England lange suchen, ehe man einem ähnlich abgekapselten und einzig auf sich selbst gestellten Haushalt begegnete. Wochen verstreichen, ohne daß jemand sich außerhalb des Gartentores blicken läßt. Der Professor, in seine Arbeit vertieft, war sonst für nichts und niemanden zu sprechen. Und der junge Willoughby kannte keinen Menschen aus der Nachbarschaft: Er paßte sich in seiner Lebensweise ganz und gar seinem Arbeitgeber an. Die beiden Frauen hatten nichts, was sie von zu Hause hätte fortlocken können. Mortimer, der Gärtner, der auch den Fahrstuhl schiebt, ist ein pensionierter Soldat, Veteran aus dem Krimkrieg, tadelloser Charakter. Er wohnt außerhalb des Hauses, in einer dreizimmerigen Hütte am andern Ende des Gartens. Das sind die einzigen Leute, die auf diesem Grundstück von Yoxley Old Place hausen. Das Gartentor ist hundert Meter von der Chaussee London–Chatham entfernt. Durch einen Druck auf die Klinke kann jeder ungehindert dort eintreten.

Ich möchte Ihnen jetzt die Zeugenaussage der Susan Tarlton zu bedenken geben. Sie ist die einzige Person, von der ich etwas Positives über den Vorfall ermitteln konnte. Es war vormittags zwischen elf und zwölf Uhr. Sie befestigte gerade Vorhänge vor dem Schlafzimmer im oberen Stockwerk. Professor Coram lag noch im Bett, denn bei schlechter Witterung steht er selten vor Mittag auf. Die Wirtschafterin war im rückwärtigen Teil des Hauses beschäftigt. Willoughby Smith hatte sich in sein Zimmer zurückgezogen, wo er schläft und sich tagsüber aufhält, wenn er vom Professor nicht benötigt wird. Etwa um diese Zeit hörte Susan ihn über den Korridor gehen und in das Arbeitszimmer eintreten, dessen Tür sich unmittelbar unter ihr befand. Susan hat den jungen Mann nicht gesehen, aber sie sagt, es sei kein Irrtum möglich, da sie seinen flinken, festen Schritt genau kenne. Ein Schließen der Tür habe sie nicht unterscheiden können, doch kaum eine Minute später sei ein fürchterlicher Schrei an ihr Ohr gedrungen, wild und heiser und derart unnatürlich, daß er ebensogut von einem Mann wie von einer Frau herrühren mochte. Gleich darauf hörte das Mädchen einen dumpfen Aufschlag, von dem das ganze Haus erbebte – danach war alles still. Das junge Geschöpf blieb für Sekunden wie versteinert. Dann faßte es sich ein Herz, lief die Treppe hinunter und getraute sich, die Tür zu öffnen. Drinnen lag Mr. Willoughby ausgestreckt auf dem Boden. Susan entdeckte zunächst keine Verletzung an ihm. Als sie indessen versuchte, ihn aufzurichten, sickerte Blut aus seinem Hals. Er hatte seitwärts eine kleine, aber sehr tiefe Wunde. Das Instrument, mit dem ihm der Nacken durchbohrt war, lag neben ihm auf dem Teppich: ein altmodisches Siegellackmesser mit Elfenbeingriff, das zur Schreibtischgarnitur des Professors gehört. Im ersten Augenblick dachte die Kleine, der junge Mann sei schon tot. Sie goß etwas Wasser aus der Karaffe über seine Stirn, da schlug er noch einmal für einen kurzen Augenblick die Augen auf. ›Der Professor –‹ murmelte er. ›*Sie war es.*‹ Das Mädchen ist bereit zu schwören, daß dies seine letzten Worte waren. Er machte eine verzweifelte Anstrengung, noch mehr zu sagen, die Hand ausgestreckt in der Luft. Doch die Kräfte verließen ihn, und er fiel tot zurück.

Inzwischen war auch die Haushälterin auf dem Schauplatz erschienen. Von den letzten Worten des Sterbenden erhaschte sie nichts mehr. Sie ließ Susan mit dem Toten allein und eilte in das Schlafzimmer ihres Brotherrn. Dieser saß hochgradig erregt in seinem Bett, denn er hatte genug gehört, um zu wissen, daß etwas im Gange war. Mrs. Marker will einen Eid leisten, daß der Professor noch im Nachthemd gewesen sei. Es war ihm ja auch tatsächlich unmöglich, sich ohne Mortimers Hilfe anzukleiden. Der Gärtner sollte zu diesem Zweck um zwölf Uhr zu ihm kommen. Der Professor behauptet, er habe etwas wie einen Schrei in der Ferne gehört, sonst aber nicht die geringste Ahnung, was geschehen sei. Für die letzten Worte des jungen Mannes hat er kleine Erklärung, glaubt jedoch, daß sie im Delirium gesprochen wurden. Er ist überzeugt, daß Willoughby Smith auf der ganzen Welt keinen Feind gehabt habe, und scheint über ein Verbrechen, wie es hier offenbar begangen wurde, fassungslos. Corams erste Handlung war, Mortimer auf die Ortspolizei zu schicken. Kurz darauf ließ mich der Polizeichef holen. Nichts wurde von der Stelle gerückt, ehe ich am Tatort eintraf. Und ich habe strengsten Befehl erteilt, niemand dürfe den Pfad, der zum Haus führt, betreten. Es wäre eine herrliche Gelegenheit, Mr. Holmes, Ihre Theorien in die Praxis umzusetzen. An der Geschichte ist wirklich alles dran, und nichts fehlt –«

»Außer Sherlock Holmes«, ergänzte mein Freund mit bittersüßem Lächeln. »Schön, legen Sie nur los! Was haben Sie ausgekundschaftet?«

»Ich muß Sie zunächst bitten, meine Herren, einen Blick auf diese Skizze zu werfen, welche Ihnen einen ungefähren Begriff von der Lage der verschiedenen Räumlichkeiten zueinander vermitteln soll. Sie wird Ihnen helfen, meinen Vorkehrungen im Geiste zu folgen.«

Er entfaltete einen Plan, den ich hier wiedergebe, und breitete ihn über Sherlock Holmes' Knie. Ich stand auf, stellte mich hinter meinen Freund und betrachtete über dessen Schulter die Skizze:

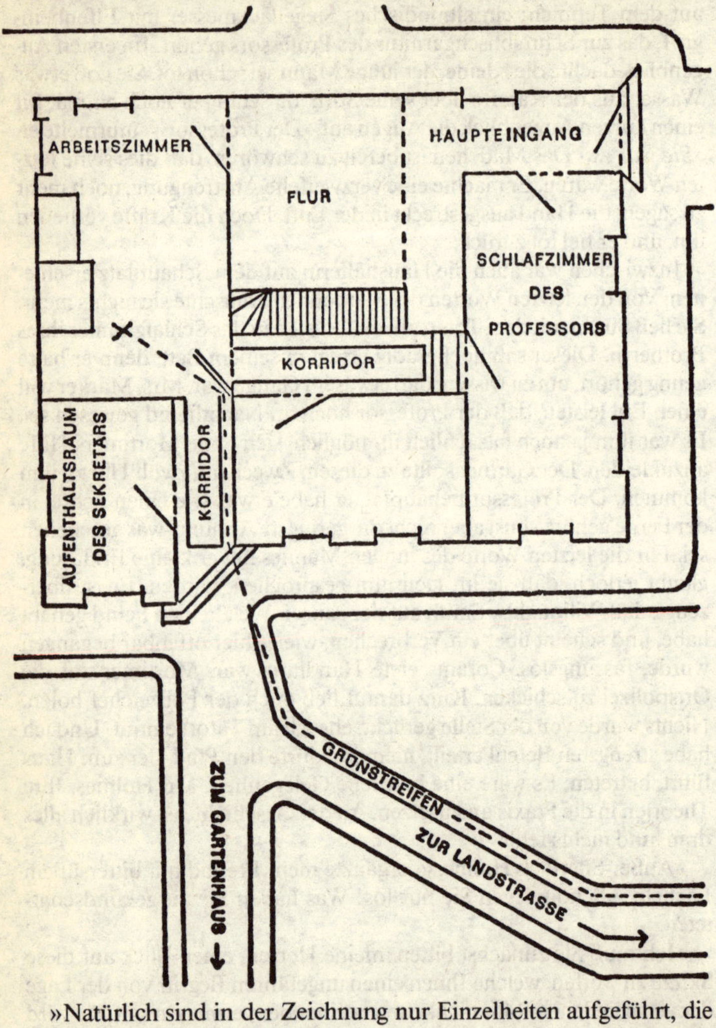

»Natürlich sind in der Zeichnung nur Einzelheiten aufgeführt, die mir wesentlich erschienen. Alles übrige werden Sie später ja selbst sehen. Zunächst einmal vorausgesetzt, der Mörder betrat das Haus. Wie ist er (oder sie) hereingekommen? Zweifellos über den Garten und dann durch die Hintertür, von wo aus er unmittelbar Zugang zum Arbeitszimmer hatte. Jeder andere Weg wäre viel zu umständlich gewesen. Auch der Rückzug muß sich auf diese Weise vollzogen haben, denn einer der beiden anderen Ausgänge wurde durch Susan, welche die Treppe heruntergelaufen kam, versperrt; und der zweite führt ja genau ins Schlafzimmer des Professors. Ich lenkte daher mein Augenmerk sofort auf den Gartenweg, der noch vom frisch gefallenen Regen aufgeweicht war. Meine Nachforschungen ergaben, daß ich es mit einem vorsichtigen und erfahrenen Verbrecher zu tun hatte, denn keinen einzigen Abdruck konnte ich auf dem Pfad entdecken. Wohl aber war auf dem Grünstreifen, der ihn einsäumte, das Gras niedergetreten. Es muß also ohne Frage jemand darübergegangen sein, wenn ich auch keine deutlich umrissenen Fußstapfen zu erkennen vermochte. Und die gleiche Person, welche hier entlanglief, war bestimmt der Täter, da weder der Gärtner noch andere Leute vom Haus sich an jenem Morgen hier aufhielten und es erst in der vorhergehenden Nacht geregnet hatte.«

»Augenblick mal!« warf Holmes dazwischen. »Wohin führt denn dieser Weg?«

»Zur Landstraße.«

»Und wie lang ist er?«

»Ungefähr hundert Meter.«

»Da, wo der Weg in die Gartenpforte mündet, ließen sich dann doch sicher die Spuren abnehmen?«

»Leider war er an der Stelle mit Steinplatten gedeckt.«

»Und auf der Straße selbst?«

»Lauter Matsch.«

»Na, na! Also, die Tritte im Gras, kamen oder gingen sie?«

»Es wäre unmöglich, das mit Bestimmtheit zu sagen. Umrisse konnte man überhaupt nicht erkennen . . .«

»Großer oder kleiner Fuß?«

»Nicht zu unterscheiden.«

Holmes vermochte seine Ungeduld jetzt nicht mehr länger zu unterdrücken.

»Es regnet seither in Strömen, Menschenskind, und pausenlos bläst dieser Orkan!« rief er ärgerlich. »Wie soll man da jetzt noch etwas herausfinden? Das wird mühseliger sein als bei einem Palimpsest. Aber es läßt sich nun nicht mehr ändern. Was haben Sie unternommen, Hopkins, als Sie mit Sicherheit wußten, daß Sie nichts mit Sicherheit wußten?«

»Oh, ich glaube doch, eine ganze Menge festgestellt zu haben!« gab der Inspektor ein klein wenig gekränkt zurück. »Ich wußte zumindest, daß sich jemand behutsam in das Haus geschlichen hatte. Als nächstes untersuchte ich den Korridor. Er ist mit Kokosläufern ausgelegt und wies keinerlei Fußabdrücke auf. Dann sah ich mich im Arbeitszimmer selbst um. Es ist spärlich möbliert. Die Einrichtung besteht im wesentlichen aus einem Schreibtisch mit anschließendem Büroschrank. Dieser hat zwei senkrechte Schubladenreihen und dazwischen ein schmales Türfach. Die Schubladen waren offen, die Schranktür verschlossen. Anscheinend sind das die Schiebefächer nie, und es werden keine Wertsachen darin aufbewahrt. Der Schrank enthielt einige wichtige Papiere, aber er sah nicht so aus, als hätte jemand darin gekramt. Auch versicherte mir der Professor, es fehle nichts, und es sei bestimmt kein Diebstahl verübt worden. Ich komme jetzt auf die Leiche des jungen Mannes zu sprechen. Sie wurde links neben dem Bücherschrank gefunden, wie ich es auch hier auf der Skizze vermerkt habe. Die Wunde befand sich auf der rechten Seite des Halses; der Stich erfolgte von hinten. Insofern ist es beinahe unmöglich, daß das Opfer ihn sich selbst beigebracht haben könnte.«

»Es sei denn, der Bursche ist auf das Messer gefallen«, bemerkte Holmes.

»Genau das. Mir selbst kam flüchtig dieser Gedanke. Jedoch lag das Messer einige Fuß weit von dem Toten entfernt, was diese Lösung wiederum unmöglich erscheinen läßt. Überdies spricht die letzte Äußerung des Sterbenden dagegen. Zu guter Letzt fanden wir noch dieses wichtige Beweisstück in der zusammengekrampften Hand des Toten.«

Stanley Hopkins zog ein schmales, in Papier gewickeltes Päckchen aus seiner Tasche. Er öffnete es und brachte ein goldenes Pincenez zum Vorschein, an dem die zwei abgerissenen Enden einer schwarzen Seidenschnur baumelten. »Willoughby Smith verfügte über eine ausgezeichnete Sehkraft«, erklärte er. »Ohne jeden Zweifel wurden diese Augengläser dem Mörder weggenommen oder vom Gesicht gerissen.«

Sherlock Holmes nahm den Zwicker in die Hand und betrachtete ihn mit größter Aufmerksamkeit. Er setzte ihn sich auf die Nase, versuchte damit zu lesen, ging dann zum Fenster, um die Straße hinauf- und hinunterzublicken. Er besah sich die Gläser im grellen Lampenlicht und setzte sich schließlich kichernd an den Tisch, wo er einige Zeilen auf ein Blatt Papier schrieb. Dieses warf er Hopkins mit einem Augenzwinkern zu.

»Es ist das Beste, was ich im Augenblick für Sie tun kann.«

Der verdutzte Detektiv las die Notiz laut vor:

»Gesucht wird eine gutgekleidete Dame aus wohlhabendem Hause. Sie hat eine sehr breite Nase, dicht beieinanderstehende Augen und einen hoheitsvollen Ausdruck. Ihre Stirn ist gewölbt und steht weit vor. Wahrscheinlich sind die Schultern abfallend. Man darf mit einiger Sicherheit annehmen, daß sie im Laufe der letzten Monate mindestens zweimal einen Optiker aufgesucht hat. Da es nicht allzu viele ortsansässige Optiker gibt und die Dame sehr kurzsichtig ist, dürfte es nicht schwerfallen, diese zu finden.«

Mein Freund schmunzelte über Hopkins' Verblüffung, die sich in meinen eigenen Zügen gespiegelt haben mag.

»Es war das Einfachste von der Welt, so zu folgern«, meinte er liebenswürdig. »Bei einem subtileren Zubehör wäre es vielleicht schwierig gewesen, auf irgendwelche Charaktereigenschaften oder körperliche Einzelheiten zu schließen. Nicht so bei einem Paar Augengläsern, noch dazu, wenn sie in ihrer Beschaffenheit so ausgeprägt sind wie diese hier. Daß sie einer Frau gehören, leite ich von ihrer Zierlichkeit ab – und natürlich auch aus den letzten Worten des Sterbenden. Nun, und wenn ich von ihnen auf den ›guten Stall‹ sowie eine teure Garderobe schließe, dann deshalb, weil die Fassung aus reinem schwerem Gold und, wie Sie sehen, sehr kunstvoll gearbeitet ist. Es wäre kaum zu erwarten, daß jemand, der ein solches Pincenez trägt, in anderer Hinsicht ungepflegt oder nachlässig sein sollte. Sie werden außerdem feststellen, daß die Klemmer sehr weit auseinander sitzen, was anzeigt, daß der Nasenrücken besagter Dame sehr breit ist. Eine solche Nase wird im allgemeinen kurz und plump sein. Aber es gibt sicher zahlreiche Ausnahmen von dieser Regel, und so will ich mich in meiner Beschreibung nicht darauf versteifen. Ich selbst habe ein schmales Gesicht, und es gelingt mir trotzdem nicht, meine Augen so einzustellen, daß die Pupillen durch die Mitte der Gläser sehen, nicht einmal annähernd. Deshalb müssen die Augen der Unbekannten sehr dicht bei der Nase liegen. Du hast gewiß bemerkt, Watson, daß die Gläser konkav und ungewöhnlich dick sind. Eine Frau, die in ihrer Sehkraft so beeinträchtigt ist, hat im Laufe ihres Lebens bestimmt körperliche Merkmale infolge dieser Schwäche davongetragen, die an Stirn, Augenlidern und Schultern wahrnehmbar sind.«

»Doch«, sagte ich, »ich kann deiner Beweisführung durchaus folgen. Einzig, wie du auf den zweimaligen Besuch beim Optiker kommst, ist mir unerfindlich.«

Holmes nahm den Zwicker in die Hand.

»Hier an den Klemmen laufen winzige Korkstreifen entlang, um den Druck auf die Nase zu mildern. Einer davon ist ein wenig durchgerieben und farblos, der andere hingegen ganz unverbraucht. Offensichtlich hatte sich eins dieser Korkbänder abgelöst und mußte erneuert werden. Das abgenutzte ist, schätze ich, auch erst einige Monate alt. Da die beiden Streifen aus genau dem gleichen Material bestehen, nehme ich an, daß die Dame beide Male denselben Optiker in Anspruch genommen hat.«

»Donnerwetter, das ist ja phantastisch!« schrie Hopkins. »Und all diese Beweisstücke hielt ich Hornochse in Händen! Dabei wollte ich sämtliche Optiker Londons der Reihe nach abklappern.«

»Es ist ganz natürlich, daß Sie das tun wollten. Übrigens, haben Sie uns sonst noch etwas über den Fall mitzuteilen?«

»Nichts, Mr. Holmes. Ich glaube, Sie wissen längst soviel wie ich selbst – vielleicht mehr. Es sollen Nachforschungen angestellt werden über jeden Fremden, den man auf der Landstraße oder den nahe gelegenen Bahnhöfen sichtet. Bisher wurde uns jedoch keiner gemeldet. Was mich bei diesem Verbrechen so aufreibt, ist, daß nicht der leiseste Beweggrund vorliegt.«

»Meine Güte! Was versprechen Sie sich von meiner Hilfe? Denn vermutlich wollen Sie doch, daß wir morgen dort aufkreuzen?«

»Ach, ja, Mr. Holmes, wenn das nicht zuviel verlangt ist. Es fährt um 6 Uhr früh ein Zug von Charing Cross nach Chatham. Da wären wir zwischen 8 und 9 Uhr schon in Yoxley Old Place.«

»Gut, den nehmen wir. Ihr Fall entbehrt nicht gewisser verlockender Aspekte. Es wird mir ein Vergnügen sein, mich damit zu befassen. So, aber jetzt ist es fast eins, und wir sollten doch lieber noch ein paar Stunden schlafen. Sie können es sich da auf dem Sofa vorm Feuer bequem machen. Bevor wir aufbrechen, werde ich meinen Spirituskocher in Betrieb setzen und Ihnen rasch eine Tasse Kaffee brauen.«

Am nächsten Morgen sahen wir eine frostige Sonne über der Themse aufgehen, deren melancholische Ufer mich an die Bootsjagd nach dem Letzten der geheimnisvollen Vier erinnerte*. Der Sturm hatte sich gelegt, aber es war bitter kalt. Nach langer, ermüdender

* Sir Arthur Conan Doyle, *Im Zeichen der Vier* (Ullstein Buch Nr. 2744).

Fahrt im Bummelzug stiegen wir an einem kleinen Bahnhof in der Nähe von Chatham aus. Im einzigen Gasthaus am Ort nahmen wir ein eiliges Frühstück zu uns, während für die Weiterreise ein Pferd eingeschirrt wurde, und schließlich trafen wir dann in Yoxley Old Place ein. Am Gartentor empfing uns ein Polizeiagent.

»Guten Tag, Wilson, was gibt es Neues?« wandte sich der Inspektor an ihn.

»Leider gar nichts, Sir.«

»Nirgendwo ein Unbekannter aufgetaucht?«

»Nein, Sir: Drüben am Bahnhof behaupten sie fest und steif, daß fremde Personen weder gekommen noch gegangen sind.«

»Habt ihr euch bei den umliegenden Wirtshäusern und Herbergen erkundigt?«

»Jawohl, Sir, niemand, der nicht aus der Gegend wäre, und alle registriert.«

»Na, bis nach Chatham ist's immerhin nur ein strammer Spaziergang. Leicht möglich, daß sich dort jemand unbeobachtet aufhält oder in einen Zug steigt ... Hier haben wir den Gartenpfad, von dem ich sprach. Ehrenwort, Mr. Holmes, daß ich gestern keine Spur darauf fand.«

»Und auf welcher Seite waren die Fußspuren im Gras?«

»Hier, Sir, auf diesem schmalen Grünstreifen zwischen Weg und Blumenbeet. Jetzt sind die Spuren nicht mehr zu unterscheiden, aber sie *waren* ganz deutlich.«

»Ja, ja; man sieht schon, daß jemand darübergegangen ist«, bestätigte Holmes, indem er sich über den Grasrand beugte. »Unsere Dame hat ihre Schritte sehr behutsam gesetzt, meinen Sie nicht auch? Sonst müßte sie entweder auf dem Weg eine Spur hinterlassen haben oder zumindest eine klarere auf dem weichen Grasboden.«

»Ja, Sir. Eine ganz Gewiegte muß es gewesen sein!«

Als wollte er noch schärfer beobachten, kniff Holmes die Augen zusammen.

»Hier, sagen Sie, soll sie zurückgekommen sein?«

»Ja, Sir, es gibt keine andere Möglichkeit.«

»Auf diesem Grasband?«

»Gewiß doch, Mr. Holmes.«

»Hm. Eine beachtliche Leistung – sehr beachtlich. Nun, ich denke, mit diesem Kriegspfad haben wir uns genug beschäftigt. Gehen wir weiter! Die Gartentür ist also meistens offen? Dann brauchte die Besucherin nur einfach hineinzuspazieren. Einen Mord zu begehen, hatte sie indessen bestimmt nicht im Sinn, sonst hätte sie sich mit einer Waffe ausgerüstet, anstatt jenes Messer vom Schreibtisch zu nehmen. Durch den Korridor schritt sie, wieder ohne eine Fußspur zu hinterlassen. Dann soll sie sich in diesem Arbeitszimmer aufgehalten haben. Wie lange wohl? Wir haben kein Hilfsmittel, das festzustellen.«

»Nicht länger als ein paar Minuten, Sir. Ich vergaß, Ihnen zu berichten, daß Mrs. Marker, die Wirtschafterin, kurz vorher hier im Raum gewesen war, um aufzuräumen – etwa eine Viertelstunde früher, sagt sie.«

»Gut, das gibt uns ungefähr einen Anhaltspunkt. Unsere Dame betritt also dieses Zimmer – und was hat sie vor? Sie geht zum Schreibtisch. Weshalb? Der Schubladeninhalt interessiert sie nicht, enthielten die etwas Wertvolles, wären sie kaum offen. Nein, es muß etwas in diesem Holzschränkchen gewesen sein. Hoppla, was für ein Kratzer ist denn da auf der Oberfläche? Halte mal ein brennendes Streichholz hierher, Watson! Warum haben Sie mir davon nichts erzählt, Hopkins?«

Die Schramme, von der mein Freund sprach, begann bei der Messingverzierung rechts vom Schlüsselloch und zerkratzte etwa über zehn Zentimeter hinweg die Politur.

»Gesehen hab' ich das schon, Mr. Holmes. Rund um ein Schlüsselloch werden Sie immer Kratzer finden.«

»Aber dieser hier ist ganz frisch. Fällt Ihnen nicht auf, wie das Metall an der Stelle, wo es angeritzt ist, glänzt? Ein alter Kratzer wäre nachgedunkelt. Schauen Sie sich diesen durch meine Linse an! Sieht aus wie eine Furche in der Erde ... Ist eigentlich Mrs. Marker im Haus?«

Eine ältere Frau betrat mit trübseliger Miene das Zimmer.

»Haben Sie gestern vormittag hier abgestaubt?« wollte Holmes wissen.

»Jawohl, Sir.«

»Ist Ihnen dieser Kratzer aufgefallen?«

»Nein, Sir.«

»Das dachte ich mir. Sonst hätten Sie mit dem Staublappen die Politur abgewischt. Wer bewahrt den Schlüssel zu dem Büroschrank auf?«

»Der Herr Professor hat ihn an seiner Uhrkette.«

»Ist das ein einfacher Schlüssel?«

»Nein, Sir; es ist ein Chubbschlüssel.«

»Ah, sehr gut. Mrs. Marker, danke, Sie können gehen. Jetzt sind wir schon einen Schritt weiter ... Unsere Dame tritt ins Zimmer, geht zum Büroschrank und öffnet diesen – oder versucht es wenigstens, ihn zu öffnen. Währenddessen kommt Mr. Willoughby Smith herein. Hastig zieht sie den Schlüssel heraus und zerkratzt dabei die Tür. Er packt sie, und sie greift nach dem nächstbesten Gegenstand, der zufällig dieses Siegellackmesser ist, um den Angreifer abzuschütteln. Sie schlägt zu und verletzt ihn tödlich. Er stürzt zu Boden, und sie entflieht. Bleibt dahingestellt, ob mit dem Gegenstand, um dessentwillen sie gekommen, oder ohne ihn ... ah, da ist auch das Mädchen Susan ... Ist es möglich, daß jemand durch diese Tür entwischte, nachdem Sie den Schrei gehört hatten?« Und damit wandte er sich an die neuhinzugekommene Zeugin.

»Nein, Sir, das ist ausgeschlossen. Wenn jemand auf dem unteren Flur gewesen wäre, hätte ich ihn bestimmt gehört, ehe ich die Treppe hinunterlief.«

»Dann kann nur dieser Ausgang benutzt worden sein, und die Dame ist, wie es den Anschein hat, denselben Weg wieder zurückgegangen, auf dem sie gekommen ist. Offenbar führt dieser zweite Durchgang hier zum Zimmer des Professors?«

»Ja, Sir.«

»Dann wollen wir doch gleich hinübergehen und die Bekanntschaft des Hausherrn machen. Nanu, Hopkins! Das ist wichtig, äußerst wichtig in der Tat: Der Vorplatz zu des Professors Zimmer ist auch mit Kokosmatten ausgelegt.«

»Was finden Sie daran so bemerkenswert?«

»Sehen Sie denn nicht, daß es für den Fall von Bedeutung ist? Na, schon gut. Ich will mich nicht darauf versteifen. Ich kann mich täuschen. Und doch – und doch scheint es mir irgendwie ... Ach bitte, kommen Sie und stellen Sie mich vor!«

Wir gingen den Gang entlang in der Richtung zum Garten hin. Am Ende waren drei Stufen, die in eine Tür mündeten. Der Inspektor klopfte und geleitete uns in des Professors Schlafgemach.

Dieses war sehr geräumig, ringsum von zahllosen Büchern an den Wänden eingerahmt. Die Fächer quollen über, reichten nicht mehr aus, so daß die Bände noch aufgestapelt in allen Ecken und unter den Regalen lagen. In der Mitte des Zimmers stand das Bett, und darin saß, von mehreren Kissen gestützt, der Eigentümer des Hauses. Ich habe selten einen Menschen gesehen, der ähnlich bedeutend und zugleich merkwürdig aussah. Ein hageres Vogelgesicht mit Adlernase wandte sich uns zu. Durchdringend blickten seine Augen, die in tiefen

Höhlen standen, unter den überhängenden buschigen Brauen hervor. Sein langes Haar und der Bart waren weiß, nur um den Mund herum seltsam gelb gesprenkelt. Eine Zigarette glühte inmitten dieses Haargewirrs, und die verbrauchte Luft des Zimmers war von Tabakdunst geschwängert. Als der Mann Holmes seine Hand entgegenstreckte, gewahrte ich auch an ihr gelbe Nikotinflecken.

»Sie sind Raucher, Mr. Holmes?« fragte er in gewähltem Englisch und ein ganz klein wenig geziert in seiner Aussprache. »Bitte, nehmen Sie doch eine Zigarette! Und Sie auch, mein Herr. Die Sorte kann ich empfehlen. Sie wird von Jonidas in Alexandria eigens für mich hergestellt. Er sendet mir immer tausend Stück auf einmal und – bedauerlicherweise muß ich gestehen, daß ich nicht umhin kann, alle vierzehn Tage eine neue Sendung zu bestellen. Schlimm, meine Herren, sehr schlimm ist das. Aber ein alter Mann wie ich hat wenig Vergnügen mehr. Der Tabak und meine Arbeit, das ist das einzige, was mir noch bleibt.«

Holmes hatte sich eine Zigarette angezündet und blickte mit seinen blauen Augen im Zimmer umher.

»Tabak und Arbeit – nein, jetzt ist's der Tabak allein!« fuhr der alte Mann seufzend fort. »Denn, ach, welch grauenhafte Unterbrechung! Wer hätte diese schaurige Katastrophe ahnen können? Ein solch schätzenswerter junger Mann! Er hatte sich innerhalb weniger Monate zu einem hervorragenden Mitarbeiter entwickelt. Was halten Sie von der Geschichte, Mr. Holmes?«

»Ich habe mir noch keine feste Meinung gebildet.«

»Ah, ich wäre Ihnen zu größter Dankbarkeit verpflichtet, wenn es Ihnen gelänge, Licht in diese Angelegenheit zu bringen, die für uns alle so dunkel ist. Auf einen armen Bücherwurm und Invaliden wie mich wirkt ein derartiger Schlag lähmend. Mir ist, als hätte ich dadurch meine Denkfähigkeit eingebüßt. Aber *Sie* scheinen mir ein Mann der Tat zu sein. Einer, der etwas leistet. Sie stehen im Leben und sind gerüstet, bewahren Ihr Gleichgewicht in jeder Lage. Wir dürfen uns wirklich glücklich schätzen, Sie an unserer Seite zu haben.«

Holmes schritt im Zimmer auf und ab, während der alte Professor solcherart zu ihm redete. Ich beobachtete, daß mein Freund mit außerordentlicher Geschwindigkeit rauchte. Offenbar teilte er unseres Gastgebers Vorliebe für die frisch importierten alexandrinischen Zigaretten.

»Ja, Sir, es ist niederschmetternd«, begann dieser von neuem. »Das da drüben auf dem Tisch, der Haufen Papier, ist mein *magnum opus*;

eine Analyse der Dokumente, die man in den koptischen Klöstern Syriens und Ägyptens gefunden hat und die tiefen Einblick in alte, noch unerforschte Religionen gewähren. Bei meiner geschwächten Konstitution weiß ich nicht, ob ich je imstande sein werde, das Werk zu vollenden, nun, da mir mein Assistent genommen wurde . . . Meine Güte, Mr. Holmes, Sie rauchen ja schneller noch als ich!«

Holmes lächelte.

»Ich bin eben ein Kenner«, antwortete er und nahm abermals eine Zigarette – seine vierte – aus der Schachtel, um sie an dem noch glimmenden Stummel der vorhergehenden zu entzünden. »Ich will Sie nicht mit einem langweiligen Kreuzverhör quälen, Professor Coram, denn ich darf annehmen, daß Sie, als das Verbrechen geschah, im Bett waren und nichts darüber wissen. Nur eines möchte ich Sie fragen: Was, glauben Sie, hat der arme Junge mit seinen letzten Worten: ›Der Professor – sie war es‹ gemeint?«

Der Kranke schüttelte den Kopf.

»Susan ist ein Mädchen vom Land«, erwiderte er. »Die unglaubliche Beschränktheit dieser Schicht ist Ihnen ja bekannt. Ich denke mir, der arme Mensch hat im Delirium einige zusammenhanglose Worte gemurmelt, welche sie zu dieser Botschaft ohne eigentlichen Sinn verflocht.«

»Aha. Sie selbst haben für die Tragödie keine Erklärung?«

»Mag sein, ein Unfall; möglicherweise sogar – nur unter uns wage ich es auszusprechen – Selbstmord. Junge Leute haben ihre geheimen Kümmernisse. Vielleicht spielte eine Herzensangelegenheit mit, von der wir nichts wußten. Jedenfalls scheint mir beides einleuchtender als Mord.«

»Aber der Zwicker?«

»Ach, ich bin nur ein Geistesarbeiter und Träumer. Mit den praktischen Dingen im Leben kenne ich mich nicht aus. Nur eines ist mir noch gegenwärtig genug, mein Freund, nämlich daß Liebesbeziehungen zuweilen die seltsamsten Formen annehmen. Ein Fächer, ein Handschuh, Augengläser – wer weiß, was nicht alles für Gegenstände als Zeichen gelten mögen oder sorgsam gehütet werden, wenn ein Mensch seinem Leben ein Ende macht? – Dieser Herr hier sprach von Fußabdrücken im Gras. Wie leicht irrt man sich bei solchen Mutmaßungen! Und was das Messer angeht, so könnte es der Verwundete im Sturz von sich geschleudert haben. Mag sein, daß ich rede wie ein Kind, doch mir will scheinen, Mr. Smith habe selber Hand an sich gelegt.«

Holmes machte einen etwas betroffenen Eindruck, daß die Angelegenheit in diese Richtung gedrängt wurde. Trotzdem fuhr er fort, mit nachdenklicher Miene auf der einen Seite des Zimmers hin und her zu laufen, wobei er eine Zigarette um die andere rauchte.

»Nun sagen Sie mir noch, Professor Coram«, meinte er endlich, »was befindet sich in jenem Bücherschrank?«

»Nichts, was einen Dieb befriedigen dürfte: Familienpapiere, Briefe von meiner armen Frau, Universitätsdiplome mit meinen Auszeichnungen. Hier ist der Schlüssel. Sie können selbst nachsehen.«

Holmes nahm den Schlüssel und betrachtete ihn kurz; dann gab er ihn zurück.

»Nein, das würde mir kaum weiterhelfen«, entschied er. »Ich möchte jetzt lieber in Ihren Garten hinuntergehen und alles noch einmal ruhig überdenken. Ihre Selbstmordtheorie hat einiges für sich. Wir müssen um Entschuldigung bitten, daß wir bei Ihnen eingedrungen sind, Professor. Und wir versprechen, erst nach dem Lunch noch einmal hereinzuschauen, um Ihnen zu berichten, wenn sich mittlerweile etwas ereignet haben sollte.«

Als wir dann schweigend den Gartenweg auf und ab schlenderten, war mein Freund merkwürdig zerstreut.

»Hast du irgendeinen Anhaltspunkt?« fragte ich schließlich.

»Tja, das hängt von den Zigaretten ab, die ich geraucht habe«, war seine seltsame Antwort. »Durchaus möglich, daß meine Fährte falsch ist. Mit Hilfe der Zigaretten wird sich das herausstellen.«

»Lieber, Bester!« rief ich entgeistert. »Wie um alles in der Welt –«

»Laß dir Zeit. Gleich wirst du es selbst sehen. Und wenn nicht, dann macht es auch nichts. Wir haben ja noch immer unseren Weg über den Optiker. Aber sofern ich mir den sparen kann, tu' ich es natürlich . . . Ah, da ist unsere gute Mrs. Marker! Gönnen wir uns doch fünf Minuten ihrer aufschlußreichen Konversation!«

Vielleicht habe ich es früher schon erwähnt: Mein Freund Sherlock konnte, wenn er nur wollte, eine besonders liebenswürdige Art im Umgang mit Frauen an den Tag legen. Er stand dann binnen kurzem auf vertrautestem Fuße mit ihnen. Rascher noch, als er selbst vorausgesehen, hatte er die Haushälterin für sich gewonnen und plauderte mit ihr, als kenne er sie seit Jahren.

»Ja, Mr. Holmes, es ist genau, wie Sie sagen. Er raucht da ein fürchterliches Kraut. Tag und Nacht, Sir! Ich bin manchmal morgens schon in sein Zimmer gekommen, und es war ein Dunst drinnen – der reinste Londoner Nebel. Armer Mr. Smith! Er hat auch geraucht, aber längst nicht so arg wie der Herr Professor. Seine Gesundheit – also, ich weiß nicht, ob er durch das Rauchen besser oder schlechter dran ist.«

»Immerhin schlägt es sich auf den Appetit.«

»Davon merke ich eigentlich nichts.«

»Vermutlich ißt der Professor äußerst wenig?«

»Das wechselt. Mal so, mal so.«

»Ich möchte wetten, daß er heute nichts gefrühstückt hat. Und mit seinem Hunger zu Mittag wird es auch nicht weit her sein nach den vielen Zigaretten, die er, allein in meiner Gegenwart, inhaliert hat!«

»Also, da befinden Sie sich zufällig sehr im Irrtum, Sir. Gerade heute morgen hat er ein beträchtliches Frühstück verzehrt. Ich kann mich kaum erinnern, wann er da je mehr gegessen hätte. Das hat mich selber überrascht. Denn seit ich gestern den armen jungen Mann tot auf dem Boden hab' liegen sehen, bringe ich keinen Bissen mehr hinunter. Alle Welt ist deshalb auch in Aufruhr, aber der alte Herr hat sich seinen Appetit nicht nehmen lassen.«

Wir vertrödelten den Rest des Vormittags im Garten. Stanley Hopkins war ins Dorf hinuntergewandert, um einem Gerücht nachzuspüren, demzufolge einige Kinder am vorhergehenden Morgen eine Frau auf der Chatham Road gesehen haben sollten. Von meinem Freund schien alle Energie gewichen zu sein. Nie zuvor habe ich ihn einem Fall so gleichgültig gegenübertreten sehen. Sogar als Hopkins bei seiner Rückkehr die Neuigkeit mitbrachte, er habe die Kinder tatsächlich gefunden, die jener Frau begegnet seien, ließ das Holmes völlig kalt – obwohl das Äußere der Unbekannten genau auf seine Beschreibung paßte und sie auch einen Zwicker oder eine Brille getragen haben sollte. Etwas aufmerksamer hörte er schon zu, als Susan, die uns mit dem Lunch aufwartete, sich zu erinnern meinte, daß Mr. Smith am vergangenen Morgen einen Spaziergang unternommen habe und erst eine halbe Stunde vor der Katastrophe wiedergekommen sei. Ich begriff zwar nicht recht, was daran von Belang für unsere Untersuchung sein könnte, merkte aber deutlich, wie Holmes diese Tatsache in das Schema einfügte, welches sich in seinem Gehirn zusammengesetzt hatte. Mit einem Blick auf seine Taschenuhr sprang er plötzlich vom Tisch auf und erklärte: »2 Uhr, meine Herren! Wir müssen hinauf und mit unserem Freund, dem Professor, zu Ende kommen.«

Der Alte hatte sein Mittagsmahl soeben beendet. Schüssel und Teller waren leer, was von seinem ausgezeichneten Appetit zeugte. Die

Haushälterin hatte sich nicht getäuscht. Trotzdem gab er eine recht müde und gebrechliche Erscheinung ab unter der weißen Mähne. Man hatte ihn angekleidet und in einen Lehnstuhl nahe beim Feuer gesetzt. Zwischen seinen Lippen glomm die unentwegte Zigarette.

»Nun, Mr. Holmes, haben Sie das Geheimnis schon gelüftet?« fragte er scherzend und schob die große metallene Zigarettenschachtel, welche neben ihm auf einem Rauchtischchen stand, meinem Gefährten zu. Fast gleichzeitig streckte Holmes die Hand danach aus – und das Kästchen glitt über die Kante. Eine Minute lang krochen wir auf allen vieren, um von den unmöglichsten Plätzen verstreute Zigaretten einzusammeln. Als wir uns wieder erhoben, entging mir nicht, daß meines Freundes Augen leuchteten und seine Wangen gerötet waren. Diese Kriegssignale tauchten bei ihm stets nur in einem entscheidenden Augenblick auf.

»Ja«, sagte er ruhig, »ich habe die Lösung.«

Verblüffung malte sich in Stanley Hopkins' Miene und sicher nicht minder in meiner eigenen. Und über die hageren Züge des alten Professors glitt etwas wie leiser Spott.

»Was Sie nicht sagen! Im Garten?«

»Nein, hier, in diesem Raum.«

»Hier? Wann denn das?«

»Eben, in dieser Sekunde.«

»Ich glaube, Sie spaßen, Mr. Sherlock Holmes. Sie zwingen mich zu der Äußerung, dies sei eine zu ernste Angelegenheit, um damit Allotria zu treiben.«

»Ich habe jedes Glied meiner Beweiskette geschmiedet und geprüft, ob es hält, Professor Coram, wenn ich gleich noch nicht imstande bin, zu sagen, was Ihre Motive sind, oder genauer, welche Rolle Sie in diesem seltsamen Stück spielen. In wenigen Minuten werde ich es wahrscheinlich aus Ihrem eigenen Munde hören. Mittlerweile will ich rekonstruieren, was geschehen ist, und daraus wird sich ergeben, welcher Auskunft ich noch bedarf:

Eine Dame betrat gestern vormittag Ihr Arbeitszimmer mit der Absicht, gewisse Dokumente, die sich in Ihrem Büroschrank befanden, in ihren Besitz zu bringen. Sie hatte einen eigenen Schlüssel, was mir klar wurde, als Sie mir den Ihrigen zeigten und ich eine leichte Verfärbung, die vom Kratzen auf dem Lack hätte herrühren müssen, nicht daran feststellen konnte. Sie haben also ein Alibi. Und die Frau kam auch, soweit ich durch mein Beweismaterial unterrichtet bin, ohne Ihr Wissen.«

Der Professor blies eine Rauchwolke in die Luft, ehe er antwortete: »Das ist ja sehr interessant und lehrreich. Haben Sie nichts mehr hinzuzufügen? Wo Sie die Dame schon so weit begleitet haben, können Sie sicher auch sagen, was aus ihr geworden ist?«

»Ich will mich bemühen. Sie wurde von Ihrem Sekretär ertappt und festgehalten, suchte sich zu befreien und erstach ihn dabei. Ich neige zu der Ansicht, daß die Katastrophe ein unglücklicher Zufall gewesen ist, denn ich bin überzeugt, die Dame wollte ihrem Angreifer keine tödliche Verletzung beibringen. Ein Mörder kommt nicht ohne Waffe. Zutiefst entsetzt, verließ sie in panikartiger Flucht den Schauplatz der Tragödie. Zu ihrem Unglück hatte sie bei dem Ringkampf ihre Augengläser verloren, ohne die sie, da sie sehr kurzsichtig ist, nahezu hilflos war. Sie rannte durch irgendeinen Korridor, in der Meinung, es sei derselbe, über den sie gekommen – er war gleichfalls mit Kokosläufern ausgelegt. Zu spät entdeckte sie ihren Irrtum. Sie befand sich auf dem falschen Gang, und der Rückweg war ihr abgeschnitten. Was tun? Bleiben, wo sie war, konnte sie ebensowenig wie umkehren. Sie mußte in der eingeschlagenen Richtung weiterlaufen, über eine kleine Treppe hinauf bis zu einer Tür, die sie hastig öffnete – und so stand sie in Ihrem Schlafzimmer.«

Mit offenem Mund starrte der alte Mann auf den Sprecher. In seinem ausdrucksvollen Gesicht spiegelten sich Furcht und Verwirrung. Plötzlich riß er sich zusammen. Er zuckte die Achseln und lachte schrill auf.

»Ist ja alles recht gut und schön, Mr. Holmes«, rief er scheinbar belustigt. »Aber Ihre herrliche Theorie hat einen gewaltigen Haken. Ich war nämlich selbst in meinem Zimmer und habe es den ganzen Tag nicht verlassen.«

»Dessen bin ich mir wohl bewußt, Professor Coram.«

»Und Sie wollen behaupten, daß ich hier in meinem Bett lag, ohne zu merken, daß eine weibliche Person hereingekommen war?«

»Das will ich durchaus nicht. Sie *haben* es bemerkt und sprachen sogar mit ihr. Sie *kannten* diese Frau und waren bereit, ihr zur Flucht zu verhelfen.«

Von neuem brach der Professor in unechtes Gelächter aus. Er war aufgestanden, und seine Augen glichen jetzt zwei glühenden Kohlen.

»Sind Sie wahnsinnig?« schrie er. »Sie reden ja irre. *Ich* hätte ihr geholfen zu entfliehen? Und wo soll sie jetzt sein?«

»Dort«, erwiderte Holmes ruhig und deutete auf ein hohes Büchergestell in der Ecke des Zimmers.

Der alte Mann warf die Arme hoch, und in einem schrecklichen Nervenkrampf verzerrte sich sein grimmiges Gesicht. Dann fiel er in seinen Stuhl zurück.

Im selben Augenblick drehte sich das Regal gleich einer Tür in den Angeln, und eine Frau trat dahinter hervor.

»Ja, es ist wahr!« rief sie mit einem fremdländischen Klang in der Stimme. »Sie haben recht, ich bin hier.«

Sie war grau vor Staub, und Spinnweben von den Wänden ihres düsteren Verstecks hingen ihr an Haar und Schultern. Hübsch konnte dieses weibliche Wesen freilich nie gewesen sein. Denn es trug über einem langen, eigensinnigen Kinn genau die Merkmale im Gesicht, wie sie Holmes beschrieben hatte. Teils infolge angeborener Sehschwäche, teils von der ungewohnten Helligkeit geblendet, stand die Ärmste blinzelnd da und versuchte zu erkennen, wer wir seien und wo wir uns befänden. Und dennoch, trotz solcher Benachteiligung von Natur, lag etwas wie Adel in den Zügen und Gebärden dieser Frau. Eine stolze Vornehmheit drückte sich in der gereckten Haltung ihres Kopfes aus, die unbedingt Hochachtung erwecken mußte. Stanley Hopkins hatte die Hand auf ihren Arm gelegt und sie für verhaftet erklärt. Sanft und zugleich mit überwältigender Würde, der nicht zu willfahren ein Ding der Unmöglichkeit gewesen wäre, schob sie ihn zur Seite.

»Ja, Herr Inspektor, ich bin Ihre Gefangene«, erklärte die Dame. »Von meinem Versteck aus konnte ich jedes Wort hören. Es verhält sich Punkt für Punkt so, wie Ihnen berichtet worden ist. Und ich gestehe alles ein, was man über mich gesagt hat. Ich habe den jungen Mann getötet. Und doch wurde er in Wirklichkeit das Opfer eines Unglücksfalles. Denn ich wußte nicht einmal, daß es ein Messer war, was ich in die Hand bekam, als ich in verzweifelter Notwehr den nächstbesten Gegenstand vom Tisch nahm und damit nach meinem Angreifer schlug. Ich sage die reine Wahrheit.«

»Daran zweifle ich nicht, Madame«, antwortete Holmes. »Aber ich fürchte, es geht Ihnen gar nicht gut.«

Geisterhafte Blässe kroch über ihr Gesicht, das unter den dunklen Schmutzstreifen erst recht gespenstisch wirkte. Sie setzte sich auf die Bettkante und fuhr fort:

»Es bleibt mir nur wenig Zeit, und Sie müssen noch die ganze Wahrheit erfahren. Ich bin die Gattin dieses Mannes hier, der kein Engländer, sondern Russe ist. Seinen Namen will ich nicht nennen.«

Zum erstenmal kam Bewegung in den Alten. »Da sei Gott vor, Anna!« rief er in höchster Angst und noch einmal: »Da sei Gott vor!«

Sie warf ihm einen Blick voll tiefster Verachtung zu.

»Warum klammerst du dich so an dein elendes Dasein, Sergé?« fragte sie kalt. »Es hat so vielen Übles zugefügt und niemandem etwas Gutes gebracht – nicht einmal dir selbst. Aber es ist nicht meine Sache zu veranlassen, daß man den brüchigen Faden abschneide, bevor Gott es so will. Ich habe schon genug auf meine Seele geladen, seit ich die Schwelle dieses verfluchten Hauses überschritt ... Aber ich muß weiterbeichten, sonst ist es zu spät.

Ich sagte Ihnen, meine Herren, daß ich dieses Mannes Frau bin. Er war fünfzig und ich ein ahnungsloses Geschöpf von zwanzig, als wir heirateten. Wir wurden in einer russischen Universitätsstadt – wie sie heißt, tut nichts zur Sache – getraut.«

»Gott behüte!« murmelte der Alte wieder.

»Wir waren Umstürzler, Revolutionäre, Nihilisten, er, ich und etliche mehr. Es kam eine unruhevolle Zeit. Ein Polizeibeamter wurde getötet. Man verhaftete viele von uns und brauchte Zeugen. Um sein Leben zu retten und obendrein eine hohe Belohnung einzuheimsen, verriet er, mein Mann, seine eigene Frau und seine Kameraden. Auf sein Geständnis hin nahm man uns alle gefangen. Einige hat er an den Galgen gebracht, die andern wurden nach Sibirien verschickt. Bei ihnen war auch ich, aber nicht auf lebenslänglich. Mit seinem derart erworbenen Vermögen ging mein Mann nach England, wo er seither in Ruhe und Frieden gelebt hat. Freilich wußte er genau: Erfuhr die Brüderschaft erst, wo er steckte, es würde keine Woche vergehen, ohne daß die Gerechtigkeit ihren Lauf nahm.«

Mit zitternder Hand langte der alte Professor nach einer Zigarette. »Hab Erbarmen, Anna!« flehte er.

»Auf den Gipfel seiner Gemeinheit komme ich erst jetzt zu sprechen«, fuhr die Erzählerin fort. »Einer unter unseren Kameraden wurde der Freund meines Herzens. Er war all das, was ich an meinem Ehegemahl vermißte: nobel, selbstlos, liebevoll – und er haßte die Gewalt. Wenn wir alle schuldig wurden – sofern man in diesem Zusammenhang von Schuld sprechen kann –, er war davon frei. Immer wieder bat, ja beschwor er mich, den Kurs meines Lebens zu ändern. Diese schriftlichen Beteuerungen hätten ihn gerettet, ebenso konnte auch mein Tagebuch, in dem ich meine Gefühle für ihn niederschrieb und worin unser Gesinnungswandel sichtbar wurde, ihm zu seiner Freiheit verhelfen. Aber mein Gatte fand Tagebuch und Briefe und bemächtigte sich ihrer. Er versteckte beides und setzte alles daran, des jungen Mannes Leben zu vernichten. Das mißlang ihm zwar, doch kam Alexis als Sträfling nach Sibirien, wo er jetzt noch in einer Salzmine arbeitet. Hast du davon eine Vorstellung, du Schuft? Alexis, ein Mensch, dem die Schuhriemen zu lösen du nicht wert bist, wird geschunden wie ein Sklave, trotzdem schenke ich dir dein armseliges Leben, das in meiner Hand liegt – und lasse dich ungeschoren?«

Sie hatte aufstehen wollen, doch mit einem leisen Schmerzensausruf sank sie wieder zurück.

»Ich muß zum Ende kommen«, sagte sie flüsternd. »Als meine Verbannung vorüber war, setzte ich mir in den Kopf, um jeden Preis wieder in den Besitz meines Tagebuchs und der Briefe zu gelangen. Denn wenn ich diese Unterlagen an die russische Regierung sandte, würde ich die Befreiung meines Freundes erwirken, davon war ich fest überzeugt. Ich wußte, daß mein Mann irgendwo in England lebte. Nach monatelanger Suche hatte ich seine Adresse herausgefunden. Auch durfte ich sicher sein, daß er das Tagebuch noch immer bei sich hatte. Denn in der Gefangenschaft erreichte mich einmal ein Brief, worin er einige Stellen daraus zitierte und mir heftige Vorwürfe machte. Andererseits hätte er bei seiner rachsüchtigen Natur die Papiere niemals freiwillig wieder aus der Hand gegeben. Ich mußte sie mir schon selber holen. Und in solcher Absicht beauftragte ich einen Privatdetektiv, um Nachforschungen anstellen zu lassen. Er wurde dein zweiter Sekretär, Sergé, der dich so rasch verlassen hat. Während seines Hierseins aber fand er heraus, daß Familiendokumente in deinem Büroschrank aufbewahrt wurden, und er machte mir einen Abdruck von dem dazugehörigen Schlüssel. Er gab mir auch einen Plan, den er von dem Haus gezeichnet hatte, und berichtete mir, daß sich im Arbeitszimmer vormittags nie jemand aufhalte. Mehr wollte ich ihm nicht zumuten – wenn jemand in Gefahr geraten mußte, dann ich selbst. So habe ich schließlich all meinen Mut angestrengt und bin hierhergekommen, um meine Sachen mitzunehmen. Es ist mir auch gelungen, doch zu welchem Preis! Kaum hatte ich das Gesuchte zu mir gesteckt und war gerade dabei, den Schrank zu verschließen, da stürzte der junge Mensch auf mich zu. Ich war ihm bereits am frühen Morgen auf der Landstraße begegnet und hatte ihn gefragt, wo Professor Coram wohne, ohne zu ahnen, daß er dessen Angestellter sei.«

»Stimmt genau!« warf Holmes dazwischen. »Der Sekretär kehrte zurück und erzählte seinem Arbeitgeber von einer Frau, die er getroffen habe. Und bevor der junge Smith seinen letzten Atemzug tat, versuchte er ihm noch eine Botschaft zu senden, nämlich, daß sie es gewesen sei – dieselbe nämlich, von der er gesprochen hatte.«

»Lassen Sie mich weiterreden!« verlangte die Dame mit gebieterischer Stimme, während ihr Gesicht sich wie unter Schmerzen zusammenzog.

»Als er leblos dalag, rannte ich wie von Sinnen durch die falsche Tür aus dem Zimmer, über irgendeinen Korridor, bis ich plötzlich hier im Raum vor meinem Mann stand. Er drohte, mich der Polizei zu übergeben. Ich bewies ihm, daß dann sein Leben verwirkt sei. Denn lieferte er mich dem Gesetz aus, überantwortete ich ihn der Brüderschaft. Ich wollte, ich *mußte* ja weiterleben, nicht um meiner selbst willen, sondern um meinen Vorsatz auszuführen. Er wußte, daß ich tun würde, was ich gesagt hatte, und wie sein Schicksal an das meine geknüpft war. Aus diesem und keinem anderen Grund schützte er mich, indem er mich in einem dunklen Winkel verbarg, von dem niemand außer ihm etwas wußte. Da er seine Mahlzeiten immer allein auf seinem Zimmer einnimmt, konnte er sie mit mir teilen. Es wurde zwischen uns vereinbart, daß ich mich bei Nacht, wenn die Polizei das Haus verlassen hätte, davonmachen und nie wieder blicken lassen sollte. Aber nun sind Sie unserem Plan zuvorgekommen.« Sie zog ein schmales Päckchen zwischen den Falten ihres Kleides hervor. »Dies ist mein Letzter Wille«, sagte sie, »das Päckchen, das Alexis retten soll, ich übergebe es Ihnen zu treuen Händen. Nehmen Sie es um Ihrer Liebe zur Gerechtigkeit willen und schicken Sie es an die russische Gesandtschaft. Jetzt habe ich meine Aufgabe erfüllt –«

»Halt!« rief Holmes. Mit einem Satz hatte er den Raum durchquert und wand ihr ein Fläschchen aus den Fingern.

»Zu spät!« hauchte sie und sank auf das Bett nieder. »Ich nahm das Gift schon, ehe ich mein Versteck verließ. Denken Sie an meinen Auftrag, Sir!«

»Ein einfacher und doch sehr lehrreicher Fall«, sagte Holmes, als wir in die Stadt zurückfuhren. »Das Ganze drehte sich um dieses Pincenez hier, das ich zur Erinnerung an den Fall behalten werde. Hätte es der Sterbende nicht an sich gerissen, so wären wir wohl kaum imstande gewesen, das Rätsel zu lösen. Durch die Stärke der Gläser wurde mir klar, daß die Trägerin fast blind und sehr hilflos sein mußte, wenn sie deren beraubt war. Als Sie mich glauben machen wollten, sie sei auf einem schmalen Grasstreifen entlanggelaufen, ohne einen falschen Schritt zu tun, bemerkte ich, wie Sie sich erinnern werden, daß dies eine beachtliche Leistung gewesen sei. Im Geiste war ich von der Unmöglichkeit dieser Leistung bei einem so kurzsichtigen Menschen überzeugt. Und daß die Dame ein zweites Paar

Augengläser bei sich getragen, dünkte mich sehr unwahrscheinlich. Vermutlich hatte sie das Haus überhaupt nicht verlassen. Als ich mir der Ähnlichkeit der beiden Korridore bewußt wurde, kam mir in den Sinn, sie könnte diese leicht miteinander verwechselt haben. In solchem Falle war es unausbleiblich, daß sie sich in das Zimmer des Professors verirrte. Folglich paßte ich fortan scharf auf, ob irgendwelche Anzeichen mich in meiner Vermutung bestärken würden. Den Gedanken an eine Falltür gab ich schnell wieder auf, da der Teppich festgenagelt war und die gesamte Bodenfläche zu bedecken schien. Doch konnte sehr wohl hinter den Büchern eine Vertiefung in die Wand eingelassen sein. Dergleichen gibt es oft in alten Bibliotheken. In allen Ecken lagen Stapel von Büchern auf dem Boden und vor den Gestellen. Nur eines der Regale war ordentlich eingeräumt und der Platz davor frei. Also vermutete ich dort eine Tür, wenn auch keinerlei Merkmale sonst darauf hinwiesen. Der dunkelbraune, ungemusterte Teppich in des Professors Zimmer eignete sich vorzüglich für meine Untersuchungszwecke. Deshalb rauchte ich eine solche Unmenge von diesen ausgezeichneten Zigaretten, indem ich vor dem Regal immer wieder Asche auf die Erde fallen ließ. Es ist dies ein alter, aber äußerst wirksamer Trick. Dann gingen wir in den Garten hinunter, Watson, und in deinem Beisein – obwohl du nicht recht begriffest, worauf ich hinauswollte – stellte ich fest, daß sich Professor Corams Nahrungsverbrauch in jüngster Vergangenheit gesteigert hatte, und schloß, daß er noch eine Person mitversorgte. Bei unserem zweiten Besuch im Zimmer des Alten erlangte ich dadurch, daß ich die Zigarettenkiste umstieß, einen ausgezeichneten Rundblick über den Fußboden. Ganz deutlich konnte ich an den Spuren der Zigarettenasche sehen, daß die Gefangene während unserer Abwesenheit aus ihrem Schlupfwinkel hervorgekommen war.

So, Hopkins, da sind wir ja schon in Charing Cross angelangt. Ich gratuliere Ihnen. Zweifellos wollen Sie jetzt sofort im Polizeipräsidium Bericht erstatten. Und wir beide, Watson, fahren zu russischen Gesandtschaft.«

LONDON IM NEBEL

In der dritten Novemberwoche des Jahres 1895 lastete dicker gelber Nebel über London. Ich glaube kaum, daß es von Montag bis Donnerstag überhaupt möglich war, von unseren Fenstern in der Baker Street die Häuser auf der anderen Straßenseite zu erkennen.

Den ersten dieser Nebeltage hatte Holmes damit zugebracht, den Index seines mehrbändigen Verbrecheralbums zu vervollständigen; der zweite und dritte gingen gemächlich dahin, indem er sich seinem neuesten Hobby widmete – der alten Musik. Aber als wir zum viertenmal, nach dem Frühstück, die fetten, schweren, braunen Wolkenmassen über uns lasten und in öligen Tropfen auf unsere Fensterscheiben niedergehen sahen, da war es aus: Die ungeduldige Natur meines Freundes konnte dieses monotone Dasein nicht länger ertragen. Er lief rastlos, fiebernd vor zurückgestauter Energie, kreuz und quer in unserem Wohnzimmer herum, kaute an seinen Fingernägeln, stieß sich an den Möbeln und rebellierte gegen das Gesetz der Trägheit.

»Nichts Interessantes in der Zeitung, Watson?« fragte er.

Ich wußte zu gut, daß er unter »etwas Interessantem« nur ein Ereignis auf kriminellem Gebiet meinen konnte. Nun, es gab zwar die Meldung über eine Revolution, über einen möglichen Krieg, einen wichtigen Regierungswechsel – aber das lag außerhalb von Holmes' eigentlicher Sphäre. Ich konnte keinerlei Notiz finden, die sich auf ein Verbrechen bezog, außer alltäglichen Bagatellen. Holmes seufzte und setzte seine Zickzackwanderung fort.

»Die Londoner Unterwelt muß voller Dummköpfe sein«, sagte er in dem verdrießlichen Ton eines Sportlers, der Pech im Spiel gehabt hat. »Wirf nur mal einen Blick aus dem Fenster, Watson. Schau dir das an, wie da Gestalten auftauchen, kaum erkennbar, und wieder im Nebelmeer verschwimmen. Ein Dieb oder ein Mörder könnte an solch einem Tag London durchstreifen wie der Tiger den Dschungel, unbemerkt bis zum Angriff, und auch dann nur für sein Opfer sichtbar.«

»Es gab zahlreiche kleine Diebstähle«, warf ich ein.

Holmes drückte seine Verachtung durch ein Knurren aus.

»Diese großartige, finstere Bühne wartet auf ein größeres Schauspiel«, sagte er. »Die Londoner Bevölkerung kann froh sein, daß ich kein Verbrecher bin.«

»Wie recht du hast!« stimmte ich aufrichtig zu.

»Nimm einmal an, ich wäre Brooks oder Woodhouse oder ein anderer von den rund fünfzig Männern, die guten Grund haben, mir nach dem Leben zu trachten – wie lange könnte ich meinem Verfolger entgehen? Eine fingierte Einladung, eine falsche Verabredung, und alles wäre vorbei. Ein Glück, daß es in den romanischen Ländern keine solchen Nebeltage gibt – den Ländern des Meuchelmords. Bei Gott! Hier kommt endlich etwas, das vielleicht die tödliche Langeweile unterbricht.«

Es war das Mädchen mit einem Telegramm. Holmes riß es auf und lachte laut. »Herrlich! Na, was meinst du?« sagte er. »Bruder Mycroft kommt.«

»Warum auch nicht?«

»Warum nicht, fragst du noch! Das ist ungefähr so, als würdest du eine Straßenbahn eine Dorfstraße entlangfahren sehen. Mycroft hat seine eigenen Gleise, auf denen bewegt er sich. Seine Wohnung in Pall Mall, der Diogenes Club, Whitehall – das ist sein Revier. Einmal, aber nur ein einziges Mal, ist er hier gewesen. Welches Ereignis kann ihn bloß aus dem Gleis gebracht haben?«

»Schreibt er darüber nichts?«

Holmes reichte mir die Nachricht seines Bruders. Ich las: »Muß dich wegen Cadogan West sehen. Bin auf dem Weg. Mycroft.«

»Cadogan West –? Den Namen habe ich schon einmal gehört.«

»In mir bringt er nichts zum Klingen. Aber daß Mycroft so unvermutet ausbricht! Genausogut könnte ein Planet seine Bahn verlassen. Übrigens, weißt du eigentlich, was Mycroft ist?«

Ich hatte eine vage Erinnerung, daß ich damals, als wir uns mit dem Abenteuer des griechischen Dolmetschers befaßten, etwas davon gehört hatte.

»Du hast mir erzählt, daß er irgendein kleines Amt bei der Regierung bekleidet.«

Holmes kicherte. »In jenen Tagen kannte ich dich noch nicht so gut. Man muß vorsichtig sein, wenn man über hohe Staatsgeschäfte spricht. Du hast recht, wenn du glaubst, daß er für die Regierung arbeitet. Und du würdest ebenfalls in gewissem Sinne recht haben, wenn du sagtest, daß er dann und wann die britische Regierung verkörpert.«

»Aber mein lieber Holmes!«

»Dachte mir schon, es würde dich überraschen. Mycroft bezieht vierhundertfünfzig Pfund im Jahr, bleibt in untergeordneter Position, hat keinerlei Ambitionen und wird weder Ehren noch Titel ernten; und doch ist er der unentbehrlichste Mann in England.«

»Aber wie denn das?«

»Nun, seine Stellung ist einmalig. Er hat sie sich selbst geschaffen. Vorher hat es noch nie so etwas gegeben, noch wird er je einen Nachfolger haben. Von allen Menschen, die ich kenne, besitzt er den schärfsten und methodischsten Verstand und das beste Gedächtnis. Dieselben Gaben, die ich bei der Aufklärung von Verbrechen benutze, wendet er bei seiner Arbeit an. Die Beschlüsse jedes Regierungsbezirks werden ihm zugeleitet, und er bildet die zentrale Verbindungsstelle, die für das Gleichgewicht sorgt. Alle anderen Menschen sind Spezialisten, seine Spezialität ist Universalbildung. Nimm den Fall an, ein Minister benötigt eine Information über einen Vorgang, mit dem die Schiffahrt, Indien, Kanada und das internationale Währungssystem verquickt sind. Er könnte verschiedene Auskünfte von den verschiedenen Ämtern dafür anfordern und erhalten, aber nur Mycroft ist in der Lage, sie auf einen Nenner zu bringen und sofort zu sagen, wie jeder Faktor den anderen beeinflussen wird. Seine Laufbahn begann damit, daß man ihn als bequemen Hinweislieferanten benutzte – heute ist er unentbehrlich. In diesem überragenden Verstand hat jede Einzelheit ihren Platz und kann jederzeit hervorgeholt werden. Wieder und wieder hat sein Wort die Politik der Nation entschieden. Er lebt in ihr, geht in ihr auf. Hin und wieder, wenn ich ihn aufsuche, entspannt er sich – zum geistigen Training – und berät mich bei einem meiner kleinen Probleme. Heute nun steigt Jupiter zu mir Sterblichem herab! Was um Himmels willen mag das bedeuten? Wer ist Cadogan West, und was hat Mycroft mit ihm eigentlich zu tun?«

»Ich hab's!« rief ich und wühlte auch schon in dem Wust von Zeitungen auf dem Sofa. »Ja, ja. Hier ist es, bestimmt. Cadogan West war der junge Mann, den man Donnerstag früh tot bei der Untergrundbahn gefunden hat.«

Holmes richtete sich gespannt auf, die Pfeife auf halbem Weg zum Mund.

»Das muß eine ernste Sache sein, Watson. Ein Todesfall, der meinen Bruder veranlaßt, seine geheiligten Gewohnheiten zu brechen! Höchst anomal. Was in der Welt kann er damit zu tun haben? Der Fall blieb, soweit ich mich erinnere, ohne Nachspiel. Der junge Mann war offensichtlich aus dem Zug gefallen und hatte dabei den Tod gefunden. Er war nicht beraubt worden, und es gab keinen einleuchtenden Grund, einen Gewaltakt zu vermuten. Das stimmt doch?«

»Eine Untersuchung hat stattgefunden«, sagte ich, »und es sind eine Menge neuer Gesichtspunkte dazugekommen. Näher betrachtet, würde ich doch sagen: eine seltsame Geschichte!«

»Wenn man nach der Wirkung auf meinen Bruder urteilt, sogar sehr seltsam!« Er drückte sich tiefer in seinen Sessel und fügte murmelnd hinzu: »Laß mal die Fakten hören, Watson.«

»Der Mann hieß Cadogan West. Er war siebenundzwanzig Jahre alt, ledig und Angestellter im Waffenlager in Woolwich.«

»Also Staatsdienst. Da hätten wir schon die Verbindung zu Bruder Mycroft!«

»Er brach am Montagabend hastig von Woolwich auf und wurde zuletzt von seiner Verlobten, Miss Violet Westbury, gesehen. Von ihr trennte er sich unvermutet etwa gegen 7 Uhr 30 abends, bei dichtem Nebel. Es hatte keinen Streit zwischen ihnen gegeben, und sie kann keinen Grund für sein Verhalten nennen. Das nächste, was man von ihm hörte, war, daß ein Schienenleger namens Mason seine Leiche eben außerhalb der Aldgate-Station gefunden hatte.«

»Wann war das?«

»Um 6 Uhr morgens am Dienstag. Der Körper lag ausgestreckt auf den Schienen, und zwar linkerhand, wenn man in östlicher Richtung geht, ungefähr dort, wo die Züge aus dem Tunnel kommen. Sein Kopf war entsetzlich zugerichtet – diese Verletzung dürfte durchaus vom Sturz herrühren. Der Körper kann nur auf diese Weise auf die Gleise gelangt sein; denn wäre er von einer benachbarten Straße dorthin geschafft worden, hätte er die Stationsschranke passieren müssen, die ständig von einem Kontrolleur bewacht wird. Dies scheint absolut sicher festzustehen.«

»Sehr gut. Eindeutig genug. Der Mann – ob bereits tot oder noch am Leben – fiel jedenfalls oder wurde aus dem Zug gestoßen. Bis hierher ist mir alles klar. Fahr fort.«

»Die Züge, die dort, wo die Leiche gefunden wurde, über die Gleise rollen, fahren auf der Ost-West-Achse. Einige sind reine Stadtzüge, andere kommen von Willesden und außen gelegenen Knotenpunkten. Man kann es als sicher annehmen, daß der junge Mann aus einer dieser Richtungen kam, als er den Tod fand. Aber wo er den Zug bestieg, läßt sich nicht feststellen.«

»Das würde doch der Fahrschein verraten.«

»Man fand keinen Fahrschein in seinen Taschen.«

»Keinen Fahrschein? Aber, Watson, das ist wirklich merkwürdig. Nach meinen Erfahrungen ist es eine Sache der Unmöglichkeit, ohne Fahrschein auf einen Bahnsteig der Metropolitan-Linie zu gelangen. Nehmen wir also an, der junge Mann habe einen besessen - hat man ihn ihm weggenommen, um seinen Ausgangspunkt zu verwischen? Eine Möglichkeit. Oder hat er ihn während der Fahrt verloren? Eine zweite. Dieser Punkt ist von besonderem Interesse. Du sagtest, nichts deutet auf einen Raubüberfall hin?«

»Offenbar nein. Hier gibt es ein Verzeichnis seiner Sachen. Im Portemonnaie hatte er zwei Pfund und fünfzig Shilling, außerdem trug er ein Scheckheft auf das Konto bei der Counties-Bank in Woolwich bei sich. Dadurch ließ sich überhaupt erst seine Identität feststellen. Ferner fand man zwei Theaterkarten für den ersten Rang im Woolwich-Theater, und zwar für den fraglichen Abend. Dann nur noch einige technische Papiere.«

Holmes stieß einen befriedigten Laut aus.

»Na endlich, Watson! Englische Regierung - Waffenlager in Woolwich - technische Papiere - Bruder Mycroft. Die Kette ist geschlossen. Aber da kommt er auch schon, wenn ich nicht irre, und wird selbst berichten.«

Einen Augenblick später trat der große, behäbige Mycroft Holmes in unser Zimmer. Er war massig gebaut, und man mochte zunächst den Eindruck von körperlicher Schwerfälligkeit gewinnen. Doch diese Figur krönte ein Kopf, so majestätisch im Ausdruck, so wach mit den stahlblauen Augen, dem festen Mund, so intelligent, daß man in der nächsten Sekunde den plumpen Körper vergessen hatte und nur noch den beherrschenden Geist sah. Ihm auf den Fersen folgte schmächtig und düster unser alter Freund Lestrade, Inspektor von Scotland Yard. Der Ernst auf beiden Gesichtern kündigte Unheil an. Lestrade schüttelte uns wortlos die Hand. Mycroft Holmes schälte sich etwas mühsam aus seinem Mantel und ließ sich in einen Sessel sinken.

»Eine sehr unangenehme Geschichte, Sherlock«, sagte er. »Ich hasse es - wie du weißt - in höchstem Maße, mich in meinen Gewohnheiten stören zu lassen, aber die betreffenden Stellen würden keine Absage hinnehmen. So, wie es zur Zeit mit Siam aussieht, kann ich mein Büro eigentlich keine Minute im Stich lassen. Es handelt sich aber um eine wirkliche Krise. Ich habe den Premierminister noch nie so ratlos erlebt. Und das Marineministerium – na, da geht's zu wie in einem umgestülpten Bienenkorb. Hast du über den Fall gelesen?«

»Wir sind gerade damit fertig. Was waren das für technische Aufzeichnungen?«

»Ah, das ist ja gerade der Punkt! Glücklicherweise ist darüber nichts weiter öffentlich bekanntgeworden. Die Presse würde rasen. Die Dokumente, die dieser unglückselige Junge in der Tasche hatte, waren die Pläne für das Bruce-Partington-Unterseeboot.«

Mycroft Holmes sprach mit solch feierlichem Gesicht, daß man fühlte, welche Bedeutung er der Sache beimaß. Sein Bruder und ich lauschten erwartungsvoll.

»Du hast doch bestimmt davon gehört? Ich dachte, jeder weiß davon.«

»Es ist für mich nur ein Name.«

»Nun, die Bedeutung dieser Pläne kann gar nicht stark genug betont werden. Strengstes Geheimnis der Regierung! Du kannst mir aufs Wort glauben, daß innerhalb der Reichweite eines Bruce-Partington kein Seegefecht geführt werden kann. Vor zwei Jahren konnte man eine hohe Summe aus dem Haushaltsplan herausschmuggeln und damit das Monopol für diese Erfindung erwerben. Man hat alles getan, das Geheimnis zu wahren. Die Pläne sind äußerst verwickelt und enthalten noch etwa dreißig andere Patente, die, jedes für sich, für das Ganze wichtig sind. Sie werden in dem kunstvoll gesicherten Safe eines vertrauenswürdigen Amtes, das mit dem Waffenlager zusammenhängt, aufbewahrt. Der betreffende Raum ist an Fenstern und Türen einbruchssicher. Unter keinerlei denkbaren Umständen durfte man die Pläne aus diesem Büro entfernen. Wollte der Chefkonstrukteur der Marine sie sehen, war er gezwungen, sich in das Büro in Woolwich zu bemühen. Und trotzdem finden wir sie jetzt hier in der Tasche eines toten jungen Angestellten, mitten im Herzen Londons. Aus staatlicher Sicht ist das einfach eine Katastrophe.«

»Ihr habt sie aber doch wieder?«

»Nein, Sherlock, eben nicht! Das ist ja das Unglück. Wir haben sie nicht. Hör zu: Zehn Dokumente wurden aus Woolwich gestohlen. Sieben davon fand man in den Taschen von Cadogan West. Die drei wichtigsten sind weg – verschwunden. Du mußt alles stehen- und liegenlassen, Sherlock, und auf deine üblichen Kriminalpossen verzichten. Hier geht es um ein lebenswichtiges internationales Problem, das du lösen mußt. Wie gelangte Cadogan West zu den Papieren? Wo sind die fehlenden drei? Wie starb er? Wie gelangte seine Leiche dorthin, wo sie gefunden wurde? Wie kann man die Katastrophe abwenden? Finde die Antwort auf all diese Fragen, und du hast unserem Land einen großen Dienst erwiesen.«

»Weshalb löst du das Problem nicht selbst, Mycroft? Du bist ebensowenig kurzsichtig wie ich.«

»Möglich, Sherlock, aber hier geht es darum, Einzelheiten in die Hand zu bekommen. Berichte mir, was du gefunden hast, und ich werde dir vom Sessel aus ein wunderbares, fachmännisches Urteil abgeben. Aber hierhin und dorthin laufen, Bahnhofsschaffner mit Fragen durchlöchern, mit dem Gesicht auf dem Boden und der Lupe vor den Augen auf der Erde liegen – das ist nicht mein *métier.* Nein, du bist der einzige Mensch, der den Fall lösen kann. Wenn du Lust hast, deinen Namen auf einer der nächsten Dekorierungslisten zu finden...«

Mein Freund schüttelte lächelnd den Kopf.

»Ich spiele das Spiel um des Spieles willen, wie du weißt«, sagte er. »Ich hätte schon Lust, mir das Ganze näher anzusehen. Aber bitte noch ein paar Fakten.«

»Die wesentlichsten habe ich hier auf diesem Blatt notiert, dazu ein paar Adressen, die dir nützlich sein werden. Der derzeitige offizielle Hüter dieser Dokumente ist der berühmte Regierungsexperte Sir James Walter. Allein seine Orden und Untertitel füllen zwei Zeilen eines Nachschlagewerkes. Er ist im Dienst grau geworden, durch und durch ein Gentleman, gern gesehen in den besten Häusern und darüber hinaus ein Mann, dessen patriotische Treue über jedem Zweifel steht. Er ist eine der beiden Personen, die einen Schlüssel zum Safe haben. Übrigens kann ich noch hinzufügen, daß die Papiere sich während der Dienststunden am Montag ganz bestimmt im Safe befunden haben und daß Sir James den Schlüssel mitnahm, als er um 3 Uhr nach London aufbrach. Er verbrachte den ganzen Abend bei Admiral Sinclair, Barclay Square, während sich das alles abspielte.«

»Gibt es Zeugen dafür?«

»Ja, sein Bruder, Albert Valentine Walter, hat seine Abfahrt von Woolwich bezeugt, und Admiral Sinclair seine Ankunft in London. Damit ist Sir James sozusagen von der Liste gestrichen.«

»Wer ist der andere, der einen Schlüssel hat?«

»Der Seniorangestellte und technische Zeichner, Mr. Sidney Johnson. Ein Mann von etwa vierzig Jahren, verheiratet, fünf Kinder. Ein schweigsamer, mürrischer Mensch, aber alles in allem mit dem besten Leumund im Staatsdienst. Bei seinen Kollegen ist er nicht beliebt, aber ein zäher Arbeiter. Seiner Aussage nach – sie wird nur durch seine Frau bestätigt – war er den ganzen Montagabend nach Dienstschluß zu Hause, und sein Schlüssel ist keinen Augenblick lang von seiner Uhrkette weggekommen.«

»Erzähl uns jetzt von Cadogan West.«

»Er war seit zehn Jahren im Büro und hat gut gearbeitet. Er soll ein Hitzkopf gewesen sein, aber dabei ein gerader, ehrlicher Kerl. Bei uns liegt nichts gegen ihn vor. Stellungsmäßig rangierte er gleich nach Sidney Johnson. Seine Aufgaben im Büro brachten ihn täglich in Kontakt mit den Plänen. Kein anderer konnte an sie heran.«

»Wer schloß an diesem Abend die Pläne ein?«

»Mr. Sidney Johnson.«

»Nun, es ist sicherlich klar, wer die Papiere entfernt hat. Sie sind schließlich bei dem jüngsten Angestellten, Cadogan West, gefunden worden, und das scheint ja eindeutig genug zu sein, oder?«

»Das ist es, Sherlock, und doch bleibt noch vieles unverständlich. Zunächst einmal: Warum nahm er sie überhaupt?«

»Ich denke, sie sind so wertvoll?«

»Er hätte mehrere tausend Pfund dafür bekommen können.«

»Kannst du mir dann irgendeinen anderen plausiblen Grund nennen, warum er sie nach London mitnahm, als den, daß er sie verkaufen wollte?«

»Ich wüßte keinen.«

»Dann müssen wir zunächst diese Annahme als Arbeitshypothese wählen. Also: Der junge West stahl die Dokumente. Das konnte er nur mit einem Nachschlüssel –«

»Mehreren Nachschlüsseln. Er mußte ja die Haus- und die Bürotür öffnen.«

»Schön. Er hatte also mehrere Nachschlüssel. Er nahm die Pläne mit, um das Geheimnis zu verkaufen. Natürlich hatte er vor, die Papiere am nächsten Morgen wieder in den Safe zurückzulegen, ehe jemand sie vermißt haben konnte. Während er seinen verräterischen Plan in London verfolgte, fand er den Tod.«

»Wie?«

»Ich möchte annehmen, er befand sich bereits auf seiner Rückreise nach Woolwich, als er getötet und aus dem Abteil gestoßen wurde.«

»Die Aldgate-Station – da wurde die Leiche ja gefunden – liegt ein gutes Stück hinter London Bridge, wo er doch nach Woolwich hätte umsteigen müssen.«

»Es gibt eine Menge Gründe, warum er bei London Bridge durchgefahren ist. Vielleicht war jemand im Abteil, der ihn in ein fesselndes Gespräch verwickelte. Dieses Gespräch führte zu Handgreiflichkeiten, wobei er ums Leben kam. Oder er hat versucht, den Waggon zu verlassen, fiel dabei auf die Schienen und fand so den Tod. Der andere schloß schlicht die Tür. Es war dichter Nebel, und man konnte kaum die Hand vor den Augen sehen.«

»Bei unserem augenblicklichen Wissen läßt sich keine bessere Erklärung finden. Und doch, Sherlock, bedenke, wie viele Punkte du unberücksichtigt gelassen hast. Wir wollen ruhig einmal annehmen, der junge West hatte wirklich vor, die Dokumente nach London zu bringen. Natürlich hätte er dann mit dem fremden Agenten eine Verabredung getroffen und sich den Abend freigehalten. Aber was tut er? Er kauft zwei Theaterkarten, begleitet seine Verlobte den halben Weg lang und verschwindet plötzlich von der Erdoberfläche.«

»Ein Täuschungsmanöver«, sagte Lestrade, der der Unterhaltung etwas ungeduldig zugehört hatte.

»Ein sehr seltsames. Das wäre Punkt eins. Nun Punkt zwei: Wir wollen wiederum annehmen, er kommt in London an und trifft den Agenten. Er muß die Pläne bis zum nächsten Morgen zurückgebracht haben – oder ihr Verschwinden wird entdeckt. Zehn hat er genommen, nur sieben hat man gefunden. Was ist aus den restlichen geworden? Freiwillig würde er sie bestimmt nicht zurückgelassen haben. Dann – wo bleibt der Lohn für seinen Verrat? Man hätte erwarten können, einen schönen Batzen Geld in seinen Taschen zu finden.«

»Mir ist die ganze Geschichte völlig klar«, sagte Lestrade. »Ich bezweifle keinen Augenblick, daß es sich folgendermaßen zugetragen hat: Er entwendete die Dokumente, um sie zu verkaufen. Traf den Agenten. Sie konnten sich über den Preis nicht einigen. Er machte sich wieder auf den Heimweg, der Agent folgte ihm. Im Zug brachte dieser ihn um, nahm die wichtigsten Papiere an sich und stieß die Leiche aus dem Abteil. Das würde doch alles erklären, nicht?«

»Weshalb hatte er keine Fahrkarte bei sich?«

»Die Karte hätte verraten, in welcher Gegend die Wohnung des Agenten liegt. Deshalb nahm er sie aus der Tasche des Toten.«

»Gut, Lestrade, sehr gut«, sagte Holmes. »Ihre Theorie hat Hand und Fuß. Wenn sie stimmt, ist der Fall geklärt. Aber einerseits ist der Verräter tot, und andererseits befinden sich die Bruce-Partington-

Pläne wahrscheinlich bereits auf dem Kontinent. Was sollen wir also tun?«

»Handeln, Sherlock, handeln!« rief Mycroft, indem er aufsprang. »Ich wehre mich mit jeder Faser gegen diese Erklärung. Nutze deine Fähigkeiten! Geh zum Ort des Verbrechens! Sieh dir die Leute an, die damit in Verbindung stehen. Laß keinen Stein auf dem andern! In deiner ganzen Laufbahn hast du noch nie eine solche Chance gehabt, deinem Land zu dienen.«

»Schon gut, schon gut«, sagte Holmes beschwichtigend. »Dann komm, Watson. Und wie ist es mit Ihnen, Lestrade, wollen Sie uns für ein, zwei Stunden mit Ihrer Gesellschaft erfreuen? Wir werden damit beginnen, daß wir die Aldgate-Station aufsuchen. Adieu, Mycroft, ich erstatte noch vor Abend Bericht, warne dich jedoch schon im voraus: Du hast wenig zu erwarten.«

Eine Stunde später standen Holmes, Lestrade und ich an der Stelle der Untergrundbahngleise, wo sie unmittelbar vor der Aldgate-Station aus dem Tunnel kommen. Ein freundlicher, rotbäckiger alter Herr vertrat die Bahngesellschaft.

»Sehen Sie, da lag die Leiche des jungen Mannes«, sagte er, indem er auf eine Stelle, etwa zweieinhalb Meter von den Schienen entfernt, deutete. »Sie kann nicht von oben heruntergefallen sein, denn da sind lauter blinde Wände, wie Sie bemerken. Sie muß also aus dem Zug gestürzt sein, und dieser Zug muß – soweit wir feststellen können – Montag mitternacht hier durchgekommen sein.«

»Hat man die Waggons untersucht, ob Zeichen von einem Kampf zu finden sind?«

»Es gab nirgends solche Spuren, und einen Fahrschein hat man auch nicht gefunden.«

»Kein Hinweis, daß eine Tür offengestanden hat?«

»Nichts.«

»Heute früh haben wir eine neue Meldung bekommen«, sagte Lestrade. »Ein Fahrgast, der um 11 Uhr 40 bei Aldgate mit einem Metropolitanzug durchgefahren ist, hat berichtet, er habe einen schweren Aufprall gehört, so, als wäre ein Körper auf die Gleise aufgeschlagen, gerade ehe der Zug die Station erreichte. Es war ja dichter Nebel, und man konnte nichts sehen. Zunächst hat er auch keine Meldung gemacht. He – was ist denn mit Mr. Holmes los?«

Mein Freund stand vor den Gleisen und starrte sie an, genau an der Stelle, wo sie aus dem Tunnel herausführen. Aldgate ist ein Knotenpunkt, und so gibt es hier ein ganzes Spinnennetz von Linien. Darauf waren seine Augen gerichtet, konzentriert, wach, prüfend. Ich bemerkte das Aufeinanderpressen der Lippen in dem scharfen, gespannten Gesicht, das Beben der Nasenflügel, das scharfe Zusammenziehen der Brauen - Anzeichen, die ich so gut kannte.

»Weichen«, murmelte er vor sich hin, »Weichen.«

»Was ist damit? Was meinen Sie?«

»Ich nehme an, bei einer Anlage wie dieser gibt es wohl nicht sehr viele Weichen?«

»Nein, nur sehr wenige.«

»Und eine Kurve, das auch ... Weichen und eine Kurve. Mein Gott, wenn's doch wahr wäre!«

»Was - was denn, Mr. Holmes? Haben Sie eine Spur?«

»Eine Idee, einen Hinweis, mehr nicht. Aber der Fall erscheint zusehends interessanter. Einzigartig - völlig einzigartig. Und doch - warum nicht *doch*? Ich kann keinerlei Blutflecke auf den Gleisen feststellen.«

»Es gab so gut wie keine.«

»Aber ich hörte doch, daß er erheblich verletzt wurde?«

»Die Knochen waren zerquetscht, aber es gab keine größeren Wunden an der Außenseite des Körpers.«

»Und doch hätte man mit einem beträchtlichen Blutverlust rechnen müssen. Ließe es sich machen, daß ich mir den Zug ansehe, in dem der Gast saß, der den Aufschlag gehört hat?«

»Ich fürchte, das wird nicht gehen, Mr. Holmes. Der Zug ist vorhin auseinanderrangiert und die einzelnen Waggons sind neu zusammengestellt worden.«

»Ich kann Ihnen versichern, Mr. Holmes, daß jeder Waggon sorgsam untersucht worden ist«, sagte Lestrade. »Ich habe mich selbst darum gekümmert.«

Es war immer schon eine der größten Schwächen meines Freundes, daß er bei jedem, der ihm geistig nicht gleichkam, leicht ungeduldig wurde.

»Ja, ja. Schon möglich«, sagte er, indem er sich abwandte, »aber es handelt sich dabei ja nicht um die Wagen, die ich sehen möchte! Watson, wir haben hier alles erledigt, was es zu erledigen gab. Wir brauchen Sie nicht weiter zu bemühen, Mr. Lestrade. Ich glaube, wir sollten uns jetzt nach Woolwich begeben.«

Bei London Bridge setzte Holmes ein Telegramm an seinen Bruder auf. Er zeigte es mir, ehe er es aufgab: *Sehe einen Lichtschimmer.*

Vielleicht trügerisch. Schick inzwischen durch Boten vollständige Liste mit Namen aller ausländischen Spione oder internationalen Agenten, die in England bekannt. Genaue Adressenangabe. – Sherlock.

»Das könnte uns weiterhelfen, Watson«, sagte er, als wir im Zug nach Woolwich Platz nahmen. »Wir schulden Bruder Mycroft wirklichen Dank, daß er uns mit einem Fall bekannt gemacht hat, der außergewöhnlich zu sein verspricht.« Sein hageres Gesicht zeigte noch immer den Ausdruck gesteigerter Energie, der mir verriet, daß ein bedeutungsvoller Umstand seinem Geist neuen Auftrieb gegeben hatte. Man vergleiche etwa einen Jagdhund mit hängenden Ohren und eingeklemmtem Schwanz, der am Rinnstein herumlungert – mit dem, der mit funkelnden Augen und gespannten Muskeln einer Fährte folgt; eine solche Wandlung war bei Holmes seit dem Morgen eingetreten. Wo war der schlaffe, lustlose Mensch im mausgrauen Morgenmantel geblieben, der noch ein paar Stunden zuvor in dem nebelumhüllten Zimmer herumlungerte?

»Hier haben wir Fakten. Hier sind Ansatzpunkte!« sagte er. »Zu dumm von mir, das nicht früher erkannt zu haben.«

»Ich verstehe noch überhaupt nichts.«

»Die Lösung liegt für mich genauso im dunkeln, aber ich habe eine Idee, die uns vielleicht weiterbringen wird: Der Mann fand seinen Tod an anderem Ort – auf dem Dach des Eisenbahnwagens war seine *Leiche*.«

»Auf dem *Dach*?«

»Bemerkenswert, nicht wahr? Aber beachte bitte die Tatsachen: Ist es ein Zufall, daß die Leiche dort gefunden wurde, wo der Zug ruckelt und hin und her schwankt, während er die Weichen passiert? Ist das nicht genau die Stelle, wo man annehmen sollte, daß ein Gegenstand, der sich auf dem Dach des Waggons befindet, herunterfällt? Im Innern des Zuges könnte einem das Schlingern nichts anhaben. Die Leiche fiel also entweder vom Dach, oder es handelt sich um ein höchst seltsames Zusammentreffen verschiedener Faktoren. Und denke jetzt bitte einmal an das Blut. Natürlich kann es keine Blutspuren auf den Gleisen geben, wenn der Körper woanders geblutet hat. Jeder einzelne Punkt leuchtet ein – alle zusammen gewinnen noch mehr an Überzeugungskraft.«

»Und dann noch der Fahrschein!«

»Stimmt. Wir konnten uns das Fehlen des Billetts nicht erklären. Das hier würde die Lösung sein. Alles fügt sich ineinander.«

»Aber angenommen, das stimmt wirklich alles, so sind wir doch immer noch genauso weit davon entfernt, das Geheimnis seines Todes zu lösen. Es wird dadurch ja nicht einfacher, sondern schwieriger!«

»Vielleicht«, meinte Holmes versonnen, »vielleicht.« Er versank in träumerisches Schweigen, das er beibehielt, bis der langsame Zug endlich in die Station Woolwich einlief. Dort winkte Sherlock eine Kutsche herbei und zog Mycrofts Notizen aus der Tasche.

»Wir haben eine kleine Reihe von Nachmittagsbesuchen vor uns«, sagte er. »Ich glaube, Sir James Walter sollte unsere erste Aufmerksamkeit gebühren.«

Das Haus des berühmten Staatsmannes war eine schöne Villa. Grüne Rasenflächen erstreckten sich bis zur Themse hinab. Als wir dort anlangten, lichtete sich der Nebel, und eine schwache Sonne brach durch. Auf unser Klingeln erschien der Butler.

»Sir James, Sir?« sagte er ernst. »Sir James ist diesen Morgen entschlafen.«

»Mein Gott!« rief Holmes überrascht. »Woran ist er gestorben?«

»Vielleicht möchten Sie hereinkommen, Sir, und mit seinem Bruder, Colonel Valentine, sprechen?«

»Ja, das ist sicher das beste.«

Wir wurden in ein dämmeriges Wohnzimmer geführt, wo sich einen Augenblick später ein sehr großer, gutaussehender Mann mit hellem Bart, ungefähr fünfzig Jahre alt, zu uns gesellte: der jüngere Bruder des toten Wissenschaftlers. Die wilden Augen, die fleckigen Wangen, das unordentliche Haar – alles das zeugte von dem plötzlichen Schlag, der das Haus getroffen hatte. Man konnte seine Worte kaum verstehen.

»Dieser schreckliche Skandal«, sagte er. »Mein Bruder, Sir James, war ein Mann von sehr empfindlichem Ehrgefühl. Er konnte diese Sache nicht überleben. Es hat ihm das Herz gebrochen. Er war immer so stolz auf die Tüchtigkeit seiner Abteilung – das war ein vernichtender Schlag –«

»Wir hofften auf einige Hinweise von ihm, die uns weiterhelfen könnten.«

»Ich versichere Ihnen, das Ganze war ihm genauso ein Rätsel wie Ihnen und uns anderen. Alles was er wußte, hatte er bereits der Polizei mitgeteilt. Natürlich hatte er keine Zweifel, daß Cadogan West schuldig war. Ansonsten begriff er nichts.«

»Sie können uns auch keinen neuen Gesichtspunkt nennen?«

»Ich selbst weiß nichts, als was ich gelesen oder gehört habe. Ich möchte nicht unhöflich sein, Mr. Holmes, aber Sie verstehen sicher, daß hier zur Zeit ziemliche Unruhe herrscht, und deshalb darf ich Sie bitten, dies Interview schnell zu beenden.«

»Das ist allerdings eine völlig unerwartete Wendung«, sagte mein Freund, als wir wieder im Cab saßen. »Ich frage mich, ob es ein natürlicher Tod war oder ob der arme alte Kerl sich gar selbst umgebracht hat? Wenn Selbstmord – kann man dann darin ein Schuldbekenntnis sehen? Wegen Nachlässigkeit im Amt? Die Antwort auf diese Frage müssen wir der Zukunft überlassen. Wir wollen uns jetzt zu den Hinterbliebenen von Cadogan West begeben.«

Die so plötzlich ihres Sohnes beraubte Mutter lebte in einem kleinen, aber gut instand gehaltenen Haus; sie war durch den Schmerz zu sehr betäubt, um uns irgend von Nutzen sein zu können. Wir trafen bei ihr aber eine blasse junge Dame an, die sich als die Verlobte des Toten vorstellte: die letzte Person, die ihn an jenem unseligen Abend gesehen hatte.

»Ich kann es nicht erklären, Mr. Holmes«, sagte sie. »Ich habe seit dieser furchtbaren Tragödie kein Auge mehr geschlossen. Ich grüble Tag und Nacht, grüble und grüble, was wirklich hinter alldem steckt. Arthur war der ehrlichste, der anständigste Mensch, den man sich vorstellen kann. Eher hätte er sich die rechte Hand abgehackt, als ein Staatsgeheimnis, das ihm anvertraut war, zu verraten. Für jeden, der ihn kannte, ist allein schon der Gedanke absurd, mehr als das – grotesk, unmöglich!«

»Aber die Tatsachen, Miss Westbury?«

»Ja, ja, ich gebe zu, ich finde dafür keine Erklärung.«

»Hatte er Geldsorgen?«

»Nein; er war in seinen Bedürfnissen sehr bescheiden und kam mit seinem Gehalt gut aus. Außerdem hatte er ein paar hundert Pfund gespart, und wir wollten zu Neujahr heiraten.«

»Gab es keine Zeichen einer seelischen Erschütterung? Bitte, Miss Westbury, seien Sie uns gegenüber vollkommen offen.«

Die scharfen Augen meines Freundes hatten eine Veränderung in ihrer Haltung wahrgenommen; sie errötete und zögerte.

»Doch«, sagte sie schließlich, »ich hatte das Gefühl, daß ihn etwas bedrückte.«

»Seit langem?«

»Ungefähr seit der letzten Woche. Er war so nachdenklich und bekümmert. Einmal drang ich in ihn, und er gab zu, daß er im Zusammenhang mit seiner Arbeit Sorgen habe. ›Es ist zu bedeutend, als daß ich darüber sprechen könnte – nicht einmal mit dir‹, sagte er. Ich konnte nichts weiter aus ihm herausbekommen.«

Holmes blickte sie ernst an. »Fahren Sie fort, Miss Westbury. Auch wenn's gegen ihn zu sprechen scheint – bitte, fahren Sie fort. Wir wissen nicht, wohin es uns bringt.«

»Ich habe wirklich nichts mehr zu berichten. Ein- oder zweimal schien es mir, als sei er drauf und dran, mir etwas zu sagen. An einem Abend sprachen wir über die Wichtigkeit von Geheimakten, und ich erinnere mich dunkel, daß er meinte, ausländische Spione würden wohl eine Menge dafür zahlen.«

Holmes' Gesicht wurde noch ernster.

»Sonst noch etwas?«

»Er sagte, wir seien zu nachlässig auf diesem Gebiet, und es müsse für einen Verräter ein leichtes sein, die Pläne zu bekommen.«

»Hat er solche Bemerkungen erst in der letzten Zeit gemacht?«

»Ja, erst kürzlich.«

»Erzählen Sie mir jetzt von dem letzten Abend.«

»Wir wollten ins Theater gehen. Der Nebel war so dicht, daß es keinen Sinn hatte, einen Wagen zu nehmen, deshalb gingen wir zu Fuß und kamen in der Nähe seines Büros vorbei. Plötzlich stürzte er in den Nebel davon und war verschwunden.«

»Ohne ein Wort?«

»Er stieß einen Schrei aus, das war alles. Ich wartete eine Zeitlang, aber er kam nicht zurück, also ging ich nach Haus. Am nächsten Morgen, nachdem das Büro geöffnet hatte, fragte man nach ihm. Gegen 12 Uhr erfuhren wir die furchtbare Nachricht. Oh, Mr. Holmes, wenn Sie doch wenigstens seine Ehre retten könnten! Sie bedeutete ihm so viel!«

Holmes schüttelte düster den Kopf.

»Komm, Watson«, sagte er. »Wir müssen weiter. Die nächste Etappe ist das Büro, aus dem die Papiere verschwanden.«

»Es stand schon finster genug um den jungen Mann, aber die Resultate unserer Untersuchung machen's noch schlimmer«, bemerkte er, während die Kutsche losratterte. »Die bevorstehende Heirat liefert ein Motiv für das Verbrechen. Natürlich brauchte er Geld. Er verfolgte diesen Gedanken, seit er das erstemal davon sprach. Fast machte er das Mädchen zu seiner Komplizin, indem er mit ihr darüber redete. Das sieht alles sehr böse aus.«

»Aber, Holmes, Charakter ist doch wohl etwas, das zählt? Warum sollte ein Mann wie er das Mädchen mitten auf der Straße stehen lassen und davonstürzen, um ein Verbrechen zu begehen?«

»Berechtigte Frage. Ganz gewiß gibt es Einwendungen. Fest steht, daß wir bis jetzt den Fall noch nicht durchschauen.«

Im Büro empfing uns Mr. Sidney Johnson, der ältere Angestellte, und zwar mit dem Respekt, den die Visitenkarte meines Freundes immer hervorruft. Ein dünner, verdrießlicher Mensch in mittleren Jahren, der sich in der nervösen Anspannung unablässig die Hände rieb.

»Schlimme Sache, schlimme Sache, Mr. Holmes! Haben Sie vom Tod des Chefs gehört?«

»Wir kommen gerade von seinem Haus.«

»Hier geht alles drunter und drüber. Der Chef tot, Cadogan West tot, die Pläne gestohlen. Ja. Und als wir am Montagabend unsere Türen zumachten, waren wir doch ein genauso guter Betrieb wie irgendeiner im ganzen Staatsdienst. Heiliger Gott, es ist furchtbar, auch nur daran zu denken! Und ausgerechnet der West!«

»Sie sind demnach von seiner Schuld überzeugt?«

»Ich sehe sonst keine Erklärung. Und doch – ich hätte ihm vertraut, wie ich mir selbst vertraue.«

»Zu welcher Zeit wurde das Büro am Montag zugemacht?«

»Um fünf.«

»Schlossen Sie ab?«

»Ich bin immer der letzte, der geht.«

»Wo befanden sich die Pläne?«

»In diesem Safe. Ich habe sie selbst hineingetan.«

»Gibt es in diesem Haus keinen Wächter?«

»Wir haben einen; aber er muß noch einige andere Abteilungen im Auge behalten. Ein alter Soldat; höchst vertrauenswürdiger Mann. An dem Abend hat er nichts bemerkt. Allerdings, der Nebel war ja sehr dicht.«

»Nehmen wir an, Cadogan West wollte nach Büroschluß ins Haus gelangen; er hätte doch drei Schlüssel gebraucht, ehe er an die Papiere herangekommen wäre?«

»Ja, so ist es. Den Schlüssel für die Haustür, den Schlüssel zum Büro und den Safeschlüssel.«

»Und nur Sir James Walter und Sie hatten diese Schlüssel?«

»Ich besaß keine Schlüssel für die Türen, nur für den Safe.«

»War Sir James ein *ordentlicher* Mensch?«

»Ja, ich glaube schon. Soweit es die drei Schlüssel betrifft, weiß ich, daß er sie am selben Schlüsselring trug. Ich habe sie oft daran gesehen.«

»Und diesen Ring nahm er mit nach London?«

»So sagte er.«
»Und Sie haben Ihren Schlüssel nie aus der Hand gegeben?«
»Niemals.«
»Dann muß also West, falls er der Schuldige ist, ein Duplikat gehabt haben. Und doch fand man keines bei seiner Leiche. Eine andere Frage: Sollte ein Angestellter des Büros die Absicht haben, die Pläne zu verkaufen, würde es dann nicht einfacher für ihn sein, sie zu kopieren, statt die Originale zu nehmen, was jetzt ja geschehen ist?«
»Beachtliche technische Kenntnisse wären nötig, dies erfolgreich zu tun.«
»Doch ich vermute, weder Sir James noch Sie, noch West verfügten über diese Kenntnisse?«
»O doch, selbstverständlich! Aber bitte versuchen Sie nicht, mich in diese Sache hineinzuziehen. Was soll das alles, wo doch die Originalpläne bei West gefunden wurden?«
»Nun, es ist immerhin seltsam, daß er das Risiko eingegangen sein soll, die Originale zu nehmen, wenn er unbeschadet Kopien hätte verwenden können, die ihm genauso nützlich gewesen wären.«
»Seltsam, zweifellos – aber schließlich, er tat es.«
»Mit jedem Schritt, den wir in diesem Fall vorwärts gehen, stoßen wir auf ein neues Rätsel. Jetzt fehlen noch drei Dokumente. Soweit ich gehört habe, sind das die wesentlichsten.«
»So ist es, leider.«
»Glauben Sie, daß jemand, der diese drei Dokumente besitzt, dem die übrigen sieben jedoch fehlen, ein Bruce-Partington-Unterseeboot konstruieren könnte?«
»Diese Meinung brachte ich im Marineamt bereits zum Ausdruck. Heute habe ich mir die Zeichnungen nochmals angesehen, und nun bin ich mir nicht mehr so sicher. Die Doppelventile mit den sich automatisch selbstbetätigenden Klappen sind auf einem der Pläne, die wir zurückbekommen haben. Solange den Ausländern diese Erfindung nicht selbst gelingt, können sie das Boot nicht bauen. Freilich, diese Hürde werden sie vielleicht bald nehmen.«
»Aber die drei fehlenden Zeichnungen sind die wesentlichsten?«
»Zweifellos.«
»Ich möchte – Ihr Einverständnis vorausgesetzt – mir jetzt einmal das Gelände hier ansehen. Ich glaube nicht, daß ich noch weitere Fragen habe.«

Holmes untersuchte das Schloß des Safes, die Tür zum Zimmer und schließlich die eisernen Fensterläden. Doch erst draußen auf dem

Rasen entdeckte er offenbar etwas Wichtiges. Vor dem Fenster stand ein Lorbeerbusch, und mehrere Zweige wiesen Spuren auf, als seien sie zerdrückt oder gebrochen worden. Er examinierte sie sorgfältig durch die Lupe, desgleichen ein paar undeutliche, verquollene Abdrücke in der Erde. Darauf ersuchte er den Seniorangestellten, die Fensterläden zu schließen, und machte mich darauf aufmerksam, daß sie in der Mitte klafften, so daß jeder, der draußen stand, mit Leichtigkeit sehen konnte, was im Raum geschah.

»Diese drei Tage Verzögerung haben die Spuren zerstört«, sagte er. »Das hier kann viel oder nichts bedeuten. Nun, Watson, ich glaube nicht, daß wir in Woolwich weiterkommen. Eine bescheidene Ernte haben wir da eingebracht. Vielleicht haben wir in London mehr Glück.«

Und doch sollten wir noch eine weitere Garbe zu unserer Ernte dazugewinnen, ehe wir Woolwich verließen. Der Schalterbeamte erklärte mit Bestimmtheit, daß er Cadogan West – den er vom Sehen gut kannte – Montag abend gesehen hatte und daß jener um 8 Uhr 15 nach London Bridge gefahren sei: allein und mit einem einfachen Billett dritter Klasse. Damals war dem Beamten Wests Nervosität und Aufregung aufgefallen. Er zitterte derart, daß er kaum das Wechselgeld hatte einstecken können und der Beamte ihm dabei hatte helfen müssen. Ein Blick auf den Fahrplan bewies, daß dieser Zug um 8 Uhr 15 der erste war, den er benutzen konnte, nachdem er sich von der Dame getrennt hatte.

»Laß uns zusammenfassen, Watson«, sagte Holmes nach einer halben Stunde Schweigen.

»Immerhin haben wir einige beachtliche Fortschritte gemacht. Was wir bei unserer Untersuchung in Woolwich herausbekamen, sprach in der Hauptsache gegen den jungen West; doch die Spuren am Fenster ermöglichen eine erfreulichere Hypothese. Laß uns einmal annehmen, ein ausländischer Agent habe sich an ihn gewandt. Unter Umständen, die es ihm verboten, darüber zu sprechen. Aber seine Gedanken kreisten darum, und so sprach er mit seiner Verlobten. Schön. Wir wollen ferner annehmen, daß er, auf dem Weg zum Theater, plötzlich im Nebel diesen selben Agenten auftauchen und in Richtung des Büros weitergehen sah. Er war ein ungestümer Mensch, schnell in seinen Entschlüssen. Ganz klar für ihn, was er zu tun hatte. Er folgte dem Mann, erreichte das Fenster, beobachtete, wie die Dokumente entwendet wurden, und heftete sich dem Dieb an die Fersen. Damit hätten wir den Einwand beseitigt, daß keiner, der imstande ist, Kopien anzufertigen, die Originaldokumente nehmen würde. Der Fremde war auf die Originale angewiesen. Soweit paßt alles zusammen.«

»Und wie geht's weiter?«

»Jetzt beginnen die Schwierigkeiten. Man möchte doch annehmen, der junge Cadogan West würde in dieser Situation sofort den Dieb festhalten und Alarm schlagen. Warum tat er das nicht? Könnte es ein Vorgesetzter gewesen sein, der die Papiere entwendete? Das würde Wests Verhalten erklären. Oder ist der Mann West im Nebel entschlüpft, so daß dieser sich sofort auf den Weg nach London machte, um ihn in seinen eigenen Räumen zu stellen – vorausgesetzt, daß er wußte, wo er wohnte? Es muß sich um etwas sehr Dringendes gehandelt haben, da er sein Mädchen im Nebel stehen ließ und keinen Versuch unternahm, ihr sein Verhalten zu erklären. Unsere Spur wird hier kalt, und es tut sich eine weite Kluft auf zwischen unserer Hypothese und der Tatsache, daß Wests Leiche, mit sieben Dokumenten in der Tasche, auf dem Dach eines Metropolitanzuges landete. Mein Instinkt rät mir jetzt, die Sache vom anderen Ende her anzugehen. Sobald Mycroft uns die Liste mit den Adressen geschickt hat, werden wir vielleicht unseren Mann fassen können, indem wir zwei Spuren folgen statt einer.«

Natürlich erwartete uns bereits eine Nachricht in der Baker Street. Ein Regierungsbote hatte sie eilig überbracht. Holmes überflog das Blatt und warf es mir herüber. Ich las:

Es gibt eine Reihe kleiner Fische, aber nur wenige, die eine so große Sache bewältigen können. Die einzigen Leute, bei denen es sich lohnt, sie unter die Lupe zu nehmen, sind Adolph Meyer, Great George Street Nr. 13, Westminster; Louis La Rothière, Campden Mansions, Notting Hill; dann Hugo Oberstein, Caulfield Gardens Nr. 13, Kensington. Von letzterem weiß man, daß er Montag in der Stadt gewesen ist; jetzt soll er wieder weg sein. Schön, daß Du etwas Licht siehst. Das Kabinett wartet begierig auf Deinen Endbericht. Von allerhöchster Stelle kommen Mahnungen. Der gesamte Staatsapparat wird Dich unterstützen, sollte es nötig sein. – Mycroft.

»Ich fürchte«, sagte Holmes lächelnd, »daß sämtliche Pferde und Männer der Königin in diesem Fall nichts ausrichten können.«

Er hatte seinen großen Stadtplan von London vor sich ausgebreitet und studierte ihn eifrig. »Gut, sehr gut«, sagte er plötzlich befriedigt,

»endlich scheinen die Karten sich uns zuzuwenden. Nun, Watson, ich bin ehrlich überzeugt, daß wir's doch noch schaffen werden.« Vergnügt schlug er mir auf die Schulter. »Ich gehe jetzt weg. Ich will nur ein bißchen spionieren. Ohne meinen vertrauten Freund und Biographen an meiner Seite werde ich nichts Ernsthaftes unternehmen, keine Sorge. Bleib du hier, und wahrscheinlich komme ich in ein, zwei Stunden zurück. Sollte dir die Zeit zu lang werden, nimm Papier und Bleistift und beginne zu erzählen, wie wir den Staat gerettet haben.«

Etwas von seiner guten Laune ging auf mich über, denn ich wußte, daß er nicht fähig war, seinen üblichen Ernst derart abzuschütteln, wenn es nicht gute Gründe dafür gab. Also wartete ich den ganzen langen Novemberabend über, wenn auch recht ungeduldig, auf seine Rückkehr. Schließlich, kurz nach 9 Uhr, erschien ein Bote mit einer Nachricht:

Ich esse bei Goldini, Gloucester Road, Kensington, zu Abend. Komm bitte gleich zu mir. Bring ein Brecheisen, eine verdunkelte Laterne, einen Meißel und einen Revolver mit. – S. H.

Eine hübsche Sammlung für einen ehrbaren Bürger, die ich da durch die düsteren, nebelverhangenen Straßen schleppen sollte. Ich verstaute alles diskret in meinem Mantel und fuhr zu der angegebenen Adresse. Mein Freund saß an einem kleinen runden Tisch nahe der Tür in dem prunkvollen italienischen Restaurant.

»Hast du schon gegessen? Ja? Dann leiste mir bei einem Kaffee und Curaçao Gesellschaft. Versuch mal eine Zigarre des Hauses. Sie sind nicht ganz so giftig, wie sie aussehen. Hast du die Werkzeuge?«

»Ja, hier in meinem Mantel.«

»Ausgezeichnet. Ich will dir kurz berichten, was ich inzwischen getan habe, und dann, was uns jetzt bevorsteht. Du wirst wohl begriffen haben, Watson, daß die Leiche des jungen Mannes auf das Dach des Zuges gelegt worden ist. Das war für mich klar, seit für mich feststand, daß er vom Dach und nicht aus dem Abteil gestürzt war.«

»Kann er nicht von einer Brücke gestürzt sein?«

»Ich möchte sagen, das ist unmöglich. Wenn du dir die Dächer der Eisenbahnwagen näher ansiehst, wirst du feststellen, daß sie gerundet sind und ohne ein noch so niedriges Gitter. Somit können wir mit Sicherheit annehmen, daß der junge Cadogan West aufs Dach gelegt wurde.«

»Aber wie?«

»Das war die Frage, die ich klären mußte. Es gibt nur eine Möglichkeit. Du weißt doch, daß die Untergrundbahn an einigen Stellen des West End im Freien fährt. Ich hatte eine vage Erinnerung, daß ich auf dieser Strecke gelegentlich Fenster über mir gesehen habe. Nimm nun an, ein Zug hält unter solch einem Fenster – welche Schwierigkeit sollte bestehen, eine Leiche auf das Dach eines Waggons zu legen?«

»Das klingt doch sehr unwahrscheinlich.«

»Wir müssen zu dem alten Grundsatz zurückkehren: Wenn alle anderen Möglichkeiten ausfallen, ist das, was übrigbleibt, und sei es noch so unwahrscheinlich, die richtige Erklärung. In unserem Fall sind alle anderen Möglichkeiten ausgeschieden. Als ich erfuhr, daß jener internationale Agent, der London gerade verlassen hat, in einer Häuserreihe wohnte, die an die Untergrundbahn grenzt, war ich so erfreut, daß du über meine plötzliche Sorglosigkeit sogar ein wenig die Nase rümpftest.«

»Ach, deshalb also!«

»Ja, deshalb. Mr. Hugo Oberstein aus Caulfield Gardens Nr. 13 war mein Forschungsobjekt geworden. Ich begann meine Unternehmungen an der Station Gloucester Road, wo mich ein sehr hilfsbereiter Beamter an den Gleisen entlangführte. Mit Befriedigung entdeckte ich, daß nicht nur die hinteren Flurfenster von Caulfield Gardens über den Gleisen liegen – nein, die Hauptsache ist, daß die Untergrundbahn an genau dieser Stelle gewöhnlich einige Minuten lang hält, um einen der größeren Züge passieren zu lassen.«

»Wunderbar, Holmes! Du hast es geschafft!«

»Langsam – langsam. Wir machen zwar Fortschritte, aber das Ziel ist noch in weiter Ferne. Nun, nachdem ich also die Rückseite der Häuser Caulfield Gardens besichtigt hatte, nahm ich mir die Frontseite vor und überzeugte mich, daß der Vogel wirklich ausgeflogen war. Es handelt sich um ein ansehnliches Gebäude und ist – soweit ich es feststellen konnte – in den oberen Räumlichkeiten unmöbliert. Oberstein lebte mit einem einzigen Diener zusammen, der höchstwahrscheinlich sein absoluter Vertrauter war. Wir dürfen nicht vergessen, daß Oberstein zum Kontinent hinüberfuhr, um seine Beute abzuliefern, und nicht etwa, um zu fliehen. Denn er hatte keinerlei Grund, einen Haftbefehl zu befürchten, und der Gedanke, daß man bei ihm eine private Hausdurchsuchung vornehmen könne, wäre ihm sicher nie gekommen. Und genau das ist es, was wir tun werden.«

»Könnten wir denn nicht einen Haftbefehl erlangen und legal vorgehen?«

»Kaum auf die vorhandenen Beweise hin.«
»Was dürfen wir denn davon erwarten?«
»Wer weiß, was für Korrespondenz wir dort vorfinden werden.«
»Das gefällt mir gar nicht, Holmes.«
»Mein lieber Junge, du kannst auf der Straße Schmiere stehen! Ich werde den kriminellen Teil übernehmen. Wir haben keine Zeit, uns mit Kleinigkeiten abzugeben. Denk an Mycrofts Worte, an das Marineamt, das Kabinett, an die ›allerhöchste Stelle‹, die auf Neues wartet. Wir sind verpflichtet, es zu tun.«
Meine Antwort war, daß ich vom Tisch aufstand.
»Du hast recht, Holmes, es ist unsere Pflicht.«
Er sprang auf und schüttelte mir die Hand.
»Ich wußte doch, daß du zum Schluß nicht zurückschrecken wirst«, sagte er, und einen Augenblick lang sah ich einen Ausdruck in seinen Augen, der beinahe an Zärtlichkeit heranreichte. Eine Sekunde später war er wieder der beherrschte, sachliche Mensch wie immer.
»Es ist fast eine halbe Meile bis dahin, aber wir wollen zu Fuß gehen«, sagte er. »Laß die Instrumente nicht fallen, ich flehe dich an! Eine höchst unglückliche Komplikation, wenn man dich als verdächtiges Subjekt verhaften würde.«
Caulfield Gardens war eine dieser Wohngegenden mit säulengeschmückten Häusern, die für die mittlere Viktorianische Epoche im West End Londons so bezeichnend sind. Im Haus nebenan schien es eine Kindergesellschaft zu geben, denn fröhliches Gekreisch junger Stimmen und das Geklimper von einem Klavier schallten durch die Nacht. Der Nebel lastete noch in der Luft und verbarg uns in seinen freundlichen Schwaden. Holmes hatte seine Laterne angezündet und richtete den Lichtstrahl gegen die massive Tür.
»Schon wieder ein Hindernis«, sagte er. »Die Tür ist bestimmt sowohl verschlossen wie auch verriegelt. Durch den Hof würden wir sicher besser herankommen. Es gibt dort einen herrlichen Eingang, in den man verschwinden könnte, sollte ein allzu eifriger Polizist aufkreuzen. Stütz mich, Watson, ich helfe dann dir hinüber.«
Eine Minute später standen wir beide im Hof. Kaum hatten wir im dunklen Schatten verschwinden können, als auch schon die Schritte eines Polizisten im Nebel hörbar wurden. Das rhythmische Stampfen verklang, und Holmes machte sich an der Kellertür ans Werk. Er ging mehrmals in die Hocke und richtete sich wieder auf, bis sie endlich mit einem scharfen Knirschen aufflog. Wir drängten uns in den dunklen Gang und schlossen die Tür hinter uns. Holmes führte uns eine

schmale Wendeltreppe empor. Der kleine gelbe Lichtkreis seiner Lampe fiel auf ein tiefgelegenes Fenster.

»Da wären wir, Watson – dies muß es sein.« Er öffnete es, und schon drang ein undeutliches, aus der Tiefe kommendes Gemurmel herauf, das sich schließlich zu einem lauten Getöse steigerte, als unter uns ein Zug durch die Finsternis rollte. Holmes ließ den Lichtstrahl über das Fensterbrett gleiten. Es war mit einer dicken Schicht Ruß von den vorbeifahrenden Zügen bedeckt, doch die schwarze Oberfläche erwies sich an mehreren Stellen als verwischt und zerkratzt.

»Hier haben sie die Leiche abgesetzt, siehst du's? Hallo, Watson, was ist denn das! Zweifellos ein Blutfleck.« Er deutete auf einige schwache Verfärbungen an den Holzteilen des Fensters. »Und hier haben wir's auf den Treppensteinen wieder. Damit ist das Bild vollständig. Laß uns warten, bis ein Zug hält.«

Wir brauchten nicht lange zu warten. Schon der nächste Zug ratterte wie der zuvor aus dem Tunnel, doch er verlangsamte sein Tempo und hielt dann, mit knirschenden Bremsen, unmittelbar unter uns. Von der Fensterbrüstung bis zum Dach der Waggons waren es nicht mehr als vier Fuß. Holmes schloß vorsichtig das Fenster.

»Soweit hätten wir recht behalten«, sagte er. »Was sagst du nun, Watson?«

»Eine Meisterleistung. Selbst für dich.«

»Darin kann ich dir nicht zustimmen. Von dem Moment an, als mir klar wurde, daß die Leiche auf dem Dach gelegen hat – was wirklich nicht zu abwegig war –, ergab sich alles andere von selbst. Ginge es nicht um die schwerwiegenden Hintergründe, der Fall als solcher wäre soweit unbedeutend. Die eigentlichen Schwierigkeiten liegen noch vor uns. Aber vielleicht finden wir hier irgend etwas, das uns weiterhilft.«

Wir kletterten die Küchentreppe hinauf und betraten den ersten Stock. Ein Raum war als Wohnzimmer eingerichtet, düster und nichtssagend. Der zweite diente als Schlafzimmer, ebenfalls unergiebig. Das letzte Zimmer schien interessanter, und mein Freund begann eine systematische Durchsuchung. Es war von Büchern und Papieren jeder Art überhäuft; offensichtlich ein Arbeitsraum. Eilig und methodisch inspizierte Holmes den Inhalt einer Schublade nach der andern, ein Regalbrett nach dem andern, doch kein Aufleuchten in seinem ernsten Gesicht zeigte, daß er etwas gefunden hätte. Nach einer Stunde war er genauso weit wie zuvor.

»Der verdammte Kerl hat seine Spuren verwischt«, sagte er. »Es ist einfach nichts da, was ihn überführen könnte. Den gefährlichen Briefwechsel hat er entweder vernichtet oder beiseite geschafft. So – hier haben wir unsere letzte Chance.«

Auf dem Schreibtisch stand eine Metallkassette. Holmes öffnete sie mit seinem Meißel. Darin befanden sich mehrere Papierrollen, bedeckt mit Zeichnungen und Kalkulationen, doch nichts verriet uns, um was es sich dabei handelte. Die mehrfach wiederkehrenden Worte »Wasserdruck« und »Druck je Quadratzoll« ließen einen Bezug zur Technik eines U-Bootes annehmen. Ungeduldig schob Holmes sie alle beiseite. Nur ein Umschlag mit kleinen Zeitungsausschnitten verblieb in der Kassette. Er schüttelte seinen Inhalt auf den Tisch, und plötzlich las ich auf seinem Gesicht, daß er eine Hoffnung witterte.

»Was haben wir hier, Watson? Was ist das? Eine Sammlung von Botschaften im Annoncenteil einer Zeitung. Dem Papier und Druck nach zu urteilen, ist es die ›Seufzerspalte‹ des *Daily Telegraph*, du weißt schon, in der rechten oberen Ecke des Blattes. Keine Daten – aber die Botschaften zeigen selbst ihre Reihenfolge an. Dies muß die erste sein:

›Hoffte Nachricht früher zu erhalten. Mit Bedingungen einverstanden. Ausführlichen Bericht an Adresse, die auf Karte angegeben. – Pierrot.‹

Die nächste: ›Zu schwierig für bloße Beschreibung. Muß vollständiges Material haben. Zahlung nach Warenlieferung. – Pierrot.‹

Dann: ›Die Sache drängt. Muß Angebot zurückziehen, falls Vertrag nicht erfüllt wird. Machen Sie brieflich Vorschlag zum Treffen. Werde per Annonce antworten. – Pierrot.‹

Jetzt die letzte: ›Montag abend nach neun. Zweimal klopfen. Nur wir zwei. Nicht soviel Mißtrauen, Barzahlung, sobald Ware geliefert. – Pierrot.‹

Eine hübsche vollständige Sammlung, Watson! Wenn wir bloß an den Mann auf der anderen Seite herankämen!« Er saß nachdenklich da und trommelte mit den Fingern auf den Tisch. Schließlich sprang er auf.

»Nun, vielleicht ist das gar kein so großes Problem. Hier können wir nichts mehr tun, Watson. Ich glaube, wir sollten zum Büro des *Daily Telegraph* fahren und die Arbeit eines vollen Tages zum Abschluß bringen.«

Mycroft Holmes und Lestrade waren laut Verabredung am nächsten Morgen zum Frühstück erschienen, und Sherlock Holmes hatte ihnen von den Unternehmungen des Vortages Bericht erstattet. Der Polizeibeamte schüttelte nur den Kopf über unseren eingestandenen Einbruch.

»Wir können von Amts wegen solche Dinge nicht tun, Mr. Holmes«, sagte er. »Kein Wunder, daß Sie zu Resultaten gelangen, die uns in den Schatten stellen. Aber eines Tages, das sage ich Ihnen, werden Sie zu weit gehen, und dann sitzen Sie und Ihr Freund in der Tinte.«

»Für England, für seine Witwen und Waisen – wie, Watson? Märtyrer auf dem Altar des Vaterlandes! Aber was meinst du dazu, Mycroft?«

»Ausgezeichnet, Sherlock. Bewundernswert. Aber wie willst du damit weiterkommen?«

Holmes griff nach dem *Daily Telegraph*, der auf dem Tisch lag.

»Habt Ihr Pierrots heutige Annonce gesehen?«

»Was – eine weitere?«

»Ja, hier ist sie: ›Heute abend. Dieselbe Zeit. Derselbe Ort. Zweimal klopfen. Lebenswichtig. Ihre Sicherheit auf dem Spiel. – Pierrot.‹«

»Herrgott!« schrie Lestrade. »Wenn er darauf reagiert, haben wir ihn!«

»Diesen Gedanken hatte ich auch, als ich die Annonce aufgab. Ich glaube, wenn Ihr beide es einrichten könntet, uns gegen 8 Uhr nach Caulfield Gardens zu begleiten, kommen wir der Lösung vielleicht ein wenig näher.«

Zu einer der bemerkenswertesten Eigenschaften von Sherlock Holmes gehörte es, daß er die Fähigkeit besaß, seine Gedanken völlig abzuschalten und sie in leichtere Bahnen zu lenken, und zwar immer dann, wenn er wußte, daß er im Augenblick nichts mehr in einer Sache tun konnte. Ich erinnere mich, daß er sich an diesem ganzen denkwürdigen Tag mit der Monographie über die polyphonischen Motetten von Orlando di Lasso beschäftigte, die er zu schreiben begonnen hatte. Ich meinerseits besaß nichts von dieser seiner Fähigkeit, und folglich schien der Tag für mich kein Ende nehmen zu wollen. Die immense nationale Bedeutung, die Ungewißheit in hohen Regierungskreisen, die direkte Art unseres Vorgehens – alles zusammen zehrte an meinen Nerven. Es war geradezu eine Erlösung für mich, als wir uns, nach einem leichte Dinner, auf den Weg machten. Wie verabredet, trafen wir Mycroft und Lestrade am Ausgang der Gloucester-Road-Station. Die Tür zum Hof hatten wir in der vorigen Nacht offengelassen, und ich mußte, da Mycroft Holmes sich strikt und gekränkt weigerte, das Geländer hochzuklettern, hinein und ihm die Fronttür aufschließen. Um 9 Uhr saßen wir alle im Arbeitszimmer und warteten gottergeben auf unseren Mann.

Eine Stunde verstrich und noch eine weitere. Als es elf schlug, schienen die gemessenen Schläge der großen Kirchturmuhr den Grabgesang für unsere Hoffnungen auszudrücken. Mycroft und Lestrade rutschten unruhig auf ihren Sitzen hin und her und schauten zweimal in der Minute auf ihre Uhren. Holmes saß gelassen da, die Augenlider halb geschlossen, aber mit allen Sinnen wach. Mit einem plötzlichen Ruck hob er den Kopf.

»Er kommt«, sagte er.

Hinter der Tür hörte man heimliche Schritte, jetzt wieder. Wir nahmen ein schlurfendes Geräusch von draußen wahr und dann zwei scharfe Klopfzeichen mit dem Knöchel. Holmes stand auf, indem er uns bedeutete, sitzen zu bleiben. Die Gasflamme in der Halle war ein blasser Lichtschimmer. Er öffnete das Tor und schloß und verriegelte es, nachdem eine dunkle Gestalt hinter ihm hereingeschlüpft war. »Hier entlang«, hörten wir ihn sagen, und einen Augenblick später stand unser Mann vor uns. Holmes war ihm auf den Fersen gefolgt, und als der Mann sich jetzt mit einem erstaunten und alarmierten Schrei umwandte, packte er ihn am Kragen und stieß ihn ins Zimmer. Noch ehe unser Gefangener sein Gleichgewicht wiedergefunden hatte, war die Tür zu. Holmes stand mit dem Rücken gegen sie gelehnt. Der Mann starrte ihn an, taumelte und stürzte bewußtlos zu Boden. Bei dem Aufprall flog ihm der breitrandige Hut vom Kopf, der Schal rutschte vom Kinn, und da hatten wir den langen hellen Bart und das sanfte, hübsche Gesicht von Colonel Valentine Walter vor uns.

Holmes pfiff triumphierend.

»Wer ist das?« fragte Mycroft scharf.

»Der jüngere Bruder des verstorbenen Sir James Walter, des Leiters der Marineabteilung. Ja, die Karten sind jetzt aufgedeckt. Er kommt zu sich. Ich glaube, du solltest ihn mir überlassen.«

Wir hatten den erschlafften Körper auf das Sofa gelegt. Nun richtete sich unser Gefangener auf, blickte mit einem schreckentstellten Gesicht um sich und schlug die Hände vor die Stirn wie einer, der seinen eigenen Sinnen nicht traut.

»Was bedeutet das?« fragte er. »Ich kam her, um Mr. Oberstein zu besuchen.«

»Wir wissen alles, Colonel Walter«, sagte Holmes. »Wie ein englischer Gentleman derart handeln kann, geht über mein Fassungsvermögen. Doch Ihre gesamte Korrespondenz, Ihre Verbindung mit Oberstein ist uns bekannt. Ebenfalls Ihr Zusammenhang mit dem Tod des jungen Cadogan West. Ich rate Ihnen, wenigstens einen winzigen Rest von Würde zurückzugewinnen, indem Sie Reue zeigen und gestehen, denn es sind da noch einige Einzelheiten, die nur Sie uns erklären können.«

Der Mann stöhnte und vergrub sein Gesicht in den Händen. Wir warteten, aber er schwieg.

»Ich versichere Ihnen, alles Wesentliche ist bekannt«, sagte Holmes. »Wir wissen, daß Sie in Geldnot waren; daß Sie sich einen Abdruck von den Schlüsseln Ihres Bruders verschafften und daß Sie in Verbindung zu Oberstein traten, der Ihnen über die Annoncenspalten des *Daily Telegraph* antwortete. Wir wissen ferner, daß Sie Montag abend im Nebel zum Büro gingen, aber vom jungen Cadogan West erkannt und verfolgt wurden. Wahrscheinlich hatte er schon davor einen Grund gehabt, Ihnen zu mißtrauen. Er beobachtete den Diebstahl, konnte aber keinen Alarm schlagen, da es ja möglich war, daß Sie die Papiere für Ihren Bruder holten. Alle privaten Rücksichten beiseite schiebend, folgte er Ihnen im Nebel und blieb Ihnen auf den Fersen, bis Sie dieses Haus erreicht hatten. Hier trat er vor Sie hin, und dann geschah es, Colonel Walter, daß Sie dem Verrat das noch schrecklichere Verbrechen des Mordes hinzufügten.«

»Ich habe es nicht getan! Ich nicht! Ich schwöre vor Gott, daß ich's nicht getan habe!« rief unser unglückseliger Gefangener.

»Dann erzählen Sie uns, wie Cadogan West den Tod fand, ehe Sie ihn auf das Dach eines Waggons legten.«

»Das werde ich. Ich schwöre Ihnen, daß ich es erzählen werde. Ich habe den Rest besorgt. Ich gestehe es. Es war alles genauso, wie Sie eben berichtet haben. Ich hatte an der Börse spekuliert und mußte einen Kredit zurückzahlen. Ich brauchte das Geld verzweifelt. Oberstein bot mir fünftausend Pfund. Ich mußte sie haben, um mich vorm Ruin zu retten. Aber was den Mord betrifft, bin ich so unschuldig wie Sie.«

»Was geschah also?«

»West verdächtigte mich schon früher, und er folgte mir, wie Sie es schilderten. Ich habe es nicht bemerkt, bis ich hier vor der Tür stand. Es war dicker Nebel, und man konnte kaum drei Meter weit sehen. Ich hatte zweimal geklopft, und Oberstein war an der Tür erschienen.

Der junge Mann stürzte auf uns zu und verlangte eine Erklärung, was wir mit den Dokumenten vorhätten. Oberstein hatte einen Totschläger. Er trug ihn immer bei sich. Als West sich hinter uns den Zutritt ins Haus erzwang, schlug er ihm damit über den Kopf. Nach fünf Minuten war der Mann tot. Lag in der Eingangshalle, und wir wußten nicht, was tun. Da kam Oberstein dieser Einfall mit den Zügen, die unter seinem Hinterfenster halten. Zuerst aber untersuchte er die Dokumente, die ich mitgebracht hatte. Er erklärte, drei davon seien wesentlich, die müßte er behalten. ›Das können Sie nicht‹, erklärte ich ihm. ›Es wird ein furchtbares Aufsehen in Woolwich geben, wenn sie nicht an ihrem Platz liegen.‹ ›Ich muß sie behalten‹, sagte er, ›sie sind technisch so schwierig, daß es unmöglich ist, in der kurzen Zeit Kopien anzufertigen.‹ ›Dann müssen alle heute nacht zurück‹, sagte ich. Er überlegte kurz und rief dann, er hätte die Lösung. ›Ich werde drei behalten‹, sagte er. ›Die übrigen stecken wir dem jungen Mann in die Tasche. Sobald man ihn findet, wird die ganze Geschichte unweigerlich auf sein Konto geschrieben.‹ Ich sah keinen anderen Operationsplan, und wir gingen so vor, wie er vorgeschlagen hatte. Wir warteten eine halbe Stunde am Fenster, bis ein Zug hielt. Der Nebel war dicht, wir hatten keine Schwierigkeit, Wests Leiche auf das Dach zu legen. Das ist der Schluß der Geschichte, soweit ich beteiligt bin.«

»Und Ihr Bruder?«

»Er sagte nichts. Er hatte mich schon einmal mit seinen Schlüsseln überrascht, und ich glaube, er verdächtigte mich. Ich las es seinen Augen ab, daß er es tat. Wie Sie ja wissen, hat er sich nicht wieder davon erholt.«

Im Raum blieb es still. Mycroft Holmes brach das Schweigen. »Können Sie gar keine Wiedergutmachung leisten? Es würde Ihr Gewissen erleichtern und Ihnen vielleicht mildernde Umstände verschaffen.«

»Was kann ich tun?«

»Wo befindet sich Oberstein mit den Plänen?«

»Ich weiß nicht.«

»Hat er Ihnen keine Adresse genannt?«

»Er sagte, daß Briefe an das Hôtel du Louvre, Paris, ihn vielleicht erreichen würden.«

»Dann haben Sie eine Chance«, sagte Sherlock Holmes.

»Ich werde alles tun, was ich kann. Ich schulde diesem Kerl keine Rücksichtnahme. Er war mein Ruin, so und so.«

»Hier sind Papier und Feder. Setzen Sie sich an diesen Tisch und schreiben Sie nach meinem Diktat. Adressieren Sie den Brief an die Ihnen genannte Anschrift. So ist's richtig. Nun der Text: ›Sehr geehrter Herr – Sie werden sicher inzwischen festgestellt haben, daß im Zusammenhang mit Ihrer Transaktion ein wesentliches Glied fehlt. Ich besitze jetzt den Teil, der die Lücke schließt. Das hat mich in zusätzliche Schwierigkeiten gebracht, und so muß ich Sie um einen weiteren Vorschuß von fünfhundert Pfund bitten. Ich möchte den Gegenstand nicht der Post anvertrauen, noch etwas anderes als Gold oder Banknoten entgegennehmen. Ich würde hinüber zu Ihnen aufs Festland kommen, aber es könnte auffallen, wenn ich England zum gegenwärtigen Zeitpunkt verließe. Deshalb werde ich Sie im Rauchsalon des Charing-Cross-Hotels Samstag mittag erwarten. Denken Sie bitte daran, daß nur englische Währung oder Gold in Frage kommt.‹ Das wird vollauf genügen. Es sollte mich sehr wundern, wenn das unseren Mann nicht in die Falle lockt.«

Heute ist es längst ein Faktum der Geschichte – jener Geheimgeschichte eines Volkes, die häufig soviel wesentlicher und bewegender ist, als was von ihr öffentlich bekannt wird –, daß Oberstein, begierig, das Geschäft seines Lebens zu machen, auf den Köder anbiß und die nächsten fünfzehn Jahre sicher in einem britischen Gefängnis zubrachte. In seinem Gepäck fand man die unschätzbaren Bruce-Partington-Pläne, die er in navigatorisch interessanten Teilen Europas zum Kauf hatte anbieten wollen.

Colonel Walter ist im Gefängnis gestorben, gegen Ende des zweiten Jahres seiner Haft. Was Holmes betrifft, so kehrte er erfrischt zu seiner Monographie über die polyphonischen Motetten Orlandos zurück, die übrigens inzwischen im Privatdruck erschienen ist und von den Fachleuten begeistert gepriesen wurde. Einige Wochen später erfuhr ich zufällig, daß mein Freund einen Tag in Windsor* verbracht hatte, von wo er eine bemerkenswert schöne Krawattennadel mit einem Smaragd heimbrachte. Als ich ihn fragte, ob er sie sich gekauft habe, erwiderte er, es sei ein Geschenk von einer gütigen Dame, in deren Interesse er glücklicherweise einmal einen kleinen Auftrag habe ausführen können. Mehr verriet er nicht; aber ich glaube, ich kann den erlauchten Namen dieser Dame erahnen. Sicher ist, daß der Smaragd die Erinnerung meines Freundes an jenes Abenteuer wachhalten wird, das im Londoner Nebel begann.

* In Windsor liegt das berühmte Schloß, das die englische Königsfamilie seit Jahrhunderten bewohnt.

DER VERMISSTE RUGBYSPIELER

Wir waren in der Baker Street leidlich daran gewöhnt, von unheilverkündenden Telegrammen heimgesucht zu werden. Vor nun schon sieben oder acht Jahren erreichte uns auch einmal eines an einem trüben Februarmorgen. Ich erinnere mich noch besonders gut daran, weil sich mein Freund Sherlock Holmes über den Inhalt jener Depesche eine Viertelstunde lang den Kopf zerbrach. Sie wandte sich an ihn mit folgenden Worten:

»Schreckliches Mißgeschick. Rechter Flügelmann in der Dreiviertelreihe* verschwunden. Morgen unentbehrlich. Bitte erwarten Sie mich. Overton«

»Poststempel vom Strand, um zehn Uhr sechsunddreißig aufgegeben«, murmelte Holmes und überlas die Zeilen immer wieder von neuem. »War offensichtlich recht aufgeregt, dieser Mr. Overton, als er die Botschaft auf den Weg brachte; sie ist demzufolge etwas unzusammenhängend. Macht nichts. Er wird ja gleich hier sein. Bis dahin kann ich noch meine Times durchsehen, und dann werden wir schon alles Nähere erfahren. Zur Zeit passiert derart wenig, daß mir auch die belangloseste Aufgabe willkommen ist.«

Wirklich hatte sich in jüngster Vergangenheit kaum etwas zugetragen. Und vor diesen tatenlosen Perioden graute mir um so mehr, als ich aus Erfahrung wußte, wie außerordentlich aktiv von Natur das Gehirn meines Wohnkameraden war. Wenn es auf längere Dauer kei-

* Zu einer Rugby-Mannschaft gehören 15 Mann, davon 8 Stürmer, 2 Halbspieler, 4 Dreiviertelspieler und 1 Schlußmann. Anders als beim Fußball darf die »Pille«, wie der Ball im Rugby genannt wird, nur nach hinten abgegeben werden. Deshalb sind die Dreiviertelspieler immer die schnellsten und versiertesten der ganzen Mannschaft. Nachdem sie von den Stürmern über die Halbspieler angespielt werden, versuchen sie, die Pille hinter die Mallinie zu bringen, d. h. »einen Versuch zu legen«. A. d. Ü.

nen eigentlichen Schaffensbereich fand, konnte sich das geradezu gefährlich für ihn auswirken. Zwar hatte ich im Laufe der Jahre bei Sherlock Holmes den Hang zu jenem Rauschgift eingedämmt, das einst seine bemerkenswerte Laufbahn zu untergraben gedroht. Unter normalen Bedingungen bedurfte er jetzt keines künstlichen Aufregungsmittels mehr. Trotzdem verhehlte ich mir nicht, daß der Feind nur eingeschläfert war, ohne endgültig besiegt zu sein. Er konnte aus seinem Schlummerzustand jederzeit wieder erwachen; das nahm ich nur allzu deutlich wahr, wenn in trägen, unausgefüllten Tagen die asketischen Züge meines Freundes erstarrten und jener abirrende, gleichsam entrückte Ausdruck in seine unberechenbaren, tiefliegenden Augen trat. Und deshalb pries ich Mr. Overton, wer immer er auch sein mochte, weil er mit seiner rätselhaften Botschaft eine verhängnisvolle Ruhe durchbrach, die Holmes weit mehr bedrohte als alle Stürme eines unsteten Lebens.

Wie erwartet, folgte der Absender seinem Telegramm auf dem Fuße, und die Karte Mr. Cyril Overtons vom Trinity College in Cambridge kündigte die Ankunft eines jungen Mannes an, der so groß und mächtig gebaut war, daß er mit seinen breiten Schultern fast den ganzen Türrahmen ausfüllte. Sein hübsches Gesicht schien verstört, und unruhvoll blickte er uns abwechselnd an.

»Mr. Sherlock Holmes?« stieß er fragend hervor. Mein Gefährte verbeugte sich.

»Ich habe drüben im Scotland Yard mit Inspektor Hopkins gesprochen, Mr. Holmes, der mich an Sie verwies. Er meinte, soweit er unseren Fall zu beurteilen vermöchte, sei der nicht so recht für die öffentliche Polizei. Er liege ausgesprochen auf Ihrer Linie.«

»Bitte, setzen Sie sich doch und erzählen Sie mir, worum es sich handelt!«

»Ach, schrecklich ist das, Mr. Holmes, einfach schrecklich! Es soll mich wundern, wenn ich darüber keine grauen Haare bekommen habe. Sie kennen doch sicher Godfrey Staunton – er ist ja der wichtigste von der ganzen Mannschaft. Eher hätte ich auf zwei Stürmer verzichten können als auf Godfrey in der Dreiviertelreihe. Ob er angreift, dribbelt oder einen Versuch legt, an den reicht keiner heran. Darum ist er auch Mannschaftskapitän und hält uns alle zusammen. Was soll ich nur tun? Das frage ich Sie, Mr. Holmes. Wir haben noch Moorhouse, unseren ersten Reservemann, aber der hat auf Halbspieler trainiert, und da rennt er immer mitten ins Gedränge, statt draußen an der Mallinie zu bleiben. Bestimmt ist er ein guter Platzspieler, nur eben außerstande, ein Spiel zu tragen, und sprinten kann er auch ums Verrecken nicht. Nun, Morton und Johnson, die Oxfordstürmer, können sich dafür ja um so mehr tummeln. Und Stevenson, der auch fabelhaft läuft, hat wieder vom Sprungtreten keine Ahnung und kommt deshalb als Dreiviertelspieler nicht in Betracht. Nein, Mr. Holmes, wenn Sie mir nicht helfen, Godfrey Staunton zu finden, sind wir erledigt.«

Diesem mit ebensoviel Temperament wie angestrengter Ernsthaftigkeit hervorgesprudelten Redeschwall hörte mein Freund halb belustigt, halb überrascht zu, während der Sprecher noch Punkt für Punkt dadurch bekräftigte, daß er sich mit seiner braunen, sehnigen Hand aufs Knie schlug. Als er geendet hatte, griff Holmes nach einem Ordner und suchte im Namensregister unter S; leider vergeblich.

»Also, ich habe da nur Arthur H. Staunton, den jungen Falschmünzer, stehen und dann Henry Staunton, den an den Galgen zu bringen ich mitgeholfen habe. Aber Godfrey, Godfrey Staunton, das ist ein ganz neuer Name für mich.«

»Du liebe Güte, Mr. Holmes! Ich dachte, Sie kennen sich aus in der Welt!« rief der junge Athlet. »Wenn Sie nie etwas von Godfrey Staunton gehört haben, dann auch von Cyril Overton vermutlich nicht?«

Vergnügt schüttelte Holmes den Kopf.

»Ach, du grüne Neune! Ich war doch in der ersten Reserve für England gegen Wales. Und dann das ganze Jahr über Trainer an der Universität. Na, das ist nicht wichtig. Aber daß ein Mensch in England den großartigen Dreiviertelspieler aus Cambridge, Godfrey Staunton, mit all seinen Auszeichnungen und internationalen Preisen nicht kennt, das hätte ich nie für möglich gehalten. Guter Gott, Mr. Holmes, Sie müssen ja auf dem Mond gelebt haben!«

Holmes lachte schallend über das naive Erstaunen des jungen Riesen.

»Das gerade nicht, aber allerdings in einer andern Welt als Sie, Mr. Overton. Und die, in der Sie leben, ist freundlicher und gesünder als die meine. Weitverzweigt in der menschlichen Gesellschaft ist meine Tätigkeit schon; aber noch nie, so darf ich Gott sei Dank sagen, bin ich dabei auf den Amateursport gestoßen, der ja auch die beste und heilsamste Einrichtung ist, die wir hier in England haben. Ihr unerwarteter Besuch heute zeigt mir jedoch, daß es sogar in dieser frischen und anständigen Ära einmal Arbeit für mich gibt. Und jetzt, mein lieber Freund, wollen Sie bitte Platz nehmen und mir ganz langsam der Reihe nach erzählen, wie sich alles zugetragen hat, damit ich etwas für Sie tun kann.«

Das Gesicht das jungen Overton nahm den verlegenen Ausdruck dessen an, der mehr daran gewöhnt ist, seine Muskeln, als seinen Verstand zu gebrauchen. Doch nach und nach, mit zahlreichen Wiederholungen und Verworrenheiten, die ich hier zum besseren Verständnis für den Leser weglasse, breitete er seine seltsame Geschichte vor uns aus.

»Nun, das war so, Mr. Holmes. Wie ich schon sagte, habe ich die Leitung des Rugbyteams an der Universität Cambridge, und mein bester Mann ist Godfrey Staunton. Morgen sollen wir gegen Oxford spielen. Wir haben uns gestern abend alle in der kleinen Pension von Bentley zusammengefunden. Um zehn Uhr machte ich noch mal einen Rundgang, um festzustellen, ob die Burschen auch alle im Bett seien, denn ich bin für eisernes Training und viel Schlaf, wenn ein Team in Form sein soll. Ich hatte vorher ein paar Worte mit Godfrey gesprochen, der mir blaß erschien und so, als ob ihn etwas quälte. Drum fragte ich, was denn los sei. Er erwiderte, ihm fehle nichts, er habe nur ein bißchen Kopfweh. Ich sagte ihm gute Nacht und ging selber schlafen. Nun höre ich vom Portier, daß eine halbe Stunde später ein ungehobelt aussehender Mann mit Bart eine Nachricht für Mr. Staunton gebracht hat. Godfrey war noch nicht im Bett und nahm den Brief auf seinem Zimmer in Empfang. Nachdem er ihn gelesen hat, ist er wie vom Schlag gerührt in einem Sessel zusammengesunken, sagt der Portier, der darüber so erschrak, daß er mich gleich herbeiholen wollte. Godfrey hielt ihn zurück und verlangte nach einem Glas Wasser. Das trank er in einem Zuge aus und muß sich dann sehr zusammengerissen haben. Er lief die Treppe hinunter und sprach mit dem Überbringer noch ein paar Worte in der Halle. Dann gingen beide zusammen fort. Der Portier sah ihnen nach, wie sie beinah im Laufschritt in Richtung Strand die Straße hinuntereilten. Heute früh war Godfreys Zimmer leer und sein Bett unberührt. Seine Sachen lagen alle an ihrem Platz und da, wo ich sie am Abend vorher schon gesehen hatte. Er war also auf eine kurze Notiz hin mit diesem Fremden auf und davon gelaufen, und seitdem haben wir nichts mehr von ihm gehört. Ich glaube nicht, daß er jemals wieder zurückkommt. Dabei war der Junge Sportsmann mit Leib und Seele. Nie hätte er sein Training aufgegeben und seine Mannschaft im Stich gelassen. Nein, ich fühle es, er ist für immer fort, und wir werden ihn nicht wiedersehen.«

Dieser merkwürdigen Erzählung lauschte Sherlock Holmes mit größter Aufmerksamkeit.

»Was haben Sie bisher getan?« wollte er noch wissen.

»Nach Cambridge gedrahtet, um in Erfahrung zu bringen, ob man dort etwas von ihm gesehen oder gehört hat. Die Antwort war: ›Nein.‹«

»Hätte er inzwischen von dort schon wieder zurückkehren können?«

»Ja; es gibt einen Spätzug um 23 Uhr 15.«

»Aber soweit Sie im Bilde sind, hat er ihn nicht genommen?«

»Nein, er wurde nicht gesehen.«

»Und was unternahmen Sie daraufhin?«

»Ich schickte Lord Mount James ein Telegramm.«

»Was hat der damit zu tun?«

»Godfrey ist Waise, und dieser Lord Mount James ist sein nächster Verwandter – ein Onkel, glaube ich.«

»Ach so. Das wirft ein neues Licht auf die Angelegenheit. Lord Mount James gehört zu den reichsten Leuten hier in England.«

»Ja, das sagte Godfrey.«

»Und Ihr Freund ist tatsächlich eng mit ihm verwandt?«

»Ja, er ist der Erbe, und der alte Knabe wird bald achtzig. Schlimm, die Gicht hat er obendrein. Sie sagen, daß er sein Billardqueue mit den Knöcheln einkreidet. Seit der Neffe auf der Welt ist, hat er ihm keinen Shilling gegönnt, denn er ist furchtbar knauserig. Aber Godfrey kommt schon noch beizeiten zu seinem Recht.«

»Hat Lord Mount James geantwortet?«

»Nein.«

»Welchen Grund könnte Ihr Freund gehabt haben, den Lord aufzusuchen?«

»Nun ja, er war beunruhigt gestern abend. Und wenn das etwas mit Geld zu tun hatte, liegt es nahe, daß er seinen nächsten Verwandten, der so steinreich ist, bittet, ihm auszuhelfen. Nur wird er nach allem, was man so hört, wenig Aussicht gehabt haben, aus dem Geizkragen etwas herauszuholen. Godfrey mochte den Alten auch nie. Er ist sicher nur zu ihm gegangen, wenn es sich gar nicht vermeiden ließ.«

»Das werden wir ja bald feststellen. Angenommen, der junge Staunton ging also zu diesem Onkel. Wie erklären Sie sich dann den späten Besuch des bärtigen Mannes und die Aufregung, die sein Kommen verursachte?«

Cyril Overton preßte die Fäuste gegen seine Schläfen.

»Das kann ich mir überhaupt nicht zusammenreimen!« meinte er kopfschüttelnd.

»Macht nichts. Ich habe heute den ganzen Tag frei, und es wird mir ein Vergnügen sein, mich der Sache anzunehmen«, sagte Holmes. »Doch würde ich Ihnen nahelegen, Ihre Vorbereitungen für das Match zu treffen, ohne mit dem gesuchten jungen Herrn zu rechnen. Wie Sie mir ja selbst geschildert haben, muß schon eine zwingende Notwendigkeit eingetreten sein, wenn sie ihn in solcher Weise seinen Verpflichtungen entriß. Und wahrscheinlich bleibt er auch aus demselben Grund noch fort. Jetzt wollen wir uns erst einmal in das Hotel begeben, wo er gewohnt hat, und sehen, ob wir aus dem Portier noch etwas herausbekommen.«

Sherlock Holmes war ein Meister in der Kunst, sich kleine Zeugen gefügig zu machen. Im Nu hatte er in Godfrey Stauntons Zimmer Einlaß gefunden und unter vier Augen alles aus dem Pförtner herausgequetscht, was dieser wußte. Der Besucher vom Vorabend sei weder ein feiner Herr noch ein Arbeiter gewesen, sondern ganz einfach eben nur irgendein Mann. Ziemlich minderbemittelt habe er ausgesehen. Alter etwa fünfzig; graumelierter Bart, blasses Gesicht, unauffällige Kleidung. Er scheine selbst in Sorge gewesen zu sein. Der Pförtner hatte gesehen, daß seine Hände zitterten, als sie den Zettel mit der schriftlichen Mitteilung hielten. Godfrey Staunton habe das Papier genommen und in seine Hosentasche gesteckt, ohne dem Mann die Hand zu schütteln. Sie hätten ein paar Sätze gewechselt, denen der Pförtner einzig das Wort »Zeit« entnahm. Dann seien sie in der bereits beschriebenen Weise miteinander fortgegangen, als die Uhr in der Halle gerade halb elf zeigte.

»Aha, so war das«, sagte Holmes und setzte sich auf Stauntons Bett. »Sie sind der Tagesportier, nicht wahr?«

»Jawohl, Sir. Mein Dienst ist um elf Uhr zu Ende.«

»Der Nachtportier hat vermutlich nichts Neues zu vermelden?«

»Nein, Sir. Eine Theatergesellschaft ist noch spätabends hier angekommen. Sonst niemand.«

»Hatten Sie gestern den ganzen Tag Dienst?«

»Gewiß, Sir.«

»Haben Sie Mr. Staunton eine Nachricht überbracht?«

»Jawohl, Sir, ein Telegramm.«

»Ah, das ist ja interessant. Um wieviel Uhr war das?«

»Ungefähr sechs Uhr nachmittags.«

»Wo befand sich Mr. Staunton, als er es erhielt?«

»Hier, in seinem Zimmer.«

»Waren Sie dabei, als er es öffnete?«

»Ja, Sir. Ich wartete, ob er mir eine Antwort mitgeben werde.«

»Und tat er das?«

»Nein, Sir. Er schrieb zwar eine Antwort, brachte sie aber gleich selbst zur Post.«

»Aber er schrieb sie in Ihrer Gegenwart?«

»Ja, Sir. Ich stand hier, an der Tür, und er dort, mir den Rücken zuwendend, am Tisch. Als er fertig war, sagte er: ›Schon gut. Ich gebe das selbst auf.‹«

»Womit schrieb er?«

»Mit Feder und Tinte.«

»Benutzte er eines der Telegrammformulare auf dem Tisch?«

»Ja, Sir, das oberste.«

Holmes stand auf. Er nahm die Formulare an sich, trug sie zum Fenster hinüber und prüfte sorgfältig das oberste.

»Schade, daß er nicht mit Bleistift schrieb«, sagte er, indem er die Blätter mit einem Achselzucken der Enttäuschung zurücklegte. »Du hast sicher schon öfters beobachtet, Watson, daß der Stift meistens auf die Unterlage durchdrückt – eine Tatsache, die manche glückliche Ehe aufgelöst hat. Hier jedoch kann ich keine Spur finden. Immerhin schrieb er erfreulicherweise mit einer breiten Feder, und ich zweifle kaum, daß ich an diesem Löscher einen Abdruck finden werde. Ah, ja, natürlich, da haben wir ihn schon!« Er riß ein Stück von dem Löschpapier ab und zeigte uns die hier wiedergegebenen Hieroglyphen:

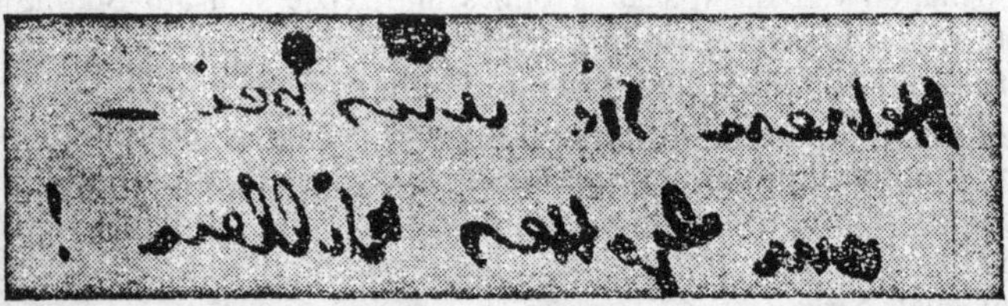

»Gegen den Spiegel! Halten Sie es gegen den Spiegel!« rief Cyril Overton aufgeregt.

»Gar nicht nötig«, entgegnete Holmes. »Das Papier ist dünn genug, daß uns die Rückseite die Enthüllung bringen wird, sehen Sie!« Er hatte das Blatt umgedreht, und wir lasen:

Stehen Sie uns bei –
um Gottes Willen!

»Das also ist der Schluß des Telegramms, das Godfrey Staunton wenige Stunden vor seinem Verschwinden aufgab. Mindestens sechs Worte müssen uns fehlen, aber was von der Botschaft übrigbleibt, beweist, daß der junge Mann eine furchtbare Gefahr auf sich zukommen sah, vor der jemand ihn schützen sollte. ›Uns‹ steht hier. Eine andere Person ist demnach mit eingeschlossen. Wer anders sollte es sein als unser blasser bärtiger Besucher, der sich ja selbst in großer Unruhe zu befinden schien? Welcher Art also ist die Beziehung zwischen Godfrey Staunton und diesem Mann? Und wo müssen wir die dritte Quelle suchen, von der alle beide sich Hilfe gegen eine drohende Gefahr erwarten? Auf diese Frage darf sich unsere Nachforschung fürderhin beschränken.«

»Wir brauchen doch bloß herauszubekommen, an wen der Gesuchte das Telegramm adressiert hat«, schlug ich vor.

»Goldrichtig, mein kluger Watson. Deine tiefgründige Überlegung hat auch mein Hirn gestreift. Aber man wird wohl kaum auf Bereitwilligkeit bei den Postbeamten stoßen, wenn man den Kontrollzettel einer bestimmten Depesche zu sehen verlangt, die von einer anderen Person abgeschickt wurde. Mit der Bürokratie hat man immer seine liebe Not. Trotzdem hege ich keinen Zweifel, daß Behutsamkeit und Einfühlungsvermögen uns schon ans Ziel gelangen lassen. Mittlerweile möchte ich gern in Ihrer Gegenwart, Mr. Overton, die auf dem Tisch liegenden Papiere einmal durchgehen.«

Es handelte sich um einige Briefe, Rechnungen und Notizbücher, die Holmes mit eiligen, nervösen Fingern und aufmerksamen Augen durchblätterte. »Nichts dabei«, erklärte er schließlich seufzend. »Übrigens, was ich noch fragen wollte – Ihr junger Freund war doch körperlich ganz gesund, es fehlte ihm nichts?«

»Nein, eine Bärennatur.«

»Also, Sie haben nie erlebt, daß er krank war?«

»Nie, nicht einen einzigen Tag. Das heißt, na ja, einmal lag er mit Schnupfenfieber; und das Knie hat er sich auch voriges Jahr verstaucht, aber das ging ganz schnell wieder vorbei.«

»Vielleicht ist er doch nicht so kräftig, wie Sie glauben. Zumindest werde ich das Gefühl nicht los, daß er einen geheimen Kummer hatte. Mit Ihrer Zustimmung möchte ich gern einige von diesen Papieren zu mir stecken. Vielleicht könnten sie für unsere weitere Untersuchung von Nutzen sein.«

»Halt! Einen Augenblick!« rief da eine nörgelnde Stimme.

Als wir uns umsahen, stand im Türrahmen heftig gestikulierend eine ältliche Männergestalt. Sie trug einen abgeschabten schwarzen Anzug mit loser weißer Halsbinde und darüber einen sehr breitkrempigen Zylinderhut und sah aus wie ein Leichenbestatter oder verwahrloster Landpfarrer. Ungeachtet dieser eher lächerlichen Aufmachung war des Alten Organ scharf und durchdringend, so wie auch sein unbeirrbar gebieterisches Verhalten Aufmerksamkeit erheischte.

»Wer sind Sie, und mit welchem Recht kramen Sie in den Papieren dieses Herrn?« herrschte er Sherlock Holmes an.

»Ich bin Privatdetektiv und bemühe mich, sein Verschwinden zu erklären«, entgegnete dieser.

»Privatdetektiv, soso. Und wer hat Sie zu diesem Unterfangen ermächtigt?«

»Der junge Mann hier, ein Freund Mr. Stauntons, wurde von Scotland Yard an mich verwiesen.«

»Wie heißt er?«

»Ich bin Cyril Overton.«

»Dann sind Sie es, der mir ein Telegramm geschickt hat. Mein Name ist Lord Mount James. Ich bin gekommen, so rasch mich der Bayswater Bus hierhertrug. Sie haben also bereits einen Detektiv zugezogen?«

»Ja, Sir.«

»Und sind auch gewillt, die Kosten dafür zu tragen?«

»Wenn wir meinen Freund Godfrey erst gefunden haben, wird er gewiß bereit sein, diese zu übernehmen.«

»Aber wenn man ihn nicht findet, was dann? Wollen Sie mir diese Frage beantworten?«

»In diesem Falle wird zweifellos seine Familie –«

»Papperlapapp!« schrie da der kleine Alte. »Glauben Sie nicht, daß Sie auch nur einen Penny aus mir herausholen. Nicht einen Penny! Haben Sie verstanden, Herr Detektiv! *Ich* bin nämlich die ganze Familie, von der da die Rede ist. Und ich zeichne für nichts verantwortlich. Wenn er sich nach meinem Tode etwas erhoffen kann, dann hat er das nur der Tatsache zu verdanken, daß ich nie Geld zum

Fenster hinausgeworfen habe. Und das beabsichtige ich auch jetzt nicht zu tun. Was nun diese Papiere anbetrifft, über die Sie so mir nichts dir nichts verfügen wollen, so darf ich Sie darüber belehren, daß, sollte sich nur irgend etwas von Wert darunter befinden, Sie Rechenschaft über den Verbleib ablegen müssen.«

»Ausgezeichnet, mein Herr«, erwiderte Sherlock Holmes liebenswürdig. »Darf ich mittlerweile fragen, ob Sie selbst eine Theorie über das Verschwinden des jungen Mannes vorzubringen haben?«

»Nein, Sir, das habe ich nicht. Er ist groß und alt genug, auf sich selbst aufzupassen. Und wenn er sich so töricht benimmt und die Kontrolle über sich verliert, muß ich meinerseits jede Verantwortung ablehnen und bin auch nicht willens, hinter ihm herzujagen.«

»Ich verstehe Ihren Standpunkt vollkommen«, erwiderte Holmes augenzwinkernd. »Vielleicht begreifen Sie hingegen nicht ganz den meinen. Godfrey Staunton scheint bisher ein armer Schlucker gewesen zu sein. Wenn man ihn also geraubt hätte, dann kaum um eigener Besitztümer willen. Das Gerücht von Ihrem Reichtum jedoch, Lord Mount James, ist in aller Munde. Wäre es nicht denkbar, daß eine Diebesbande Ihren Neffen an einen sicheren Ort verschleppt hätte, um von ihm Auskünfte über Ihr Haus, Ihre Gewohnheiten und Ihr Vermögen zu erlangen?«

Das Gesicht des unfreundlichen kleinen Besuchers wurde so weiß wie sein Halstuch.

»Himmel, Mann, wie kommen Sie denn darauf? An die Möglichkeit einer solch unmenschlichen Schurkerei hätte ich nie auch nur im Traum gedacht. Was für Halunken es auf dieser Welt doch gibt! Aber Godfrey, der ist in Ordnung. Ein zuverlässiger, anständiger Bursche ist das, und seinen Onkel würde er niemals verraten. Noch heute abend will ich das Gold- und Silbergeschirr in einem Banksafe unterbringen. Und Sie, scheuen Sie inzwischen keine Mühe, Herr Detektiv! Ja, ich bitte Sie dringend, nichts unversucht zu lassen, das mir den Jungen heil und gesund wiederbringt. Und was das Geld angeht, nun, bis zu fünf Pfund – oder sagen wir, bis zu zehn, dürfen Sie jederzeit auf mich rechnen.«

Doch selbst in seiner jetzt so gefügigen Stimmung konnte uns der knickerige Alte keine Auskunft geben, die uns weitergeholfen hätte, denn er wußte vom Privatleben seines Neffen herzlich wenig. Unser einziger Anhaltspunkt war und blieb der Satzfetzen aus dem Telegramm. Und mit dessen Kopie machte sich Holmes auf den Weg, ein zweites Glied für seine Beweiskette zu finden. Des Lords hatten wir uns bald entledigt, und Overton war fortgegangen, um sich mit seiner Mannschaft zu beraten.

Ein Telegrafenamt befand sich in der Nähe des Hotels. Dort ließen wir unsere Kutsche halten.

»Es lohnt sich, den Versuch zu wagen«, meinte Holmes. »Natürlich könnten wir mit einer Vollmacht eher verlangen, daß uns die Kontrollzettel vorgelegt werden. Aber so weit sind wir noch nicht. Ich glaube, an einem derart verkehrsreichen Ort merken sie sich kaum die Gesichter. Auf, wir probieren es!«

»Verzeihen Sie bitte die Störung«, wandte er sich in seiner liebenswürdigsten Art an das Fräulein hinter dem Schalter. »Es ist mir bei dem Telegramm, das ich gestern aufgab, anscheinend ein kleiner Fehler unterlaufen. Ich erhielt nämlich keine Antwort und hege die Befürchtung, daß ich vergaß, meinen Namen unter den Text zu setzen. Könnten Sie wohl nachsehen, ob es sich so verhält?«

Die junge Dame blätterte einen Stoß von Kontrollzetteln durch.

»Um wieviel Uhr war das?« fragte sie.

»Kurz nach sechs.«

»Und der Name des Empfängers?«

Holmes legte den Finger an die Lippen, wobei er mir einen kleinen Seitenblick zuwarf.

»Die letzten Worte waren: *Um Gottes willen!*« flüsterte er vertraulich. »Ich bin sehr beunruhigt, weil keine Antwort eingetroffen ist.«

Das Fräulein löste eines der Formulare aus dem Packen.

»Dieses muß es wohl sein. Nein, Name steht keiner drunter«, erklärte sie, indem sie das Papier auf dem Schalterbrett glattstrich.

»Kein Wunder, daß man mir dann nicht geantwortet hat«, sagte Holmes. »Ach du meine Güte, was bin ich doch für ein Esel! Guten Morgen, liebes Fräulein, haben Sie Dank für Ihre Bemühungen! Jetzt weiß ich wenigstens, woran ich bin.«

Als wir wieder auf der Straße nebeneinanderher gingen, rieb er sich schmunzelnd die Hände.

»Gutgegangen?« fragte ich.

»Wir sind einen großen Schritt weitergekommen, Watson«, gab er zurück. »Sieben Versionen hatte ich mir ausgedacht, wie ich das Telegramm zu Gesicht bekommen könnte. Es war ja kaum zu hoffen, daß dies schon bei der ersten gelingen würde.«

»Und was hast du erspäht?«

»Einen ganz entscheidenden Faktor für unsere weitere Fahndung.« Er winkte einer Droschke.

»King's Cross Station«, gab er dem Kutscher an.

»Das wird ja eine richtige Reise!« rief ich.

»Ja, ich glaube, wir müssen nach Cambridge hinüberfahren. Alle Anzeichen sprechen dafür.«

»Sag mal«, versuchte ich aus ihm herauszubekommen, als wir über die Gray's Inn Road ratterten, »hast du schon einen Verdacht, warum er verschwunden ist? Ich glaube, noch bei keinem unserer Fälle war das Motiv mehr in Dunkel gehüllt als hier, oder nicht? Du wirst doch nicht im Ernst annehmen, daß man ihn gekapert hat, um etwas über seinen reichen Onkel in Erfahrung zu bringen?«

»Ich gestehe dir, Watson, daß ich es in der Tat für höchst unwahrscheinlich halte. Doch hoffte ich, den unangenehmen Alten für diese Erklärung am ehesten interessieren zu können.«

»Darin hattest du bestimmt recht. Was für Möglichkeiten siehst du wirklich?«

»Ich wüßte verschiedene aufzuzählen. Du wirst zugeben: Es ist doch recht merkwürdig, daß sich dieser Zwischenfall ausgerechnet am Vorabend eines so wichtigen Spiels ereignete und daß gerade der Mann, dessen Anwesenheit für den Ausgang von solcher Bedeutung ist, vermißt wird. Natürlich mag das alles Zufall sein. Es ist darum nicht weniger fesselnd. Öffentlich gewettet wird beim Amateursport ja nicht. Trotzdem schließen sie gerne im Publikum untereinander Wetten ab. Und man reißt sich um solch einen Spieler wie beim Rennen um ein seltenes Pferd. Sehr naheliegend scheint mir beispielsweise auch folgendes: Irgendeine Verschwörerbande hat den jungen Mann – so bescheiden seine Mittel auch im Augenblick sein mögen – als künftigen Erben eines großen Besitzes in Gewahrsam genommen, um ihn gegen ein Lösegeld wieder herauszugeben.«

»Diese Theorien nehmen aber keinerlei Bezug auf die Depesche.«

»Sehr richtig, mein Watson. Das Telegramm ist und bleibt die einzig unangreifbare, handfeste Realität, mit der wir rechnen dürfen. Und davon abzuschweifen sollten wir unserer Phantasie nicht erlauben. Deshalb sind wir ja jetzt auf dem Weg nach Cambridge, um uns über den Sinn dieses Telegramms klarzuwerden. Noch tappen wir im finstern, doch sollte es mich wundern, wenn wir bis heute abend der Sache nicht auf den Grund gekommen wären oder doch zumindest einen großen Fortschritt zu verzeichnen hätten.«

Es war schon dunkel, als wir die alte Universitätsstadt erreichten. Vor dem Bahnhof bestiegen wir eine Droschke, und Holmes bedeutete dem Kutscher, uns zum Hause Dr. Leslie Armstrongs zu fahren.

Wenige Minuten später schon hielten wir vor einer großen Villa an der verkehrsreichsten Straßenkreuzung. Wir wurden angemeldet und nach langem Warten ins Sprechzimmer eingelassen, wo der Doktor hinter seinem Schreibtisch saß. Es beweist, in welchem Grade ich meinem Beruf ferngerückt war, daß ich den Namen Leslie Armstrongs nicht kannte. Mittlerweile erfuhr ich, daß er nicht nur als eine der Spitzen seiner medizinischen Fakultät an der Hochschule galt, sondern auch als der Denker von europäischem Ruf auf verschiedenen Zweigen der Naturwissenschaft geschätzt wird. Doch auch bei jemandem, zu dem sein glänzender Ruf noch nicht gedrungen war, mußte dieser Mensch auf den ersten Blick einen tiefen Eindruck hinterlassen: ein kantiges, großes Gesicht mit versonnenen Augen hinter den buschigen, strohgelben Brauen und mit einem wie in Granit gehauenen, unbeugsamen Kinn. Ein Mann von Charakter und wachem Geist, so zeigte sich uns Doktor Armstrong, ein grimmiger Asket, furchteinflößend und sich selbst genug. Er hielt die Visitenkarte meines Freundes in der Hand, und seine harten Züge legten eine wenig erbaute Miene an den Tag.

»Ich habe bereits von Ihnen gehört, Mr. Sherlock Holmes, und von Ihrer Tätigkeit, die mir in der Seele zuwider ist.«

»Diese Ansicht, Herr Doktor«, entgegnete mein Freund seelenruhig, »werden Sie mit jedem Verbrecher dieses Landes teilen.«

»Soweit Ihre Anstrengungen sich der Ausmerzung des Verbrechens zuwenden, werden vernünftige Mitglieder der menschlichen Gesellschaft Sie darin unterstützen, wenngleich ich überzeugt bin, daß der öffentliche Polizeiapparat für diese Zwecke völlig ausreicht. Weit mehr fordert Ihr Geschäft zur Kritik heraus, wenn Sie Ihre Nase in Geheimnisse von Privatpersonen stecken oder in Familienangelegenheiten herumschnüffeln, die besser im Verborgenen bleiben – schon gar, wenn Sie dazu noch Leute behelligen, die weniger Zeit haben als Sie.«

»Gewiß, Herr Doktor; und doch wird sich vielleicht herausstellen, daß unsere Unterhaltung noch wichtiger ist als Ihre wissenschaftlichen Abhandlungen. Übrigens, darf ich nebenbei erwähnen, daß unser Tun genau das Gegenteil von dem bezweckt, was Sie zu Recht so anprangern? Denn wir sind ja gerade bemüht, zu verhindern, daß Privatangelegenheiten öffentlich zur Schau gestellt werden. Dies ist aber unvermeidlich, wenn so ein Fall in die Hände der Polizei gelangt. Betrachten Sie mich daher einfach als diskreten Pionier, welcher der Staatsgewalt vorausgeht, ihre Stoßwirkung zu dämpfen oder ganz zu vermeiden. Ich bin gekommen, Sie nach Godfrey Staunton zu fragen.«

»Was ist mit ihm?«

»Sie kennen ihn, nicht wahr?«

»Er ist einer meiner nächsten Freunde.«

»Sie wissen, daß er verschwunden ist?«

»Aha, daher weht also der Wind!« Der Ausdruck in den zerfurchten Gesichtszügen veränderte sich nicht.

»Er verließ gestern abend sein Hotel – und seither hat man nichts mehr von ihm gesehen noch gehört.«

»Er wird schon wiederkommen.«

»Morgen ist das große Rugbyspiel der Universität.«

»Ich habe für diese kindischen Vergnügungen nichts übrig. Am Schicksal des jungen Mannes nehme ich wärmsten Anteil, weil ich ihn gut kenne und sehr gern habe. Aber solch eine Rugbykeilerei berührt meine Kreise ganz und gar nicht.«

»Dann erhebe ich nur Anspruch auf Ihr Interesse an Mr. Stauntons persönlichem Schicksal. Wissen Sie, wo er sich aufhält?«

»Aber nein!«

»Haben Sie ihn gestern gesehen?«

»Nein.«

»War Mr. Staunton gesund?«

»Vollkommen.«

»Ist er nie Ihr Patient gewesen?«

»Nie.«

Holmes zog blitzschnell einen Zettel hervor und hielt ihn dem Doktor vor die Augen. »Dann hätten Sie vielleicht die Güte, mir diese quittierte Rechnung über dreizehn Guineen, die von Herrn Godfrey Staunton letzten Monat an Dr. Leslie Armstrong in Cambridge bezahlt wurden, zu erklären? Ich habe diese Liquidation unter den Papieren auf seinem Schreibtisch gefunden.«

Der Doktor errötete vor Ärger.

»Ich sehe nicht ein, Mr. Holmes, wieso ich Ihnen eine solche Erklärung schulde.«

Holmes legte die Rechnung in sein Notizbuch zurück.

»Wenn Sie eine öffentliche Aussage vorziehen, so steht dem früher oder später nichts im Wege«, versetzte er. »Ich habe Ihnen ja bereits gesagt, daß es sich indessen vermeiden ließe, wenn Sie mir Ihr volles Vertrauen schenken wollten.«

»Ich weiß Ihnen nichts zu sagen.«

»Erhielten Sie von Mr. Staunton aus London eine Nachricht?«
»Nein.«
»Ach, zum Kuckuck, immer diese Postämter!« seufzte Holmes müde. »Gestern abend um 6 Uhr 15 wurde nämlich ein dringendes Telegramm von Godfrey Staunton an Sie abgeschickt. Zweifellos hing die Botschaft mit seinem Verschwinden zusammen. Und doch gelangte sie nicht zu Ihnen! Eine solche Nachlässigkeit ist unentschuldbar. Ich werde sofort hier auf dem nächsten Postamt eine Beschwerde einreichen.«
Purpurrot vor Zorn sprang Dr. Leslie von seinem Schreibtischsessel auf.
»Ich muß Sie ersuchen, sofort mein Haus zu verlassen!« schrie er. »Ihrem Auftraggeber Lord Mount James können Sie bestellen, daß ich weder mit ihm noch mit seinen Agenten etwas zu schaffen haben will. Nein, Mr. Holmes, kein Wort mehr!«
Wütend klingelte er. »Führen Sie diese beiden Herren hinaus, John!«
Ein Butler geleitete uns mit strenger Miene zur Haustür. Wenige Sekunden später sahen wir uns wieder auf der Straße, wo Holmes in schallendes Lachen ausbrach.
»Dieser Doktor hat wirklich ebensoviel Energie wie Charakter«, meinte er unverdrossen. »Nie zuvor ist mir ein Mensch begegnet, der würdiger wäre, die Lücke des verblichenen Moriarty zu füllen, sollte ihm daran gelegen sein. Wir indessen, mein armer Watson, stehen jetzt hier gestrandet und ohne befreundete Seele in dieser ungastlichen Stadt. Da wir aber unseren Fall nicht aufgeben dürfen, bleibt uns nichts anderes übrig, als zuzuhören. Immerhin kommt das kleine Gasthaus dort drüben unseren Nöten entgegen. Sei doch so gut und bestelle uns ein Zimmer nach der Straßenseite hin! Ich habe inzwischen noch einiges zu erledigen.«
Dieser Erkundigungszug erwies sich jedoch als weit langwieriger, als Holmes sich ihn vorgestellt hatte. Erst gegen neun Uhr kehrte er blaß, niedergeschlagen und staubbedeckt in unser Nachtquartier zurück. Dazu war er vor Hunger und Anstrengung ganz erschöpft. Ein kaltes Abendbrot stand in der Wirtsstube für ihn bereit. Als er sich daran gelabt und seine Pfeife angezündet hatte, war er wieder so weit hergestellt, daß er den halb belustigten, halb weise gelassenen Standpunkt einnahm, der seiner Natur so gemäß war, wenn etwas nicht ganz nach Wunsch ging. Das Geräusch heranrollender und bremsender Wagenräder veranlaßte ihn aufzustehen und aus dem Fenster zu

sehen. Ein mit zwei grauen Pferden bespannter Brougham stand gegenüber vor des Doktors Haus.

»Der war drei Stunden unterwegs«, bemerkte mein Freund. »Um halb sieben Uhr ist er aufgebrochen, und jetzt kommt er endlich zurück. Das bedeutet, daß er zehn oder zwölf Meilen weit fort war. Und so macht er das täglich, mitunter sogar zweimal.«

»Das ist nichts Ungewöhnliches bei einem praktischen Arzt auf Krankenvisite.«

»Aber Armstrong ist eigentlich nicht behandelnder Arzt. Er bekleidet einen Lehrstuhl an der Universität und ist ein ausgezeichneter Diagnostiker, aber eine allgemeine Praxis hat er gar nicht. Das würde ihn zu sehr von seiner wissenschaftlichen Arbeit abhalten. Warum also unternimmt er diese langen Fahrten, die doch außerordentlich ermüdend für ihn sein müssen – und wer ist es, den er besucht?«

»Der Kutscher –«

»Mein lieber Watson, wie konntest du daran zweifeln, daß ich als allerersten *ihn* gefragt habe? Ich weiß nicht, ob ich es seiner angeborenen Unflätigkeit verdanke oder ob er von seinem Herrn Unterweisung hatte, so zu handeln, aber er war grob genug, einen Köter auf mich zu hetzen. Doch weder Hund noch Mann mochten den Anblick meines Stockes, und so wurde nichts aus dem Überfall. Freilich trug das Ganze nicht zur Entspannung der Beziehungen bei, und jede Bemühung, weitere Auskünfte zu erlangen, wäre sinnlos gewesen. Alles, was ich in Erfahrung brachte, habe ich von einem wohlwollenden Ortsansässigen, den ich draußen auf dem Hof angesprochen habe. Er erzählte mir auch von des Doktors Gepflogenheiten und diesen regelmäßigen Fahrten. Im selben Augenblick, wie um seinen Worten Nachdruck zu verleihen, kam der Wagen auch schon um die Ecke und hielt vor dem Hauptportal.«

»Du hättest ihm vielleicht folgen können?«

»Ausgezeichnet, Watson! Du sprühst vor Geist heute abend. Genau das war's, was ich vorhatte. Vielleicht hast du auch das Fahrradgeschäft drüben an der Ecke gesehen. Dorthin stürzte ich und lieh mir ein Rad aus; und es gelang mir zu starten, ehe der Wagen ganz außer Sicht war. Rasch hatte ich ihn eingeholt und hielt mich fortan in einem Abstand von etwa hundert Metern hinter ihm. Bis wir aus der Stadt waren, folgte ich seinen Lichtern. Wir fuhren schon einige Zeit auf der Landstraße dahin, als sich ein verdrießlicher Zwischenfall ereignete. Die Droschke hielt plötzlich, und der Doktor stieg aus. Eiligen Schrittes kam er auf mich zu, der ich natürlich auch stehengeblieben war. Die Straße werde nun sehr eng, bedeutete er mir mit prachtvoll sarkastischem Unterton, und er müsse fürchten, daß seine Kutsche meinem Rad die Vorbeifahrt versperre. Es war schlechthin bewunderungswürdig, wie er das vorbrachte. Ich stieg sofort auf, um den Wagen zu überholen, und fuhr noch einige Meilen auf der Hauptstraße weiter. An einer Kreuzung machte ich halt, um mich zu vergewissern, ob des Doktors Droschke hinterherkäme. Es war jedoch weit und breit nichts mehr von ihr zu sehen. Sie mußte in einen der zahlreichen Seitenwege eingebogen sien. Auch als ich enttäuscht umkehrte und immer wieder nach dem Wagen Ausschau hielt, konnte ich ihn nirgends entdecken. Und er ist ja erst jetzt, nach mir, wie du weißt, zurückgekehrt. Natürlich hatte ich anfangs keinen besonderen Grund, diese Ausfahrten des Arztes mit Godfrey Stauntons Verschwinden in Verbindung zu bringen. Ich verspürte lediglich einen Hang, alles, was Dr. Armstrong betrifft, im Auge zu behalten. Nun freilich, wo ich gemerkt habe, daß er so genau auf jeden achtet, der ihn vielleicht beobachten könnte, scheinen mir diese geheimen Ausflüge von größter Wichtigkeit zu sein. Und ich werde nicht ruhen, bis ich mir über deren Zweck und Inhalt klargeworden bin.«

»Wir können ja morgen noch einmal versuchen, ihm nachzufahren«, schlug ich vor.

»Meinst du wirklich? Es wird nicht so einfach sein, wie du denkst. Unsereiner ist mit dem Stadtplan von Cambridge nicht so vertraut. Wo und wie sollen wir uns auch verbergen? Diese ganze Landstrecke, durch die ich gestern abend geradelt bin, ist so eben und glatt wie deine Handfläche. Obendrein ist der Mann, wie er mir heute nacht ja bewiesen hat, kein Dummkopf. Ich drahtete Overton, er möge jede Neuigkeit aus London an unsere hiesige Adresse weitergeben. Mittlerweile bleibt uns nichts, als unser Augenmerk ausschließlich auf Dr. Armstrong zu richten, dessen Namen mir die junge Dame vom Telegrammschalter freundlicherweise und unfreiwillig auf dem Kontrollzettel zeigte. Er hat Kenntnis davon, wo der junge Staunton sich aufhält, darauf möchte ich schwören. Und wenn wir dann nicht fertigbringen, es aus ihm herauszubekommen, sind wir selber schuld. Im Augenblick müssen wir freilich zugeben, daß er den Trick, uns an der Nase herumzuführen, bestens beherrscht. Aber du kennst mich ja, Watson, und weißt, daß ich mich mit derlei Scherzen nicht abspeisen lasse.«

Gleichwohl brachte uns auch der nächste Tag nicht näher an die Lösung unseres Geheimnisses heran. Nach dem Frühstück traf ein

Brief ein, den mir Holmes mit einem Lächeln herüberreichte. Sein Inhalt war folgender:

»Sehr geehrter Herr!

Ich versichere Ihnen, daß Sie nur Zeit vergeuden, wenn Sie meine Schritte in dieser Weise zu überwachen versuchen. Ich habe, wie Sie gestern abend feststellen konnten, ein Rückfenster in meinem Brougham. Wenn Sie also eine Zwanzig-Meilen-Rundfahrt wünschen, die Sie wieder an Ihren Ausgangspunkt zurückführt, brauchen Sie nur hinter mir dreinzufahren. Überdies können Sie von mir die Auskunft haben, daß Sie Mr. Godfrey Staunton keineswegs etwas Gutes antun, wenn Sie mich bespitzeln. Ich bin überzeugt, daß Sie dem jungen Mann den besten Dienst erweisen, wenn Sie nach London zurückkehren und Ihrem Auftraggeber berichten, es sei unmöglich, Staunton ausfindig zu machen. Es scheint mir ganz und gar überflüssig, daß Sie weiter hier in Cambridge bleiben.

Besten Gruß! Leslie Armstrong.«

»Ein ausgesprochen ehrenvoller Gegner, dieser Doktor«, sagte Holmes. »Nun, um so mehr erregt er meine Neugier. Ich muß wirklich noch mancherlei herausfinden, ehe ich ihn in Frieden lasse.«

»Sein Wagen hält wieder vor dem Haupteingang«, erwiderte ich. »Eben steigt er ein, hat aber vorher noch einen Blick zu unserem Fenster heraufgeworfen. Soll nicht ich mal mein Glück auf dem Rad versuchen?«

»Nein, nein, mein guter Watson! Bei aller Hochachtung vor deinem Scharfsinn und deiner sportlichen Tüchtigkeit, ich glaube doch nicht, daß du den richtigen Partner für diesen Doktor abgibst. Möglicherweise komme ich schneller ans Ziel, wenn ich allein – und unabhängig von ihm – einige Nachforschungen anstelle. Dich muß ich, so fürchte ich, heute dir selbst überlassen. Denn das Auftauchen zweier umherstreichender Fremdlinge könnte zu mehr Gerede im Ort Anlaß geben, als mir lieb ist. Bestimmt wird es deiner einfallsreichen Natur in dieser ehrwürdigen Stadt an Anregung nicht mangeln. Heute abend hoffe ich dir Günstigeres berichten zu können.«

Doch abermals war meinem Freund eine Enttäuschung bestimmt. Erfolglos kehrte er auch an diesem Tage zurück.

»Ich habe viele Stunden verloren, Watson«, erklärte er niedergedrückt. »Nachdem ich des Doktors übliche Richtung eingeschlagen hatte, verbrachte ich so ziemlich den ganzen Tag damit, all die Dörfer auf dieser Seite von Cambridge abzuklappern. Eine ganz schöne Tour liegt da hinter mir, Chesterton, Histon, Waterbeach, Oakington, alles habe ich abgegrast, ohne daß etwas dabei herausgekommen wäre. Das tägliche Auftauchen eines Brougham mit zwei Pferden hätten sie in diesen verschlafenen Nestern wohl schwerlich übersehen. Zwei zu null für den Doktor. Ist ein Telegramm für mich da?«

»Ja; ich habe es geöffnet, hier. *Fragen Sie bitte nach Pompejus, bei Jeremias Dixon, Trinity College.* Verstehst du das?«

»Oh, das ist doch ganz einleuchtend. Es stammt von unserem Freund Overton, und er antwortet mir auf eine Frage, die ich an ihn richtete. Ich will gleich ein paar Zeilen zu Mr. Jeremias Dixon hinüberschicken. Und dann wird sich endlich das Blatt wenden. Übrigens, hast du etwas über das Spiel gehört?«

»Ja, der Abendanzeiger brachte einen vorzüglichen Bericht. Oxford hat gewonnen. Ein Tor und zwei Versuche. Hier, höre die letzten Sätze: ›Die Niederlage der Leichten Blauen ist wohl ausschließlich der Abwesenheit des hervorragenden Spielers Godfrey Staunton zuzuschreiben, der bedauerlicherweise an der Teilnahme verhindert war. Dieser Verlust war das ganze Spiel hindurch merklich spürbar. Das Fehlen jeglicher Kombination in der Dreiviertellinie und die Schwächung sowohl im Angriff wie in der Verteidigung ließen die hervorragenden Stürmer nicht zum Zuge kommen.‹«

»Dann waren die Ahnungen unseres Freundes Overton also gerechtfertigt«, sagte Holmes. »Na, ich stimme persönlich mit Dr. Armstrong überein, auch meine Kreise berührt kein Rugby . . . Heute müssen wir aber früh ins Bett, Watson, denn ich wittere für morgen einen ereignisreichen Tag.«

Mein nächstes Wiedersehen mit Holmes erschreckte mich jedoch zutiefst. Denn in aller Frühe saß er schon am Feuer und hielt seine winzige Injektionsspritze zwischen den Fingern. Ich befürchtete Schlimmstes. Angesichts meiner Bestürzung legte er das Instrument auf den Tisch und lachte.

»Nein, nein. Kein Grund zur Beunruhigung, mein Guter. Ich beabsichtige nichts Übles mit dieser Spritze, sondern sie soll sich als Schlüssel zu unserem Geheimnis erweisen. Zur Zeit setze ich meine größte Hoffnung auf sie. Bin ich doch gerade von einer kleinen Pfadfinderexkursion zurückgekehrt – und es sieht alles recht verheißungsvoll aus. Nimm ein gediegenes Frühstück zu dir, Watson, denn heute wollen wir uns auf Dr. Armstrongs Fährte begeben! Und diesmal will ich nicht ruhen noch rasten, bis ich ihn in seinem Bau habe.«

»Wenn es sich so verhält«, erwiderte ich, »dann nehmen wir am besten unser Frühstück mit, denn er scheint sehr früh aufzubrechen. Sein Wagen steht schon vor der Tür.«

»Macht nichts. Laß ihn nur losfahren. Und mag er noch so gerissen sein, diesmal entwischt er mir nicht. Sobald du fertig bist, komm mit mir hinunter! Dann werde ich dir einen kleinen Detektiv vorstellen, einen hervorragenden Spezialisten in der Arbeit, die jetzt vor uns liegt.«

Etwa eine Viertelstunde später folgte ich Holmes in den Stallhof, wo er das Gatter einer unverschlossenen Box öffnete. Und heraus trabte ein kurzbeinig gedrungener, weißbraun gefleckter Hund, so ein Mittelding zwischen Spitz und Foxterrier.

»Darf ich dich mit Pompejus bekannt machen?« fragte er. »Er ist der Stolz der hiesigen Fuchsjagdhunde, kein besonders hurtiger Läufer, wie seine Statur schon zeigt, trotzdem ein Prachtexemplar, sobald man ihn auf eine Fährte setzt. Na, Pompejus, wenn du auch kein Sprinter bist, so doch immer noch zu flink für zwei Londoner Herren im schönsten Mannesalter. Drum nehme ich mir die Freiheit, diese Lederleine an deinem Halsband zu befestigen. So, mein Jungchen, nun komm und zeig, was du kannst!« Er führte den Vierbeiner hinüber vor des Doktors Tür, wo das Tier eine kurze Weile herumschnupperte, um dann mit einem schrillen Aufjaulen die Straße hinunterzulaufen, wobei er vor Anstrengung, rascher vom Fleck zu kommen, heftig an der Leine zerrte. In einer halben Stunde hatten wir die Stadt hinter uns und hasteten auf der Landstraße weiter.

»Wie hast du das angestellt, Holmes?« fragte ich verdutzt.

»Ein uraltes und abgedroschenes Verfahren, aber bei manchen Gelegenheiten eben immer noch nützlich. Als es kaum dämmerte, habe ich heute schon meine Spritze mit Anislösung gefüllt. Dann ging ich in Dr. Armstrongs Hof und entlud den gesamten Inhalt über das Hinterrad seiner Droschke. Wenn so ein Spürhund nämlich Anis riecht, rennt er dem nach bis ans Ende der Welt. Und selbst unser Freund Armstrong wird es nicht fertigbringen, den Köter abzuschütteln. Gib acht, wie mir der verflixte Spitzbube neulich abends entschlüpft ist!«

Unser Vierbeiner war plötzlich von der Hauptstraße weg in ein grasbewachsenes Gäßchen eingebogen. Nach einer halben Meile jedoch verbreiterte sich dieser Pfad wieder zu einer richtigen Straße. Bald machte die Spur eine scharfe Wendung nach rechts auf die Stadt zu, die wir kurz vorher verlassen hatten, das heißt, unser Weg führte uns im Bogen südwärts und allmählich in genau die Richtung, aus der wir gekommen, wieder zurück.

»Sieh an, wie wir durch diesen kleinen Umweg bereits klüger geworden sind!« bemerkte Holmes schmunzelnd. »Kein Wunder, daß mein Herumsuchen in den Dörfern sich als ganz fruchtlos erwies. Man möchte nur zu gern wissen, was der Grund für dieses ausgeklügelte Täuschungsmanöver war. Hier das Dorf rechts scheint Trumpington zu sein. Und, du heiliger Schreck, da kommt doch tatsächlich der Brougham um die Ecke gebraust! Schnell, Watson, schnell! Sonst verpassen wir wieder die Gelegenheit.«

Durch ein Tor sprang er ins offene Feld und zog den bekümmerten Pompejus hinter sich her. Kaum waren wir im Schutz einer Hecke gelandet, als der Wagen vorbeirumpelte. Drinnen erblickte ich flüchtig Mr. Armstrong. Er saß da mit gebeugten Schultern, und der Kopf war ihm auf die Hände herabgesunken, ein Bild des Jammers. An den plötzlich sehr ernst gewordenen Zügen meines Freundes erkannte ich, daß auch ihm der Anblick nicht entgangen war.

»Ich fürchte, unsere Fahndung nimmt ein trauriges Ende«, murmelte er. »Wir werden es in Kürze erfahren. Los, Pompejus! Ah, er strebt auf die Hütte dort im Feld zu.«

Es bestand kein Zweifel, daß wir das Ziel unserer Reise erreicht hatten. Winselnd rannte Pompejus vor dem Gartentor auf und ab, wo die Furchen von den Rädern der Kutsche noch zu sehen waren. Holmes band den Hund am Zaun fest, und wir eilten weiter. An der kleinen ländlichen Holztür klopfte mein Freund – und klopfte wieder. Keine Antwort ertönte, und niemand öffnete. Und doch stand das Häuschen nicht leer, denn ein leises Geräusch drang von drinnen an unser Ohr, eine Art verzweifelten, zutiefst schmerzvollen Stöhnens. Es klang so unbeschreiblich traurig, daß Holmes unentschlossen innehielt und auf die Straße hinübersah, von der wir hergekommen waren. Ein Brougham rollte daher, die grauen Pferde davor – nein, es war kein Irrtum möglich!

»Gütiger Gott, der Doktor fährt hierher zurück!« rief mein Freund aus. »Damit ist alles entschieden. Wir müssen feststellen, was hier vorgeht, bevor er kommt.«

Sachte öffneten wir die Tür und schritten in die Diele. Das Stöhnen wurde heftiger und schwoll zu lautem, unglücklichem Weinen an. Es drang aus dem oberen Stockwerk. Mein Gefährte stürzte die Treppe hinauf und ich hinterdrein. Er stieß eine nur angelehnte Tür auf und – und betroffen standen wir vor der Szene, die sich unseren Augen darbot.

Eine schöne junge Frau lag reglos auf dem Bett. Ja, sie war tot, denn die weitoffenen blauen Augen in ihrem stillen blassen Antlitz, das von reichem Gewirr goldglänzenden Haars umgeben war, starrten gebrochen zur Decke. Am Fußende kniete zusammengekauert und sein Gesicht in den Kleidern des weiblichen Wesens bergend, ein junger Mann, dessen Gestalt von bitterlichem Schluchzen erschüttert wurde. So versunken war er in sein Leid, daß er erst aufsah, als Holmes ihm sanft seine Hand auf die Schulter legte.

»Sind Sie Mr. Godfrey Staunton?«

»Ja, ja – aber Sie kommen zu spät. Sie ist tot.«

Der arme Mensch war so betäubt, daß wir ihm nicht zu verstehen geben konnten, wir seien keine Ärzte, nach denen man geschickt hatte. Holmes bemühte sich, einige Worte der Teilnahme zu äußern und zu erklären, welchen Aufruhr sein Verschwinden bei seinen Kameraden hervorgerufen hatte, als man Schritte auf der Stiege hörte. Und sogleich tauchte Dr. Armstrongs finster fragendes Gesicht an der Tür auf.

»So, meine Herren«, wandte er sich düster zu uns, »jetzt haben Sie ja erreicht, was Sie wollten – und auch einen besonders passenden Augenblick für Ihr Eindringen gewählt. Ich möchte in Gegenwart des Todes nicht mit Ihnen herumzanken, aber ich versichere Ihnen, daß, wäre ich noch jünger, ich Ihr ungeheuerliches Verhalten nicht ungestraft hingehen ließe.«

»Entschuldigen Sie bitte, Dr. Armstrong, aber ich glaube, unsere beiderseitigen wohlmeinenden Vorhaben sind einfach einander ins Gehege geraten«, antwortete mein Freund nicht ohne Würde. »Wenn Sie mit uns einen Stock tiefer kommen wollten, so könnten wir uns darüber aussprechen und einer dem andern vielleicht etwas Licht in diese trostlose Angelegenheit bringen.«

Widerwillig folgte uns der grimmige Doktor in das Wohnzimmer im Erdgeschoß.

»Also, sei's denn, was haben Sie mir zu sagen?« fragte er mürrisch.

»Zum ersten möchte ich Sie nicht im Irrtum belassen, ich sei von Lord Mount James, dem meine Sympathien ganz und gar nicht gehören, beauftragt. Sondern: Wenn ein Mensch vermißt wird, so ist es ganz einfach meine Schuldigkeit, zu ermitteln, wo er geblieben und was ihm zugestoßen ist. Sobald ich das getan habe, erlischt meine Berufspflicht. Und soweit kein Verbrechen vorliegt, trachte ich eher ängstlich, jeden Skandal zu vermeiden. Nichts liegt mir ferner, als Dinge an die Öffentlichkeit zu zerren. Da, wie ich ohne weiteres annehmen darf, hier niemand mit dem Gesetz in Widerstreit geraten ist, können Sie sich auf meine unbedingte Diskretion verlassen und meiner Unterstützung in dem Bestreben, die ganze Geschichte von der Presse fernzuhalten, gewiß sein.«

Dr. Armstrong trat auf Sherlock Holmes zu und reichte ihm die Hand. »Sie sind ein anständiger Kerl!« sagte er. »Ich hatte Sie falsch beurteilt. Dem Himmel sei Dank, daß meine Gewissensbisse, den armen Staunton in seinem Kummer so allein gelassen zu haben, mich umkehren ließen. Dadurch habe ich Ihre Bekanntschaft gemacht. Ich will zu Ihnen so offen sein, wie Sie es zu mir gewesen sind, dann werden wir die Zusammenhänge bald geklärt haben. Voriges Jahr lebte Godfrey längere Zeit in London und verliebte sich in die Tochter seiner Hauswirtin. Er hat das junge Mädchen bald darauf geheiratet. Es war ein ebenso liebenswertes wie kluges Geschöpf und obendrein noch bildschön. Einer solchen Frau brauchte sich gewiß kein Mann zu schämen. Nur sollte Godfrey der Erbe von diesem verknöcherten Geizhals Mount James sein, und daß es das Ende seiner Ansprüche bedeuten würde, wenn der Lord von dieser Heirat erführe, stand felsenfest. Ich kannte den Jungen sehr gut und liebte ihn um vieler vorzüglicher Eigenschaften willen. Deshalb half ich ihm mit allen Mitteln und tat mein Bestes, die Sache geheimzuhalten. Denn wenn erst einmal so ein Gerücht aufkommt, dauert es nicht lange, bis es in aller Munde ist. Dank dieser einsamen Hütte und Godfreys Verschwiegenheit hat auch nie jemand etwas gemerkt. Um das Geheimnis wußten nur ich und eine Dienerin, die gerade in Trumpington weiteren ärztlichen Beistand holt. Mittlerweile ist aber das Unglück, dessen Zeugen sie waren, doch hereingebrochen.

Godfreys Frau wurde vor einiger Zeit von dieser gefährlichen Krankheit, einer Lungenschwindsucht in ihrer tückischsten Form, befallen. Der arme Godfrey war halb verrückt vor Schmerz. Trotzdem mußte er nach London fahren, um bei diesem dämlichen Spiel mit dabeizusein. Er konnte sich dem ja nicht entziehen, denn er hätte Erklärungen abgeben müssen, durch die das Geheimnis verraten wurde. Ich versuchte, ihn durch ein Telegramm zu trösten, und er drahtete zurück, indem er mich anflehte, alles zu tun, was in meinen Kräften stehe. Das war jene Botschaft, die Sie anscheinend auf mir unerklärliche Weise zu Gesicht bekamen. Daß seine geliebte Frau in Lebensgefahr schwebte, sagte ich dem Jungen freilich nicht, da mir bewußt war, er vermöchte hier nicht viel auszurichten. Aber ich schrieb an den Vater des Mädchens und gestand ihm die volle Wahrheit. Er indessen war unklug genug, sie an Godfrey weiterzuleiten, mit dem Ergebnis, daß dieser ohne Verzug, dem Wahnsinn nahe, hierhereilte. Er kniete zu ihren Füßen nieder und wich nicht von der Stelle, bis heute früh der Tod sie von ihren Leiden erlöste. Das ist alles, Mr. Holmes. Ich bin froh, mich auf Ihre Verschwiegenheit und die Ihres Freundes verlassen zu können.«

Holmes umschloß des Doktors Rechte.

»Komm, Watson!« sagte er dann leise zu mir, und wir traten aus dem Trauerhaus in das blasse Licht das fahlbesonnten Wintertags.

DER VAMPIR

Holmes las sorgfältig einen Brief, der mit der letzten Post gekommen war. Dann warf er mir mit jenem trockenen Kichern, das er sich, wo andere Menschen gelacht hätten, allenfalls erlaubte, den Bogen herüber.

»Ein schöneres Produkt aus modernem und mittelalterlichem Denken, praktischem Sinn und wilder Phantasie kann man sich schwerlich vorstellen. Was sagst du dazu, Watson?«

Ich las:

Old Jewry Nr. 64
19. November

Betr.: Vampire
Sehr geehrter Herr,
unser Klient, Mr. Robert Ferguson, von der Firma Ferguson & Muirhead, Teeimport, Mincing Lane, hat sich heute mit der Bitte um Nachforschungen betreffend Vampire an uns gewandt. Da sich unsere Firma ausschließlich mit der Untersuchung und Einrichtung von Maschinen befaßt, fällt diese Angelegenheit nicht in unser Gebiet, und so haben wir Mr. Ferguson empfohlen, Sie aufzusuchen und Ihnen den Fall vorzutragen. Ihr erfolgreiches Wirken im Fall Matilda Briggs bleibt uns stets in guter Erinnerung.
Wir verbleiben Ihre Ihnen sehr ergebenen
Morrison, Morrison und Dodd
p. p. E. J. C.

»Matilda Briggs, das ist nicht etwa der Name einer jungen Frau, Watson«, sagte Holmes in nachdenklichem Ton, »es war ein Schiff, das im Zusammenhang mit den Riesenratten von Sumatra genannt wurde. Von der Geschichte selbst weiß die Welt bisher so gut wie nichts. Es würde ihr Fassungsvermögen übersteigen. Andererseits, was wissen wir über Vampire? Fällt das vielleicht in unseren Tätigkeitsbereich? Mir ist wirklich alles lieber als Daumendrehen, aber hier scheinen wir doch wirklich in das Reich der Brüder Grimm zu geraten. Streck mal den Arm aus, Watson, und sieh nach, was wir unter ›V‹ finden.«

Ich lehnte mich zurück und griff nach dem großen Sammelband, um den er gebeten hatte. Holmes balancierte ihn auf den Knien, und seine Augen strichen liebevoll über die aufgezeichneten alten Fälle und angesammelten Notizen aus seiner Lebensarbeit.

»Vermißter Rugbyspieler«, las er. »Das war eine dumme Sache. Ich erinnere mich dunkel, daß du darüber berichtet hast, Watson, obwohl ich dir zum Resultat nicht gerade gratulieren konnte. – Victor Lynch, der Fälscher. – Venus von Limehouse, die – das war ein besonders bemerkenswerter Fall! – Vittoria, die Zirkusschönheit. – Vanderbild und der Yeggman. – Vipern. – Vigor, das Wunder von Hammersmith. Doch halt, halt! Braves Verbrecheralbum! Es geht doch nichts darüber. Hör dir das an, Watson: ›Vampire in Ungarn‹ und da: ›Vampire in Transsylvanien‹.« Ungeduldig blätterte er die Seiten um, aber nach kurzer, gespannter Lektüre warf er das große Buch mit einem Laut der Enttäuschung beiseite.

»Quatsch, Watson, lauter Quatsch! Was gehen uns wandelnde Leichname an, die im Grab nur festzuhalten sind, wenn man Pfähle durch ihr Herz treibt! Das ist ja alles dummes Zeug!«

»Aber ein Vampir muß doch nicht unbedingt tot sein? Ich habe zum Beispiel einmal von Greisen gelesen, die das Blut junger Leute aussaugen, um die eigene Jugend zurückzugewinnen.«

»Du hast recht, Watson, diese alte Legende ist hier auch erwähnt. Aber müssen wir uns mit solchen Dingen ernsthaft beschäftigen? Unsere kleine Agentur hier steht fest auf der Erde, und da soll sie auch bleiben. Die Welt ist groß genug, was brauchen wir da noch Gespenster! Ich fürchte, wir können Mr. Robert Ferguson nicht allzu ernst nehmen. Vielleicht stammt dieser Brief von ihm und wirft etwas mehr Licht auf das, was ihn bekümmert.«

Er griff nach einem zweiten Umschlag, der unbeachtet auf dem Tisch gelegen hatte. Sein Gesicht zeigte ein amüsiertes Lächeln, das jedoch immer mehr einem Ausdruck von Interesse und Konzentration wich. Nachdem er seine Lektüre beendet hatte, saß er eine Weile in Gedanken versunken da, den Brief in der Hand. Dann riß er sich mit einem Ruck aus seinen Träumereien.

»Cheesemans Lamberley. Wo liegt Lamberley, Watson?«

»In Sussex, südlich von Horsham.«

»Nicht sehr weit, wie? Und Cheesemans?«

»Ich kenne die Gegend, Holmes. Sie wimmelt nur so von alten Häusern, die nach ihrem Erbauer benannt sind. Da kannst du Odleys und Harveys und Carritons finden – die Leute selbst sind längst vergessen, nur ihre Namen leben in den Häusern fort.«

»Ganz recht«, bestätigte Holmes kühl. Es gehörte zu den Eigenheiten seiner stolzen, verschlossenen Natur, jede neue Information rasch und präzise in seinem Gedächtnis zu registrieren, sich aber nur höchst selten dafür zu bedanken.

»Ich möchte allerdings meinen, wir werden sehr viel mehr über Cheesemans Lamberley wissen, noch ehe wir diese Sache hinter uns haben. Der Brief ist, wie ich gehofft hatte, von Robert Ferguson. Er beruft sich übrigens auf seine Bekanntschaft mit dir.«

»Mit mir?«

»Lies selbst!«

Er reichte mir den Bogen. Die genannte Adresse war der Briefkopf.

Sehr geehrter Mr. Holmes, hieß es, *ich bin Ihnen von meinen Rechtsanwälten bereits angekündigt worden, aber die ganze Angelegenheit ist tatsächlich derart delikat, daß es mir schwerfällt, sie zu schildern. Es geht dabei um einen Freund, dessen Interessen ich wahrnehme. Dieser Herr heiratete vor etwa fünf Jahren eine peruanische Dame, die Tochter eines peruanischen Kaufmanns, den er während eines Importgeschäftes mit Nitraten kennengelernt hatte. Die Dame war sehr schön, doch immer wieder drängten sich ihre fremde Abstammung und Religion zwischen die Eheleute, so daß nach einer gewissen Zeit seine Liebe zu ihr vielleicht etwas abkühlte und er diese Verbindung als einen Fehler beurteilt haben mag. Er fühlte, es gab Seiten ihres Wesens, die er niemals würde durchschauen oder gar nachempfinden können. Das war um so schmerzlicher, als kein Mann sich eine zärtlichere Frau wünschen konnte. Allem Anschein nach war sie ihm völlig ergeben.*

Nun zu dem, was ich ausführlich erklären werde, sobald wir uns sehen. Diese Zeilen sollen Ihnen nur einen allgemeinen Eindruck von der ganzen Sache vermitteln, damit Sie entscheiden können, ob Sie sich mit dem Fall überhaupt befassen wollen. Diese Dame begann also plötzlich ein merkwürdiges Verhalten an den Tag zu legen, das in vollkommenem Gegensatz zu ihrer sonstigen sanften und ruhigen Art stand. Mein Freund lebt mit ihr in zweiter Ehe, in die er einen Sohn mitbrachte. Der ist ein reizender und lieber Junge, nur körperlich durch einen Unfall in früher Kindheit behindert. Zweimal hat man die Frau beobachtet, wie sie den armen Burschen völlig ungerechtfertigt schlug. Das eine Mal ging sie mit einem Stock auf ihn los, so daß eine große Strieme am Arm zurückblieb.

Das war allerdings noch nichts, verglichen mit ihrem Verhalten ihrem eigenen Kind gegenüber, einem süßen Jungen von knapp einem Jahr. Irgendwann muß das Kind – es mag wohl einen Monat her sein – von der Amme allein gelassen worden sein. Ein lauter, qualvoller Schrei rief sie aber zurück. Als sie ins Zimmer stürzte, sah sie ihre Herrin, die Lady, über das Baby gebeugt und es offensichtlich in den Hals beißend. Am Hals konnte man eine kleine Wunde erkennen, aus der Blut geflossen war. Die Kinderfrau war so entsetzt, daß sie den Vater herbeirufen wollte, aber die Lady flehte sie an, es nicht zu tun, und gab ihr sogar fünf Pfund für ihr Schweigen. Eine Erklärung folgte nie, und für den Augenblick schien die Sache erledigt.

Trotzdem hinterließ dieser Vorfall eine schreckliche Erinnerung im Gedächtnis der Kinderfrau, und von da an begann sie ihre Herrin zu beobachten und noch sorgsamer über das Baby zu wachen, das sie zärtlich liebte. Sie hatte den Eindruck, daß die Mutter sie ebenso belauerte, wie sie sie, und jedesmal, wenn sie das Baby einmal allein lassen mußte, schien die Lady nur darauf zu warten, sich dem Kind zu nähern. Tag und Nacht beschützte die Amme das Kind, und Tag und Nacht lag die stille Mutter auf der Lauer, wie ein Wolf vor einem Lamm. Das alles mag für Ihre Ohren unglaublich klingen, und doch bitte ich Sie, es ernst zu nehmen, denn das Leben eines Kindes und der Verstand eines Mannes können davon abhängen.

Schließlich kam der schreckliche Tag, an dem die Geschehnisse vor dem Gatten nicht mehr verheimlicht werden konnten. Die Kinderfrau verlor die Nerven, sie hielt die Anspannung nicht länger aus und redete sich alles von der Seele. Dem Gatten erschien die Geschichte so unwahrscheinlich, wie sie jetzt Ihnen vorkommen mag. Er kannte seine Frau als einen liebevollen Menschen und – abgesehen von den Angriffen auf den Stiefsohn – auch als gütige Mutter. Wie also sollte sie es übers Herz gebracht haben, ihr eigenes kleines, geliebtes Baby zu verletzen? Er erklärte der Kinderfrau, sie sei verrückt, ihre Verdächtigungen die Ausgeburt einer krankhaften Phan-

tasie, und Verleumdungen solcher Art gegen seine Gattin wolle er nicht dulden. Während sie noch sprachen, ertönte plötzlich ein Schrei. Die Amme und der Herr des Hauses eilten gemeinsam ins Kinderzimmer. Stellen Sie sich seine Empfindungen vor, als er sah, wie seine Frau sich aus einer knienden Stellung vom Bettchen des Kindes erhob – auf dem entblößten Hals des Babys und auf dem Bettbezug war Blut. Mit einem Schauder des Entsetzens drehte er den Kopf seiner Frau zum Licht und sah ihren Mund blutverschmiert. Sie hatte – das stand eindeutig fest – das Blut des armen Kleinen getrunken.

So standen die Dinge. Jetzt hat sie sich in ihrem Zimmer eingeschlossen. Eine Erklärung gab sie nicht. Der Ehemann ist halb wahnsinnig. Er – wie auch ich – weiß nichts über Vampirismus, kennt nur eben den Namen. Wir haben immer geglaubt, es sei nichts als ein Ammenmärchen aus abgelegenen Regionen. Und jetzt, hier, mitten im Herzen von England, in Sussex – nun, alles Weitere kann ich morgen früh mit Ihnen besprechen. Wollen Sie mich empfangen? Wollen Sie mit Ihren großen Fähigkeiten einem verzweifelten Mann helfen? Wenn ja, telegrafieren Sie bitte an Ferguson, Cheesemans Lamberley, und ich werde um zehn Uhr früh bei Ihnen sein.

Ihr sehr ergebener

Robert Ferguson

P. S. Ich glaube, Ihr Freund Dr. Watson spielte für Blackheath Rugby, als ich für Richmond Dreiviertelspieler war. Das ist die einzige persönliche Referenz, die ich geben kann.

»Natürlich erinnere ich mich an ihn«, sagte ich, während ich den Brief beiseite legte. »Der große Bob Ferguson! Der beste Dreiviertelspieler, den Richmond je gesehen hat. Er war ein guter Junge. Sieht ihm ganz ähnlich, sich das Schicksal eines Freundes so zu Herzen zu nehmen.«

Holmes blickte sinnend zu mir herüber und schüttelte den Kopf.

»Wann wird's mir bloß gelingen, deine Grenzen zu erkennen, Watson«, sagte er. »Du wartest doch immer mit neuen Überraschungen auf. Sei nett, gib ein Telegramm auf: ›Will Ihren Fall gern untersuchen.‹ «

»*Ihren* Fall?«

»Wir müssen ihn ja nicht bei seinem Glauben lassen, diese Agentur sei ein Asyl für Schwachsinnige. Natürlich ist es *sein* Fall! Gib das Telegramm auf, und laß alles andere bis morgen ruhen.«

Pünktlich um zehn Uhr am nächsten Morgen trat Ferguson in unser Wohnzimmer. Ich hatte ihn als langen, sehnigen Mann in Erinnerung, mit geschmeidigen Gliedern und gutem Spurtvermögen, was ihm oft genug zustatten kam, wenn er einen feindlichen Verteidiger umlief. Es gibt wohl kaum etwas Deprimierenderes, als dem Wrack eines stattlichen Sportsmannes gegenüberzustehen, den man in seiner Glanzzeit gekannt hat. Seine hohe Gestalt war zusammengesunken, sein blonder Haarschopf gelichtet, die Schultern gebeugt. Ich fürchte allerdings, ich löste ähnliches Unbehagen in ihm aus.

»Hallo, Watson!« sagte er, und seine Stimme klang tief und herzlich wie früher. »Wie der Mann, den ich damals aus dem Ring im Old Deer Park mitten unter die Zuschauer beförderte, siehst du auch nicht mehr aus. Na, ich denke, ich werd' mich wohl auch verändert haben. Die letzten zwei, drei Tage, die haben mir den Rest gegeben. Aus Ihrem Telegramm ersehe ich, Mr. Holmes, daß es doch keinen Sinn hat, vorzugeben, ich sei in Sachen eines anderen hier.«

»Es ist immer einfacher, direkt zu verhandeln.«

»Natürlich, das ist es. Aber Sie können sich vielleicht vorstellen, wie schwer es einem fällt, über die Frau zu berichten, die man beschützen und der man helfen sollte. Aber was kann ich denn tun? Soll ich etwa mit so einer Geschichte zur Polizei gehen? Und trotzdem – die Kinder müssen beschützt werden. Ist das Wahnsinn, Mr. Holmes? Ist das ein Gift im Blut? Haben Sie je einen ähnlichen Fall in Ihrer Praxis erlebt? Um Himmels willen, geben Sie mir einen Rat! Ich bin am Ende meiner Weisheit!«

»Das ist nur zu verständlich, Mr. Ferguson. Aber jetzt setzen Sie sich hierher, reißen Sie sich zusammen und versuchen Sie, mir ein paar klare Antworten zu geben. Ich versichere Ihnen, ich für meinen Teil bin sehr weit davon entfernt, am Ende meiner Weisheit zu sein, ich bin vielmehr überzeugt, daß wir eine Erklärung finden werden. Zunächst: Erzählen Sie mir, was Sie unternommen haben. Ist Ihre Frau noch immer in der Nähe des Kindes?«

»Wir hatten eine schreckliche Szene. Sie ist eine tiefempfindende Natur, Mr. Holmes. Wenn je eine Frau ihren Mann von ganzem Herzen und ganzer Seele liebte, so sie mich. Sie war bis ins Innerste getroffen, daß ich dieses grauenvolle, unvorstellbare Geheimnis entdeckt hatte. Sie wollte nicht einmal sprechen. Auf all meine Vorwürfe gab sie keine einzige Antwort, starrte mich nur immer mit einem wilden, verzweifelten Blick an. Am Ende stürzte sie in ihr Zimmer und schloß sich ein. Seitdem weigert sie sich, mich zu sehen. Sie hat eine Zofe – noch aus der Zeit vor unserer Heirat –, das Mädchen heißt Dolores – eigentlich mehr eine Freundin als eine Dienerin. Sie bringt ihr zu essen.«

»Das Baby befindet sich nicht in unmittelbarer Gefahr?«

»Mrs. Mason, die Kinderfrau, hat geschworen, sie will es weder bei Tag noch bei Nacht allein lassen. Ich kann ihr vertrauen. Viel mehr beunruhigt mich unser armer kleiner Jack – ich schrieb Ihnen ja schon, er wurde zweimal von ihr geschlagen.«

»Aber doch niemals ernsthaft verletzt?«

»Nein, aber sie schlug ihn sehr heftig. Das ist um so schrecklicher, als er ja verkrüppelt ist.« Fergusons finsteres Gesicht wurde weicher, als er von seinem Jungen sprach. »Man sollte glauben, der Zustand des kleinen Kerls würde jedes menschliche Herz besonders mild stimmen. Ein Sturz in der Kindheit – und davon ein verkrümmtes Rückgrat, Mr. Holmes. Aber innen drin ist er heil geblieben: der beste, freundlichste Junge, den man sich vorstellen kann.«

Holmes hatte den Brief in die Hand genommen und überflog ihn noch einmal.

»Wer wohnt außerdem in Ihrem Haus, Mr. Ferguson?«

»Zwei Diener, die noch nicht lange bei uns sind. Ein Stallknecht, Michael, der im Haus schläft. Meine Frau, ich, mein Sohn Jack, das Baby, Dolores und Mrs. Mason. Das sind alle.«

»Ich vermute, Sie kannten Ihre Frau noch nicht lange, als Sie heirateten?«

»Ich kannte sie nur ein paar Wochen.«

»Und wie lange war da schon dieses Mädchen, Dolores, bei ihr?«

»Ein paar Jahre.«

»Demnach müßte Dolores den Charakter Ihrer Frau besser kennen als Sie?«

»Ja, das ist anzunehmen.«

Holmes machte sich eine Notiz.

»Ich könnte mir vorstellen, daß ich in Lamberley von größerem Nutzen sein werde als hier. Das ist ein Fall, bei dem man unbedingt an Ort und Stelle vorgehen muß. Wenn die Lady in ihrem Zimmer bleibt, wird unsere Anwesenheit sie weder stören noch belästigen. Selbstverständlich quartieren wir uns im Gasthaus ein.«

Ferguson hob erleichtert die Hände. »Das habe ich gehofft, Mr.

Holmes. Es gibt einen ausgezeichneten Zug um zwei Uhr, ab Victoria Station, wenn Sie den nehmen könnten?«

»Natürlich können wir sofort aufbrechen. Im Augenblick herrscht hier ohnehin Ebbe, ich kann Ihnen uneingeschränkt meine Zeit widmen. Watson kommt mit, das steht fest. Aber da sind noch ein, zwei Punkte, über die ich gern Klarheit hätte, ehe wir aufbrechen. Die unglückselige Lady hat also anscheinend beide Kinder mißhandelt, wenn ich richtig verstanden habe: ihr eigenes Baby und Ihren kleinen Sohn?«

»Ja, das ist richtig.«

»Aber die Art der Mißhandlungen war verschieden, nicht wahr? Ihren Sohn hat sie geschlagen?«

»Ja, einmal mit dem Stock und einmal mit der Hand, und zwar sehr heftig.«

»Und sie gibt keine Erklärung, warum sie das tat?«

»Nein, keine. Nur, daß sie ihn haßt. Immer und immer wieder sagte sie das.«

»Nun, bei Stiefmüttern kommt das nicht so selten vor. Sagen wir einmal: nachträgliche Eifersucht. Ist die Lady von Natur aus eifersüchtig veranlagt?«

»Ja, sehr sogar. So tropisch hitzig in ihrer Eifersucht wie in ihrer Liebe.«

»Der Junge – er ist über zehn, denke ich –, er ist doch wahrscheinlich geistig weit entwickelt, da ja der Körper zurückbleiben mußte. Hat er Ihnen keinerlei Anlaß für diese Schläge genannt?«

»Nein, er sagte, es habe keinen gegeben.«

»Kamen die beiden davor gut miteinander aus?«

»Nein, sie verstanden sich von Anfang an nicht.«

»Trotzdem behaupten Sie, er sei ein zärtlicher Junge?«

»Einen liebevolleren Sohn werden Sie auf der ganzen Welt nicht finden. Mein Leben ist sein Leben. Von allem, was ich sage oder tue, scheint sein Glück abzuhängen.«

Wieder notierte sich Holmes etwas. Eine Zeitlang saß er schweigsam und nachdenklich da.

»Zweifellos waren Sie und der Junge die besten Kameraden vor dieser zweiten Eheschließung? Sie hielten wie Pech und Schwefel zusammen?«

»Ja, genauso war es.«

»Und der Junge, der ja so anhänglich ist, hat sicher nach wie vor eine starke Bindung an seine tote Mutter?«

»Ja, er kann sie nicht vergessen.«

»Scheint wirklich ein bemerkenswerter kleiner Bursche zu sein. Ich hätte noch eine Frage. Fielen die – hm, Angriffe auf das Baby und Ihren Sohn zeitlich zusammen?«

»Das erstemal, ja. Es war, als sei sie plötzlich in Raserei verfallen und wollte ihren Zorn an beiden auslassen. Das zweitemal hatte nur Jack zu leiden. Mrs. Mason konnte sich nicht beklagen, was das Baby betrifft.«

»Das kompliziert natürlich die Dinge.«

»Ich verstehe nicht ganz, Mr. Holmes.«

»Möglich. Manchmal denkt man sich provisorische Theorien aus und braucht nur etwas Zeit oder bessere Kenntnis der Zusammenhänge, um sie zu entwickeln oder zu verwerfen. Eine schlechte Angewohnheit, Mr. Ferguson, aber der Mensch ist schwach. Ich fürchte, Ihr alter Freund hier hat Ihnen eine sehr übertriebene Schilderung von seinen Arbeitsmethoden gegeben. Nun, wie auch immer, im Augenblick kann ich nur sagen, daß mir Ihr Problem keinesfalls unlösbar erscheint. Erwarten Sie uns um zwei Uhr an der Victoria Station.«

Der Abend jenes trüben, nebligen Novembertages war hereingebrochen, als wir – unser Reisegepäck ruhte sicher im Gasthaus »Chequers« in Lamberley – über den lehmigen Boden eines schier endlosen, gewundenen Weges fuhren, bis wir dann doch das altmodische Haus erreichten, in dem Ferguson lebte. Cheesemans war ein großes, verschachteltes Gebäude, der Mitteltrakt sehr alt und die Seitenflügel sehr neu, mit turmartigen Tudor-Schornsteinen und einem steilen Dach aus Gorsham-Ziegeln. Die Türstufen waren ausgetreten, und die alten Kacheln in der Vorhalle vereinten im Mosaik einen Käse und einen Mann, als Anspielung auf den ursprünglichen Erbauer*. Die Decken wurden von schweren Eichenbalken getragen, und die unebenen Fußböden warfen geradezu Wellen. Der Geruch von Alter und Verfall durchzog das bröckelige Gebäude.

Ferguson führte uns in eine große Halle. Hier prasselte in einem offenen, altmodischen Kamin, hinter dessen eisernem Schirm die Jahreszahl 1670 zu lesen war, ein herrliches Holzfeuer. Der Raum war, wie ich feststellte, mit einer höchst seltsamen Mischung von Gegenständen aus den verschiedensten Epochen und Ländern eingerichtet. Die bis zur Hälfte getäfelten Wände konnten noch sehr gut von dem Besitzer aus dem 17. Jahrhundert stammen, obwohl den unteren Teil eine Reihe gut gewählter, moderner Aquarelle zierte. Darüber, wo gelber Verputz

* Cheese = Käse, man = Mann.

die Eichentäfelung ablöste, hing eine schöne Sammlung südamerikanischer Geräte und Waffen, zweifellos von der peruanischen Lady mitgebracht. Holmes sprang mit der ihm eigenen wachen Neugier auf und betrachtete alles eingehend. Mit etwas nachdenklichem Gesicht kam er dann wieder zurück.

»Hallo!« rief er plötzlich. »Hallo!«

In der Ecke des Raumes hatte ein Spaniel in seinem Korb geschlafen. Nun kam er langsam auf seinen Herrn zu; das Gehen schien ihm schwerzufallen. Die Hinterbeine gehorchten ihm kaum, und sein Schwanz schleifte am Boden. Er leckte Fergusons Hand.

»Was gibt's, Mr. Holmes?«

»Der Hund, was ist mit ihm los?«

»Ja, das fragte sich der Tierarzt auch. Eine Art Lähmung – Rückenmarksentzündung, meint er. Aber es wird schon besser. Bald bist du wieder in Ordnung, was, Carlo?«

Ein leichtes, zustimmendes Wedeln kam von dem herabhängenden Schwanz. Die traurigen Hundeaugen schweiften zwischen uns hin und her. Er hatte verstanden, daß wir von ihm sprachen.

»Ist das ganz plötzlich eingetreten?«

»Ja, über Nacht.«

»Und wann?«

»Nun, es dürfte jetzt vier Monate her sein.«

»Interessant, sehr aufschlußreich.«

»Was meinen Sie damit, Mr. Holmes?«

»Nur eine Bestätigung dessen, was ich bereits vermutet hatte.«

»Um Himmels willen, Mr. Holmes, was glauben Sie denn? Für Sie mag das Ganze ja nur ein intellektuelles Puzzlespiel sein, aber für mich geht es hier um Tod oder Leben. Meine Frau – vielleicht eine Mörderin! Mein Kind – in Lebensgefahr! Spielen Sie nicht mit mir, Mr. Holmes! Die Dinge sind mehr als ernst.«

Der große Rugbyspieler zitterte am ganzen Leibe. Holmes legte ihm besänftigend die Hand auf den Arm.

»Ich fürchte, Sie müssen auf Kummer gefaßt sein, wie immer die Lösung auch ausfallen mag«, sagte er. »Ich möchte Ihnen soviel wie möglich ersparen. Im Augenblick kann ich nicht mehr sagen. Nur eines: Ich hoffe, daß ich, ehe ich dieses Haus verlasse, etwas Definitives gefunden habe.«

»Ich bete zu Gott, daß Sie es schaffen! Wenn Sie mich jetzt entschuldigen wollen, meine Herren – ich möchte zum Zimmer meiner Frau hinaufgehen und hören, ob eine Änderung eingetreten ist.«

Er blieb einige Minuten weg; inzwischen inspizierte Holmes weiter die Kuriositäten an den Wänden. Als unser Gastgeber zurückkehrte, lasen wir schon an seiner niedergeschlagenen Miene, daß er nichts erreicht hatte. Er brachte ein hochgewachsenes, dunkles Mädchen mit herein.

»Der Tee ist fertig, Dolores«, sagte Ferguson. »Gib acht, daß deine Herrin alles bekommt, was sie braucht.«

»Sie sehrr krank!« rief das Mädchen, indem es ihn entrüstet anblickte. »Sie nicht wollen essen. Sie sehrr krank. Sie brauchen Doktor. Ich habe Angst zu bleiben mit ihrr ohne Doktor!«

Ferguson sah mich fragend an.

»Es würde mich sehr freuen, wenn ich mich nützlich erweisen könnte.«

»Meinst du, deine Herrin würde Dr. Watson empfangen?«

»Ich reinführen, ich nicht frragen. Sie brrauchen Doktor.«

»Dann begleite ich Sie sofort.«

Ich folgte dem Mädchen, das vor Aufregung zitterte, die Treppe hinauf und einen Korridor entlang. An seinem Ende gab es eine eisenbeschlagene massive Tür. Mich bedrückte der Gedanke, daß Ferguson, sollte er sich den Eingang zu seiner Frau erzwingen wollen, es nicht gerade leicht haben würde. Das Mädchen zog einen Schlüssel aus der Tasche, und dann knirschten die alten Eichenbretter in ihren Scharnieren. Ich trat ein, und Dolores folgte mir schnell, indem sie die Tür abschloß.

Auf dem Bett lag eine Frau, die offensichtlich hohes Fieber hatte. Sie war nur halb bei Bewußtsein, aber als ich hereinkam, öffnete sie zwei schöne, wenn auch verstörte Augen und blickte mich furchtsam an. Daß sie einen Fremden sah, schien sie zu beruhigen, denn mit einem tiefen Seufzer sank sie in ihre Kissen zurück. Ich näherte mich ihr mit ein paar beschwichtigenden Worten; sie blieb still, während ich ihr den Puls fühlte und die Temperatur maß. Sie war sehr hoch, und doch hatte ich den Eindruck, daß das eher von einer nervösen seelischen Erregung herrührte, als von einer akuten Infektion.

»So sie liegen ein Tag, zwei Tag. Ich habe Angst, sie stirrbt«, sagte das Mädchen.

Die Frau drehte mir ihr glühendes, hübsches Gesicht zu. »Wo ist mein Mann?«

»Er ist unten und möchte Sie gern sehen.«

»Ich will ihn nicht sehen! Ich will ihn nicht sehen!« Nach diesem Ausbruch schien sie in Fieberphantasien zu versinken.

»Ein Feind! Ein Feind! Ach, was soll ich denn bloß gegen diesen Teufel tun?«

»Kann ich Ihnen irgendwie helfen?«

»Nein, mir kann keiner helfen. Das ist das Ende. Alles ist zerstört. Ich kann tun, was ich will, alles ist zerstört.«

Die Frau mußte von einem seltsamen Wahn befallen sein; ich konnte mir den ehrenwerten Bob Ferguson nicht in der Rolle eines Feindes oder gar Teufels vorstellen. »Madam«, sagte ich, »Ihr Gatte liebt Sie von Herzen. Er grämt sich sehr.«

Wieder wandte sie mir die herrlichen Augen zu.

»Er liebt mich – gut. Aber liebe ich ihn vielleicht nicht? Liebe ich ihn denn nicht so, daß ich lieber mich selbst opfere, ehe ich zulasse, daß sein Herz bricht? Ja, so liebe ich ihn. Und doch konnte er glauben – konnte er so von mir reden –«

»Er ist tief besorgt, aber er versteht das alles nicht –«

»Nein, er versteht es nicht. Aber er sollte Vertrauen haben.«

»Wollen Sie ihn denn wirklich gar nicht sehen?« fragte ich noch einmal.

»Nein, nein! Ich kann diese Worte nicht mehr vergessen und auch nicht den schrecklichen Ausdruck auf seinem Gesicht. Nein, ich will ihn nicht sehen. Nur – sagen Sie ihm eins: Ich will mein Kind haben. Ich habe ein Recht auf mein Kind! Das ist die einzige Botschaft, die ich ihm schicken kann.« Sie drehte das Gesicht zur Wand und sagte kein Wort mehr.

Ich kehrte in den Raum im Parterre zurück, wo Ferguson und Holmes noch immer am Kaminfeuer saßen. Ferguson hörte sich meinen Bericht über die Unterhaltung niedergeschlagen an.

»Wie darf ich ihr denn das Kind geben?« sagte er. »Woher soll ich wissen, welch merkwürdige Anwandlungen sie wieder überkommen? Könnte ich je den Augenblick vergessen, wie sie sich von dem Bettchen aufrichtete, den Mund von seinem Blut verschmiert?« Er schauderte bei der Erinnerung. »Das Kind ist bei Mrs. Mason in Sicherheit, und dort muß es bleiben.«

Ein hübsches Dienstmädchen, die einzige moderne Erscheinung, die uns in diesem Haus begegnet war, hatte inzwischen Tee serviert. Während es noch am Tisch beschäftigt war, öffnete sich die Tür, und ein Junge trat herein. Es war ein seltsamer Knabe, sehr blaß und blond, mit aufgeweckten, blauen Augen, die plötzlich, als sie den Vater erblickten, freudig aufleuchteten. Er stürzte vorwärts und schlang ihm wie ein verliebtes Mädchen die Arme um den Hals.

»Oh, Pap!« rief er. »Ich wußte ja nicht, daß du zurück bist. Sonst wär' ich schon längst hier gewesen. Ach, was bin ich froh, daß du wieder da bist!«

»Mein lieber Junge«, sagte der Vater, indem er ihm zärtlich über den blonden Schopf strich, »ich kam früher, weil meine Freunde, Mr. Holmes und Dr. Watson, sich überreden ließen, mich zu begleiten und einen Abend mit uns zu verbringen.«

»Ist das Mr. Holmes, der Detektiv?«

»Ja, das ist er.«

Der Junge blickte uns eindringlich und – wie mir schien – wenig freundlich an.

»Wie steht's mit Ihrem anderen Kind, Mr. Ferguson?« fragte Holmes. »Dürfen wir das auch kennenlernen?«

»Bitte doch Mrs. Mason, das Baby herunterzubringen«, wandte sich Ferguson an seinen Sohn. Der Junge entfernte sich mit jenen seltsam torkelnden Schritten, die mir bestätigten, daß er an einer Rückgratverletzung litt. Er kam gleich wieder zurück, und hinter ihm erschien eine große, hagere Frau mit einem sehr hübschen Kind in den Armen. Es hatte dunkle Augen und goldblondes Haar – eine wunderbare Mischung von angelsächsischem und lateinischem Blut. Ferguson hing offensichtlich an dem Kind, denn er nahm es in die Arme und liebkoste es.

»Allein die Vorstellung, daß jemand es fertigbringen könnte, ihm etwas anzutun«, murmelte er, während er auf den Hals des Babys blickte.

In diesem Augenblick schaute ich gerade zufällig zu Holmes hinüber und bemerkte eine besondere Wachsamkeit in seinem Gesicht. Seine Züge wirkten wie aus altem Elfenbein geschnitzt, und seine Augen, die eben noch an Vater und Kind gehangen hatten, waren nun mit dem Ausdruck intensiver Aufmerksamkeit auf etwas am anderen Ende des Raumes geheftet. Ich folgte seinem Blick, konnte jedoch lediglich vermuten, daß er auf den verregneten, melancholischen Garten hinausschaute. Zwar war ein Laden von draußen gegen die Scheibe gelehnt und verdeckte die Sicht zur Hälfte, aber trotzdem galt Holmes' gespanntes Interesse dem Fenster. Dann lächelte er, und seine Augen wandten sich wieder dem Baby zu. Auf dem runden Hälschen hob sich die kleine narbige Stelle ab. Schweigend untersuchte Holmes den Hals des Kindes. Schließlich schüttelte er eine der Grübchenfäuste, die munter vor seiner Nase hin und her ruderten.

»Leb wohl, kleiner Mann. Du hast deine Erdenlaufbahn recht bemerkenswert begonnen. – Mrs. Mason, ich möchte Ihnen ein paar vertrauliche Fragen stellen.«

Er führte die Frau zur Seite und unterhielt sich mit ihr einige Minuten. Ich konnte nur die letzten Worte aufschnappen, und die lauteten: »Ihre Sorgen werden, so hoffe ich, bald ein Ende haben.«

Die Frau, anscheinend eine etwas mürrische und schweigsame Person, verschwand mit dem Kind.

»Was für ein Mensch ist Mrs. Mason?« fragte Holmes.

»Auf den ersten Blick nicht gerade einnehmend, wie Sie bemerken konnten, aber sie hat ein Herz von Gold und ist dem Kind zugetan.«

»Magst du sie leiden, Jack?« Holmes drehte sich plötzlich zu dem Jungen. Dessen ausdrucksvolles, bewegliches Gesicht verdunkelte sich, und er schüttelte heftig den Kopf.

»Jacky hat höchst seltsame Vorlieben und Abneigungen«, sagte Ferguson, indem er einen Arm um den Jungen schlang. »Glücklicherweise gehöre ich in die Kategorie der ersteren.«

Der Junge lehnte seinen Kopf an die Brust des Vaters.

Ferguson schob ihn sanft von sich weg. »Lauf schon, Jack«, sagte er und sah ihm liebevoll nach, bis er aus unserer Sicht verschwunden war.

»Nun, Mr. Holmes«, fuhr er dann fort, »ich glaube, daß ich Sie leider zu einem hoffnungslosen Unternehmen verleitet habe; was bleibt Ihnen zu tun? Gewiß, Sie geben mir Ihr Mitgefühl. Aber sonst? Ihnen kann das Ganze nur heikel und absurd vorkommen.«

»Heikel ist die Geschichte bestimmt«, sagte mein Freund mit einem amüsierten Lächeln. »Absurdes habe ich bis jetzt noch nicht daran bemerkt. Der Fall begann für mich als eine geistige Spekulation, aber sobald sie Punkt für Punkt durch eine Kette von Tatsachen bestätigt war, wurde der subjektive Eindruck objektiv, und somit können wir mit Sicherheit behaupten, unser Ziel erreicht zu haben. Ich war eigentlich schon soweit, als wir noch in der Baker Street saßen; alles andere gehörte zum Gebiet der Beobachtung und wurde zur Bestätigung.«

Ferguson fuhr sich mit seiner großen Hand über die gefurchte Stirn. »Um Gottes willen, Mr. Holmes«, stieß er heiser hervor. »Wenn Sie die Wahrheit kennen, lassen Sie mich nicht länger in Ungewißheit! Woran bin ich? Was soll ich tun? Mich interessiert gar nicht, wie Sie alles rausbekommen haben, wenn Sie der Sache nur wirklich auf den Grund gekommen sind!«

»Selbstverständlich bin ich Ihnen eine Erklärung schuldig, und die sollen Sie auch bekommen. Aber wollen Sie mir bitte gestatten, den

Fall auf meine eigene Art zu behandeln? Watson, ist die Lady in der Lage, uns zu empfangen?«

»Sie ist krank, doch bei Bewußtsein.«

»Sehr schön. Das Problem können wir nur in ihrer Gegenwart lösen. Lassen Sie uns hinaufgehen.«

»Aber sie will mich doch nicht sehen!« rief Ferguson.

»O doch, das wird sie schon wollen«, sagte Holmes und warf ein paar Zeilen auf ein Blatt Papier. »Zumindest du hast ja Zutritt, Watson. Willst du so gut sein und der Dame diese Nachricht überbringen?«

Ich stieg die Treppe noch einmal hinauf und gab das Blatt Dolores, die behutsam die Tür öffnete. Einen Augenblick später hörte ich einen Aufschrei aus dem Inneren des Zimmers, einen Aufschrei, in dem sich Freude und Überraschung vereinten. Dolores streckte den Kopf aus der Tür.

»Sie will sehen, sie will hören«, sagte sie. Auf meine Aufforderung kamen Ferguson und Holmes herauf. Als wir das Zimmer betraten, stürzte Ferguson ein, zwei Schritte vor, auf seine Frau zu, die sich im Bett aufgerichtet hatte. Aber sie streckte abwehrend die Hände aus. Er sank in einen Lehnstuhl, und Holmes nahm neben ihm Platz, nachdem er sich vor der Lady verbeugt hatte, die ihn mit weitgeöffneten Augen erstaunt ansah.

»Ich glaube, wir können Dolores entbehren«, sagte er. »Aber bitte, Madam, wenn es Ihnen lieber ist, daß sie bleibt, ist dagegen nichts einzuwenden. – Nun, Mr. Ferguson, ich bin ein vielbeschäftigter Mann und habe viele Klienten, so daß meine Methode kurz und direkt sein muß. Die schnellste Operation macht am wenigsten Schmerzen. Lassen Sie mich zunächst etwas sagen, das Ihnen guttun wird. Ihre Gattin ist eine herzensgute, eine sehr liebevolle und eine sehr mißverstandene Frau.«

Ferguson sprang mit einem Freudenschrei auf.

»Beweisen Sie das, Mr. Holmes, und ich werde mein Leben lang Ihr Schuldner sein!«

»Das werde ich tun, aber dafür muß ich Sie an anderer Stelle verletzen.«

»Mir ist alles recht, wenn Sie nur meine Frau entlasten.«

»Hören Sie dann zunächst, wie die Gedankenkette war, der ich in der Baker Street folgte. Ein Vampir – diese Vorstellung schied für mich von vornherein aus. Solche Dinge gibt es in unserem Leben auf dieser alten Insel hier nicht. Trotzdem waren aber Ihre Beobachtungen zutreffend. Sie hatten gesehen, wie die Lady sich vom Bettchen erhob, die Lippen blutverschmiert.«

»Ja, das tat ich.«

»Ist Ihnen nie der Gedanke gekommen, daß man eine Wunde auch aus einem anderen Grund, als Blut zu trinken, aussaugen könnte? Hat es in der englischen Geschichte nicht sogar eine Königin gegeben, die eine Wunde aussaugte, um das Gift daraus zu entfernen?«

»Gift –!«

»Ein südamerikanischer Haushalt. Mein Instinkt registrierte das Vorhandensein jener Waffen dort unten an der Wand, noch ehe ich sie gesehen hatte. Es hätte natürlich anderes Gift sein können, aber dieses kam mir in den Sinn. Und als ich dann den kleinen, leeren Köcher neben dem zierlichen Vogelschießbogen bemerkte, war's genau das, was ich erwartet hatte. Wenn das Kind mit einem dieser Pfeile, in Pfeilgift oder eine andere teuflische Droge getaucht, gestochen worden wäre, hätte es seinen Tod bedeutet, es sei denn, jemand sog das Gift sofort aus.

Und dann der Hund. Wenn jemand die Absicht hatte, dieses Gift anzuwenden, würde er dann nicht zuerst an einem anderen Objekt probieren, ob es seine Wirksamkeit noch nicht eingebüßt hatte? Den Hund hatte ich nicht vorausgesehen, aber ich ahnte so etwas, und dann fügte er sich als Glied in meine Beweiskette. Verstehen Sie jetzt? Ihre Frau fürchtete einen solchen Anschlag. Sie beobachtete, wie er verübt wurde, sie rettete das Leben des Kindes, und trotzdem scheute sie sich, Ihnen die Wahrheit zu sagen, denn sie wußte, wie sehr Sie den Jungen lieben, und fürchtete, es würde Ihnen das Herz brechen.«

»Jacky!«

»Ich habe ihn beobachtet, als Sie vorhin das Baby streichelten. Sein Gesicht spiegelte sich deutlich in der Fensterscheibe, die der zugefallene Laden zum Spiegel machte. Ich las solche Eifersucht, solch grausamen Haß in seinen Zügen, wie ich sie selten an einem Menschen gesehen habe.«

»Mein Jacky!«

»Sie müssen den Dingen ins Auge sehen, Mr. Ferguson. Es ist alles um so schmerzlicher, als es sich hier ja um Liebe zu Ihnen, eine verzerrte, wahnsinnig übersteigerte Liebe handelt, und wahrscheinlich auch Liebe zu seiner toten Mutter, was seine Handlungsweise heraufbeschworen hat. Seine ganze Seele ist im Haß auf dieses reizende Kind erstarrt, dessen Gesundheit und Schönheit einen einzigen Kontrast zu seiner eigenen Schwäche bildet.«

»Lieber Gott! Das ist ja unfaßlich!«

»Habe ich die Wahrheit gesagt, Madam?«

Die Lady schluchzte, das Gesicht in die Kissen vergraben. Jetzt drehte sie sich zu ihrem Mann um.

»Wie hätte ich dir das sagen können, Bob? Ich fühlte selbst den Schlag, den dir diese Nachricht versetzen würde. Wenigstens solltest du sie aus anderem Munde erfahren! Als dieser Herr, der über magische Kräfte zu verfügen scheint, mir schrieb, er wüßte alles, war ich erlöst.«

»Ich würde Jacky ein Jahr an die See schicken«, sagte Holmes, indem er sich von seinem Stuhl erhob. »Nur ein Punkt ist noch nicht ganz geklärt, Madam. Man kann recht gut Ihre Ausfälle gegen Jacky begreifen, aber wie brachten Sie es über sich, das Baby diese letzten zwei Tage allein zu lassen?«

»Ich hatte Mrs. Mason alles erzählt. Sie wußte Bescheid.«

»Genauso dachte ich es mir.«

Ferguson stand neben dem Bett, stumm, die Hände ausgestreckt. Er zitterte.

»Ich glaube, das ist der geeignete Augenblick, uns davonzumachen, Watson«, flüsterte Holmes. »Wenn du jetzt die allzu anhängliche Dolores an einem Arm ergreifst, nehme ich ihren anderen. So«, fügte er hinzu, während er die Tür hinter sich zuzog, »überlassen wir die beiden ruhig sich selbst, damit sie die Dinge wieder ins reine bringen.«

Unter meinen Notizen zu diesem Fall befindet sich noch ein Dokument. Ich meine die Kopie des Briefes, mit dem Holmes die ganze Geschichte abschloß. Und hatte sie nicht auch mit einem Brief begonnen?

An die Firma Morrison, Morrison und Dodd

Baker Street, 21. November

Betr.: Vampire

Sehr geehrter Herr,
bezugnehmend auf Ihr Schreiben vom 19., bitte ich Sie, zur Kenntnis nehmen zu wollen, daß ich den Fall Ihres Klienten Mr. Robert Ferguson, von der Firma Ferguson & Muirhead, Teeimport, Mincing Lane, untersucht und zu einem zufriedenstellenden

Abschluß gebracht habe. Mit Dank für Ihre Empfehlung bin ich, Sir,

Ihr Ihnen sehr ergebener
Sherlock Holmes

DIE TANZENDEN MÄNNCHEN

Den langen, schmalen Rücken über ein Reagenzglas gebeugt, in dem er irgendein besonders übelriechendes Zeug zusamenbraute, hatte Sherlock Holmes schon seit Stunden kein Wort gesprochen. Wie er so dort hockte, den Kopf auf die Brust gesenkt, erinnerte er mich an einen grauen Vogel, an ein fremdartiges Wesen in undefinierbar mattem Federkleid und schwarzem Häubchen.

»Nun, Watson«, sagte er plötzlich, »du meinst also, man sollte nichts in südafrikanische Papiere stecken?«

Ich stieß einen Laut der Überraschung aus. Denn obwohl ich Holmes' geradezu sagenhafte Fähigkeiten zur Genüge kannte, verblüffte es mich doch immer von neuem, wie er geheime Gedankengänge erriet.

»Woher in aller Welt weißt du das?«

Das dampfende Reagenzglas in der Hand, schwang er sich auf seinem Stuhl herum, in seinen tiefliegenden Augen glitzerte es amüsiert.

»Du gibst es also zu, Watson, ich habe dich durchschaut?«

»Allerdings.«

»Eigentlich wollte ich mir diese Bestätigung schriftlich geben lassen.«

»Wozu denn das?«

»Weil du in fünf Minuten erklären wirst, alles sei ja so furchtbar einfach, überhaupt kein Problem.«

»Ich werde bestimmt nichts dergleichen behaupten.«

»Nun, mein Lieber«, er steckte das Glas in den Ständer und begann wie ein Lehrer vor versammelter Klasse zu dozieren, »es ist keine besondere Kunst, eine Reihe von Überlegungen zusammenzufügen, die sich jeweils eine aus der anderen ergeben und deren jede, für sich gesehen, recht einfach ist. Man braucht nur, wie ich dir schon oft gezeigt habe, alle nebensächlichen Einzelheiten wegzulassen und seinen Zuhörern den Ausgangspunkt, verknüpft mit der letzten Schlußfolgerung, zu präsentieren, und man erntet einen – zugegebenermaßen – etwas billigen, aber doch aufsehenerregenden Erfolg. Nun, bei einigem Nachdenken war es nicht allzu schwer, aus der Bewegung deines linken Zeigefingers und Daumens zu schließen, daß du dich entschieden hast, dein bißchen Geld nicht in diesen Goldminen anzulegen.«

»Ich sehe noch immer nicht, was das damit zu tun hat.«

»Ja, das glaube ich gern. Hier hast du die Glieder der einfachen Gedankenkette. Ad 1: Als du gestern vom Club zurückkamst, hattest du Kreidespuren zwischem dem linken Zeigefinger und Daumen. Ad 2. Du benutzt Kreide beim Billard, um dein Queue einzureiben. Ad 3: Du spielst einzig und allein mit Thurston. Ad 4: Du erzähltest mir vor etwa vier Wochen, Thurston sei ein südafrikanischer Besitz zum Kauf angeboten worden, seine Option würde in einem Monat ablaufen und er habe dir eine Teilhaberschaft vorgeschlagen. Ad 5: Dein Scheckheft ist in meinem Schreibtisch eingeschlossen, und du hast mich nicht um den Schlüssel gebeten. Ad 6: Du beabsichtigst nicht, dein Geld in dieses Projekt zu stecken.«

»Tatsächlich, ein Kinderspiel!« rief ich.

»Sagen wir: für Fortgeschrittene«, meinte Holmes, beinahe etwas ärgerlich. »Jedes Problem erscheint einem simpel, ist es erst einmal gelöst. So, und nun sieh dir mal an, was dir dies hier sagt.« Er warf ein Blatt Papier auf den Tisch und wandte sich wieder seinen Chemikalien zu.

Mit einiger Verwunderung betrachtete ich die seltsamen Hieroglyphen.

»Lieber Gott, Holmes, das sind doch nur kindliche Malversuche«, sagte ich.

»Ach, meinst du?«

»Was kann es denn sonst schon sein?«

»Eben das möchte Mr. Hilton Cubitt aus Ridling Thorpe Manor, Norfolk, brennend gern wissen. Dieses niedliche Bilderrätsel kam mit der Morgenpost, er selbst wollte mit dem nächsten Zug folgen. Tat er dies, hat der Zug bereits Verspätung.«

Auf der Treppe hörten wir schwere Schritte, und einen Augenblick später betrat ein großer, glattrasierter Mann unser Zimmer. Die blitzenden Augen und die blühend rosige Gesichtsfarbe ließen keinen Zweifel daran, daß er seine Tage nicht gerade in dem Nebel der Baker Street verbrachte. Es war, als brächte er etwas von der strengen, erfrischenden Luft der Ostküste mit herein. Er schüttelte uns beiden die Hand und wollte sich gerade setzen, als sein Blick auf das Blatt mit den komischen Zeichen fiel, das ich zuvor betrachtet und auf dem Tisch liegengelassen hatte.

»Nun, Mr. Holmes, was sagen Sie dazu?« rief er. »Ich habe gehört, daß Sie verzwickte Probleme lieben, und ich kann mir kaum ein verzwickteres vorstellen.«

»In der Tat, ein merkwürdiges Produkt«, sagte Holmes. »Auf den ersten Blick möchte man meinen, ein Kind habe es gezeichnet – viele kleine Strichmännchen, die über das Papier tanzen. Warum messen Sie der Sache überhaupt eine Bedeutung bei?«

»Ich wäre ja nie darauf gekommen, Mr. Holmes, aber meine Frau sieht was darin. Sie ist furchtbar erschrocken. Obwohl sie kein Wort sagt, sehe ich doch die Angst in ihren Augen. Deshalb will ich den Dingen auf den Grund gehen.«

Holmes hielt das Blatt hoch, so daß die Sonne darauf fiel: eine Seite aus einem Notizblock, bedeckt mit bleistiftgezeichneten Figuren. Er betrachtete sie eine ganze Weile, faltete das Papier dann zusammen und steckte es in seine Brieftasche. »Sie erwähnten bereits einiges in Ihrem Brief, Mr. Cubitt«, sagte er schließlich. »Ich wäre Ihnen trotzdem dankbar, wenn Sie jetzt alles im Zusammenhang erzählen wollten, damit mein Freund, Dr. Watson, sich ein Bild von dem Ganzen machen kann.«

»Leider bin ich nicht gerade das, was man einen guten Erzähler nennt«, sagte unser Gast, während er seine großen Hände nervös zu Fäusten schloß und wieder öffnete. »Sie müssen mich gleich unterbrechen, wenn irgend etwas unklar bleibt. Vielleicht sollte ich mit meiner Heirat im vorigen Jahr beginnen. Aber zuvor möchte ich noch sagen, daß – obwohl ich nicht reich bin – meine Familie zu den angesehensten in Norfolk zählt. Wir leben seit 500 Jahren auf Ridling Thorpe. Also, ich kam voriges Jahr zum Regierungsjubiläum nach London und nahm in einem Boarding-House am Russel Square ein möbliertes Zimmer. Der Vikar unseres Kirchspiels, Parker, war nämlich auch dort abgestiegen. In diesem Haus wohnte eine junge amerikanische Dame. Sie hieß Patrick – Elsie Patrick. Wir lernten uns kennen, und ehe ein Monat um war, hatte ich mich so verliebt, daß ich wußte, es war mir ernst. Wir warteten nicht lang, sondern gingen zum Standesamt und kehrten als jungvermähltes Paar nach Norfolk zurück.

Sie werden es sonderbar finden, Mr. Holmes, daß ein Mann aus einer guten Familie mir nichts, dir nichts ein Mädchen heiratet, von dessen Vergangenheit und Familie er nicht das geringste weiß. Aber Sie haben Elsie nicht gesehen, Sie kennen sie nicht – sonst würden Sie mich verstehen. Doch, sie hat sich wirklich sehr fair gezeigt, das muß man sagen. Hat mir jede Möglichkeit gelassen, mich aus der Affäre zurückzuziehen, wenn ich es gewollt hätte. ›Ich habe leider einige sehr unerfreuliche Bekanntschaften in meinem Leben gehabt‹, erklärte sie mir. ›Am liebsten möchte ich alles, was war, vergessen. Vor allem aber bitte ich dich, mich niemals darauf anzusprechen, ich kann es nicht ertragen. Wenn du mich wirklich willst, Hilton, dann wirst du eine Frau bekommen, die sich über nichts in ihrem persönlichen Leben zu schämen braucht. Aber du mußt dich damit zufriedengeben, du mußt mir glauben und mich niemals nach meiner Vergangenheit fragen. Seit du da bist, ist sie ausgelöscht. Jetzt weißt du meine einzige Bedingung. Wenn sie dir zu hart erscheint, fahr ruhig allein nach Norfolk zurück.‹ So redete sie, noch einen Tag vor unserer Hochzeit. Und ich sagte ihr, ich wolle sie unter allen Bedingungen. Ich habe mein Wort gehalten.

Ja, genau vor einem Jahr haben wir geheiratet, und wir waren sehr glücklich. Aber vor ungefähr einem Monat, so gegen Ende Juni, begannen die Schwierigkeiten. Meine Frau erhielt einen Brief aus Amerika – ich sah es am Poststempel. Sie wurde ganz blaß und warf ihn in den Kamin. Nie erwähnte sie ihn wieder, und ich fragte natürlich auch nicht; versprochen ist versprochen. Doch von da an hatte sie keine ruhige Stunde mehr. Ständig ist ein Ausdruck in ihrem Gesicht, als lebe sie in Angst vor etwas Schrecklichem. Hätte sie sich mir doch anvertraut! Von mir aus konnte ich natürlich nicht davon anfangen ... Vergessen Sie nicht: Elsie ist eine von Grund auf ehrliche, saubere Frau, und was für dunkle Punkte in ihrer Vergangenheit auch sein mögen, sie selbst hat bestimmt keine Schuld. Wenn ich auch nur ein einfacher Norfolker Junker bin, so gibt es doch keinen Mann in ganz England, der die Ehre seines Namens höher hält. Sie weiß das sehr gut, die Elsie, und sie war sich auch darüber klar, bevor wir heirateten. Niemals – da bin ich ganz sicher – würde sie einen Flecken auf unserem Namen dulden.

Und nun komme ich zu der sonderbaren Stelle in meiner Geschichte: Vor mehr als einer Woche, es war vorigen Dienstag, fand ich auf der Fensterbank eine Reihe merkwürdiger kleiner Figuren, wie die hier auf dem Papier. Mit Kreide gezeichnet. Zuerst dachte ich: ein Streich des Stallburschen. Aber der Junge beteuerte hoch und heilig, nichts davon zu wissen. Jedenfalls muß jemand sie während der Nacht angebracht haben. Ich wischte das Gekritzel weg und erwähnte den Vorfall erst hinterher meiner Frau gegenüber. Zu meiner Überraschung nahm sie das Ganze sehr ernst und bat mich – sollte jemals wieder eine solche Zeichnung erscheinen –, sie ihr zu zeigen. Eine Woche lang geschah nichts, bis ich gestern früh dieses Blatt bei der Sonnenuhr im Garten fand. Ich zeigte es Elsie, und da fiel sie doch tatsächlich in Ohnmacht. Seitdem bewegt sie sich wie eine Traumwandlerin, sie wirkt benommen, und aus ihren Augen bricht nacktes Entsetzen. Ja, und da habe ich Ihnen geschrieben, Mr. Holmes, und hab' Ihnen diesen Fetzen hier geschickt. Zur Polizei konnte ich nicht gehen, die hätten mich ausgelacht, aber Sie werden mir – so hoffe ich wenigstens – sagen, was ich tun soll! Ich bin zwar, wie ich schon sagte, kein reicher Mann, aber wenn meiner Elsie eine Gefahr droht, will ich meinen letzten Penny hergeben, um sie zu schützen.«

Er war ein netter Kerl, dieser Junker vom alten Land: Einfach, geradeheraus und freundlich, mit seinen großen ernsthaften blauen Augen und dem breiten, ansprechenden Gesicht. Daß er seine Frau liebte und ihr vertraute, sah man ihm an.

Holmes hatte ihm aufmerksam zugehört, nun saß er für eine Weile nachdenklich da.

»Glauben Sie nicht, Mr. Cubitt, es wäre doch das beste, Sie fragten Ihre Frau, was eigentlich los ist?«

Hilton Cubitt schüttelte seinen mächtigen Kopf.

»Ich sagte es schon, Mr. Holmes: versprochen ist versprochen. Wenn Elsie wollte, würde sie es mir von alleine sagen. Ich kann ihr Vertrauen nicht erzwingen. Andererseits ist es mein gutes Recht, meinen eigenen Weg zu gehen, um dahinterzukommen, und das will ich tun.«

»Nun, ich helfe Ihnen nach besten Kräften. Aber zunächst einmal: Sind irgendwelche Fremden in Ihrer Nachbarschaft gesehen worden?«

»Nein, Sir.«

»Ich stelle mir vor, es ist ziemlich ruhig in Ihrer Gegend. Ein fremdes Gesicht würde doch Grund zum Gerede geben?«

»In der unmittelbaren Nachbarschaft: ja. Aber wir haben ein paar einfache Badeorte in der Nähe, wo Zimmer vermietet werden.«

»Diese Hieroglyphen haben zweifellos eine ganz bestimmte Bedeutung. Allerdings wird es uns kaum gelingen, hinter ihren Sinn zu kommen, wenn nicht ein System in dem Ganzen steckt. Das eine Blatt, das Sie mir gaben, sagt leider zuwenig, und die Tatsachen, die uns bekannt sind, reichen für eine Untersuchung nicht aus. Ich schlage deshalb vor, Sie fahren zurück nach Norfolk und halten die Augen weiter offen. Ich möchte von allen ›Tanzenden Männchen‹ – sollten sie noch weiter auftauchen – genaue Kopien haben. Ein Jammer, daß ich nicht weiß, wie die Zeichnung auf der Fensterbank aussah! Versuchen Sie, Ihre Leute unauffällig auszuhorchen, und stellen Sie bitte auch fest, wie es zur Zeit mit Fremden in Ihrer Gegend ausschaut. Sobald Sie irgend etwas Neues erfahren, kommen Sie zu mir. Ja, das ist vorläufig der einzige Rat, den ich Ihnen geben kann, Mr. Cubitt. Sollte aber etwas Wesentliches, Unvorhergesehenes eintreten, suche ich Sie natürlich sofort auf.«

Das Gespräch hatte Holmes sehr nachdenklich gestimmt. In den nächsten Tagen konnte ich verschiedentlich beobachten, wie er seine Brieftasche hervorholte und das Blatt mit den ›Tanzenden Männchen‹ eingehend studierte. Trotzdem erwähnte er die Geschichte lange mit keinem Wort. Zwei Wochen nach dem Besuch unseres Klienten – ich wollte gerade ausgehen – rief er mich zurück.

»Es wäre gut, du bliebest hier, Watson«, sagte er.

»Was gibt's denn?«

»Ich habe heute früh einen Brief von Hilton Cubitt bekommen – du erinnerst dich doch an ihn? Der Mann mit den ›Tanzenden Männchen‹? Er wird gleich hier sein. Offenbar hat es ein paar neue Zwischenfälle gegeben.«

Unser Norfolk-Junker erschien so schnell, wie ihn eine Droschke nur hatte von Liverpool-Street-Station herbringen können. Seine Augen waren rot entzündet und seine Stirn zerfurcht.

»Das geht mir vielleicht an die Nerven, diese Geschichte, Mr. Holmes«, sagte er, während er erschöpft in einen Sessel sank. »Schlimm genug, wenn man spürt, wie irgendwelches unsichtbare, unbekannte Gesindel einen umschleicht, dann aber auch noch zu sehen, daß die eigene Frau dabei langsam zugrunde geht – das ist mehr, als ein normaler Mensch von Fleisch und Blut ertragen kann. Und ich sage Ihnen: Sie geht zugrunde – unter meinen eigenen Augen.«

»Hat sie inzwischen etwas gesagt?«

»Nein, Mr. Holmes, kein Wort. Es hat Augenblicke gegeben, da war das arme Ding nahe dran – aber sie konnte es dann doch nicht über sich bringen. Ich hab' versucht, ihr zu helfen, hab' mich aber wohl so ungeschickt benommen, daß sie wieder zurückschreckte. Sie fing einmal an, von meiner Familie zu reden, von unserem Ansehen in der ganzen Gegend und wie stolz wir doch auf unsere unangetastete Ehre seien – die ganze Zeit fühlte ich, sie will auf etwas Bestimmtes hinaus, und dann war's wieder weg.«

»Haben Sie denn etwas auf eigene Faust herausbekommen?«

»Eine ganze Menge, Mr. Holmes. Zunächst einmal habe ich noch ein paar Zeichnungen von den ›Tanzenden Männchen‹, vor allem aber: Ich habe den Kerl gesehen!«

»Was, den Mann, der die Männchen zeichnet?«

»Jawohl, ich sah ihn bei der Arbeit. Aber lassen Sie mich der Reihe nach berichten. Also, das erste, was ich am Morgen nach dem Besuch bei Ihnen entdeckte, war eine neue Kleckserei. Wieder waren die Dinger mit Kreide gezeichnet, diesmal auf die schwarze Tür des Geräteschuppens: . . .«

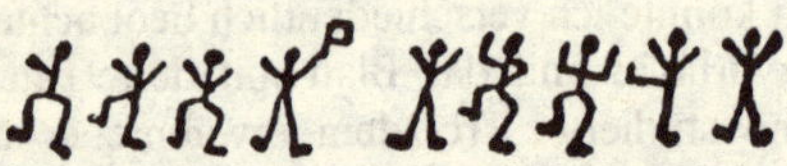

»Ausgezeichnet«, sagte Holmes, »wirklich ausgezeichnet. Bitte fahren Sie fort.«

»Ich wischte die Zeichen weg, aber am übernächsten Morgen war dies da: . . .«

Holmes rieb sich die Hände.

»Unser Material nimmt ganz schön zu; wir machen Fortschritte, Mr. Cubitt, wir machen beträchtliche Fortschritte.«

»Drei Tage später gab's wieder was Neues, ich fand das Blatt, mit einem Kieselstein beschwert, bei der Sonnenuhr. Sie sehen, es sind wieder dieselben Zeichen wie beim erstenmal. Und da beschloß ich, dem Kerl aufzulauern. Ich holte meinen Revolver und bezog in meinem Arbeitszimmer Posten, und zwar so, daß ich den Garten und auch das tiefergelegene Gelände überblicken konnte. Es war etwa gegen zwei Uhr nachts, ich saß immer noch beim Fenster, es war dunkel, nur der Mond schien, als ich plötzlich Schritte hörte. Ich drehte mich um und sah meine Frau im Morgenrock vor mir. Sie flehte mich an, wieder schlafen zu gehen. Darauf erklärte ich ihr, ich wolle nun ein für allemal, und zwar jetzt, feststellen, wer der Kerl sei, der dieses absurde Spiel mit uns treibe. Sie meinte, das sei nur irgendein dummer Unfug, und ich sollte doch nichts darauf geben. ›Wenn es dich aber wirklich so bedrückt‹, sagte sie, ›können wir zwei doch irgendwohin wegfahren, weit weg, dann hören diese Belästigungen auf.‹ – ›Was, meinst du im Ernst, ich würde mich aus meinem eigenen Hause vertreiben lassen?‹ rief ich. ›Ich mache mich ja zum Gespött der Leute!‹

›Gut, wie du willst‹, antwortete sie, ›jetzt komm aber wieder ins Bett, morgen früh können wir weiterreden.‹ Plötzlich – während sie noch sprach – sah ich, wie sie weiß wurde, ihre Hand auf meiner Schulter verkrampfte sich. Da war eine Bewegung im Schatten des Geräteschuppens: Ich sah eine große, geduckte Gestalt um die Ecke huschen und bei der Tür niederhocken. Rasch griff ich nach meiner Pistole und sprang auf, aber meine Frau schlang die Arme um mich und hielt mich krampfhaft fest. Ich versuchte, mich frei zu machen, aber ihr Griff wurde nur noch verzweifelter. Schließlich hatte ich mich befreit, doch bis ich die Tür geöffnet und den Schuppen erreicht hatte, war der Kerl längst verschwunden. Immerhin hatte er etwas zurückgelassen: Auf der schwarzen Tür fand ich dieselben Zeichen, die ich bereits zweimal gesehen hatte. Ich suchte das ganze Gelände ab, konnte aber keine weitere Spur von dem Mann entdecken. Das Merkwürdige ist, daß er trotzdem die ganze Zeit über irgendwo dort versteckt gewesen sein muß, denn als ich mir die Tür am nächsten Morgen noch einmal besah, fand ich unter der bereits bekannten Zeichnung ein paar weitere ›Tanzende Männchen‹, die in der Nacht bestimmt nicht dagewesen waren.«

»Haben Sie auch diese kopiert?«

»Ja. Das Ganze ist sehr kurz, aber hier, sehen Sie selbst: . . .«

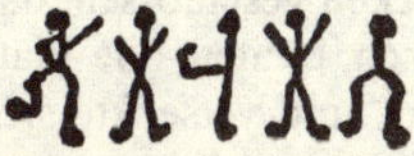

»Sagen Sie«, begann Holmes, und ich konnte ihm seine Erregung von den Augen ablesen, »war dies eine Fortsetzung der ersten Zeile, oder erschien es Ihnen als neue, selbständige Nachricht?«

»Wenn Sie mich so fragen . . . Jedenfalls standen diese Zeichen auf einem anderen Türbrett.«

»Ausgezeichnet! Ich glaube, das ist bisher das Wesentlichste, was wir erfahren haben. Ich sehe schon klarer. Aber sprechen Sie bitte weiter, Mr. Cubitt.«

»Mehr gibt es nicht zu erzählen, Mr. Holmes«, sagte unser Gast. »Ich sollte vielleicht nur noch dies erwähnen: Ich war meiner Frau böse, weil sie mich in der Nacht gehindert hatte, den schleichenden Schuft zu stellen. Sie sagte, sie habe Angst gehabt, mir könnte etwas zustoßen. Und für einen Augenblick kam mir doch wahrhaftig der Verdacht, daß sie in Wahrheit um *ihn* fürchtete. Ich hätte schwören können: Sie wußte, wer der Mann war, und auch, was die ›Tanzenden Männchen‹ bedeuten. Aber – Sie würden es verstehen, wenn Sie sie kennten, Mr. Holmes – da ist ein Ton in ihrer Stimme und ein Blick in ihren Augen, der es einem einfach verbietet, an ihren Worten zu zweifeln. Jetzt bin ich felsenfest überzeugt: Es ging ihr um meine Sicherheit. Ja, das ist alles, und nun: Was soll ich tun? Ich selbst würde am liebsten ein halbes Dutzend meiner Landarbeiter im Gebüsch postieren und ihnen befehlen, den Kerl derart zu verdreschen, daß er uns für alle Zeit in Ruhe läßt.«

»Ich fürchte, dafür ist der Fall zu ernst«, sagte Holmes.

»Wie lange können Sie in London bleiben?«

»Ich muß noch heute zurück. In gar keinem Fall möchte ich meine Frau die Nacht allein lassen. Sie bat mich, unbedingt heimzukommen.«

»Wahrscheinlich haben Sie recht. Hätten Sie etwas mehr Zeit, könnte ich mit Ihnen fahren, sagen wir in ein, zwei Tagen. Aber wie auch immer: Lassen Sie mir einstweilen diese Blätter hier, ich glaube, ich kann Sie dann bald aufsuchen und mehr Licht in diese düstere Angelegenheit bringen.«

Solange unser Klient da war, behielt Holmes die Miene ruhigen, beruflichen Interesses bei. Mich konnte er allerdings nicht darüber hinwegtäuschen, wie aufgeregt er war. Kaum hatte sich die Tür hinter Hilton Cubitts breitem Rücken geschlossen, da stürzte Holmes auch schon zu seinem Schreibtisch, breitete alle Blätter mit den »Tanzenden Männchen« darauf aus und versenkte sich in komplizierte Betrachtungen.

Zwei Stunden lang bedeckte er Seite um Seite mit Zahlen, Figuren und Buchstaben; er war so vertieft in seine Arbeit, daß er mein Vorhandensein völlig vergaß. Ab und zu, wenn ihm etwas gelungen war, sang oder pfiff er vor sich hin, dann wieder saß er lange Zeit verdutzt da, mit leerem Blick, die Stirn gefurcht. Und schließlich war es soweit: Händereibend lief er im Zimmer umher, holte sich ein Telegrammformular und füllte es von oben bis unten aus.

»Wenn die Antwort meinen Erwartungen entspricht, mein lieber

Watson, bekommst du einen hübschen neuen Fall für deine Sammlung«, sagte er. »Ich denke, wir können morgen nach Norfolk fahren und unserem Freund ein paar handfeste Ergebnisse mitbringen.«

Natürlich barst ich vor Neugierde, aber anderseits kannte ich Holmes zu genau, um ihn jetzt mit Fragen zu bedrängen; ich wußte, er wartete mit seinen sensationellen Enthüllungen so lange, wie es ihm paßte. Also übte ich mich in Geduld.

Die Antwort auf sein Telegramm verzögerte sich jedoch. Zwei Tage der Unruhe folgten, während Holmes auf jedes Türläuten horchte. Endlich, am zweiten Abend, kam ein Brief von Hilton Cubitt: Alles sei soweit ruhig, schrieb er, außer daß am Sockel der Sonnenuhr wieder eine neue Kreidezeichnung erschienen sei. Holmes entfaltete die Kopie: Ein paar Minuten blieb er in das Studium der Hieroglyphen vertieft, dann sprang er plötzlich mit einem Ausruf der Überraschung und Bestürzung auf.

»Wir haben die Dinge weit genug treiben lassen«, sagte er. »Geht heute abend noch ein Zug nach North-Walsham?«

Ich sah im Kursbuch nach. Der letzte war gerade abgefahren.

»Dann wollen wir morgen so früh wie möglich aufbrechen. Unsere Anwesenheit ist unbedingt nötig. Ah, und hier kommt mein ersehntes Telegramm! Es ist, wie ich es erwartet habe. Wir dürfen Hilton Cubitt keine einzige Stunde länger warten lassen. Er muß erfahren, wie die Dinge stehen.«

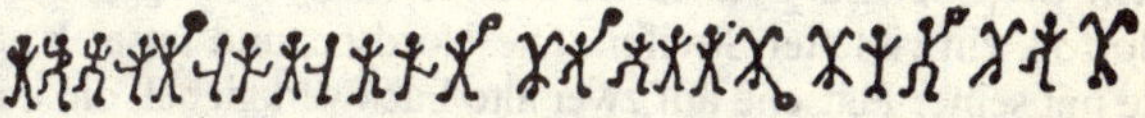

Wenn ich nun zu dem finsteren Ende dieser Geschichte komme, die mir anfangs nur kindisch oder komisch erschien, so erlebe ich abermals die Bestürzung und den Schrecken, die mich damals erfüllten. Ich wünschte, ich könnte meinen Lesern einen schöneren Schluß bieten, aber dies hier ist der Bericht über die wirklichen Ereignisse, und ich muß ihn bis zum dunklen Wendepunkt vorantreiben, bis zu jenem Vorfall, der das Haus Ridling Thorpe Manor in aller Leute Mund brachte.

Wir waren kaum in North-Walsham ausgestiegen und hatten einem der Kutscher unser Ziel genannt, als der Stationsvorsteher angerannt kam. »Sie sind doch die Detektive aus London?« fragte er.

Etwas wie Unwillen zeigte sich auf Holmes' Gesicht. »Wie kommen Sie darauf?«

»Na, der Inspektor Martin aus Norwich, der ist doch hier gerade durchgekommen – oder sind Sie die Polizeiärzte? Aber sie lebt noch, wenigstens vorhin tat sie's, vielleicht können Sie sie retten – wenn auch nur für den Galgen.«

Holmes konnte seine Erregung kaum verbergen. »Wir wollen nach Ridling Thorpe Manor, aber wir haben keine Ahnung, was dort geschehen ist.«

»Guter Gott, eine scheußliche Sache!« jammerte der Beamte. »Beide erschossen, Mr. Hilton Cubitt und seine Frau. Zuerst sie ihn und dann sich selbst, sagen die Dienstboten. Er ist tot und sie nicht weit weg davon. Ach du lieber Gott, so 'ne alte Familie und so angesehen in Norfolk . . .«

Ohne eine Wort zu entgegnen, warf sich Holmes in die Droschke und machte seinen Mund auch während der sieben Meilen dauernden Fahrt kein einziges Mal auf. Ich habe ihn selten so verzweifelt gesehen. Schon bei der Abfahrt in London war er unruhig gewesen, ich hatte es daran erkannt, wie er nervös die Morgenzeitung hin und her wälzte. Aber dies hier versetzte ihm einen Schock. Verloren in quälende Gedanken, lehnte er sich in seinem Sitz zurück. Und dabei fuhren wir durch eine Landschaft, wie es sie wohl nur einmal so herrlich und friedvoll in ganz England gibt. Nur ein paar verstreut liegende Gehöfte zeugten von der Gegenwart – rechts und links ragten gewaltige Kirchen empor und gaben Zeugnis vom Wohlstand und Ruhm des alten Ost-England. Schließlich erschien hinter der grünen Küste von Norfolk ein violetter Streifen. Die Nordsee, und unser Kutscher deutete mit seiner Peitsche auf zwei alte Fachwerkgiebel, die aus den Bäumen hervorschauten. »Das ist Ridling Thorpe Manor«, sagte er.

Als wir dem säulengestützten Eingang näher kamen, sah ich den schwarzen Geräteschuppen und dann die Sonnenuhr auf ihrem Sokkel, was mich wieder in unsere traurige Zeit zurückbrachte.

Ein flinker kleiner Mann, der eifrig und gewitzt wirkte, war gerade von einem Einspänner herabgeklettert. Er stellte sich uns als Inspektor Martin vor, Konstabler von Norfolk, und war offensichtlich verwundert, als er den Namen meines Gefährten hörte.

»Ja du lieber Himmel, Mr. Holmes, der Mord geschah doch erst heute früh um drei! Wie ist es möglich, daß Sie's in London erfuhren und gleichzeitig mit mir hier eintreffen?«

»Ich sah das Unglück voraus und fuhr her, um es zu verhindern.«

»Dann müssen Sie aber weit mehr wissen als wir, denn die beiden galten überall als ausgesprochen glückliches Paar.«

»Das einzige, was ich weiß, ist die Geschichte mit den ›Tanzenden Männchen‹«, sagte Holmes. »Aber davon nachher. Da es jetzt ohnehin zu spät ist, etwas zu retten, will ich wenigstens alles tun, um den Fall zu klären. Wollen Sie mich an Ihrer Untersuchung teilnehmen lassen, oder ist es Ihnen lieber, ich gehe auf eigene Faust vor?«

»Es wäre mir eine Ehre, wenn Sie mit uns zusammenarbeiten wollten, Mr. Holmes«, sagte der Inspektor mit aufrichtigem Ernst.

»Dann möchte ich jetzt gern die Aussagen hören und, ohne noch mehr Zeit zu verlieren, das Grundstück besichtigen.«

Inspektor Martin tat gut daran, meinem Freund volle Freiheit in seiner Arbeitsweise zu lassen, denn so konnte er sich damit begnügen, lediglich die fertigen Ergebnisse sorgfältig zu notieren. Unterdessen erschien auch der Landarzt, ein alter, weißhaariger Herr, und berichtete, daß Mrs. Cubitts Verletzungen zwar ernst, aber nicht unbedingt lebensgefährlich seien. Die Kugel hatte die Schädeldecke durchschlagen, und es würde wohl noch eine Weile dauern, bis sie das Bewußtsein wiedererlangte. Auf die Frage, ob sie selbst oder eine andere Person gefeuert habe, konnte er keine eindeutige Antwort geben. Fest stand lediglich, daß der Schuß aus allernächster Nähe abgegeben worden war. Im Raum hatte man nur eine Pistole gefunden; zwei Kugeln fehlten im Magazin. Mr. Hilton Cubitt war durch einen Herzschuß getötet worden. Es blieb nach wie vor unklar, ob er zuerst sie verwundet und dann sich selbst erschossen oder ob sie die Tat begangen hatte – den Revolver fand man in der Mitte zwischen ihnen auf dem Fußboden.

»Hat man etwas verändert?« fragte Holmes.

»Wir haben nur die Lady weggetragen. Man konnte sie ja nicht gut auf dem Boden verbluten lassen.«

»Wie lange sind Sie schon im Haus, Doktor?«

»Seit vier Uhr früh.«

»Ist außer Ihnen noch jemand gekommen?«

»Sie sehen ja, der Konstabler.«

»Und Sie haben also nichts berührt?«

»Nicht das geringste.«

»Das war klug von Ihnen. Wer hat Sie gerufen?«

»Das Hausmädchen, Miss Sanders.«

»War sie es, die Alarm schlug?«

»Sie und Mrs. King, die Köchin.«

»Und wo stecken sie jetzt?«

»Ich nehme an, in der Küche.«

»Dann schlage ich vor, sie erzählen uns den genauen Hergang noch einmal.«

Man hatte die alte, eichengetäfelte Halle mit den hohen Fenstern in einen Empfangsraum umgebaut. Holmes setzte sich in einen schweren, altmodischen Stuhl, seine unerbittlichen Augen glühten in dem hageren Gesicht. Ich konnte in ihnen das Versprechen lesen, nicht eher zu ruhen, als bis der Tod seines Klienten – wenn er ihn schon nicht hatte retten können – gerächt war. Um ihn herum bildeten der schmucke Inspektor Martin, der greise Landarzt, ich und ein schwerfälliger Dorfpolizist eine merkwürdige Gruppe.

Die beiden Frauen machten ziemlich klare Angaben: Eine Explosion, der gleich darauf eine zweite folgte, hatte sie aus dem Schlaf gerissen. Ihre Räume lagen nebeneinander, und Mrs. King war sofort zu Miss Sanders gestürzt. Zusammen waren sie dann die Treppe hinuntergeeilt. Die Tür zum Arbeitszimmer fanden sie offen, auf dem Schreibtisch brannte eine Kerze. Ihr Herr lag, mit dem Gesicht nach unten, mitten im Raum. Er war tot. Und nahe beim Fenster kauerte seine Frau, sie stützte den Kopf gegen die Wand. Sie sah furchtbar aus, die eine Hälfte des Gesichtes war mit Blut überströmt. Obwohl sie keuchend atmete, konnte sie kein Wort hervorbringen. Flur und Zimmer waren voller Rauch und Pulvergeruch. Ganz gewiß sei das Fenster fest verschlossen und auch von der Innenseite verriegelt gewesen. Beide Frauen waren sich in diesem Punkt einig. Dann hatten sie sofort den Doktor gerufen und die Polizei verständigt und darauf mit Hilfe des Dieners und des Stallburschen die verletzte Lady in ihr Zimmer gebracht.

Mr. und Mrs. Hilton Cubitt waren schon zu Bett gewesen; sie trug einen Morgenrock, er einen Hausmantel über den Nachtkleidern. Im Arbeitszimmer hatten sie nichts verändert, und soweit sie wußten, hatte es nie irgendwelchen Streit oder Unstimmigkeiten zwischen den beiden gegeben. Sie galten als ein ausgesprochen glückliches Paar.

Das war in groben Zügen die Aussage der Dienerschaft. Auf die Frage Inspektor Martins erwiderten sie übereinstimmend, jede Außentür sei von innen verriegelt gewesen, und kein Mensch habe das Haus verlassen können. Auf Holmes' Frage erklärten sie, sie hätten den Pulvergeruch sofort wahrgenommen, als sie aus ihren Zimmern auf den oberen Flur stürzten. »Diesen Umstand empfehle ich Ihrer besonderen Aufmerksamkeit«, wandte Holmes sich an seinen beamteten Kollegen. »Und jetzt, glaube ich, können wir darangehen, das Zimmer gründlich zu untersuchen.«

Das Arbeitszimmer erwies sich als ein ziemlich kleiner Raum, in dem drei Wände mit Bücherregalen vollgestellt waren; vor dem einzigen Fenster, das auf den Garten hinausging, stand ein Schreibtisch. Natürlich galt unsere Aufmerksamkeit zunächst dem armen Junker, dessen mächtiger Körper ausgestreckt auf dem Boden lag. Seine nachlässige Kleidung zeigte, daß er hastig aus dem Bett gesprungen war. Die Kugel hatte ihn von vorn getroffen und war im Körper steckengeblieben, nachdem sie das Herz zerrissen hatte. Wenigstens war der Tod augenblicklich und schmerzlos eingetreten. Weder sein Hausmantel noch die Hände wiesen Pulverspuren auf. Laut Bericht des Arztes hatte die Lady zwar Pulverspuren im Gesicht, jedoch keine an den Händen.

»Das Fehlen dieser Spuren besagt gar nichts, während ihr Vorhandensein alles bedeuten könnte«, sagte Holmes. »Wenn das Pulver einer schlecht sitzenden Patrone nicht zufällig nach hinten fliegt, kann man praktisch eine ganze Reihe von Schüssen abfeuern, ohne ein mit bloßem Auge sichtbares Zeichen davonzutragen. Mr. Hilton Cubitts Leiche sollte man jetzt wohl wegbringen. Doktor, Sie haben die Kugel, durch die die Lady verletzt wurde, wohl noch nicht gefunden?«

»Nein, und das wird auch erst durch eine komplizierte Operation möglich sein. Aber sehen Sie, hier im Revolver sind noch vier Kugeln. Zwei wurden abgefeuert, und wir haben zwei Verwundungen – damit ist doch alles klar.«

»Ja, so könnte es scheinen«, sagte Holmes. »Vielleicht wollen Sie mir auch eine Erklärung für die Kugel geben, die hier den Fensterrahmen durchschlagen hat?« Er drehte sich mit einem Ruck um und wies mit seinem langen Finger auf das Loch am unteren Rahmen des Schiebefensters.

»Alle guten Geister«, rief der Inspektor, »wie haben Sie denn das entdeckt?«

»Ich suchte danach.«

»Wundervoll, Sir«, sagte der Arzt. »Sie haben zweifellos recht. Ein dritter Schuß fiel also, und so muß auch eine dritte Person beteiligt gewesen sein. Nur: Wer war das, und wie konnte sie sich in nichts auflösen?«

»Ja, das eben ist das Problem, das wir lösen müssen«, antwortete Holmes. »Erinnern Sie sich, Inspektor: Als die beiden Dienstboten aussagten, sie hätten gleich beim Verlassen ihrer Zimmer einen starken Pulvergeruch wahrgenommen, sah ich dies als besonders wichtig an und empfahl es Ihrer Aufmerksamkeit.«

»Gewiß, Sir, aber ich muß gestehen, ich verstand nicht ganz . . .«

»Nun, ich nahm an, daß während der Schießerei Tür und Fenster des Zimmers offengestanden haben. Sonst hätte der Pulvergeruch niemals so schnell ins Haus dringen können. Das war nur möglich, wenn im Zimmer ein Windzug herrschte. Und doch, Tür und Fenster waren nur sehr kurze Zeit geöffnet.«

»Woher wissen Sie das?«

»Die Kerze war nicht ausgegangen.«

»Glänzend!« rief Inspektor Martin. »Einfach glänzend!«

»Und da ich sicher war, daß das Fenster während des Mordes offenstand, war ich auch vom Vorhandensein einer dritten Person überzeugt. Diese müßte demnach draußen gewesen sein und durch das Fenster geschossen haben. Jeder Schuß aus dem Zimmer könnte den Fensterrahmen getroffen haben. So blickte ich mich also hier um – das Resultat kennen Sie.«

»Aber wie erklären Sie sich, daß das Fenster nachher wieder geschlossen und verriegelt war?«

»Nun, die Frau wird es instinktiv getan haben. Aber halt – was haben wir denn hier?«

Was Holmes entdeckt hatte, war eine Damenhandtasche, ein hübsches kleines Ding aus Krokodilleder mit Silberbügeln, das auf dem Schreibtisch lag. Er öffnete sie und kippte den Inhalt auf die Platte: fünfundzwanzig englische Pfundnoten, von einem roten Gummiband zusammengehalten. »Das muß sorgfältig aufbewahrt werden«, sagte Holmes nachdenklich und übergab Tasche samt Inhalt dem Inspektor. »Jetzt wollen wir aber sehen, was wir über die dritte Kugel erfahren können. Ich würde gern die Köchin noch einmal sprechen. – Mrs. King, Sie sagten vorhin, Sie seien durch eine laute Explosion geweckt worden. Meinten Sie damit, daß sie Ihnen lauter erschien als die zweite?«

»Ja, Sir, aber ich wurde dadurch ja erst wach, und da ist es schwer, etwas richtig zu beurteilen. Aber es kam mir schon sehr laut vor.«

»Halten Sie es für möglich, daß es zwei Schüsse waren, die gleichzeitig fielen?«

»Oh, Sir, das weiß ich wirklich nicht.«

»Verlassen Sie sich darauf, es war so. Ich glaube, mit diesem Raum haben wir uns jetzt genug befaßt, mehr können wir hier nicht finden. Wenn Sie mitkommen wollen, Inspektor – ich möchte mir den Garten ansehen und feststellen, was es dort für Spuren gibt und was sie uns sagen.«

Unter den Fenstern des Arbeitszimmers war ein Blumenbeet. Wir alle schrien auf, als wir davorstanden: Die Blumen waren niedergetrampelt und die feuchte Erde über und über mit Fußabdrücken bedeckt. Abdrücke von Männerfüßen in eigentümlich langen, spitzen Schuhen. Wie ein Jagdhund nach einem verwundeten Vogel suchte Holmes im Gras und zwischen den Blättern herum. Plötzlich beugte er sich mit einem befriedigten Ausruf vor und hob eine kleine Messinghülse auf.

»Das hab' ich mir gedacht«, murmelte er. »Hier ist die dritte Patronenhülse. Und damit haben wir, scheint mir, alles Nötige beisammen, Inspektor.«

Im Gesicht des ländlichen Inspektors spiegelte sich das ungeheure Erstaunen über die sichere und schnelle Arbeit meines Freundes. Hatte er anfangs vielleicht noch versucht, eine eigene Position einzunehmen, um das dienstliche Gesicht in seinem Machtbereich zu wahren, so war er jetzt, von ehrlicher Bewunderung erfüllt, bereit, sich Holmes in allem und jedem unterzuordnen.

»Wen haben Sie im Verdacht?« fragte er.

»Bitte, glauben Sie mir, ich habe keinesfalls vor, mich in Geheimnisse zu hüllen. Aber in diesem Stadium ist es mir einfach nicht möglich, lang und breit Erklärungen abzugeben. Ich habe alle Fäden in der Hand. Sollte Mrs. Cubitt das Bewußtsein nicht wiedererlangen, so werden wir doch die Ereignisse rekonstruieren und der Gerechtigkeit zum Sieg verhelfen können. Zunächst aber noch eine Frage: Gibt es hier in der Umgebung ein Gasthaus, das ›Elrige's‹ heißt?« Das Personal wurde eingehend befragt, aber niemand wußte etwas. Schließlich fiel dem Stallburschen ein, von einem Mann dieses Namens gehört zu haben. Seine Farm lag ziemlich weit entfernt, in Richtung East Ruston.

»Steht sein Haus einsam?«

»Völlig einsam, Sir.«

»Könnte es sein, daß man dort noch nichts von den Ereignissen hier erfahren hat?«

»Das mag schon stimmen, Sir.«

Holmes überlegte eine Weile, dann huschte ein Lächeln über sein Gesicht.

»Sattle ein Pferd, mein Junge«, wandte er sich an den Stallburschen. »Du sollst eine Botschaft zur Elrige's Farm bringen.«

Er zog aus seiner Tasche die verschiedenen Zettel mit den »Tanzenden Männchen«, breitete sie vor sich aus und arbeitete eine ganze

Zeitlang am Schreibtisch. Schließlich gab er dem Jungen einen Brief und schärfte ihm ein, ihn nur der Person, an die er gerichtet war, auszuhändigen und keinerlei Fragen zu beantworten. Ich sah die beschriebene Seite des Kuverts, sie war mit unregelmäßigen, zittrigen Schriftzügen bedeckt, Holmes' präziser, deutlicher Handschrift völlig unähnlich. Die Adresse lautete: »Mr. Abe Slaney, Elrige's Farm, East Ruston, Norfolk.«

»Wenn Sie meinen Rat annehmen wollen, Inspektor«, sagte Holmes, »so telegrafieren Sie nach ein paar Polizisten. Falls meine Überlegungen richtig sind, werden wir noch heute einen gefährlichen Mann ins Landgefängnis einliefern. Der Junge hier, der meine Botschaft überbringt, könnte auch Ihr Telegramm aufgeben. – Wenn es so um vierzehn Uhr herum einen Zug gibt, sollten wir ihn nehmen, Watson. Du weißt, ich stecke mitten im einem interessanten chemischen Experiment, und diese Untersuchung nähert sich ihrem Ende.«

Sobald der Stallbursche davongeeilt war, erteilte Sherlock Holmes den Dienstboten seine Instruktionen. Wer auch immer nach Mrs. Hilton Cubitt fragen sollte: Es durfte keinerlei Auskunft über ihr Befinden gegeben werden. Der Besucher sollte aber unverzüglich ins Wohnzimmer geführt werden. Das hämmerte er ihnen ein. Schließlich kehrte er ins Wohnzimmer zurück und sagte, wir könnten jetzt nichts weiter tun und müßten sehen, wie wir die Zeit am besten zubrächten. Der Arzt hatte uns bereits verlassen, er war wieder unterwegs zu seinen Patienten; nur der Inspektor und ich blieben.

»Vielleicht wird Ihnen diese Stunde doch nicht ganz verloren erscheinen«, begann Holmes, während er seinen Sessel zum Tisch zog und wieder einmal die Strichmännchen vor sich ausbreitete. »Dir, mein lieber Watson, kann ich nur meine größte Hochachtung aussprechen, daß du die dir angeborene Neugierde so lange bezähmt hast. Und Sie, Inspektor, werden in diesem Verbrechen vielleicht ein bemerkenswertes Studienobjekt erkennen. Zunächst muß ich Ihnen aber von Mr. Hilton Cubitts Besuchen in der Baker Street erzählen!« Er berichtete kurz das Nötigste.

»Hier vor mir sehen Sie diese eigentümlichen Zeichnungen, über die man lächeln könnte, hätten sie sich nicht als Vorläufer einer Tragödie gezeigt. Ich kenne mich in sämtlichen Geheimschriften aus – ich habe selbst ein kleines Buch darüber verfaßt, wobei ich 160 verschiedene Zeichen analysierte. Ich muß jedoch gestehen, dies hier war auch für mich völlig neu. Es liegt auf der Hand, daß die Erfinder dieser Geheimschrift den Glauben erwecken wollten, es handele sich um nichts anderes als um zufällige Kinderkritzeleien. Nachdem ich jedoch erkannt hatte, daß die einzelnen Figuren Buchstaben ersetzen, und mir die Regeln, denen im wesentlichen jede Geheimschrift folgt, wieder ins Gedächtnis gerufen hatte, war die Lösung nicht allzu schwer. Die erste Botschaft, die ich zu Gesicht bekam, war sehr kurz, ich konnte lediglich feststellen, daß dieses Zeichen

für E stand. E ist der gebräuchlichste Buchstabe des englischen Alphabets, er kommt so häufig vor, daß man ihn sogar in einem kurzen Satz mehrfach antreffen kann. Von fünfzehn Zeichen der ersten Nachricht waren vier gleich. Es lag also nahe, ein E dahinter zu vermuten. Manche dieser E hatten so etwas wie ein Fähnchen, andere wieder nicht; aber aus der Anordnung der Fähnchen konnte ich schließen, daß sie dazu dienten, die Buchstabengruppen in Worte zu trennen. Ich ließ diese Hypothese zunächst also gelten und notierte das Zeichen als Buchstaben E:

Aber jetzt erst begann die eigentliche Schwierigkeit des Puzzlespiels. Denn die Reihenfolge der englischen Buchstaben nach dem E steht keineswegs fest, und wenn sich auch vielleicht die Häufigkeit dieses oder jenes Buchstabens im Durchschnitt einer beliebigen Druckseite ergibt, so kann sich das Verhältnis bei einem einzeln herausgegriffenen Satz völlig verschieben. Grob gesprochen, treten die Buchstaben in dieser Häufigkeitsfolge auf: T, A, O, I, N, S, H, R, D, L. Aber T, A, O und I stehen so dicht nebeneinander, daß es einer Sisyphusarbeit gleichkommt, hier eine Reihenfolge wirklich genau zu berechnen. So wartete ich auf neues Material. Bei seinem nächsten Besuch gab mir Hilton Cubitt zwei weitere Kopien, dazu eine Notiz, die aus einem einzigen Wort zu bestehen schien, denn die Strichmännchen wurden durch kein Fähnchen geteilt. Hier sehen Sie die Zeichnungen. In der letzten fand ich zwei E, und zwar als zweiten und vierten Buchstaben von insgesamt fünf. Das Wort könnte lauten ›sever‹ (trennen), ›lever‹ (Hebel) und ›never‹ (niemals). Wenn wir davon ausgehen, daß das Vorherstehende eine Forderung war, paßt die letzte

Lösung, ›niemals‹, am besten. Die Umstände deuteten darauf, daß diese Antwort von der Lady stammte. Nehmen wir an, die Deutung sei richtig, dann können wir sagen, daß diese Zeichen die Buchstaben N, V und R ersetzen:

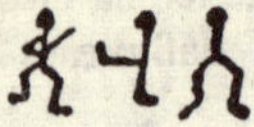

Ein glücklicher Einfall ließ mich die anderen Buchstaben erraten. Ich sagte mir nämlich, daß – wenn diese Botschaft von einer Person stammt, die der Lady früher einmal nahegestanden hat – ein Wort mit zwei E, zwischen denen drei andere Buchstaben stehen, sehr gut ›Elsie‹ lauten könnte. Nach weiterer Prüfung des Materials stellte ich fest, daß diese Zeichenkombination am Ende der Botschaft stand, die dreimal wiederholt wurde. Ziemlich wahrscheinlich also, daß es eine Forderung an ›Elsie‹ war. Damit hatte ich die Buchstaben L, S und I. Aber was für eine Forderung konnte das sein? Das Wort vor ›Elsie‹ bestand nur aus vier Buchstaben, der letzte war ein E. Ich war sicher, daß es ›come‹ (komm) lautete. Trotzdem probierte ich noch alle möglichen Buchstabenkombinationen mit einem E am Ende aus, konnte jedoch keine bessere Lösung finden. Damit hatte ich dann die Zeichen für C, O und M und nahm die erste Notiz noch einmal in Augenschein. Ich trennte sie nach jedem Fähnchen und setzte für jeden fehlenden Buchstaben einen Punkt. Ich erhielt dies:

.M .ERE ..E SL.NE.

Der erste Buchstabe konnte nur ein A sein, und diese Entdeckung erwies sich als sehr nützlich, denn ein A tauchte in diesem kurzen Satz nicht weniger als dreimal auf. Und ein H gehörte an den Anfang des zweiten Wortes. Ich erhielt somit:

AM HERE A.E SLANE.

Und nachdem ich die Lücken gefüllt hatte:

AM HERE ABE SLANEY, das heißt also ›Ich bin hier Abe Slaney‹. Damit waren mir so viele Buchstaben bekannt, daß ich an die Entzifferung des zweiten Zettels gehen konnte:

A. ELRI.ES

Das ergab nur einen Sinn, wenn ich T und G in die Lücken setzte und annahm, es handele sich um ein Gasthaus oder eine Farm, wo der Schreiber wohnt.«

Gebannt hatten Inspektor Martin und ich dem klaren Bericht meines Freundes gelauscht.

»Was unternahmen Sie dann, Sir?« fragte der Inspektor erregt.

»Ich hatte allen Grund zu glauben, daß dieser Abe Slaney Amerikaner war, denn ›Abe‹ ist eine in Amerika gebräuchliche Kurzform, und der Brief an Mrs. Hilton Cubitt, mit dem alles Unglück anfing, kam aus Amerika. Ebenso nahe lag die Vermutung, daß sich hinter dem Ganzen etwas Gesetzwidriges verbarg. Die Andeutung, die die Lady über ihre Vergangenheit gemacht hatte, und ihre Weigerung, ihren Gatten ins Vertrauen zu ziehen, bot diese Schlußfolgerung an. So telegrafierte ich meinem Freund im New Yorker Polizeibüro, Wilson Hargreave, der sich seinerseits mehr als einmal meiner Kenntnis der Londoner Unterwelt bedient hatte. Ich fragte ihn, ob ihm etwas über einen Abe Slaney bekannt sei. Hier die Antwort: ›Der größte Gauner Chicagos‹. Am selben Abend, als das Telegramm kam, erhielt ich auch von Hilton Cubitt die letzte Botschaft Abe Slaneys. Indem ich die mir bekannten Buchstaben einsetzte, las ich:

ELSIE .RE.ARE TO MEET THY GO.

Ich setzte die Buchstaben P und D ein und sah, daß der Schurke von Verfolgung zur Drohung übergegangen war: ›Elsie prepare to meet thy God‹, hieß klar und deutlich, daß Elsie sich vorbereiten solle, vor ihren Herrgott zu treten. Da ich seine Chicagoer Kollegen zur Genüge kenne, befürchtete ich, er könnte die Worte bald in die Tat umsetzen. Sofort machte ich mich mit Dr. Watson auf den Weg hierher, kam aber leider Gottes nur noch an, um festzustellen, daß das Schlimmste geschehen war.«

»Ich empfinde es als eine hohe Auszeichnung, mit Ihnen zusammenarbeiten zu dürfen«, sagte der Inspektor warm. »Aber bitte verübeln Sie es mir nicht, wenn ich jetzt ganz offen bin: Sie haben sich nur vor sich selbst zu verantworten, ich muß vor meinen Vorgesetzten Rechenschaft ablegen. Wenn aber Abe Slaney der Mörder ist, tatsächlich in Elrige's Farm lebt und, während ich hier sitze, das Weite sucht, dann komme ich, so wahr ich hier sitze, in Teufels Küche.«

»Sie brauchen sich nicht zu beunruhigen. Er wird nichts dergleichen tun.«

»Wie wollen Sie das wissen?«

»Flucht würde einem Schuldbekenntnis gleichkommen.«

»Nun, dann lassen Sie uns aufbrechen und ihn gleich festnehmen.«

»Diese Mühe können wir uns sparen. Ich erwarte ihn jeden Augenblick.«

»Warum sollte er ausgerechnet hierherkommen?«

»Ich habe ihm geschrieben und ihn darum gebeten.«

»Aber – aber das geht doch zu weit, Mr. Holmes! Warum in aller Welt glauben Sie, daß er Ihrer Einladung folgt? Sie wird ihn doch nur warnen und in die Flucht treiben!«

»Ich denke, ich habe meinen Brief schon richtig abgefaßt«, sagte Holmes unerschüttert. »Und wenn mich nicht alles täuscht, kommt er dort gerade die Auffahrt entlang.«

Ein großer Mann näherte sich in der Tat mit langen Schritten der Tür: ein gutaussehender, dunkler Typ, in einem Flanellanzug, mit einem Panamahut über einer mächtigen Hakennase und einem struppigen, schwarzen Bart. Beim Gehen schwang er heftig einen Rohrstock. Er schritt über den Weg, als gehöre er ihm, und gleich darauf hörten wir, wie er laut und zuversichtlich die Glocke zog.

»Ich glaube, meine Herren«, sagte Holmes ruhig, »wir beziehen am besten hinter der Tür Posten. Bei solchen Burschen ist jede Vorsicht geboten. Sie werden die Handschellen brauchen, Inspektor – das Reden können Sie dann mir überlassen.«

Wir warteten – eine dieser langen Minuten, die man nie vergißt. Dann flog die Tür auf, und der Mann trat ein. Im selben Augenblick hielt Holmes einen Revolver an seine Schläfe, und Inspektor Martin ließ die Handschellen über seinen Gelenken zusammenschnappen. Das alles war so plötzlich und überraschend erfolgt, daß der Mann schon außer Gefecht gesetzt war, ehe er überhaupt gemerkt hatte, was geschah. Er starrte mit flammenden Augen von einem zum anderen. Dann brach er in bitteres Gelächter aus.

»Ja, Leute, das nenn' ich einen gelungenen Überfall! Da bin ich wohl in 'was Böses hineingeschlittert. Aber ich komme auf einen Brief von Mrs. Hilton Cubitt; man sagte mir, sie sei hier drin. Und Sie wollen mir doch wohl nicht weismachen, daß sie geholfen hat, mich in diese Falle zu locken?«

»Mrs. Hilton Cubitt ist schwer verletzt und liegt im Sterben.«

Der Mann brüllte auf, daß es durch das ganze Haus drang. »Sie sind verrückt«, keuchte er. »Er wurde doch getroffen, nicht sie! Wer könnte der kleinen Elsie was antun? Gut, ich habe ihr vielleicht gedroht – möge Gott mir verzeihen –, aber nie hätt' ich auch nur ein einziges Haar auf ihrem hübschen Kopf gekrümmt. Nehmen Sie das zurück, Mann, sagen Sie, daß das 'ne verdammte Lüge ist...«

»Man fand sie schwerverletzt neben ihrem toten Gatten.«

Mit dumpfem Stöhnen sank er auf das Sofa und verbarg sein Gesicht in den gefesselten Händen. Fünf Minuten etwa sagte keiner von uns ein Wort. Dann hob er den Kopf und sprach mit der eisigen Ruhe, wie sie nur letzte Verzweiflung kennt:

»Ich habe nichts zu verbergen, meine Herren. Wenn ich den Mann getötet habe, so war das kein Mord, sondern Notwehr – er schoß zuerst auf mich. Aber wenn Sie glauben, ich könnte dieser Frau etwas antun, so kennen Sie weder sie noch mich. Ich sage Ihnen, es hat noch keinen Mann gegeben, der eine Frau mehr liebte als ich sie. Ich hatte ein Recht auf sie! Sie wurde mir vor Jahren versprochen. Und wer war schon dieser Engländer, daß er sich zwischen uns drängen durfte! Ich sag' Ihnen, ich hatte das erste Recht, und ich habe nur verlangt, was mir ohnehin zustand!«

»Sie verließ Sie, als sie erkannt hatte, was für ein Mensch Sie sind«, sagte Holmes ungerührt. »Sie floh aus Amerika und heiratete einen ehrenhaften Mann in England. Sie spürten sie auf, verfolgten sie und machten ihr das Leben zur Hölle, und alles, damit sie ihren Mann, den sie liebte und achtete, verließ und zu Ihnen käme, obwohl sie Sie fürchtete und verabscheute. Sie haben es erreicht, einen guten, anständigen Mann zu töten und seine Frau in den Tod zu treiben. Das ist die Bilanz Ihres Tuns, Mr. Abe Slaney, und darüber können Sie sich vor Gericht verantworten.«

»Wenn Elsie stirbt, ist mir egal, was aus mir wird«, sagte der Amerikaner. Er öffnete die Hand und blickte auf eine Papierkugel, die er darin hielt. »Aber hier, Mann!« rief er mit plötzlichem Argwohn in den Augen. »Hierüber können Sie mich nicht täuschen! Wenn die Lady so schlimm dran ist, wie Sie behaupten, wer hat dann diese Nachricht geschrieben, he?«

»Ich, wenn Sie nichts dagegen haben.«

»Sie? Sie waren das? Aber es gibt doch keinen Menschen auf der Welt außer den ›Verschworenen‹, der das Geheimnis der ›Tanzenden Männchen‹ kennt. Wie konnten Sie wissen ...«

»Nun, was einer zusammenknüpfen kann, kann ein anderer lösen«, sagte Holmes. »Nachher kommt ein Wagen, der Sie nach Norwich bringen wird. Bis dahin haben Sie Zeit, das Unrecht, das Sie verschuldet haben, wenigstens etwas zu mildern. Ist Ihnen klar, daß Mrs. Hilton Cubitt unter schwerem Verdacht steht, ihren Mann ermordet zu haben, und daß nur mein Hiersein und glücklicherweise mein Wissen um die wahren Zusammenhänge sie vor der Anklage rettet? Alles, was Sie jetzt noch für sie tun können, ist, die Welt wissen zu lassen, daß sie weder direkt noch indirekt auch nur die geringste Schuld am tragischen Tod ihres Mannes trifft.«

»Was anderes wünsche ich mir ja gar nicht«, sagte Abe Slaney. »Und ich meine, es ist in diesem Fall am besten, ich sag' die nackte Wahrheit.«

»Es ist meine Pflicht, Sie darauf aufmerksam zu machen, daß alles, was Sie jetzt aussagen, vor Gericht gegen Sie verwendet werden kann«, unterbrach ihn der Inspektor, ein treuer Vertreter der fairen englischen Rechtsprechung.

Slaney zuckte mit den Schultern. »Darauf laß ich's ankommen«, sagte er. »Vor allem möchte ich Ihnen klarmachen, meine Herren, daß ich Elsie kenne, seit sie ein Kind war. Wir waren damals sieben Mann in der Bande, und Elsies Vater unser Boss. War ein schlauer Kopf, der alte Patrick. Er war's, der die Geheimschrift erfand, sie sollte wie Kindergekritzel wirken und hätt's auch in alle Ewigkeit gegolten, wenn Sie nicht dahintergekommen wären. Na, und dann erfuhr Elsie von ein paar Dingen, die wir gedreht hatten; aber sie wollte nichts damit zu tun haben. Sie hatte ein bißchen eigenes ehrlich verdientes Geld, und so ließ sie uns alle stehen und ging nach London. Sie war mit mir verlobt, und sie hätte mich auch geheiratet, wenn ich den Beruf gewechselt hätte; mit unserer Art von Geschäften wollte sie nichts zu schaffen haben. Aber erst nachdem sie hier den Engländer geheiratet hatte, fand ich heraus, wo sie steckte. Ich schrieb ihr, kriegte aber keine Antwort. So fuhr ich also selbst rüber, und da ich ja gemerkt hatte, daß Briefe bei ihr nichts nutzen, versuchte ich's auf 'nem anderen Weg und malte meine Botschaften dort, wo sie sie zu Gesicht bekommen mußte. Jetzt bin ich schon 'nen ganzen Monat hier. Ich hab' ein Zimmer dort auf der Farm bei Elrige's, ganz unten im Haus, so konnt' ich jede Nacht rein und raus, ohne daß es einer merkte. Ich hab' getan, was ich konnte, damit sie hier weggeht. Daß sie meine Botschaften las, wußte ich, denn einmal hat sie eine Antwort daruntergeschrieben. Schließlich hielt ich's nicht mehr aus, ich drehte durch und fing damit an, ihr zu drohen. Darauf schickte sie mir einen Brief und flehte mich an, von hier wegzugehen. Sie sagte, es würd' ihr das Herz brechen, wenn ihr Mann in einen Skandal verwickelt würde. Und dann versprach sie, nachts um drei, wenn ihr Mann schliefe, runterzukommen und mit mir durchs Eckfenster zu reden, ich müßte dann aber wirklich von hier verschwinden und sie in Ruhe lassen. Sie brachte Geld mit – wollte mich damit bestechen. Und das war's, was mich wild machte. Ich packte sie am Arm und versuchte, sie aus dem Fenster zu ziehen. In dem Moment stürzte der Mann ins Zimmer, mit 'nem Revolver in der Hand. Elsie war auf den Boden gesunken, wir zwei standen uns gegenüber. Ich war wütend, fühlte mich beleidigt und hob mein Eisen, um ihm angst zu machen und damit er mich laufenließ. Aber er schoß – und verfehlte mich; fast im selben Augenblick drückte auch ich ab, und er sackte zusammen. Da machte ich, daß ich durch den Garten wegkam. Beim Laufen hörte ich noch, wie das Fenster geschlossen wurde. – Das ist die Wahrheit, so wahr mir Gott helfe, jedes einzige Wort ist wahr, Leute, und ich hab' nichts mehr von allem gehört, bis der Bengel vorhin angeritten kam und mir den Zettel brachte, worauf ich herraste, wie ein Narr, und prompt in der Falle saß.«

Während der Amerikaner noch sprach, war ein Wagen mit zwei uniformierten Polizisten vorgefahren. Inspektor Martin stand auf und tippte seinem Gefangenen auf die Schulter. »Es ist Zeit, wir müssen aufbrechen.«

»Kann ich sie davor nicht noch sehen?«

»Tut mir leid, sie ist nicht bei Bewußtsein.« Und dann wandte er sich zum Abschied an Holmes: »Mr. Holmes, ich wünsche nur, sollte ich jemals wieder einen so schwierigen Fall bearbeiten, daß ich Sie auch dann bei mir habe.«

Wir standen am Fenster und sahen dem davonfahrenden Wagen nach. Als ich mich umdrehte, fiel mein Blick auf das zerknüllte Papier, das der Verhaftete auf dem Tisch zurückgelassen hatte. Es war der Brief meines Freundes Sherlock Holmes.

»Versuch einmal, ob du ihn entziffern kannst«, sagte er lächelnd.

Er enthielt kein einziges geschriebenes Wort, nur eine Reihe »Tanzender Männchen«:

»Wenn du meinen Schlüssel benutzt«, sagte er, »wirst du sehen, daß dies lediglich heißt: ›Come here at once‹, also: ›Komm sofort her!‹ Ich wußte, daß er dieser Aufforderung nicht widerstehen würde, denn er konnte nicht ahnen, daß sie von jemand anderem als von der Lady stammt. Und so, mein lieber Watson, haben wir zum Schluß die ›Tanzenden Männchen‹ in den Dienst der Gerechtigkeit gestellt, nachdem sie so lange der Niedertracht gehorcht haben. Und mein Versprechen, glaube ich, habe ich auch erfüllt und dir einen nicht ganz alltäglichen Fall für deine Sammlung geliefert. 14 Uhr 43 Uhr geht unser Zug, ich denke, wir können zum Dinner in der Baker Street sein.«

Nur noch ein Wort zum Abschluß:

Abe Slaney wurde während der Winter-Gerichtsperiode zum Tode verurteilt, dann jedoch, wegen der erwiesenen Tatsache, daß Hilton Cubitt den ersten Schuß abgegeben hatte, zu einer längeren Zuchthausstrafe begnadigt.

Über Mrs. Cubitt kann ich nur vom Hörensagen berichten. Sie ist wieder völlig gesund, hat aber nicht noch einmal geheiratet. Ihr Leben ist der Sorge um die Armen gewidmet.

DER FEHLER IN DER RECHNUNG

Der folgende Fall stammt noch aus der Zeit, als ich im Paddington District meine Praxis innehatte. Sie gehörte vorher dem alten Mr. Farquhar, der einst ein beliebter Arzt gewesen war; doch durch sein Alter und eine Art von Veitstanz, unter dem er litt, war sein Wirkungskreis recht klein geworden. Die Menschen sind nun einmal der Meinung – was nicht unverständlich ist –, daß jemand, der andere heilen will, selbst heil sein muß, und halten nicht allzuviel von der Heilkraft eines Mannes, dessen eigene Krankheit sich dem Zugriff seiner Mittel entzieht. Je mehr also die Gesundheit meines Vorgängers nachließ, desto schlimmer stand es um seine Praxis, bis sie zu dem Zeitpunkt, an dem ich sie übernahm, von zwölfhundert Pfund im Jahr auf etwas über dreihundert abgesunken war. Ich vertraute jedoch auf meine Jugend und Energie und war überzeugt, sie in ein paar Jahren wieder zur Blüte bringen zu können. Was ist seitdem alles geschehen, und wie einsam stünde ich heute da ohne meinen Freund Sherlock Holmes!

Die ersten drei Monate nach Übernahme der Praxis hatte ich alle Hände voll zu tun und sah ihn nur selten, ich war zu beschäftigt, um die Baker Street aufzusuchen, und er ging, wenn sein Beruf es nicht erforderte, kaum jemals aus. Daher überraschte es mich, eines Morgens nach dem Frühstück bei der Lektüre des *British Medical Journal* die Klingel zu hören und gleich darauf die hohe, etwas angespannte Stimme meines alten Gefährten.

»Ah, mein lieber Watson«, sagte er, »ich freue mich sehr, dich wiederzusehen. Ich nehme an, Mrs. Watson hat sich von all den kleinen Aufregungen erholt, die sie leider miterleben mußte, und die mit dem ›Zeichen der Vier‹ in Verbindung standen?«* »Danke, uns beiden geht es ausgezeichnet«, sagte ich, ihm herzlich die Hand schüttelnd.

* Siehe »*Im Zeichen der Vier*« (Ullstein Buch Nr. 2744)

»Und ich hoffe auch«, fuhr er fort und ließ sich im Schaukelstuhl nieder, »daß die Pflege der ärztlichen Praxis nicht ganz das Interesse ausgelöscht hat, das du einst an unseren kleinen Kombinationen hattest.«

»Im Gegenteil«, antwortete ich. »Erst gestern abend habe ich mir meine alten Aufzeichnungen angesehen und einige unserer Ergebnisse eingeordnet.«

»Ich nehme an, du betrachtest deine Sammlung noch nicht als abgeschlossen?«

»Ganz und gar nicht. Ich wünsche nichts sehnlicher, als meinen Erfahrungen noch etliche hinzufügen zu können.«

»Heute, zum Beispiel?«

»Gewiß, heute, wenn du willst.«

»Und wenn es bis nach Birmingham geht?«

»Warum nicht?«

»Und die Praxis?«

»Ich besorge die meines Nachbarn, wenn er verreist.«

»Dann ist ja alles in bester Ordnung!« sagte Holmes, lehnte sich auf seinem Stuhl zurück und blickte mich aus halbgeschlossenen Lidern scharf an. »Ich stelle fest, daß du letzthin nicht ganz auf dem Posten warst. Sommer-Erkältungen sind stets etwas heikel.«

»In der vergangenen Woche war ich durch eine Grippe ans Haus gefesselt. Ich hab' aber gedacht, es wäre mir nichts mehr anzumerken.«

»Ist's auch nicht. Du siehst bemerkenswert robust aus.«

»Und woher weißt du's also?«

»Mein lieber Freund, du kennst doch meine Methode.«

»Du hast kombiniert?«

»Gewiß.«

»Und woraus?«

»Aus deinen Schuhen.«

Ich blickte auf die neuen Lackschuhe nieder, die ich trug.

»Wie um alles ...?« begann ich, doch Holmes beantwortete meine Frage, ehe sie gestellt war.

»Deine Schuhe sind neu«, sagte er. »Du kannst sie höchstens seit ein paar Wochen haben. Die Sohlen, die du mir im Augenblick präsentierst, sind eine Spur angesengt. Eine Sekunde lang dachte ich, sie wären vielleicht naß geworden und beim Trocknen angebrannt. Am Spann jedoch ist ein kleiner runder Klebezettel mit den Hieroglyphen des Schuhgeschäfts. Den hätte die Feuchtigkeit natürlich entfernt. Du hast also mit ausgestreckten Beinen vor dem Kamin gesessen, was kein Mensch tut, auch nicht in einem so nassen Juni wie dem jetzigen, der sich voller Gesundheit erfreut.«

Wie bei jeder Beweisführung von Holmes schien das Ganze die Einfachheit selbst, war's erst einmal erklärt. Er las mir den Gedanken vom Gesicht ab, und sein Lächeln zeigte eine Spur von Bitterkeit.

»Ich fürchte, ich gebe mich ziemlich preis, sobald ich erkläre«, sagte er. »Resultate ohne Ursachen sind viel eindrucksvoller. Also, kommst du mit nach Birmingham?«

»Sicher. Was ist's für ein Fall?«

»Du wirst alles im Zug hören. Mein Klient wartet draußen in einer Droschke. Kannst du sofort mitkommen?«

»Gleich.« Ich kritzelte eine Nachricht für meinen Nachbarn, lief nach oben, um meiner Frau Bescheid zu geben, und traf mit Holmes auf der Schwelle zusammen.

»Dein Nachbar ist Arzt?« sagte er, wobei er mit einem Kopfnicken auf das Messingschild wies.

»Ja. Er hat sich eine Praxis gekauft wie ich.«

»Eine alt-eingeführte?«

»Genau wie meine. Beide bestehen, seit die Häuser gebaut wurden.«

»Dann hast du die bessere erwischt.«

»Ich glaub' schon. Aber woher weißt du das?«

»Von den Treppenstufen, mein Guter. Deine sind drei Zoll tiefer ausgetreten als seine. Hier dieser Gentleman in der Droschke ist mein Klient, Mr. Hall Pycroft. Darf ich vorstellen? Und nun Galopp, Kutscher, wir erreichen gerade noch den Zug.«

Der Mann, dem ich mich gegenüber fand, war ein wohlgestalter junger Bursche mit frischer Hautfarbe, einem offenen, ehrlichen Gesicht und dünnem, steifem, gelbem Schnurrbart. Er trug einen glänzenden Zylinder und einen adretten Anzug von unauffälligem Schwarz, wodurch er nach dem aussah, was er war: ein smarter junger City-Mann der Klasse, die das Etikett »Cockneys« trägt, aber unsere besten Freiwilligenregimenter stellt und mehr gute Athleten und Sportsleute hervorbringt als irgendeine andere Klasse des Landes. Sein rundes rotes Gesicht war von Natur aus fröhlich, seine Mundwinkel jedoch schienen wie in halb-komischer Qual herabgezogen. Erst, als wir alle in einem Erster-Klasse-Wagen saßen und nach Birmingham ratterten, erfuhr ich, aus welchem Grunde er Sherlock Holmes aufgesucht hatte.

»Wir haben siebzig Minuten vor uns«, bemerkte Holmes.

»Ich möchte Sie bitten, Mr. Hall Pycroft, meinem Freund Ihr sehr interessantes Erlebnis genau so zu erzählen, wie Sie es mir erzählt haben, wenn möglich noch mehr ins einzelne gehend. Es wird mir von Nutzen sein, die Aufeinanderfolge der Geschehnisse noch einmal zu hören. Es ist ein Fall, Watson, an dem möglicherweise etwas dran ist, möglicherweise auch nicht – der jedoch zumindest jene außergewöhnlichen Merkmale zeigt, die dir ebenso lieb sind wie mir. – Nun werde ich Sie, Mr. Pycroft, nicht mehr unterbrechen.«

Unser junger Begleiter sah mich mit einem Augenzwinkern an.

»Das Schlimmste an der Geschichte ist«, sagte er, »daß ich mich als ein verwünschter Narr erweise. Natürlich kann alles gut ausgehen, und ich hab' alles richtig gemacht; wenn ich aber meine Stelle verloren habe und nichts dafür gewinne, dann werd' ich merken, was für 'n Dummkopf ich gewesen bin. Erzählen ist nicht meine starke Seite, Dr. Watson, aber es geht folgendermaßen:

Ich war bei Coxon & Woodhouse, Drapers' Gardens. Im Frühjahr fielen sie durch die Venezuela-Anleihe auf die Nase, wie Sie bestimmt noch wissen, und zwar nicht schlecht. Ich war fünf Jahre bei ihnen gewesen, und der alte Coxon gab mir 'n phantastisch gutes Zeugnis, als die Pleite kam, aber wir Angestellten wurden natürlich an die Luft gesetzt, alle siebenundzwanzig. Ich versucht's hier und versucht's da, aber ein Haufen andere Kerls steckten in der gleichen Klemme wie ich, und eine Zeitlang war's eine gehörige Flaute. Bei Coxons hatte ich drei Pfund die Woche eingesackt, und ich hatte mir so an die siebzig gespart, aber mit denen ging's bald zu Ende, und ich saß auf dem trocknen. Da war dann Feierabend, und ich brachte kaum mehr die Briefmarken zusammen, wenn ich auf Annoncen schrieb, oder die Kuverts, wo ich sie draufkleben konnte. Ich hatte mir die Hacken auf Bürotreppen schiefgelaufen, und von einer Anstellung war weit und breit nichts zu sehen.

Schließlich las ich von einer Vakanz bei Mawson & Williams, der großen Maklerfirma in der Lombard Street. Ich glaube, das East Centre schlägt nicht ganz in Ihr Fach, aber ich kann Ihnen flüstern, daß das so ziemlich die reichste Firma in London ist. Die Annonce mußte schriftlich beantwortet werden. Ich schickte meine Bewerbung und mein Zeugnis ein – aber ohne jede Hoffnung, die Stelle zu kriegen. Umgehend kam die Antwort: Ich sollt' nächsten Montag erscheinen, dann könnt' ich meinen Posten sofort antreten, vorausgesetzt, meine Erscheinung wäre zufriedenstellend. Kein Mensch weiß, wie so was vor sich geht. Manche sagen, der Abteilungsleiter faßt bloß in den Haufen rein und nimmt die erste Bewerbung, die er in die Finger kriegt. Jedenfalls war ich diesmal dran, und ich bin bald an die Decke gesprungen. Der Witz war: ein Pfund die Woche mehr, und die Arbeit so ziemlich die gleiche wie bei Coxon. Und jetzt komme ich zu dem verdrehten Teil der Geschichte. Ich hatte nach Hampstead raus eine Bleibe – Potter's Terrace 17, genau gesagt. Na, den Abend, wo sie mir die Stelle versprochen hatten, saß ich da und qualmte, als meine Wirtin mit einer Karte reinkam, auf der ›Arthur Pinner, Finanz-Agent‹ gedruckt stand. Ich hatt' den Namen noch nie gehört und konnt' mir nicht vorstellen, was der von mir wollte, aber ich hab' natürlich gesagt, sie soll ihn raufbringen. Er kommt reinmarschiert: ein mittelgroßer, dunkelhaariger, dunkeläugiger, schwarzbärtiger Mann mit einer 'n bißchen glänzenden Nase. Er hatte was Draufgängerisches an sich und redete munter los, so wie einer, der den Wert der Zeit kennt.

›Mr. Hall Pycroft?‹ sagte er.

›Jawohl, Sir‹, antwortete ich und schob ihm einen Stuhl hin.

›Kürzlich bei Coxon & Woodhouse angestellt gewesen?‹

›Ja, Sir.‹

›Und jetzt bei Mawson?‹

›So ist es.‹

›Nun ja‹, sagte er. ›Die Sache ist die: Ich habe allerhand Schmeichelhaftes von Ihren Fähigkeiten erzählen hören. Erinnern Sie sich an Parker, der eine Zeitlang Manager bei Coxon war? Der findet nicht genug Worte!‹

Selbstredend hab' ich das gern gehört. Ich war im Büro immer ziemlich obenan, aber ich hätt' mir nicht träumen lassen, daß sie in der City so von mir reden.

›Haben Sie ein gutes Gedächtnis?‹ fragte er.

›Einigermaßen‹, antwortete ich bescheiden.

›Haben Sie mit dem Börsenmarkt Kontakt behalten, solange Sie ohne Arbeit waren?‹ fragte er.

›Doch, ich lese jeden Morgen die Stock Exchange List.‹

›Na, das spricht für wirkliche Anteilnahme!‹ rief er. ›Auf diese Weise bringt man's zu was! Sie haben nichts dagegen, daß ich Sie auf die Probe stelle, wie? Lassen Sie mich sehn! Wie stehen Ayrshires?‹

›Hundertfünf zu hundertfünf-und-ein-Viertel.‹

›Und New Zealand Consolidated?‹

›Hundertvier.‹

›Und British Broken Hills?‹

›Sieben zu sieben-und-sechs.‹

›Donnerwetter!‹ rief er mit erhobenen Händen. ›Das paßt genau zu dem, was ich gehört habe. Mein Junge, mein Junge, Sie sind ganz entschieden viel zu gut für einen Angestellten bei Mawson!‹

Dieser Ausbruch verwunderte mich nicht schlecht, wie Sie sich denken können.

›Nun‹, sagte ich, ›andere scheinen nicht ganz so viel von mir zu halten, wie Sie es offenbar tun, Mr. Pinner. Ich hab' mich ganz schön anstrengen müssen, diese Stelle zu kriegen, und ich bin sehr froh, daß ich sie habe.‹

›Pah, Mann, Sie sollten drüber erhaben sein. Sie sind nicht in Ihrer wahren Sphäre. Nun werd' ich Ihnen erzählen, wie's bei mir aussieht. Was ich zu bieten habe, ist wenig genug – an Ihren Fähigkeiten gemessen; im Vergleich zu Mawson aber ist's wie Tag und Nacht. Lassen Sie mich sehn! Wann fangen Sie bei Mawson an?‹

›Am Montag.‹

›Ich möchte wetten, daß Sie gar nicht erst hingehn.‹

›Ich soll nicht zu Mawson gehn?‹

›Nein, Sir. An dem Tage sind Sie Business Manager der Franco-Midland Hardware Company, Limited, mit hundertvierunddreißig Niederlassungen in den Städten und Dörfern Frankreichs, nicht gezählt die in Brüssel und San Remo.‹

Das verschlug mir den Atem. ›Davon hab' ich noch nie was gehört‹, sagte ich.

›Kaum anzunehmen. Es ist alles ziemlich geheimgehalten worden, denn das Kapital stammt aus Privathand, und für die Öffentlichkeit ist das Ganze zu schade. Mein Bruder, Harry Pinner, ist Promoter und kommt als geschäftsführender Direktor in den Vorstand. Er wußte, daß ich hier unten auf dem laufenden war, und er hat mich beauftragt, einen guten Mann billig einzukaufen – einen jungen, vorwärtsstrebenden Menschen mit Schwung und Schmiß. Parker sprach von Ihnen, und das hat mich heute abend hergeführt. Für den Anfang können wir Ihnen nur lumpige fünfhundert bieten –‹

›Fünfhundert pro Jahr!‹ schrie ich.

›Mehr nicht, Anfangsgehalt, aber Sie bekommen eine ordentliche Provision: ein Prozent auf alle von Ihren Agenten getätigten Abschlüsse. Und Sie dürfen versichert sein, daß dies mehr als Ihr Gehalt einbringt.‹

›Aber ich verstehe nichts von Haushaltswaren.‹

›Was soll's – Sie verstehen sich auf Zahlen.‹

Mir brummte der Kopf, und mich hielt's kaum auf dem Stuhl. Aber plötzlich überkam mich eine Anwandlung von Zweifel.

›Ich muß aufrichtig sein‹, sagte ich. ›Mawson gibt mir nur zweihundert, aber Mawson ist sicher. Sehen Sie, ich weiß so wenig von Ihrer Company, daß ich . . .‹

›Ah, sehr klug, vorzüglich!‹ rief er in einer Art von Begeisterung. ›Sie sind genau der richtige Mann für uns! Sie lassen sich nicht beschwatzen – und tun wohl daran. Aber, hier ist eine Hundertpfundnote, und wenn Sie meinen, daß wir ins Geschäft kommen, stecken Sie's ein und betrachten den Lappen als Vorschuß.‹

›Das ist sehr hübsch‹, sagte ich. ›Wann soll ich meinen neuen Posten antreten?‹

›Seien Sie morgen um eins in Birmingham‹, sagte er. ›Ich habe hier eine Mitteilung für meinen Bruder in der Tasche, die Sie ihm übergeben werden. Sie finden ihn in der Corporation Street 126, wo die vorläufigen Büros der Company liegen. Natürlich muß er ihre Anstellung bestätigen, aber das wird schon klappen, keine Bange.‹

›Wirklich, ich weiß nicht, wie ich Ihnen meine Dankbarkeit ausdrücken soll, Mr. Pinner‹, sagte ich.

›Überhaupt nicht, mein Junge. Sie empfangen nur Ihren gerechten Lohn. Aber da sind noch ein oder zwei Kleinigkeiten – bloße Formalitäten –, die wir in Ordnung bringen müssen. Sie haben da ein Stück Papier neben sich liegen. Schreiben Sie freundlicherweise darauf: Ich erkläre mich willens und bereit, für die Franco-Midland Hardware Company, Limited, den Posten eines Business Managers zu übernehmen. Mindestgehalt £ 500.‹

Ich tat's, und er steckte das Papier ein.

›Noch eine Kleinigkeit‹, sagte er. ›Wie wollen Sie's mit Mawson halten?‹

In meiner Freude hatte ich Mawson ganz vergessen.

›Ich werd' hinschreiben und absagen‹, sagte ich.

›Genau das werden Sie nicht tun. Ich habe mich mit Mawsons Manager Ihretwegen in die Wolle gekriegt. Ich bin raufgegangen, um mich nach Ihnen zu erkundigen, und er war sehr unfreundlich – beschuldigte mich, Sie abzuwerben, und dergleichen mehr. Zum Schluß hätte ich beinah die Geduld verloren. ›Wenn Sie anständige Leute haben wollen, sollten Sie ihnen einen anständigen Preis bezahlen‹, habe ich gesagt. ›Dem ist unser kleiner Preis lieber als Ihr großer‹, hat er gesagt. ›Ich wett' einen Fünfer‹, habe ich gesagt, ›daß Sie kein Wort mehr von ihm hören, wenn er mein Angebot hat.‹ – ›Abgemacht!‹ hat er gesagt. ›Wir haben ihn aus der Gosse aufgelesen, und so schnell verläßt der uns nicht.‹ Das waren seine Worte.

›Dieser unverschämte Lümmel!‹ rief ich. ›Ich hab' ihn nicht ein einziges Mal gesehen. Wieso sollte ich irgendwie auf ihn Rücksicht nehmen? Natürlich werde ich nicht schreiben, wenn Ihnen das lieber ist.‹

›Das ist ein Versprechen!‹ sagte er und stand auf. ›Nun, ich bin entzückt, einen so guten Mann für meinen Bruder gefunden zu haben. Hier ist Ihr Vorschuß von hundert Pfund, und hier ist der Brief. Merken Sie sich die Adresse, Corporation Street 126, und denken Sie daran: Morgen um ein Uhr müssen Sie dort sein. Gute Nacht, hoffentlich bleibt das Glück bei Ihnen, wie Sie's verdienen.‹

Das war's ungefähr zwischen uns, soweit ich mich erinnere. Sie können sich vorstellen, Dr. Watson, wie froh ich über einen solchen Glücksfall war. Ich bin die halbe Nacht wach geblieben vor Aufregung, und den nächsten Tag bin ich in einen Zug nach Birmingham gestiegen, der mir reichlich Zeit bis zu meiner Verabredung ließ. Ich habe meine Sachen in ein Hotel in der New Street gebracht, und dann bin ich zu der Adresse gegangen, die man mir gegeben hatte. Ich kam eine Viertelstunde zu früh, aber ich dachte, das macht nichts. 126 war ein Gang zwischen zwei großen Läden, der zu einer steinernen Wendeltreppe führte; von der gingen viele Wohnungen ab, die an Firmen oder Einzelpersonen als Büros vermietet waren. Die Namen der Inhaber hatte man unten an die Wand gemalt, aber von einer Franco-Midland Hardware Company, Limited, war nichts zu sehen. Ein paar Minuten stand ich da, das Herz in der Hose, und überlegte, ob die ganze Geschichte ein großer Jux wär' oder was, als ein Mann raufkam und mich ansprach. Er sah genauso aus wie der Herr, den ich abends zuvor gesehen hatte, die gleiche Gestalt und Stimme, aber er war glattrasiert, und seine Haare schienen mir heller.

›Sind Sie Mr. Hall Pycroft?‹ fragte er.

›Ja‹, sagte ich.

›Ah. Ich habe Sie erwartet, aber Sie kommen eine Spur zu früh. Ich habe heute früh kurz von meinem Bruder gehört, und er hat überschwenglich Ihr Lob gesungen.‹

›Ich habe grade das Büro gesucht, als Sie kamen.‹

›Wir haben unseren Namen noch nicht angebracht, denn wir bekamen diese Räumlichkeiten erst in der vergangenen Woche. Kommen Sie mit herauf, und wir werden die Angelegenheit besprechen.‹

Ich folgte ihm eine ganz hohe Treppe rauf, und da oben, direkt unter den Schindeln, waren ein paar leere und staubige Räume, ohne

Teppiche und Vorhänge, und da führte er mich rein. Ich hatte mir ein großes Büro vorgestellt, mit blanken Tischen und Reihen von Angestellten, wie ich's gewohnt war, und ich muß sagen, ich hab' ziemlich dumm auf die beiden Stühle und den kleinen Tisch geguckt, was mit einem Hauptbuch und einem Papierkorb die ganze Einrichtung bildete.

›Verlieren Sie den Mut nicht, Mr. Pycroft‹, sagte mein neuer Bekannter, als er mein langes Gesicht sah. ›Rom ist nicht an einem Tag erbaut worden, und wir haben haufenweise Geld im Hintergrund, aber in punkto Büros machen wir einstweilen noch keine gute Figur. Bitte, setzen Sie sich und lassen Sie mich Ihren Brief lesen.‹

Ich gab ihn dem Herrn, und er las ihn sorgfältig durch.

›Sie scheinen einen ungeheuren Eindruck auf meinen Bruder Arthur gemacht zu haben‹, sagte er, ›und ich weiß, daß er ein recht scharfäugiger Beurteiler ist. Er schwört auf London, wissen Sie, und ich auf Birmingham, aber diesmal werde ich seinem Ratschlag folgen. Bitte, betrachten Sie sich als definitiv angestellt.‹

›Welches sind meine Aufgaben?‹ fragte ich.

›Sie sollen eines Tages das große Depot in Paris leiten, das eine Flut von englischem Geschirr in die Läden von einhundertvierunddreißig Filialen in Frankreich senden wird. Der Kauf dürfte in einer Woche abgeschlossen sein, und mittlerweile bleiben Sie in Birmingham und machen sich nützlich.‹

›Auf welche Weise?‹

Als Antwort nahm er ein großes rotes Buch aus einer Schublade. ›Dies ist ein Adreßbuch von Paris‹, sagte er. ›Das Gewerbe kommt hinter den Namen. Ich möchte, daß Sie es mit nach Hause nehmen und alle Haushaltswarenhändler mit ihren Anschriften herausschreiben. Die zu haben wäre für mich von größtem Nutzen.‹

›Es gibt doch bestimmt ein Branchen-Adreßbuch?‹ wandte ich ein.

›Kein zuverlässiges. Ihr System ist anders als unseres. Halten Sie sich ran und lassen Sie mich die Listen Montag mittag haben. Um zwölf. Guten Tag, Mr. Pycroft. Wenn Sie weiterhin Eifer und Einsicht zeigen, werden Sie die Company noch sehr schätzen lernen.‹

Mit dem großen Buch unterm Arm ging ich ins Hotel zurück, und in der Brust hatte ich sehr widersprüchliche Gefühle. Einerseits war ich definitiv angestellt und hatte hundert Pfund in der Tasche. Andererseits war da das Aussehen des Büros; kein Name an der Wand und noch andere Punkte, die einem Geschäftsmann aufstoßen. Na, wie dem auch sei, ich hatte mein Geld, und so machte ich mich an meine

Aufgabe. Den ganzen Sonntag war ich schwer beschäftigt, und doch hatte ich's Montag bloß bis H geschafft. Ich bin zu meinem Arbeitgeber gegangen, fand ihn in einem genauso ausgeräumten Zimmer und ließ mir sagen, ich sollte bis Mittwoch weitermachen und dann wiederkommen. Mittwoch war's immer noch nicht fertig, also schuftete ich bis Freitag – gestern. Dann brachte ich's zu Mr. Harry Pinner.

›Ich danke Ihnen sehr‹, sagte er. ›Ich fürchte, ich habe die Schwierigkeit der Aufgabe unterschätzt. Diese Liste ist mir eine wertvolle Hilfe.‹

›Dauerte seine Zeit‹, sagte ich.

›Und nun‹, sagte er, ›möchte ich von Ihnen eine Liste der Ausstattungsgeschäfte haben, denn die verkaufen ebenfalls Geschirr.‹

›Sehr wohl.‹

›Und Sie können morgen abend um sieben vorsprechen und mir sagen, wie Sie vorankommen. Überarbeiten Sie sich nicht. Ein paar Stunden in Day's Music-Hall am Abend könnten Ihnen nach Ihrer schweren Arbeit nicht schaden.‹ Er lachte, während er sprach, und mir fiel auf, daß sein zweiter Zahn oben links stark mit Gold gefüllt war.«

Sherlock Holmes rieb sich die Hände, und ich blickte erstaunt fragend unseren Klienten an.

»Sie dürfen ruhig überrascht dreinschauen, Dr. Watson, aber die Sache ist so«, sagte er. »Als ich mit dem andern Burschen in London sprach, der mir ausredete, zu Mawson zu gehen, da hab' ich zufällig gemerkt, daß sein Zahn genau die gleiche Füllung hatte. In beiden Fällen fiel mir das Blinken des Goldes ins Auge, wissen Sie. Als ich mir das zusammenreimte: Stimme und Gestalt auch gleich, und nur die Dinge verschieden, die man mit Rasiermesser und Perücke ändern kann, da blieb mir kein Zweifel, dies ist derselbe Mann. Natürlich kann man erwarten, daß sich zwei Brüder ähnlich sehen, aber nicht, daß sie den gleichen Zahn auf die gleiche Weise plombiert haben. – Er verabschiedete mich höflich, und ich stand auf der Straße und wußte nicht, wo oben und wo unten war. Na, ich ging ins Hotel zurück und steckte meinen Kopf in kaltes Wasser, und dann hab' ich versucht, mir einen Vers drauf zu machen. Warum hatte er mich von London nach Birmingham geschickt? Warum war er vor mir hingefahren? Und warum hatte er an sich selber einen Brief geschrieben? Da kam mir blitzartig die Idee: Was mir dunkel war, mochte Mr. Sherlock Holmes völlig klar sein. Ich hatte grad Zeit, mit dem Nachtzug in die Stadt zu fahren, ihn heute früh aufzusuchen und Sie beide mit nach Birmingham zu bringen.«

Es entstand eine Pause, nachdem der brave, wenn auch etwas ungebildete Angestellte sein erstaunliches Erlebnis erzählt hatte. Sherlock

Holmes zwinkerte mir zu und lehnte sich mit befriedigtem und gleichzeitig kritischem Gesicht in die Polster zurück, wie ein Kenner, der gerade den ersten Schluck eines Jahrhundertweins genossen hat.

»Nicht übel, Watson, wie?« sagte er. »Einige Punkte erregen mein Wohlgefallen. Ich glaube, du wirst mit mir übereinstimmen, daß eine Unterredung mit Mr. Arthur Harry Pinner im vorläufigen Büro der Franco-Midland Hardware Company, Limited, für uns beide ein nicht uninteressantes Erlebnis sein könnte.«

»Aber wie wollen wir das bewerkstelligen?«

»Nichts leichter als das«, sagte Hall Pycroft fröhlich. »Sie sind zwei Freunde von mir, die eine Stelle suchen; und was wäre natürlicher, als daß ich Sie beide dem Managing Director vorführe?«

»Genau so! Famos!« sagte Holmes. »Ich würde ganz gern mal einen Blick auf den Herrn werfen und sehen, ob dieses kleine Spielchen etwas ergibt. Welche Qualitäten hast du vorzuweisen, mein Freund, die deine Dienste wünschenswert erscheinen lassen könnten? Oder wäre es möglich, daß –« Er biß sich auf die Finger und starrte zum Fenster hinaus, und wir bekamen kaum mehr etwas aus ihm heraus, bis wir in der New Street anlangten.

Um sieben Uhr an diesem Abend gingen wir drei die Corporation Street hinunter zum Büro der Company.

»Es hat überhaupt keinen Sinn, vor der Zeit dazusein«, sagte unser Klient. »Offenbar kommt er nur hin, um mich zu treffen, denn bis zu dem Zeitpunkt, den er festsetzt, ist der Laden leer.«

»Wie aufschlußreich«, bemerkte Holmes.

»Beim Zeus, ich hab's Ihnen ja gesagt!« rief der Büroknecht aus. »Das ist er, da vor uns.«

Er zeigte uns einen ziemlich kleinen, blonden, gutgekleideten Mann, der auf der anderen Straßenseite vorwärts eilte. Während wir ihn beobachteten, blickte er zu einem Jungen hinüber, der die letzte Ausgabe der Abendzeitung ausrief, lief zwischen den Droschken und Bussen hindurch und kaufte ihm eine Nummer ab. Er hielt sie fest in der Hand und verschwand in einem Torweg.

»Da geht er hin!« sagte Hall Pycroft. »Das ist das Büro der Company, wo er reingegangen ist. Kommen Sie mit, und ich werd's so glatt wie möglich einfädeln.«

Unter seiner Führung stiegen wir vier Stockwerke hinauf, bis wir uns vor einer halbgeöffneten Tür befanden, an die unser Klient klopfte. Innen sagte eine Stimme: »Herein«, und wir betraten einen kahlen, unmöblierten Raum, wie Hall Pycroft ihn beschrieben hatte. An dem einsamen Tisch saß der Mann, den wir auf der Straße gesehen hatten; seine Abendzeitung lag ausgebreitet vor ihm, und als er aufschaute, wollte mir scheinen, als hätte ich noch nie ein Gesicht erblickt, das solchen Kummer widerspiegelte, und etwas über Kummer hinaus – ein Entsetzen, das nur wenigen Menschen im Leben begegnet. Seine Brauen glitzerten vor Schweiß, seine Wangen hatten das fahle tote Weiß eines Fischbauchs, und an dem Erstaunen, das sich auf dem Gesicht unseres Führers zeigte, konnte ich erkennen, daß dies durchaus nicht die gewohnte Erscheinung seines Arbeitgebers war.

»Sie sehen krank aus, Mr. Pinner«, rief er.

»Ja, ich fühle mich nicht ganz wohl«, entgegnete der andere, wobei er deutliche Anstrengungen unternahm, sich zusammenzureißen, und sich die trockenen Lippen leckte, ehe er sprach. »Wer sind diese Herren, die Sie mitgebracht haben?«

»Der eine ist Mr. Harris aus Bermondsey, und der andere Mr. Price von hier«, sagte unser Gefährte eilfertig. »Freunde von mir und Gentlemen mit Erfahrung; aber sie sind seit einiger Zeit ohne Anstellung und hofften, daß Sie vielleicht eine Stelle in der Company für sie hätten.«

»Durchaus möglich! Durchaus möglich!« rief Mr. Pinner mit einem gespenstischen Lächeln. »Ja, ich bin überzeugt, daß wir etwas für Sie tun können. Welches ist Ihr Fach, Mr. Harris?«

»Ich bin Buchhalter«, sagte Holmes.

»Ah ja, so etwas werden wir brauchen. – Und Sie, Mr. Price?«

»Kaufmännischer Angestellter«, sagte ich.

»Ich hoffe zuversichtlich, daß die Company Sie unterbringen kann. Sobald wir zu einem Entscheid gekommen sind, werde ich Ihnen Nachricht geben. Und nun bitte ich Sie zu gehen. Um Himmels willen, lassen Sie mich allein!«

Die letzten Worte brachen aus ihm hervor, als wäre der Zwang, den er sich offensichtlich auferlegt hatte, plötzlich und rückhaltlos zerrissen. Holmes und ich sahen uns an, und Hall Pycroft tat einen Schritt auf den Tisch zu.

»Sie vergessen, Mr. Pinner, daß ich herbestellt bin, um Direktiven von Ihnen entgegenzunehmen«, sagte er.

»Gewiß, Mr. Pycroft, gewiß«, antwortete der andere in ruhigerem Ton. »Sie warten vielleicht einen Augenblick. Und ich sehe keinen Grund, weshalb Ihre Freunde nicht mit Ihnen warten sollten. In drei

Minuten stehe ich Ihnen zu voller Verfügung, wenn ich Ihre Geduld so lange in Anspruch nehmen darf.« Er erhob sich höflich, ging mit einer Verbeugung an uns vorüber und verließ den Raum durch eine zweite Tür, die er hinter sich schloß.

»Was nun?« flüsterte Holmes. »Geht er uns durch die Lappen?«

»Unmöglich«, antwortete Pycroft.

»Wieso das?«

»Die Tür führt zu einem Innenraum.«

»Kein Ausgang?«

»Nein.«

»Ist er möbliert?«

»Gestern war er noch leer.«

»Was um alles in der Welt kann er denn da wollen? In dieser Geschichte steckt etwas, das ich nicht verstehe. Wenn jemals ein Mann halb verrückt vor Entsetzen war, dann ist's Pinner. Was kann ihn bloß so in Schrecken versetzt haben?«

»Er argwöhnt, daß wir Detektive sind«, legte ich nahe.

»Das ist es«, sagte Pycroft.

Holmes schüttelte den Kopf. »Er ist nicht blaß geworden. Er *war* blaß, als wir hereinkamen«, sagte er. »Es ist möglich, daß er . . .«

Seine Worte wurden von einem harten Rat-tat aus der Richtung der Innentür unterbrochen.

»Was klopft der an seine eigene Tür, zum Teufel?« sagte der Angestellte.

Wieder, und viel lauter, kam das Rat-tat-tat. Alle starrten wir erwartungsvoll auf die geschlossene Tür. Als ich Holmes anschaute, sah ich, wie sein Gesicht hart wurde und er sich in starker Erregung vorbeugte. Dann kam plötzlich ein tiefes, glucksendes, gurgelndes Geräusch und ein rasches Trommeln auf Holzwerk. Blitzschnell sprang Holmes durch den Raum und stieß an die Tür. Sie war von innen verschlossen. Seinem Beispiel folgend, warfen wir uns mit unserem ganzen Gewicht dagegen. Ein Scharnier riß, dann das andere, und krachend stürzte die Tür zu Boden. Über sie hinweg stolperten wir ins Zimmer.

Es war leer.

Doch alsbald entdeckten wir etwas. In einer Ecke, der dem anderen Zimmer nächstgelegenen Ecke, war noch eine Tür. Holmes sprang hinzu und riß sie auf. Ein Rock und eine Weste lagen auf dem Boden, und an einem Haken hinter der Tür hing, seine eigenen Hosenträger um den Hals, der Managing Director der Franco-Midland Hardware Company. Seine Knie waren hochgezogen, sein Kopf hing in einem

Winkel zum Körper, und die zuckenden Absätze an der Tür hatten jenes Geräusch verursacht, das unsere Konversation unterbrochen hatte. Sogleich packte ich ihn um die Hüfte und hielt ihn hoch, während Holmes und Pycroft die Träger lösten, die zwischen den bläulichen Hautfalten verschwunden waren. Dann trugen wir ihn in den vorderen Raum, wo er mit schieferfarbenem Gesicht lag; bei jedem Atemzug blähten sich seine Lippen auf – ein Wrack des Menschen, der er vor noch nicht fünf Minuten gewesen war.

»Was hältst du von ihm, Watson?« fragte Holmes.

Ich beugte mich über ihn und untersuchte ihn. Sein Puls war schwach und ungleichmäßig, aber seine Atemzüge wurden länger, und seine Augenlider zuckten ein wenig und gaben einen dünnen weißen Spalt frei.

»Es war gerade an der Grenze«, sagte ich feierlich, »aber jetzt bleibt er am Leben. Macht das Fenster auf und gebt mir die Wasserkaraffe.« Ich öffnete seinen Kragen, schüttete ihm das kalte Wasser übers Gesicht und hob und senkte seine Arme, bis er einen langen, natürlichen Atemzug tat.

»Jetzt ist's nur noch eine Frage der Zeit«, erklärte ich, als ich mich aufrichtete.

Holmes stand am Tisch; er hatte seine Hände tief in den Hosentaschen und sein Kinn auf der Brust.

»Ich vermute, wir müssen jetzt die Polizei hinzuziehen«, sagte er. »Und außerdem möchte ich einen gelösten Fall vorlegen, wenn sie kommt.«

»Für mich ist das noch unverständlich«, sagte Pycroft, sich den Kopf kratzend. »Weshalb sie mich hierherbringen sollten und dann ...«

»So klar wie der lichte Tag!« sagte Holmes ungeduldig. »Dieser letzte plötzliche Schritt, der ist es.«

»Dann verstehen Sie das übrige auch?«

»Ich denke, es liegt auf der Hand. Wie, Watson?«

Ich zuckte mit den Schultern. »Tu nicht wieder so, als ob wir es wissen müßten«, sagte ich.

»Wenn du die Ereignisse betrachtest, können sie nur auf einen Schluß hinzielen.«

»Da bin ich gespannt.«

»Nun, die ganze Geschichte hängt an zwei Punkten. Der eine ist, daß sie Pycroft eine Erklärung schreiben ließen, mit der er in die Dienste dieser albernen Company tritt. Siehst du nicht, wie aufschlußreich das ist?«

»Ich fürchte, da komme ich nicht mit.«

»Ja, weshalb haben sie ihn das tun lassen? Nicht aus Geschäftsgründen, denn solche Absprachen sind meist mündlich, und es gab nicht die mindeste Veranlassung, hier eine Ausnahme zu machen. – Sehen Sie nicht, mein junger Freund, daß die Leute alles darauf anlegten, eine Probe Ihrer Handschrift zu bekommen, und keine andere Möglichkeit dazu hatten?«

»Aber wozu das?«

»Wenn wir das beantworten, kommen wir mit unserem kleinen Problem schon ein hübsches Stück weiter. Also wozu? Es kann nur einen hinreichenden Grund geben. Jemand wollte Ihre Handschrift kopieren lernen, und dazu mußte er eine Probe von ihr haben. Und wenn wir jetzt zum zweiten Punkt übergehen, entdecken wir, daß jeder Licht auf den anderen wirft. Der zweite Punkt ist die Forderung von Pinner, Sie sollten Ihre Stelle nicht kündigen, sondern den Manager dieses bedeutenden Unternehmens in der vollen Erwartung lassen, daß ein Mr. Hall Pycroft, den er nie gesehen hatte, Montag seinen Posten antreten werde.«

»Mein Gott!« rief unser Klient. »Was war ich für ein Dummkopf!«

»Nun verstehen Sie den Punkt mit der Handschrift. Stellen Sie sich vor, es wäre jemand an Ihrer Statt aufgetaucht, der ganz anders schreibt, als Sie es in Ihrer Bewerbung getan haben! In der Zwischenzeit jedoch lernte der Schurke, Ihre Handschrift zu imitieren, und seine Stellung war daher gesichert, denn ich nehme an, daß auch sonst niemand im Büro Sie je zu Gesicht bekommen hat?«

»Keine Menschenseele«, sagte Hall Pycroft.

»Sehr gut. Natürlich war es von der größten Bedeutung, Sie daran zu hindern, sich's anders zu überlegen, und es Ihnen außerdem unmöglich zu machen, mit irgend jemandem in Berührung zu kommen, der Ihnen erzählen könnte, daß Ihr Doppelgänger im Büro von Mawson arbeitet. Deshalb hat man Ihnen einen hübschen Vorschuß gegeben und Sie in die Midlands abgeschoben. Hier gab man Ihnen genügend Arbeit, um Sie daran zu hindern, nach London zu fahren, wo Sie vielleicht das kleine Geschäft hätten auffliegen lassen können. Das ist doch alles wirklich sonnenklar!«

»Aber weshalb gab dieser Mann vor, sein eigener Bruder zu sein?«

»Offensichtlich sind sie nur zu zweit. Der andere gibt sich im Büro für Sie aus. Dieser hier stellte Sie an, und dann merkte er, daß er keinen Arbeitgeber für Sie finden konnte, ohne einen Dritten in die Verschwörung einzubeziehen. Das war der Fehler in der Rechnung, die kleine Dummheit, an der jeder Verbrecher scheitert. Er veränderte seine Erscheinung, so gut er konnte, und vertraute darauf, daß die Ähnlichkeit, die Ihnen auffallen mußte, als Familien-Ähnlichkeit wirkte. Früher oder später mußten Sie darauf kommen, daß es sich um ein und denselben Mann handelte. Fragt sich nur, ob früh genug.«

Hall Pycroft schüttelte seine geballten Fäuste. »Großer Gott!« rief er aus. »Während sie mich auf diese Weise an der Nase herumführten – was hat denn da der andere Hall Pycroft bei Mawson angestellt? Was sollen wir tun, Mr. Holmes?«

»Wir müssen an Mawson depeschieren.«

»Samstags schließen sie um zwölf.«

»Immerhin – vielleicht haben sie einen Pförtner oder Wächter –«

»Ah ja, sie haben einen ständigen Wächter wegen der Wertpapiere im Depot. Ich hab' in der City davon reden hören.«

»Sehr gut. Dem werden wir depeschieren und fragen, ob alles in Ordnung ist und ob ein Angestellter Ihres Namens dort arbeitet. Das wäre klar. Was mir aber nicht so klar ist: Weshalb sollte einer der Schurken bei unserem Anblick schnurstracks aus dem Zimmer gehen und sich aufhängen?«

»Die Zeitung!« krächzte eine Stimme hinter uns.

Der Mann saß aufrecht, bleich und gespenstisch; Leben kehrte in seine Augen zurück und in die Hände, die nervös an dem breiten roten Striemen rieben, der noch an seinem Hals zu sehen war.

»Die Zeitung! Natürlich!« schrie Holmes in wilder Erregung. »Ich Idiot! Da denke ich so viel an unsern Besuch, daß mir die Zeitung keinen Augenblick in den Sinn kam. Todsicher: Da muß das Geheimnis liegen.« Er breitete sie auf dem Tisch aus.

»Sieh dir das an, Watson!« rief er. »Es ist eine Londoner Zeitung, eine Frühausgabe des *Evening Standard.* Hier steht, was wir suchen. Sieh dir die Schlagzeilen an – *›Verbrechen in der City. Mord bei Mawson & Williams. Gigantischer Raubversuch. Verbrecher gefaßt.‹* Watson, wir sind alle gleich neugierig, also liest du am besten vor.«

Nach Platz und Aufmachung zu urteilen, schien es *das* Ereignis der Stadt gewesen zu sein:

»›Ein verzweifelter Raubversuch, der im Tode eines Mannes und der Festnahme des Verbrechers gipfelte, spielte sich heute in der City ab. Seit geraumer Zeit ist Mawson & Williams, das berühmte Finanzhaus, der Wächter über Wertpapiere, die sich insgesamt auf eine Summe von weit über eine Million Sterling belaufen. Der Manager war sich der großen Verantwortung, die sich aus diesen Werten ergab, sehr wohl bewußt, so daß er Safes neuester Konstruktion einführte; außerdem war ein bewaffneter Wachmann Tag und Nacht im Gebäude. Scheinbar wurde in der vergangenen Woche ein neuer Angestellter mit Namen Hall Pycroft von der Firma eingestellt. Diese Person ist aber offenbar niemand anders als Beddington gewesen, der berühmte Fälscher und Geldschrankknacker, der mit seinem Bruder zusammen erst kürzlich eine fünfjährige Zuchthausstrafe abgesessen hat. Auf irgendeine Weise, die noch nicht aufgeklärt ist, gelang es ihm, sich unter falschem Namen diese Stellung im Büro zu sichern, die er dazu benutzte, sich Abdrücke verschiedener Schlösser und eine genaue Kenntnis der Lage der Stahlkammer und der Safes zu verschaffen.

Es ist Brauch bei Mawson, daß die Angestellten das Haus am Sonnabend mittag verlassen. Sergeant Tuson von der City Police war daher etwas überrascht, als er um zwanzig Minuten nach eins einen Herrn mit einer Reisetasche die Stufen herunterkommen sah. Der Sergeant schöpfte Verdacht und folgte dem Mann, und mit Unterstützung von Constabler Pollock gelang es ihm, ihn trotz äußerst verzweifelten Widerstandes festzunehmen. Es wurde sogleich klar, daß ein waghalsiger und gigantischer Raubüberfall stattgefunden hatte. American Railway Bonds im Werte von annähernd hunderttausend Pfund sowie ein erheblicher Betrag in Aktien von Gruben und Gesellschaften wurden in der Tasche entdeckt. Als man das Gebäude durchsuchte, wurde die Leiche des unglücklichen Wachmannes zusammengekrümmt im größten Safe gefunden, wo sie erst Montag morgen entdeckt worden wäre, hätte Sergeant Tuson nicht so prompt gehandelt. Des Mannes Schädel ist durch einen von hinten geführten Schlag mit einem Feuerhaken zerschmettert worden. Zweifellos hatte Beddington sich dadurch Einlaß verschafft, daß er vorgab, etwas vergessen zu haben. Als er den Wachmann ermordet hatte, raubte er den großen Safe aus und machte sich mit seiner Beute aus dem Staub. Sein Bruder, der gewöhnlich mit ihm zusammenarbeitet, ist bei diesem Streich nicht in Erscheinung getreten, soweit bisher festgestellt werden konnte; die Polizei indes fahndet fieberhaft nach seinem Verbleib.‹«

»Nun, in *der* Hinsicht können wir der Polizei Mühe ersparen«, sagte Holmes mit einem Blick auf die am Fenster kauernde, verstörte Gestalt. »Die menschliche Natur ist eine merkwürdige Mischung, Watson. Wie du siehst, kann sogar ein Schuft und Mörder seinen eigenen Bruder zum Selbstmord treiben. Und sei es aus Angst. Was sind wir für Kreaturen! Wir haben keine Wahl, was unser Tun betrifft. – Der Doktor und ich, wir werden hier Wache halten, Mr. Pycroft. Haben Sie die Güte, die Polizei zu verständigen.«

SHOSCOMBE OLD PLACE

Sherlock Holmes stand schon seit einiger Zeit über ein Mikroskop gebeugt; nun richtete er sich auf und sah mich triumphierend an.

»Leim, Watson«, sagte er. »Ohne Frage, das ist Leim! Sieh dir mal diese verstreuten Teilchen im Feld an!«

Ich beugte mich über das Objektiv und stellte es auf meine Sehschärfe ein.

»Diese Haare sind Fasern von einem Tweedmantel, die unregelmäßigen grauen Flecken Staub. Links Hautzellen. Und die braunen Klümpchen in der Mitte sind zweifellos Leim.«

»Schön«, sagte ich lachend, »ich will dir ja gern glauben. Und was hat das alles zu bedeuten?«

»Es liefert einen sehr schönen Beweis«, antwortete er. »Du wirst dich erinnern – in dem St.-Pancras-Fall wurde eine Mütze neben dem toten Polizisten gefunden. Der Angeklagte bestreitet, daß sie ihm gehört. Aber er stellt Bilderrahmen her, hat also täglich mit Leim zu tun.«

»Hattest du diesen Fall übernommen?«

»Nein, mein Freund Merivale von Scotland Yard bat mich, mir die Sache einmal anzuschauen. Seit ich damals diesen Falschmünzer aufgrund der Zink- und Kupferspäne in seinem Manschettenaufschlag überführte, haben sie langsam die Bedeutung des Mikroskops begriffen.« Er blickte ungeduldig auf seine Uhr. »Ich erwarte einen neuen Klienten, er ist überfällig. Nebenbei, Watson, kennst du dich bei Pferderennen aus?«

»Das sollte ich wohl. Ich gebe dafür ungefähr meine halbe Verwundetenrente aus.«

»Dann ernenne ich dich zu meinem ›Handbuch für den Rennplatz‹. Was weißt du über Sir Robert Norberton? Sagt dir der Name etwas?«

»Nun, das will ich wohl meinen. Er lebt in Shoscombe Old Place, und ich kenne die Gegend gut, denn ich habe einmal meine Sommerferien dort verbracht. Norberton wäre um ein Haar in deinen Bereich geraten.«

»Wieso denn das?«

»Er hat Sam Brewer, den bekannten Geldverleiher von der Curzon Street, auf der Newmarket Heath mit seiner Reitgerte derartig bearbeitet, daß der Mann fast umkam.«

»Klingt interessant! Hat er öfter solche Anwandlungen?«

»Nun, er gilt allgemein als gefährlicher Kerl. So ziemlich der waghalsigste Reiter in England – wurde vor ein paar Jahren Zweiter beim Großen Preis der Nation. Er ist einer von den Männern, die im falschen Jahrhundert geboren wurden; hätte ein Lebemann zur Zeit Georgs IV. sein sollen, dieser Boxer, Athlet, Spekulant auf dem Rennplatz, Liebhaber des schönen Geschlechts . . . Jedenfalls steckt er so tief in Geldschwierigkeiten, daß er kaum je den Weg aus dem Schlamassel herausfinden dürfte.«

»Köstlich, Watson! Eine treffende Skizze, ich sehe den Mann förmlich vor mir. Kannst du mir nun auch noch eine Schilderung von Shoscombe Old Place geben?«

»Es liegt mitten im Shoscombe-Park, du findest dort die berühmten Shoscombe-Gestüte und -Trainingsgelände.«

»Und der Cheftrainer«, sagte Holmes, »ist John Mason. Du brauchst mich nicht so verwundert anzustarren, Watson, dies hier ist ein Brief von ihm. Ich mache ihn gerade auf. Erzähl noch mehr über Shoscombe. Ich scheine ja auf eine ergiebige Ader gestoßen zu sein.«

»Es gibt dort auch die Shoscombe-Spaniels«, fuhr ich fort. »Du kannst sie auf jeder Hundeschau sehen. Die exklusivste Zucht in ganz England. Sie sind der besondere Stolz der Lady von Shoscombe Old Place.«

»Sir Roberts Gattin, nehme ich an?«

»Sir Robert war nie verheiratet. In Anbetracht seiner Aussichten wohl sehr weise, scheint mir. Er lebt mit seiner verwitweten Schwester zusammen, Lady Beatrice Falder.«

»Du meinst, sie lebt bei ihm?«

»Nein, nein! Das Ganze gehörte ihrem verstorbenen Mann, Sir James. Norberton hat keinerlei Anspruch darauf. Es handelt sich um eine Nutznießung auf Lebenszeit und fällt nach ihrem Tod an den Bruder ihres Mannes zurück. In der Zwischenzeit kassiert sie die Eingänge.«

»Und Bruder Robert gibt diese Einkünfte wieder aus?«

»Du sagst es. Er ist ein Teufelskerl und muß ihr das Leben ziemlich sauer machen. Trotzdem, ich habe gehört, daß sie sehr an ihm hängt. Aber was stimmt denn nun eigentlich nicht in Shoscombe?«

»Das ist's ja gerade, was ich wissen will. Und hier, scheint mir, kommt auch schon der Mann, der es uns erzählen kann.«

Die Tür wurde geöffnet und Billy, der Junge, ließ einen großen, glattrasierten Mann herein. Er zeigte die bestimmte, nüchternstrenge Art, wie sie Menschen eigen ist, die über Pferde oder Knaben zu wachen haben. Mr. John Mason hatte von beiderlei eine Menge unter seiner Aufsicht und schien dieser Aufgabe gewachsen zu sein. Er verbeugte sich kurz und nahm auf dem Stuhl Platz, den Holmes ihm angeboten hatte.

»Sie haben meinen Brief bekommen, Mr. Holmes?«

»Ja, aber er besagt wenig.«

»Die Sache schien mir zu heikel, um die Einzelheiten zu Papier zu bringen. Und auch zu kompliziert. Ich kann sie nur persönlich vortragen.«

»Bitte, wir stehen zu Ihrer Verfügung.«

»Zuallererst, Mr. Holmes: Ich glaube, Sir Robert, mein Arbeitgeber, ist verrückt geworden.«

Holmes zog die Augenbrauen hoch. »Sie sind hier in der Baker Street und nicht in der Harley Street*«, sagte er. »Aber warum glauben Sie das?«

»Nun, Sir, wenn ein Mann sich einmal etwas seltsam benimmt und auch noch ein zweites Mal, da mag ja noch ein Sinn drin sein, aber wenn alles, was er tut, verrückt ist, dann fragt man sich doch langsam, was eigentlich mit ihm los ist. Ich denke mir, Shoscombe Prince und das Derby haben ihn um den Verstand gebracht.«

»Handelt es sich um den Einjährigen, den Sie ins Rennen bringen wollen?«

»Der beste in ganz England, Mr. Holmes. Wenn's einer wissen kann, dann bin ich's. Nun, ich will offen zu Ihnen sein, denn ich weiß, daß Sie Gentlemen sind und kein Wort aus diesem Zimmer hinausdringen wird. Sir Robert hat beschlossen, dies Derby zu gewinnen. Er steckt bis zum Hals in Schulden, und das hier ist seine letzte Chance. Alle Gelder, die er flüssig machen oder leihen konnte, setzte er auf das Pferd – und das bei ganz saftigen Wetten.

* Straße in London, in der berühmte Ärzte wohnen und praktizieren.

Jetzt steht die Quote zu vierzig, aber am Anfang, als er die Sache anpackte, näher an hundert.«

»Aber warum denn, wenn das Pferd so gut ist?«

»Die Leute wissen eben nicht, wie gut es ist. Sir Robert hat den Schnüfflern ein Schnippchen geschlagen. Für die Übungsläufe hat er Princes Halbbruder genommen. Sie würden sie nicht auseinanderhalten. Aber bei einem Galopp auf zweihundert Meter bleiben sie um zwei Längen auseinander. Er hat nichts mehr im Kopf als das Pferd und das Rennen. Seine ganze Existenz hängt davon ab. Die Wucherer hält er noch so lange hin, aber wenn Prince versagt, ist er erledigt.«

»Das sieht mir nach einem ziemlich verzweifelten Spiel aus, aber wo zeigt sich dabei der Irrsinn?«

»Na, zunächst müßten Sie ihn bloß mal sehen. Ich glaube nicht, daß er auch nur eine Nacht schläft. Tag und Nacht ist er bei den Ställen. Seine Augen sind irre. Das alles war zuviel für seine Nerven. Und dann sein Benehmen Lady Beatrice gegenüber!«

»Aha! Was ist denn damit?«

»Früher waren sie immer die besten Freunde, hatten denselben Geschmack, die beiden, und sie liebte die Pferde genau wie er. Jeden Tag fuhr sie zur gleichen Zeit raus, um nach ihnen zu sehen – und vor allem: Sie liebte Prince. Er spitzte die Ohren, wenn er die Räder über den Kiesweg rollen hörte, und kam jeden Morgen zum Wagen getrabt, um sein Stück Zucker in Empfang zu nehmen. Aber das ist nun alles vorbei.«

»Wieso?«

»Tja, sie scheint jedes Interesse an den Pferden verloren zu haben. Seit einer Woche schon fährt sie hinter den Ställen vorbei, und nicht mal ein ›Guten Morgen‹ ist von ihr zu hören.«

»Sie meinen, es hat einen Streit gegeben?«

»Und ob. Einen bösen, häßlichen, wilden Streit. Warum sonst hätte er ihren Lieblingsspaniel weggebracht, den sie wie ihr eigenes Kind liebte! Vor ein paar Tagen hat er ihn dem alten Barnes gegeben, der hat in Crendall, so an die drei Meilen von uns, den Gasthof ›Zum Grünen Drachen‹.«

»Das hört sich allerdings seltsam an.«

»Freilich, mit ihrem schwachen Herzen und der Wassersucht konnte ja kein Mensch erwarten, daß sie viel mit ihm rumlief, aber Sir Robert kam abends immer auf zwei Stunden in ihr Zimmer. Er durfte sich wohl schon Mühe geben, denn sie war ihm ein guter Freund, wie's wenige gibt. Aber das alles ist auch vorbei. Er geht nicht mehr in ihre Nähe. Und sie nimmt's sich zu Herzen. Brütet vor sich hin, ist mürrisch und – trinkt. Mr. Holmes, sie säuft wie ein Loch!«

»Hat sie schon vor diesem Streit getrunken?«

»Nun ja, sie nahm schon mal ein Gläschen, aber jetzt kommt's oft auf eine ganze Flasche an einem Abend. Das weiß ich von Stephens, dem Butler. Alles hat sich geändert, Mr. Holmes, und irgendwas ist verdammt faul dran. Und dann: Was treibt sich der Herr nachts bei der alten Gruft herum? Und wer ist der Mann, den er dort trifft?«

Holmes rieb sich die Hände. »Fahren Sie fort, Mr. Mason, es wird immer interessanter.«

»Der Butler hat ihn weggehen sehen. Um zwölf Uhr nachts, und es goß in Strömen. So hab' ich am nächsten Abend vor dem Haus gewartet, und – wie zu erwarten – der Herr ging wieder weg. Stephens und ich hinter ihm her, aber es war verdammt gefährlich, denn es wär' uns schlimm bekommen, hätte er was gemerkt. Er kann ganz schön zuschlagen, wenn er gereizt wird, und dann kennt er keine Rücksicht. So paßten wir auf, nicht zu nah an ihn heranzukommen, behielten ihn aber trotzdem die ganze Zeit über im Auge. Er ging zu der alten Spukgruft, und dort erwartete ihn ein Mann.«

»Was meinen Sie mit dieser Spukgruft?«

»Nun, Sir, im Park gibt es eine alte zerfallene Kapelle. Sie ist so alt, daß keiner genau sagen kann, wie alt. Darunter befindet sich eine Gruft, die bei uns hier einen schlechten Ruf hat. Schon bei Tag ist's ein finstrer, dumpfer, verlassener Ort, und die, die's wagen würden, nachts in die Nähe zu kommen, die kann man an den Fingern einer Hand abzählen. Aber der Herr ist nicht ängstlich. Nie im Leben hat er sich vor irgend etwas gefürchtet. Die Frage ist bloß: Was treibt er dort mitten in der Nacht?«

»Warten Sie einen Augenblick«, unterbrach ihn Holmes. »Sie sagen, Sie sahen noch einen anderen Mann. Das muß einer Ihrer eigenen Leute sein, von den Stallungen, oder jemand aus dem Haus. Sie brauchen sich bestimmt nur genau umzuschauen, um festzustellen, um wen es sich handelt, und ihn dann ins Verhör zu nehmen.«

»Das ist keiner, den ich kenne.«

»Wie wollen Sie das so genau wissen?«

»Weil ich ihn gesehen habe, Mr. Holmes. Es war in dieser zweiten Nacht. Sir Robert machte kehrt und kam an uns vorbei – an mir und Stephens, die wir in den Büschen hockten wie zwei Karnickel. Der Mond kam nämlich gerade raus in der Nacht. Aber wir konnten auch den anderen hören, wie er hinter ihm herschlich. Vor dem hatten wir keine Angst. So kamen wir aus dem Hinterhalt, sobald Sir Robert weg war, taten, als gingen wir nur mal eben im Mondschein spazieren und stießen geradewegs, völlig natürlich und unschuldig auf ihn. ›He, Kumpel, wer bist du denn?‹ red' ich ihn an. Ich glaube, er hat uns nicht kommen hören, denn er drehte sich um, mit einem Ausdruck auf dem Gesicht, als wär' der Teufel persönlich aus der Hölle auf ihn zugefahren. Er stieß einen gellenden Schrei aus und rannte davon, so schnell er's in der Dunkelheit eben konnte. Der rannte, sag' ich Ihnen, das muß man ihm wirklich lassen! Im Handumdrehen war er uns aus den Augen und außer Hörweite, und wer oder was er war, haben wir nicht feststellen können.«

»Aber Sie konnten ihn im Mondlicht doch genau sehen?«

»Ja, ich möchte schwören, daß ich seine gelbe Fratze wiedererkenne – ein schäbiger Kerl, wenn Sie mich fragen. Was hat er bloß mit Sir Robert zu schaffen?«

Holmes blieb eine Zeitlang schweigsam und nachdenklich.

»Wer kümmert sich um Lady Beatrice Falder?« fragte er schließlich.

»Ihr Mädchen, Carrie Evans. Sie ist schon fünf Jahre bei ihr.«

»Und ihr zweifellos ergeben?«

Mr. Mason rutschte unbehaglich auf seinem Sitz hin und her. »Ergeben ist sie schon«, sagte er endlich. »Ich kann nur nicht so leicht sagen, wem.«

»Ah!« rief Holmes.

»Ich darf hier nicht aus der Schule plaudern.«

»Das verstehe ich durchaus, Mr. Mason. Allerdings ist die Situation eindeutig genug. Nach Dr. Watsons Beschreibung von Sir Robert kann ich mir vorstellen, daß keine Frau vor ihm sicher ist. Glauben Sie nicht, daß der Streit zwischen Bruder und Schwester darin seinen Grund hat?«

»Nun, von dem Skandal wußte man schon längere Zeit.«

»Vielleicht hatte sie davon keine Ahnung. Lassen Sie uns mal annehmen, sie hätte es ganz plötzlich herausbekommen. Jetzt will sie die Frau loswerden. Ihr Bruder will davon nichts hören. Die Kranke mit dem schwachen Herzen, unfähig, von hier wegzuziehen, hat keine Möglichkeit, ihren Willen durchzusetzen. Dieses verhaßte Mädchen bleibt weiterhin bei ihr. Die Lady weigert sich zu reden, versteift sich in Trotz, fängt an zu trinken, Sir Robert nimmt ihr in seinem Ärger den Lieblingsspaniel weg. Kann das alles nicht so zusammenhängen?«

»Tja, so könnte es sein – zumindest soweit.«

»Sehr richtig – zumindest soweit. Wie paßt das aber zu den nächtlichen Besuchen bei der alten Gruft? Das läßt sich in unserem Schema nicht unterbringen.«

»Nein, Sir, und da ist noch etwas, das ich nicht unterbringen kann. Warum sollte Sir Robert Interesse daran haben, eine Leiche auszugraben?«

Holmes richtete sich auf.

»Wir haben's erst gestern festgestellt, nachdem ich Ihnen schon geschrieben hatte. Gestern war Sir Robert nach London gefahren, und da sind Stephens und ich zu der Gruft gegangen. Soweit war sonst alles in Ordnung, Sir, außer daß in einer Ecke Teile von einer menschlichen Leiche lagen.«

»Sie haben doch sicher die Polizei informiert?«

Unser Besucher lächelte grimmig.

»Nun, Sir, ich glaube, die hätten sich kaum dafür interessiert. Es waren nur ein Kopf und ein paar Knochen von einem Skelett. Könnte leicht tausend Jahre alt sein. Aber früher hat's nicht an der Stelle gelegen. Das kann ich beschwören und Stephens ebenfalls. Das Gerippe hat man in einer Ecke verstaut und mit einem Brett verdeckt, aber vorher war die Ecke immer frei gewesen.«

»Was haben Sie mit Ihrem Fund gemacht?«

»Tja, wir haben halt alles genauso gelassen.«

»Das war sehr klug von Ihnen. Sie sagten, Sir Robert war gestern auswärts. Ist er inzwischen zurückgekommen?«

»Wir erwarten ihn heute.«

»Wann gab Sir Robert den Hund seiner Schwester weg?«

»Genau vor einer Woche. Das Tier heulte draußen vor dem alten Brunnenhaus, und Sir Robert hatte einen seiner Wutanfälle. Er griff sich den Spaniel, und ich dachte schon, er bringt ihn um. Doch dann gab er ihn Sandy Bain, dem Jockei, und sagte ihm, er soll den Hund zu dem alten Barnes vom ›Grünen Drachen‹ bringen, er will ihn nie wieder sehen.«

Holmes blieb eine Weile schweigsam. Er hatte die älteste und verschmutzteste seiner Pfeifen in Gang gebracht.

»Mir ist bisher trotzdem nicht klar, was Sie eigentlich von mir in dieser Angelegenheit erwarten, Mr. Mason«, sagte er. »Könnten Sie sich vielleicht etwas präziser äußern?«

»Vielleicht wird das hier als Antwort dienen, Mr. Holmes«, sagte unser Besucher. Er zog einen Bogen aus seiner Tasche, und indem er ihn sorgfältig auseinanderfaltete, enthüllte er einen verkohlten Knochenrest.

Holmes untersuchte ihn interessiert.

»Wo haben Sie das her?«

»Im Keller, unter Lady Beatrices Zimmer, gibt es einen Zentralheizungsofen. Er war eine Zeitlang nicht in Betrieb, aber Sir Robert klagte über die Kälte und ließ ihn wieder anmachen. Bedienen tut ihn Harvey – einer meiner Jungs. Und heute morgen kam er zu mir mit dem hier, er hat's aus der Asche rausragen sehen. Der Anblick hat ihm nicht gerade gefallen.«

»Mir auch nicht«, sagte Holmes. »Was hältst du davon, Watson?«

Es war zu schwarzer Schlacke abgebrannt, aber seine anatomische Bedeutung ließ keinen Zweifel offen.

»Es handelt sich um den oberen Teil eines menschlichen Oberschenkelgelenks«, sagte ich.

»Jawohl!« Holmes war sehr ernst geworden. »Wann besorgt dieser Junge die Heizung?«

»Er bringt sie jeden Abend in Gang und überläßt sie dann sich selbst.«

»Demnach könnte also jedermann sich nachts daran zu schaffen machen?«

»Ja, Sir.«

»Kann man von außen in den Heizungskeller gelangen?«

»Es gibt eine Außentür und dann eine zweite, die über eine Treppe in den Flügel führt, in dem Lady Beatrices Zimmer liegt.«

»Das sind tiefe Wasser, Mr. Mason, tief und ziemlich schmutzig. Sie sagten vorhin, Sir Robert sei letzte Nacht nicht im Haus gewesen?«

»So ist es, Sir.«

»Nun, wer auch immer den Knochen verbrannt haben mag, er war's jedenfalls nicht.«

»Das ist richtig, Sir.«

»Wie hieß noch dieser Gasthof, den Sie erwähnten?«

»Der ›Grüne Drache‹.«

»Findet man in diesem Teil von Berkshire gute Angelgründe?«

Das Gesicht des Trainers spiegelte deutlich, daß der rechtschaffene Mann nun fürchtete, noch ein zweiter Irrer werde sein gequältes Dasein belasten.

»Nun, Sir, ich habe gehört, im Mühlenbach soll es Forellen geben und im Herrenhaussee Hechte.«

»Das genügt vollauf. Watson und ich sind berühmte Angler – nicht wahr, Watson? Von nun ab können Sie uns im ›Grünen Drachen‹ erreichen. Wir treffen heute abend dort ein. Ich brauche wohl nicht zu erwähnen, Mr. Mason, daß wir Ihnen persönlich nicht zu begegnen wünschen, aber eine Nachricht kann uns dort erreichen, und zweifellos werde ich Sie treffen können, sollte ich Sie brauchen. Sobald wir etwas weitergekommen sind, hören Sie wieder von mir.«

So kam es, daß Holmes und ich an einem strahlenden Maiabend allein in einem Abteil erster Klasse saßen und uns unterwegs nach der kleinen Bedarfshaltestelle von Shoscombe befanden. Das Gepäcknetz über uns war mit einer beachtlichen Ansammlung von Angelruten, Angelschnüren und Körben beladen. Nachdem wir an unserem Bestimmungsort angelangt waren, brachte uns eine kurze Fahrt zu einem altmodischen Gasthaus, wo der sportbegeisterte Wirt, Josiah Barnes, eifrig an unseren Plänen Anteil nahm. Offenbar wollten wir den Fischen in den Nachbargewässern den Garaus machen.

»Wie steht's mit dem Herrenhaussee? Gibt's Aussicht, einen Hecht zu erwischen?« fragte Holmes.

Das Gesicht des Wirtes lief rot an.

»Das würde ich an Ihrer Stelle nicht tun, Sir. Es sei denn, Sie nehmen in Kauf, daß Sie selbst, ehe Sie sich's versehen, im See liegen.«

»Was soll denn das heißen?«

»Das ist wegen Sir Robert, Sir. Er ist ganz komisch mit seinen Forellen. Und wenn zwei Fremde wie Sie so nah an sein Trainingsfeld herankommen, wird er so sicher wie unser aller Tod hinter Ihnen hersein. Er will da nämlich kein Risiko eingehen, nein, das tut unser Sir Robert nicht.«

»Ich habe gehört, daß er ein Pferd für das Derby angemeldet hat.«

»Jawohl, und einen verdammt guten Einjährigen. Er trägt all unser Geld in den Beinen, und auch alles von Sir Robert. Dabei fällt mir ein« – er schaute uns prüfend an –, »Sie selbst haben doch wohl keinen Rennstall?«

»Nein, bestimmt nicht. Wir sind lediglich zwei müde Londoner, die dringend eine Mütze voll von der guten Luft Berkshires nötig haben.«

»Na, dann sind Sie hier richtig. Davon ist 'ne Menge von zu haben bei uns. Aber vergessen Sie nicht, was ich Ihnen über Sir Robert gesagt hab'. Er ist von der Sorte, die erst zuschlägt und dann den Mund aufmacht. Um den Park machen Sie mal besser einen Bogen.«

»Bestimmt, Mr. Barnes, wir werden dran denken. Aber sagen Sie, was ist das für ein herrlicher Spaniel, der da eben in der Halle gejault hat?«

»Ha, das will ich wohl meinen, Sir! Sir Robert höchstpersönlich hat mir den gebracht. Deshalb muß ich ihn auch an der Leine halten. Wie der Blitz wär' er im Herrenhaus, wenn ich ihn freilassen tät'.«

»Langsam sammeln wir Pluspunkte, Watson«, sagte Holmes, sobald uns der Wirt allein gelassen hatte. »Es ist zwar keine leichte Partie, aber in ein, zwei Tagen dürften wir wohl weiter sehen. Übrigens, Sir Robert ist noch in London, habe ich gehört. Vielleicht können wir heute abend das geheiligte Gelände betreten, ohne gleich Gefahr laufen zu müssen, zusammengeschlagen zu werden. Es gibt da ein paar Dinge, über die ich mich vergewissern möchte.«

»Hast du schon eine Theorie, Holmes?«

»Nur, daß vor etwa einer Woche etwas geschehen ist, das einen tiefen Einschnitt im Leben von Shoscombe bedeutet. Aber was ist dieses ›etwas‹? Uns bleibt nur, von seinen Auswirkungen darauf zu schließen. Und diese scheinen aus einer seltsamen Mischung zusammengesetzt zu sein. Doch gerade das kann uns helfen. Einzig der ganz farblose, ereignislose Fall ist hoffnungslos. Betrachten wir doch einmal, was wir wissen. Der Bruder besucht nicht mehr die geliebte, kränkelnde Schwester. Er gibt ihren Lieblingshund weg. Ihren Hund, Watson! Bringt dich das nicht auf einen Gedanken?«

»Lediglich, daß der Bruder wütend war.«

»Gut, das könnte der Grund sein. Nur – es gibt auch eine andere Möglichkeit. Aber laß uns zunächst unsere Bestandsaufnahme vom Augenblick des Streits an – wenn es ihn überhaupt gab – erst einmal fortführen. Die Lady bleibt in ihrem Zimmer, ändert ihre Gewohnheiten, läßt sich nicht blicken, außer sie fährt mit ihrem Mädchen aus, weigert sich, bei den Ställen anzuhalten und ihr Lieblingspferd zu begrüßen, und fängt offensichtlich an zu trinken. So ist doch der Tatbestand, nicht wahr?«

»Bis auf die Geschichte mit der Gruft.«

»Das gehört in ein anderes Kapitel. Es gibt nämlich zwei, und ich bitte dich, sie nicht durcheinanderzuwerfen. Nummer eins, was Lady Beatrice betrifft, hat einen unbestimmbar unheilvollen Beigeschmack, findest du nicht?«

»Ich schau' da nicht durch.«

»Nun, dann laß uns Nummer zwei in Augenschein nehmen. Hier geht es um Sir Robert. Er setzt alles auf eine Karte, das Derby zu gewinnen. Er ist in den Händen der Wucherer und kann jeden Augenblick in Konkurs gehen; dann fallen seine Gestüte den Gläubigern zu. Er ist ein verwegener und zu allem entschlossener Mann. Sein Einkommen verdankt er seiner Schwester. Die Zofe seiner Schwester ist sein williges Werkzeug. Soweit scheinen wir uns auf dem Boden ziemlich sicherer Tatsachen zu bewegen. Stimmst du mir zu?«

»Und die Gruft?«

»Ja, die Gruft! Laß uns mal annehmen, Watson – es ist lediglich eine schimpfliche Vermutung, eine Hypothese, die nur der Beweisführung nachhelfen soll –, Sir Robert hätte seine Schwester umgebracht.«

»Mein lieber Holmes, das geht nun wirklich zu weit!«

»Aber sehr gut möglich, Watson. Sir Robert ist der Sproß einer hochachtbaren Familie. Nur: Meistens findet man einen Aasgeier unter den Adlern. Laß uns einen Augenblick über diese Möglichkeit diskutieren. Er kann das Land nicht verlassen, ehe er nicht zu Geld gekommen ist, und dieses Geld kann er nur bekommen, wenn er mit Shoscombe Prince als erster durchs Ziel geht. Folglich muß er noch hierbleiben. Weiterhin: Er muß die Leiche seines Opfers beseitigen und gleichzeitig eine Person finden, die die Rolle der Toten spielt. Mit dem Mädchen als seiner Vertrauten an der Seite ist das nicht unmöglich. Die Leiche der alten Dame hätte in die Gruft geschafft – ein Ort, der kaum einmal aufgesucht wird – und nachts heimlich im Zentralheizungsofen verbrannt werden können: Kein anderer Beweis wäre geblieben als der, den wir bereits gesehen haben. Was sagst du dazu, Watson?«

»Nun, das alles ist möglich, wenn du den ursprünglichen gräßlichen Verdacht erst einmal beweist.«

»Ich glaube, wir werden morgen ein kleines Experiment anstellen. Inzwischen jedoch, wenn wir unsere Rollen glaubhaft spielen wollen, sollten wir mit unserem Wirt ein Gläschen seines selbstgebauten Weins trinken und ein kluges Gespräch über Aale und Hechte führen, denn das scheint der direkteste Weg zu seiner Wertschätzung zu sein. Vielleicht haben wir Glück und angeln etwas Nützliches aus dem örtlichen Klatschreich.«

Am nächsten Morgen stellte Holmes fest, daß wir die Köder für die Hechte zu Hause gelassen hatten, was uns folglich an diesem Tag vom Fischen befreite. Gegen elf Uhr brachen wir zu einem Spaziergang auf, und mein Freund erreichte es, daß man den schwarzen Spaniel mit uns gehen ließ.

»Hier ist es«, sagte Holmes, als wir an einem hohen Parktor angelangt waren, auf dessen Flügeln heraldische Greife angebracht waren. »Barnes erzählte, daß die alte Dame gegen Mittag ihre Ausfahrt macht; der Wagen muß seine Geschwindigkeit verlangsamen, wenn das Tor geöffnet wird. Ehe er sein Tempo wieder steigert, möchte ich, daß du, Watson, den Kutscher mit irgendeiner Frage aufhältst. Achte überhaupt nicht auf mich. Ich werde hinter dieser Stechpalme stehen und beobachten, was es zu beobachten gibt.«

Wir brauchten nicht lange zu warten. Nach einer Viertelstunde sahen wir den offenen gelben Landauer die lange Allee herunterkommen, zwei herrliche, glänzend-graue Pferde im Geschirr. Holmes duckte sich mit dem Hund hinter den Busch. Ich stand, meinen Spazierstock schwingend, scheinbar uninteressiert auf dem Torweg. Ein Diener kam heraus, und die Torflügel schwangen auf.

Der Wagen fuhr jetzt im Schrittempo, und so konnte ich die Insassen deutlich erkennen. Links saß eine junge Frau, blond, stark geschminkt und dem Aussehen nach ziemlich unverschämt. An ihrer rechten Seite befand sich eine ältere Person mit gekrümmtem Rücken, Gesicht und Schultern in einem Wust von Schals vermummt, was auf eine Kranke hindeutete. Sobald die Pferde den Hauptweg erreichten, hob ich mit autoritärer Geste die Hand, und als der Kutscher anhielt, fragte ich, ob Sir Robert in Shoscombe Old Place sei.

Im selben Augenblick tauchte Holmes auf und machte den Spaniel los. Der Hund stürzte mit freudigem Bellen auf den Wagen zu und sprang auf das Trittbrett. Aber gleich darauf wandelte sich das Begrüßungsgekläff in wütendes Toben, und der Hund schnappte nach dem schwarzen Rock über ihm.

»Fahr weiter! Fahr weiter!« kreischte eine rauhe Stimme. Der Kutscher schlug auf die Pferde ein, und wir standen allein am Torweg.

»Nun, Watson, das genügt«, sagte Holmes, während er die Leine am Halsband des aufgeregten Hundes befestigte. »Er glaubte, es wäre seine Herrin, und stellte fest, daß es ein Fremder war. Hunde irren sich nicht.«

»Aber das war doch die Stimme eines Mannes!« rief ich.

»Eben. Dieser Stich gehört uns, Watson; aber wir müssen unsere Karten trotzdem auch weiterhin sehr vorsichtig ausspielen.«

Mein Freund schien keine weiteren Pläne für diesen Tag zu haben, und so kamen wir tatsächlich dazu, unsere Angelgeräte beim Mühlenfluß zu benutzen, und zwar mit dem Ergebnis eines Forellengerichts zum Mittagessen. Erst nach dieser Mahlzeit zeigte Holmes Ansätze wiedererwachender Aktivität. Zum zweitenmal befanden wir uns –

wie am Vormittag – auf dem Weg, der uns zum Parktor führte. Eine große, dunkle Gestalt erwartete uns dort, die sich als unser Londoner Besucher entpuppte: Mr. Mason, der Trainer.

»Guten Abend, die Herren«, sagte er. »Ich habe Ihre Nachricht bekommen. Sir Robert ist noch nicht zurück, aber ich hörte, daß man ihn noch heute spät erwartet.«

»Wie weit ist diese Gruft vom Haus entfernt?« fragte Holmes.

»Eine gute Viertelmeile.«

»Ich glaube, dann brauchen wir uns allesamt nicht weiter um ihn zu kümmern.«

»Ich kann mir das nicht erlauben, Mr. Holmes. Sobald er ankommt, wird er von mir die letzten Neuigkeiten über Shoscombe Prince hören wollen.«

»Ich verstehe. Dann müssen wir eben ohne Sie arbeiten, Mr. Mason. Vielleicht führen Sie uns zu der Gruft und kehren dann wieder um.«

Es war stockdunkel, und kein Mond schien, aber Mason dirigierte uns sicher über das Wiesengelände, bis eine dunkle Masse sich vor uns erhob: die alte Kapelle.

Wir traten durch die zerfallene Pforte ein, die ehemals zum Säulengang gehört hatte; unser Führer, über Haufen von losem Mörtelwerk stolpernd, tastete sich seinen Weg bis zu der Ecke des Gebäudes, von wo eine steile Treppe hinunter zur Gruft führte. Er riß ein Streichholz an und beleuchtete den traurigen Ort – düster und übelriechend, mit alten, abbröckelnden Wänden aus rohbehauenen Steinen und aufgestapelten Särgen, manche aus Blei, andere aus Stein, in einer Ecke. Sie reichten bis zur Deckenwölbung empor, die sich über uns im Dunkeln verlor. Holmes hatte seine Laterne angezündet, deren Schein einen schmalen gelben Lichttunnel in die Düsternis fraß. Das Licht wurde von den Sargplatten reflektiert, von denen viele die Insignien der alten Adelsfamilie – Greif und Krone – trugen, als wollten sie ihren Ruhm noch bis ans Tor des Todes mitnehmen.

»Sie sprachen von irgendwelchen Knochen, Mr. Mason. Würden Sie sie uns zeigen, ehe Sie gehen?«

»Das war hier in dieser Ecke.« Der Trainer durchquerte den Raum und stand sprachlos erstaunt da, als unser Licht auf den bezeichneten Platz fiel. »Sie sind weg«, brachte er schließlich hervor.

»Das habe ich erwartet«, meinte Holmes lächelnd. »Und ich vermute, man wird die Asche in demselben Ofen finden können, der bereits einen Teil davon verzehrt hat.«

»Aber warum um alles in der Welt sollte jemand die Knochen eines Menschen, der seine tausend Jahre tot ist, verbrennen?« fragte John Mason.

»Eben um das herauszufinden, sind wir hier«, sagte Holmes. »Es kann allerdings länger dauern, und wir wollen Sie nicht aufhalten. Ich glaube, wir werden vor morgen früh die Antwort wissen.«

Sobald John Mason uns verlassen hatte, machte Holmes sich an die Arbeit und untersuchte gründlich die Särge, beginnend bei einem sehr alten, der sächsischen Ursprungs zu sein schien; er stand in der Mitte, dann weiter über eine Reihe von normannischen Hugos und Odos, bis wir die von Sir William und Sir Dennis Falder aus dem 18. Jahrhundert erreicht hatten. Es verstrich eine Stunde oder noch mehr, bis Holmes an einen Bleisarg stieß, der ganz am Ende, vor dem Eingang zur Gruft, stand. Ich hörte, wie er befriedigt pfiff, und merkte an seinen eiligen, aber genauen Bewegungen, daß er dem Ziel nahe war. Er untersuchte eifrig mit einer Lupe die Kanten des schweren Sargdeckels. Dann zog er ein kurzes Stemmeisen aus seiner Tasche, trieb es in einen Spalt und stemmte damit den Deckel hoch, der nur durch wenige Zwingen gesichert zu sein schien. Es entstand ein durchdringendes, heftiges Geräusch, als der Deckel nachgab. Doch kaum war er aufgeklappt und ließ einen Blick in sein Inneres frei, als uns etwas Unvorhergesehenes unterbrach.

Jemand ging oben durch die Kapelle. Es war der feste, entschlossene Schritt eines Menschen, der mit einer bestimmten Absicht gekommen ist und sich gut auf dem Terrain auskennt. Ein Lichtstrahl wanderte die Treppe hinunter, und einen Augenblick später stand der Mann unter dem gotischen Torbogen. Es war eine furchteinflößende Erscheinung: riesig von Gestalt und vor Wut bebend. Die große Stallaterne, die er vor sich hielt, beschien sein strenges Gesicht mit dem schweren Schnurrbart und den zornigen Augen, die in jeden Winkel der Gruft spähten und sich schließlich mit einem tödlichen Blick auf meinen Freund und mich richteten.

»Wer zum Teufel sind Sie?« brüllte er los. »Und was haben Sie hier auf meinem Grund und Boden zu schaffen?«

Darauf, als Holmes nicht antwortete, stieg er ein paar Stufen herab und hob den schweren Stock, den er ebenfalls bei sich trug.

»Können Sie nicht hören?« schrie er. »Wer sind Sie? Was tun Sie hier?« Sein Knüppel schwankte in der Luft.

Doch statt zurückzuweichen, ging Holmes ihm entgegen.

»Auch ich habe eine Frage an Sie, Sir Robert«, sagte er sehr ernst. »Was bedeutet dies? Was hat das hier zu suchen?«

Er drehte sich um und schlug den Sargdeckel hoch. Im Schein der Laterne sah ich eine Leiche, von Kopf bis Fuß in ein Laken gehüllt, mit furchtbarem, hexenähnlichem Gesicht – nur aus Nase und Kinn bestehend, mit hervortretenden Augen, die trübglasig in dem verrunzelten Gesicht staken.

Der Baronet war mit einem Schrei zurückgetaumelt und suchte nun an einem steinernen Sarkophag Halt.

»Wie haben Sie davon erfahren?« rief er, und dann – wieder in seine grobe Art zurückfallend –: »Was geht Sie das überhaupt an?«

»Mein Name ist Sherlock Holmes«, sagte mein Freund. »Vielleicht ist er Ihnen bekannt. Jedenfalls, das hier geht mich ebensoviel an wie jeden guten Bürger – es handelt sich um Recht und Gesetz. Mir scheint, Sie haben allerlei zu verantworten.«

Sir Robert starrte einen Augenblick vor sich hin, aber Holmes' ruhige Stimme und seine kühle, bestimmte Art verfehlten nicht ihre Wirkung.

»Weiß Gott, Mr. Holmes, das ist nur zu wahr«, sagte er. »Der Augenschein spricht gegen mich, das gebe ich zu, aber mir blieb kein anderer Weg.«

»Ich wäre glücklich, dasselbe glauben zu können, aber ich fürchte, diese Erklärungen müssen Sie der Polizei machen.«

Sir Robert hob seine mächtigen Schultern.

»Gut, was sein muß, muß sein. Kommen Sie mit ins Haus, dann können Sie selbst beurteilen, wie die Dinge liegen.«

Eine Viertelstunde später befanden wir uns in einem Raum, der – wie ich nach den vielen blankgeputzten Gewehrläufen hinter den Glasvitrinen annehmen mußte – das Waffenzimmer des alten Hauses war. In dieser prächtigen und gemütlich eingerichteten Umgebung ließ uns Sir Robert für einige Minuten allein. Als er wiederkam, hatte er zwei Begleiter bei sich: die blühende junge Frau, die wir bereits im Wagen gesehen hatten, und dann einen kleinen, rattengesichtigen Mann, der einen ausgesprochen gemeinen und hinterlistigen Eindruck machte. Die beiden wirkten furchtbar verstört; offenbar hatte der Baronet noch keine Zeit gehabt, ihnen zu erklären, was inzwischen geschehen war.

»Dies«, sagte Sir Robert, »sind Mr. und Mrs. Norlett. Mrs. Norlett war, noch unter ihrem Mädchennamen Evans, mehrere Jahre die vertraute Zofe meiner Schwester. Ich habe beide hierhergeholt, weil ich glaube, es ist für mich das beste, Ihnen die ganze Geschichte zu erzählen, und diese beiden Menschen allein können bestätigen, was ich sage.«

»Muß das denn sein, Sir Robert?« rief die Frau. »Wissen Sie auch, was Sie tun?«

»Also, ich lehne jede Verantwortung ab«, sagte der Ehemann.

Sir Robert bedachte ihn mit einem verächtlichen Blick. »Ich übernehme sie«, sagte er. »Und nun hören Sie bitte den lückenlosen Bericht über alles Vorgefallene, Mr. Holmes.

Offenbar haben Sie sich schon sehr weitgehend mit meinen Angelegenheiten befaßt, sonst hätte ich Sie wohl kaum dort antreffen können. So werden Sie aller Wahrscheinlichkeit nach auch wissen, daß ich einen Rappen ins Rennen führe und daß für mich alles vom Sieg abhängt. Wenn ich gewinne, ist alles in Ordnung. Wenn ich verliere – nun, ich wage gar nicht daran zu denken!«

»Ich begreife«, sagte Holmes.

»In allem und jedem bin ich von meiner Schwester, Lady Beatrice, abhängig. Aber es ist ein offenes Geheimnis, daß sie nur auf Lebzeiten die Nutznießung des Grundstücks hat. Ich selbst stecke bis zum Hals in Schulden. Es war mir immer schon klar, daß, sollte meine Schwester sterben, die Gläubiger wie ein Schwarm Geier über mich herfallen würden. Alles müßte dann daran glauben – meine Ställe, meine Pferde, einfach alles. Tja, Mr. Holmes: Und meine Schwester *ist* vor einer Woche gestorben.«

»Und Sie haben es niemandem gesagt.«

»Was hätte ich tun sollen? Im Augenblick, wo es bekannt wurde, stand ich vor dem völligen Ruin. Falls es mir aber gelang, den Tod für zwei Wochen geheimzuhalten, war alles gerettet. Der Mann ihrer Zofe – dieser Herr hier – ist Schauspieler. Es kam uns die Idee – mir kam die Idee –, er könnte diese kurze Zeit die Rolle meiner Schwester spielen. Es brauchte dazu nicht mehr, als einmal täglich im Wagen gesehen zu werden, denn niemand außer dem Mädchen durfte ihr Zimmer betreten. Keine Schwierigkeit, das zu arrangieren. Meine Schwester ist an Wassersucht gestorben, an der sie schon lange litt.«

»Das festzustellen wird Sache des amtlichen Leichenbeschauers sein.«

»Der Arzt kann bestätigen, daß ihre Symptome seit Monaten auf ein solches Ende hindeuteten.«

»Schön, was unternahmen Sie also?«

»Die Leiche konnte hier nicht bleiben. In der ersten Nacht trugen Norlett und ich sie zum alten Brunnenhaus, das nicht mehr benutzt wird. Aber irgendwie kam's, daß uns ihr Lieblingshund folgte und unaufhörlich an der Tür heulte; ich sah ein, daß wir einen besseren Ort brauchten. Den Spaniel wurde ich los, und wir brachten die Leiche zu der Kirchengruft. Daran war nichts, was man unwürdig oder unehrerbietig nennen müßte, Mr. Holmes. Ich glaube nicht, daß ich die Tote beleidigt habe.«

»Ihr Vorgehen erscheint mir unverzeihlich, Sir Robert.«

Der Baronet schüttelte ungeduldig den Kopf. »Es ist leicht, Moral zu predigen«, sagte er. »Vielleicht würden Sie's anders sehen, wären Sie an meiner Stelle. Man kann nicht alle Hoffnungen, alle Erwartungen im letzten Moment in die Brüche gehen sehen, ohne den Versuch zu machen, sie doch noch zu retten. Es schien mir nicht pietätlos, wenn wir sie für kurze Zeit in einen der Särge legten, in denen die Vorfahren ihres Gatten ruhten; schließlich war es ja geweihter Boden. Wir öffneten einen Sarg, nahmen den Inhalt heraus und betteten sie so, wie Sie's selbst gesehen haben. Was nun die alten Überreste anging, so konnten wir sie nicht gut in der Gruft auf dem Boden herumliegen lassen. Norlett und ich schafften sie fort, und nachts ging er in den Keller und verbrannte sie in dem großen Ofen. Das ist meine Geschichte, Mr. Holmes, aber wie Sie mich dazu brachten, sie zu erzählen, kann ich beim besten Willen nicht sagen.«

Holmes saß eine Zeitlang in Gedanken verloren.

»Ihre Geschichte hat einen schwachen Punkt, Sir Robert«, sagte er schließlich. »Ihre Rennwetten und damit Ihre Gewinnchancen würden doch auch dann noch gelten, wenn die Gläubiger Ihren Besitz bekämen.«

»Das Pferd ist Teil des Besitzes. Was kümmern die sich schon um meine Wetten? Wahrscheinlich würden sie es gar nicht laufen lassen. Mein Hauptgläubiger ist unglücklicherweise mein größter Feind – ein wilder Bursche, Sam Brewer. Einmal mußte ich ihn auf der Newmarket Heath mit der Reitpeitsche verprügeln. Glauben Sie etwa, er würde einen Finger krümmen, um mich zu retten?«

»Nun, Sir Robert«, sagte Holmes, indem er aufstand, »dieser Fall muß natürlich der Polizei gemeldet werden. Meine Pflicht war es, die Dinge ans Licht zu bringen, und damit ist meine Aufgabe erfüllt. Was die moralische oder ethische Seite Ihres Vorgehens betrifft, so möchte ich mich dazu nicht äußern. Es ist gleich Mitternacht, Watson. Ich glaube, wir sollten uns auf den Weg zu unserem bescheidenen Quartier aufmachen.«

Heute weiß jedermann, daß diese Geschichte glücklicher ausgegangen ist, als Sir Robert es verdient hätte. Shoscombe Prince gewann das Derby, der Eigentümer kassierte 80 000 Pfund aus den Wetten; die Gläubiger zeigten Geduld, bis das Rennen vorbei war, und wurden dann voll ausgezahlt; für Sir Robert verblieb noch genug, um auf einer gesicherten Basis neu zu beginnen. Sowohl die Polizei als auch der Leichenbeschauer drückten gnädig ihre Augen zu, und der glückliche Gewinner kam mit dem milden Verweis, das Hinscheiden der Lady nicht rechtzeitig gemeldet zu haben, davon. Wie man hört, verspricht sein Dasein, befreit von düsteren Schatten, in einem ehrenvollen Lebensabend zu enden.

CHINESISCHES PORZELLAN

Meinetwegen! Jetzt wird es keinem mehr schaden«, bemerkte Sherlock Holmes, als ich wohl zum zehntenmal im Verlauf von ebenso vielen Jahren seine Einwilligung erbat, die folgende Geschichte niederzuschreiben, die von dem berichtet, was in mancher Hinsicht den Höhepunkt seiner Laufbahn bedeutete.

Wir beide, Holmes und ich, hatten eine Schwäche für das türkische Bad*. In der behaglichen Entspannung einer Rauchpause im Trockenraum erlebte ich ihn menschlicher, gelöster und weniger schweigsam als irgendwo sonst. Im oberen Stock der Badeanstalt in der Northumberland Avenue gibt es eine abgesonderte Ecke, wo zwei Ruhebetten nebeneinander stehen. Darauf lagen wir am 3. September 1902, und an diesem Tag beginnt auch die folgende Erzählung. Ich hatte meinen Freund gefragt, ob sich etwas Interessantes ereigne, und statt jeder Antwort streckte er seinen langen dünnen Arm aus den Leintüchern, die ihn umhüllten, und zog einen dicken Umschlag aus der Innentasche seiner Jacke, die neben ihm hing.

»Ob das nun nur ein selbstgefälliger Wichtigtuer ist – oder eine Angelegenheit, bei der es um Leben und Tod geht«, sagte er, indem er mir den Brief herüberreichte – »ich weiß bis jetzt nicht mehr, als diese Botschaft mir mitteilt.«

Sie war aus dem Carlton Club und am vorhergehenden Abend geschrieben. Ich las wie folgt:

Sir James Damery empfiehlt sich Mr. Sherlock Holmes und wird ihn morgen um 16 Uhr 30 aufsuchen. Er bittet, davon Kenntnis zu nehmen, daß die Angelegenheit, in der er Mr. Holmes um Rat fragen möchte, sehr heikel und von äußerster Wichtigkeit ist. Sir James

* Siehe *Sherlock Holmes u. d. Teufelsfuß: Das geheimnisvolle Verschwinden der Lady Frances Carfat.*

vertraut daher auf Mr. Holmes' Bemühen um das Zustandekommen dieser Unterredung und erwartet seine Bestätigung durch telefonischen Anruf im Carlton Club.

»Daß ich mich einverstanden erklärt habe, brauche ich dir kaum zu sagen«, bemerkte mein Freund, als ich ihm das Papier zurückgab. »Weißt du irgend etwas über diesen Herrn?«

»Nur, daß sein Name in der Gesellschaft sehr bekannt ist.«

»Schön, ich kann dir noch ein bißchen mehr von ihm erzählen. Er steht in dem Ruf, bedenkliche Situationen, die nicht in die Zeitung kommen sollen, diskret zu glätten. Vielleicht erinnerst du dich an seine Verhandlungen mit Sir Georges Lewis über den Hammerford-Will-Fall. Ein Mann von Welt und ein diplomatisches Naturtalent. Ich darf daher hoffen, daß dies kein blinder Alarm ist und er unseren Beistand wirklich dringend braucht.«

»*Unseren?*«

»Gewiß, wenn du die Freundlichkeit hättest, Watson.«

»Ist mir eine Ehre.«

»Dann also – um 16 Uhr 30. Bis dahin können wir die Angelegenheit vergessen.«

Ich hatte damals meine eigene Wohnung in der Queen Ann Street, fand mich aber schon vor der verabredeten Zeit in der Baker Street ein. Genau um 16 Uhr 30 wurde Colonel Sir James Damery gemeldet. Sein Äußeres zu beschreiben erübrigt sich fast, denn viele Leser werden sich dieser stattlichen, aufrechten und ehrbaren Persönlichkeit entsinnen. Man behält das breite, glattrasierte Gesicht, vor allem jedoch seine angenehme, weiche Stimme im Gedächtnis. Offenheit strahlte aus den grauen irischen Augen, und echter Humor umspielte seine beweglichen, meist lächelnden Lippen. Der glänzende Zylinder in Verbindung mit dem dunklen Gehrock, in der Tat jede Einzelheit, angefangen von der Perlnadel in der schwarzen Seidenkrawatte bis zu seinen lavendelfarbenen Gamaschen über den Lackschuhen, legte von der berühmten minuziösen Sorgfalt seiner Kleidung Zeugnis ab. Unser kleines Zimmer wurde von der gebieterischen Erscheinung des Aristokraten sozusagen beherrscht.

»Versteht sich, daß ich darauf vorbereitet war, auch Dr. Watson anzutreffen«, bemerkte er mit höflicher Verbeugung. »Seine Mitarbeit könnte notwendig werden, Mr. Holmes. Wir haben es bei dieser Gelegenheit mit einem Menschen zu tun, für den Gewalttätigkeit zur Tagesordnung gehört und der buchstäblich vor nichts zurückschreckt.

Ich würde zu behaupten wagen, daß es keinen gefährlicheren Menschen in ganz Europa gibt.«

»Ich habe schon mehrfach Gegner gehabt, auf die dieses schmeichelhafte Attribut angewendet wurde«, gab Holmes lächelnd zurück. »Rauchen Sie? Nein? Aber Sie werden entschuldigen, wenn ich mir eine Pfeife anzünde ... Wenn Ihr Mann gefährlicher ist als der verstorbene Professor Moriarty oder der noch immer lebende Oberst Sebastian Moran*, dann ist er in der Tat des Kennenlernens wert. Darf ich fragen, wie er heißt?«

»Haben Sie je von Baron Gruner gehört?«

»Sie meinen den Mörder aus Österreich?«

Lachend hob Colonel Damery seine wildlederbekleideten Hände zur Zimmerdecke. »Ihnen kommt keiner bei, Mr. Holmes. Wundervoll! Dann schätzen Sie ihn also bereits als Mörder ein?«

»Es gehört zu meinem Beruf, auch die Verbrechen auf dem Kontinent in ihren Einzelheiten zu verfolgen. Wer könnte beispielsweise gelesen haben, was da in Prag geschehen ist, und noch an der Schuld dieses Mannes zweifeln? Ihn rettete doch nur ein rein juristischer Schachzug und der verdächtige Tod eines Zeugen! Ich weiß so genau, daß er seine Frau getötet hat, als der sogenannte ›Unglücksfall‹ am Splügenpaß sich ereignete, als hätte ich ihm dabei zugeschaut. Daß er nach England gekommen war, wußte ich auch und hatte schon ein Vorgefühl, er werde mir früher oder später zu schaffen machen. Nun denn, was hat besagter Baron sich wieder geleistet? Ich nehme doch an, es wurde nicht diese alte Tragödie aufgegriffen?«

»Nein, es handelt sich um Ernsteres. Ein Verbrechen zu rächen ist zwar wichtig, wichtiger jedoch, ein neues zu verhindern. Eine verteufelte Sache, Mr. Holmes, wenn sich eine furchtbare Begebenheit anbahnt, eine geradezu grauenhafte Situation, und das vor Ihren Augen. Sie wissen, wohin das führen muß, und sind doch gänzlich außerstande, das Übel abzuwenden. Kann ein Mensch in eine mißlichere Lage geraten? Gewiß werden Sie dem Klienten, dessen Interessen ich vertrete, Ihr Mitgefühl nicht versagen.«

»Es war mir noch nicht klar, daß Sie nur Vermittler sind. Wer ist der Auftraggeber?«

»Ich muß Sie bitten, Mr. Holmes, diese Frage nicht zu stellen. Es ist

* Siehe unter *Der letzte Fall* sowie die Bände *Sherlock Holmes und der verschwundene Bräutigam* und *Sherlock Holmes und die gefährliche Erbschaft*.

für mich von wesentlicher Bedeutung, ihm die Versicherung geben zu können, daß sein geschätzter, erlauchter Name nicht in die Angelegenheit mit hineingezogen wird. Seine Beweggründe sind im höchsten Grade ehrenvoll und ritterlich, aber er möchte anonym bleiben. Ich brauche nicht zu betonen, daß Ihnen ein angemessenes Honorar zugesichert wird und daß Sie vollkommen freie Hand haben. Dann tut doch der wirkliche Name Ihres Mandanten nichts zur Sache.«

»Bedaure«, erwiderte Holmes, »ich bin zwar daran gewöhnt, daß am einen Ende meiner Fälle das Geheimnis steht, aber nicht an beiden. Das ist mir zu verwirrend. Unter diesen Voraussetzungen fürchte ich, ablehnen zu müssen, Sir James.«

Dies traf unseren Besucher hart. Sein großes, empfindsames Gesicht umdüsterte sich vor Enttäuschung. »Sie sind sich schwerlich der Tragweite Ihrer Handlungsweise bewußt, Mr. Holmes«, sagte er, »noch, in welch schwerwiegendes Dilemma Sie mich versetzen. Dabei bin ich vollkommen sicher, Sie wären stolz darauf, den Fall zu übernehmen, wenn ich Ihnen die betreffenden Angaben nicht verweigern müßte. Aber ich bin an mein Versprechen gebunden. Darf ich Ihnen wenigstens all das, was mir auszusagen erlaubt ist, unterbreiten?«

»Durchaus, solange Sie damit einverstanden sind, daß ich mich vorläufig zu nichts verpflichte.«

»Gut, ich werde mich daran halten. Punkt eins: Zweifellos haben Sie schon von General de Merville gehört?«

»De Merville von Khyber? Gewiß, der Name ist mir bekannt.«

»Er hat eine Tochter, Violet. Jung, reich, schön, gebildet – eine wunderbare Frau in jeder Hinsicht. Dieses liebliche Mädchen aus den Klauen eines Teufels zu retten, sind wir bemüht.«

»Dann hat also Baron Gruner besonderen Einfluß auf sie?«

»Er besitzt über sie die stärkste aller Gewalten, was Frauen betrifft – Liebe. Der Kerl sieht, wie Sie schon gehört haben werden, blendend aus, hat eine faszinierende Art, sich zu benehmen, und eine klangvolle Stimme. Dazu weiß er diesen Nimbus von Romantik und Geheimnis um sich zu verbreiten, der Frauen so viel bedeutet. Es heißt, das ganze Geschlecht sei ihm auf Gnade oder Ungnade verfallen, und er habe weidlich Gebrauch davon gemacht.«

»Aber wie kommt solch ein Kerl dazu, einer Dame vom Stand und Ansehen der Miss Violet überhaupt zu begegnen?«

»Es war auf einer Mittelmeerreise, an Bord einer Jacht. Obwohl es sich um eine geschlossene Gesellschaft handelte, bezahlte jedes der Mitglieder seine Fahrt. Wahrscheinlich wußten die Veranstalter über den Charakter des Barons wenig Bescheid. Und schon war es zu spät. Der Schurke machte sich an die Lady heran, mit dem Ergebnis, daß er ganz und ausschließlich ihr Herz gewann. Zu sagen, daß sie ihn liebt, würde ihre Gefühle nur unvollständig ausdrücken. Sie ist in ihn vernarrt, schlechthin besessen von diesem Menschen. Neben ihm gibt es für sie nichts mehr auf Erden. Sie will kein Wort gegen ihn hören. Alles wurde schon unternommen, sie von ihrem Wahn zu heilen. Vergebens. Sie will ihn nächsten Monat heiraten. Da sie volljährig ist und einen eisernen Willen hat, sind wir ratlos, wie wir sie davon abhalten sollen.«

»Weiß sie von der österreichischen Episode?«

»Der listige Teufel hat ihr jeden schmutzigen Skandal seiner Vergangenheit erzählt, allerdings mit umgekehrten Vorzeichen und so, als sei er ein unschuldiger Märtyrer. Sie nimmt seine Version vollkommen ernst und will von keiner anderen etwas wissen.«

»Du lieber Himmel! Aber sicher haben Sie nun doch ohne besonderen Hinweis den Namen Ihres Klienten geäußert. Es ist wohl General de Merville selbst?«

Etwas nervös zappelte unser Besucher bei diesen Worten in seinem Sessel hin und her.

»Ich könnte Sie ja täuschen, indem ich es zugäbe, Mr. Holmes, aber es wäre nicht die Wahrheit. De Merville ist ein gebrochener Mann. Der tapfere Soldat in ihm wurde durch diesen Vorfall gänzlich demoralisiert. Er hat die Nerven, die ihn während der Schlacht nie im Stich ließen, verloren. Er wäre vollkommen unfähig, es mit einem so brillanten, rücksichtslosen Schurken, wie es dieser Österreicher ist, aufzunehmen. Mein Klient indessen, ein alter Freund des Hauses, kennt den General seit vielen Jahren sehr gut und nimmt ein väterliches Interesse an dem jungen Mädchen, schon seit es noch kurze Röckchen trug. Er kann nicht mit ansehen, wie diese Tragödie ihren Verlauf nimmt, ohne den Versuch zu machen, sie aufzuhalten. Für Scotland Yard sehe ich hier keine Möglichkeiten. Es war des Generals eigener Vorschlag, sie hinzuzuziehen, Mr. Holmes. Aber, wie ich schon erwähnte, unter der ausdrücklichen Bedingung, daß er persönlich nicht in die Sache verwickelt wird. Dank Ihren vielseitigen Fähigkeiten wüßten Sie ohne weiteres meinen Klienten ausfindig zu machen, daran zweifle ich nicht, Mr. Holmes. Gleichwohl bitte ich Sie nochmals, ehrenhalber davon Abstand zu nehmen und nicht in dieses Inkognito einzubrechen.«

Holmes lächelte hintergründig.

»Das glaube ich nun ganz sicher versprechen zu können«, erwiderte er. »Hinzufügen möchte ich, daß Ihr Problem mich gefesselt hat und ich bereit bin, mich damit zu befassen. Wie soll ich mit Ihnen in Verbindung bleiben?«

»Der Carlton Club weiß immer, wo ich zu finden bin. Aber für den Dringlichkeitsfall gebe ich Ihnen noch eine private Telefonnummer XX 31.«

Holmes schrieb sie sich auf und saß noch immer lächelnd da mit dem offenen Notizbuch auf den Knien.

»Die gegenwärtige Adresse des Barons, bitte?«

»Vernon Lodge, bei Kingston, eine Prunkvilla. Er hatte Glück bei irgendeiner ziemlich finsteren Spekulation und ist nun ein schwerreicher Mann, was ihn natürlich zu einem um so gefährlicheren Gegner macht.«

»Trifft man ihn gegenwärtig zu Hause an?«

»Ja.«

»Können Sie, abgesehen von dem, was Sie mir soeben mitteilten, noch weitere Auskünfte über den Mann geben?«

»Er hat teure Neigungen – ist Pferdezüchter. Für kurze Zeit spielte er Polo in Hurlingham, aber dann wurde etwas von der Prager Affäre dort laut, und er mußte wegziehen. Er sammelt kostbare Bücher und Bilder, hat eine beträchtliche künstlerische Ader. Ich glaube, er weiß eine Menge über chinesische Keramik, hat sogar ein Buch darüber geschrieben und gilt als Autorität auf diesem Gebiet.«

»Ein vielfältiger Geist«, bekräftigte Holmes. »Fast alle großen Kriminellen sind so veranlagt. Mein alter Freund Charlie Peace war ein Violinvirtuose, Wainwright kein übler Maler. Ich könnte noch andere aufzählen. Nun, Sir James, Sie werden Ihren Mandanten davon unterrichten, daß ich vorhabe, mein Interesse auf Baron Gruner zu lenken. Mehr will und darf ich noch nicht sagen. Einige Informationsquellen besitze ich selbst. Und ich hoffe, es werden sich Mittel und Wege finden, an den Kern der Sache heranzukommen.«

Als unser vornehmer Gast uns verlassen hatte, saß Holmes so tief in Gedanken versunken, daß er meine Gegenwart vergessen zu haben schien. Auf einmal war er jedoch wieder ganz da und erkundigte sich lebhaft:

»Na, Watson, hast du irgendwelche Vorschläge?«

»Ich dachte, du solltest dir am besten erst einmal die junge Lady ansehen.«

»Mein lieber Watson, wenn ihr armer alter und gebrochener Vater sie nicht umzustimmen weiß, wie sollte ich es erreichen? Und doch hat der Gedanke etwas für sich, wenn alles übrige fehlschlägt. Nur glaube ich, wir müssen von einer anderen Ecke aus beginnen. Ich könnte mir recht gut vorstellen, daß Shinwell Johnson zunächst eine Hilfe wäre.«

Ich hatte in diesen Memoiren noch keine Gelegenheit, Shinwell Johnson zu erwähnen, weil ich meine Berichte selten den letzten Phasen in der Laufbahn meines Freundes entnahm. Zu Anfang dieses Jahrhunderts wurde Johnson ihm ein wertvoller Assistent. Es ist mir peinlich, sagen zu müssen, daß er sich zuerst als sehr gefährlicher Halunke einen Namen machte und zweimal in Parkhurst Zwangsarbeit tun mußte. Schließlich bereute er seine Missetaten und schloß sich Holmes an, ja, er arbeitete für ihn in der weitverzweigten Londoner Unterwelt und verschaffte ihm mitunter äußerst wichtige Informationen. Wäre Johnson ein Polizeispitzel geworden, hätten die Ganoven ihn bald als solchen entlarvt und hinausgeworfen. Aber da er sich mit Fällen befaßte, die nicht unmittelbar vor Gericht endeten, haben seine Gefährten sein eigentliches Betätigungsfeld nie entdeckt. Mit dem Glanz zweier Zuchthausstrafen hinter sich hatte er »entrée« in sämtlichen Nachtclubs, Gangsterbars und Spielhöllen der Stadt. Seine rasche Beobachtungsgabe und sein lebendiger Verstand machten aus ihm einen idealen Kundschafter.

Die Schritte, die mein Freund zunächst unternahm, konnte ich nicht verfolgen; dringende Berufsarbeit hielt mich in Atem. Aber ich traf ihn unserer Verabredung gemäß eines Abends bei Simpson*, wo wir an einem kleinen Fenstertisch saßen und dem Verkehr auf dem »Strand« zusahen. Und hier erzählte er mir einiges von dem, was inzwischen geschehen war.

»Johnson grast Pubs und Nachtlokale ab«, begann er. »Er wird sicher irgend etwas aufstöbern. Denn da unten, bei den schwarzen Wurzeln des Verbrechens, müssen wir nach den Geheimnissen dieses Mannes jagen.«

»Aber wenn Lady Violet sich von dem, was bereits bekannt ist, nicht abschrecken läßt, warum sollte eine neue Enthüllung sie von ihrem Vorhaben abbringen?«

»Wer weiß, Watson? Herz und Hirn der Frau sind unlösbare

* *Simpson* in der Londoner City ist eines der berühmtesten und typischsten englischen Restaurants.

Puzzlespiele für die männliche Logik. Sie mögen Verständnis, ja Verzeihung für einen Mord aufbringen, ein geringeres Vergehen kann dagegen ihren bittersten Groll erregen. Baron Gruner sagte zu mir . . .«

»*Er* sagte zu dir?«

»Ach so, natürlich. Ich hatte dir ja von meinen Plänen nichts mitgeteilt. Es dürfte dir mehr als bekannt sein, Watson, daß ich es liebe, selbst in die Höhle des Löwen zu gehen, meinem Gegner Aug' in Auge gegenüberzutreten und festzustellen, was an ihm dran ist. Als ich Johnson alles Nötige mitgeteilt hatte, fuhr ich mit einer Droschke nach Kingston und fand den Baron in höchst aufgeräumter Stimmung vor.«

»Hat er dich erkannt?«

»Die Mühe ersparte ich ihm, sandte ihm einfach meine Karte. Er ist ein hervorragender Kämpfer, kalt wie Eis, mit einer seidenweichen Stimme und einschmeichelnd wie nur je einer von deinen elegantesten Patienten, dabei giftig wie eine Kobra. Er hat Rasse: ein Aristokrat des Verbrechens. Bietet dir eine Tasse Vier-Uhr-Tee an, und hinter ihm lauert die Grausamkeit des Grabes. Ja, ich bin richtig froh darüber, dem Freiherrn Adelbert Gruner begegnet zu sein.«

»Du sagst, er war ›aufgeräumter‹ Stimmung?«

»Ein schnurrender Kater, der Mäuse riecht. Die Freundlichkeit mancher Leute ist tödlicher als die Heftigkeit rauherer Seelen. Schon seine Begrüßung war charakteristisch:

›Ich habe mir immer gedacht, daß ich früher oder später mit Ihnen zusammentreffen würde, Mr. Holmes. Wahrscheinlich sind Sie von General de Merville beauftragt, meine Heirat mit seiner Tochter Violet zu unterbinden. Ist es so?‹

Ich bejahte.

›Mein lieber Herr!‹ fuhr er fort, ›Sie werden sich dabei nur Ihren wohlverdienten guten Ruf verderben. Denn in diesem Fall werden sie keinen Erfolg verzeichnen. Ein fruchtloses Unterfangen! Von der damit verbundenen Gefahr ganz zu schweigen. Ich möchte Ihnen dringend raten, sich zurückzuziehen!‹

›Komisch‹, antwortete ich, ›aber genau den gleichen Rat wollte eigentlich ich Ihnen geben. Ich habe entschieden Achtung vor Ihrem Verstand, Baron, und das Wenige, was ich in diesen kurzen Minuten von Ihrer Persönlichkeit kennenlernen durfte, hat meine gute Meinung nicht geschmälert. Reden wir doch von Mann zu Mann miteinander! Niemand will Ihre Vergangenheit ausgraben und Ihnen über Gebühr Unannehmlichkeiten verursachen. Das ist vorbei, die Wellen haben sich beruhigt. Aber wenn Sie auf dieser Heirat bestehen, scheuchen Sie einen Schwarm von mächtigen Feinden auf, die Sie nicht mehr in Ruhe lassen, bis Ihnen in England der Boden unter den Füßen zu heiß geworden ist. Lohnt sich dieses Spiel? Bestimmt würden Sie klüger handeln, wenn Sie die Lady unbehelligt ließen. Sie möchten doch sicher nicht, daß man ihr gewisse Tatsachen aus Ihrer Vergangenheit zur Kenntnis bringt!‹

Der Baron trägt ein kleines gewichstes Bärtchen unter der Nase, das wie die Antenne eines Insekts aussieht. Es zitterte vor Vergnügen, als er mir zuhörte, bis er schließlich in leises Lachen ausbrach.

›Entschuldigen Sie meine Erheiterung, Mr. Holmes‹, sagte er. ›Es ist wirklich zu drollig, wie Sie ausspielen wollen, ohne Karten in der Hand. Ich gebe zu, niemand würde das so gut machen wie Sie. Aber es hat doch etwas Rührendes. Nicht eine einzige Trumpfkarte, kaum Siebener und Achter, Mr. Holmes!‹

›Das denken Sie!‹

›Das weiß ich. Lassen Sie mich offen reden, denn mein eigenes Blatt ist so stark, daß ich mir leisten kann, es zu zeigen. Ich war glücklich genug, die Zuneigung jener Dame zu gewinnen. Sie wandte sich mir uneingeschränkt zu, trotz der Tatsache, daß ich ihr sehr deutlich all die unglückseligen Zwischenfälle meiner Vergangenheit enthüllte. Ich bereitete sie auch darauf vor, daß bösartige Ränkeschmiede – ich hoffe, Sie erkennen sich selbst wieder – zu ihr kommen würden, um ihr diese Dinge mit umgekehrten Vorzeichen noch einmal zu erzählen. Und ich habe sie davor gewarnt, auf solche Leute einzugehen. Sie haben sicherlich von posthypnotischer Suggestion schon etwas gehört, Mr. Holmes? Nun, Sie werden sehen, wie sie wirkt. Ein Mensch, der Persönlichkeit besitzt, macht von der Hypnose Gebrauch ohne Einschläferungssprüchlein, entsprechende Handbewegungen und all den vulgären Firlefanz. Miss Violet, wohlvorbereitet auf Ihren Besuch, wird Ihnen, daran zweifle ich nicht, eine Zusammenkunft gewähren, denn sie gehorcht ihrem Vater – außer freilich in dieser einen kleinen Sache.‹

Du siehst, Watson, mir blieb eigentlich nichts mehr zu sagen übrig. So verabschiedete ich mich mit soviel kalter Würde, als ich nur aufbringen konnte. Aber als meine Hand die Türklinke niederdrücken wollte, hielt er mich zurück mit den Worten:

›Haben Sie übrigens den französischen Spitzel Le Brun gekannt, Mr. Holmes?‹

›Natürlich‹, antwortete ich.

›Wissen Sie auch, was ihm zustieß?‹

›Ich hörte, daß er auf dem Montmartre von einigen Apachen angefallen und für sein Lebtag zum Krüppel geschlagen wurde.‹

›Sehr richtig, Mr. Holmes. Wie das manchmal seltsam zusammentrifft! Er hatte nämlich genau eine Woche vorher versucht, sich in meine Angelegenheiten einzudrängen. Tun Sie so etwas lieber nicht, Mr. Holmes! Es bringt kein Glück. Das haben schon verschiedene Leute herausgefunden. Ich sage es Ihnen ein für allemal: Gehen Sie Ihrer Wege und lassen Sie mich die meinen gehen. Grüß Gott!‹

So, nun bist du im Bilde, Watson!«

»Scheint ein gefährlicher Bursche zu sein.«

»Und wie! Angebern schenke ich keine Beachtung. Aber der gehört zu denen, die eher weniger sagen, als sie tatsächlich vorhaben.«

»Mußt du denn unbedingt eingreifen? Hat es wirklich soviel zu besagen, ob er das Mädchen nun heiratet oder nicht?«

»Wenn ich in Betracht ziehe, daß ohne jeden Zweifel er seine letzte Frau ermordet hat, würde ich doch denken, es hat sehr viel zu besagen. Außerdem sind wir schließlich unserem Klienten verpflichtet. Nein, wir wollen darüber nicht streiten. Wenn du deinen Kaffee getrunken hast, kommst du am besten mit mir nach Hause. Dieser helle Kopf, der Shinweli, wird mit seinem Bericht dort vielleicht schon warten.«

Er war da. Ein riesiger Bursche, mit grobem, rotem Gesicht, schlechten Zähnen und einem Paar lebhafter schwarzer Augen, die das einzige äußere Zeichen für seine Gerissenheit waren. Anscheinend hatte er bei seinen Ausgrabungen ein Musterexemplar entdeckt: Neben ihm auf dem Sofa saß eine zierliche, temperamentvolle Rothaarige mit blassem, wachem Gesicht. Sie war noch jung, aber von Laster und Sorge schon so mitgenommen, daß die Spuren der furchtbaren Jahre ihre Züge prägten.

»Das ist Miss Kitty Winter«, erklärte Shinwell Johnson und stellte sie mit einem Schwenken seiner fleischigen Hand vor. »Was ihr unbegreiflich ist . . . na ja, sie wird schon selber den Mund aufmachen. Ich hab' sie gleich herausgefischt, Mr. Holmes, eine Stunde, nachdem Ihr Brandbrief kam.«

»Bin ja leicht zu finden«, bestätigte seine Partnerin. »Verdammt, London macht mich jedesmal fertig. Selbe Adresse wie Porky Shinwell. Wir sind alte Genossen, Porky, was, wir zwei? Aber zum Henker! Da gibt's einen, der soll in einer viel tieferen Hölle braten wie wir, wenn's Gerechtigkeit gäbe auf dieser Welt! Und das ist der, hinter dem Sie jetzt her sind, Mr. Holmes.«

Mein Freund lächelte. »Ich glaube, alle Ihre guten Wünsche begleiten uns, Miss Winter.«

»Wenn ich Ihnen helfen kann, ihn dahin zu schaffen, wo er hingehört, machen Sie mit mir, was Sie wollen«, beteuerte unsere Besucherin, von wildem Tatendrang beseelt. Eine Intensität des Hasses flammte aus den Augen dieses bleichen, entschlossenen Gesichts, die man bei Frauen nur selten und bei Männern wohl niemals findet. »Brauchen nich' in meiner Vergangenheit rumzuwühlen, Mr. Holmes. Die is' nich' hier und nich' da. Aber was ich bin, das hat dieser Gruner auf'm Konto. Wenn ich ihn erledigen könnte, den Kerl!« Wie im Wahnsinn krampfte sie die Hände zusammen. »Wenn ich ihn nur mal selber in den Dreck träte, wo er so viele reingestoßen hat!«

»Sie wissen über den Stand der Dinge Bescheid?«

»Porky hat mir alles geflüstert. Der Gruner is' hinter einer anderen her, und die will er diesmal heiraten. Armes Huhn. Und Sie, Mr. Holmes, wollen dazwischenhauen. Na, wissen ja genug von dem Schuft, daß Sie 'n anständiges Mädchen, wenn's noch bei Sinnen is', davon abbringen wer'n, mit dem Subjekt in ein und dieselbichte Kirche zu gehen.«

»Sie ist aber nicht bei Sinnen, sondern verrückt vor Liebe. Man hat ihr alles über ihn gesagt, es kümmert sie nicht im geringsten.«

»Auch von dem Mord?«

»Ja.«

»Gott, die hat Nerven!«

»Sie tut alles als Verleumdungen ab.«

»Können Sie ihr nich 'n Beweisstück vor die dämlichen Augen bringen?«

»Nun, vielleicht möchten Sie uns dabei helfen?«

»Bin ich nich' selbst 'n Beweisstück? Wenn ich mich vor sie hinstelle und auspacke, was er mit mir gemacht hat . . .«

»Das würden Sie tun?«

»Klar, Mann!«

»Gut, vielleicht lohnt sich ein solcher Versuch. Allerdings hat er ihr fast all seine Sünden gebeichtet und Vergebung von ihr erhalten. Anscheinend will sie nichts mehr davon hören, jedenfalls hält sie an ihm fest.«

»Jede Wette, der hat nich' alles auf 'n Tisch gelegt«, meinte Miss Winter. »Ich hab' noch einen oder den anderen Mord mitgekriegt – nich' bloß den, wo sie so viel drüber gequatscht haben. Guckte mir starr in die Pupille und sagte mit seiner Plüschstimme. ›Er ist innerhalb eines Monats gestorben!‹ Das war kein leeres Gerede! Na, mir war's egal! Ich war ja damals selber in ihn verknallt. Konnte anstellen, was er wollte, mir ging's wie dieser armen Irren. Nur eine Sache, die hat mir gereicht. Verflucht noch mal! Wenn er nich' immer so fabelhaft gequatscht hätte – konnte einfach alles wieder hindrehen, der Kerl –, dann wär' ich noch in derselben Nacht auf und davon gegangen. Er hat da so ein Buch – ein dickes braunes Lederbuch, mit 'nem Schloß dran und seinem Wappen auf dem Deckel . . . Ich glaube, er war blau wie'n Veilchen an dem Abend, sonst hätt' er mir das nie gezeigt . . .«

»Was hat er Ihnen gezeigt?«

»Also wissen Sie, Mr. Holmes, dieser Kerl sammelt Frauen, wie andere Leute Motten sammeln oder Schmetterlinge. Da is' der richtig stolz drauf. Alles hat er drin in dem Buch! Schnappschüsse, Namen, Sondersachen, wie's eben jede machte. Ein hundsgemeines Buch, kein anderer Mann, auch nich' aus der Gosse, bringt so was fertig. Aber er, Adelbert Gruner, dem sah das ähnlich. ›Seelen, die ich zugrunde richtete‹, das hätt' er auf den Deckel schreiben können. Na ja, das gehört nich' zur Sache. Das Buch nutzt Sie nix – und wenn, Sie kriegen's doch nich'.«

»Wo ist es?«

»Weiß ich? 's is' über 'n Jahr her, seit ich abhaute. Wo er's damals aufhob, kann ich mich erinnern. Is' ja ein geleckter, geschniegelter Pedant. Warum nich'? Vielleicht steckt's noch in dem Mittelfach von seinem alten Schreibtisch. Kennen Sie seine Wohnung?«

»Ich war in seinem Arbeitszimmer«, erwiderte Holmes.

»Ach nee! Da sind Sie aber or'ntlich rangegangen, wo Sie doch erst heut früh losgelegt haben. Vielleicht zieht der liebe Adelbert diesmal doch den kürzeren! Sein Arbeitszimmer, da is' erst mal das Porzellan, ein ganzer Schrank zwischen den Fenstern, hinter dem Schreibtisch geht 'ne Tür in ein kleines Kabinettchen, wo er Papiere und so was aufhebt.«

»Hat er keine Angst vor Einbrechern?«

»Feige is' er nich'. Sein ärgster Feind könnt' ihm das nicht nachsagen. Er braucht keinen, der auf ihn aufpaßt. Für die Nacht hat er eine Alarmglocke. Und sonst, was soll 'n Dieb schon finden? Das ulkige Geschirr vielleicht?«

»Mist!« mischte sich Shinwell Johnson mit der entschiedenen Stimme des Fachmannes ein. »Keiner nimmt ein'm so 'n Zeug ab, das du nich' einschmelzen oder zu Mäusen machen kannst.«

»Sehr richtig« bestätigte Holmes. »Also, Miss Winter, wollen Sie sich morgen um 17 Uhr wieder hier einfinden? Ich werde inzwischen überlegen, ob man nicht tatsächlich eine Begegnung zwischen Ihnen und der Lady, wie sie Ihnen vorschwebt, arrangieren sollte. Für Ihre Mitarbeit bin ich Ihnen außerordentlich verbunden. Ich brauche nicht darauf hinzuweisen, daß meine Mandanten großzügig . . .«

»Hörnse auf, Mr. Holmes!« wehrte die junge Frau ab. »Ich bin hier nich' auf Arbeit. Wenn ich nur den Kerl in der . . . ich meine im Dreck sitzen sehe, is' alles bestens. Ja, im Dreck – und mein Fuß auf seiner verdammten Fresse. Das ist mein Preis. Ich mache mit – morgen oder sonst wann, solange Sie hinter ihm her sind. Porky weiß immer, wo ich stecke.«

Ich sah Holmes erst am nächsten Abend, als wir wieder in unserem Restaurant am Strand zu Abend aßen. Als ich ihn fragte, ob er bei seinem Interview Glück gehabt habe, zuckte er die Achseln. Dann erzählte er mir, wie sich alles abgespielt hatte. Ich will seinen knappen, trockenen Bericht hier in etwas abgerundeter Form wiedergeben, damit mehr Leben hineinkommt.

»Die Verabredung zustande zu bringen war weiter nicht schwer«, begann er, »denn das Mädchen trägt unterwürfigsten Gehorsam zur Schau – in allen nebensächlichen Dingen. Sie versucht damit ihre brüske Auflehnung in der Liebesaffäre wieder wettzumachen. Der General rief mich an: man sei bereit. Und die hitzige Miss Winter rückte vereinbarungsgemäß ins Feld. Um 17 Uhr 30 setzte uns eine Kutsche vor den Toren von 104, Berkeley Square, ab, wo der alte Offizier seinen Wohnsitz hat. Es ist eine jener schrecklichen düstergrauen Londoner Burgen, neben denen eine Kirche sich noch frivol ausnähme. Ein Diener führte uns in ein großes Wohnzimmer mit gelben Vorhängen. Und dort erwartete uns bereits die Lady: spröde, blaß, selbstbeherrscht, so unbeugsam und entrückt wie eine Schneestatue auf einem Berg.

Wie ich sie dir schildern soll, Watson, weiß ich nicht. Vielleicht wirst du ihr einmal begegnen, ehe wir diese Sache durchgefochten haben, und kannst dann von deiner Gabe des Wortes Gebrauch machen. Ja, sie ist schön; aber von jener ätherischen Schönheit aus der Welt einiger Fanatiker, die hoch über dem Erdboden wandeln. Ich habe solche Gesichter auf den Gemälden mittelalterlicher Meister gesehen. Wie dieses Vieh von Mann seine geilen Klauen auf solch ein jenseitiges Wesen legen konnte, bleibt mir schleierhaft. Aber du wirst ja auch schon bemerkt haben, daß Gegensätze einander anziehen, das Geistige und das Animalische, der Höhlenmensch und der Engel. So etwas, du wirst nie einem schlimmeren Beispiel begegnen als diesem hier.

Sie wußte natürlich, weshalb wir gekommen waren. Der Schurke hatte keine Zeit verloren und ihren Sinn gegen uns vergiftet. Miss Winters Ankunft verwunderte sie allerdings ein wenig, glaube ich. Gleichwohl bot sie uns mit hoheitsvoller Geste Stühle an, wie eine ehrwürdige Äbtissin zwei räudige Bettler empfangen würde. Wenn du wieder einmal einen heißen Kopf bekommen solltest, Watson, nimm dir ein Beispiel an Violet de Merville! ›Ihr Name‹, begrüßte sie mich mit einer Stimme, die mich wie Wind von einem Eisberg anwehte, ›ist mir geläufig. Sie suchen mich hier auf, wenn ich recht verstehe, um meinen Verlobten, Baron Gruner, anzuschwärzen. Nur aus Rücksicht auf meinen Vater empfange ich Sie überhaupt, und ich warne Sie im voraus: Alles, was Sie vorbringen, wird auf meine Einstellung nicht die geringste Wirkung ausüben!‹

Sie tat mir leid, Watson. Ich empfand in diesem Augenblick für sie wie für eine eigene Tochter. Beredt bin ich nicht gerade oft. Ich gebrauche meinen Kopf, nicht mein Herz. Aber ich redete ihr ins Gewissen mit einer warmen Flut von Worten, wie sie meine Natur kaum jemals findet. Ich schilderte ihr die furchtbare Lage der Frau, die den Charakter ihres Mannes erst nach der Heirat durchschaut; einer Gattin, die sich den Liebkosungen blutiger Hände und verderbter Lippen unterwerfen muß. Ich ersparte ihr nichts: die Schande, die Qual, die Todesangst, die Hoffnungslosigkeit. Doch meine glühenden Schilderungen riefen nicht die leiseste Färbung ihrer Elfenbeinwangen noch einen Funken von Anteilnahme in ihren abwesenden Augen hervor. Ich mußte an das denken, was der Schurke über nachträgliche Wirkung der Hypnose geäußert hatte. Tatsächlich hätte man glauben können, daß sie sich in einem ekstatischen Traum und nicht auf dieser Erde befand. Trotzdem war keinerlei Unklarheit in ihren Antworten.

›Ich habe Sie geduldig angehört, Mr. Holmes‹, erklärte sie. ›Der Einfluß auf meinen Geist ist genau so, wie ich es vorhersagte. Ich bin mir bewußt, daß Adelbert, daß mein Verlobter ein stürmisches Leben hinter sich hat, in dem er sich bitteren Haß und die ungerechtesten Verleumdungen zuzog. Sie sind nur der letzte einer ganzen Reihe, die ihre Schmähreden gegen ihn bei mir vorgebracht haben. Möglicherweise war es sogar gut von Ihnen gemeint, obwohl ich höre, daß Sie ein bezahlter Agent sind, der genauso eingewilligt hätte, für den Baron zu arbeiten, wie gegen ihn. Aber wie dem auch sei, ich möchte, daß Sie sich ein und für allemal klar darüber werden: Ich liebe diesen Mann, und er liebt mich. Die Meinung der ganzen Welt ist für mich nicht mehr als das Gezwitscher der Vögel draußen vorm Fenster. Wenn sein nobler Charakter je auch nur einen Augenblick schwankte, dann wäre es wohl erst recht meine Aufgabe, ihn wieder auf seine eigentliche Höhe emporzutragen ... Übrigens ist mir nicht recht erfindlich‹, fuhr sie mit hoheitsvoller Kühle fort, während ihr unbeteiligter Blick zu meiner Gefährtin hinüberglitt, ›wer dieses Fräulein hier ist?‹

Ich wollte eben antworten, als die Betroffene wie ein Wirbelwind dazwischenfuhr. Wenn du je Feuer und Eis hast aufeinanderprallen sehen, dann bei diesen zwei Frauen.

›Das kann ich Ihnen sagen, wer ich bin‹, schrie Miss Winter und sprang von ihrem Stuhl auf; ihr Mund war von Leidenschaft verzerrt. ›Sein letztes Liebchen bin ich, ja! Eine von Hunderten, die er ausprobiert, auf die schiefe Bahn gebracht und dann auf den Müllhaufen geschmissen hat. Genauso wird's Ihnen gehen. Das heißt, Ihr Mülleimer is' wahrscheinlich 'n Grab. Und da könn' Sie noch von Glück sagen. Hörnse auf mich, Sie arme Irre, wenn Sie den Mann heiraten, sind Sie in Null Komma nichts 'ne Leiche. Ob Ihr Herzchen bricht oder Ihr Hals, ganz egal, irgendwie erledigt er Sie schon. Hören Sie, ich red' nich' wegen Ihrer schönen Augen so. Is' mir doch Wurst, ob Sie am Leben bleiben oder nich'. Es is' bloß, weil ich ihn hasse, weil ich's ihm heimzahlen will, was er mit mir gemacht hat. Und so hochmütig brauchen Sie mich gar nich' anzusehen, meine Gnädigste! Kann nämlich leicht sein, daß Sie noch tiefer absacken als ich, eh' der Spaß zu Ende is'!«

›Ich lehne es ab, mit Ihnen über derlei zu verhandeln‹, entgegnete Miss de Merville kalt. ›Lassen Sie sich gesagt sein, es ist mir durchaus bekannt, daß mein Verlobter dreimal in seinem Leben in Beziehungen zu intriganten Frauenzimmern verstrickt war. Aber ich weiß auch ebenso sicher, daß er alles Schlechte, was er unter ihrem Einfluß vielleicht getan hat, aufrichtig bereut.‹

›Dreimal in seinem Leben!‹ Meine Gefährtin lachte schrill auf. ›Ihnen is' einfach nich' zu helfen!‹

›Ich ersuche Sie, Mr. Holmes, die Zusammenkunft jetzt zu beenden‹, sagte die eisige Stimme. ›Ich habe meines Vaters Wunsch respektiert, indem ich Sie empfing. Aber ich bin nicht verpflichtet, die Tobsuchtsanfälle dieser Person über mich ergehen zu lassen.‹

Mit einem Fluch stürzte Miss Winters vorwärts. Und hätte ich sie nicht am Handgelenk festgehalten, sie wäre der aufreizenden Lady mit allen zehn Fingern ins Haar gefahren. Ich zerrte sie zur Tür und kann von Glück sagen, daß es mir gelang, sie ohne Aufsehen wieder in die Droschke zu setzen. Sie kochte vor Wut. Und sogar ich ärgerte mich auf meine kühle Weise nicht wenig, Watson, denn es lag etwas unbeschreiblich Provozierendes in der unbeteiligten Ruhe und überlegenen Selbstgefälligkeit dieser Frau, die wir retten wollten ... So, nun bist du wieder ganz auf dem laufenden, Freund. Es ist klar, daß ich eine neue Eröffnung planen muß, denn dieses Gambit bringt uns nicht weiter. Ich bleibe mit dir in Verbindung, Watson; es ist mehr als wahrscheinlich, daß du deine Rolle noch zu spielen hast. Trotzdem halte ich es für gut möglich, daß der nächste Schachzug eher von ihnen als von uns ausgeführt wird.«

Und genauso war es. Ihr Schlag fiel oder vielmehr Gruners Schlag, denn daß die Lady davon wußte, kann ich nicht glauben. Aber ich könnte noch heute genau den Pflasterstein bezeichnen, auf dem ich stand, als mein Blick auf die ausgehängte Anzeige fiel und der Schreck mich wie ein Stich mitten ins Herz traf.

Es war zwischen dem Grand Hotel und dem Charing-Cross-Bahnhof, wo ein einbeiniger Zeitungsverkäufer seine Abendausgabe verteilte.

Das Datum war genau der dritte Tag nach unserer letzten Unterhaltung.

Da stand sie in fetten Buchstaben, schwarz auf gelb, die schlimme Schlagzeile:

MORDÜBERFALL AUF SHERLOCK HOLMES

Ich glaube, ich blieb einige Augenblicke wie betäubt stehen. Dann folgte, so erinnere ich mich undeutlich, mein Griff nach einer Zeitung, die Mahnung des Mannes, weil ich zu zahlen vergessen hatte, und schließlich die Torfahrt einer Apotheke, in der ich die verhängnisvolle Spalte aufschlug.

Sie lautete:

Mit tiefem Bedauern hören wir, daß Mr. Sherlock Holmes, der bekannte Privatdetektiv, heute vormittag das Opfer eines Mordüberfalls wurde und in eine höchst bedenkliche Lage geriet. Genaue Einzelheiten über seinen Befund liegen nicht vor, aber der Vorfall scheint sich gegen 12 Uhr in der Regent Street, vor dem Café Royal, ereignet zu haben. Der Angriff erfolgte durch zwei Männer, die mit

Stöcken bewaffnet waren. Mr. Holmes erhielt Schläge auf Kopf und Körper, wodurch ihm Verletzungen zugefügt wurden, die der Arzt als sehr ernst bezeichnet. Der Verletzte wurde in das Charing Cross Hospital gebracht. Später bestand er darauf, daß man ihn in seine Wohnung in der Baker Street fuhr. Es heißt, die niederträchtigen Angreifer seien gut und herrenmäßig gekleidet gewesen. Sie entwischten nach der Tat in das Café und tauchten dann in der dahinterliegenden Glasshouse Street unter. Zweifellos gehören sie einer Verbrecherclique an, die schon mehrmals Gelegenheit hatte, die Tatkraft und geniale Findigkeit des Verletzten zu beklagen.

Kaum hatte ich den Bericht auch nur überflogen, als ich – das brauche ich wohl nicht zu betonen – auch schon in eine Droschke sprang, um in die Baker Street zu fahren. Auf dem Vorplatz begegnete ich Sir Leslie Oakshott, dem berühmten Wundarzt, dessen Brougham ich schon an der Ecke hatte warten sehen.

»Keine unmittelbare Gefahr«, berichtete er. »Zwei Platzwunden in der Schädeldecke und einige beträchtliche Quetschungen. Ich mußte an mehreren Stellen nähen, ihm eine Morphiuminjektion geben. Die Hauptsache ist jetzt Ruhe. Aber wenn Sie zu ihm hineinschauen wollen, nicht länger als ein paar Minuten, so habe ich nicht unbedingt etwas dagegen.«

Mit dieser Erlaubnis schlich ich mich in das abgedunkelte Zimmer. Der Patient war hellwach, und ich hörte ihn heiser meinen Namen flüstern. Die Jalousie hatte man zu drei Vierteln heruntergelassen, aber ein Sonnenstrahl brach sich Bahn zu dem verbundenen Kopf des Verletzten. Ein karminroter Fleck durchtränkte die weiße Mullkompresse. Mit gesenktem Kopf setzte ich mich an sein Bett.

»Alles in Ordnung, Watson. Sieh nicht so verstört drein!« murmelte er mit recht schwacher Stimme. »Ist nicht so schlimm, wie es aussieht.«

»Gott sei Dank!«

»Du weißt doch, ich bin so etwas wie ein Knüppelabwehrfachmann. Ich hab' die meisten Schläge ganz schön gebremst. Nur der zweite Halunke auch noch, der war mir zuviel.«

»Was kann ich für dich tun, Holmes? Natürlich hat sie der verdammte Gruner auf dich gehetzt. Gleich geh' ich und zieh' ihm das Fell ab, wenn es dir recht ist!«

»Guter alter Watson! Nein, in der Richtung können wir jetzt wenig unternehmen, es sei denn, die Polizei kriegt die zwei Männer in die

Finger. Aber sie hatten gut vorgesorgt und sich aus dem Staube gemacht. Sicher ist ihr Alibi tadellos. Ich habe jetzt andere Pläne. Zunächst muß ich meine Verletzungen übertreiben. Sie werden dir das Haus einrennen, um zu hören, wie's um mich steht. Dann bausche nur tüchtig auf, Watson! Etwa: ein Glück, wenn ich diese Woche noch überlebe – Schädelbruch – Delirium schlimmster Sorte und so weiter, was dir eben einfällt. Du kannst es nicht schaurig genug darstellen.«

»Aber Sir Leslie Oakshott?«

»Ach, mit dem fädele ich das schon ein. Er wird nur die schlimmste Seite von mir zu sehen bekommen.«

»Sonst noch was?«

»Ach richtig. Sag Shinwell Johnson, er soll das Mädchen aus dem Weg schaffen, aufs Land oder irgendwohin. Diese sauberen Brüder werden jetzt nämlich hinter ihr her sein. Natürlich wissen sie, daß die Kleine gesungen hat. Wenn die gewagt haben, mich anzufallen, werden sie das arme Ding kaum ungeschoren lassen, und das könnte sehr unangenehm für sie werden. Das wäre dringend. Sag's ihm heute noch!«

»Ich gehe schon. Noch einen Wunsch?«

»Leg mir die Pfeife auf den Tisch – und den Tabakspantoffel. So – fein, danke. Schau jeden Vormittag hier herein, damit wir unseren Schlachtplan entwerfen, ja?«

Mit Johnson kam ich noch am gleichen Abend überein, er solle Miss Winter in einem ruhigen Vorort unterbringen und dafür sorgen, daß sie sich still verhielt, bis die Gefahr vorüber war.

Sechs Tage lang lebte die Öffentlichkeit unter dem Eindruck, Holmes befinde sich an der Schwelle des Todes. Die Bulletins waren sehr ernst, und unheilschwangere Artikel standen in der Zeitung. Indessen unterrichteten mich meine täglichen Besuche, daß es so schlimm nicht war. Die drahtige Konstitution dieses Mannes und seine entschlossene Willenskraft wirkten Wunder. Seine Genesung schritt rasch fort. Bisweilen hatte ich sogar die Vermutung, er erhole sich noch schneller, als er selbst mir eingestand. Seine sonderbare Verschlossenheit hatte schon manchen dramatischen Effekt gezeitigt, ließ jedoch auch seine nächsten Freunde gern im unklaren, was er wirklich plante. Bis zum Äußersten handelte er nach dem Grundsatz, daß nur der sicher plant, der allein plant. War ich auch vertrauter mit ihm als irgend jemand sonst, so spürte ich doch immer wieder den Abgrund zwischen uns.

Am siebten Tag nahm man die Fäden heraus.

Trotzdem erschien ein Bericht über eine Gesichtsrose.

In derselben Zeitung fand ich eine Anzeige, die ich meinem Freund überbringen mußte, ob er nun krank oder gesund war. Es drehte sich einfach darum, daß Baron Gruner sich in die Fahrgastliste des Passagierdampfers RURITANIA eingetragen hatte. Und dieser sollte am Freitag von Liverpool aus in See stechen. Der Baron habe noch dringende Finanzgeschäfte in den Staaten abzuwickeln, ehe seine Heirat mit Miss Violet de Merville, der einzigen Tochter des Generals usw.

Mit geballter Konzentration auf seinem bleichen Gesicht hörte Holmes sich diese Neuigkeit an, was mich durchaus darüber belehrte, wie schwer er davon getroffen wurde.

»Freitag!« rief er aus. »Nur noch drei Tage! Ich glaube, der Wicht will lediglich aus der Gefahrenzone verduften. Aber das wird ihm nicht so ohne weiteres glücken, Watson. Beim Zeus, das wird es nicht! So, und jetzt darfst du einiges für mich tun, mein Lieber!«

»Dazu bin ich ja da, Holmes.«

»Gut, dann beschäftige dich die nächsten vierundzwanzig Stunden mit chinesischem Porzellan!«

Nähere Erklärungen gab er nicht ab, und ich bat ihn auch nicht darum. Durch lange Erfahrung war mir die Weisheit des Gehorsams in Fleisch und Blut übergegangen. Als ich sein Zimmer verlassen hatte, wanderte ich die Baker Street entlang und wälzte in meinem Hirn die Überlegung, wie ich um alles in der Welt nur diesen sonderbaren Befehl ausführen sollte. Schließlich fuhr ich zu der Londoner Bibliothek am St.-James-Platz, unterbreitete die Angelegenheit dem zweiten Bibliothekar, meinem Freund Lomax, und kehrte mit einem ansehnlichen Folianten unterm Arm in meine Wohnung zurück. Ein Advokat, heißt es, paukt übers Wochenende mit solcher Gewissenhaftigkeit einen Fall ein, daß er jeden gewandten Zeugen montags auf Herz und Nieren prüfen kann – und hat doch all die Kenntnisse, die er sich so gewaltsam aneignete, schon vor dem Samstag wieder vergessen. Ebenso würde ich zur Zeit gewiß nicht als Fachmann auf dem Gebiet des Porzellans gelten wollen. Und doch habe ich damals einen Abend lang und die ganze Nacht hindurch, mit einer kurzen Ruhepause nur, und dann wieder den ganzen nächsten Vormittag mir alles Wissenswerte darüber einverleibt und zahllose Namen auswendig gelernt. Ich bildete mich über die Echtheitsstempel der großen Kunsthandwerker, vom Geheimnis zyklischer Daten und Signaturen des Hung Wu bis zu den besonderen Schönheiten der Yung-Lo-Periode, von den Beschriftungen aus dem Tang Ying bis zur Glanzherrschaft der Primitiven des Sung und des Yuan. Vollgestopft mit all diesen Errungenschaften, suchte ich Holmes am nächsten Abend auf. Er war jetzt außer Bett, obwohl man das aus den öffentlichen Berichten nicht hätte schließen können. Seinen dickvermummten Kopf in die Hand gestützt, saß er in der Tiefe seines geliebten Ohrensessels.

»Na, Holmes«, begrüßte ich ihn, »wenn man den Zeitungen glauben darf, liegst du im Sterben.«

»Das«, sagte er, »ist ja der Eindruck, den ich erwecken will. Und du, Watson, hast du deine Lektion gelernt?«

»Wenigstens versucht.«

»Gut. Du könntest demnach eine kluge Plauderei über dieses Thema durchhalten?«

»Ich glaube schon.«

»Dann reich mir mal die kleine Schachtel dort vom Kaminsims herüber!«

Er lüftete den Deckel und nahm einen kleinen, sorgfältig in orientalische Seide gewickelten Gegenstand heraus. Als er das Tuch entfaltete, brachte er einen allerliebsten kleinen Teller von einem wundervollen tiefen Blau zum Vorschein.

»Du mußt sehr vorsichtig damit umgehen, Watson. Das ist echte Eierschalenkeramik der Ming-Dynastie. Kein schöneres Stück ist je durch die Hände eines Sammlers gegangen. Ein vollständiges Service wäre ein Vermögen wert. Tatsächlich ist zu bezweifeln, ob es außerhalb des kaiserlichen Palastes in Peking überhaupt noch eines gibt. Allein der Anblick macht den Kenner verrückt darauf.«

»Und was soll ich damit tun?«

Holmes händigte mir eine Karte aus, auf die gedruckt war: »Dr. Hill Barton, 369 Half Moon Street«.

»Das ist dein Name für heute abend, Watson. Du wirst Baron Gruner aufsuchen. Ich weiß einiges über seine übliche Tageseinteilung. Um 8.30 Uhr wird er voraussichtlich seiner Verpflichtungen ledig und zu Hause anzutreffen sein. Durch eine kurze Nachricht wollen wir ihn im voraus von deiner Visite in Kenntnis setzen. Und du sagst dann, daß du ein Muster von einem ganz einzigartigen Chinaservice der Ming-Periode bringst. Von Beruf kannst du ruhig Arzt sein, da das eine Rolle ist, die du nicht erst einstudieren mußt. Du bist Sammler und auf dieses seltene Stück gestoßen. Du hast von des Barons Interesse auf diesem Gebiet gehört und bist nicht abgeneigt, den Teller zu angemessenem Preis zu verkaufen.«

»Zu welchem Preis?«

»Gut gefragt, Watson! Du würdest erheblich an Ansehen einbüßen, wenn du den Wert deiner eigenen Ware nicht kenntest. Das Tellerchen hat Sir James für mich besorgt. Es entstammt, soviel ich weiß, der Sammlung seines Klienten. Du übertreibst nicht, wenn du andeutest, daß sich seinesgleichen kaum in der Welt finden dürfte.«

»Vielleicht könnte ich vorschlagen, das Stück von einem Experten schätzen zu lassen.«

»Ausgezeichnet, Watson! Du sprühst heute von Geist. Schlag Christie oder Sotheby vor. Deine Vornehmheit hält dich davon ab, selbst einen Preis anzusetzen.«

»Aber wenn er mich gar nicht sehen will?«

»Oh, er wird bestimmt. Er hat die Sammlermanie in ihrer ausgeprägtesten Form – und ganz besonders auf diesem Sektor, wo er auch eine anerkannte Autorität ist. Setz dich, Watson! Ich diktiere dir jetzt den Brief. Antwort ist nicht erforderlich. Du kündigst einfach dein Kommen und den Grund dafür an.«

Es wurde ein bewunderungswürdiges Dokument. Kurz, höflich, die Neugier des Kenners reizend. Ein Stadtbote wurde mit der Beförderung des Schreibens beauftragt. Am selben Abend noch machte ich mich als Dr. Hill Barton, mit der kostbaren Untertasse ausgerüstet, zu meinem eigenen Abenteuer auf den Weg.

Das prächtige Haus und Grundstück bezeugten, daß Baron Gruner zu Recht von Sir James als ziemlich vermögend dargestellt worden war. Von seltenen Strauchgewächsen zu beiden Seiten gesäumt, mündete die lange, gewundene Auffahrt auf einen großen statuengeschmückten Kiesplatz. Mit seinen vielen Ecktürmen architektonisch zwar ein Alptraum, wirkte das Besitztum allein durch wuchtige Größe und Solidität imponierend. Ein Butler – er wäre die Zierde eines ganzen Bischofskollegiums gewesen – ließ mich ein und überantwortete mich einem in Plüsch livrierten Diener, von dem ich zu seiner erlauchten Herrschaft geführt wurde.

Vor dem geöffneten Glasschrank zwischen den beiden Fenstern, der einen Teil seiner Porzellansammlung enthielt, stand der Baron, er hielt gerade eine kleine braune Vase in den Händen.

Als ich eintrat, wandte er sich um und sagte:

»Setzen Sie sich doch bitte, Doktor! Ich habe mir soeben wieder einmal meine eigenen Schätze angesehen und mich gefragt, ob ich es mir wirklich leisten kann, noch etwas hinzuzufügen. Dieses kleine

Stück aus der Tang-Zeit wird Sie wahrscheinlich interessieren. Ich bin sicher, daß Sie feinere Handarbeit und prächtigere Lasierung noch nirgends zu sehen bekamen. Haben Sie den kleinen Ming-Teller, von dem Sie schrieben, bei sich?«

Behutsam packte ich das Kunstwerk aus und reichte es dem Baron. Er setzte sich an seinen Schreibtisch, zog die Lampe senkrecht darüber, denn es dunkelte schon, und machte sich daran, das Stück sorgfältig zu prüfen. Dabei fiel das gelbe Licht grell auf seine Züge, so daß ich Gelegenheit fand, sie eingehend zu betrachten.

Zweifellos war er ein bemerkenswert gutaussehender Mann. Der europäische Ruf seiner Schönheit hatte durchaus Berechtigung. Kaum mehr als mittelgroß, besaß er einen straffen und zugleich anmutigen Körperbau. Sein Gesicht war bräunlich, fast orientalisch anmutend, und darin lagen zwei große, dunkle Schmachtaugen, die wohl eine unwiderstehliche Faszination auf Frauen ausüben mochten. Er hatte rabenschwarzes Haar und ein ebensolches spitzzulaufendes, sorgfältig gewichstes Schnurrbärtchen. Bis auf eine Ausnahme konnte man seine Züge als regelmäßig und angenehm bezeichnen; und die war der gerade, dünnlippige Mund. Wenn ich je den Mund eines Mörders gesehen habe, dann diesen hier. Ein grausamer, harter Schnitt; zusammengekniffen, unerbittlich und furchtbar. Man hatte ihn schlecht beraten, das Bärtchen davon wegzufrisieren, denn so bildete er ein natürliches Warnsignal für seine Opfer. Die Stimme dieses Mannes war gewinnend, und er verfügte über vollendete Manieren. Ich hätte ihn nicht für viel älter als dreißig Jahre gehalten. Aber seine Personalien ergaben später, daß er zweiundvierzig war.

»Schön – wirklich sehr schön!« erklärte er schließlich. »Und Sie sagen, Sie haben ein sechsteiliges Service in dieser Ausführung? Was mich verwundert, ist, daß ich von diesen Prachtexemplaren nie etwas gehört habe. Ich kenne nur eine Untertasse in ganz England, welche sich mit dieser hier messen kann, und die ist aller Wahrscheinlichkeit nach nicht verkäuflich. Würden Sie es für indiskret halten, Dr. Hill Barton, wenn ich Sie fragte, wie Sie dazu gelangt sind?«

»Ist das wirklich von Bedeutung?« entgegnete ich mit der sorglosesten Miene, die ich nur zustande brachte. »Sie sehen ja selbst, das Stück ist echt – und was seinen Wert anbelangt, so wäre ich mit dem Schätzungsergebnis eines Sachverständigen zufrieden.«

»Sehr geheimnisvoll«, bemerkte er, und seine dunklen Augen blitzten argwöhnisch auf. »Bei Objekten von so hohem Wert möchte man natürlich alles über die Transaktionen wissen. Die Echtheit ist freilich nicht anzuzweifeln. Aber angenommen – ich muß ja jede Möglichkeit in Betracht ziehen –, es stellt sich hinterher heraus, daß Sie kein Verkaufsrecht hatten?«

»Ich würde Ihnen Garantien bieten.«

»Das nun wiederum würfe die Frage auf, was Ihre Bürgschaft wert ist.«

»Meine Bank ist ermächtigt, Auskunft zu geben.«

»Ausgezeichnet. Und trotzdem kommt mir der ganze Handel recht ungewöhnlich vor.«

»Es steht Ihnen frei, das Geschäft zu machen oder abzulehnen«, versetzte ich gleichgültig. »Ich habe Ihnen die Vorhand gelassen, weil ich Sie für einen Kenner hielt. Aber ich werde anderswo keine Schwierigkeiten haben.«

»Wer hat Ihnen gesagt, ich sei ein Kenner?«

»Ich weiß, daß es ein Buch von Ihnen über diesen Gegenstand gibt.«

»Haben Sie es gelesen?«

»Nein.«

»Also hören Sie! Das wird immer undurchsichtiger für mich. Sie sind ein Kenner und Sammler. Sie besitzen ein sehr kostbares Stück. Gleichwohl erachten Sie es nicht für nötig, das einzige Buch zu Rate zu ziehen, das Sie über Wert und Bedeutung dessen, was Sie in Händen halten, unterrichtet hätte. Können Sie mir das erklären?«

»Ich bin hauptberuflich Arzt und habe meine Praxis, also sehr viel zu tun.«

»Das ist keine Antwort. Wenn jemand ein echtes Hobby hat, widmet er sich ihm, ganz gleich, was seine anderen Verpflichtungen sein mögen. Und Sie gaben in Ihrem Brief an, Sie seien ein Kenner!«

»Das bin ich auch.«

»Dürfte ich Ihnen eine kleine Testfrage stellen? Ich muß schon sagen, Doktor – wenn Sie wirklich Arzt sind –, daß dieser Vorfall mir immer verdächtiger erscheint. Was, zum Beispiel, wissen Sie über den Kaiser Shomu – und wie bringen Sie ihn in Verbindung mit dem Shoso-in bei Nara? Sieh mal an, verwirrt Sie das? Erzählen Sie mir doch ein wenig von der nördlichen Wei-Dynastie und ihrem Platz in der Geschichte der Töpfereikunst!«

In vorgetäuschtem Ärger sprang ich von meinem Stuhl auf. »Das ist unerträglich, Sir!« rief ich. »Ich bin hierhergekommen, um Ihnen einen Gefallen zu tun, und nicht, um von Ihnen wie ein Schuljunge geprüft zu werden. Mögen meine Kenntnisse auf diesem Gebiet auch für Ihresgleichen nur zweitrangig sein, ich werde bestimmt keine Fragen beantworten, die mir in so beleidigender Weise gestellt werden.«

Unverwandt heftete er seinen Blick auf mich. Alle Verträumtheit war aus seinen Augen gewichen. Sie glühten plötzlich, und zwischen den zwei grausamen Lippen schimmerte das Weiß seiner Zähne.

»Was wird hier gespielt? Sie sind ein Spitzel. Holmes hat Sie als Kundschafter geschickt. Das ganze Theater war eine Falle. Der Kerl stirbt, wie ich höre, aber er gebraucht noch seine Werkzeuge, um mich zu beobachten. Sie haben sich hier unerlaubterweise Zutritt verschafft – und werden, bei Gott, nicht ebenso leicht wieder den Ausgang finden.«

Er war aufgesprungen. Ich trat zurück und machte mich auf einen Angriff gefaßt, da der Mann vor Zorn außer sich war. Vielleicht hatte er von Anfang an Argwohn geschöpft. Zumindest aber war ihm während dieses Kreuzverhörs die Wahrheit aufgegangen. Ich konnte nicht mehr hoffen, ihn zu täuschen. Wütend wühlte er in einer Schublade, doch da schien plötzlich ein ungewohnter Laut an sein Ohr gedrungen zu sein, und er lauschte gespannt.

»Ah!« schrie er auf. »Ah!« und stürzte in den hinteren Raum. Mit zwei Schritten war ich an der offenen Tür. Und die Szene, die sich jetzt vor meinen Augen im Inneren des Arbeitszimmers abspielte, wird immer als klares Bild in meinem Gedächtnis haften. Das Fenster nach dem Garten hin war weit offen. Daneben stand, mit blutigem Verband um den Kopf und mit seinem weißen Gesicht anzusehen wie ein Gespenst, Sherlock Holmes. Im nächsten Augenblick war er durch die Fensteröffnung hinausgesprungen, und ein dumpfes Rascheln kündete von seiner Landung im Gebüsch. Wild vor Empörung wollte der Herr des Hauses ihm nach.

Da geschah es, im Bruchteil einer Sekunde, und doch konnte ich alles ganz deutlich verfolgen. Ein Arm – ein Frauenarm schoß von draußen aus den Zweigen hervor. Fast gleichzeitig stieß der Baron einen gräßlichen Schrei aus – und dieses tierhafte Gebrüll wird mir mein Lebtag in den Ohren gellen. Er schlug beide Hände vors Gesicht, raste im Zimmer umher und rannte mit seinem Kopf gegen die Wand.

»Wasser! Um Himmels willen, Wasser!« schrie er. Dann fiel er auf den Teppich, wälzte und wand sich, während ein Schmerzensschrei nach dem anderen durchs Haus dröhnte.

Ich ergriff eine Karaffe, die auf einem Tischchen stand, und eilte zu Hilfe.

Aus der Flurhalle kamen der Butler und etliche Bedienstete herbeigelaufen. Ich erinnere mich, daß einer von ihnen ohnmächtig wurde, als ich bei dem Verletzten kniete und dessen grauenhaft verunstaltetes Gesicht der Lampe zuwandte. Das Vitriol fraß sich überall ins Fleisch und troff ihm von Ohren und Kinn herab. Ein Auge war bereits glasig und wie von einer weißen Schicht überzogen, das andere rot und entzündet. Die Züge, die ich kurz zuvor noch bewundert, glichen jetzt einem Bildnis, über das der Künstler mit einem schmutzigen nassen Schwamm gewischt hat: verschmiert, entfärbt, unmenschlich.

In wenigen Worten erklärte ich, was geschehen war, soweit es den Überfall mit dem Vitriol betraf. Einige vom Hauspersonal kletterten durchs Fenster und durchsuchten den Garten. Aber es war stockfinster und hatte zu regnen begonnen. Immer wieder schrie das Opfer vor Schmerz laut auf, und dazwischen tobte es gegen sie, die sich so gerächt hatte.

»Es war Kitty Winter, diese Höllenbrut!« raste er. »Dieses Teufelsweib, das soll sie büßen! Dafür wird sie mir bezahlen. Herrgott im Himmel, diese Qualen sind ja nicht auszuhalten.«

Ich badete sein Gesicht in Öl, legte Watte auf die verätzten Stellen und spritzte Morphium subkutan. Durch den Schock war in dem Unglückseligen jeder Verdacht gegen mich verschwunden. Er umklammerte meine Hände, als läge es noch in meiner Macht, wieder Licht in seine verglasten Augen zu bringen, die mich wie die eines toten Fisches anstarrten. Ich hätte über diese Verwüstung weinen können, wäre mir das verbrecherische Leben nicht bewußt gewesen, das die schreckliche Veränderung herbeigeführt hatte. Ich fühlte mich von dem Druck und dem Streicheln seiner brennend heißen Hände angeekelt und war erleichtert, als sein Hausarzt, der einen Spezialisten mitbrachte, mich ablöste. Auch ein Polizeiinspektor war mittlerweile eingetroffen, und ihm sagte ich die volle Wahrheit. Es wäre so nutzlos wie unsinnig gewesen, anders zu handeln, denn man kannte mich bei Gericht fast ebensogut wie Holmes selbst. Danach verließ ich dieses Haus des Grauens und langte eine Stunde später in der Baker Street an.

Holmes saß in seinem altgewohnten Lehnsessel. Er sah blaß und erschöpft aus. Von seinen noch nicht verheilten Verletzungen abgesehen, waren sogar seine eisernen Nerven von den Ereignissen dieses Abends mitgenommen. Voller Entsetzen hörte er zu, als ich schilderte, wie das Vitriol den Baron verunstaltet hatte.

»Der Sünde Lohn, Watson, der Sünde Lohn!« sagte er. »Früher

oder später trifft er immer ein. Gott weiß, daß hier ein Sündenpfuhl war«, fügte er hinzu und nahm einen braunen Lederband vom Tisch.

»Das Buch, von dem das Mädel gesprochen hat. Wenn das die Heirat nicht auffliegen läßt, dann nichts auf der Welt. Aber das hier bringt es fertig, es muß! Keine Frau, die noch Selbstachtung besitzt, erträgt so etwas.«

»Sein Liebestagebuch?«

»Schon eher das Tagebuch seiner Ausschweifungen. Nenn es, wie du willst. Im Augenblick, da Miss Winter es erwähnte, wurde mir klar, welch ungeheure Waffe wir damit in die Hand bekämen. Ich behielt damals meine Gedanken für mich. Denn die Kleine hätte vielleicht den Mund nicht gehalten. Aber ich grübelte weiter darüber nach. Dann verschaffte mir dieser Anschlag auf mich die Möglichkeit, den Baron im Glauben zu lassen, er müsse keine weiteren Schutzmaßnahmen gegen mich ergreifen. Das war alles sehr gut so. Ich hätte noch ein wenig länger gewartet, aber die von ihm geplante Amerikareise zwang mich zu handeln. Denn ein solch kompromittierendes Dokument hätte er niemals zurückgelassen. Wir mußten sofort zu Werke gehen. Nächtlicher Einbruch kam nicht in Frage, weil er sich dagegen gesichert hat. Aber wenn ich dafür sorgte, daß seine Aufmerksamkeit abgelenkt wurde, konnte ich am Abend den Versuch wagen. Und das eben sollte durch dein Auftreten mit dem blauen Teller bewerkstelligt werden. Aber ich mußte genau wissen, wo das Buch sich befand. Und meine Zeit war begrenzt durch deine Kenntnisse über chinesische Töpfereikunst. Deshalb stöberte ich im letzten Augenblick das Mädchen auf. Wie hätte ich erraten sollen, was sie in dem Päckchen bei sich trug, das sie behutsam unter ihrem Mantel verwahrte? Ich dachte, sie sei nur in meinem Dienst gekommen, aber offenbar hatte sie auch ihre eigenen Pläne.«

»Er hat erraten, daß ich von dir kam.«

»Das fürchtete ich. Aber du hieltest ihn lange genug in Schach, daß ich das Buch holen, wenn auch leider nicht mehr unbemerkt verschwinden konnte ... Ah, Sir James, ich freue mich, daß Sie gekommen sind.«

Unser höfischer Freund war verabredungsgemäß erschienen. Mit größter Aufmerksamkeit folgte er Holmes' Bericht über den Hergang der Ereignisse.

»Wunder haben Sie vollbracht, Wunder!« rief er aus.

»Aber wenn diese Verletzungen so schlimm sind, wie Dr. Watson sie beschreibt, müßte unser Zweck, die Heirat zu unterbinden, doch wohl schon erreicht sein, ohne daß wir von diesem gräßlichen Buch Gebrauch machen.«

Holmes schüttelte den Kopf.

»Nicht bei Frauen vom Schlage Violet de Mervilles. Sie würde ihn als entstellten Märtyrer um so mehr lieben. Nein, nein. Sein moralisches Gesicht, nicht sein physisches, müssen wir zerstören. Wenn irgend etwas auf der Welt ihr die Augen öffnen wird, dann dieses Buch. Sie findet darin seine Handschrift. Darüber kommt sie nicht hinweg.«

Sir James nahm beides mit sich, den Lederband und das kostbare Tellerchen. Da ich selbst nicht zu lange bleiben durfte, ging ich gleichzeitig hinunter. Ein Brougham wartete auf ihn. Er sprang hinein, gab dem livrierten Kutscher eilig seine Anweisung und fuhr rasch davon. Seinen Mantel warf er halb über die Fensterkante, um das Wappenschild an der Seite zuzudecken. Doch ich hatte es im Schein unserer Straßenlaterne schon erspäht. Ich räusperte mich vor Erstaunen. Schleunigst machte ich kehrt und lief nochmals die Treppe zu Holmes hinauf.

»Ich habe herausgefunden, wer unser Klient ist!« rief ich und wollte mit meiner Neuigkeit herausplatzen. »Holmes, es ist . . .«

». . . ein nobler, zuverlässiger Freund und ritterlicher Gentleman«, unterbrach mich Sherlock Holmes, indem er mir mit leicht erhobener Hand Einhalt gebot. »Das soll uns ein für allemal genügen.«

Auf welche Weise Miss Violet das schändliche Buch zu sehen bekam, weiß ich nicht. Sir James wird das in die Wege geleitet haben. Oder nein, wahrscheinlicher ist, daß der Vater unserer jungen Lady diese heikle Aufgabe übernahm. Jedenfalls war die Wirkung so, wie man sie sich wünschen durfte. Drei Tage später erschien eine Notiz in der *Morning Post* dahingehend, daß die Heirat zwischen Baron Gruner und Miss Violet de Merville nicht stattfinden werde. Dieselbe Zeitung berichtete auch von der ersten Gerichtsverhandlung im Prozeß gegen Kitty Winter, die man wegen ihres Vitriolanschlags unter Anklage stellte. Es kamen jedoch derart mildernde Umstände während der Verhandlung ans Tageslicht, daß sie, wie man sich erinnern wird, zu der leichtesten Strafe verurteilt wurde, die für ein solches Vergehen überhaupt möglich ist. Sherlock Holmes sollte wegen Einbruchdiebstahls belangt werden. Aber wenn ein Zweck gut und ein Klient nobel genug ist, wird sogar die gestrenge britische Justiz human und elastisch. Mein Freund hat bis heute noch nicht auf der Anklagebank gesessen.

DER BLEICHE SOLDAT

Mein Freund Watson ist zwar begrenzten, aber ungemein hartnäkkigen Geistes. Lange genug hat er mich angestachelt, selbst einmal eines meiner Erlebnisse niederzuschreiben. Möglicherweise habe ich mir diese Verfolgung zugezogen, als ich – des öfteren – ihn darauf hinweisen mußte, wie oberflächlich seine Berichterstattung zu sein pflegt. Ja, ich warf ihm vor, er schmeichle dem Volksgeschmack, anstatt sich streng an Daten und Fakten zu halten. »Dann versuch es doch selbst, Holmes!« war seine Antwort. Und nun, vor diesem Papier, die Feder in der Hand, beginne ich mir darüber klarzuwerden, daß auch ich meinen Fall nicht darstellen kann, ohne auf das Interesse des Lesers ein wenig Rücksicht zu nehmen. Dies sei zugegeben. Immerhin dürfte es bei dem, was ich erzählen will, nicht allzu schwer sein, gehört es doch zu den merkwürdigsten Ereignissen meiner Sammlung; obwohl sich nichts darüber in Watsons Papieren findet.

Bei dieser Gelegenheit sei ein Wort über meinen alten Freund und Biographen erlaubt. Wenn ich mich bei meinen verschiedenen kleinen Untersuchungen mit einem Gefährten belastet habe, so geschah dies nicht zufällig oder aus einer Laune heraus! Watson besitzt nun einmal ein paar beachtliche Charakterzüge, die er in seiner Bescheidenheit kaum bemerkt oder doch ebenso untertreibt, wie er meine Leistungen überschätzt. Ein Verbündeter, der unsere Schlußfolgerungen und Handlungen voraussieht, kann leicht gefährlich werden – bleibt hingegen die Zukunft ein stets gut versiegeltes Buch für ihn und stürzt ihn jede neue Entwicklung in ungläubiges Staunen, ist er ein geradezu idealer Helfer.

Aus meinen Aufzeichnungen geht hervor, daß der erste Besuch Mr. James M. Dodds, eines großen, frischen, sonnengebräunten und aufrechten Briten, auf den Januar 1903 fiel, also genau in die Zeit nach Beendigung des Burenkrieges. Damals hatte der gute Watson mich gerade um eines Weibes willen verlassen; übrigens die einzige egoistische Handlungsweise innerhalb unserer langen Verbindung, die ich ihm nachsagen kann. Ich war allein.

Meine Besucher setze ich meistens so, daß das Licht voll auf sie fällt, während ich selbst mit dem Rücken zum Fenster Platz nehme. James M. Dodd schien nicht recht zu wissen, wie er unser Gespräch beginnen sollte. Und ich gab mir keine Mühe, ihm zu helfen, denn sein Schweigen ließ mir mehr Zeit zur Beobachtung. Es hat sich als nützlich erwiesen, die Klienten gleich zu Anfang mit meinen Fähigkeiten zu beeindrucken. Also warf ich ihm ein paar meiner Gedanken zu:

»Aus Südafrika, Sir, wie ich sehe?«

»Aber ja, Sir«, antwortete er, etwas überrascht.

»Berittene Truppe vermutlich.«

»Genau richtig.«

»Middlesex Corps, kein Zweifel.«

»Stimmt, Mr. Holmes. Sie sind ein Hexenmeister.«

Ich lächelte über seine verblüffte Miene. »Wenn eine so männliche Erscheinung mein Zimmer betritt, von einer Sonne gebräunt, die man in England vergeblich suchen würde, und mit dem Taschentuch im Rockaufschlag anstatt in der Tasche, ist es weiter kein Kunststück, den Gentleman einzuordnen. Sie tragen einen kurzen Bart, also sind Sie kein Berufssoldat. Den Reiter verrät Ihre Kleidung. Ihrer Visitenkarte nach arbeiten Sie als Börsenmakler in der Throgmorton Street. Das deutet auf Ihr Regiment.«

»Sie sehen alles.«

»Nicht mehr als Sie. Aber ich habe mir angewöhnt, auch wirklich zu beachten, was ich sehe. Wie dem auch sei, Mr. Dodd, Sie sind nicht hierhergekommen, um mit mir über die Kunst der Kombination zu plaudern. Was ist in Tuxbury Old Park geschehen?«

»Mr. Holmes . . .!«

»Werter Herr, daran ist nichts Erstaunliches. Ihr Brief trug diesen Absender, und da Sie unsere Verabredung so dringend machten, muß etwas Unerwartetes, Wichtiges geschehen sein.«

»Tatsache. Doch der Brief wurde am Nachmittag geschrieben, und seitdem ist noch viel mehr passiert. Wenn mich Oberst Emsworth nicht hinausgeschmissen hätte . . .«

»Hinausgeschmissen?«

»Na ja, so kann man's ruhig nennen. Ein Sargnagel, dieser Colonel Emsworth, wahrhaftig. Soll der größte Leuteschinder gewesen sein seinerzeit in der ganzen Armee. Und da ging's sowieso nicht gerade rosig zu. Wenn Godfrey nicht gewesen wäre, ich hätte mir den Oberst längst den Buckel runterrutschen lassen.«

Ich zündete meine Pfeife an und lehnte mich im Sessel zurück. »Wollen Sie nicht freundlicherweise erklären, wovon Sie überhaupt sprechen?«

Mein Klient grinste boshaft. »Ich hatte schon gedacht, Sie wissen alles, auch ohne daß man's Ihnen erklärt«, sagte er. »Aber ich erzähle Ihnen gern die Einzelheiten, und Gott geb's, daß Sie mir sagen können, was sie bedeuten. Ich hab' die ganze Nacht wachgelegen und mein Gehirn angestrengt, und je mehr ich darüber nachdenke, desto weniger begreife ich.

Als ich einrückte, im Januar 1901, genau zwei Jahre her, war der junge Godfrey Emsworth auch gerade in dieselbe Schwadron eingetreten. Oberst Emsworths einziger Sohn hatte sein Soldatenblut in den Adern, kein Wunder, daß er sich freiwillig meldete. Es gab keinen besseren Jungen im Regiment. Wir wurden Freunde – so, wie's nur dann ist, wenn man dasselbe Leben führt und dieselben Sorgen und Freuden teilt. Er war mein Kumpel – Sie wissen, was das unter Soldaten heißt. Ein Jahr lang, in dem's heiß herging, nahmen wir zusammen hin, was kam, Gutes und Schlechtes. Dann erwischte es ihn ziemlich dick, bei den Kampfhandlungen um Diamond Hill, außerhalb Pretorias. Ich bekam einen Brief aus dem Lazarett von Kapstadt und einen aus Southampton. Seitdem kein Wort mehr, nicht eine Zeile, Mr. Holmes, und das ist jetzt mehr als ein halbes Jahr her. Und er war mein bester Kamerad.

Na schön, als der Krieg zu Ende war und wir alle zurückkamen, schrieb ich seinem Vater und fragte nach Godfrey. Keine Antwort. Ich wartete eine Zeitlang, und dann schrieb ich noch einmal. Diesmal bekam ich eine Nachricht, kurz und knurrig. Godfrey war zu einer Weltreise aufgebrochen, hieß es, und frühestens in einem Jahr sollte er zurückkommen, eher nicht. Das war's.

Mir genügte es nicht, Mr. Holmes. Die ganze Sache kam mir verdammt unnatürlich vor. Er war doch ein anständiger Kerl und hätte einen Freund nie einfach so abgeschoben. Das sah ihm nicht ähnlich. Außerdem wußte ich, daß er eine Menge Geld erben würde, und auch, daß er mit seinem Alten nicht gerade glänzend zurechtkam. Der konnte einem schon wirklich den Nerv töten, und Godfrey war nicht der Mann, sich das ewig gefallen zu lassen. Nein, mir genügte die Auskunft nicht, wie gesagt, und ich dachte: Geh mal der Sache auf den

Grund. Nun mußte ich aber auch meine eigenen Angelegenheiten in Ordnung bringen nach all den zwei Jahren, wo ich weg gewesen war, und so konnte ich mich erst jetzt wieder mit Godfrey befassen. Aber wenn ich mal angefangen habe, lasse ich so leicht nicht locker.«

Mr. James M. Dodd gehörte offenbar zu den Menschen, die man sehr viel lieber zum Freund hat als zum Feind. Seine blauen Augen blickten fest geradeaus, und die Kinnlade ragte kantig vor.

»Gut. Und was haben Sie getan?« fragte ich.

»Zuerst machte ich mich auf den Weg nach Tuxbury Old Park, bei Bedford, um das Gelände ein wenig zu sondieren. Ich meldete mich schriftlich bei der Mutter an – von dem alten Brummbär hatte ich weiß Gott genug – und ging dabei frontal zum Angriff vor: Godfrey war mein Freund, wir hatten viel zusammen erlebt, davon könnte ich ihr erzählen, ich sei gerade zufällig in der Nähe, und sie hätte doch sicher nichts dagegen ... Na, in dieser Art, Sie wissen schon. Daraufhin bekam ich einen sehr liebenswürdigen Brief von ihr mit einer Einladung, die Nacht unter ihrem Dach zu verbringen. Und so zog ich los, am Montag.

Tuxbury Old Hall, das Herrenhaus, liegt am ... Rande der Welt, fünf Meilen ringsum keine Spur von Menschen. Am Bahnhof auch nichts Fahrbares, ich mußte zu Fuß weiter, mit meinem kleinen Koffer, und es war schon fast dunkel, als ich ankam. Stellen Sie sich ein ziemlich phantastisches, großes Haus vor, in einem beachtlichen Park. Ich möchte meinen, da haben sich alle möglichen Zeiten und Stilarten gemixt von elisabethanischen Grundmauern, halb Holz, halb Stein, bis zu einer viktorianischen Säulenhalle. Drinnen lauter Holztäfelung und Tapeten und Bilder, auf denen man nicht mehr viel erkennen kann, ein Haus voll von Schatten und Geheimnissen. Der Butler, der alte Ralph, hatte wahrscheinlich ebenso viele Jahre auf dem Buckel wie das Haus selbst, und seine Frau kam mir noch älter vor. Sie war Godfreys Amme gewesen, und wenn der von ihr erzählt hatte, merkte man, daß er nur seine Mutter noch lieber mochte als sie. Deshalb hatte ich etwas für sie übrig, so komisch sie aussah. Auch die Mutter gefiel mir – eine freundliche kleine weiße Maus von Frau. Nur der Oberst konnte mir gestohlen bleiben.

Wir gerieten gleich aneinander, und ich wär' auch spornstreichs zum Bahnhof zurückmarschiert, wenn ich mir nicht gedacht hätte: Genau das ist's, was er will. Man hatte mich zuerst in sein Arbeitszimmer geführt, und da saß er, ein großer Mann mit krummem Rücken, verwitterter Haut, struppigem grauem Bart, hinter seinem Schreibtisch, auf dem überall Papiere herumlagen. Wie ein Geierschnabel sprang ihm die Nase mit den roten Adern im Gesicht vor, und zwei wilde graue Augen blitzten mich unter den buschigen Brauen an. Mir war schon klar, warum Godfrey so selten von seinem Vater gesprochen hatte.

›Nun, Sir‹, sagte er schnarrend, ›es würde mich interessieren, die wahren Gründe für diesen Besuch zu erfahren.‹

Ich erwiderte, ich hätte sie ja in dem Brief an seine Frau genannt. ›Ja, ja, Sie behaupten, Godfrey in Afrika gekannt zu haben. Natürlich gibt's dafür keine Beweise. Nur Ihr Wort.‹

›Ich habe seine Briefe in der Tasche.‹

›Lassen Sie sehen.‹

Er beäugte die zwei, die ich ihm gegeben hatte, und reichte sie über den Tisch zurück. ›Also, was?‹ fragte er.

›Ich mochte Ihren Sohn Godfrey sehr gern, Sir. Vieles verbindet uns, Erlebnisse, Erinnerungen. Ist es nicht ganz natürlich, daß ich mir den Kopf über sein plötzliches Schweigen zerbreche und gern wissen möchte, was aus ihm geworden ist?‹

›Mir ist dunkel im Gedächtnis, Sir, daß wir bereits korrespondierten und ich Ihnen schrieb, was Godfrey betrifft. Er befindet sich auf einer Weltreise. Seine Gesundheit stand nicht zum besten nach all den afrikanischen Strapazen. Seine Mutter und ich waren der Ansicht, er brauche völlige Ruhe und Klimawechsel. Geben Sie diese Erklärung gütigst an irgendwelche anderen Freunde weiter, die nach ihm fragen.‹

›Bestimmt‹, antwortete ich. ›Aber vielleicht haben Sie die Freundlichkeit, mich den Namen des Schiffes und der Linie wissen zu lassen, auch das Datum, wann er in See stach. Dann werd' ich es schon schaffen, daß ihn ein Brief von mir erreicht.‹

Diese Forderung schien meinen Gastgeber zu verwirren und zu ärgern. Seine übergroßen Brauen schoben sich zu den Augen herab, und er trommelte einen ungeduldigen Parademarsch auf die Tischplatte. Schließlich blickte er wieder auf, so wie ein Schachspieler, der merkt, daß sein Gegner einen gefährlichen Zug gemacht hat und sich in acht nimmt.

›Viele Leute, Mr. Dodd‹, sagte er, ›wären wohl schon beleidigt von Ihrer höllischen Hartnäckigkeit und würden meinen, sie sei von Unverschämtheit nicht mehr zu unterscheiden.‹

›Setzen Sie's aufs Konto meiner Freundschaft für Ihren Sohn, Sir.‹

›Richtig. Diese Quelle habe ich aber schon reichlich erschöpft. Ich muß Sie bitten, mir weitere Fragerei zu ersparen. Jede Familie hat etwas für sich allein, was Außenseiter nun mal nichts angeht, auch wenn sie's noch so gut meinen. Meine Frau brennt darauf, von Ihnen über Ihre gemeinsame Vergangenheit mit Godfrey zu hören, aber die Gegenwart und die Zukunft darf ich Sie bitten, aus dem Spiel zu lassen. Derartige Erkundigungen führen zu nichts, Sir, und versetzen uns nur in eine heikle Lage.‹

Und damit war ich in einer Sackgasse gelandet, Mr. Holmes. Kein Durchbruch möglich. Ich konnte nur so tun, als ob ich seinen Vorschlag annahm, und einen heimlichen Schwur leisten, nicht zu ruhen, bis ich das Schicksal meines Freundes aufgeklärt hatte. Es war ein trüber Abend. Wir aßen friedlich zu dritt, in einem düsteren Zimmer mit verblichenen alten Tapeten. Die Dame des Hauses fragte mich angeregt nach ihrem Sohn aus, aber der alte Herr wirkte ziemlich deprimiert. Mich langweilte das alles dermaßen, daß ich mich entschuldigte, sobald sich's irgend machen ließ, und mich in mein Gastzimmer zurückzog. Das war ein großer nackter Raum im Erdgeschoß, so düster wie alles andere im Haus, aber wenn man ein Jahr in Südafrika bei Mutter Erde gepennt hat, Mr. Holmes, ist man nicht allzu wählerisch mit seinem Nachtquartier. Ich zog die Vorhänge auseinander und sah in den Garten hinaus. Es war eine schöne Nacht mit klarem Halbmond. Dann setzte ich mich ans knisternde Kaminfeuer, die Lampe auf einem Tisch neben mir, und versuchte, mich mit einem Roman abzulenken. Dabei unterbrach mich Ralph, der alte Butler, mit einer frischen Ladung Kohlen.

›Ich dacht' mir, die würden knapp werden, Sir. Ein schlimmes Wetter draußen, und die Räume sind kalt.‹

Er lungerte noch etwas herum vor dem Hinausgehen, und als ich mich zu ihm umdrehte, stand er da und stierte mich mit einem schlauen Ausdruck auf dem runzligen Gesicht an.

›Um Vergebung, Sir, aber ich konnt' mir nicht helfen, hab' gehört, was Sie beim Dinner über Master Godfrey sagten. Sie wissen, Sir, daß meine Alte ihn gesäugt hat, so bin ich auch beinah eine Art Vater von ihm. Da nimmt man eben Anteil, nicht? Und Sie meinen also, er hat sich gut gehalten?‹

›Es gab keinen besseren Mann im Regiment. Einmal hat er mich unter den Salven der Buren weggetragen, sonst wär' ich jetzt nicht hier.‹

Der alte Butler rieb seine zerarbeiteten Hände.

›Jawohl, Sir, das ist ganz unser Master Godfrey. Tapfer war der immer schon. Kein Baum im Park, Sir, auf den er nicht geklettert ist. Den hält nichts auf. Ein feiner Junge war's – und, oho, Sir, er war auch ein feiner Mann.‹

Ich sprang auf. ›Hören Sie!‹ rief ich, ›Sie sagen: Er war. Sie reden so, als ob er tot wäre. Was steckt hinter all der Geheimnistuerei? Was ist aus Godfrey Emsworth geworden?‹

Ich griff nach der Schulter des Alten, doch er wich mir aus.

›Ich weiß nicht, was Sie meinen, Sir. Fragen Sie den Herrn nach Master Godfrey. Er weiß Bescheid. Ich kann mich nicht einmischen.‹

Er wollte das Zimmer verlassen, aber nun hielt ich ihn am Arm fest. ›Hören Sie‹, sagte ich, ›Sie müssen mir eine Frage beantworten, sonst halte ich Sie hier fest, und sollte es die ganze Nacht dauern. Ist Godfrey tot?‹

Er konnte mir nicht in die Augen sehen. Er war wie hypnotisiert. Die Antwort quoll plötzlich aus seinem Mund. Eine furchtbare, unerwartete Antwort.

›Wollte Gott, er wär's!‹ rief er, und nachdem er sich von mir losgerissen hatte, rannte er aus dem Zimmer.

Wie Sie sich denken können, Mr. Holmes, kehrte ich nicht gerade hochbeglückt zu meinem Sessel zurück. Die Worte des Alten konnten doch wohl nur *eine* Bedeutung haben. Zweifellos war mein Freund in irgendeine verbrecherische oder doch wenigstens eine unehrenhafte Handlung verwickelt worden. Der strenge alte Herr hatte seinen Sohn weggeschickt und vor der Welt versteckt, damit's keinen Skandal gab. Godfrey war ein argloser Bursche, ließ sich leicht beeinflussen von seiner Umgebung. Sicherlich war er in üble Gesellschaft geraten und ruiniert worden. Keine schöne Aufgabe, wenn's wirklich so mit ihm stand, aber trotzdem mußte ich versuchen, ihn aufzuspüren und ihm zu helfen, wenn möglich. Ich dachte gerade angestrengt über diese Sache nach und schob sie in meinem Gehirn hin und her, als ich zufällig einmal aufblickte, und da stand Godfrey Emsworth vor mir.«

Mein Klient schwieg wie in tiefer Erregung.

»Bitte fahren Sie fort«, sagte ich. »Ihr Fall weist ein paar ungewöhnliche Aspekte auf.«

»Er stand draußen vor dem Fenster, Mr. Holmes, das Gesicht an die Scheibe gepreßt. Ich erzählte Ihnen ja schon, wie ich in die Nacht hinausgeblickt hatte. Dabei waren die Vorhänge einen Spaltbreit offengeblieben. Sie umrahmten jetzt sein Gesicht, wie ein Bild, wissen Sie. Das Fenster reichte bis auf den Boden hinunter, so konnte ich ihn in ganzer Länge erkennen, aber es war das Gesicht, was meinen Blick einfach festhielt. Er war todbleich – nie habe ich einen Mann mit so weißem Gesicht gesehen. Ich meine, Gespenster sehen vielleicht so aus; aber seine Augen trafen auf meine, und es waren die Augen von einem Lebendigen. Als er merkte, daß ich ihn ansah, sprang er zurück und verschwand in der Dunkelheit. Es war etwas Fürchterliches um den Mann, Mr. Holmes. Nicht einmal nur dieses käseweiß im Dunkeln leuchtende Gesicht. Feiner, viel feiner – etwas Verstohlenes, Flüchtiges, Schuldiges –, ich weiß nicht, wie ich's ausdrücken soll, aber es hatte nichts zu tun mit dem freien, männlichen Burschen, den ich kannte. Mir saß ein richtiger Schrecken in den Gliedern.

Aber wenn man ein oder zwei Jahre mit den Genossen Buren Krieg gespielt hat, hält man seine Nerven zusammen und handelt sofort. Godfrey war kaum untergetaucht, als ich auch schon am Fenster stand. Doch der Riegel klemmte, und es dauerte eine Weile, bis ich es aufgerissen hatte. Dann sprang ich hinaus in den Garten und rannte den Pfad entlang in die Richtung, in der ich ihn vermutete.

Ein langer Pfad war's und das Licht nicht mehr besonders gut, aber ich hatte das Gefühl, daß jemand vor mir herläuft. Ich rannte weiter und rief seinen Namen, ganz zwecklos leider. Als ich zum Ende des Wegs kam, lief er sternartig in die verschiedensten Richtungen auseinander zu diesem oder dem Gartenhaus. Ich stand noch da, zögerte, da hörte ich deutlich das Geräusch einer Tür, die geschlossen wird. Es kam nicht von hinten, vom Haupthaus her, sondern irgendwo aus dem Dunkel vor mir. Das genügte mir, Mr. Holmes, ich wußte Bescheid. Was ich gesehen hatte, war kein Traum. Godfrey war vor mir davongelaufen und hatte eine Tür hinter sich zugemacht. Davon war ich fest überzeugt.

Mehr konnte ich im Augenblick nicht tun, und ich verbrachte die Nacht ziemlich unruhig mit allerlei Gedanken und dem Versuch, eine Theorie aufzustellen, die zu den Tatsachen paßte. Am nächsten Morgen kam mir der Oberst eher etwas versöhnlicher vor, und da seine Frau bemerkte, in der Umgebung könne ich manches Sehenswerte finden, nahm ich die Gelegenheit beim Schopf und fragte, ob ich wohl noch eine Nacht dableiben dürfte, ohne sie zu belästigen. Eine gebrummelte Zustimmung des Obersten, und ich hatte einen ganzen Tag zur Beobachtung vor mir. Mir schien es ganz klar, daß Godfrey sich irgendwo in der Nähe versteckte, aber wo und warum, das blieb aufzuklären.

Das Haupthaus war so groß und verschachtelt, daß sich ein ganzes Regiment darin hätte verstecken können. Wenn sich das Geheimnis hier verbarg, konnte ich sicher lange suchen. Aber die Tür, die sich geschlossen hatte, gehörte bestimmt nicht zum Haus. Ich mußte einen Erkundungsgang durch den Garten machen. Daran hinderte mich niemand, die beiden alten Leute waren mit sich selbst beschäftigt und ließen mich meiner Wege gehen.

Es gab mancherlei Schuppen, Remisen und anderes im Park, und am äußersten Ende ein größeres Nebengebäude – jedenfalls ausreichend als Wohnung für einen Gärtner oder Wildhüter. Sollte das nächtliche Geräusch von dort gekommen sein? Mit gleichgültiger Miene, als streunte ich nur so durchs Gelände, näherte ich mich. Da kam ein kleiner, lebhafter Mann mit Bart, schwarzem Rock und Melonenhut heraus: ganz und gar nicht der Typ eines Gärtners. Zu meiner Überraschung verschloß er die Tür sorgsam und steckte den Schlüssel in die Tasche. Und dann war es an ihm, überrascht zu sein, als er nämlich aufblickte und mich sah.

›Sind Sie hier zu Besuch?‹ fragte er.

Ich bejahte und fügte hinzu, ich sei ein Freund Godfreys. ›Was für ein Pech, daß er gerade auf Reisen ist, er hätte sich bestimmt gefreut, mich zu sehen.‹

›Ganz recht, ganz gewiß‹, sagte er, etwas schuldbewußt, wie mir vorkam. ›Sicherlich werden Sie zu gelegenerer Zeit wiederkommen.‹ Er ging an mir vorbei und setzte seinen Weg fort, doch als ich mich nach ihm umdrehte, stand er, halb verborgen vom Lorbeer, und beobachtete mich.

Ich sah mir meinerseits das kleine Haus genau an, als ich daran vorüberkam, aber die Fenster waren mit dichten Vorhängen geschützt; soweit man überhaupt etwas erkennen konnte, schien es leer zu sein. Ich durfte meinen eigenen Plan nicht gefährden. Wenn ich zu hartnäkkig forschte, jagte man mich vielleicht aus dem Garten. Darum schlenderte ich zum Haupthaus zurück und wartete die Nacht ab, um meine Suche fortzusetzen. Erst als es ganz dunkel geworden war, schlüpfte ich aus dem Fenster und schlich so leise wie möglich zu dem Gärtnerhaus.

Wie ich schon sagte, Sir, hatten die Fenster dichte Vorhänge, und jetzt waren auch noch die Läden geschlossen. Trotzdem sickerte etwas Licht heraus, und auf dieses Fenster konzentrierte ich meine Aufmerksamkeit.

Ich hatte Glück: Der Vorhang klaffte ein wenig, und der Fensterladen zeigte einen Riß. Ich konnte hineinsehen. Da war ein recht gemütliches Zimmer mit heller Lampe und Feuer im Kamin. Mir gegenüber saß der kleine Mann, den ich am Morgen getroffen hatte. Er rauchte Pfeife und las eine Zeitung.«

»Was für eine Zeitung?« fragte ich.

Meinen Klienten schien die Unterbrechung zu ärgern.

»Ist das wichtig?« fragte er.

»Von größter Bedeutung.«

»Ich hab' tatsächlich nicht darauf geachtet.«

»Vielleicht ist Ihnen wenigstens aufgefallen, ob es eine großformatige Tageszeitung war oder ein kleineres Blatt von der Art der Wochenschriften.«

»Jetzt, wo Sie mich darauf aufmerksam machen, fällt mir ein, daß es nicht besonders groß war. Könnte *The Spectator* gewesen sein. Verdammt noch mal, ich hatte keine Zeit, mich damit abzugeben, denn wissen Sie was? Ein zweiter Mann saß mit dem Rücken zum Fenster, und das war, ich hätt's schwören können, Godfrey. Das sah ich schon an seinem Rücken. Er stützte sich auf einen Ellbogen, was sehr melancholisch wirkte, sein Gesicht dem Feuer zugekehrt. Ich überlegte noch, was ich jetzt am besten tun könnte, als ich einen Schlag auf die Schulter bekam. Neben mir stand Colonel Emsworth.

›Hier lang, Sir!‹ flüsterte er. Dann schritt er stumm auf das Haupthaus zu, und mir blieb nichts übrig, als ihm zu folgen bis in mein Gastzimmer.

›Um acht Uhr dreißig geht ein Zug nach London‹, sagte er. ›Der Wagen steht um acht Uhr vor der Tür.‹

Weiß vor Wut war er, und, tatsächlich, ich fühlte mich so miserabel, daß ich nur ein paar hilflose Entschuldigungen stammeln konnte, die sich auf meine Sorge um meinen Freund bezogen.

›Keine Diskussion über diese Angelegenheit‹, sagte er abrupt. ›Sie haben sich in die privatesten Familienangelegenheiten gedrängt. Eine Schande ist das. Sie wurden als Gast aufgenommen und benehmen sich wie ein Spitzel. Mehr habe ich nicht zu sagen, Sir. Ich wünsche Sie nicht wiederzusehen.‹

Und da ging's mit mir durch, Mr. Holmes, und ich war wohl ein bißchen hitzig, als ich erwiderte:

›Ich habe Ihren Sohn gesehen, ich weiß jetzt, daß Sie ihn vor der Welt verstecken, warum, ist allerdings nur Ihnen bekannt. Auf jeden Fall ist er kein freier Mensch mehr. Ich warne Sie, Oberst Emsworth! Ehe ich nicht von der Sicherheit und dem Wohlergehen meines Freundes überzeugt bin, geb' ich's nicht auf, der Sache auf den Grund zu gehen, und bilden Sie sich nicht ein, irgend etwas könnte mich einschüchtern oder davon abhalten, was Sie auch sagen oder tun werden.‹

Der alte Bursche sah recht höllenmäßig drein, ich glaubte, jetzt wird er gleich über mich herfallen. Er war ja, das sagte ich schon, nicht wahr, ein wilder alter Hüne von Mann, und wenn ich auch nicht gerade ein Schwächling bin, hätt' ich sicherlich keinen leichten Stand gegen ihn gehabt. Statt dessen machte er, nach einem letzten langen, wütenden Blick, rechtsum kehrt und marschierte aus dem Zimmer. Ich für mein Teil nahm am nächsten Morgen den Zug, und da bin ich und warte auf Ihre Hilfe, wie ich's Ihnen ja schon schriftlich angekündigt habe.«

Dies also war der Fall, den mein Klient vor mir ausgebreitet hatte. Die Lösung bot, wie der aufmerksame Leser bereits bemerkt haben dürfte, nur geringe Schwierigkeiten, gab es doch nur eine sehr begrenzte Auswahl an Möglichkeiten, um zum Kern des Rätsels zu gelangen. Immerhin ließen sich ein paar interessante und neuartige Aspekte gewinnen, was vielleicht als eine Entschuldigung dafür gelten darf, daß ich diesen Fall überhaupt berichte. So begann ich denn, die Lösung auf meine übliche Art einzukreisen.

»Die Dienerschaft?« fragte ich. »Wie viele gab es im ganzen?«

»Soviel ich weiß, war da nur der alte Butler mit seiner Frau. Man lebt dort offenbar so einfach wie möglich.«

»Kein Diener also in dem Nebengebäude?«

»Keiner, nur der kleine Mann mit dem Bart. Aber der sah mir mehr nach einer höhergestellten Persönlichkeit aus.«

»Durchaus überzeugend. Gibt es einen Hinweis, daß man Nahrungsmittel von einem Haus zum anderen brachte?«

»Jetzt, wo Sie's sagen: Der alte Ralph trug einmal einen Korb durch den Garten, in Richtung auf das Gärtnerhaus zu. An Proviant dachte ich damals nicht.«

»Haben Sie in der Gegend Recherchen durchgeführt?«

»Jawohl. Ich sprach mit dem Bahnhofsvorsteher und auch mit dem Wirt im Dorfgasthaus. Fragte sie einfach, ob sie etwas von meinem alten Freund Godfrey Emsworth wüßten. Beide versicherten, er sei auf einer Weltreise. Nach Hause gekommen und fast unmittelbar darauf wieder aufgebrochen. Diese Geschichte wird offenbar überall geglaubt.«

»Sie erwähnten nichts von Ihrem Verdacht?«

»Nichts.«

»Das war sehr klug. Die Untersuchung muß natürlich fortgesetzt werden. Ich fahre mit Ihnen nach Tuxbury Old Park.«

»Heute noch?«

Zu der Zeit beschäftigte ich mich gerade mit der Klärung jenes Falles, den mein Freund Watson unter dem Titel *Die Klosterschule* geschildert hat und in den der Herzog von Greyminster verstrickt war*. Ferner mußte ein Auftrag des türkischen Sultans erledigt werden, und zwar dringend, denn eine Verzögerung hätte schwere politische Folgen nach sich gezogen. Deshalb war es mir erst zu Beginn der nächsten Woche möglich, mit Mr. James M. Dodd nach Bedfordshire abzureisen. Als wir zum Bahnhof Euston rollten, stieg ein ernster, schweigsamer Herr zu uns ins Cab, ein eisengrauer Gentleman, mit dem ich alles Nötige vereinbart hatte.

»Ein alter Freund von mir«, sagte ich zu Mr. Dodd. »Möglicherweise ist seine Anwesenheit ganz überflüssig, aber sie kann auch überaus nützlich, ja unerläßlich sein. Wir werden sehen. Im Augenblick brauchen wir dies nicht näher zu erörtern.«

Watsons Erzählungen haben den Leser ja schon daran gewöhnt, daß ich keine unnötigen Worte verliere und meine Gedanken nicht ausbreite, während ein Fall in Arbeit ist. Dodd hingegen schien sich zu wundern, aber trotzdem erfuhr er nicht mehr, und so setzten wir zu dritt unsere Reise fort. Im Zug fragte ich Dodd dann noch etwas, weil mir daran lag, daß unser Gefährte die Antwort hörte.

»Sie behaupten also, Sie sahen das Gesicht Ihres Freundes ganz deutlich am Fenster, so deutlich, daß ein Irrtum über seine Identität ausgeschlossen ist?«

»Völlig ausgeschlossen. Seine Nase war gegen die Scheibe gedrückt. Das Lampenlicht fiel mitten auf sein Gesicht.«

* Diese Bemerkung wirft ein von der Holmes-Forschung noch nicht gelöstes Problem auf. Welchen Fall meint der Meister? Sollte sein Gedächtnis, ohne die Unterstützung Watsons, um diese Zeit schon etwas nachgelassen haben? Dann wäre es möglich, daß er auf *The Priory School* anspielt, die in dem Band *Sherlock Holmes und die Spuren im Moor* enthalten ist. Tatsächlich handelt es sich darin um eine Klosterschule, doch nicht der Herzog von Greyminster war in den Fall verstrickt, sondern der von Holdernesse, und die Geschichte fällt nicht in das Jahr 1903, sondern 1901. Ferner gibt es den Fall von *Abbey Grange*, doch liegt dieser noch viel länger zurück (1897!). Er ist als *Der Tote von Abbey Grange* erschienen. Einen weiteren Fall, den Watson geschildert, also doch auch veröffentlicht hat und der mit Abbey School in irgendeinem Zusammenhang gebracht werden könnte, gibt es nicht. Wir stehen vor einem Rätsel.

»Es konnte nicht jemand gewesen sein, der ihm ähnlich sieht?«
»Nein, nein, er war's und kein anderer.«
»Aber er hatte sich doch sehr verändert, sagen Sie.«
»Nur die Farbe. Sein Gesicht war – wie soll ich's beschreiben – so weiß wie der Bauch eines Fischs. Gebleicht, möcht' ich sagen.«
»War es gleichmäßig blaß, überall?«
»Ich glaube nicht. Das Gesicht war ja auch nur an einer Stelle, an der Braue, ganz fest ans Glas gepreßt.«
»Haben Sie ihn angesprochen?«
»Für den Augenblick war ich zu erschrocken und entsetzt. Dann verfolgte ich ihn, wie ich Ihnen ja erzählte, aber ohne Erfolg.«

Mein Fall lag fast vollständig klar vor meinem Blick, nur ein kleines Detail fehlte noch, um ihn abzurunden. Als wir nach ziemlich umständlicher Reise bei dem alten, verschachtelten Gebäude anlangten, das mein Klient mir beschrieben hatte, öffnete uns Ralph, der ältliche Butler. Ich hatte einen Wagen an die Bahn bestellt und für den ganzen Tag gemietet, jetzt bat ich meinen ergrauten Freund, darin auf uns zu warten, bis ich ihn rufen würde. Ralph, ein runzliger kleiner Alter, trug die übliche Kleidung: schwarzen Rock und pfeffer-und-salz-farbene Hosen, mit einer einzigen kleinen Abweichung: An seinen Händen bemerkte ich braune Lederhandschuhe, die er bei unserem Anblick allerdings auszog und auf den Tisch in der Halle legte, während wir eintraten. Meine Sinne sind, wie mein Freund Watson des öfteren unterstrichen hat, äußerst geschärft. Nun spürte ich einen schwachen und doch etwas beißenden Geruch. Er schien mir von der Mitte des Tisches in der Halle auszugehen. Ich wandte mich um, legte meinen Hut dort ab, stieß ihn dabei aber um, so daß er herunterfiel, und während ich ihn vom Boden aufhob, brachte ich meine Nase in die Nähe der Handschuhe. Ja, kein Zweifel, von daher kam der teerige Geruch. Als ich jetzt in das Arbeitszimmer weiterging, war die Lösung fertig. Ach, es fällt mir doch recht schwer, meine Geschichte selbst zu erzählen. Es wird alles so offenkundig! Gerade dadurch, daß Watson solche Glieder in der Kette nicht bemerkt und in seinen Berichten ausläßt, bringt er jedesmal einen so zirkushaften, ich muß schon sagen etwas kitschigen Schlußeffekt zustande.

Oberst Emsworth war nicht in seinem Zimmer, aber auf Ralphs Botschaft hin erschien er sofort. Schon hörten wir vom Flur seinen schweren raschen Schritt. Die Tür flog auf, und er stürzte herein, mit gesträubtem Bart, verzerrten Zügen, der schrecklichste alte

Mann, der sich vorstellen läßt. Unsere Visitenkarten hielt er in der Hand, jetzt zerriß er sie in winzige Fetzen und trampelte darauf herum.

»Habe ich Ihnen nicht klargemacht, Sie verteufelter Schnüffler, daß Sie auf meinem Grundstück nichts zu suchen haben? Wagen Sie es nicht, Ihr verdammtes Gesicht noch einmal hier zu zeigen. Beim nächstenmal brauche ich Gewalt, das ist mein Hausrecht. Ich knalle Ihnen eine Kugel in den Kopf, Sir. Bei Gott, Sie werden's sehen. Und Sie, Herr« – dabei wandte er sich mir zu –, »für Sie gilt dasselbe. Mir ist bekannt, was Sie für einen elenden Beruf ausüben, aber suchen Sie sich ein anderes Feld für Ihre berühmten Talente. Hier sind Sie überflüssig.«

»Ich gehe nicht weg«, sagte mein Klient fest, »ehe ich nicht von Godfrey selbst gehört habe, daß er in keiner Zwangsjacke steckt, welcher Art immer.«

Unser unfreiwilliger Gastgeber klingelte. »Ralph«, sagte er, »rufe die Polizei an und bitte den Inspektor, zwei Konstabler zu schicken. Hausfriedensbruch.«

»Augenblick«, sagte ich. »Sie müssen sich darüber klarsein, Mr. Dodd, daß Oberst Emsworth im Recht ist und wir uns einer Gesetzesübertretung schuldig machen, wenn wir bleiben. Andererseits sollte er begreifen, daß Ihre Handlungsweise sich nur aus der Sorge um Ihren Freund herleitet. Ich hoffe doch sehr, daß sich die Ansicht des Colonels ändert, wenn ich nur die Erlaubnis bekomme, fünf Minuten mit ihm zu sprechen.«

»Meine Ansichten ändern sich nicht so schnell«, sagte der alte Krieger. »Ralph, tu, was ich dir gesagt habe. Worauf, zum Satan, wartest du noch? Ruf die Polizei an!«

»Nichts dergleichen«, sagte ich und lehnte mich mit dem Rücken fest gegen die Tür. »Jede Einmischung der Polizei würde die Katastrophe auslösen, die Sie befürchten.« Damit zückte ich mein Notizbuch und kritzelte ein Wort auf ein loses Blatt. »Das«, fuhr ich fort, indem ich dem Obersten den Zettel reichte, »hat uns hierhergebracht.«

Mit einem Gesicht, aus dem jeder Ausdruck bis auf grenzenloses Staunen gewichen war, starrte er auf die Nachricht.

»Woher wissen Sie das?« keuchte er, schwer in seinen Sessel sinkend.

»Es ist mein Beruf, Bescheid zu wissen. Ich lebe davon.«

In tiefen Gedanken saß er da, die knochige Hand in den Bart gekrallt. Dann ließ er sie resigniert sinken. »Gut. Wenn Sie Godfrey unbedingt sehen wollen ... Ich lehne die Verantwortung ab. Es ist gegen meinen Willen, Sie haben mich gezwungen. Ralph, bereite Godfrey und Mr. Kent darauf vor, daß wir in fünf Minuten bei ihnen sind.«

Bald darauf gingen wir durch den Park, bis wir zu dem geheimnisvollen Gebäude an seinem Ende gelangten. Ein schmächtiger bärtiger Mann stand an der Tür, sein Gesicht zeigte tiefe Verwunderung.

»Das kommt etwas plötzlich, Colonel«, sagte er. »Es bringt alle unsere Pläne durcheinander.«

»Ich kann es nicht ändern, Mr. Kent. Man hat mich gezwungen. Ist Godfrey bereit, uns zu empfangen?«

»Ja, er wartet drinnen schon.« Und damit drehte er sich um und führte uns in ein großes, einfach möbliertes Wohnzimmer. Darin stand ein Mann, den Rücken zum Feuer gekehrt, und bei seinem Anblick stürzte mein Klient vor und streckte ihm beide Hände entgegen.

»Godfrey, alter Junge, endlich!«

Doch der andere wehrte ihm mit einer Handbewegung, näher zu kommen. »Rühr mich nicht an, Jimmie! Bleib, wo du bist. Ja, da sperrst du die Augen auf! Der schneidige Korporal der Lanzenreiter Emsworth, von der Schwadron B, ist kaum wiederzuerkennen, was?«

In der Tat war seine Erscheinung ungewöhnlich. Man konnte sich noch vorstellen, daß er ein hübscher Mensch mit klar geschnittenen Gesichtszügen gewesen sein mußte, von afrikanischer Sonne gebräunt, doch über diesen dunklen Untergrund verteilten sich seltsame weißliche Flecken.

»Da hast du den Grund, warum ich keine Besuche empfange«, sagte er. »Bei dir wär's mir schon recht, Jimmie, aber auf deinen Freund hätte ich gut verzichten können. Ich nehme an, du hattest einen Grund, ihn mitzubringen, aber nun fühle ich mich noch weniger wohl in meiner Haut.«

»Ich wollte sicher sein, daß alles mit dir in Ordnung ist, Godfrey. Ich sah dich damals, in der Nacht, als du zu mir ins Zimmer gucktest. Das ließ mir keine Ruhe, ich mußte es aufklären.«

»Old Ralph hatte mir erzählt, daß du gekommen warst. Ich wollte wenigstens mal einen Blick auf dich riskieren. Hoffte, du würdest mich nicht bemerken. Als ich hörte, wie das Fenster aufging, rannte ich schleunigst in meinen Dachsbau zurück.«

»Aber was, beim Himmel, ist denn eigentlich los mit dir?«

»Hm, die Geschichte läßt sich schnell erzählen«, sagte er und zündete sich eine Zigarette an. »Erinnerst du dich an das Gefecht am frühen Morgen, bei Buffelsspruit, außerhalb von Pretoria, da, wo die Ostlinie der Eisenbahn verläuft? Und du hörtest doch von meiner Verwundung?«

»Ja, ich hörte davon, aber keine Einzelheiten.«

»Wir wurden von den anderen abgeschnitten, drei von uns, Simpson – der Kerl, den wir Kahlchen Simpson nannten, wegen seiner Glatze –, dann Anderson und ich. Ein Bruch, dieses Land. Wir säuberten es von Bruder Bur – aber uns drei erwischte er. Die anderen zwei fielen. Ich bekam eine von den Kugeln, mit denen sie Elefanten jagen, in die Schulter, warf mich aber gerade noch aufs Pferd und galoppierte mehrere Meilen, bis mir schwarz vor den Augen wurde und ich aus dem Sattel rutschte.

Als ich wieder zu mir kam, wurde es Nacht. Ich rappelte mich hoch, fühlte mich aber ziemlich elend und schwach. Zu meiner Überraschung war da ein Haus ganz in der Nähe, ein hübsch großes Haus mit tief überhängendem Dach und vielen Fenstern. Es war eiskalt. Du wirst dich noch an diese klamme Kälte erinnern, die heranschlich, sowie es Nacht wurde, eine tödliche Kälte, zum krank werden, hatte nichts zu tun mit einem gesunden Frost. Na gut, ich erstarrte bis auf die Knochen, und meine einzige Hoffnung, so dacht' ich, war das Haus. Ich taumelte hoch und schleppte mich darauf zu, wußte kaum recht, was ich tat. Ich erinnere mich dunkel, daß ich langsam die Stufen zur Tür hinaufkroch, diese weit aufstieß, dann geriet ich in einen großen Raum mit einer Reihe Betten, und auf eines davon warf ich mich mit einem Seufzer tiefer Befriedigung. Es war ungemacht, aber das kümmerte mich wenig. Ich zog die Bettücher über meinen zitternden Körper, und eine Sekunde später war ich fest eingeschlafen.

Es war Morgen, als ich aufwachte. Aber, dies Gefühl hatte ich, statt in eine gesunde Welt emporzutauchen, war ich in irgendeinen sonderbaren Alptraum verstrickt. Die Sonne Afrikas flutete durch die großen, vorhanglosen Fenster, und jede Einzelheit des großen, nackten, weißgewaschenen Schlafsaals stand klar im Licht. Vor mir sah ich einen kleinen, ja zwergenhaften Mann mit einem großen knolligen Kopf, der aufgeregt Holländisch plapperte, wozu er zwei fürchterliche Hände wie braune Schwämme schwenkte. Hinter ihm stand eine Gruppe von Leuten, die das Ganze offenbar genoß. Aber es lief mir eisig den Rücken hinunter, als ich sie mir genauer ansah. Keiner von ihnen glich einem menschlichen Wesen. Jeder war verrenkt oder aufgedunsen oder sonstwie entstellt. Nicht gerade angenehm, das Gelächter dieser merkwürdigen Ungeheuer.

Keiner von ihnen allen schien Englisch zu sprechen, dabei mußte die Lage unbedingt geklärt werden, denn die Kreatur mit dem Riesenkopf wurde immer wütender, stieß wilde Tierschreie aus und legte dabei die unförmigen Hände an mich, riß mich aus dem Bett ungeachtet meiner Wunde, die neu zu bluten begann. Das kleine Monstrum war stark wie ein Stier, und ich weiß nicht, was er mit mir angestellt hätte, wäre nicht, vom Tohuwabohu angelockt, ein älterer Mann aufgetaucht, der offenbar eine gewisse Autorität hatte. Er sagte ein paar strenge Worte auf holländisch, und mein Angreifer schrak zurück. Dann wandte er sich mir zu und starrte mich höchst erstaunt an.

›Wie, um alles in der Welt, sind Sie hierhergeraten?‹ fragte er fassungslos. ›Warten Sie! Sie sind erschöpft, und die Schulter da will behandelt werden. Ich bin Arzt, werde sie schnell eingewickelt haben. Aber, Mann Gottes! Sie sind hier in größerer Gefahr als je auf den Schlachtfeldern. Dies ist ein Leprakrankenhaus, und Sie haben im Bett eines Aussätzigen geschlafen.‹

Soll ich dir noch mehr erzählen, Jimmie? Ich vermute, man hatte tags zuvor all diese armen Geschöpfe evakuiert, als die Schlacht näher kam. Dann, als wir vorrückten, brachte man sie zurück. Der leitende Arzt jedenfalls versicherte mir, er halte sich selbst für immun gegen Ansteckung, und trotzdem würde er es nie wagen, zu tun, was ich getan hatte. Er legte mich in ein Einzelzimmer, behandelte mich sehr freundlich und sorgfältig, und nach etwa einer Woche konnte ich zum Hauptlazarett nach Pretoria gebracht werden.

So, da hast du mein Trauerspiel. Gegen alle Hoffnung hoffte ich, und erst als ich in der Heimat angelangt war, zeigten sich die Male, die du auf meinem Gesicht siehst, und ich wußte, daß ich nicht heil davongekommen war. Was sollte ich tun? Ich war in diesem einsamen Haus. Wir haben nur zwei Diener, und auf die können wir uns völlig verlassen. In diesem Nebengebäude konnte ich mich verstecken. Mr. Kent, ein Arzt, erklärte sich bereit, mit mir hier zu leben, unter dem Siegel der Verschwiegenheit. Die Entscheidung fiel uns nicht schwer. Denn die andere Möglichkeit hieß: Verbannung unter Fremde, ohne Hoffnung auf Wiederkehr. Nur, völlige Verschwiegenheit mußte gewahrt werden. Sonst hätte es selbst in diesem ruhigen Ländchen einen Skandal gegeben, und man hätte mich ausgestoßen. Sogar du, Jimmie, ja auch du durftest keine Ahnung haben. Warum mein Vater schließlich nachgab, weiß ich nicht, kann ich mir nicht erklären.«

Oberst Emsworth deutete auf mich.

»Da steht der Herr, der mich dazu getrieben hat.« Und er faltete den Zettel auseinander, auf den ich das eine Wort geschrieben hatte: ›Lepra‹. »Wenn er schon so viel wußte, schien es mir besser, er sollte alles erfahren.«

»Es war auch besser«, sagte ich. »Vielleicht hat es sogar gute Folgen, wer weiß. Soviel ich höre, hat nur Mr. Kent den Patienten zu Gesicht bekommen. Darf ich fragen, ob Sie auf diesem Gebiet eine Autorität sind? Wenn ich recht unterrichtet bin, handelt es sich um eine Tropenkrankheit oder doch um ein Übel, das sich hauptsächlich auf tropische Gegenden beschränkt?«

»Ich besitze die normalen Kenntnisse eines medizinisch ausgebildeten Menschen«, erklärte er etwas förmlich.

»Ich bezweifle Ihre Kompetenz in keiner Weise, Sir, doch werden Sie sicher zugeben, daß bei einem solchen Fall die Ansicht eines zweiten Arztes wertvoll sein kann. Sie verzichteten darauf, verständlicherweise, aus Besorgnis, man möchte eine zwangsweise Verbannung des Patienten anordnen.«

»So ist es«, sagte Colonel Emsworth.

»Dies sah ich voraus«, erklärte ich, »deshalb habe ich einen absolut vertrauenswürdigen Freund mitgebracht. Ich hatte einmal Gelegenheit, ihm in meiner Berufssphäre einen Dienst zu erweisen, und er ist gern bereit, Sie mehr als Freund denn als Spezialist zu beraten. Es ist Sir James Saunders.«

Die Aussicht, mit dem Kriegsminister persönlich zu konferieren, hätte in einem einfachen Unteroffizier nicht die Überraschung und Freude ausgelöst, die sich jetzt auf Mr. Kents Gesicht spiegelte.

»Das wäre mir eine große Ehre«, stammelte er.

»Dann werde ich Sir James hierherbitten. Er wartet zur Zeit in der Kutsche außerhalb des Grundstücks. Unterdessen können wir uns vielleicht alle in Ihrem Arbeitszimmer versammeln, Oberst Emsworth, wo ich das sagen möchte, was noch zu sagen bleibt.«

Und hier fehlt mir nun wirklich mein Watson. Durch listige Fragen und erstaunte Ausrufe bringt er es doch fertig, meine simple Kunst, die nichts weiter ist als systematisch angewandter gesunder Menschenverstand, in etwas Wunderbares zu verwandeln. Jetzt, da ich mein eigener Erzähler bin, habe ich keine solchen Hilfsmittel. Es bleibt mir nichts übrig, als meine Gedankenkette so zu entwickeln, wie ich es von meiner kleinen Zuhörerschaft, zu der sich auch Godfreys Mutter gesellt hatte, in Oberst Emsworths Arbeitszimmer getan habe.

»Ich gehe gewöhnlich von folgender Maxime aus«, sagte ich: »Wenn man alles ausgeschaltet hat, was unmöglich ist, bleibt am

Ende etwas übrig, das die Wahrheit enthalten muß, mag es auch noch so unwahrscheinlich sein. Natürlich kann es auch mehrere Erklärungen geben, in welchem Fall man jede so lange testen muß, bis eine von ihnen genug Beweiskraft erlangt. Nun wollen wir dieses Prinzip auf den vorliegenden Fall anwenden. Als er sich mir zuerst darbot, gab es drei Erklärungen dafür, daß dieser junge Herr in einem Nebengebäude auf seines Vaters Grundstück eingesperrt lebte. Zum ersten konnte er ein Verbrechen begangen haben, zum zweiten war er vielleicht verrückt und lief deshalb Gefahr, in ein Irrenhaus gebracht zu werden, zum dritten konnte ihn irgendeine Krankheit von der übrigen Menschheit gebieterisch absondern. Andere Lösungen, die gepaßt hätten, fielen mir nicht ein. Folglich mußte ich diese drei gegeneinander abwägen.

Die erste Lösung löste sich, wenn ich so sagen darf, sehr rasch von selbst auf. Aus dieser Gegend war seit längerer Zeit kein Verbrechen gemeldet worden. Das stand für mich fest. Und wenn es ein Verbrechen gegeben hatte, das noch nicht einmal entdeckt worden war, lag es doch bestimmt eher im Interesse der betroffenen Familie, dem Delinquenten die Flucht ins Ausland zu ermöglichen, als ihn zu Hause eingesperrt zu halten. Hierfür also ergab sich kein rechter Sinn.

Geistige Umnachtung schien plausibler. Die Anwesenheit einer zweiten Person im Gärtnerhaus deutete auf einen Wärter. Die Tatsache, daß er beim Verlassen die Tür abzuschließen pflegte, verstärkte diese Annahme. Vermutlich wurde ein Zwang ausgeübt. Andrerseits konnte dieser Zwang nicht allzu streng sein, sonst wäre es dem jungen Mann nicht gelungen, auszubrechen und einen Blick auf seinen Freund zu werfen. Sie werden sich erinnern, Mr. Dodd, daß ich Sie nach der Zeitung fragte, die Mr. Kent las. Das konnte einen Hinweis geben. Wäre es zum Beispiel *The Lancet* gewesen oder *The British Medical Journal*, hätte mir das geholfen. Nun ist es aber durchaus nicht illegal, einen Geistesgestörten in privatem Gewahrsam zu halten, falls ein autorisierter Aufseher über ihn wacht und die Behörden verständigt worden sind. Warum dann also diese verzweifelten Bemühungen, die Sache geheimzuhalten? Wiederum eine Theorie, die mit den Tatsachen nicht genau übereinstimmte.

Blieb also die dritte Möglichkeit. Aussatz ist in Südafrika nichts Ungewöhnliches. Durch irgendeinen seltsamen Zufall konnte der junge Mann sich angesteckt haben. Seine Familie fände sich dann in einer sehr unangenehmen Lage, denn sie mußte fürchten, von ihm auf immer getrennt zu werden. Größte Diskretion war nötig, wollte man nichts an die Außenwelt gelangen lassen und die Behörden aufmerksam machen, die notgedrungen einschreiten würden. Ein ergebener, ärztlich geschulter Mann mußte sich bei guter Bezahlung finden lassen. Er konnte auf den Kranken aufpassen, und nichts stand abendlichen Spaziergängen, nach Einbruch der Dunkelheit, entgegen. Daß die Haut bleicht, ist eine übliche Folge dieser Krankheit. Somit stand der Fall fest gegründet vor mir – fest genug, daß ich handeln durfte, als wäre er schon bewiesen. Meine letzten Zweifel wichen, als ich bei der Ankunft feststellte, daß Ralphs Handschuhe mit einem Desinfektionsmittel getränkt sind – trägt er doch die Mahlzeiten zu seinem jungen Herrn hinüber. Ein einziges Wort zeigte Ihnen, Sir, daß Ihr Geheimnis durchschaut war, und wenn ich es niederschrieb, anstatt es auszusprechen, so nur als Zeichen, daß Sie meiner Diskretion vertrauen durften.«

Ich beendete gerade meine kleine Analyse des Falles, als sich die Tür öffnete und die strenge Gestalt des großen Dermatologen auf der Schwelle erschien. Aber für diesmal hatten sich seine Sphinxzüge entspannt; warme Menschenfreundlichkeit stand in seinen Augen. Er trat auf den Oberst zu und drückte ihm die Hand.

»Es ist mein schwarzes Los, öfter schlechte Nachrichten zu bringen als gute«, sagte er. »Heute habe ich Glück. Es handelt sich hier nicht um Lepra.«

»Was?«

»Ein deutlich ausgebildeter Fall von Pseudo-Lepra oder Ichthyosis, der sogenannten Fischschuppenkrankheit. Sie bemerken, die Affektion der Haut erinnert an Fischschuppen, sie ist recht unansehnlich und hartnäckig, jedoch möglicherweise heilbar und bestimmt nicht ansteckend. Ja, Mr. Holmes, eine zufällige Übereinstimmung. Doch ich frage mich: Ist sie so zufällig? Sind nicht geheime Kräfte am Werk, von denen wir wenig wissen? Sind wir sicher, daß die Befürchtung, unter der dieser junge Mann ohne Zweifel seit der Möglichkeit einer Ansteckung litt, nicht eine körperliche Wirkung hervorrief, die seinen Verdacht immer neu nährte? Wie dem auch sei, ich verpfände meine Berufsehre, daß – aber die Dame ist ohnmächtig geworden! Mr. Kent, wollen Sie sich ihrer freundlichst annehmen?«

KARDINAL MAZARINS DIAMANT

Dr. Watson freute sich, wieder einmal das unaufgeräumte Wohnzimmer im ersten Stock des Hauses Baker Street 221b zu betreten, von dem aus so viele bemerkenswerte Abenteuer ihren Ausgang genommen hatten. Er sah sich um, blickte auf die wissenschaftlichen Tabellen an der Wand, den säurezerfressenen Tisch für chemische Experimente, den Geigenkasten, der in eine Ecke gelehnt stand, und die Kohlenschütte, die wie eh und je Pfeifen und verschiedene Tabaksorten beherbergte. Schließlich traf sein schweifender Blick auf das frische, lächelnde Gesicht Billys. Dieser junge, aber schon recht lebenskluge und taktvolle Bursche brachte doch ein wenig Leben in die Einsamkeit, mit der sich der große Detektiv immer stärker von der Welt verschloß.

»Scheint alles wie früher, Billy. Und du hast dich auch nicht verändert. Ich hoffe, von ihm kann man dasselbe sagen?«

Etwas besorgt betrachtete der Junge die geschlossene Schlafzimmertür.

»Ich glaube, er ist noch im Bett und schläft«, sagte er.

Es war sieben Uhr abends, an einem lieblichen Sommertag, doch Dr. Watson kannte den unregelmäßigen Tageslauf seines alten Freundes genug, um sich nicht weiter zu wundern.

»Das heißt also, es gibt einen neuen Fall, wie?«

»Ja, Sir, und er steckt bis über die Ohren drin. Ich mach' mir schon Sorgen um seine Gesundheit. Er wird immer bleicher und magerer, und essen tut er auch nichts. ›Wann hätten Sie Ihr Dinner gern, Mr. Holmes?‹ fragt Mrs. Hudson ihn. ›Sieben Uhr dreißig übermorgen‹, sagt er. Na, Sie wissen ja, wie er ist, wenn er in einem Fall steckt.«

»Ja, das weiß ich, Billy.«

»Er ist hinter einem her. Gestern ging er als Arbeiter weg, der auf einen neuen Job aus ist. Heute war er 'ne alte Frau. Hat mich ganz schön reingelegt, und dabei dacht' ich, ich kenn' mich jetzt mit ihm aus.« Billy deutete grinsend auf einen zerbeulten Sonnenschirm, der am Sofa lehnte. »Das da gehört zur Ausstaffierung der Alten«, sagte er.

»Aber worum geht's denn dabei, Billy?«

Der Junge senkte die Stimme wie ein Verschwörer, der über die größten Staatsgeheimnisse spricht. »Ihnen kann ich's ja verraten, Sir, aber es darf nicht weitergesagt werden. Es geht um das Kronjuwel.«

»Was, der Hunderttausend-Pfund-Raub?«

»Ja, Sir. Und man muß ihn zurückkriegen. Der Premierminister und der Innenminister waren hier, sie haben genau auf dem Sofa da gesessen. Mr. Holmes war sehr entgegenkommend zu ihnen, beruhigte sie im Handumdrehen und versprach, sein Bestes zu tun. Und da ist noch Lord Cantlemere . . .«

»Ah!«

»Ja, Sir, Sie wissen ja, was das heißt. Er ist ein sturer Kopf, wenn ich's mal so sagen darf. Der Premier ist in Ordnung, und gegen den Innenminister hab' ich auch nichts, der scheint ein höflicher, freundlicher Mann zu sein, aber Seine Lordschaft kann ich nicht riechen. Und Mr. Holmes auch nicht, Sir. Sehen Sie, er hält nichts von Mr. Holmes und war dagegen, ihn einzuschalten. Fast möcht' man meinen, er wünscht, daß er nichts erreicht.«

»Und Mr. Holmes weiß das?«

»Mr. Holmes weiß immer alles, was man wissen muß.«

»Na, wir wollen hoffen, daß er Erfolg hat und Lord Cantlemere sich blamiert. Übrigens, Billy, was hat's mit dem Vorhang da am Fenster auf sich?«

»Mr. Holmes hat ihn vor drei Tagen angebracht. Wir haben was Ulkiges dahinter versteckt.«

Billy stand auf und zog den Stoff zurück, der die Nische des Erkerfensters verbarg.

Dr. Watson konnte einen Laut des Erstaunens nicht zurückhalten: Da saß das Ebenbild seines alten Freundes, mit Morgenrock und allem Drum und Dran, das Gesicht zu Dreiviertel dem Fenster zugewandt und etwas nach unten gesenkt, als läse er in einem unsichtbaren Buch, während die Gestalt selbst in einem tiefen Sessel ruhte. Billy nahm den Kopf ab und hielt ihn hoch.

»Wir bringen ihn in verschiedene Stellungen, damit es echter wirkt. Ich würd's nicht wagen, ihn anzufassen, wenn die Läden nicht zu wären. Wenn sie offen sind, können Sie's von der anderen Straßenseite aus sehen.«

»So etwas haben wir schon einmal gemacht.«

»War vor meiner Zeit«, sagte Billy. Er zog die Läden auseinander und lugte auf die Straße hinaus. »Da sind Leute, die beobachten uns von drüben. Ich kann jetzt einen Kerl am Fenster erkennen. Da – gukken Sie mal selber!«

Watson war einen Schritt vorgetreten, als die Schlafzimmertür aufsprang und Holmes' lange, hagere Gestalt erschien, das Gesicht bleich und ausgezehrt, Bewegungen und Auftreten jedoch tatkräftig wie immer. Mit einem einzigen Satz war er am Fenster und hatte die Läden wieder zugezogen.

»Das reicht, Billy«, sagte er. »Du warst eben in Lebensgefahr, mein Junge, und zur Zeit komme ich ohne dich nicht aus. Nun, Watson, schön, dich wiederzusehen in der alten Höhle. Du kommst in einem kritischen Augenblick.«

»Das scheint mir auch.«

»Du kannst verschwinden, Billy! – Dieser Junge ist ein Problem, Watson. Wieweit darf ich ihn der Gefahr aussetzen?«

»Welcher Gefahr, Holmes?«

»Plötzlicher Tod. Ich erwarte da so einiges heute abend.«

»Was erwartest du?«

»Ermordet zu werden.«

»Nun hör schon auf, du machst Witze, Holmes.«

»Trotz meines beschränkten Sinns für Humor könnte ich mir einen besseren ausdenken. Aber warum sollen wir es uns inzwischen nicht bequem machen, was? Getränke gewünscht? Soda und Zigarren an alter Stelle. Und nun laß dich noch mal anschauen, hier in deinem Stammsessel! Ich hoffe, du hast immer noch nichts gegen meine Pfeife und meinen miserablen Tabak? Er muß mir in diesen Tagen das Essen ersetzen.«

»Weshalb ißt du denn nicht?«

»Fasten steigert die geistigen Kräfte. Als Arzt müßtest du doch zugeben, mein lieber Watson, daß das, was der Organismus durch Blutzufuhr gewinnt, dem Gehirn abgeht. Und ich bin ein Gehirn, Watson. Der Rest meiner Wenigkeit ist nichts als ein Appendix. Folglich muß ich für das Gehirn sorgen.«

»Aber die Gefahr, Holmes?«

»Was? Ach so, ja. Im Falle, daß sie wirklich eintrifft, wäre es vielleicht nicht falsch, wenn du dein Gedächtnis mit Namen und Adresse des Mörders belastetest. Beides kannst du dann an Scotland Yard weitergeben, zusammen mit dem Ausdruck meiner Liebe und meinem letzten Segen. Hier der Name: Sylvius – Graf Negretto Sylvius. Schreib's auf, Freund, schreib's auf! Adresse: 136 Moorside Gardens, London N. W. Hast du's?«

Watsons ehrliches Gesicht verkrampfte sich angstvoll. Nur zu gut wußte er, was Holmes alles riskierte; was er eben gehört hatte, war zweifellos eher eine Unter- als eine Übertreibung. Watson war schon immer ein Mann der Tat gewesen, und auch hier zeigte er sich der Lage gewachsen.

»Du kannst mit mir rechnen, Holmes. Ich habe morgen und übermorgen sowieso nichts zu tun.«

»Deine Arbeitsmoral ist nicht besser geworden. Zu deinen übrigen Lastern tritt jetzt auch noch Schwindelei. Du bist der Prototyp des beschäftigten Arztes, deine Patienten schreien Tag und Nacht nach dir.«

»Keine schweren Fälle. Kannst du diesen Menschen denn nicht festnehmen lassen?«

»Ja, Watson, das könnte ich. Und das ist es auch, was ihn so beunruhigt.«

»Und warum tust du's nicht?«

»Weil ich nicht weiß, wo der Mazarin-Diamant steckt.«

»Ah! Billy erzählte mir schon – das verlorene Kronjuwel!«

»Ja, der große gelbe Stein des Kardinals Mazarin. Ich habe mein Netz ausgeworfen und meinen Fisch gefangen – aber den Edelstein habe ich nicht. Welchen Sinn hat es dann, die Leute festzunehmen? Freilich, die Welt dürfte ein erfreulicherer Ort werden, wenn wir sie in Fesseln legen. Aber darauf bin ich nicht aus. Ich will den Stein haben.«

»Ist dieser Graf Sylvius einer von deinen Fischen?«

»Ja, der Hai. Gefährliche Zähne. Dann ist da noch Sam Merkton, der Boxer. Kein übler Bursche im Grunde, aber ein Werkzeug des Grafen. Sam ist kein Hai, nur ein großer, dummer und sturer Einfaltspinsel. Aber er zappelt ebenfalls in meinem Netz.«

»Wer ist dieser Graf Sylvius?«

»Ich war den Vormittag über ganz in seiner Nähe. Du hast mich ja schon in der Verkleidung einer alten Dame gesehen. Nie war ich darin so gut wie heute. Einmal hat er mir sogar meinen Schirm aufgehoben. ›Mit Ihrer Erlaubnis, Madam‹, sagte er. Du mußt wissen, er ist Halbitaliener und, bei guter Laune, voll südländischer Grandezza – im anderen Fall ein leibhaftiger Satan. Das Leben hat die wunderlichsten Einfälle, Watson.«

»Es hätte auch eine Tragödie daraus werden können.«

»Nun, vielleicht. Ich folgte ihm jedenfalls zur Werkstatt des alten Straubenzee in den Minories. Straubenzee hat das Luftgewehr gebastelt – ein sehr ordentliches Stück Arbeit, das muß ich zugeben –, und ich nehme an, daß es eben jetzt drüben im Fenster im Anschlag liegt. Hast du die Puppe gesehen? Natürlich, Billy hat sie dir ja gezeigt. Nun, jeden Augenblick kann sie eine Kugel in ihren hübschen Kopf bekommen. – Was gibt's, Billy?«

Der Junge war mit einem Tablett und einer Karte darauf ins Zimmer getreten. Holmes sah sie sich an, die Augenbrauen hochgezogen, um die Lippen ein amüsiertes Lächeln.

»Der Herr höchstpersönlich. Das habe ich kaum erwartet. Er geht aufs Ganze, Watson. Der Mann hat Nerven. Vielleicht hast du von seinem Ruf als Großwildjäger gehört. In der Tat, ein triumphaler Abschluß seiner sportlichen Laufbahn, sollte er mich seinen Jagdtrophäen zureihen können. Ein Beweis dafür, daß er spürt, wie nahe ich ihm schon auf den Fersen bin.«

»Schick nach der Polizei.«

»Wahrscheinlich sollte ich es tun. Aber nicht gleich. Würdest du mal vorsichtig aus dem Fenster spähen, Watson – treibt sich jemand auf der Straße herum?«

Watson spähte vorsichtig durch einen Spalt hinunter.

»Ja, da steht ein bulliger Kerl bei der Tür.«

»Das wird Sam Merton sein – der gutmütige, aber recht einfältige Boxer. Wo befindet sich der Herr, Billy?«

»Im Wartezimmer, Sir.«

»Führ ihn herein, sobald ich läute.«

»Jawohl, Sir.«

»Sollte ich nicht hier drin sein, bring ihn trotzdem herein.«

»Ja, Sir.«

Watson wartete, bis die Tür wieder geschlossen war, dann redete er seinem Freund ins Gewissen:

»Schau her, Holmes, das ist doch nun einfach unverantwortlich. Es handelt sich hier um einen zu allem entschlossenen Mann, er wird vor nichts haltmachen. Vielleicht ist er eben jetzt gekommen, um dich umzubringen.«

»Das würde mich gar nicht überraschen.«

»Ich bestehe darauf, bei dir zu bleiben.«

»Du wärest schrecklich im Weg.«

»*Ihm* im Weg?«

»Nein, mein Lieber – *mir.*«

»Wie auch immer, ich kann dich nicht allein lassen.«

»O doch, du kannst und du wirst, Watson, denn du warst noch nie ein Spielverderber. Ich bin sicher, du spielst bis zur letzten Vorstellung mit. Dieser Mann ist aus eigenen Gründen gekommen – aber er wird meiner Gründe wegen bleiben.« Holmes zog sein Notizbuch hervor und kritzelte ein paar Zeilen. »Nimm dir einen Wagen zum Yard und übergib dieses Blatt Youghal vom CID. Komm mit der Polizei zurück. Die Festnahme des Mannes wird folgen.«

»Mit Vergnügen.«

»Vielleicht habe ich, ehe du wieder zurück bist, gerade noch Zeit, herauszufinden, wo sich das Juwel befindet.« Holmes tippte auf die Schelle. »Ich glaube, wir verziehen uns durch das Schlafzimmer. Dieser zweite Ausgang ist außerordentlich praktisch. Es liegt mir viel daran, meinen ›Hai‹ zu sehen, ehe er mich erspäht, und für so etwas habe ich, wie du dich erinnern wirst, meine eigenen Methoden.«

Folglich war es ein leerer Raum, in den Billy eine Minute später Graf Sylvius hineingeleitete. Der berühmte Jäger, Sports- und Weltmann war ein dunkler, schwerer Mensch mit üppigem Schnurrbart, der einen grausamen, schmallippigen Mund überschattete und von einer langen, gekrümmten Nase, nicht unähnlich einem Adlerschnabel, überragt wurde. Er trug sich teuer, doch seine glänzende Krawatte, die strahlende Nadel, die funkelnden Ringe – das war alles des Guten zuviel. Sobald die Tür hinter ihm zuklappte, blickte er mit erregten, mißtrauischen Augen um sich, wie jemand, der in jeder Ecke einen Hinterhalt wittert. Er zuckte heftig zusammen, als er dann den unbewegten Kopf und den Kragen des Morgenrocks sah. Zunächst spiegelte sein Gesicht reines Erstaunen, dann glomm das Licht einer schrecklichen Hoffnung in seinen dunklen, mörderischen Augen auf. Nochmals sich umblickend, um sicher zu sein, keine Zuschauer zu haben, näherte er sich auf Zehenspitzen, den dicken Stock halb erhoben, der stillen Gestalt. Er war gerade dabei, zum letzten Sprung und Schlag anzusetzen, als ihn eine eisige, spöttische Stimme von der offenen Schlafzimmertür her ansprach.

»Machen Sie's nicht kaputt, Graf! Machen Sie's nicht kaputt!«

Der Mann wankte zurück, blankes Entsetzen im aufgewühlten Gesicht. Einen Augenblick lang behielt er seinen mit Blei beschwerten Stock noch in halber Höhe, als wollte er den beabsichtigten Schlag nun dem Original statt der Kopie verabreichen, aber irgend etwas in Holmes' unerschütterlichen Augen und dem mokanten Lächeln zwang ihn, die Hand sinken zu lassen.

»Hübsches kleines Ding, nicht wahr?« sagte Holmes, indem er auf die Puppe zuging. »Tavernier, der französische Bildhauer, hat's angefertigt. Ein Meister, was Wachsfiguren betrifft – wie Ihr Freund Straubenzee bei Luftgewehren.«

»Luftgewehre, Sir? Was wollen Sie damit sagen?«

»Legen Sie Hut und Stock auf dem Seitentisch ab. Vielen Dank. Bitte, setzen Sie sich. Würde es Ihnen etwas ausmachen, Ihren Revolver ebenfalls abzulegen? Oh, aber bitte, wenn Sie vorziehen, auf ihm zu sitzen . . . Ihr Besuch kommt mir wirklich sehr gelegen, denn ich hatte das dringende Bedürfnis nach einer kleinen Plauderei mit Ihnen.«

Der Graf schob finster die schweren Augenbrauen zusammen.

»Ich möchte ebenfalls ein paar Worte mit Ihnen reden, Holmes. Deshalb bin ich hier. Und ich streite nicht ab, daß ich Sie eben umbringen wollte.«

Holmes schwang ein Bein auf die Tischkante.

»Ich hatte mir gedacht, daß Sie etwas Ähnliches vorhatten«, sagte er. »Aber weshalb diese persönliche Reverenz?«

»Weil Sie mich stören. Weil Sie Ihre Kreaturen hinter mir her hetzen.«

»Meine Kreaturen? Aber keineswegs!«

»Unsinn. Ich habe sie ja beschatten lassen. An diesem Spiel können zwei Mann teilnehmen, nicht nur einer, Holmes.«

»Es ist zwar unwichtig, Graf Sylvius, aber vielleicht wäre es Ihnen doch möglich, mich korrekter anzusprechen, wenn Sie sich an mich wenden. Sie haben sicher Verständnis dafür, daß ich mich sonst – bei der Art meiner Arbeit – bald auf vertraulichstem Fuße mit der Hälfte der Unterwelt befände, und Sie werden wohl auch zugeben, daß Ausnahmen dabei Neid erregen.«

»Schön, also *Mister* Holmes!«

»Ausgezeichnet! Doch ich versichere Ihnen, Sie irren sich über meine angeblichen ›Agenten‹.«

Graf Sylvius lachte abfällig.

»Andere Leute haben genauso Augen im Kopf wie Sie. Gestern war es ein alter Sportsmann, heute eine ältliche Frau. Sie ließen mich die ganze Zeit nicht aus den Augen.«

»Also wirklich, Sir, Sie machen mir Komplimente! Der alte Baron Dowson sagte noch in der Nacht, ehe er gehängt wurde, was das Gesetz an mir gewonnen, habe die Bühne verloren. Und jetzt zollen auch Sie meinen kleinen schauspielerischen Darbietungen Ihr freundliches Lob!«

»Das waren Sie – Sie selbst?«

Holmes zuckte die Schultern. »Dort in der Ecke können Sie den Schirm sehen, den Sie mir so freundlich aufhoben, ehe Sie Verdacht geschöpft hatten.«

»Wenn ich gewußt hätte, Sie würden nie . . .«

». . . dieses bescheidene Heim wiedergesehen haben. Das dachte ich mir. Wir alle weinen verpaßten Gelegenheiten nach. Jedoch – Sie haben es nun einmal nicht gewußt, und so sitzen wir hier.«

Die dichten Augenbrauen zogen sich noch enger über den drohenden Augen des Grafen zusammen.

»Was Sie sagen, macht die Sache nur schlimmer. Es waren also nicht Ihre Leute, sondern der sich produzierende Komödiant, der in alles seine Nase steckt, höchstpersönlich. Sie geben zu, mir nachspioniert zu haben. Warum?«

»Na, hören Sie, Graf! Sie haben doch in Algerien Löwen geschossen.«

»Und?«

»Warum?«

»Warum? Nun, der Sport, die Erregung, die Gefahr dabei . . .«

»Und zweifellos auch, um das Land von einer Plage zu befreien?«

»Genau!«

»Meine Gründe in Kleinformat.«

Der Graf sprang auf die Füße, und seine Hand zuckte unwillkürlich zur Hüfttasche.

»Setzen Sie sich, Sir, setzen Sie sich! Da gibt's noch einen anderen, praktischen Grund. Ich will den gelben Diamanten!«

Graf Sylvius lehnte sich mit einem bösen Lächeln in seinem Sessel zurück.

»In der Tat«, sagte er.

»Sie wissen, daß ich deshalb hinter Ihnen her war. Und der wahre Grund, warum Sie heute abend hier sind, ist, um herauszufinden, wieviel ich wirklich über die Sache weiß und ob meine Beseitigung absolut notwendig ist. Nun, aus Ihrer Sicht gesehen, würde ich sagen: absolut. Denn ich weiß alles darüber, ausgenommen eines, und das werden Sie mir gleich erzählen.«

»Oh, wirklich! Und – wenn ich fragen darf, was ist dieser fehlende Punkt?«

»Der Aufenthaltsort des Kronjuwels.«

Der Graf sah sein Gegenüber scharf an. »Ach, das möchten Sie wissen, was? Wie zum Teufel soll ich Ihnen das verraten können?«

»Sie können es, und Sie werden es.«

»Was Sie nicht sagen!«

»Sie bluffen mich nicht, Graf Sylvius.« Während Holmes ihn anblickte, verengten sich seine Augen und glühten, bis sie zwei drohenden, stählernen Dolchspitzen glichen. »Sie sind durchsichtig wie Glas. Ich sehe bis auf den Grund Ihrer Gedanken.«

»Dann sehen sie natürlich auch, wo der Diamant ist.«

Holmes klatschte amüsiert in die Hände und streckte spöttisch einen Finger vor: »Sie wissen es also. Sie haben es zugegeben.«

»Ich gebe gar nichts zu.«

»Hören Sie, Graf, wenn Sie vernünftig sind, können wir ein Geschäft machen. Wenn nicht, wird's Ihr Schaden sein.«

Graf Sylvius warf einen Blick zum Himmel.

»Und Sie reden von Bluff!« sagte er.

Holmes schaute ihn nachdenklich an, wie ein Schachmeister, der den letzten, entscheidenden Zug überlegt.

Dann zog er die Tischlade auf und holte ein dickes Notizbuch heraus.

»Wissen Sie, was ich hier drin habe?«

»Nein, Sir, das weiß ich nicht.«

»Sie!«

»Mich?«

»Ja, Sir, Sie! Hier drin steht jede Tat Ihres gemeinen und gefährlichen Lebens.«

»Zum Teufel mit Ihnen, Holmes!« brüllte der Graf mit flammenden Augen. »Meine Geduld kennt Grenzen!«

»Hier steht alles drin, Graf. Die wahren Hintergründe beim Tod der alten Mrs. Harold, die Ihnen das Blymer Gut hinterließ, das Sie dann so rasch verspielt haben.«

»Sie phantasieren ja!«

»Und die vollständige Lebensgeschichte von Miss Minnie Warrender.«

»Damit werden Sie kein Glück haben.«

»Hier ist noch allerlei, Graf: der Raub im Luxuszug zur Riviera am 13. Februar 1892, der gefälschte Scheck auf das Kreditinstitut in Lyon vom selben Jahr.«

»Nein, da irren Sie.«

»Dann habe ich recht bei den anderen Fakten! Nun, Graf, Sie spielen doch Karten. Wenn der Partner alle Trümpfe in der Hand hat, spart es Zeit, seine eigenen Karten hinzuwerfen und das Spiel aufzugeben!«

»Was hat dieses Gerede mit dem Juwel zu tun, von dem Sie sprachen?«

»Ruhig, Graf, nur ruhig! Nehmen Sie sich zusammen. Lassen Sie mich auf meine langweilige Art zu den wesentlichen Punkten vordringen. Das alles habe ich also an Material. Und darüber hinaus eine klare Beweiskette im Fall des Kronjuwels gegen Sie und Ihren Schläger.«

»Tatsächlich!«

»Ich habe den Fahrer, der Sie in seinem Cab nach Whitehall brachte, und den, der Sie zurückfuhr. Ich habe den Beamten, der Sie in der Nähe der Kassette sah. Ich habe Ikey Sanders, der es abgelehnt hat, sie für Sie aufzubrechen. Ikey hat gesungen, und Ihr Spiel ist aus.«

Auf der Stirn des Grafen traten die Adern hervor, die dunklen behaarten Händen krampften sich in unterdrückter Wut ineinander. Er versuchte zu sprechen, aber die Worte formten sich nicht.

»Das sind die Karten, mit denen ich spiele. Ich lege sie alle auf den Tisch. Nur eine Karte fehlt mir. Das ist der Karokönig*. Ich weiß nicht, wo der Stein ist.«

»Ich auch nicht.«

»Nein? Seien Sie doch vernünftig, Graf. Betrachten Sie einmal die Lage. Sie sind drauf und dran, sich für zwanzig Jahre einsperren zu lassen, Sam Merton desgleichen. Welchen Vorteil kann Ihnen da Ihr Diamant geben? Nicht den geringsten. Wenn Sie ihn aber aushändigen – ich würde den Fall nicht weiter verfolgen. Mich interessieren weder Sie noch Sam. Mich interessiert der Stein. Wenn Sie ihn ausliefern, können Sie in Freiheit bleiben, was mich betrifft, solange Sie sich in Zukunft dementsprechend verhalten. Beginnen Sie eine neue Sache – nun, das wird Ihre letzte sein. Aber in diesem Fall besteht meine Aufgabe darin, den Stein zu fassen – nicht Sie.«

»Und wenn ich mich weigere?«

»Nun, dann – leider, leider! –, dann sind Sie dran und nicht der Stein.«

Auf Holmes' Läuten erschien Billy.

»Ich glaube, es wäre ganz gut, Graf, Ihren Freund Sam an dieser Konferenz teilnehmen zu lassen. Schließlich müssen ja auch seine Interessen vertreten werden. Billy, du findest draußen vor der Haustür

* Unübersetzbares Wortspiel: *Karo* im Kartenspiel heißt im Englischen *diamond*.

einen großen, gefährlich aussehenden Mann. Bitte ihn, heraufzukommen.«

»Aber wenn er nicht will, Sir?«

»Keine Gewalt, Billy. Werde nicht grob zu ihm. Wenn du ihm erklärst, daß Graf Sylvius ihn braucht, kommt er bestimmt sofort.«

»Was haben Sie jetzt vor?« fragte der Graf, sobald Billy verschwunden war.

»Mein Freund Watson war bis vor kurzem bei mir. Ich erzählte ihm, ich hätte einen Hai und einen fetten Karpfen im Netz, jetzt hole ich das Netz ein, und sie kommen gemeinsam herauf.«

Der Graf war aufgestanden, eine Hand auf dem Rücken. Holmes umfaßte etwas, das sich halb auf der Tasche seines Morgenrocks abzeichnete.

»Sie werden nicht in Ihrem Bett sterben, Holmes.«

»Das gleiche habe ich auch schon oft gedacht. Macht das viel aus? Schließlich wird Ihr eigener Abgang auch wahrscheinlicher vertikal als horizontal erfolgen. Doch diese Spekulationen über die Zukunft sind morbid. Warum nicht sich uneingeschränkt den Freuden der Gegenwart hingeben?«

Ein rascher, raubtierhafter Funke glomm in den dunklen, drohenden Augen des Verbrechers auf. Holmes' Gestalt schien zu wachsen, während er sich innerlich spannte und bereit machte.

»Es hat keinen Sinn, nach dem Revolver zu greifen, mein Freund«, sagte er mit sehr ruhiger Stimme. »Sie wissen genau, daß Sie es nicht wagen können, ihn zu gebrauchen, selbst wenn ich Ihnen Zeit ließe, ihn hervorzuziehen. Scheußliche, scheußliche Dinger, diese Revolver, Graf. Bleiben Sie lieber den Luftgewehren treu. Ah! Ich glaube, ich höre den lieblichen Schritt Ihres geschätzten Partners. Guten Tag, Mr. Merton. Ziemlich langweilig auf der Straße, nicht wahr?«

Der Preisboxer, ein schwergebauter junger Mann mit einem stupiden, störrischen, grobschlächtigen Gesicht, stand linkisch in der Tür und blickte verwirrt um sich. Holmes' höfliche Art war eine neue Erfahrung für ihn, und obwohl er undeutlich fühlte, daß sie im Grunde feindlich war, wußte er nicht, wie sich verhalten. So wandte er sich an seinen gescheiteren Partner um Hilfe.

»Was is'n nu los, Graf? Was will 'n der Kerl? Is' was schiefgelaufen?« Seine Stimme war tief und heiser.

Der Graf zuckte nur die Schultern, und Holmes antwortete: »Wenn ich's mal einfach ausdrücken darf, Mr. Merton, würde ich sagen: Alles ist schiefgelaufen.«

Der Boxer wandte sich weiterhin nur an seinen Partner.

»Will der Kerl hier Witze reißen, oder was is' los? Also da kann ich nich' drüber lachen.«

»Nein, das habe ich auch nicht angenommen«, sagte Holmes. »Und ich glaube, ich kann Ihnen versprechen, daß Sie um so weniger darüber lachen werden, je weiter der Abend vorschreitet. Nun, schauen Sie, Graf Sylvius, ich bin ein vielbeschäftigter Mann und möchte nicht unnütz Zeit verschwenden. Ich gehe jetzt in dieses Schlafzimmer. Fühlen Sie sich während meiner Abwesenheit ganz wie zu Hause. Schildern Sie Ihrem Freund, wie die Dinge liegen, ohne dabei von meiner Anwesenheit gehemmt zu sein. Inzwischen werde ich die Offenbachsche Barcarole auf meiner Violine üben. In fünf Minuten komme ich zurück, um Ihre endgültige Antwort zu hören. Sie begreifen doch, daß es um eine Alternative geht? Sollen wir Sie fassen oder den Stein bekommen?«

Holmes entschwand, indem er seine Violine aufgriff. Ein paar Augenblicke später drangen die langgezogenen, klagenden Töne der sehnsüchtigen Melodie leise durch die geschlossene Schlafzimmertür.

»Was is' nu los?« fragte Merton angstvoll, als der Graf sich ihm zuwandte. »Weiß er Bescheid über den Stein?«

»Er weiß zuviel darüber. Und ich bin mir nicht sicher, ob er nicht alles weiß.«

»Gottverdammich!« Das teigige Gesicht des Boxers wurde um noch eine Spur bleicher.

»Ikey Sanders hat uns geliefert.«

»Hat er? Den mach' ich fertig, wenn ich ihn vor die Augen kriege!«

»Das wird uns auch nicht viel helfen. Wir müssen uns jetzt klarwerden, was zu tun ist.«

»Moment mal«, sagte der Boxer, indem er mißtrauisch nach der Schlafzimmertür linste. »Der is' 'n schlauer Hund, den soll man nich' aus den Augen lassen. Horcht der jetzt auch bestimmt nich'?«

»Wie kann er denn bei dieser Musik horchen?«

»Stimmt. Vielleicht steckt wer hinter 'nem Vorhang. Viel zuviel Vorhänge hier drin.« Als er sich umschaute, sah er zum erstenmal die Figur in der Fensternische, stand starr und zeigte darauf, zu verblüfft, um reden zu können.

»Nur eine Puppe«, sagte der Graf.

»Schmiert einen an, was? Da soll doch einer gleich hinhauen. Madame Tussaud* hat so was nich'. Rein wie im Leben, mit Rock und all dem. Aber die verdammten Vorhänge, Graf!«

»Laß doch die Vorhänge! Wir verschwenden Zeit, und wir haben nicht zuviel davon. Wegen dem Stein kann er uns ins Zuchthaus bringen.«

»Den Teufel kann er!«

»Aber er will uns entwischen lassen, wenn wir ihm sagen, wo die Beute steckt.«

»Was? Klein beigeben? Hunderttausend Piepen?«

»Das eine oder das andere.«

Merton kratzte sich seinen kurzgeschorenen Schädel.

»Der ist allein da drin. Lassen Sie mich mal ran. Wenn's bei dem Sense is', haben wir keinen Kummer mehr.«

Der Graf schüttelte den Kopf.

»Er ist bewaffnet und wachsam. Wenn wir ihn erschießen, können wir kaum von hier wegkommen. Außerdem ist es gut möglich, daß die Polizei die Beweise, was für welche er auch hat, kennt. Hallo! Was war das?«

Ein unbestimmtes Geräusch schien vom Fenster gekommen zu sein.

Beide Männer wirbelten herum, aber alles war still. Ausgenommen die seltsame Figur im Sessel, war der Raum bestimmt leer.

»War auf der Straße«, sagte Merton. »Nu gucken Sie mal her, Chef, Sie haben ja den Grips. Klar, daß Sie sich da 'nen Weg aus dem Schlamassel buddeln. Wenn's kein' Sinn nich' hat mit den Fäusten, dann is' es Ihr Bier.«

»Ich hab' schon größere Männer zum Narren gehalten als den hier«, sagte der Graf. »Der Stein ist hier in meiner Geheimtasche. Ich gehe nicht das Risiko ein, ihn herumliegen zu lassen; kann noch heute nacht aus England raus sein und vor Sonntag in Amsterdam vier Steine draus schneiden lassen. Der hier weiß nichts über Van Seddar.«

»Ich dachte, Van Seddar sollte nächste Woche weg.«

»Er *sollte.* Jetzt wird er aber das nächste Schiff nehmen. Einer von uns muß mit dem Stein zu ihm nach Lime Street und ihm Bescheid geben.«

* Madame Tussaud floh während der Französischen Revolution aus Paris und gründete das noch heute in London vorhandene berühmte Wachsfigurenkabinett.

»Aber der doppelte Boden is' noch nich' fertig.«

»Schön, dann müssen wir's nehmen, wie's ist, und es wagen. Wir haben keine Minute zu verlieren.« Wieder hielt er inne und blickte mit dem Instinkt des Sportsmannes, der die Gefahr wittert, scharf zum Fenster. Ja, der leise Laut war bestimmt von der Straße heraufgedrungen.

»Was Holmes betrifft«, sagte er, »so können wir ihn leicht genug täuschen. Der verdammte Narr wird uns nicht festnehmen, wenn er den Stein kriegen kann. Gut, wir versprechen ihm den Stein. Wir bringen ihn auf die falsche Fährte, und eh er kapiert hat, *daß* es die falsche ist, wird der Stein in Holland sein und wir außer Landes.«

»Hört sich gut an!« rief Sam Merton grinsend.

»Du gehst los und sagst dem Holländer, er soll sich beeilen. Ich nehme mir hier diesen Grünschnabel vor und mache ihm ein falsches Geständnis. Ich werd' ihm sagen, der Stein ist in Liverpool. Diese verfluchte plärrende Musik, sie geht mir auf die Nerven! Bis Holmes herauskriegt, daß der Stein nicht in Liverpool ist, ist er in vier Teile geteilt, und wir schwimmen auf dem blauen Wasser. Tritt zurück, hierher, weg vom Schlüsselloch. Hier ist der Stein.«

»Ich wunder' mich, daß Sie ihn einfach so rumschleppen.«

»Wo könnte ich ihn sicher aufheben? Wenn wir ihn aus Whitehall rausbekommen konnten, dann kann's ein anderer auch aus meiner Wohnung.«

»Lassen Sie mal sehen.«

Graf Sylvius warf seinem Gefährten einen wenig schmeichelhaften Blick zu und übersah die ungewaschene Hand, die sich ihm entgegenstreckte.

»Was denn, denken Sie vielleicht, ich will mir das Ding untern Nagel reißen? Nu hören Sie mal zu, Mister, langsam fall'n Sie mir auf den Wecker.«

»Schon gut, schon gut; bloß keinen Streit jetzt, Sam. Wir können ihn uns jetzt nicht leisten. Komm zum Fenster, wenn du genau sehen willst, was für ein Prachtstück das ist. Halt ihn ans Licht. Hier!«

»Danke!«

Mit einem einzigen Satz war Holmes aus dem Sessel der Puppe aufgesprungen und hatte das kostbare Juwel ergriffen. Er hielt es in der Hand, während die andere einen Revolver auf den Kopf des Grafen richtete. Die beiden Schurken taumelten völlig verblüfft zurück. Ehe sie sich von ihrem Schreck erholen konnten, hatte Holmes schon die elektrische Klingel betätigt.

»Keine Gewalt, meine Herren, keine Gewalt, wenn ich bitten darf! Nehmen Sie Rücksicht auf die Möbel. Es müßte Ihnen ziemlich klar sein, daß Ihre Position aussichtslos ist. Die Polizei wartet unten.«

Die Verwirrung des Grafen war größer als seine Wut und Angst.

»Aber wie, zum Teufel . . .«, keuchte er.

»Ihre Verwunderung ist sehr verständlich. Sie wissen nicht, daß eine zweite Tür von meinem Schlafzimmer hinter diesen Vorhang führt. Ich nahm an, daß Sie mich gehört haben mußten, als ich die Puppe von ihrem Platz nahm, aber das Glück war auf meiner Seite. Es gab mir die Möglichkeit, Ihrer spannenden Unterhaltung zuzuhören, die sicherlich etwas gezwungen ausgefallen wäre, hätten Sie von meiner Anwesenheit gewußt.«

Der Graf machte eine resignierende Geste.

»Sie haben gewonnen, Holmes. Ich glaube, Sie sind der Teufel persönlich.«

»Nicht weit von ihm entfernt jedenfalls«, antwortete Holmes höflich lächelnd.

Sam Mertons schwaches Gehirn hatte die Lage nur teilweise erfaßt. Erst als man draußen auf der Treppe das Geräusch schwerer Schritte hörte, machte er endlich den Mund auf.

»Im Eimer!« sagte er. »Möcht' bloß wissen, was mit der dämlichen Fidel is'. Ich hör' sie immer noch.«

»Nun, nun«, erwiderte Holmes. »Sie hören völlig richtig. Lassen Sie sie nur spielen. Diese modernen Grammophone sind eine bemerkenswerte Erfindung!«

Polizisten drängten herein, die Handfesseln klickten, und die Verbrecher wurden zum wartenden Wagen gebracht. Watson blieb noch bei Holmes und gratulierte ihm zum jüngsten Blatt an seinem Lorbeerkranz. Noch einmal wurden sie von dem unerschütterlichen Billy mit seinem Tablett gestört.

»Lord Cantlemere, Sir.«

»Führ ihn herein, Billy. Das ist der erhabene Peer, der die Interessen der höchsten Stellen vertritt«, sagte Holmes. »Eine hervorragende und loyale Persönlichkeit, aber noch ziemlich von der alten Schule. Sollen wir ihn freundlich stimmen? Dürfen wir uns eine kleine Freiheit herausnehmen? Es ist anzunehmen, daß er von nichts eine Ahnung hat.«

Die Tür öffnete sich, um eine magere, strenge Gestalt hereinzulassen. Das scharfgeschnittene Gesicht und der herabhängende, glänzend schwarz gewichste Backenbart mittelviktorianischen Stils wollten kaum zu den gerundeten Schultern und der kraftlosen Haltung passen. Holmes ging freundlich auf ihn zu und schüttelte eine schlaffe Hand.

»Wie geht es Ihnen, Lord Cantlemere? Es ist kühl für diese Jahreszeit, aber drinnen doch ziemlich warm. Darf ich Ihnen Ihren Mantel abnehmen?«

»Nein, ich danke; ich werde nicht ablegen.«

Holmes legte ihm die Hand beschwörend auf den Ärmel.

»Bitte, erlauben Sie! Mein Freund Doktor Watson wird Ihnen versichern, wie ungesund ein solcher Temperaturwechsel ist.«

Seine Lordschaft machte sich ziemlich ungeduldig los.

»Es geht mir durchaus gut, Sir. Ich habe keine Veranlassung, mich aufzuhalten. Ich habe nur hereingeschaut, um zu erfahren, wie Sie mit Ihrer selbstgewählten Aufgabe vorankommen.«

»Schwierig – sehr schwierig.«

»Ich befürchtete, daß Sie die Angelegenheit so beurteilen würden.«

Es lag ein leiser Hohn in den Worten und in der Art des alten Höflings. »Jeder Mensch stößt einmal auf seine Grenzen, Mr. Holmes, aber schließlich heilt uns dies von der Schwäche der Selbstzufriedenheit.«

»Ja, Sir, ich war sehr verblüfft.«

»Zweifellos.«

»Besonders wegen eines Punktes. Möglicherweise könnten Sie mir helfen?«

»Sie wenden sich sehr spät an mich. Ich dachte, Sie haben Ihre eigenen unübertroffenen Methoden. Jedoch, ich bin bereit, Ihnen zu helfen.«

»Sehen Sie, Lord Cantlemere, gegen die wirklichen Diebe können wir zweifellos Anklage erheben.«

»Sobald Sie sie gefangen haben.«

»Sicher. Aber die Frage ist – wie sollen wir gegen den Hehler vorgehen?«

»Ist das nicht etwas verfrüht?«

»Es ist immer gut, vorauszuschauen. Nun, was würden Sie als letzten Beweis für die Schuld des Hehlers ansehen?«

»Den tatsächlichen Besitz des Steines.«

»Sie würden ihn daraufhin verhaften?«

»Ohne jeden Zweifel.«

Holmes lachte selten, aber jetzt war er so nahe daran, laut herauszulachen, wie sein alter Freund Watson es kaum je erlebt hatte.

»In diesem Fall, mein lieber Sir, sehe ich mich der schmerzlichen Notwendigkeit ausgesetzt, Ihre Verhaftung zu beantragen.«

Lord Cantlemere war sehr verärgert. Etwas vom alten Feuer flakkerte auf seinen bleichen Wangen auf.

»Sie nehmen sich viel heraus, Mr. Holmes. Aus den fünfzig Jahren meiner Amtszeit kann ich mich an keinen ähnlichen Fall erinnern. Ich bin ein vielbeschäftigter Mann, Sir, mit bedeutenden Geschäften betraut, und ich habe weder Zeit noch Geschmack für solche albernen Späße. Ich darf Ihnen offen sagen, Sir, ich bin nie ein Bewunderer Ihrer Fähigkeiten gewesen, war vielmehr immer der Meinung, der Fall wäre in den Händen der Polizei weit besser aufgehoben. Ihr Benehmen bestätigt meine Ansichten. Ich habe die Ehre, Sir, Ihnen einen guten Abend zu wünschen.«

Holmes hatte rasch seinen Platz gewechselt und stand nun zwischen dem Würdenträger und der Tür.

»Einen Augenblick, Sir«, sagte er. »Mit dem Juwel Mazarins tatsächlich zu entfliehen wäre ein weit größeres Vergehen, als ihn nur zeitweilig in Besitz zu haben.«

»Das ist unerhört, Sir! Lassen Sie mich vorbei.«

»Stecken Sie Ihre Hand in die rechte Manteltasche.«

»Was soll das, Sir?«

»Bitte – tun Sie, was ich Ihnen empfehle.«

Einen Augenblick später hielt der verblüffte Peer, blinzelnd und stammelnd, den großen gelben Diamanten Kardinal Mazarins in seiner zitternden Handfläche.

»Was! Was! Wie – was ist das, Mr. Holmes?«

»Schrecklich, Lord Cantlemere, schrecklich!« rief Holmes. »Mein alter Freund hier wird Ihnen erzählen, daß ich die dumme Angewohnheit habe, handfeste Späße zu machen. Und auch, daß ich nie eine Möglichkeit auslasse, Theater zu spielen. Ich nahm mir die Freiheit – ich gebe zu, eine sehr große Freiheit –, den Stein zu Beginn unseres Gesprächs in Ihre Tasche zu stecken.«

Der alte Herr hob den Blick von dem Stein zu Holmes' lächelndem Gesicht.

»Sir, ich bin verwirrt. Aber – doch – das ist tatsächlich der Diamant Mazarins. Wir sind tief in Ihrer Schuld, Mr. Holmes. Ihr Sinn für Humor mag ja, wie Sie selbst zugeben, etwas verschroben sein, und seine Entfaltung erfolgt zu bemerkenswert unpassenden Zeiten, doch schließlich, ich nehme jede Äußerung zurück, die ich über Ihre erstaunlichen beruflichen Fähigkeiten gemacht habe. Aber wie . . .«

»Der Fall ist nur zur Hälfte beendet. Der Rest hat Zeit. Zweifellos wird Sie das Vergnügen, in Ihrem erlauchten Kreis von diesem Erfolg berichten zu können, ein wenig für meinen Scherz entschädigen. Billy, geleite Seine Lordschaft hinaus und sage Mrs. Hudson, ich wäre ihr dankbar, wenn sie so bald wie möglich etwas heraufschicken würde, Dinner für zwei Personen.«

DIE LÖWENMÄHNE

Ein Problem, gewiß so absonderlich und ungewöhnlich wie nur irgendeines während meiner langen Berufslaufbahn, begegnete mir merkwürdigerweise erst nach meinem Rückzug ins Privatleben, ins Refugium meines kleinen Sussexer Heims. Dort gab ich mich ganz jenem wohltuenden Leben in freier Natur hin, nach dem ich mich während vieler Jahre im düsteren London so oft gesehnt hatte; und gerade dort wurde es mir sozusagen vor die Tür gelegt. Zu jener Zeit war der gute Watson fast ganz aus meinem Gesichtskreis entschwunden. Ein Wochenendbesuch ab und an – mehr bekam ich nicht von ihm zu sehen. So muß ich mich schon wieder als mein eigener Chronist betätigen. Ach! wäre er nur bei mir gewesen, wieviel hätte er aus einem so wunderbaren Abenteuer und meinem schließlichen Triumph über jede Schwierigkeit gemacht! Wie es aber nun einmal ist, muß ich notgedrungen diese Geschichte in meiner eigenen einfachen Art erzählen und mit dürren Worten jeden Schritt auf der beschwerlichen Straße festhalten, die vor mir lag, als ich das Rätsel der *Löwenmähne* zu lösen suchte.

Mein Landhaus steht am südlichen Abhang der Downs und hat einen großartigen Ausblick auf den Ärmelkanal. Die ganze Küstenlinie wird hier von Kreidefelsen gebildet, über die nur ein einziger langer und gewundener Pfad, steil und schlüpfrig, hinunterführt. Das Ufer wird selbst bei Flut von einem etwa sechzig Meter breiten Kieselstrand gesäumt. Hier und dort gibt es auch größere Mulden oder Vertiefungen, die sich immer wieder mit frischem Meerwasser füllen und dann ideale Schwimmbecken abgeben. Dieses wundervolle Gestade erstreckt sich über Meilen in jeder Richtung, unterbrochen nur von dem Dörfchen Fulworth mit seiner Bucht.

Mein Haus liegt einsam. Ich, meine alte Haushälterin und meine Bienen, wir haben das ganze Anwesen für uns. Und in der weiteren

Nachbarschaft befindet sich nur Harold Stackhursts bekanntes Lehrinstitut »The Gables«, ein ziemlich großes Besitztum, wo ein paar Dutzend junger Burschen auf verschiedene Berufe vorbereitet werden. Der Leiter, Stackhurst, war zu seiner Zeit ein berühmter Oxford-Ruderer gewesen und ein vorzüglicher Schüler in sämtlichen Fächern. Vom ersten Tag an, da ich mich an der Küste niederließ, fanden wir uns sympathisch. Er war der einzige Mensch dort, mit dem ich auf so freundschaftlichem Fuße stand, daß wir uns des Abends ohne besondere Einladung besuchten.

Ende Juli des Jahres 1907 hatten wir in dieser Gegend einen heftigen Sturm. Orkanartig blies er kanalaufwärts; eine Sturmflut überschwemmte den Küstenstrich bis zu den Riffen hinauf und ließ beim Wechsel der Gezeiten eine Lagune zurück. Am nächsten Morgen hatte sich der Wind gelegt. Die ganze Natur war herzlich erfrischt und blank gewaschen. An einem so wundervollen Tag zu arbeiten, brachte ich schlechterdings nicht fertig. Schon vor dem Frühstück spazierte ich hinaus, die köstliche Luft zu genießen. Ich wanderte den schmalen Klippenweg entlang und hörte hinter mir Rufe. Es war Harold Stackhurst, der mir fröhlich grüßend zuwinkte.

»Was für ein Morgen, Holmes! Ich dachte mir schon, daß ich Sie draußen treffen würde.«

»Sie gehen schwimmen, wie ich sehe.«

»Und Sie wenden schon wieder Ihre alten Tricks an«, antwortete er lachend und schlug sich auf die vollgestopfte Rocktasche. »Ja, McPherson ist schon früh aufgebrochen, ich hoffe ihn hier zu finden.«

Fitzroy McPherson, der Lehrer für Naturwissenschaften, war ein schöner, aufrechter junger Mensch, nur leider in seiner Gesundheit durch einen Herzfehler beeinträchtigt. Aber von Natur ein Athlet, beherrschte er jeden Sport, der ihm keine zu große Anstrengung auferlegte. Sommers wie winters ging er schwimmen, und da ich selbst ein passionierter Schwimmer bin, habe ich mich ihm oft angeschlossen.

Als wir eben von ihm sprachen, sahen wir seinen Kopf auch schon über dem Klippenrand auftauchen. Gleich danach erschien seine ganze Gestalt auf dem Riff. Er wankte wie ein Betrunkener. Und dann warf er seine Hände in die Luft und fiel mit einem furchtbaren Schrei auf sein Gesicht. Stackhurst und ich stürzten zu ihm hin – es waren noch etwa dreißig Meter – und drehten ihn auf den Rücken. Kein Zweifel, er lag im Todeskampf. Die eingefallenen verglasten Augen, die entsetzlich bleichen Wangen – es konnte nichts anderes bedeuten. Für einen kurzen Augenblick flackerte noch einmal Leben auf in seinem Gesicht, und er stieß zwei, drei Worte wie eine Warnung hervor, zwar mehr oder minder nur als ein unartikuliertes Lallen. Aber aus den letzten Silben, die sich ihm wie eine gellende Anklage entrangen, vermochte ich »Löwenmähne« herauszuhören. Es war völlig rätselhaft und undurchsichtig, trotzdem konnte ich den Ausruf in keinen anderen Sinn fassen. Dann bäumte sich sein armer Körper nochmals auf, seine Hände griffen ins Leere. In sich zusammenknickend, fiel er auf eine Seite. Er war tot.

Der furchtbare Schrecken hatte auf meinen Gefährten eine geradezu lähmende Wirkung, während meine Sinne, wie sich denken läßt, aufs äußerste angespannt wurden. Und das erwies sich auch als notwendig, denn es sollte sich gleich herausstellen, daß wir einem ganz außergewöhnlichen Fall gegenüberstanden. Der junge Mann trug lediglich seine Burberry-Jacke, seine Hose und ein Paar Segeltuchschuhe mit offenen Schnürsenkeln. Als er zusammenfiel, rutschte ihm die Jacke, die er nur übergeworfen hatte, von der Schulter und entblößte seinen Oberkörper, den wir bestürzt anstarrten. Der Rücken war mit dunkelroten Striemen bedeckt, als hätte man ihn auf gräßliche Weise mit einer Drahtpeitsche gezüchtigt. Offensichtlich war es ein biegsames Folterwerkzeug gewesen. Denn die langen entzündeten Striemen bogen sich um Schultern und Rippen. Blut tropfte ihm vom Kinn herab, weil er sich im Paroxysmus seines Todeskampfes die Unterlippe durchgebissen hatte. Sein schmerzverzerrtes und verkrampftes Gesicht drückte nur sprechend aus, wie grauenhaft dieser Tod gewesen war.

Ich kniete bei dem Leichnam, und Stackhurst stand daneben, als ein Schatten über uns fiel und wir Levin Murdoch erblickten. Das war der Mathematiklehrer vom College, ein großer, dunkler und sehr hagerer Mensch, so schweigsam und verschlossen, daß niemand behaupten konnte, er sei sein Freund gewesen. Er schien in einer hohen unerreichbaren Region von irrationalen Größen und Kegelschnitten zu leben, wo ihn nur wenig mit dem alltäglichen Dasein verband. Bei den Studenten galt er als Sonderling und wäre sicher zur Zielscheibe ihres Spottes geworden, hätte ihn davor nicht die seltsame fremdländische Mischung in seinem Blut bewahrt. Sie verriet sich nicht nur in seinen kohlschwarzen Augen und der dunklen Hautfarbe, sondern auch in gelegentlichen Temperamentsausbrüchen, die man nur als rasend bezeichnen konnte. Einmal ärgerte er sich derart über das Gekläff des kleinen Hundes von McPherson, daß er das Tier packte und durch die Spiegelglasscheibe zum Fenster hinausschleuderte; eine

Handlung, die vermutlich seine Entlassung nach sich gezogen hätte, wäre sein Unterricht nicht so hervorragend gewesen. Jetzt schien er über das Unglück ehrlich erschüttert, obwohl der Vorfall mit dem Hündchen darauf hinweisen mochte, daß zwischen ihm und dem Toten keine große Sympathie bestanden hatte.

»Armer Kerl, armer Kerl!« flüsterte er. »Was kann ich tun? Wie kann ich helfen?«

»Waren Sie bei ihm? Haben Sie eine Ahnung, was geschehen ist?«

»Nein, nein. Ich bin heute spät aufgestanden. Ich war überhaupt nicht am Strand, komme geradewegs von ›The Gables‹ her. Was kann ich nur tun?«

»Sie können zur Polizeistation in Fulworth laufen und den Unglücksfall melden.«

Ohne ein weiteres Wort zu verlieren, eilte er davon. Ich nahm mich der Sache ebenfalls sofort an, während Stackhurst, noch völlig betäubt, bei der Leiche blieb. Meine erste Aufgabe war natürlich, festzustellen, ob sich jemand am Strand oder sonst in der Nähe aufhielt. Von der höchstgelegenen Stelle des Pfades überblickte ich das ganze Gelände. Mit Ausnahme von zwei oder drei winzigen Silhouetten, die sich in der Ferne auf das Dorf zu bewegten, war es vollkommen verlassen. In dieser Hinsicht beruhigt, ging ich langsam den Pfad entlang, über Lehm- oder weichen, mit Kalk vermischten Mergelboden. Auf- und abwärts begegnete ich immer wieder derselben Fußspur. Es war also noch niemand außer McPherson heute früh hier gegangen. An einer Stelle beobachtete ich den Abdruck einer offenen Hand, mit den Fingern nach unten. Das konnte nur bedeuten, daß der Ärmste hier gestürzt war. Und runde Spuren zeigten an, daß er mehr als einmal auf die Knie fiel. Am Ende des Weges befand sich die Lagune. Dort hatte McPherson sich wohl ausgezogen, denn sein Handtuch lag auf einem Felsen. Es war zusammengefaltet und trocken. Demnach schien er überhaupt gar nicht ins Wasser gegangen zu sein. Aber zweimal stieß ich auf kleine Sandfelder im Kies, wo sowohl der Abdruck des Segeltuchschuhs wie auch der seines nackten Fußes sichtbar wurde. Diese Tatsache bewies, daß er sehr wohl sich zum Baden vorbereitet hatte. Andererseits sprach das unbenutzte Handtuch dagegen, daß er sein Vorhaben auch ausführte.

Und eben darin lag das Problem. Der junge Mann war nicht länger als eine Viertelstunde, höchstens, am Strand gewesen. Denn bald nach seinem Aufbruch von »The Gables« folgte ihm Stackhurst. So konnte darüber kein Zweifel bestehen: Er hatte baden gehen wollen und –

wie die nackten Fußabdrücke zeigten – seine Kleider abgestreift. Dann mußte er sie in großer Hast wieder übergeworfen haben und umgekehrt sein, ohne zu baden oder zumindest ohne sich abzutrocknen. Und der Grund für diese jähe Änderung seiner Absicht war, daß man ihn in unmenschlich grausamer Weise gepeitscht hatte, ja, so gefoltert, daß er in wütendem Schmerz sich eine Lippe durchgebissen hatte und gerade eben nur noch Kraft genug besaß, wegzukriechen und zu sterben. Wer konnte diese barbarische Tat begangen haben? Es gab am Fuße der Klippe zwar kleine Grotten und Höhlen, aber die niedrige Morgensonne schien mitten hinein, und es bot sich hier kein Versteck. Und die Gestalten am anderen Ende? Sie waren doch wohl zu weit weg, um noch mit dem Verbrechen in Verbindung gebracht werden zu können. Überdies lag die breite Lagune, in der McPherson hatte baden wollen, noch dazwischen und plätscherte gegen die Felsen. Auf dem Meer schwammen in nicht allzu großer Entfernung zwei Fischerboote. Natürlich blieb noch die Möglichkeit, die Leute darin zu befragen. Es gab auch noch verschiedene Wege, die man absuchen konnte, aber eigentlich führte keiner zu einem einleuchtenden Ziel.

Als ich schließlich zu dem Toten zurückkehrte, fand ich eine kleine Gruppe von Leuten dort versammelt. Natürlich stand Stackhurst noch dabei. Und Levin Murdoch war gerade mit Anderson, dem Dorfpolizisten, eingetroffen, einem dicken, schnauzbärtigen Mann des ebenso behäbigen wie zuverlässigen Sussexer Schlages, mit viel gesundem Menschenverstand hinter seinem wortkargen Äußeren. Er hörte sich alles, was wir sagten, genau an und machte sich Notizen. Dann zog er mich beiseite.

»Ich wäre für Ihren Rat dankbar, Mr. Holmes. Das hier ist ein schwerer Brocken für mich. Und ich werde von Lewes ganz schön abgekanzelt, wenn ich etwas falsch mache.«

Ich riet ihm, seinen unmittelbaren Vorgesetzten und einen Arzt holen zu lassen. Auch sollte er darauf achten, daß nichts von der Stelle bewegt würde und möglichst wenig Fußabdrücke hinzukämen, bis die beiden da seien. Mittlerweile untersuchte ich die Taschen des Toten. Ich fand sein Taschentuch, ein großes Messer, eine kleine Brieftasche. Aus dieser sah ein Zettel heraus. Ich nahm ihn und reichte ihn dem Polizisten. In dünner, weiblicher Handschrift war darauf gekritzelt: »Ich werde kommen. Du kannst Dich auf mich verlassen, Maudie.« Es hörte sich nach einer Liebesbotschaft an, einem Stelldichein, obgleich das Wann und Wo offenblieb. Anderson tat das Papier wieder in die Brieftasche und steckte diese mit den anderen Gegenständen in die Burberry-Jacke zurück. Da sich sonst kein Beweismaterial mehr bot, wanderte ich heimwärts, um zu frühstücken. Vorher legte ich dem Konstabler noch nahe, das ganze Gelände um die Klippen sorgfältig abzusuchen.

Stackhurst kam eine gute Stunde später zu mir und berichtete, man habe den Toten abgeholt und nach »The Gables« geschafft, wo die Leichenschau gehalten werde. Wie ich erwartete, hatte man in den Kavernen unter den Felsen nichts gefunden. Aber eine andere wichtige Nachricht brachte Stackhurst. Bei Durchsicht der Papiere in McPhersons Schreibtisch hatte er den vertrauten Briefwechsel mit einer gewissen Maud Bellamy, aus Fulworth, sichergestellt. Dadurch war die Identität der Schreiberin jener Notiz ermittelt.

»Diese Briefe hat jetzt die Polizei«, erklärte Harold Stackhurst. »Leider konnte ich sie nicht mit hierhernehmen. Aber zweifellos handelt es sich um ein ernstes Liebesverhältnis. Ich sehe jedoch nicht ein, wie man es mit dem schrecklichen Geschehnis in Verbindung bringen sollte, abgesehen von der Tatsache freilich, daß das Mädchen eine Verabredung mit McPherson hatte.«

»Aber doch wohl kaum an einem Badeteich, der von Ihnen allen regelmäßig aufgesucht wird«, wandte ich ein.

»Ja, es ist reiner Zufall«, erwiderte er, »daß diesmal keine Studenten mit McPherson hingingen.«

»*War* es reiner Zufall?«

Stackhurst runzelte nachdenklich die Stirn. »Murdoch hielt sie zurück«, berichtigte er. »Er bestand darauf, einen algebraischen Beweis noch vor dem Frühstück zu Ende zu führen. Armer Kerl! Das alles hat ihn furchtbar niedergeschlagen.«

»Und doch ist wohl anzunehmen, daß die beiden keine Freunde waren.«

»Nein, eine Zeitlang bestimmt nicht. Aber seit einem Jahr oder noch länger stand Murdoch McPherson sogar ausgesprochen nahe. Er war ihm so zugetan, wie er es mit seinem zugeknöpften Wesen überhaupt nur fertigbringt. Von Natur ist er ja nicht gerade sehr gewinnend.«

»Das kommt mir auch so vor«, versetzte ich. »Meine ich mich doch zu erinnern, daß Sie mir einmal etwas von einem Zwist erzählten, weil er einen Hund mißhandelte?«

»Das wurde aber ganz beigelegt.«

»Könnte es nicht doch irgendein Rachegefühl hinterlassen haben?«

»Nein, nein; ich bin sicher, sie waren wirklich Freunde.«

»Gut, dann müssen wir die Sache mit dem Mädchen untersuchen. Kennen Sie es?«

»Oh, wer kennt Maudie nicht? Sie ist *die* Schönheit der ganzen Gegend. Eine echte Schönheit, Holmes, die überall Aufsehen erregen würde. Ich wußte, daß McPherson sich von ihr angezogen fühlte, hatte jedoch keine Ahnung, daß die Affäre sich so weit entwickelte, wie diese Briefe anzudeuten scheinen.«

»Wer ist sie?«

»Die Tochter des alten Thomas Bellamy, dem alle Boote und Badehütten von Fulworth gehören. Er hat als einfacher Fischer angefangen, ist aber jetzt ein gemachter Mann. Er und sein Sohn William betreiben das Geschäft.«

»Sollten wir sie nicht aufsuchen?«

»Unter welchem Vorwand?«

»Ach, der findet sich leicht. Schließlich hat der arme Mensch sich ja nicht selbst diese gräßlichen Wunden beigebracht. Irgendeines anderen Hand muß schon die Peitsche – oder was es war – geführt haben. Sein Bekanntenkreis in dieser Einöde war sicher beschränkt. Wenn wir ringsum nachforschen, dürften wir sicherlich das Motiv herausfinden und dadurch wiederum auf die Spur des Täters stoßen.«

Es wäre ein ergötzlicher Spaziergang durch die thymianduftenden Downs geworden, hätte die Tragödie, die wir miterleben mußten, nicht unsere Gemüter vergiftet. Das Dorf Fulworth liegt in einer Niederung, die sich im Halbkreis um eine Bucht schmiegt. Hinter dem altertümlichen Weiler waren am Abhang entlang einige moderne Häuser gebaut. Zu einem von diesen führte mich Stackhurst.

»Das ist der ›Hafen‹, wie Bellamy sein Heim genannt hat. Sehen Sie, das dort mit dem Eckturm und dem Schieferdach. Nicht schlecht für einen Mann, der aus dem Nichts heraus angefangen hat . . . Himmel, was sagen Sie dazu?«

Das Gartentor am »Hafen« öffnete sich, und heraus trat ein großer dunkler Mann. Es war kein Irrtum möglich: Diese eckige, abwesende Erscheinung konnte nur die des Mathematikers Murdoch sein. Einen Augenblick später lief er uns auf der Straße in die Arme.

»Hallo!« rief Stackhurst. Der Mann nickte zerstreut, warf uns einen Seitenblick aus seinen merkwürdig finsteren Augen zu und wäre stracks an uns vorbeigelaufen, hätte sein Vorgesetzter ihn nicht angehalten.

»Was haben Sie dort getan?« fragte Stackhurst.

Murdochs Gesicht wurde rot vor Zorn. »Ich bin zwar Ihr Untergebener, Sir, aber ich glaube nicht, daß ich Ihnen Rechenschaft über meine privaten Handlungen schulde.«

Stackhursts Nerven hielten nach all dem, was er durchgemacht hatte, nicht mehr stand. Normalerweise konnte er sich sehr gut beherrschen. Aber jetzt geriet er außer Rand und Band.

»Unter den gegebenen Umständen ist Ihre Antwort eine Unverschämtheit, Mr. Murdoch!« schrie er.

»Und Ihre Frage könnte man vielleicht ganz genauso auffassen«, versetzte der andere in kalter Wut.

»Es ist nicht das erstemal, aber bestimmt das letztemal, daß ich mir Ihr undiszipliniertes Verhalten gefallen lasse. Sie werden die Güte haben, sich so rasch wie möglich nach einer anderen Stellung umzusehen.«

»Das wollte ich ohnehin. Ich habe heute doch den einzigen Menschen verloren, der mir den Aufenthalt in ›The Gables‹ erträglich machte!«

Und damit stürmte er davon, während Stackhurst ihm nachsah. »Ein unmöglicher, ein unerträglicher Mensch!« rief er empört.

Was sich mir dabei aufdrängte, war der Gedanke, daß Levin Murdoch vielleicht nur die erste Gelegenheit ergriff, dem Tatort zu entrinnen. Undeutlich und nebelhaft regte sich etwas wie Argwohn in mir. Vielleicht würde der Besuch bei den Bellamys etwas mehr Licht in die Angelegenheit bringen. Stackhurst riß sich zusammen, und wir gingen auf das Haus zu.

Mr. Bellamy war ein Mann mittleren Alters mit flammend rotem Bart. Er schien in sehr ärgerlicher Gemütsverfassung, denn sein Gesicht war beinahe so rot wie sein Haar.

»Nein, Sir, Einzelheiten interessieren mich nicht«, erklärte er. »Mein Sohn hier« – er wies auf einen mächtigen jungen Burschen mit grobem, verdrießlichem Gesicht – »ist mit mir einer Meinung darüber, daß Mr. McPherson Maud auf beleidigende Weise den Hof gemacht hat. Ja, Sir. Von Heirat war nämlich nie die Rede. Trotzdem gab es Briefe, Stelldicheins und eine ganze Menge anderes, womit keiner von uns einverstanden sein konnte. Sie hat keine Mutter, und wir sind die einzigen, die über sie wachen. Und wir haben beschlossen ...«

Zur Erläuterung seines Beschlusses kam er nicht, denn die Dame selbst war an der Tür erschienen. Nicht zu Unrecht hieß es von ihr, sie wäre die Zierde jeder Gesellschaft gewesen. Wer hätte sich vorgestellt, daß diese seltene Blume aus solcher Wurzel und in solcher Atmosphäre gedeihen könnte? Für mich besaßen Frauen kaum je Anziehungskraft, stets hat mein Verstand mein Herz gelenkt. Aber in dieses ebenmäßige und klargeschnittene Gesicht mit der sanften Frische der Downlands und den zarten Farben konnte selbst ich nicht blicken, ohne zu begreifen, daß jeder junge Mann, der Mauds Weg kreuzte, sich Hals über Kopf in sie verlieben mußte. So viel oder so wenig über das Mädchen, das jetzt gespannt und mit großen Augen vor Harold Stackhurst stand.

»Ich weiß ja schon, daß Fitzroy tot ist«, sagte sie. »Scheuen Sie sich nicht, mir die Einzelheiten mitzuteilen!«

»Der andere Herr hat uns schon davon in Kenntnis gesetzt«, erklärte der Vater.

»Ich sehe nicht ein, warum Maud in die Angelegenheit hineingezogen werden soll«, brummte der jüngere Mann.

Seine Schwester warf ihm einen ungestümen, brennenden Blick zu. »Das ist meine Sache, William! Laß sie mich gefälligst allein zu Ende führen! Hier liegt doch bestimmt ein Verbrechen vor, oder? Wenn ich helfen kann, herauszufinden, wer es auf dem Gewissen hat, ist das doch das mindeste, was ich für ihn noch tun muß.«

Aufmerksam folgte sie dem kurzen Bericht meines Gefährten. Ihre gefaßte Konzentration zeigte mir, daß sie nicht nur große Schönheit, sondern auch einen starken Charakter besaß. Maud Bellamy steht immer als eine vollkommene Erscheinung und höchst bemerkenswerte Frau vor meinem geistigen Auge. Offenbar kannte sie mich schon vom Sehen her, denn zum Schluß wandte sie sich an mich.

»Bringen Sie die Burschen vor Gericht, Mr. Holmes! Sie können mit meiner Hilfe rechnen, wer sie auch sein mögen.« Und mir war, als blickte sie ihren Vater und ihren Bruder herausfordernd an, als sie so sprach.

»Ich danke Ihnen«, sagte ich. »Die Intuition einer Frau weiß ich in solchen Dingen wohl zu schätzen. Sie gebrauchen die Mehrzahl. Demnach nehmen Sie wohl an, daß nicht nur *eine* Person die Schuld trifft?«

»Ich habe Mr. MacPherson gut genug gekannt, um zu wissen, daß er tapfer und stark war. Einer allein hätte es wohl kaum fertiggebracht, ihn derartig zu mißhandeln.«

»Könnte ich Sie einen Augenblick unter vier Augen sprechen?«

»Ich sag' dir eins, Maud, misch dich nicht in diese Angelegenheit!« rief der Vater ärgerlich.

Sie sah mich ratlos an. »Was soll ich machen?«

»Alle Welt wird die Tatsachen bald wissen«, antwortete ich, »so kann ich keinen Schaden anrichten, wenn ich sie hier erörtere. Es wäre mir lieber gewesen, nur mit Ihnen privat darüber zu reden, aber da Ihr Vater es nicht erlauben will, muß er eben an der Unterhaltung teilnehmen.«

Dann sprach ich von dem Zettel, der in der Brieftasche gefunden worden war. »Er wird sicher bei der Untersuchung hervorgeholt. Darf ich Sie bitten, den Inhalt zu erklären, soweit es Ihnen möglich ist?«

»Ich brauche kein Geheimnis daraus zu machen«, antwortete sie. »Wir waren verlobt, behielten es aber vorläufig für uns, weil ein Onkel, der sehr alt ist und im Sterben liegen soll, Fitzroy vielleicht enterbt hätte, wenn der eine Ehe gegen seinen Wunsch eingegangen wäre. Einen anderen Grund hatten wir nicht.«

»Uns hättest du das aber sagen können«, brummelte Mr. Bellamy.

»Ich wollte ja, Vater, aber du warst so dagegen.«

»Ja, ich *habe* was dagegen, wenn meine Tochter mit Männern außerhalb ihres Standes anbändelt.«

»Es war nur dein Vorurteil, und darum haben wir dir nichts gesagt ... Was die Verabredung angeht« – dabei nestelte sie an ihrem Kleid herum und brachte einen zerknitterten Zettel zum Vorschein –, »so war sie die Antwort *darauf*: . . .«

»Liebste«, lautete die Botschaft, *»auf unserem alten Platz am Strand, gleich nach Sonnenuntergang, am Dienstag. Es ist die einzige Zeit, wo ich fortkann. F. M.«*

»Dienstag, das ist heute; heute abend wollten wir uns treffen.«

»Wie haben Sie die Nachricht erhalten? Sie ist bestimmt nicht mit der Post gekommen.«

»Darauf möchte ich lieber nicht antworten. Die Frage hat sicher nichts mit dem Fall, den Sie untersuchen, zu tun. Aber über alles, was damit zusammenhängen könnte, will ich Ihnen gern Auskunft geben.«

Und sie hielt Wort. Trotzdem half uns nichts in unserer Fahndung weiter. Nein, sie glaubte nicht, daß Ihr Bräutigam einen verborgenen Feind gehabt habe. Doch sie gab zu, daß ihr manche Männer stürmisch den Hof machten.

»Darf ich fragen, ob Mr. Levin Murdoch einer von ihnen war?«

Sie errötete und schien verlegen. »Ja, früher war es mir wohl so vorgekommen. Aber das hat sich alles geändert, als er von der Beziehung zwischen Fitzroy und mir hörte.«

Wieder dieser seltsame Mensch! Ja, man mußte seinen Leumund prüfen, seine Zimmer privat durchsuchen. Stackhurst würde hierfür ein williger Mitarbeiter sein. Denn auch in ihm hatte sich Verdacht geregt. Von unserem Besuch im »Hafen« kehrten wir mit der Hoffnung zurück, ein Ende des wirren Knotens in Händen zu haben.

Eine Woche ging vorüber. Bei der Leichenschau war nichts geklärt und die Untersuchung daher bis nach der Auffindung weiteren Beweismaterials vertagt worden. Stackhursts geheime Nachforschungen über seinen Untergebenen sowie eine oberflächliche Durchsuchung von dessen Zimmer blieben ergebnislos. Ich persönlich war nochmals im Geist und in der Tat durch das ganze Gelände gegangen, ohne jedoch zu neuen Schlüssen zu gelangen. Nicht einmal meine berühmte Phantasie war imstande, eine Lösung für dieses Rätsel zu ersinnen. Da kam die Begebenheit mit dem Hund hinzu.

Meine alte Haushälterin hörte davon durch die sonderbare drahtlose Verbindung, mittels deren diese Leute sämtliche Neuigkeiten der Umgegend auskundschaften.

»Traurige Geschichte, was da mit dem Hund von Mr. McPherson passiert ist, Sir«, meinte sie eines Abends seufzend.

»Was ist los mit dem Hund von Mr. McPherson?« fragte ich zurück.

»Tot, Sir. Gestorben vor Kummer um seinen Herrn.«

»Wer hat Ihnen denn das erzählt?«

»Ach, Sir, da spricht doch jeder davon. Er hat schrecklich gejammert und eine Woche lang nichts gefressen, das arme Vieh. Und heute haben ihn zwei junge Leute von ›The Gables‹ tot aufgefunden. Drunten am Strand, Sir, genau an derselben Stelle, wo es auch sein Herrchen erwischt hat.«

An derselben Stelle! Die Worte gruben sich in mein Gedächtnis ein, und irgendwo hatte ich die unbestimmte Empfindung, dies sei wesentlich. Daß der Hund gestorben war, lag in der Natur dieser treuen Wesen. Aber an derselben Stelle! Warum war gerade der einsame Badeplatz auch für ihn verhängnisvoll geworden? Konnte auch er einem Racheplan zum Opfer gefallen sein? Bestand diese Möglichkeit? Ja, die Empfindung war nur sehr vage, aber etwas nahm in meinem Geist Gestalt an. In wenigen Minuten war ich auf dem Weg nach »The Gables«, wo ich Stackhurst in seinem Arbeitszimmer antraf. Auf meine Bitte ließ er Sudbury und Blount, die beiden Studenten, die den Hund gefunden hatten, holen.

»Ja, er lag am Rand des Teiches«, sagte der eine von ihnen. »Er muß der Spur seines toten Herrn gefolgt sein.«

Ich sah das treue kleine Geschöpf, einen Airdaleterrier, draußen auf einer Matte in der Vorhalle liegen. Der Körper war starr und steif, die Augen traten hervor, die Glieder waren verrenkt. Ein böser Todeskampf mußte diese Spuren eingezeichnet haben.

Von »The Gables« wanderte ich zu dem Badetümpel hinab. Die Sonne war schon untergegangen. Schwarz zeichnete sich der Schatten der großen Klippe auf dem Wasser ab, das fahl wie eine Scheibe aus Blei glitzerte. Weit und breit war an diesem verlassenen Ort kein Lebewesen zu sehen außer zwei Möwen, die über mir kreisten und schrien. Im schwindenden Licht konnte ich nur schwach die Spur des Hundes im Sand erkennen, rund um den Felsen, wo seines Herrn Handtuch gelegen hatte. Lange Zeit stand ich tief in Meditation versunken, während die Schatten um mich dunkler und dunkler wurden. In meinem Kopf jagten sich die Gedanken. Man kennt den Alptraum, in dem wir fühlen, wie etwas äußerst Wichtiges, wonach wir suchen und von dessen Vorhandensein wir wissen, sich immer wieder unserer Reichweite entzieht. So erging es mir an jenem Abend, da ich grübelnd am Küstenstrich des Todes stand. Schließlich kehrte ich um und wanderte langsam heimwärts.

Ich hatte gerade den höchsten Punkt des Pfades erreicht, als das, was ich so voller Eifer und doch vergebens zu fassen gesucht, wie ein Blitz in mir aufzuckte. Ihnen allen ist bekannt – oder Watson hätte seine Berichte umsonst geschrieben –, daß ich eine große Sammlung etwas abstruser Kenntnisse besitze, zwar ohne wissenschaftliches System, aber von großem Wert für meine Arbeit. Mein Hirn gleicht einem überfüllten Dachboden, voller Päckchen und Kisten, und es sind so viele, daß ich selbst nur ungefähr ahne, was sich alles dort befindet. Immerhin wußte ich in dem Augenblick, es war etwas darunter, was auf die derzeitige Angelegenheit Bezug haben könnte. Noch hatte ich keine deutliche Vorstellung davon, aber wenigstens war mir klar, wo ich nachsehen mußte. Es schien ungeheuerlich und wenig glaubhaft, aber es war eine Möglichkeit, die ich nicht unerprobt lassen wollte.

In meinem Landhäuschen gibt es einen Speicher, der mit Büchern vollgestopft ist. Darin tauchte ich unter und räumte eine Stunde herum. Mit einem kleinen schokoladebraunen und silbernen Band in der Hand kam ich wieder zum Vorschein. Voller Neugier schlug ich das Kapitel auf, an das ich mich nur noch schwach erinnerte. Ja, es war wirklich eine weit hergeholte und recht unwahrscheinliche Vermutung. Gleichwohl konnte ich keine Ruhe finden, ehe ich mich nicht überzeugt hatte, ob sie stimmte. Spät in der Nacht legte ich mich zum Schlafen nieder in begieriger Erwartung des nächsten Tages.

Doch erfuhr das, was ich mir vorgenommen, eine ärgerliche Unterbrechung. Kaum hatte ich meine frühmorgendliche Tasse Tee hinuntergeschüttet und war im Aufbruch zum Strand begriffen, als mich Inspektor Bardle von der Sussex-Polizeistation aufsuchte. Die Augen des stattlich gebauten, stiernackigen Mannes hefteten sich mit besorgtem Ausdruck auf mich, als er sagte:

»Ich kenne Ihre ungeheure Erfahrung, Sir. Mein Besuch soll ganz unter uns bleiben. Aber aus diesem McPherson-Fall werde ich überhaupt nicht schlau. Die Frage ist, soll ich ihn nun verhaften oder nicht?«

»Sie meinen Mr. Levin Murdoch?«

»Jawohl, Sir. Es ist wirklich sonst niemand da, wenn man's bedenkt. Das hat diese Einöde wieder für sich. Man ist nur auf einen kleinen Bereich beschränkt. Wenn nicht er, wer soll's dann gewesen sein?«

»Auf welche Beweise wollen Sie sich denn stützen?«

Er hatte dieselben unzureichenden Argumente gesammelt wie ich: Murdochs eigenartiger Charakter, das Geheimnis, von dem er umwittert schien. Seine gelegentlichen Wutanfälle, wie sie die Hundeepisode bewies; schließlich die Tatsache, daß er in der Vergangenheit einen Streit mit Mr. McPherson gehabt hatte, aufgrund dessen die Vermutung gerechtfertigt schien, daß er dessen Beziehung zu Miss Bellamy übelnahm. Der Inspektor hatte alle meine Bedenken, aber keinen neuen Verdachtsgrund, außer Murdochs Vorbereitungen zu seiner Abreise.

»Wie stehe ich da, wenn ich ihn entwischen lasse mit all dem Belastungsmaterial, das ich gegen ihn habe?« Den stämmigen Phlegmatiker quälte seine eigene Unschlüssigkeit.

»Ziehen Sie doch einmal alle Lücken Ihres Falles in Betracht«, erwiderte ich. »Sicher kann er ein Alibi für den Morgen des Verbrechens nachweisen. Er war bis zum letzten Augenblick bei seinen Schülern. Und erst einige Minuten nach McPhersons Auftauchen kam er aus der entgegengesetzten Richtung uns nach. Vergegenwärtigen Sie sich auch, daß er unmöglich diesen Gewaltakt allein an einem Menschen verüben konnte, der genauso stark wie er selbst war. Schließlich wirft sich noch die Frage auf, mit welchem Instrument diese Verletzungen hervorgerufen wurden.«

»Was kann es sonst gewesen sein als eine Geißel oder eine Art biegsamer Peitsche?«

»Haben Sie die Striemen untersucht?«

»Ja, ich war dabei, als der Arzt sie angesehen hat.«

»Nun, ich habe sie sorgfältig unter meine Lupe genommen. Sie sind von besonderer Beschaffenheit.«

»Von welcher denn, Mr. Holmes?«

Ich ging zu meinem Schreibtisch und holte eine vergrößerte Fotografie hervor.

»Das ist meine Methode in solchem Fall«, erklärte ich.

»Sie machen wirklich alles sehr gründlich, Mr. Holmes!«

»Ich wäre kaum, was ich bin, wenn ich das nicht täte. Wir wollen uns jetzt diesen Striemen ansehen, der sich um die rechte Schulter zieht. Fällt Ihnen nichts daran auf?«

»Das könnte ich nicht behaupten.«

»Offenkundig ist er doch ungleich in der Stärke. Hier erkennen Sie einen Flecken ausgetretenen Blutes – und hier wieder – und hier. Was hat das zu bedeuten?«

»Ich habe keine Ahnung, Sir, wissen Sie's?«

»Vielleicht – vielleicht auch nicht. Möglicherweise werde ich bald mehr darüber sagen können. Wenn wir erst genauer wissen, was diese Spuren hinterließ, sind wir ein gutes Stück weiter.«

»Natürlich ist es ein abwegiger Einfall«, meinte der Polizist, »aber wenn man ein rotglühendes Drahtnetz über den Rücken gelegt hätte, dann wären diese deutlicher hervortretenden Stellen die Punkte, wo die Maschen sich gekreuzt haben.«

»Ein ausgezeichneter Vergleich! Und was meinen Sie zu einer neunschwänzigen Katze mit kleinen harten Knoten dran*?«

»Donnerwetter, Mr. Holmes, Sie haben den Nagel auf den Kopf getroffen.«

»Aber vielleicht gibt's auch eine ganz andere Ursache, Mr. Bardle. Jedenfalls reicht, was Sie gegen Murdoch vorzubringen haben, für eine Verhaftung nicht aus. Dann sind da ja auch noch die letzten Silben des Sterbenden: ›... Löwenmähne‹.«

»Ich habe mir schon überlegt, ob Levin ...«

»Gewiß; auch ich zog das in Erwägung. Wenn der zweite Teil ir-

* Eine neunschwänzige Peitsche, die u. a. im Gefängnis verwandt wurde.

gendwelche Ähnlichkeit mit ›Murdoch‹ gehabt hätte – aber das hat er nicht. Er stieß es fast wie einen Schrei hervor, und ich bin ganz sicher, es lautete ›Mähne‹.«

»Haben Sie keine Alternative, Mr. Holmes?«

»Vielleicht schon. Aber ich möchte nicht darüber sprechen, ehe ich auf festem Grund bauen kann.«

»Und wann wird das sein?«

»In einer Stunde – womöglich noch früher.«

Der Inspektor rieb sich das Kinn und sandte mir einen zweifelnden Blick zu.

»Ich wollte, ich könnte sehen, was Sie da im Kopf haben, Mr. Holmes. Vielleicht sind's jene Fischerboote?«

»Nein, nein; die waren zu weit draußen.«

»Oder – etwa dieser Bellamy und sein dicker Sohn? Die waren doch Mr. McPherson nicht sehr gewogen. Ob sie ihm einen Streich gespielt haben?«

»Nichts da! Sie holen nichts aus mir heraus, bevor ich nicht fertig bin«, versetzte ich lächelnd. »Nun, aber bis dahin, Inspektor, hat jeder von uns seine eigene Aufgabe. Vielleicht wären Sie so nett, mich hier mittags wieder zu treffen?«

So weit waren wir gediehen, als sich etwas Verblüffendes ereignete, das uns der Lösung förmlich entgegenstieß.

Meine Haustür flog auf, und ich hörte polternde Schritte auf dem Gang. Gleich darauf stolperte bleich, zerzaust, die Kleider in wilder Unordnung, Levin Murdoch ins Zimmer. Mit seinen mageren Händen klammerte er sich an die Möbel, um sich aufrecht zu halten. »Branntwein, Branntwein!« keuchte er und fiel stöhnend aufs Sofa.

Er war nicht allein. Hinter ihm kam Stackhurst, schweratmend, ohne Hut und fast ebenso aufgelöst wie sein Gefährte.

»Jaja, einen Cognac oder etwas dergleichen!« rief er. »Der arme Mensch ist in den letzten Zügen. Ich konnte nicht mehr für ihn tun, als ihn herbringen. Unterwegs wurde er zweimal ohnmächtig.«

Ein halbes Glas starken Branntweins tat erstaunliche Wirkung. Der Kranke stützte sich auf einen Arm und schleuderte die Jacke von seinen Schultern. »Um Gottes willen. Öl, Opium, Morphium!« schrie er. »Irgendwas, um diese Höllenpein zu lindern!«

Der Anblick des nackten Rückens hatte bei dem Inspektor und mir den gleichen bestürzten Ausruf zur Folge. Über die Schulter des Mannes breitete sich netzartig dasselbe unheimliche Muster aus, dessen hochrote entzündete Striemen das Todesmerkmal Fitzroy McPhersons gewesen waren.

Murdoch hatte offensichtlich – und nicht nur an diesen wunden Stellen – furchtbare Schmerzen. Zeitweise setzte sein Atem aus, und sein Gesicht wurde schwarz. Dann griff er laut keuchend nach seinem Herzen, während ihm der Schweiß von der Stirn rann. Immer wieder rang er mit dem Tod. Mehr und mehr Cognac schütteten wir dem Gepeinigten die Kehle hinunter. Jedes frische Glas erweckte ihn nochmals zum Leben. In Salatöl getränkte Wattebäusche schienen die schlimmsten Schmerzen zu lindern. Schließlich fiel sein Kopf schwer auf das Kissen nieder. Die erschöpfte Natur suchte eine letzte Zuflucht: Es war halb Schlaf, halb Ohnmacht. Von dem Leidenden etwas zu erfragen war unmöglich gewesen. Aber im Augenblick, wo wir seinetwegen etwas beruhigter sein durften, wandte Stackhurst sich mir zu.

»Mein Gott!« rief er, »Holmes, was ist es nur?«

»Wo haben Sie ihn gefunden?« fragte ich.

»Drunten am Strand. Genau da, wo es mit dem armen McPherson zu Ende ging. Wenn dieser hier ein schwaches Herz wie Fitzroy gehabt hätte, wäre er jetzt nicht hier. Öfter als einmal habe ich gedacht, es sei um ihn geschehen, als ich ihn heraufbrachte. Bis ›The Gables‹ war es zu weit. Deshalb sind wir zu Ihnen gekommen.«

»Haben Sie gesehen, was er am Strand getan hat?«

»Ich wanderte über die Klippen, als ich seinen Schrei hörte. Wie ein Betrunkener torkelte er am Rand des Teiches entlang. Ich lief hinunter, warf ihm ein paar Kleidungsstücke über und brachte ihn herauf. Um Himmels willen, Holmes, setzen Sie alle verfügbaren Kräfte ein, den Fluch von diesem Ort zu nehmen, denn das Leben ist hier ja unerträglich geworden. Können nicht einmal Sie etwas für uns tun?«

»Doch, ich glaube schon, daß ich es kann, Stackhurst. Kommen Sie mit mir – und Sie auch, Inspektor! Ich will schauen, ob es mir gelingt, Ihnen den Mörder auszuliefern.«

Wir überließen den Bewußtlosen der Obhut meiner Haushälterin und gingen alle drei zu der verhängnisvollen Lagune hinunter. Auf dem Kies lag ein Häufchen aus Kleidungsstücken und Handtüchern, die der Überfallene zurückgelassen hatte. Langsam wanderte ich um den Tümpel herum; meine Kameraden kamen hinter mir her. Der Teich war großenteils ziemlich seicht. Aber unter der Klippe, wo das Ufer sich buchtete, mochte er etwa fünf Fuß tief sein. An diese Stelle würde ein Schwimmer sich natürlich begeben, denn hier war das Wasser durchsichtig grün und klar wie ein Kristall. Unmittelbar an dem felsigen Ufer unter der Klippe entlang führte ich meine Gefährten und starrte mit beharrlicher Aufmerksamkeit in die Tiefe unter mir. Wir hatten eben den tiefsten und stillsten Teil erreicht, als mein Auge erspähte, was es so emsig gesucht, und ich einen Schrei des Triumphes ausstieß. »Cyanea!« rief ich und noch einmal »Cyanea! Sehen Sie sie dort, die Löwenmähne?«

Die seltsame Masse, auf die ich deutete, glich in der Tat einem Haargewirr, das man aus der Mähne eines Löwen gerissen haben konnte. Sie lag auf einer Felsenplatte, etwa drei Fuß unter der Wasserfläche; ein merkwürdig wedelndes, vibrierendes, haariges Lebewesen mit Silberstreifen zwischen den gelben Zotteln. Es pulsierte, indem es sich langsam, schwerfällig ausdehnte und wieder zusammenzog.

»Die Brut hat Unheil genug angerichtet. Ihre Zeit ist um!« rief ich. »Helfen Sie mir, Stackhurst! Wir wollen den Mörder für immer unschädlich machen!«

Unmittelbar an der Kante über dem Felsvorsprung lag ein mächtiger Gesteinsbrocken. Den schoben wir vorwärts, bis er mit ungeheurem Getöse ins Wasser klatschte. Als das Wellengekräusel sich geklärt hatte, sahen wir: Er war auf die Felsenplatte gefallen. Das zuckende Ende eines herausragenden Nesselfadens zeigte an, daß sich unser Opfer darunter befand. Dicker, öliger Schaum trat unter dem Stein hervor und verfärbte das Wasser, während er langsam an die Oberfläche stieg.

»Also, da schlag doch einer lang hin!« rief der Inspektor staunend. »Was war denn das nun, Mr. Holmes? Ich bin hierzulande geboren und aufgewachsen, aber so ein Ding hab' ich noch nie gesehen! Das gehört bestimmt nicht nach Sussex.«

»Ein Glück für Sussex«, bemerkte ich ernst. »Gut möglich, daß es der Südweststurm angeschwemmt hat. Kommen Sie nun beide mit mir nach Hause! Ich will Ihnen die schreckliche Erfahrung eines Menschen weitergeben, dessen Begegnung mit diesem unheimlichen Meeresbewohner für uns so aufschlußreich geworden ist.«

Als wir in meinem Zimmer anlangten, fanden wir Murdoch so weit erholt, daß er sich aufsetzen konnte. Er war aber noch sehr benommen und wurde alle paar Sekunden von krampfartigen Schmerzen geschüttelt. In abgehackten Sätzen erklärte er, keine Erinnerung an das Geschehen zu haben, außer daß ihm plötzlich qualvolle Stiche durch den ganzen Körper gejagt seien und er nur mit Mühe und Not das Ufer wieder erreicht habe.

»Hier ist das Buch«, sagte ich und nahm den kleinen braunen Band zur Hand, »das uns zum erstenmal Einsicht in eine Domäne verschafft, die andernfalls vielleicht heute noch in Dunkel gehüllt wäre. Es heißt ›Draußen‹*, und der große Forscher, der es verfaßte, Wood, wäre beinahe selbst an der Berührung mit dieser niederträchtigen Kreatur zugrunde gegangen. So schreibt er aus eigenster Kenntnis heraus. *Cyanea Capillata* ist der vollständige Name dieses Bösewichts, der so lebensgefährlich werden kann wie die Kobra und weit größere Qualen verursacht. Lassen Sie mich diesen kurzen Auszug hier vorlesen:

›Erblickt der Badende eine lose, rundliche Masse aus lohfarbenen Gliedmaßen und Fibern, etwa einem großen Stück Löwenmähne, mit Silberpapier vermischt, gleichend, so sei er sehr auf der Hut. Es handelt sich nämlich um die furchtbare, giftige Cyanea Capillata!‹ Könnte unsere eklige Bekanntschaft von vorhin zutreffender beschrieben sein? – Er fährt fort, indem er seine eigene Begegnung mit der Meduse schildert, wie er einmal von der Kenter Küste weiter hinausschwamm. Dabei fand er heraus, daß sie fast unsichtbar über eine Entfernung von fünfzehn Metern hinweg Fangfäden aussendet und daß jeder in diesem Umkreis in Todesgefahr schwebt. Sogar in größerer Entfernung wäre die Wirkung für Wood fast tödlich geworden. Hören Sie weiter:

›Die zahlreichen Fäden verursachen dünne scharlachrote Linien auf der Haut, die, wie ich bei genauer Betrachtung feststellte, sich in winzige Pusteln auflösten. Jeder dieser schwärenden Tupfen verursacht einen bohrenden Schmerz, als würden die Nerven von glühenden Nadeln durchstochen.‹

Der örtliche Schmerz war, wie er erklärt, noch das wenigste bei dieser ausgesuchten Folterqual. ›Beklemmungen schossen durch die Brust, die bewirkten, daß ich hinstürzte, als sei ich von einer Kugel getroffen. Der Pulsschlag setzte aus – und dann hüpfte das Herz sechs- oder siebenmal, als wollte es die Kammer sprengen und sich den Weg nach außen erzwingen.‹

Der Vorgang hat ihn beinahe getötet, obwohl er der giftigen Strahlung doch nur im bewegten Ozean und nicht in einem engen stillen Gewässer, wie es unser Badetümpel ist, ausgesetzt war. Er sagt, daß er sich hinterher kaum wiedererkannte, so leichenblaß, runzlig und zerknittert war sein Gesicht. Er goß eine ganze Flasche voll Branntwein

* *Out of Doors* by J. G. Wood.

hinunter, das scheint ihm das Leben gerettet zu haben. Hier, nehmen Sie das Buch, Inspektor. Ich überlasse es Ihnen. Sie werden zweifellos erkennen, daß es die vollständige Erklärung der Tragödie des unglücklichen McPherson enthält.«

»Und beiläufig mich entlastet«, bemerkte Levin Murdoch mit verzerrtem Lächeln. »Ich tadle weder Sie, Inspektor, noch Sie, Mr. Holmes; Ihr Verdacht war nur zu natürlich. Anscheinend habe ich mich am Vorabend meiner Verhaftung nur dadurch rehabilitiert, daß ich das Schicksal meines armen Freundes teilte.«

»Nein, Mr. Murdoch. Ich war bereits auf der richtigen Spur. Und wäre ich so früh unten am Strand gewesen, wie ich ursprünglich beabsichtigte, hätte ich Sie vor diesem schrecklichen Abenteuer bewahren können.«

»Aber wie sind Sie nur auf den Mörder gekommen, Mr Holmes?«

»Ich bin ein allesverschlingender Leser mit einem sonderbar aufmerksamen Gedächtnis für scheinbare Nebensächlichkeiten. Der Ausdruck ›Löwenmähne‹ spukte mir im Kopf herum. Ich wußte, daß ich ihm schon irgendwo begegnet war. Sie haben gesehen, wie richtig er diese Medusenart beschreibt. Zweifellos schwamm sie auf dem Wasser, als McPherson sie erblickte. Und nur durch diese Bezeichnung konnte er die Warnung an uns weitergeben.«

»Dann bin ich wenigstens freigesprochen«, bemerkte Murdoch seufzend und stand langsam auf. »Ich möchte noch zwei, drei erklärende Worte hinzufügen, denn ich weiß ja, in welcher Richtung Ihre Nachforschungen gelaufen sind. Daß ich jene junge Dame geliebt habe, ist die reine Wahrheit. Aber vom Tage an, wo sie sich für meinen Freund McPherson entschied, war in mir nur der Wunsch, ihr zu ihrem Glück zu verhelfen. Ich begnügte mich gern damit, Vermittler zu sein. Oft trug ich ihre Briefe hin und her, denn sie hatten mich ins Vertrauen gezogen. Und da mir Maudie so teuer war, eilte ich, ihr meines Freundes Tod mitzuteilen, ehe ein anderer mir zuvorkäme und dieses in vielleicht harter, herzloser Weise besorgte. Sie wollte Ihnen von unseren Beziehungen nichts sagen, Sir, damit ich nicht unter Ihrer Mißbilligung zu leiden hätte ... Aber mit Ihrer Erlaubnis möchte ich jetzt versuchen, nach ›The Gables‹ zu gelangen, denn mein Bett wird mir jetzt sehr willkommen sein.«

Stackhurst streckte ihm die Hand entgegen. »Unsere Nerven wurden bis zum äußersten angespannt«, sagte er. »Bitte, vergeben Sie mir, was hinter uns liegt. In Zukunft werden wir einander besser verstehen.« Freundschaftlich untergehakt, gingen sie zusammen hinaus.

Der Inspektor blieb und starrte mich schweigend mit seinen Ochsenaugen an.

»Na, da hätten Sie's ja wieder mal geschafft!« rief er schließlich anerkennend aus. »Sicher, man hört ja viel von Ihnen, aber ich habe immer nur das wenigste davon geglaubt . . . Fabelhaft war das!«

Natürlich mußte ich den Kopf schütteln. Derlei Lobpreisungen anzunehmen heißt, sich unter sein eigenes Niveau zu begeben.

»Ich war zu langsam beim Start«, entgegnete ich. »Kaum entschuldbar langsam. Hätte man die Leiche im Wasser gefunden, wäre für mich kaum ein Irrtum möglich gewesen. Das unbenutzte Handtuch brachte mich durcheinander. Der arme Teufel hat überhaupt nicht daran gedacht, sich abzutrocknen. Ich aber verfiel auf den Gedanken, er sei gar nicht im Wasser gewesen. Wie sollte ich also den Angreifer *im Wasser* suchen? Das war's, weshalb ich zunächst fehlging. Lassen wir's gut sein, Inspektor! Wie oft hab' ich es gewagt, euch Herren von der Polizei ein Schnippchen zu schlagen. Nun hätte Cyanea Capillata Scotland Yard um ein Haar an mir gerächt.«

DER LETZTE FALL

Es war der zweite August – der verhängnisvollste zweite August in der Geschichte der Menschheit. Man hätte schon ahnen können, daß Gottes Urteil schwer über einer vorkommenen Welt hing, denn eine quälende Stille, ein Gefühl unbestimmter Erwartung war in der schwül stagnierenden Luft. Die Sonne war längst untergegangen, aber noch lag ein blutroter Fleck wie eine offene Wunde tief am westlichen Horizont. Oben glänzten schon Sterne, unten glitzerten die Lichter der Schiffe in der Bucht. Die beiden Deutschen standen an der steinernen Brustwehr des Gartenwegs, hinter sich das Haus mit dem langen, tief herabhängenden Steildach, und blickten auf die breite Brandung zu Füßen des hohen Kalkfelsens, auf dem von Bork sich, wie ein streifender Adler, vor vier Jahren niedergelassen hatte. Die Köpfe dicht aneinandergerückt, sprachen sie in leisem, vertraulichem Ton. Von unten hätte man die glühenden Enden ihrer Zigarren für die Glutaugen eines bösen Feindes halten können, der ins Dunkel hinabblickt.

Ein bemerkenswerter Mensch, dieser von Bork – es gab kaum seinesgleichen unter allen ergebenen Spionen Kaiser Wilhelms II. Seine Fähigkeiten hatten ihn für England empfohlen, die wichtigste Aufgabe, die es gab; und seit er sie übernommen hatte, waren die paar Leute in der Welt – ein halbes Dutzend etwa –, die wirklich wußten, worum es ging, auf ihn und eben diese Fähigkeiten aufmerksam geworden. Einer davon war sein gegenwärtiger Gefährte, Freiherr von Herling, der Erste Legationssekretär, dessen riesiger 100-PS-Benz den Landweg so lange blockierte, bis sein Eigentümer mit ihm nach London zurückrasen würde.

»Soweit ich die Entwicklung der Ereignisse übersehen kann, kehren Sie vermutlich noch diese Woche nach Berlin zurück«, sagte der Legationssekretär gerade. »Sind Sie erst einmal da, lieber von Bork, wird Sie der Empfang, der auf Sie wartet, überraschen. Habe zufällig gehört, was man im Oberkommando von Ihrer Arbeit hier im Lande hält.« Er war ein Riese, hochgewachsen und breitschultrig, mit einer kehlig schleppenden Sprache, die ihm bei seiner diplomatischen Karriere nicht wenig geholfen hatte.

Von Bork lachte.

»Nicht schwer, diese Leute zu täuschen«, bemerkte er. »Ein freundlicheres, simpleres Volk können Sie sich nicht vorstellen.«

»Weiß nicht so recht«, sagte der andere nachdenklich. »Man stößt da leicht an merkwürdige Grenzen, wenn man nicht aufpaßt. Gerade diese Simpelei an der Oberfläche kann eine Falle sein, in die der Fremde hineintappt. Der erste Eindruck ist Gutmütigkeit von oben bis unten. Und dann, auf einmal, kommt etwas Hartes, wie Stein, eben die Grenze, nicht wahr, und damit muß man sich einrichten. Ihre Inselbräuche zum Beispiel – die muß man einfach einhalten.«

»Was heißen soll ›gute Formen‹ und so weiter?« Von Bork seufzte, als habe er schon beträchtlich darunter gelitten.

»Was heißen soll: britisches Vorurteil, wie sich's nun mal manifestiert. Kann Ihnen ein Beispiel nennen, wie ich selber reingefallen bin – schadet mir nichts, von einem Reinfall zu reden bei Ihnen. Sie kennen ja meine Arbeit gut genug und wissen von meinen Verdiensten. Das war bei meinem ersten Besuch hier auf der Insel. Ein Minister hatte mich zu einem Weekend in sein Landhaus eingeladen. Kleine Gruppe von Freunden. Die Konversation – einfach erstaunlich offenherzig.«

Von Bork nickte. »War selbst da«, sagte er trocken.

»Eben. Na ja, schickte natürlich ein Resümee der Informationen nach Berlin. Unseligerweise hat unser lieber Reichskanzler eine, sagen wir mal, bißchen plumpe Hand in solchen Sachen. Er übermittelte eine Bemerkung, die deutlich zeigte, daß er über die Unterhaltung Bescheid wußte. Na, die Spur führte natürlich direktemang zu mir. Können sich gar nicht vorstellen, was ich deswegen auszustehen hatte. Die Freundlichkeit meiner ehrenwerten Gastgeber – reineweg wie weggeblasen, dürfen Sie mir glauben. Hat mich zwei Jahre gekostet, die Scharte auszuwetzen. Und Sie, mit Ihrer sportlichen Pose?«

»Nein, bitte nennen Sie's nicht eine Pose. Das wäre ja gekünstelt. Ich benehme mich ganz natürlich. Bin ein geborener Sportsmann. Kann nichts dafür, es liegt mir nun mal.«

»Schön, das macht's nur wirkungsvoller. Sie machen Wettsegeln mit ihnen, Sie jagen mit ihnen. Sie spielen Polo, Sie stehen überall Ihren Mann, mit Ihrem Vierspänner sind Sie olympiareif. Habe sogar gehört, daß Sie mit den jungen Offizieren in den Ring steigen. Boxen, lieber Gott! Und das Ergebnis? Kein Mensch nimmt Sie ernst. Sie sind das, was die Leute hier einen ›good old sport‹ nennen, ›für einen Deutschen gar nicht übel‹; ein Kerl, der ordentlich einen hinter die Binde gießt, in Nachtklubs herumstreunt, die Stadt unsicher macht, ein rechter junger Teufelskerl. Und dabei geht von Ihrem friedlichen Landhaus die Hälfte von allem Unheil aus, das über England kommen wird, und der edle Sportler ist der schneidigste Geheimagent, den's in ganz Europa gibt. Sind ein Genie, lieber von Bork – jawoll, ein Genie!«

»Sie schmeicheln, Baron. Immerhin darf ich wohl behaupten, daß meine vier Jahre hier nicht ganz unproduktiv waren. Ich habe Ihnen nie meinen kleinen Vorrat an Schätzen gezeigt. Wie wär's, treten wir einen Moment ein?«

Unmittelbar von der Terrasse aus gelangte man in das Arbeitszimmer. Von Bork stieß die Tür auf und knipste, während er den Weg zeigte, das elektrische Licht an. Dann schloß er die Tür wieder hinter der mächtigen Gestalt, die ihm gefolgt war, und zog sorgsam die schweren Vorhänge vor dem vergitterten Fenster zurecht. Erst nachdem all diese Vorsichtsmaßnahmen und Prüfungen beendet waren, wandte er dem Gast sein sonnengebräuntes Gesicht mit der Adlernase zu.

»Einige meiner Papiere sind schon weg«, sagte er. »Als meine Frau und die Hausangestellten gestern nach Flushing abreisten, nahmen sie die weniger wichtigen mit sich. Für die anderen muß ich natürlich den Schutz der Gesandtschaft anfordern.«

»Ihr Name steht schon auf der Liste der persönlichen Suite. Keine Schwierigkeiten für Sie oder Ihre Sachen. Diplomatengepäck. Kann natürlich auch sein, daß wir gar nicht reisen müssen. Vielleicht läßt England Frankreich allein im Schlamassel, kann ja sein. Wir sind ganz sicher, daß es da keinen absolut bindenden Vertrag zwischen ihnen gibt.«

»Und Belgien?«

»Belgien desgleichen.«

Von Bork schüttelte den Kopf. »Das will mir nicht einleuchten. Es gibt einen festen Vertrag. England könnte sich von einer solchen Demütigung nie wieder erholen.«

»Wenigstens hätte es für den Augenblick Frieden.«

»Und seine Ehre?«

»Gott, lieber Herr, wir leben in einem utilitaristischen Zeitalter.

Ehre ist eine mittelalterliche Vorstellung, diese wenigstens. Außerdem, England ist nicht kriegsbereit. Kaum zu glauben, nicht wahr, aber selbst unsere Sondersteuer für das Heer, fünfzig Millionen Goldmark, hat diese Leute hier nicht aus dem Schlummer geweckt; dabei könnten wir ebenso auf der ersten Seite der *Times* annoncieren, was wir vorhaben. Ja, hier und da hört man mal 'ne Frage. Meine Sache, gut darauf zu antworten. Hier und da gibt's auch irgendeine Aufregung. Meine Sache, die zu glätten. Aber da können Sie Gift drauf nehmen: Was die wesentlichen Schritte betrifft – Schaffung von Munitionsdepots, Vorbereitung auf den U-Boot-Krieg, technische Verbesserung der Geschosse und so weiter –, alles gleich Null. Wie soll England denn eigentlich loslegen, sagen Sie mal, wo wir ihnen auch noch diesen höllischen Bürgerkrieg mit Irland zusammengebraut haben, unter anderem wohlbemerkt? Haben ganz unbedingt im eigenen Land genug zu tun.«

»Englands Zukunft steht immerhin auf dem Spiel.«

»Ach, das ist etwas anderes. Ich glaube, wir haben da unsere sehr bestimmten Pläne mit Englands Zukunft, und dabei werden Ihre Informationen uns zustatten kommen. Heute oder morgen, heißt's für Mr. John Bull. Wenn ihm heute lieber ist, bitte, wir sind gerüstet. Zieht er morgen vor, um so besser. Könnte mir denken, daß es klüger für die Leute wäre, zusammen mit Verbündeten loszuschlagen als ohne, aber das ist ihre eigene Sache. Jedenfalls, jetzt haben sie ihre Schicksalswoche. Doch Sie sprachen gerade von Ihren Aufzeichnungen.« Und er setzte sich in den Lehnsessel, das Licht schimmerte auf seinem breiten kahlen Schädel, ruhig zog er an seiner Zigarre.

Am Ende des großen, holzgetäfelten Raums mit den zahllosen Bücherreihen an den Wänden hing ein Vorhang herab, der, jetzt beiseite geschoben, einen stark gesicherten Safe enthüllte. Von Bork löste einen kleinen Schlüssel von seiner Uhrkette, und nachdem er sich eine Weile mit dem Schloß beschäftigt hatte, schwang die schwere Tür auf.

»Sehen Sie!« sagte er und trat mit einer deutenden Armbewegung beiseite.

Das Licht fiel voll in den geöffneten Panzerschrank, und mit intensivem Interesse blickte der Legationssekretär auf die Reihen von Fächern, die darin angebracht waren. Über jedem klebte ein Schild, und als seine Augen daran entlangglitten, las er Titel wie diese: »Untiefen«, »Hafenverteidigungen«, »Luftstreitkräfte«, »Irland‹, »Ägypten«, »Portsmouth«, »Befestigungsanlagen«, »Ärmelkanal« und so weiter. Jedes Fach war vollgestopft mit Karten und Schriftstücken.

»Kolossal!« sagte der Diplomat. Er legte sogar die Zigarre ab und klatschte leise Beifall mit seinen weichgepolsterten Händen.

»Das Ergebnis von vier Jahren, Baron. Nicht ganz schlecht für einen Landjunker, der scheinbar nichts im Sinn hat als Trinken und Reiten, wie? Aber das Juwel der Sammlung steht noch aus. Hier soll es hinein!« Und er wies auf ein Fach, über dem »Schiffssignale« stand.

»Aber da steht doch schon allerhand.«

»Überholt, reif für den Papierkorb. Irgendwie hat die Admiralität Wind bekommen, jeder Code ist geändert. Ein harter Schlag, Baron – der größte Rückschlag in meiner Kampagne. Doch dank meinem Scheckbuch und meinem guten Altamont wird die Scharte noch heute nacht ausgewetzt.«

Der Freiherr sah auf seine Uhr und stieß einen Laut der Enttäuschung aus. »Ich kann wahrhaftig nicht länger warten. Können sich ja vorstellen, daß die Dinge in Carlton Terrace jetzt in Bewegung sind und wir alle auf unserem Posten sein müssen. Ich hatte doch sehr gehofft, die Neuigkeit von Ihrem großen Coup mitbringen zu können. Hat Altamont keine genaue Zeit genannt?«

Von Bork schob ihm eine Telegramm zu: EINTREFFE UNBEDINGT HEUTE ABEND MIT NEUEN ZÜNDKERZEN STOP ALTAMONT.

»Zündkerzen, wie?«

»Sehen Sie, er gibt sich gern als Motorexperte, und ich habe auch eine volle Garage. In unserem Code wird alles, was uns interessieren könnte, mit einem Ersatzteil bezeichnet. Wenn er von der Kühlerhaube spricht, meint er ein Linienschiff, die Ölpumpe ist ein Panzerkreuzer und so weiter. Zündkerzen sind geheime Schiffssignale.«

»Das Telegramm wurde mittags in Portsmouth aufgegeben«, sagte der Legationssekretär mit einem Blick auf das Papier. »Was ich Sie übrigens noch fragen wollte: Wieviel zahlen Sie ihm?«

»Fünfhundert Pfund für diese spezielle Aufgabe. Davon abgesehen hat er natürlich ein Fixum.«

»Der gierige Gauner. Sind ja brauchbar, diese Vaterlandsverräter, aber ich gönne ihnen ihr Blutgeld nicht so recht.«

»Ich gönne ihm alles, was er will. Altamont ist ein wunderbarer Mitarbeiter. Wenn ich ihn auch gut bezahle, er liefert wenigstens die Waren ab, um seine eigenen Worte zu benutzen. Außerdem ist er im Grunde kein Verräter. Ich kann Ihnen versichern, unser alldeutschester Junker ist ein gurrendes Täubchen in seinen Gefühlen England gegenüber, verglichen mit einem verbitterten irischen Amerikaner.«

»Oh, halb Ire, halb Amerikaner?«

»Wenn Sie ihn reden hören, zweifeln Sie nicht daran. Manchmal, tatsächlich, kann ich ihn kaum verstehen. Scheint dem Englisch des Königs ebenso den Krieg erklärt zu haben wie dem englischen König. Müssen Sie wirklich schon gehen? Er dürfte jeden Augenblick hier sein.«

»Nein, bedaure sehr. Habe mich schon erheblich verspätet. Wir erwarten Sie morgen früh, und wenn Sie dann die Codeschlüssel über die Gangway an Bord des Duke of York gebracht haben, können Sie einen triumphalen Schlußpunkt unter Ihre englische Tätigkeit setzen. Was? Tokayer?« Und er wies auf eine dick versiegelte, staubige Flasche, die mit zwei Gläsern auf einem Präsentierteller stand.

»Darf ich Ihnen ein Glas anbieten, auf den Weg sozusagen?«

»Danke ergebenst. Aber sieht ja wie reine Zauberei aus.«

»Altamont ist ein beachtlicher Weinkenner, für meinen Tokayer hat er besonders viel übrig. Ist ein empfindlicher Bursche, man muß ihn manchmal mit solch kleinen Annehmlichkeiten bei Laune erhalten. Will studiert sein, der Herr.«

Unterdem waren sie wieder auf die Terrasse hinausgetreten und an ihr entlang bis dorthin geschritten, wo der große Wagen des Freiherrn, vom Chauffeur in Gang gebracht, zitterte und brummte. »Das da hinten sind wohl die Lichter von Harwich, wie?« fragte der Diplomat, während er seinen Staubmantel überwarf. »Wie ruhig und friedlich das alles scheint. Wird möglicherweise andere Lichter geben, im Lauf der Woche, und aus der englischen Küste nicht gerade ein Ruhekissen machen. Nicht mal der Himmel wird so freundlich bleiben, wenn sich die Dinge entwickeln, wie unser guter Graf Zeppelin sie voraussagt. Übrigens, wer ist denn das?«

Nur ein Zimmer hinter ihnen war erleuchtet; man sah eine Lampe, und daneben, an einem Tisch, das liebe, rotbackige Gesicht einer alten Frau unter einer Bäuerinnenhaube. Sie saß über eine Häkelarbeit gebeugt und unterbrach sich nur ab und an, um eine große schwarze Katze zu streicheln, die neben ihr auf einem Schemel kauerte.

»Das ist Martha, die einzige Magd, die ich noch behalten habe.«

Der Legationssekretär kicherte. »Geradezu eine Verkörperung von Old Britannia selbst«, sagte er, »wie sie da in sich versunken hockt, auf dem Gesicht schon den Ausdruck behaglichen Schlummers. Na ja, au revoir, von Bork!« Mit einem letzten Winken sprang er in den Wagen, und einen Augenblick später durchbrachen seine beiden goldenen Scheinwerfer die Dunkelheit. Der Legationssekretär lehnte sich in das Polster der Luxuslimousine zurück, und seine Gedanken waren während der Fahrt so fest in die Tragödie verstrickt, die über Europa hing, daß er vermutlich übersah, wie ein kleiner Ford ihnen entgegenkam und beinahe unter die Räder des großen Wagens geraten wäre.

Als die Rücklichter seines Gastes in der Ferne verschwunden waren, schlenderte von Bork zum Arbeitszimmer zurück. Seine alte Haushälterin, so bemerkte er im Vorübergehen, hatte ihr Licht ebenfalls gelöscht und sich zurückgezogen. Eine neue Erfahrung war das für ihn, die Stille und Dunkelheit des weitläufigen Hauses, denn er war an eine große Familie und einen geräuschvollen Haushalt gewöhnt. Doch der Gedanke beruhigte ihn, daß sie alle sich in Sicherheit befanden. Bis auf die alte Frau war er allein unter diesem Dach. Im Arbeitszimmer gab es allerlei aufzuräumen und zu beseitigen; er tat es am besten selbst, und es dauerte nicht lange, bis sein hübsches Gesicht von den Flammen glühte, als er diese und jene Papiere verbrannte. Neben dem Tisch stand ein Lederkoffer, in den er nun sorgfältig und systematisch den kostbaren Inhalt seines Safes verstaute. Doch er hatte noch kaum mit dieser Tätigkeit begonnen, als seine scharfen Ohren das Geräusch eines sich nähernden Wagens auffingen. Mit einem Ausruf der Befriedigung klappte er den Koffer wieder zu, schloß die Tür des Panzerschranks und sicherte sie, dann lief er hinaus auf die Terrasse. Er kam gerade rechtzeitig und sah, wie das kleine Auto am Gitter hielt. Ein Reisender sprang heraus und schritt rasch auf ihn zu, während der Chauffeur, ein breitschultriger älterer Mann mit grauem Schnurrbart, es sich bequem machte, offenbar gefaßt auf eine längere Wartezeit.

»Nun?« fragte von Bork begierig, indem er seinem Besucher entgegenging.

Als Antwort schwenkte der Mann ein bräunliches Päckchen triumphierend über seinem Kopf.

»Sie können mir gratulieren, Mister«, rief er. »Ich habe endlich den Vogel abgeschossen.«

»Der Codeschlüssel?«

»Genau wie ich Ihnen telegrafierte. Alle miteinander, die letzten frischesten Flaggensignale, Blinkzeichen, Morsecode – eine Kopie natürlich, verstehen Sie, nicht etwa das Original. Das wäre denn doch zu gefährlich, selbst für kürzeste Zeit. Aber es ist die richtige Ware, da können Sie darauf schwören.« Er schlug dem Deutschen kräftig auf die Schulter, eine Familiarität, vor der dieser zurückwich.

»Kommen Sie herein«, sagte von Bork knapp. »Ich bin allein im

Haus. Habe nur noch auf dies hier gewartet. Selbstverständlich ist eine Kopie besser als das Original. Wenn das fehlte, würde man's schnell entdecken – und alles wäre umsonst. Und bei der Kopie – Sie sind sicher, daß keine Gefahr besteht?«

Der irische Amerikaner hatte seine langen Glieder im Lehnstuhl ausgestreckt. Es war ein großer, hagerer Mann von sechzig Jahren mit klar geschnittenen Zügen und einem Ziegenbärtchen, das ihm eine gewisse Ähnlichkeit mit den Karikaturen von Onkel Sam gab. Eine halbgerauchte, aufgeweichte Zigarre hing ihm aus dem Mundwinkel; jetzt strich er ein Streichholz an und brachte sie wieder zum Glühen. »Kleiner Umzug, wie?« bemerkte er, während er sich im Zimmer umsah. Und als seine Augen auf den Panzerschrank fielen, von dem der Vorhang noch immer weggezogen war, fügte er hinzu: »Sagen Sie, Mister, wollen Sie mir erzählen, daß Sie Ihre Papiere da drin aufheben?«

»Warum nicht?«

»Himmelkreuz, in einem gähnend offenen Dings wie dem da! Und dabei riecht mancher an Ihnen den Spion. Na, ein Gauner aus den Staaten käme da mit einem Büchsenöffner rein. Hätte ich gewußt, daß meine Nachrichten offen in solch einem Schrank herumliegen, wäre ich nicht so dusselig gewesen, Ihnen überhaupt zu schreiben.«

»Würde jedem Gauner allerlei Kopfzerbrechen machen, das ›Dings‹ zu knacken«, erklärte von Bork. »Es gibt kein Werkzeug, mit dem Sie dieses Metall aufschneiden können.«

»Aber das Schloß?«

»Auch nicht: doppelte Kombination. Sie wissen, was das ist?«

»Schießen Sie los«, sagte der Amerikaner.

»Nun, man braucht ein bestimmtes Wort und dazu eine Zusammenstellung von Zahlen, ehe das Schloß sich öffnen läßt.« Er stand auf und zeigte dem Gast einen zweifachen drehbaren Ring um das Schlüsselloch. »Dieser äußere ist für die Buchstaben, der innere für die Ziffern.«

»Well, well, großartig.«

»Also doch nicht ganz so simpel, wie Sie dachten. Ich habe die Kombination vor vier Jahren machen lassen, und was meinen Sie, welches Wort und welche Zahl ich gewählt habe?«

»Keinen Schimmer.«

»Nun, das Wort ist August und die Zahl 1914. Genau da sind wir heute angekommen.«

Das Gesicht des Amerikaners spiegelte seine Verblüffung, ja Bewunderung.

»Smart, Donnerwetter, haarfein ausgedacht.«

»Ja, ein paar von uns hätten schon damals auf das Datum tippen können. Sehen Sie, es ist soweit, und morgen breche ich meine Zelte ab.«

»Schön, aber ich schätze, Sie müssen auch mich unterbringen. Ich möchte nicht gerade allein in diesem verflixten Land zurückbleiben. Wenn ich überhaupt noch Augen im Kopf habe, wird John Bull spätestens in einer Woche auf den Hinterpfoten hocken und ein Löwengebrüll anstimmen. Das seh' ich mir lieber übers Wasser hin an.«

»Aber Sie sind doch amerikanischer Staatsbürger?«

»Jack James war auch Amerikaner, trotzdem sitzt er in Portland seine Zeit ab. Das bringt einen britischen Bullen auch nicht aus der Ruhe, wenn Sie ihm erzählen, Sie seien amerikanischer Bürger. ›Hier herrscht britisches Gesetz und britische Ordnung‹, sagt er bloß. Bei der Gelegenheit, Mister, da wir gerade von Jack James reden, es sieht nicht so aus, als ob Sie sich etwas abbrechen, um Ihre Leute zu decken.«

»Was meinen Sie damit?« fragte von Bork scharf.

»Sie sind doch ihr Auftraggeber, oder? Ein Boss muß aufpassen, daß seine Männer nicht hereinfallen. Aber genau das tun Sie nicht. Und wann haben Sie je einen wieder auf die Füße gebracht? Da ist mal James –«

»Es war James' eigene Schuld. Das wissen Sie selbst. Hatte einen zu eigenen Kopf für diesen Job.«

»James war ein Eisenschädel, gut, das geb' ich zu. Aber wie steht's mit Hollis?«

»Ein Irrer.«

»Schön, er wurde ein bißchen kribbelig gegen Ende. Kann einen Mann auch fertigmachen, wenn er von morgens bis abends seine Rolle spielen muß, und hundert Jungens brennen darauf, den Bullen seine Spur zu zeigen. Aber schließlich, da hätten wir noch Steiner . . .«

Von Bork fuhr heftig auf, und sein rötliches Gesicht wurde um einen Schatten blasser.

»Was ist mit Steiner?«

»Sie haben ihn, das ist's. Seine Vorratskammer flog gestern nacht auf, er und seine Papiere sind hinter Gitter in Portsmouth, wenn ich mal so sagen darf. Sie hauen ab, und er, der arme Teufel, muß seine Sache allein durchstehen, kann noch von Glück sagen, wenn er den Kopf rettet. Darum liegt mir daran, übers Wasser zu dampfen, sobald Sie's auch tun.«

Von Bork war ein kräftiger Mann voll Selbstbeherrschung, doch jetzt ließ sich nicht übersehen, daß die Nachricht ihn getroffen hatte.

»Wie sind sie auf Steiner gekommen? Wie war das möglich?« murmelte er. »Das ist bis jetzt der schwerste Schlag.«

»Well, Sie hätten beinahe einen noch härteren einstecken müssen, denn ich glaube, auch mir ist man dicht auf der Pelle.«

»Das kann nicht Ihr Ernst sein!«

»Eisern. Meine Wirtin am Fratton Way mußte ein paar Fragen beantworten, und als ich das spitzkriegte, war's Zeit für mich, einzupakken. Aber was ich gern wüßte, Mister: Woher wissen die Bobbys das? Steiner ist jetzt der fünfte, den Sie verloren haben, seit wir beide uns einig wurden. Und ich kann Ihnen den Namen des sechsten verraten, wenn ich mich nicht beeile. Wie erklären Sie das? Und schämen Sie sich nicht, wenn Ihre Männer auf den Leim gehen wie die Fliegen?«

Von Bork wurde puterrot. »Wie können Sie es wagen, so mit mir zu reden!«

»Wenn ich nicht dies und das wagte, Mister, wäre ich nicht in Ihrem Dienst. Ich werde Ihnen genau erzählen, was in meinem Kopf vorgeht. Habe mal gehört, daß ihr deutschen Politiker einem Agenten nicht gerade eine Träne nachweint, wenn er seine Arbeit erledigt hat und dann geschnappt wird.«

Von Bork sprang auf.

»Wollen Sie andeuten, ich hätte meine eigenen Agenten dem Feind in die Hände gespielt?«

»Nicht unbedingt, Mister, aber es gibt da Sachen, die einem nicht hasenrein vorkommen, und es ist Ihre Angelegenheit, da Licht hineinzubringen. Was mich betrifft, ich riskiere nichts mehr. Auf nach dem lieben kleinen Holland, heißt's für mich, und das je eher, desto besser.«

Von Bork hatte seinen Zorn bezwungen.

»Wir waren zu lange Verbündete, um jetzt in der Stunde des Sieges zu streiten«, sagte er. »Sie haben glänzende Arbeit geleistet und allerlei auf sich genommen, ich vergesse das nicht. Meinetwegen fahren Sie nach Holland, und dann können Sie einen Dampfer von Rotterdam nach New York nehmen. Keine andere Linie wird noch sicher sein – in ein paar Tagen. Geben Sie mir die Code-Entschlüsselung, und ich pack' sie mit dem übrigen ein.«

Der Amerikaner hielt das Päckchen in den Händen, rührte sich aber nicht.

»Und was ist mit den Mäusen?«

»Den was?«

»Den Piepen. Dem Honorar. Den fünfhundert Pfund. Der Unterleutnant wurde zum Schluß ziemlich ungemütlich, ich mußte ihn noch einmal mit hundert Dollar extra schmieren, sonst wär's nitschewo für Sie und mich. ›Nichts zu machen‹, sagte er, meinte es auch so, aber die letzten hundert kriegten ihn doch noch rum. Hat mich selbst im ganzen zweihundert Pfund gekostet, also ist nicht einzusehen, warum ich die Ware abliefern soll ohne Bezahlung.«

Von Bork lächelte etwas bitter. »Sie scheinen keine sehr hohe Meinung von meinem Ehrgefühl zu haben«, sagte er. »Sie wollen das Geld, ehe Sie noch die Aufzeichnungen überreichen.«

»Nun, Mister, ein rein geschäftlicher Vorschlag.«

»In Ordnung, Sie sollen Ihren Willen haben.« Er ließ sich am Tisch nieder und kritzelte etwas auf einen Scheck, den er dann aus dem Heftchen riß, seinem Besucher aber noch nicht übergab. »Immerhin, da wir nun so miteinander stehen, Herr Altamont«, sagte er, »sehe ich nicht ein, warum ich Ihnen mehr trauen soll als Sie mir. Sie verstehen?« Und er blickte über seine Schulter zurück nach dem Amerikaner. »Da ist der Scheck, auf dem Tisch. Ich nehme mir das Recht, Ihr Päckchen zu prüfen, bevor Sie Ihr Geld bekommen.«

Der Amerikaner gab ihm wortlos das kleine Paket. Von Bork löste die Verschnürung und entfernte zwei Stück Packpapier. Dann saß er mit starrem, staunendem Blick vor einem kleinen blauen Buch. Auf dem Umschlag stand in Goldbuchstaben: *Praktisches Handbuch der Bienenzucht*. Doch nur einen einzigen Blick konnte der Meisterspion auf diesen merkwürdig unpassenden Titel werfen. Dann spürte er im Nacken einen eisernen Griff, und vor sein zuckendes Gesicht schob sich ein Schwamm, der durch und durch mit Chloroform getränkt war.

»Noch ein Glas, Watson!« sagte Sherlock Holmes und hob die Flasche mit dem kaiserlichen Tokayer.

Der untersetzte Chauffeur, der am Tisch Platz genommen hatte, schob ihm, nicht ohne Eilfertigkeit, sein Glas zu. »Ein guter Tropfen, Holmes«, sagte er.

»Ein bemerkenswerter Wein, Watson. Unser Freund dort auf dem Sofa hat mir versichert, daß er aus Franz Josephs Raritätenkabinett im Keller von Schönbrunn stammt. Würdest du die Güte haben, das Fenster zu öffnen? Chloroformgeruch kontaminiert die Blume.«

Der Panzerschrank stand weitgeöffnet im Raum, und Holmes mühte sich damit ab, ein Aktenstück nach dem anderen schnell zu prüfen und dann in von Borks Koffer zu verstauen. Der Deutsche lag auf dem Sofa in festem Schlaf, eine Fessel um die Oberarme und eine andere um die Beine.

»Es eilt nicht, Watson. Wir brauchen keine Störung zu fürchten. Würde es dir etwas ausmachen, zu klingeln? Niemand ist im Haus außer Martha, die ihre Rolle bewundernswert gespielt hat. Ich verschaffte ihr diese gute Stellung hier, als ich die ganze Angelegenheit seinerzeit aufgriff. Ah, Martha! Sie werden sich freuen zu hören, daß alles in Ordnung ist.«

Die freundliche alte Frau war auf der Türschwelle erschienen. Lächelnd begrüßte sie Holmes mit einem Knicks, die Gestalt auf dem Sofa jedoch beobachtete sie etwas ängstlich.

»Schon gut, Martha. Ihm ist kein Haar gekrümmt worden.«

»Das beruhigt mich, Mr. Holmes. Alles in allem war er ein sehr freundlicher Arbeitgeber. Er wollte mich gestern mit seiner Frau nach Deutschland schicken, aber das hätte wohl nicht gut mit Ihren Plänen übereingestimmt, nicht wahr, Sir?«

»Nein, wirklich nicht, Martha. Solange Sie hier waren, fühlte ich mich wohl in meiner Haut. Wir haben heute nacht eine ganze Weile auf Ihr Zeichen gewartet.«

»Es war der Herr Sekretär, Sir.«

»Weiß schon. Wir begegneten seinem Wagen.«

»Ich dacht' schon, er wollte nie mehr aufbrechen. Und das hätte Ihnen auch nicht gepaßt, Sir, nicht wahr, wenn Sie ihn hier noch angetroffen hätten.«

»Nein, gewiß nicht. Nun, mehr als eine halbe Stunde hat es schließlich nicht gedauert, bis wir sahen, wie Ihre Lampe ausging, und wußten, daß die Luft rein war. Kommen Sie doch bitte morgen in London zu mir, Martha, ins Claridge Hotel.«

»Sehr wohl, Sir.«

»Ich nehme an, Sie haben alles soweit vorbereitet und können sofort aufbrechen?«

»Ja, Sir. Heute hat er sieben Briefe zur Post gegeben. Ich habe mir wie gewöhnlich die Adressen aufgeschrieben.«

»Ausgezeichnet, Martha. Ich seh' sie mir morgen durch. Gute Nacht.« Und als die Alte verschwunden war, fuhr er fort: »Diese Papiere sind nicht so ungemein wichtig, natürlich nicht, denn die Informationen, die man daraus gewinnt, hat von Bork längst der deutschen Regierung übermittelt. Dies hier sind die Originalberichte der Agenten und ähnliche Dokumente. Man konnte sie nicht ohne Gefahr aus dem Lande bringen.«

»Dann sind sie doch jetzt ganz wertlos.«

»Soweit würde ich nicht gehen, Watson. Zumindest können sie unseren Leuten zeigen, was drüben bekannt ist und was nicht. Ich darf behaupten, daß ein großer Teil dieser Papiere durch meine Hände gegangen ist, und was man daraus entnommen hat, ist freilich höchst irreführend, das brauche ich dir nicht erst zu versichern. Es würde zur Verklärung meiner alten Tage beitragen, wenn ein deutscher Kanzler das Meer nach jenen Seekarten durchpflügen wollte, in die ich die von Minen verseuchten Gebiete eingetragen habe. Aber nun zu dir, Watson!« Damit unterbrach er sich in seiner Tätigkeit und packte den alten Freund bei den Schultern: »Ich habe dich noch gar nicht richtig bei Licht betrachtet. Hat der Zahn der Zeit dich benagt? Nein, du bist derselbe rosig strahlende Knabe wie immer.«

»Ich fühle mich zwanzig Jahre jünger, Holmes. Selten hat mich etwas so erfreut wie dein Telegramm, das mich mit dem Wagen nach Harwich rief. Und du, Holmes – du hast dich auch wenig verändert – bis auf diesen gräßlichen Ziegenbart.«

»Ein Opfer, das ich dem Vaterland bringen mußte, Watson«, sagte Holmes und zupfte an dem kleinen Haarbüschel. »Morgen ist das nur noch ein Alptraum der Erinnerung. Hab' ich mir erst die Haare schneiden und ein paar andere oberflächliche Änderungen vornehmen lassen, halte ich im Claridge meinen Einzug in der Schale, die ich trug, ehe ich mich auf diesen amerikanischen Sch ... – entschuldige, Watson, mein Englisch scheint tatsächlich etwas angekränkelt –, ehe ich diese amerikanische Aufgabe übernahm.«

»Aber du hattest dich doch völlig zurückgezogen, Holmes. Wir hörten nur, du wärest ein Einsiedler geworden, umschwirrt von seinen Bienen, umgeben von seinen Büchern, in einem kleinen Landhaus Südenglands.«

»Ganz richtig. Und dies ist die Frucht meiner Mußestunden, das *magnum opus* meiner reifen Jahre!« Er nahm den kleinen Band vom Tisch und las den vollständigen Titel vor: *Praktisches Handbuch der Bienenzucht, mit zusätzlichen Anmerkungen über die Absonderung der Königin*. Von mir geschrieben. Bescheiden nah' ich dir, dies Buch zu bringen, und nenn' es in gewissem Sinne mein. Ich beobachtete die arbeitsamen kleinen Banden, wie ich einst die großen der Londoner Unterwelt zu beobachten pflegte. Das ist das Ergebnis.«

»Und wie kamst du auf deine alte Arbeit zurück?«

»Darüber wunderte ich mich selbst am meisten. Dem Außenminister allein hätte ich vielleicht widerstanden, als aber auch der Premierminister mein bescheidenes Haus mit seinem Besuch ehrte . . .! Tatsache ist, Watson, daß jener Herr auf dem Sofa ein bißchen zu gut für unsere Leute war. Große Klasse, durchaus. Vieles ging schief, es wurde immer schlimmer, und niemand begriff, warum. Man verdächtigte Agenten, verhaftete sogar einige, aber hinter all dem stand offenbar eine unentdeckte, starke Zentrale. Die mußte aufgedeckt werden. Da hat man mich eben in die Zange genommen. Es hat mich zwei Jahre gekostet, Watson. Immerhin waren sie nicht ganz uninteressant. Ich begann meine Pilgerschaft in Chicago, wurde in Buffalo Mitglied eines irischen Geheimbundes, machte der Polizei in Skibbareen ernsthafte Sorgen und lenkte so schließlich die Aufmerksamkeit eines Unteragenten des Herrn von Bork auf mich, wurde empfohlen, weitergeleitet und galt als annehmbarer Mann. Du siehst, alles in allem kein einfacher Spaziergang. Am Ende genoß ich von Borks volles Vertrauen, unbeschadet der Tatsache, daß seine meisten Pläne eine unvorhergesehene Wendung nahmen und fünf seiner besten Männer im Gefängnis landeten. Ich hatte sie beobachtet, Watson, und zugegriffen, als sie reif waren. Nun, Sir, ich hoffe, Sie selbst sind nicht der Schlechteste von ihnen.«

Diese letzte Bemerkung richtete sich an von Bork, der nach reichlichem Gähnen und Blinzeln schließlich ruhig lauschend dagelegen hatte. Jetzt hingegen brach plötzlich ein Strom deutscher Flüche aus seinem Mund, und das Gesicht verzerrte sich vor Zorn. Holmes nahm unterdessen seine Sichtung der Dokumente wieder auf.

»Das Deutsche ist nicht gerade melodiös, aber die ausdrucksvollste aller Sprachen«, warf er ein, als von Bork vor Erschöpfung innehielt. »Hallo, hallo!« fügte er hinzu, mit einem scharfen Blick auf die Ecke einer Fotokopie, »das hier bringt einen weiteren Vogel in den Käfig. Hatte ja keine Ahnung, daß der Zahlmeister ein Schuft ist, obwohl ich ihn lange unter die Lupe nahm. Herr von Bork, Sie haben eine ganze Menge auf dem Gewissen.«

Der Gefangene hatte sich mit Mühe etwas aufgerichtet und betrachtete mit einer seltsamen Mischung aus Haß und Bewunderung seinen Überwinder.

»Ich gleiche dieses Konto mit Ihnen noch aus, Altamont«, sagte er langsam und entschlossen. »Und wenn es mich das ganze Leben kostet.«

»Das gute alte Lied«, sagte Holmes. »Wie oft mußte ich das hören, früher. Es gehörte zu den Lieblingsweisen des verblichenen und betrauerten Professors Moriarty. Auch Oberst Sebastian Moran soll es hin und wieder gesummt haben. Und doch lebe ich und züchte Bienen in den South Downs.«

»Sie tragen auf beiden Schultern, das werden Sie bereuen!« knirschte der Deutsche, während er versuchte, seine Fesseln zu sprengen.

»Nein, nein, so schlimm ist es gar nicht«, sagte Holmes lächelnd. »Wie Ihnen meine Aussprache deutlich zeigen dürfte, hat es nie einen Mr. Altamont aus Chicago gegeben. Ich versteckte mich in ihm, jetzt ist er auf und davon.«

»Wer sind Sie dann?«

»Es ist ohne Bedeutung, wer ich bin, aber da dieser Umstand Sie zu interessieren scheint, Herr von Bork, darf ich Sie darauf hinweisen, daß es sich hier nicht um meine erste Begegnung mit einem Mitglied Ihrer Familie handelt. Ich habe früher allerlei in Deutschland zu tun gehabt, wahrscheinlich ist Ihnen mein Name sogar schon ans Ohr geklungen.«

»Würde ihn gern noch einmal hören«, sagte der Deutsche grimmig.

»Mir ist die Trennung zwischen Irene Adler und dem verstorbenen König von Böhmen zu verdanken*. Das geschah zur Zeit, als Ihr Vetter Heinrich Kaiserlicher Botschafter war. Ferner habe ich den Nihilisten Klopmann daran gehindert, den Grafen von und zu Grafenstein zu ermorden, Sie wissen schon, den älteren Bruder Ihrer Frau Mutter. Ich war es, der ...«

Von Bork unterbrach ihn. »Das kann nur ein Mann sein«, rief er staunend.

»Eben«, antwortete Sherlock Holmes.

Von Bork sank mit einem tiefen Seufzer in sich zusammen.

»Und die meisten meiner Nachrichten kamen von Ihnen!« rief er. »Nutzloses Zeug! Was habe ich nur getan! Das ist mein Ruin, für immer.«

»Meine Nachrichten waren tatsächlich nicht immer ganz stichhaltig«, sagte Holmes. »Sie müßten nachgeprüft werden, und dazu bleibt Ihnen nicht viel Zeit. Ihr Admiral wird feststellen, daß unsere neuen Geschütze etwas größer sind, als er erwartet hat, und unsere Kreuzer eine Kleinigkeit schneller.«

Von Bork war außer sich.

»Dann gibt es noch allerlei andere Details, die zur rechten Zeit ans Licht kommen werden. Aber Sie haben eine Eigenschaft, die man sel-

* Siehe *Sherlock Holmes' Abenteuer: Skandal in Böhmen.*

ten bei einem Deutschen findet, Herr von Bork. Sie sind ein Sportsmann, Sie kennen sportliche Fairness und werden es mir nicht nachtragen, daß ich Sie überlistet habe, nachdem Sie selbst so viele andere überlisten konnten. Letztlich haben Sie Ihr Bestes für Ihr Vaterland getan, ich das meine für England, was könnte natürlicher sein?« Er legte dem gebeugten Mann auf dem Sofa die Hand auf die Schulter. »Besser so«, fügte er nicht unfreundlich hinzu, »als einem unehrenhaften Gegner zu unterliegen. Diese Papiere sind jetzt fertig gepackt, Watson. Wenn du mir mit unserem Gast helfen willst, können wir in Richtung London starten, was meinst du?«

Es war nicht leicht, von Bork zu transportieren, denn er war ein starker und dazu verzweifelter Mann. Schließlich wankte er, an jedem Arm von einem der Freunde gehalten und gestützt, den Gartenweg hinunter, den er noch vor kurzem so stolz in entgegengesetzter Richtung, beladen mit den Glückwünschen des berühmten Diplomaten, gegangen war. Immer noch an Händen und Füßen gebunden, wurde er schließlich, nach einem letzten Kampf, in das kleine Auto gezwungen. Neben ihm fand sein kostbarer Koffer Platz.

»Ich hoffe, Sie sitzen so bequem, wie es die Verhältnisse gestatten«, sagte Holmes. »Nehme ich mir zu viel heraus, wenn ich mir erlaube, eine Zigarre anzuzünden und Ihnen zwischen die Lippen zu stekken?«

Doch alle derartigen Höflichkeiten waren an den Deutschen verschwendet; sie konnten seinen Ärger nicht besänftigen.

»Ich hoffe, Sie sind sich darüber klar, Herr Sherlock Holmes«, sagte er, »daß Ihre Tat als militärische feindliche Handlung zu gelten hat, falls Ihre Regierung Sie deckt.«

»Und wie steht es mit Ihrer Regierung und all diesen Tätigkeiten?« fragte Holmes und klopfte auf den Koffer.

»Sie sind ein Privatmann. Sie haben keinen Haftbefehl auf meine Person. Der ganze Vorgang ist illegal.«

»Absolut«, erwiderte Holmes.

»Entführung eines deutschen Staatsbürgers.«

»Sowie Diebstahl seiner privaten Papiere.«

»Schön, Sie erkennen Ihre Lage, Sie und Ihr Komplize hier. Wenn ich bei der Fahrt durchs Dorf nach Hilfe rufe . . .«

»Sehr verehrter Herr, wenn Sie irgend etwas so Närrisches unternehmen sollten, erweitern Sie nur die Namen unserer Dorfwirtschaften um ein Schild, auf dem ›Zum baumelnden Preußen‹ stehen könnte. Der Engländer ist ein geduldiges Geschöpf, eher friedlich, doch zur Zeit ist sein Temperament leicht gereizt, und man sollte möglichst vermeiden, es zu entzünden. Nein, Mr. von Bork, Sie werden mit uns sehr ruhig und verständig zu Scotland Yard fahren, von wo aus Sie dem Herrn von Herling eine Nachricht schicken. Vielleicht können Sie dann immer noch jenen Platz ausfüllen, den er Ihnen in der Suite der deutschen Gesandtschaft freigehalten hat. Was dich betrifft, Watson, so sehe ich, du hast deine alte Ausrüstung bei dir, also darf ich wohl kombinieren, daß London nicht weit von deinem Ziel liegt. Bleib noch einen Augenblick mit mir hier auf der Terrasse stehen. Kann sein, es sind die letzten ruhigen Worte, die wir miteinander wechseln.«

Ein paar Minuten lang unterhielten sich die beiden alten Freunde halblaut, so daß man ihr Gespräch nicht verstehen konnte, doch es ist anzunehmen, daß sie die gemeinsamen Tage der Vergangenheit heraufbeschworen, zum letztenmal. Als sie sich endgültig dem Auto zuwandten, in dem der Gefangene seine Bemühungen, sich frei zu machen, immer noch nicht aufgegeben hatte, deutete Holmes auf das mondbeleuchtete Meer und schüttelte gedankenverloren das Haupt.

»Ostwind kommt auf, Watson.«

»Ich glaube nicht, Holmes. Es ist sehr warm.«

»Guter alter Watson! Du bist der einzige ruhende Pol in einem Zeitalter großer Veränderungen. Und wenn's noch so warm scheint, der Wind weht von Osten, ein Wind, wie er bis jetzt noch nie auf England zugestürmt ist. Es wird kalt und bitter werden, Watson, und mancher von uns unter seinem Anhauch erstarren. Aber trotzdem ist's Gottes Wind, und wenn der Sturm sich verzogen hat, liegt das Land sauberer, besser, gekräftigt in der Sonne. Wirf den Motor an, es ist Zeit zum Aufbruch. Ich habe übrigens einen Scheck über fünfhundert Pfund bei mir, den will ich so bald wie möglich einlösen. Der Herr, der ihn ausgestellt hat, ist imstande, ihn zu sperren – sobald er die Arme dafür frei hat.«

Bitte beachten Sie
die folgende Seite:

Giovanni
Guareschi

Genosse
Don Camillo
Ullstein Buch 2612

Don Camillo und
die Rothaarige
Ullstein Buch 2890

... und da sagte
Don Camillo ...
Ullstein Buch 20482

... aber Don Camillo
gibt nicht auf ...
Ullstein Buch 20555

... und Don Camillo
mittendrin ...
Ullstein Buch 20736

Das Schicksal
heißt Clothilde
Ullstein Buch 20757